Barbara & Stephanie Keating

DAMALS IN JENEM SOMMER

Barbara & Stephanie
Keating

Damals in jenem Sommer

Roman

Aus dem Englischen von
Karin Dufner

Droemer

Originaltitel: To My Daughter in France
Originalverlag: The Harvill Press, London

Die Folie des Schutzumschlags sowie die Einschweißfolie sind
PE-Folien und biologisch abbaubar.
Dieses Buch wurde auf chlor- und säurefreiem Papier gedruckt.

Besuchen Sie uns im Internet:
www.droemer.de

Umschlaggestaltung: ZERO Werbeagentur, München
Umschlagabbildung: Photonica, Hamburg
Satz: Ventura Publisher im Verlag
Druck und Bindung: Ebner & Spiegel, Ulm
Printed in Germany
ISBN 3-426-19619-0

2 4 5 3 1

Für Rory und Norman

Kapitel 1
Dublin, 1970

Glenveigh Lodge,
Killiney, Dublin
20. Februar 1970

Liebe Solange de Valnay,

da wir uns nicht kennen, bin ich unsicher, wie ich Sie ansprechen soll; ich halte es jedoch für meine Pflicht, mich persönlich an Sie zu wenden. Ich heiße Eleanor Kirwan und bin die älteste Tochter von Richard und Helena Kirwan, falls Ihnen diese Namen etwas sagen.

In dieser Woche ist mein Vater nach langer Krankheit verstorben. Es war ein Schock für mich, bei der Testamentseröffnung erfahren zu müssen, dass er außer den zu erwartenden Hinterlassenschaften an seine Witwe, seine beiden Töchter und seinen Sohn zwei Wochen vor seinem Tod einen Passus hat hinzufügen lassen:

»Meiner Tochter in Frankreich, Solange de Valnay, Domaine de Valnay, St. Joseph de Caune, Languedoc, vermache ich den Rest meines Vermögens.« Meiner Tochter in Frankreich – eine weitere Erklärung fehlte.

Verzeihen Sie, Solange, dass ich auf diese Weise mit der Tür ins Haus falle, aber bis heute ahnten wir alle nichts von

Ihrer Existenz und sind noch immer ziemlich bestürzt. Ich weiß nicht, ob Sie über die Krankheit Ihres – oder unseres – Vaters beziehungsweise seinen Tod im Bilde waren. Zunächst wollten wir Sie durch unsere Anwälte verständigen lassen, doch dann erschien es uns grausam, Ihnen auf diesem unpersönlichen Weg Bescheid zu geben.

Mein Zwillingsbruder James wies auf die gesetzliche Möglichkeit hin, dieses Testament anzufechten. Da er Anwalt ist, war das in dieser Situation natürlich sein erster Gedanke. Elizabeth, meine jüngere Schwester, ist erschüttert und kann es nicht fassen, dass Vater Sie uns all die Jahre verheimlicht hat. Sie wird eine Weile brauchen, die Enttäuschung zu verarbeiten, schließlich ist sie erst neunzehn.

Wie lange hat er dieses Geheimnis bewahrt? In seinem Testament erwähnt er weder Ihr Alter noch spricht er von Ihrer Mutter. Doch als ich hörte, wie Ihr Name vorgelesen wurde, kam er mir seltsam vertraut vor, so als würde ich Sie bereits kennen. Klingt das nicht merkwürdig? Ich habe versucht, Sie mir vorzustellen und mir auszumalen, was für ein Mensch Sie sind und wie Sie aussehen.

Anfangs war ich, wie ich zugeben muss, ebenso schockiert wie meine Geschwister. Unsere Blicke ruhten gespannt auf Mutter, doch sie ist ein außergewöhnlicher Mensch, der uns immer wieder in Erstaunen versetzt. Mutter ist eine landesweit und international bekannte Malerin. Ohne mit der Wimper zu zucken, bedankte sie sich bei dem Anwalt und wartete, bis er gegangen war. Sie war es auch, die mir den Vorschlag machte, Ihnen zu schreiben, und ich frage mich, ob sie vielleicht all die Jahre Bescheid wusste oder Sie sogar kennt. Doch das kann ich nicht sagen. Mutter hat sich in ihr Atelier zurückgezogen und möchte nicht gestört werden.

Den ganzen Abend sitze ich schon in Vaters Arbeitszimmer an seinem Schreibtisch und grüble darüber nach, was ich Ihnen schreiben soll. Ich bin noch nicht einmal sicher, ob ich diesen Brief überhaupt abschicken werde. Oder ob Sie, wenn er bei Ihnen eintrifft, wünschen werden, Sie hätten ihn nie erhalten. Möglicherweise sprechen Sie ja gar kein Englisch. Ich kann nur hoffen, dass Sie nicht gezwungen sein werden, jemanden zu bitten, Ihnen den Brief zu übersetzen. Wahrscheinlich möchte ich trotz meiner Trauer und Ratlosigkeit am liebsten die Hand ausstrecken und eine mir bislang unbekannte Welt entdecken. Mein Vater war ein komplizierter Mensch und konnte manchmal recht rätselhaft sein. Aber ich liebte ihn sehr, und vielleicht haben Sie ihn ja auch geliebt.

Deshalb, Solange de Valnay, werde ich diesen Brief zur Post bringen, in der Hoffnung, dass Sie dadurch etwas über einen Teil seines Lebens erfahren, den Sie bis jetzt nicht kannten. Falls Sie beschließen, mir nicht zu antworten, werde ich mich damit abfinden müssen. Aber Sie sind meine unbekannte Schwester – zumindest meine Halbschwester –, und darüber kann man nicht einfach hinweggehen.

Ich lege eine Kopie des Testaments bei. Mit allen guten Wünschen, herzlichem Beileid und
freundlichen Grüßen

Eleanor Kirwan

*

Eleanor las den Brief noch einmal durch. Es war ihr fünfter Versuch. War das Schreiben im Ton zu vertraulich? Handelte es sich bei Solange de Valnay um eine erwachsene Frau oder um ein Kind? Und warum wurde nirgendwo die Mutter erwähnt? Eleanor lehnte sich in dem Ledersessel am Schreibtisch ihres Vaters zurück, der aus Walnussholz bestand. Sie hatte die Maserung dieses Holzes und seinen warmen, goldenen Schimmer schon immer geliebt. Jeder Kratzer hatte eine Geschichte – die Geschichte ihrer Familie. Die Szene, die sich vorhin im Arbeitszimmer abgespielt hatte, stand Eleanor noch deutlich vor Augen. Mr. McCann, der Familienanwalt, hatte stirnrunzelnd und mit finsterer Miene den Zusatz zu dem Testament verlesen. Elizabeth war leichenblass geworden und hatte zu zittern begonnen, während James empört aufgesprungen war. Er hatte versucht zu verbergen, wie gekränkt er sich fühlte.

»Es ist eine Schande! Das kommt überhaupt nicht in Frage!«, hatte er gebrüllt. »Mein Vater kann kein weiteres Kind gehabt haben, ohne dass wir je davon gehört hätten! Wo sind die Beweise? So etwas lässt sich vor Gericht anfechten!«

In dem beklommenen Schweigen, das darauf folgte, starrte Mr. McCann auf die Schreibtischplatte; das steife Papier des Testaments knisterte zwischen seinen Fingern. Helena Kirwan saß stocksteif und mit gesenktem Kopf da. Als sie den Blick hob, zeigten sich Schmerz und Mitgefühl in ihrem Gesicht, und da war auch noch ein anderer Ausdruck, den Eleanor nicht deuten konnte. »Du musst ihr schreiben, Liebes.«

Dann hatte sie auf dem Absatz kehrt gemacht und darauf vertraut, dass Eleanor für Ruhe und Vernunft sorgen würde. Durch die Tür ihres Ateliers klang Beethoven. Arbeitete sie? Oder schwelgte sie nur in Erinnerungen?

Die Erkenntnis ließ Eleanor zusammenfahren. Ihre Mutter war zwar traurig, aber nicht überrascht gewesen. Sie hatte es gewusst, da war Eleanor sich inzwischen ganz sicher. Helena hatte von der Existenz dieses Kindes, dieser »Tochter in Frankreich« gewusst – auch wenn sie über den Zusatz zum Testament nicht im Bilde gewesen sein mochte. Aber warum hatte sie ihre Kinder nicht auf diese Enthüllung vorbereitet? Und warum war sie danach einfach hinausgegangen und hatte sie mit der bestürzenden Erkenntnis allein gelassen, dass ihr Vater ein Doppelleben geführt hatte?

Nun hatte Eleanor die schier unüberwindliche Hürde bezwungen, sich mit Solange in Verbindung zu setzen. Die ersten Wörter waren die schwierigsten gewesen. »Liebe Solange de Valnay«. Eleanor zog eine Schublade auf, entnahm ihr einen Umschlag und suchte nach einer Briefmarke. Sie würde den Brief so abschicken, wie er war; es war zwecklos, noch weiter daran herumzufeilen. Solange würde sie alle früh genug kennen lernen. Sie steckte den Brief und die Kopie des Testaments in den Umschlag, stand auf und ließ den Brief auf dem Schreibtisch liegen. Dann ging sie zum Fenster, öffnete die Vorhänge und lehnte den Kopf gegen die kühle Scheibe. Autoscheinwerfer krochen unter ihr die schmale Bergstraße entlang, Straßenlaternen erstreckten sich wie leuchtende Nadelstiche von Howth Head bis zum dunklen Kegel des Sugar Loaf Mountain. Die Nacht war frostig kalt; der Mond schwebte tief über dem Meer und tauchte die Wellen, die an den steinigen Strand schlugen, in silbriges Licht. Eleanor erinnerte sich, wie sie mit ihrem Vater in so einer Nacht vor nicht allzu langer Zeit über die glatten, rund geschliffenen Steine gewandert war.

»Wo bist du in all den Jahren wirklich gewesen, Vater?«, flüsterte sie. »Wer warst du? Haben wir dich eigentlich gekannt?«

Trauer ergriff sie, und sie ertappte sich dabei, wie sie mit den Fingernägeln über die Scheibe fuhr. Sie sehnte sich nach Beistand von Seamus, dem Zwillingsbruder ihrer Mutter, der sie durch dieses Minenfeld hätte führen können. Doch der war weit weg in den Bergen von Nepal und wusste nicht einmal von Richards Tod.

»Oh, Vater, Vater! Warum hast du uns das angetan? Wie konntest du nur?«

Kapitel 2
St. Joseph de Caune, 1970

Solange de Valnay durchquerte lautlos die Vorhalle und öffnete die Tür der Bibliothek. Das Gesicht warm von der Wintersonne, döste ihr Vater in einem Sessel. Lächelnd schlich Solange hinaus und trat in den hellen Nachmittag. Die Hunde kamen angelaufen und tollten voran, um im Gebüsch und am Flussufer nach Beute zu jagen. Die lange Auffahrt wurde von alten Platanen gesäumt, deren Winterzweige verglichen mit ihren dicken Stämmen noch dürrer und kahler wirkten. Braune, unbelaubte Weinberge erstreckten sich in alle Richtungen bis zum Gebirge. Solange atmete die kalte Luft und den Geruch von Holzfeuern und Pinien ein. Als sie innehielt, um die kunstvoll verschlungenen Weinreben zu betrachten, blieben die Hunde ebenfalls stehen und blickten sich ungeduldig nach ihr um. Solange ging am Briefkasten vorbei und schlenderte den Fluss entlang. In den Weinbergen waren einige Arbeiter damit beschäftigt, die Zweige zu beschneiden und hochzubinden.

Sie setzte sich auf einen Baumstamm neben dem Wasserfall und empfand eine Zufriedenheit, die fast ein wenig schlechtes Gewissen in ihr auslöste. Bald würde Guy nach Hause kommen, und dann würden sie einen Termin für ihre Hochzeit festsetzen müssen. Das hieß nicht, dass Solange ihn nicht vermisste. Schließlich teilten sie beide die tiefe Zuneigung zu diesem Haus, das Zeuge ihrer ersten Liebesschwüre geworden war. Doch in Wahrheit genügte es ihr völlig, hier mit ihrem Vater allein zu sein, ihm bei seiner Korrespondenz zu helfen, mit Joël die Weinreben zu pflegen und die Hunde auszuführen. Ihr Leben verlief in einer gemächlichen Gleichförmigkeit, an der sich eigentlich nichts zu ändern brauchte. Solange grübelte darüber nach, warum sie ihren Verlobten vermisste und sich gleichzeitig wohl fühlte, wenn er abwesend war. Sie betrachtete das rasch dahinströmende Wasser und hatte den Eindruck, dass ihre Kindheit in Windeseile den Fluss hinabgetragen wurde und sich ihrem Zugriff für immer entzog. Der Nachmittag schien plötzlich kalt geworden zu sein. Schaudernd stand sie auf, zog die Jacke enger um sich und rief nach den Hunden. Am Tor des alten Hauses öffnete sie den Briefkasten und nahm die Post heraus.

*

Domaine de Valnay,
St. Joseph de Caune, Frankreich
20. März 1970

Liebe Eleanor,

ich habe Ihren Brief vom 20. Februar schon vor einer Weile erhalten; es folgte ein formelles Schreiben Ihres Anwalts. Die Erbschaft hat mich bestürzt und ratlos gemacht, auch deshalb, weil ich mit den Menschen, die mir am meisten bedeuten, nicht darüber sprechen kann. Seitdem versuche ich zu begreifen, dass ein völlig Fremder namens Richard Kirwan mein Vater gewesen ist.
Meine erste Reaktion war, mich zu fragen, wie ein Mensch so selbstsüchtig sein kann, das Leben zweier Familien auf den Kopf zu stellen, ja, sogar zu zerstören, und in dem Wissen, dass er die Folgen nie zu spüren bekommen wird. Bis zu jenem Nachmittag im Februar wusste ich fast nichts über Richard Kirwan, obwohl meine Mutter erwähnte, sie habe ihn

während des Krieges in Paris kennen gelernt. Sie sagte, es sei seinem Einfluss zu verdanken, dass sie fest entschlossen gewesen sei, mich Englisch lernen zu lassen. Außerdem habe er sie angeregt, viele literarische Werke in englischer und französischer Sprache zu lesen. Als ich ein Kind war, schenkte sie mir Bücher in beiden Sprachen.
Es war nicht leicht, in unserer Gegend jemanden zu finden, der mir Englisch beibringen konnte. Doch meine Mutter trieb einen englischen Schriftsteller auf, der in der Nähe wohnte, und überredete ihn, mich zu unterrichten, auch wenn er nicht sehr begeistert von der Vorstellung war, ein widerspenstiges Kind als Schülerin in seinem Haus zu empfangen. Doch durch Cedric Swann lernte ich, Englisch zu lesen und zu schreiben wie meine zweite Muttersprache.
Da Sie in Ihrem Brief nach meiner Mutter fragen, möchte ich Ihnen ein wenig über sie und den Mann, den ich bis vor kurzem für meinen Vater gehalten habe, erzählen. Es ist seltsam, dass ich über meine Eltern in einem Moment schreibe, in dem mir klar geworden ist, wie wenig ich eigentlich über sie weiß.
Meine Mutter wurde als Celine Marie France de Savoie im April 1916 in Paris geboren. Mein Großvater, ein Arzt und Dozent an der medizinischen Fakultät, starb 1941. Nach ihrem Schulabschluss studierte meine Mutter Medizin an der Sorbonne. Im Winter 1945 heiratete Celine de Savoie in Paris Henri de Valnay, und im folgenden Jahr zog das junge Paar nach Languedoc. Die Ehe zwischen der schönen, gebildeten Braut und dem angesehenen jungen Mann aus guter Familie, die über Immobilienbesitz in Paris und große Weingüter im Süden verfügte, galt als ausgezeichnete Partie. Ich wurde nach einer schwierigen Schwangerschaft zu früh geboren und blieb ein Einzelkind. Und wenn Sie nachrechnen, werden Sie wissen, dass ich inzwischen vierundzwanzig bin. Meine Mutter praktizierte in unserem Dorf als Ärztin und war sehr beliebt. Vielleicht wurde sie in Richard Kirwans

Testament nicht erwähnt, da er wusste, dass sie Anfang letzten Jahres verstorben ist. Papa vermisst sie sehr. Er ist seit vielen Jahren blind.

Nun verstehen Sie vermutlich, in was für einer unangenehmen Lage ich mich befinde. Ich habe keine Ahnung, ob Papa über Richard Kirwan Bescheid weiß, und ich bin völlig ratlos, wie ich dieses Thema ihm gegenüber zur Sprache bringen soll. Er vergötterte meine Mutter, und ich möchte nicht, dass sein Andenken an sie Schaden nimmt. Falls er ahnte, dass ich nicht seine leibliche Tochter bin, hat er sich das nie anmerken lassen und war mir stets ein ausgesprochen liebevoller Vater. Meine Großmutter, Charlotte de Savoie, lebt noch in Paris. Ich kann nicht sagen, ob sie all die Jahre lang über das Geheimnis meiner Mutter informiert war. Was meine eigenen Gefühle für meine Mutter angeht, muss ich zugeben, dass sie ziemlich durcheinander geraten sind.

Ich bin nicht sicher, was jetzt von mir erwartet wird, und ich bin immer noch dankbar, dass ich allein war, als ich diese Nachricht erhielt. Allerdings ändert das nichts an meiner Wut und dem Unwohlsein, mit dem ich jeden Morgen aufwache. Bis jetzt habe ich ein geregeltes Leben geführt, und nun steht alles Kopf. Ich werde bald heiraten, doch mein Verlobter hält sich zurzeit in Übersee auf, und ich weiß nicht, wie ich ihm diese Situation erklären soll. Ich habe nicht den Wunsch, Ihre Familie persönlich kennen zu lernen, zudem zweifle ich an dem Sinn eines solchen Unternehmens.

Ich weiß den Mut und die Freundlichkeit, die Sie mir – einer unbekannten und sicher auch unerwünschten Halbschwester – in Ihrem Schreiben entgegengebracht haben, zu schätzen. Allerdings halte ich es für wenig ergiebig, unseren Briefkontakt fortzusetzen, obwohl ich nicht leugnen kann, dass zwischen uns eine Verbindung besteht. Vielleicht werde ich meine Großmutter in Paris besuchen, um mit ihr darüber zu sprechen. Doch im Augenblick möchte ich dieses unglückselige Geheimnis ruhen lassen. Noch einmal vielen Dank für Ihren Brief. Bitte lassen Sie mich Ihnen und Ihrer Familie in dieser schweren Zeit alles Gute wünschen. Er hatte großes Glück, dass er so geliebt wurde.

Solange de Valnay

*

Solange schloss die Augen. Sie fühlte sich müde und ausgelaugt. So oft hatte sie den Brief gelesen, dass sie ihn inzwischen fast auswendig aufsagen konnte. Natürlich hätte sie noch einiges daran verbessern können, aber sie hatte mittlerweile weder den Mut noch das Bedürnis, länger darüber nachzugrübeln. Dass sie das Schreiben überhaupt beantwortete, erschien ihr wie Verrat, wie Komplizenschaft am Betrug ihrer Mutter. Sie hatte die bekritzelten Seiten einige Male zerrissen. Dann aber hatte sie daran gedacht, welchen Mut Eleanor mit ihrem Brief bewiesen hatte, und auch an die Trauer der Familie in Irland. Eigentlich hatte Solange nicht so viel über ihre eigenen Familienverhältnisse erzählen wollen. Doch dann hatte ihr Stolz die Oberhand gewonnen. Anstatt Eleanor in ein paar knappen Zeilen zu danken, war ihr der eigentliche Zweck ihres Briefes bewusst geworden, nämlich, den Kirwans klar zu machen, dass sie dieses plumpe Geldgeschenk gar nicht nötig hatte.

Sie hatte schon lange nicht mehr an die Unterrichtsstunden bei Cedric Swann gedacht, und nun fragte sie sich, ob er der Vertraute ihrer Mutter gewesen war. Hatte er den wahren Grund für die Englischstunden gekannt? Solange erinnerte sich an seine Trauer bei der Beerdigung ihrer Mutter, daran, wie er stumm und bedrückt die Hände ineinander gekrampft hatte, als der Sarg, zur ewigen Ruhe gebettet, in der Erde versank, und an die Tränen, die ihm über die Wangen geflossen waren.

Dann grübelte sie wieder über die Fragen nach, die sie am allermeisten beschäftigten: Hatte sie selbst ihre Existenz nur einem unglücklichen Zufall zu verdanken? Hatte Henri de Valnay schon immer gewusst, dass sie nicht seine leibliche Tochter war? Warum hatte ihre Mutter, als sie während der langen Monate ihrer Krankheit zusammengesessen und über alle Einzelheiten ihres Lebens gesprochen hatten, sie nicht auf Richard Kirwans letzten Willen vorbereitet? Es war unvorstellbar, dass Celine nichts davon gewusst haben sollte. Solange wischte die Tränen weg, die ihr in die Augen zu steigen drohten, und stand auf. Sie war fest entschlossen, die ohnmächtige Wut abzuschütteln, mit dem Grübeln aufzuhören und etwas Sinnvolles zu tun. Also lief sie die Haupttreppe hinunter und griff nach ihren Autoschlüsseln. Im Dorf schickte sie den Brief an Eleanor Kirwan ab, indem sie ihn mit einer Mischung aus Entschlossenheit und Angst in den Postkasten stopfte.

Gleich nach dem Abendessen mit Henri, das ihr endlos erschien, behauptete sie, von der Arbeit in den Weinbergen müde zu sein, und floh in ihr Zimmer. Lange lag sie in ihrem gemütlichen Bett wach und war wütend auf die heißen Tränen, die auf das Kopfkissen tropften. Endlich fiel sie in einen unruhigen Schlaf, dessen Träume von innerer Anspannung und Angst geprägt waren.

Kapitel 3
Dublin, 1970

Eleanor reichte James den Brief. Nachdem dieser ihn gelesen hatte, ging er zu dem hohen Fenster, von dem aus man Blick auf den Garten hatte. Die Hände auf dem Rücken verschränkt, stand er da und starrte nach draußen auf den Rasen und die mit Kies bestreute Auffahrt. Als Eleanor ihn betrachtete, regten sich Erinnerungen. Er war das Ebenbild ihres Vaters – dieselbe Körperhaltung und derselbe Neigungswinkel des Kopfes.

»Siehst du, Jamie! Sie hat es nicht auf das Vermögen der Kirwans abgesehen, falls man es als solches bezeichnen kann. Außerdem hört es sich nicht an, als brauchte sie Geld. Offenbar ist sie ebenso gekränkt und bestürzt wie wir.«

James' Stimme klang gedämpft, und ihr wurde klar, warum er vom Tisch aufgestanden war. Er zog ein makellos sauberes Leinentaschentuch heraus und putzte sich lautstark die Nase. »Vielleicht stimmt es gar nicht«, erwiderte er. »Sie weiß es ebenso wenig wie wir. Es könnte ja sein …«

»Ein Irrtum? Ach, das glaube ich nicht. Welchen Grund hätte er …«

»Sie ist ihm nie begegnet! Sie kennt ihn nicht.«

»Und was soll ich jetzt tun? Wir sind alle nicht besser informiert als sie.«

»Oh, da gäbe es schon jemanden, der uns weiterhelfen könnte.

Warum macht sie den Mund nicht auf und verbunkert sich stattdessen den ganzen Tag in ihrem dämlichen Atelier? Kannst du sie nicht dazu bringen, mit uns zu reden und uns alles zu erklären?«
»Weshalb muss eigentlich immer ich die Kastanien aus dem Feuer holen?« Eleanor schob quietschend ihren Stuhl zurück und stand auf. »Frag sie doch selbst. Du bist genauso ihr Kind wie ich. Warum, zum Teufel, wird ständig alles auf mich abgewälzt?«
Er legte den Arm um sie und hielt ihr das Taschentuch hin. »Weil du es am besten kannst, El. Das weißt du ganz genau. Ich wirke immer so hochmütig, du weißt schon. Und Lizzie gerät ins Stottern, wenn sie einfühlsam oder diplomatisch sein soll. Mutter braucht dich. Mit dir spricht sie und dir vertraut sie. Es tut mir wirklich Leid; ich will mich nicht einfach nur vor einer schwierigen Aufgabe drücken.«
»Schon gut.« Sie war zu erschöpft, um ihm zu widersprechen. »Ich versuche, mit ihr zu reden. Bevor ich zur Arbeit gehe, muss ich ihr sowieso das Frühstückstablett bringen. Rufst du Lizzie? Sie hat um zehn Uhr Vorlesung. Vielleicht könntest du sie mit dem Auto mitnehmen.«
»Tja, ich darf nicht zu spät kommen, und sie braucht eine Ewigkeit, um sich für einen Besuch im Hörsaal so aufzutakeln, dass alle Kommilitonen ins Sabbern geraten.« Er verzog lüstern das Gesicht und lachte dann auf.
»Ach, komm schon, tu deine Pflicht. Du weißt, wie gern sie sich in deinem MG herumfahren lässt. Allein dafür wird sie sich bestimmt beeilen.« Als er etwas brummelte, ließ sie ihn stehen. Sie war froh, dass er sie zum Lächeln gebracht hatte.
Während Eleanor mit dem Tablett die Treppe hinaufging, fragte sie sich, wie sie die Sache mit dem Brief ansprechen sollte. Sie hatte ihre Mutter angefleht, den Hausarzt aufzusuchen, doch Helena hatte sich rundheraus geweigert. Sie sagte, sie brauche Zeit zum Nachdenken, und das könne sie beim Malen am besten. Ihr Gesicht war eingefallen, und sie hatte dunkle Ringe unter den Augen. Außerdem war sie noch magerer geworden, und Eleanor hatte den Eindruck, dass viel mehr graue Strähnen ihr rotes Haar

durchzogen. Konnte man durch Schock und Trauer wirklich über Nacht ergrauen? Sie klopfte an die Schlafzimmertür. Helena lag zusammengekrümmt auf dem Bett und trug noch die Kleider vom Vortag. Richard Kirwans alter Morgenmantel bedeckte ihre Füße. Ein Fenster stand offen, und ein eisiger Luftzug ließ die Tür zufallen.

»Mutter! Das Bett ist ja gar nicht aufgedeckt. Hast du denn nicht geschlafen? So kann das nicht weitergehen.« Eleanor stellte das Tablett auf den Nachttisch, setzte sich aufs Bett und streichelte die kalten Hände ihrer Mutter

»Du bist ganz durchgefroren. Hier, ich habe dir Orangensaft, Kaffee und Toast gebracht, und ich bleibe hier sitzen, bis du etwas gegessen hast. Bitte ...« Sie legte Helena einen Kaschmirschal um die Schultern und reichte ihr die Kaffeetasse. Ihre Mutter starrte mit ausdrucksloser Miene in die schwarze Flüssigkeit.

»Mutter, wir müssen miteinander sprechen. Wir dürfen nicht länger den Kopf in den Sand stecken, sondern müssen etwas tun. Ich habe einen Brief bekommen, und zwar von Solange de Valnay.«

»Du kommst zu spät zur Arbeit.« Helenas Stimme klang brüchig und gepresst.

»Das ist mir egal. Ich möchte, dass du dir das ansiehst.« Eleanor nahm den Brief aus der Tasche. Wortlos schüttelte Helena den Kopf. »Gut, dann lese ich ihn dir eben vor.«

Ohne aufzublicken, trank Helena den Kaffee. Nachdem Eleanor zu Ende gelesen hatte, saß sie schweigend da und hoffte, dass der Damm nun brechen würde. Alles, was ihre Mutter bis jetzt gelähmt hatte, würde sich jetzt vielleicht endlich mit heilsamen Tränen Luft machen. Doch stattdessen kauerte Helena sich zusammen, kuschelte sich in den Morgenmantel ihres toten Mannes und zog ihn sich übers Gesicht. Die Stille dauerte an. »Ich habe deinen Vater im April 1939 kennen gelernt«, sagte sie schließlich. »Und zwar vor der Ecole de Louvre in Paris.«

*

Glenveigh Lodge,
Killiney, Dublin
30. März 1970

Liebe Solange,

trotz unserer augenblicklichen Situation war ich überglücklich, als gestern Ihr Brief eintraf. Ich bedauere es wirklich sehr, dass Sie mit dem Schock und dem Schmerz ganz allein fertig werden mussten, nachdem Sie meine Nachricht erhalten hatten. Aber wenn wir uns weiter schreiben, könnten wir wenigstens versuchen, einander zu helfen. Eigentlich hatte ich angenommen, dass Sie meinen Vater kannten, auch wenn Sie ihn vielleicht nur hin und wieder gesehen oder mit ihm gesprochen haben. Aber dass Sie ihm noch nie begegnet sind und nichts von seiner Existenz ahnten … Und dennoch drückte er sich in seinem Testament sehr eindeutig aus, und die Worte lassen keinen Raum für Zweifel offen: »Meiner Tochter in Frankreich …«

Richard Kirwan war ein vorsichtiger Mann, Solange, und er hätte diese Worte nie geschrieben, wenn er sich seiner Sache nicht sicher gewesen wäre. Ich habe versucht, mit meiner Mutter darüber zu sprechen, aber sie trauert wegen des Verlusts und vielleicht noch wegen anderer Dinge, die sie jedoch nicht äußert. Für sie war es schon immer schwierig, ihre Gefühle in Worte zu fassen. Sie tut das lieber mit Blicken und durch ihre Bilder. Meine Mutter ist sehr zierlich, sie hat einen tizianroten Wuschelkopf und große braune Augen. Sie ist keine Schönheit, wirkt aber sehr auffällig und hinterlässt stets einen bleibenden Eindruck. Beim Sprechen zeichnen ihre Hände Formen in die Luft. Und sie kleidet sich mit dem für Künstler typischen Desinteresse an Ordnung oder Mode – dennoch stehen ihr ihre Kleider immer großartig.

Ich weiß, dass sie Vater leidenschaftlich liebte und unter seiner Krankheit genauso litt wie er. Gegen Ende ging es ihm sehr schlecht, aber sie bestand darauf, ihn aus dem Krankenhaus nach Hause zu holen und ihn bis zum letzten Atemzug selbst zu pflegen. Er hatte Krankenhäuser schon immer gehasst – das hat mit dem Krieg zu tun, sagt sie. Wir wussten, dass er damals schwer erkrankt und deshalb nicht bei meiner Mutter war, als James und ich geboren wurden. Über diese Jahre wurde bei uns nie gesprochen, und selbst als Kinder ahnten wir, dass sie beide nicht daran erinnert werden wollten. Meine Mutter war die Einzige, die seine Schmerzen wirklich lindern konnte – mit Ausnahme meiner jüngeren Schwester Elizabeth, die er sehr liebte. Ich muss zugeben, dass sie sein Lieblingskind war, vielleicht, weil sie meiner Mutter so ähnlich sieht.

Gestern haben James und ich beschlossen, Mutter Ihren Brief zu zeigen und herauszufinden, was sie über die Angelegenheit weiß. Nach einigen Stunden erzählte sie mir etwas, das vielleicht erklärt, wie mein Vater und Ihre Mutter sich kennen lernten.

Richard Kirwan wurde als Sohn einer einflussreichen Verlegerfamilie geboren, die in Dublin etliche Häuser besaß. Er studierte an der dortigen Universität und machte einen hervorragenden Abschluss in Französisch und Geschichte. Jedes Jahre reiste er nach Frankreich, wo er, besonders in Paris, viele Freunde hatte. Nach dem Examen setzte er seine Studien an der Cambridge University fort. Als drei Jahre später an seinem alten College in Dublin eine Stelle frei wurde, kehrte er nach Hause zurück und wurde Professor. Mein Vater war ein beeindruckender Mann und sehr charmant. Doch seine ganze Liebe galt der Wissenschaft, und er hatte eine Menge Ehrgeiz. 1938 erhielt er eine Einladung nach Frankreich, um eine Reihe von Gastvorlesungen an der Sorbonne zu halten. Also ließ er sich in Dublin für zwei Jahre beurlauben. Damals war er sechsunddreißig.

Helena, meine Mutter, stammt aus dem Westen von Irland und wurde als Helena O'Riordan geboren. Sie ist das einzige Mädchen in der Familie, hat aber drei Brüder, von denen einer ihr Zwilling ist. Ihre Familie waren Fischer und Schiffsbauer, hatten also nicht viel Geld. Als Kind spielte Helena nur mit ihren Brüdern, vor allem mit ihrem Zwillingsbruder Seamus. Die beiden galten als sehr ungebärdig. Als sie älter wurde, schickte man sie schließlich auf ein von Nonnen geleitetes Internat. Musik und Malerei wurden ihre Leidenschaften, und im Alter von achtzehn Jahren bestand sie die Aufnahmeprüfung am National Art College. Nachdem sie einen ausgezeichneten Abschlusss gemacht hatte, war sie fest dazu entschlossen, in Paris Malerei zu studieren. Sie nahm verschiedene Arbeiten an, sparte das Geld, brachte sich selbst Französisch bei und bewarb sich 1937 um ein zweijähriges Studium an der Ecole de Louvre.

Dort lernte sie eines Nachmittags im Jahr 1939 Richard Kirwan kennen, als sie, beladen mit einer großen Mappe und verschiedenen Kartons voller Gerätschaften, vor dem Gebäude auf einen Bus wartete. Da es plötzlich zu regnen begann, liefen alle los, um sich unterzustellen, und in der Eile ließ Mutter einen Teil ihrer Sachen fallen. Richard Kirwan, der gerade vorbeikam, blieb stehen und half ihr beim Aufheben. Das Komische war, dass beide dachten, einen Franzosen vor sich zu haben. Erst später, bei einer Tasse Kaffee in einem Lokal, stellten sie fest, dass sie aus Irland stammten. Das Kaffeetrinken dauerte zwei Stunden. Dann gingen sie Abendessen, fanden heraus, dass sie beide Opern liebten, und besorgten sich für den folgenden Abend Karten für *La Bohème.* Anschließend machten sie einen Spaziergang an der Seine. Helena war fünfundzwanzig, Richard elf Jahre älter als sie.

Meine Mutter brauchte sehr lang, mir das zu erzählen. Vielleicht wird sie im Laufe der nächsten Tage noch mehr offenbaren, doch ich darf sie nicht drängen. Jedenfalls ergibt sich daraus, dass mein Vater zur gleichen Zeit in Paris war wie Celine de Valnay und meine Mutter. Vielleicht kannten sie sich ja alle drei. Soweit sich feststellen lässt, führten meine Eltern eine gute Ehe. Mein Vater war ein integrer und prinzipientreuer Mann. So merkwürdig und schwer verständlich unsere augenblickliche Lage auch sein mag, bin ich felsenfest davon überzeugt, dass Vater immer versucht hat, das Richtige zu tun.

Ich möchte Ihnen zu Ihrer Verlobung gratulieren. Ich selbst bin weder verheiratet noch verlobt, trotz meiner achtundzwanzig Jahre, auch wenn ich dem gern ein »noch nicht« hinzufügen würde. Einmal dachte ich, den Partner fürs Leben gefunden zu haben, und ich verbrachte fast ein Jahr mit ihm. Ich bereue keinen einzigen Moment – bis auf den letzten. Allerdings denke ich, dass die Zeit solche Wunden heilt. Er ist inzwischen sehr glücklich mit seiner Frau und hat mich sogar zur Hochzeit eingeladen. Ich bin hingegangen, schließlich waren wir nicht nur Liebende, sondern auch Freunde.

In meinem letzten Brief habe ich möglicherweise ein negatives Bild von meinen Geschwistern vermittelt, aber sie sind nicht immer so, wie ich sie beschrieben habe. James, mein Zwillingsbruder, ist mir manchmal rätselhaft. Nach außen hin wirkt er kühl und selbstbewusst; er ist ein tüchtiger und erfolgreicher Anwalt – sehr ehrgeizig, wie man es als Jurist nun einmal sein muss, doch er kann auch sehr romantisch und einfühlsam sein. Wir stehen uns ziemlich nah, wie es für Zwillinge typisch ist. Meine Schwester Elizabeth zieht Bewunderer hinter sich her wie ein Komet seinen Schweif. Sie hat die leuchtend roten Haare und die haselnussbraunen Augen meiner Mutter sowie ihren zierlichen Körperbau geerbt. Doch damit endet die Ähnlichkeit schon. Sie hat viel von unserem Vater – seine Energie, seinen Ehrgeiz und seine Kraft –, studiert Geschichte und Philosphie und wird wie er eine anerkannte Wissenschaftlerin werden. Wenn sie endlich den Richtigen kennen lernt, sollte der Gute eine gefestigte Persönlichkeit haben.

Ich glaube, ich habe ein wenig von der Kreativität meiner Mutter mitbekommen, obwohl sich das bei mir eher beim Schreiben als in der Malerei äußert. Ich habe Englisch und Philosophie studiert und bin in der Literaturszene von Dublin nicht gänzlich unbekannt. Inzwischen arbeite ich im Verlag unserer Familie, um meine schriftstellerische Tätigkeit zu finanzieren, und habe große Freude an meinem Beruf.

Ich stehe meiner Mutter schon immer recht nah, denn wir sind einander sehr ähnlich. Mein Vater hingegen hat mich aus Gründen, die ich mir nie erklären konnte, stets auf Distanz gehalten, obwohl ich ihm sicher etwas bedeutet habe und er nur mein Bestes wollte. Vielleicht hat diese Entfernung etwas damit zu tun, dass er bei meiner Geburt nicht anwesend war. Ich habe mich oft gefragt, ob ich ihn an eine schmerzliche Erfahrung erinnerte, der er sich nicht stellen wollte. Als ich ein kleines Kind war, hatte er schwere gesundheitliche Probleme und war häufig bettlägrig. Wenn ich ihn manchmal ansah, stellte ich fest, dass er mich mit tiefer Trauer in den Augen musterte. Dann lief ich auf ihn zu, umarmte ihn und versuchte, ihn in seinem Schmerz zu trösten. Später wurde mir klar, dass er nicht mich betrachtete, sondern etwas, das überhaupt nichts mit mir zu tun hatte. Und nun komme ich einer Erklärung vielleicht ein bisschen näher.

Ich frage mich, ob Sie etwas über Richard Kirwans Leben in Frankreich herausfinden konnten. Wenn ja, würde ich mich freuen, wenn Sie dieses Wissen mit mir teilen würden, da Sie ja sonst niemanden haben, dem Sie sich anvertrauen können. Hoffentlich helfen Ihnen die Informationen weiter, die ich Ihnen gegeben habe.

Womöglich empfinden Sie es als seltsam, Solange, dass ich Ihnen so ausführlich schreibe. Ich habe selbst keine Antwort darauf, denn eigentlich fällt es mir sehr schwer, anderen Menschen meine Gefühle zu offenbaren. Falls es Ihnen

jedoch lieber ist, lediglich Fakten auszutauschen, brauchen Sie es mir nur zu sagen.
Jetzt muss ich los, aber ich schicke Ihnen die herzlichsten Grüße.

Eleanor Kirwan

Kapitel 4
St. Joseph de Caune, 1970

Solange lag da und sah zu, wie sich der kühle Morgennebel jenseits der Musselinvorhänge langsam verzog. Unter ihrem Fenster strömte der Fluss über die Felsen, die düster und unverrückbar unter der glitzernden Wasseroberfläche ruhten. Immer noch schläfrig, kuschelte sie sich wohlig ins Bett. Doch das Gefühl der Entspannung kurz nach dem Erwachen war nicht von langer Dauer. Schon im nächsten Moment folgten der Stich im Magen und ein quälendes Gefühl von Benommenheit. Das schleichende, von Eleanor Kirwans Brief ausgelöste Unbehagen bemächtigte sich der ersten Augenblicke des Tages und hing lautlos und bedrohlich über ihr.

Solange stand auf und ging zum Fenster, lehnte den Kopf gegen die alte Steinmauer. Um sie herum schliefen die Berge des Haut Languedoc in der Morgendämmerung. Hin und wieder streifte ein Strahl fahlen Sonnenlichts die gefältelten Abhänge. Es klopfte an der Tür, und Lorette, die Haushälterin der Familie, die auch Solanges Kindermädchen gewesen war, kam herein. Auf dem kleinen Tablett, neben der Kaffeetasse, lagen zwei Briefe. Auf dem oberen war Guy St. Jorres saubere, geschwungene Handschrift zu erkennen. Als Solange ihn nahm, erkannte sie sofort den irischen Poststempel auf dem Kuvert darunter. Furcht ergriff sie, während sie in nervöser Anspannung abwartete, bis Lorettes

Schritte auf der Treppe verklungen waren. Dann legte sie das Schreiben ihres Verlobten weg und öffnete den zweiten Brief, der von Eleanor stammte. Anfangs empfand sie noch Mitleid, doch als sie die Worte ein zweites Mal las, wurden ihre freundschaftlichen Gefühle von Gereiztheit und schließlich von heftiger Wut abgelöst. Warum beharrte diese fremde Frau nur so krampfhaft darauf, in der Vergangenheit herumzustochern und Nachforschungen über eine längst vergessene Angelegenheit voranzutreiben, die man besser auf sich beruhen lassen sollte? Eleanor lebte in Irland, im Kreise ihrer Familie, und konnte also ihren Schmerz mit ihrem Bruder und ihrer Schwester teilen und bei ihnen Trost suchen.

»Richard Kirwan war ein vorsichtiger Mann«, hatte Eleanor geschrieben. Aber offenbar doch nicht vorsichtig genug, so war zumindest Solanges Eindruck. Schließlich hatte er als verheirateter Mann eine Affäre gehabt und ein Kind gezeugt. Wie hatte ihre Mutter eine so klassische Dummheit begehen können? War es ein letzter Ausbruchsversuch vor ihrer Hochzeit mit Henri de Valnay gewesen? Hatte Richard Kirwan ihr vielleicht seine Ehe verschwiegen oder ihr versprochen, sich ihretwegen von seiner Frau zu trennen? Die Vorstellung, die Schwangerschaft könne ein Unfall und sie selbst ungewollt gewesen sein, machte Solange besonders zu schaffen. Anscheinend gehörte Eleanor zu den Menschen, die es immer nur gut meinten und sich für andere aufopferten, vermutlich hatte sie sich nie von der strengen religiösen Erziehung gelöst, der man irische Mädchen offenbar von frühester Kindheit an unterwarf. Sie klang, als lebte sie noch im letzten Jahrhundert, auch wenn sie bereits eine Liebesbeziehung gehabt hatte. Der Bruder schien ein ziemlich aufgeblasener Kerl zu sein, und die jüngere Schwester machte einen eitlen und verwöhnten Eindruck. Nur Helena Kirwan tat Solange Leid. Allerdings wurde sie von Wut ergriffen, wenn sie daran dachte, dass diese Leute einfach den Namen ihrer Mutter in den Mund nahmen, obwohl sie nicht das Geringste über sie wussten. Nicht einmal sie selbst hatte sie wohl richtig gekannt.

»Kann es denn wahr sein?«, fragte sich Solange und rechnete den Hochzeitstag ihrer Mutter und ihr Geburtsdatum nach. »Hatte sie wirklich Papa geheiratet, während sie das Kind eines anderen Mannes erwartete? Und hatte die Affäre danach vielleicht noch jahrelang angedauert? Wusste Papa davon? Oh, Gott, Papa, hast du es all die Jahre lang gewusst?«

Sie erinnerte sich an die letzten schrecklichen Wochen, das hohlwangige Gesicht ihrer Mutter und ihre eingesunkenen, glanzlosen Augen. Celines Körper schien geschrumpft, ihre einst glatte Haut hing schlaff, gelblich und faltig um die vorstehenden Knochen, während die Krankheit sie gnadenlos aufzehrte. Wenn Solange sie in eine bequemere Lage gebettet hatte, hatte sie befürchtet, die brüchigen Knochen könnten ihr unter den Händen zerfallen. Hatte Celine damals gewusst, was ihr ehemaliger Liebhaber ihnen allen anzutun plante?

»Oh, Mama«, murmelte Solange. »So etwas kommt bei normalen Menschen wie uns doch nicht vor. Was für ein Mann würde nach so vielen Jahren einen solchen Schritt unternehmen? Du hättest es mir sagen müssen – wenigstens, damit ich Papa beschützen kann. Wie konntest du mich so im Stich lassen und mir die alleinige Verantwortung aufbürden?«

Vielleicht hatte ihre Mutter ja nie aufgehört, Richard Kirwan zu lieben. Solange war froh, dass sie den Mann nie kennen gelernt, ihn nie zu Gesicht bekommen hatte. Diese Leute in Irland waren offenbar felsenfest davon überzeugt, dass er Solanges Vater war. Besaßen sie vielleicht zusätzliche Informationen, die sie für sich behielten? Solange war sich darüber im Klaren, dass Männer und Frauen aus allen gesellschaftlichen Schichten heimliche Liebesaffären hatten. Aber dennoch vergoss sie nachts Tränen des Verlusts und der ohnmächtigen Wut, und die tiefe Abneigung hinterließ in ihrem Mund einen bitteren Nachgeschmack.

Wahrscheinlich nahm die fremde Frau in Irland an, Französinnen hätten, was Liebesaffären anging, eine eher gleichgültige und zynische Einstellung. Aber Solange wusste, dass das eine dumme Verallgemeinerung war. Kein Mensch nahm es auf die leichte Schulter, wenn er betrogen wurde, und sie hatte häufig Freundinnen ihrer Mutter bitterlich weinen sehen, weil sie ihre Männer bei einem Seitensprung ertappt hatten. Celine hatte diese Frauen ermutigt, entweder allein weiterzuleben und einen Neuanfang zu wagen oder zu bleiben und ihre Position entschlossen zu verteidigen. Und nun war die weise, mitfühlende Ärztin nicht mehr da und konnte nicht mehr erklären, was sie selbst zu einem so unfassbaren Betrug veranlasst hatte. Solange wusste nicht, wem sie das Geheimnis ihrer unehelichen Geburt und der unwillkommenen Erbschaft anvertrauen sollte.

Sie legte Eleanors Brief in die Schreibtischschublade und drehte sich, den Tränen nah, um. Wie sollte sie ihrem Verlobten erklären, was während seiner Abwesenheit vorgefallen war? Seine Familie mit ihrem uralten Stammbaum würde ganz sicher kein Verständnis dafür haben. Auf Solange wirkte Guys Vater stets ein wenig abweisend, und seine Mutter war eine große Dame – eingeschnürt in die Zwangsjacke altmodischer Konventionen. Und wie würde Guy selbst ihre Eltern beurteilen? Den Vater, der gar nicht ihr Vater war, und die Mutter, die ihren Mann betrogen und dann nicht den Mut gefunden hatte, ihren Fehltritt – selbst im Angesicht des Todes – ihrer eigenen Tochter zu gestehen? War es besser, Guy die ganze unschöne Angelegenheit zu verheimlichen und zuzulassen, dass die Lügen ihrer Mutter auch in die nächste Generation hineinreichten?

»Mein Gott, womit habe ich das verdient? Was habe ich falsch gemacht? Und warum habe ich überhaupt an diese Frau geschrieben?« Das warme, duftende Badewasser, das sie umspülte, konnte ihr keinen Trost spenden. Solange scheuerte an ihrer Haut herum, bis rote, hässliche Flecken an ihren Armen erschienen. »Das meiste davon habe ich selbst verschuldet. Sie hätte nie etwas über meine Familie zu erfahren brauchen. Ebenso wenig gehen mich ihre Probleme an. Ich hätte nur den Empfang des Briefes bestätigen und die Sache dann auf sich beruhen lassen sollen. Warum habe ich es nicht den Anwälten übertragen, alles zu regeln?«

Solange war überzeugt, dass sie in ihrem ersten Brief viel zu offenherzig gewesen war. Sie hatte einen weltgewandten und unabhängigen Eindruck vermitteln und verdeutlichen wollen, dass ihre Familie über Vermögen verfügte und sie selbst Bildung und finanzielle Absicherung besaß, das Geld der Kirwans also gar nicht brauchte.

Solange kletterte aus der Wanne und griff nach einem Handtuch. Sie hatte einen wohlgeformten Körper mit schlanker Taille, schmalen Hüften und üppigen Brüsten. Sie mochte ihre olivfarbene Haut, die rasch braun wurde und eine glatte, reine Beschaffenheit hatte. Ihr Haar war goldblond, schwer und dick, ganz anders als die hellen, schimmernden Locken ihrer Mutter. Früher hatte sie stets angenommen, dass sie die grauen Augen und die Adlernase von Henri de Valnay geerbt hatte. Nun schnitt sie eine spöttische Grimasse. Offenbar war es naiv von ihr gewesen, irgendwelche Familienähnlichkeiten feststellen zu wollen. Tränen stiegen ihr in die Augen. Sie hatte Halsschmerzen und empfand eine dumpfe, drückende Wut auf sich selbst. Schließlich tupfte sie sich die Augen ab und schminkte sich leicht, hauptsächlich, um sich ein wenig aufzumuntern.

Im Schlafzimmer stach ihr Guys Brief ins Auge, der immer noch ungeöffnet auf dem Tablett lag. Endlich etwas, das sie an diesem sonnigen Morgen zum Lächeln bringen würde. Sie schlüpfte in einen Morgenmantel und setzte sich in den Sessel am Fenster. Ein Familienstreit wegen der Anteile an einer riesigen Zuckerplantage hatte ihn nach Guadalupe geführt, wo er einem der Seniorpartner seiner Anwaltskanzlei unter die Arme greifen musste. Guy schrieb wunderschöne Briefe, und in seinen Worten schwangen Zärtlichkeit und Begierde mit. Solange spürte, wie sehr er sich nach ihr sehnte. Sie legte eine Hand an den Haaransatz im Nacken, wo er sie so gerne berührte, und spürte erleichtert, wie ein Gefühl der Zuneigung zu ihm sie ergriff. Nachdem sie die Seiten noch einmal gelesen hatte, legte sie sie ordentlich zu seinen übrigen Briefen. Als sie sich schließlich anzog, war sie so zuversichtlich wie schon seit Tagen nicht mehr.

Beim Frühstück las sie Henri die Zeitung vor und erörterte mit ihm die Pläne für den Tag. Rasch hatte er sich die Liste der anstehenden Aufgaben und der Korrespondenz gemerkt, die sie für ihn vorbereitet hatte. Um diese Jahreszeit brauchten die Weinberge viel Pflege, denn Insekten und Unkraut schienen sich tagtäglich und unablässig zu vermehren. Als Henri in die Bibliothek ging, um seine morgendlichen Anrufe zu erledigen, blickte Solange ihm nach und fragte sich plötzlich, wie lange jedes Möbelstück schon unverrückbar an seinem Platz stand, so dass er sich völlig mühelos in seinem Haus bewegen konnte. Sie war so unaufmerksam gewesen und hatte vieles für selbstverständlich gehalten. Und sie nahm sich fest vor, von nun an nicht mehr so übertrieben emotional zu reagieren. Papa durfte nichts von diesem rasenden Moment der Leidenschaft erfahren und auch nichts davon, dass ihre Mutter von einem anderen Mann ein Kind empfangen hatte. Das war das Wichtigste an der Erbschaft, die ihr gerade in den Schoß gefallen war.

Solange stieg die Treppe zu ihrem Schlafzimmer hinauf, wo einige ihrer Lieblingsfotos auf einer blitzblank gewachsten Tischplatte standen. Eines zeigte Celine de Valnay, die gelassen und glücklich ihren Mann anlächelte, während ihre Hand auf der Schulter ihrer kleinen Tochter ruhte. Solange zog sich einen Stuhl heran und blieb eine Weile reglos sitzen, bis sie sich wieder gefangen hatte. Sie spürte, wie die beschützenden Mauern ihres Geburtshauses sie umfingen, und beschloss in diesem Augenblick, ihrem Verlobten zu verheimlichen, dass ihre Familienverhältnisse sich geändert hatten. Dabei sagte sie sich – obwohl sie wusste, dass es nicht stimmte –, dass sie es ihrem Papa zuliebe tat. Schließlich war er der Vater, den sie liebte und achtete. Sie war derselbe Mensch wie zuvor, selbst wenn sie aus einer anderen Verbindung entstanden war, als sie gedacht hatte. Und sie würde nicht dulden, dass die ungebetenen Geister einer weit zurückliegenden Vergangenheit in ihrer Zukunft herumspukten.

Sie waren beide tot, die schöne Ärztin und ihr unbekannter Liebhaber, und es musste verhindert werden, dass sie die Fundamente von Solanges wohl geordneter, abgesicherter Welt erschütterten. Gewiss war es nur der erste Schrecken gewesen, der sie mit feinen Nadelstichen aus ihrer Ruhe aufgerüttelt hatte – so wie damals, wenn sie von ihrer Mutter eine Spritze bekam: Zuerst spürte man stets ein schmerzhaftes Piksen, Anspannung, Angst, und es tat ein bisschen weh. Doch schon kurz darauf war die Stelle des Eindringens in die Haut nicht mehr zu erkennen, und alles war wieder wie zuvor. Solange griff nach einem Stift und begann zu schreiben.

*

Domaine de Valnay
St. Joseph de Caune, Frankreich
4. April 1970

Liebe Eleanor,

vielen Dank für Ihren Brief vom 30. März. Es war sehr nett von Ihnen, mir noch einmal zu schreiben und mir Ihre Familie zu schildern. Ich weiß, dass Sie zu ergründen versuchen, wie meine Mutter und ich in Richard Kirwans Leben treten konnten. Sicher ist das alles sehr schwer für Sie und für Ihre Geschwister. Ihr Brief ist anrührend, ebenso das Porträt Ihrer Mutter. Offenbar sind Sie auch eine Künstlerin, wenn auch nicht mit Farbe und Pinsel, sondern mit Worten.
Was mich angeht, bin ich zu dem Schluss gekommen, dass es uns allen keine Vorteile bringt, wenn wir weiter in der Beziehung Ihres Vaters mit meiner Mutter herumstochern. Das, was sich zwischen ihnen abgespielt hat, war vermutlich nichts weiter als ein zufälliges Ergebnis ihrer Gefühle, und man sollte es darauf beruhen lassen. Sie leben in Irland im Kreise Ihrer Familie und werden sich eines Tages von dem Schock erholen. Irgendwann werden wir vielleicht alle begreifen, dass Richard Kirwan auf seine Weise versucht hat, gerecht zu sein. Möglicherweise wollte er sein Gewissen um

eine Last erleichtern, die es viele Jahre lang getragen hat, auch wenn uns die Art und Weise momentan grausam und übertrieben dramatisch erscheinen mag. Dass wir diesen Vorgang jemals gleich beurteilen werden, ist höchst unwahrscheinlich.
Meiner Ansicht nach sollten wir die Vergangenheit jetzt ad acta legen und für die Gegenwart und die Zukunft leben. Unsere Eltern – alle vier Elternteile, denn Henri de Valnay war mir seit meiner Geburt ein wirklicher Vater – haben sicher unzählige Geheimnisse, und wir sollten diesen Teil ihrer Vergangenheit am besten vergessen. Ihre Mutter hat bereits sehr gelitten, und es kommt für mich nicht in Frage, meinen Vater mit einer Wahrheit zu konfrontieren, die fatale Folgen für ihn haben könnte. Richard Kirwans Vermächtnis an mich bringt mich in eine arge Zwickmühle und ist mir darüber hinaus rätselhaft; außerdem bedauere ich es sehr, dass ich Ihnen in dieser Zeit der Trauer zusätzlich Schmerz zugefügt habe. Hoffentlich wird es Ihnen und Ihren Geschwistern gelingen, einander die Liebe zu geben, die Sie jetzt brauchen, um ein neues Kapitel im Buch des Lebens aufzuschlagen. Wenigstens haben Sie eine große Familie, bei der Sie Trost finden können.
Mir erscheint es überflüssig, unseren Briefwechsel fortzusetzen, denn ich sehe keinen Vorteil darin, weiter in einem längst vergangenen Drama herumzuwühlen. Wir sind nur Statisten in einem Stück, das wir nicht verstehen können, weil die beiden Hauptdarsteller inzwischen verstorben sind. Lassen Sie die Toten ruhen, damit wir uns so an sie erinnern, wie wir sie am meisten geliebt haben.
Noch einmal vielen Dank für Ihre Bemühungen, mir Ihr Mitgefühl zu zeigen. Ich respektiere Ihren Wunsch, mehr über das Leben Ihres Vaters herauszufinden, doch ich möchte mich nicht an derartigen Entdeckungen beteiligen. Meiner Ansicht nach ist es das Beste, wenn wir uns darauf besinnen, wer wir vor dieser unschönen Enthüllung waren.

Ich wünsche Ihnen ein erfülltes und glückliches Leben sowie Anerkennung für Ihr literarisches Schaffen. Schon früh habe ich von meiner Mutter und von allen Menschen, die mir wirklich etwas bedeuten, gelernt, dass die Schönheit des menschlichen Gedankens auf einer gedruckten Seite, häufig unter Mühen und nach jahrelanger Anstrengung zu Papier gebracht, vielleicht das größte Geschenk ist, das uns gewährt wird, um unser Leben und Lieben zu leiten.

Mit den besten Wünschen

Solange de Valnay

*

Solange unterzeichnete den Brief mit Nachdruck. Das Schreiben verlieh ihren Gefühlen Ausdruck, ohne in überflüssiger Emotionalität zu zerfließen. Auch wenn Eleanor Kirwan ihre Halbschwester sein mochte, war sie dennoch eine Fremde. Sie griff nach dem Foto ihrer Mutter, betrachtete noch einmal das schöne, lachende Gesicht und knallte den Silberrahmen plötzlich so heftig auf den Schreibtisch, dass das Glas einen Sprung bekam. Dann lief sie nach unten zu Henri de Valnay ins Arbeitszimmer. Sie war froh über die vertrauten Aufgaben, die sie erwarteten.

Kapitel 5

St. Joseph de Caune, 1970

Solange, Liebes, ich möchte, dass gegen sechs in der Bibliothek Aperitifs und ein Imbiss serviert werden.« Henri de Valnay stand zur Terrasse gewandt da; die Hände hatte er hinter dem Rücken verschränkt. »Ein junger Mann will mich aufsuchen, um etwas mit mir zu besprechen. Offenbar hat er ein paar radikale Vorschläge zum Ausbau der Weine in dieser Gegend.«

»Ach, wirklich? Dieses Thema liegt dir ja besonders am Herzen. Wer ist denn dein Gast? Die meisten jungen Männer in dieser Gegend sind doch nur daran interessiert, ihre Ernte für den höchstmöglichen Preis an die Genossenschaft zu verkaufen.«

Schon so oft hatte Henri versucht, die Besitzer der benachbarten Weingüter und die hiesige Genossenschaft für Modernisierungen und die Herstellung besserer Weine zu begeistern. Doch irgendwann hatte er entmutigt aufgegeben, da sie einfach nicht begreifen wollten, dass ein Umdenken in der Branche dringend notwendig war. »Es ist Edouard Ollivier von Roucas Blancs.« Henri runzelte die Stirn. »Er ist vor kurzem nach einigen Jahren Ausbildung in Bordeaux hierher zurückgekehrt. Ich glaube, er war auch eine Zeit lang in Übersee. Sicher erinnerst du dich von den Sommerferien vor vielen Jahren noch an ihn.«

Als Solange an Paul Olliviers schlaksigen Sohn dachte, musste sie schmunzeln. Er war der erste Junge, der sie – kurz nach ihrem dreizehnten Geburtstag – geküsst hatte, worauf sie, kichernd und verängstigt, vor ihm davongelaufen war. Die Familie Ollivier war der Anlass für eine der seltenen Meinungsverschiedenheiten zwischen ihren Eltern gewesen. Eine Auseinandersetzung um ein Stück Land zwischen den de Valnays und Paul Ollivier war nach vielen Jahren erbitterten Rechtsstreits zu Henris Gunsten entschieden worden, seitdem war das Verhältnis zwischen den Familien gespannt. Solange war sicher, dass die beiden Männer nach dem Urteil kein Wort mehr miteinander gewechselt hatten. Doch als Paul Ollivier einen Herzinfarkt erlitt, hatte Celine de Valnay darauf bestanden, ihn zu behandeln – das erste Mal, dass Henri gegen eines ihrer Vorhaben heftigen Widerspruch erhoben hatte.

»Ja, ich erinnere mich, dass er nach der Scheidung seiner Eltern mit seiner Mutter auf ein großes Gut in Bordeaux zog«, sagte Solange. »Und jetzt will er mit dir über Wein sprechen? Das wundert mich wirklich.«

»Ich muss zugeben, dass ich seinen Vorschlag zuerst am liebsten abgelehnt hätte.«

Die Aussicht auf den Besuch war Henri sichtlich unangenehm. Er hatte keine Lust auf weitere Auseinandersetzungen mit seinen Nachbarn oder das Aufwärmen alter Feindschaften. Solange sah, dass er sich Stirn und Nasenrücken rieb, ein Versuch, die heftigen Kopfschmerzen zu lindern, an denen er so häufig litt.

»Ich glaube nicht, dass du dich gut mit Charles Edouard vertragen wirst«, meinte sie. »Vermutlich kommst du genauso schlecht mit ihm aus wie mit seinem Vater. Bei unserer letzten Begegnung hat er abfällige Bemerkungen über unsere Weinberge fallen gelassen. Tja, nicht nur über unsere, sondern über die gesamte Weinproduktion des Midi.«

»Das kannst du ihm nicht zum Vorwurf machen, Kind. Keiner hier stellt einen Wein her, den man auch nur als anständigen *vin de pays* bezeichnen könnte, ganz zu schweigen von einem Qualitätswein mit festgelegtem Anbaugebiet oder einen, den man in Paris für trinkbar halten würde. Außerdem entstammt Charles

Edouard mütterlicherseits einer alten Familie aus Bordeaux, wo man etwas vom Weinbau versteht.«

»Stimmt, aber ich finde es trotzdem seltsam, dass er herkommt. Ob sein Vater wohl davon weiß? Ich kann mir nicht vorstellen, dass Paul einen Besuch seines Sohnes im feindlichen Lager gutheißen würde.«

»Tja, auf einen weiteren fruchtlosen Streit mit Paul möchte ich es wirklich nicht ankommen lassen. Den jungen Mann habe ich, wie ich glaube, seit zehn Jahren nicht mehr gesehen.«

»Er war aufgeblasen und arrogant, hatte langes Haar, das ihm über die Augen fiel, und dazu eine ziemlich große Nase – ein bisschen schief war sie auch, weil er sie sich einmal gebrochen hat. Vielleicht hat ihm ja jemand eine verpasst, was ich für sehr wahrscheinlich halte. Außerdem war er ziemlich groß und mager, redete ohne Punkt und Komma und musste ständig das letzte Wort haben.«

»Klingt, als hätte er einen bleibenden Eindruck bei dir hinterlassen, Kind.« Henri lachte.

»Ach, nicht nur bei mir. Eigentlich konnten wir ihn alle nicht leiden, obwohl er gut aussah und außerdem recht klug war. Er tat uns Leid, als seine Mutter davonlief und den armen, alten Paul verließ. Damals fanden wir sie sehr verrucht und mondän.« Wieder schmunzelte sie, als sie an den schlaksigen Jungen dachte, der sie geküsst hatte. »Charles Edouard konnte sehr nett sein, wenn er ein bisschen lockerer wurde. Doch das kam nicht sehr häufig vor.«

»Wenn ich dir so zuhöre, kriege ich richtig Mitleid mit dem armen Jungen«, kicherte Henri in Antwort auf ihre wenig schmeichelhafte Schilderung. »Aber vielleicht ist er, wie die Weine seiner Familie in Bordeaux, mit dem Alter ein wenig gereift. Schließlich muss er inzwischen knapp dreißig sein. Er hat gesagt, er wolle zurückkehren, um seinem Vater auf dem Weingut zu helfen.«

»Es würde mich wundern, wenn er länger als eine Woche bleiben würde. Er ist sich vermutlich wie seine Mutter viel zu fein für unser einfaches Landleben.«

»Wenn es ihn wirklich interessiert, wird er das Weingut bald leiten, denn Paul Ollivier schafft es offensichtlich nicht mehr. Es wäre ihm vermutlich recht, sich zur Ruhe zu setzen oder wenigstens ein bisschen kürzer zu treten.«

»Das kann ich mir nicht vorstellen. Außerdem beantwortet es noch nicht meine Frage, warum Charles Edouard mit dir sprechen möchte. Ich finde es ziemlich anmaßend, dass er sich einfach selbst eingeladen hat. Darf ich bei dem Gespräch dabei sein? Eigentlich wollte ich den heutigen Abend mit Chloë und Tante Jeanette verbringen, aber das hier klingt viel interessanter.«

»Wenn du das wirklich möchtest, könnte eine offenere Haltung recht hilfreich sein.« Henri lachte immer noch. »Du darfst andere Menschen nicht so abtun, Kind. Versuch es mal mit dem britischen Grundsatz, dass jeder unschuldig ist, bis man ihm das Gegenteil nachweist. Manchmal befürchte ich, du könntest die gesamte unvollkommene Menschheit verstoßen, bevor jemand auch nur die Chance erhält, sich dir von seiner Schokoladenseite zu zeigen. Natürlich kannst du dich gern zu uns setzen. Wenn ich an mein Verhältnis zu seinem starrsinnigen alten Vater denke, brauche ich vielleicht einen Verbündeten.«

»Es hat ganz sicher nichts mit eurem Rechtsstreit zu tun, das ist doch schon so lange her.«

»Tja, ganz gleich, was Charles Edouard Ollivier über unsere Zukunft hier zu sagen hat, viel schlimmer als die Gegenwart kann es nicht werden.« Henri setzte sich unvermittelt und wirkte auf einmal erschöpft. »Nachdem er weg ist, können wir ja ein einfaches Abendessen vor dem Kamin zu uns nehmen. Oder möchtest du dann noch Chloë und ihre Mutter besuchen?«

»Eigentlich hatte ich vor, zum Abendessen zurück zu sein«, log Solange. »Und vielleicht möchte unser Gast ja bleiben.« Sie stand auf und küsste Henri auf den Scheitel. »Ich rufe Chloë an und verschiebe unsere Verabredung.«

»Oh, Solange, wie kannst du mich im Stich lassen?« Ihre Cousine klang enttäuscht. »Ich hatte mich so darauf gefreut. Mama hat sogar aufgehört, in meinen Angelegenheiten herumzustochern, um sich ein paar Stunden lang einzig und allein mit deinen zu beschäftigen. Außerdem hast du versprochen, zum Essen zu bleiben. Ich ertrage einen weiteren Abend allein mit meinen Eltern nicht, und während der Woche gibt es hier ja nichts anderes zu tun.«

»Die Besprechung scheint Papa sehr wichtig zu sein.«

»Warum können sich dein Vater und dieser Soundso nicht allein die Köpfe heiß reden? Du gluckst viel zu viel mit Henri zusammen und solltest öfter ausgehen, damit er sich ans Alleinsein gewöhnt. Sonst kriegt er einen Schock, wenn du heiratest und nach Montpellier ziehst.«

Solange wich einem Gespräch über Henri und ihre anstehende Hochzeit aus und flüchtete sich in die Zusage, später in der Woche eine neue Verabredung zu treffen. Nachdem sie aufgelegt hatte, ging sie die Treppe hinunter in die Küche, wo Madame Prunier die Aufsicht über den wichtigsten Bereich des Haushalts führte. Mehrere große Fenster, die auf den Fluss hinausblickten, machten den Raum sehr hell. An schweren Balken hingen Töpfe, Pfannen, Büschel getrockneter Kräuter und dicke Knoblauchzöpfe.

»Ach, Solange, du siehst so blass aus. Und dein junger Mann wird finden, dass du viel zu dünn bist.« Die ausladenden Formen der Köchin verkörperten in ihren eigenen Augen das Sinnbild vollkommener Weiblichkeit. Solange zuckte zusammen, doch Madame Prunier war noch längst nicht fertig und erwärmte sich für ihr Thema. »Da drüben steht etwas frisch gebackenes Brot und etwas Käse. Versuch ein Stück von dem Cantal. Los, Kind, iss etwas! Du musst etwas essen!«

»Prunie, können Sie den Ablauf des heutigen Abends ein bisschen ändern? Charles Edouard Ollivier aus Roucas Blancs kommt, um Papa zu besuchen. Würden Sie uns gegen sechs einen kleinen Imbiss und Aperitifs servieren? Und vielleicht sind wir zu dritt beim Abendessen.«

»Mein Gott! Der junge Ollivier kommt her? Vielleicht hat ihn ja sein Vater geschickt, um endlich Frieden zu schließen. Er wird langsam alt, und mit seiner Gesundheit steht es auch nicht zum Besten.« Madame Prunier rümpfte die Nase. »Aber dein Papa sollte nicht zu vertrauensselig sein. Paul Ollivier ist ein schlauer Fuchs.«

Sie griff zum Schneebesen und begann, eine goldfarbene Mischung cremig zu schlagen. Solange stibitzte einen Löffel voll.

»Ich habe gehört, dass der Junge wieder zu Hause ist, gerade noch rechtzeitig, wenn du mich fragst. Ich habe Paul Ollivier am letzten Wochenende gesehen, und er wird sich nicht mehr lange um das Gut kümmern können. Er war schon immer ein knurriger alter Kauz, aber er saß nie auf dem hohen Ross wie seine feine Gattin, die nichts als Schwierigkeiten gemacht und mit Geld um sich geworfen hat.«

»Es muss hart für sie gewesen sein, von einem großen Gut in Bordeaux hierher nach Roucas Blanc überzusiedeln.«

»Papperlapapp! Das hätte sie sich überlegen sollen, bevor sie ihn geheiratet und wieder sitzen gelassen hat. Ein Jammer, dass er sich nicht wieder eine Frau genommen hat, dann wäre er vielleicht nicht so verbittert geworden.«

»Wen hätte er nach diesem Fehler denn heiraten sollen?«

»Damals war er noch jung genug. Und da er viel Land besitzt, war er eine gute Partie. Für den Jungen wäre es auch besser gewesen. Gut, dass er wieder hier ist, schließlich ist er jung und stark. Jeder weiß, dass der alte Mann zu stolz ist, um ihn auch nur um einen Besuch zu bitten.«

Solange unterdrückte ein Grinsen. Sie hätte wissen müssen, dass bereits das ganze Dorf über die Rückkehr von Ollivier junior sprach. »Tja, ich muss jetzt wieder an die Arbeit. So gegen eins hätten wir gerne nur einen Salat. Im Büro stapelt sich heute der Papierkram, und Papa befürchtet, nach einem richtigen Mittagessen nachmittags einzuschlafen.«

Beim Gedanken an eine so kärgliche Mahlzeit schnalzte Madame Prunier missbilligend mit der Zunge. Solange griff nach einem frisch gebackenen Brötchen, belegte es mit einem dicken Streifen Butter und einem Stück Käse und verließ die Küche.

Charles Edouard Ollivier erschien pünktlich um sechs Uhr. Solange musterte ihn verstohlen. Er war so groß, wie sie ihn in Erinnerung hatte, aber nicht mehr mager. Seine Nase sah immer noch aus, als wäre sie gebrochen, und sein Haar und seine Augen wirkten dunkler als früher. Er trug eine ausgewaschene Jeans und ein dunkelblaues Hemd mit einer abgetragenen, aber gut geschnittenen Jacke, die ihm eine lässige Ausstrahlung verlieh. Da er sonnengebräunt und muskulös war, arbeitete er vermutlich viel im Freien. Seine zurückhaltende Miene wurde von einem Lächeln abgelöst, als er Solange guten Tag sagte, ihre Hand ergriff und sich in einer übertriebenen Geste darüber beugte. Sie wusste, dass er versuchte, sie um den Finger zu wickeln. Als er Henri de Valnay begrüßte, stand er kerzengerade da und hielt die Fäuste an die Seiten gepresst.

»Ich freue mich, dass Sie sich die Zeit genommen haben, mich zu empfangen, Monsieur de Valnay. Soweit ich informiert bin, haben Sie sich dafür eingesetzt, die Weinproduktion in dieser Gegend zu verbessern. Außerdem sind Sie glänzend über fortschrittliche Ansätze hier in Frankreich sowie in Amerika und Australien informiert.« Charles Edouard sprach sehr schnell, und Solange stellte fest, dass er nervös war. Offenbar hatte er seine kleine Ansprache einstudiert. Sie senkte den Kopf, um ihre Belustigung zu verbergen, während er fortfuhr.

»Vermutlich wissen Sie, dass die Gesundheit meines Vaters zu wünschen übrig lässt. Ich bin nach Hause zurückgekehrt, um mich an seiner Statt um Roucas Blancs zu kümmern.«

»Das mit der Gesundheit Ihres Vaters tut mir Leid«, erwiderte Henri. »Zweifellos ist Ihnen bekannt, dass wir einander eine Weile nicht gesehen haben. Und ich frage mich, ob es ihn überraschen würde, wenn er wüsste, dass Sie hier sind.«

Charles Edouard zögerte angesichts dieser direkten Frage. Er blickte sich im Raum um, als hätte er seinen Text vergessen, und machte dann eine wegwerfende Handbewegung. »Lassen Sie uns alte Streitigkeiten begraben, Monsieur. Wenn wir über unser Land sprechen, dann im Zusammenhang mit wichtigeren Themen.«

Die Antwort und der mangelnde Respekt ließen Henri zusammenzucken. Doch da Veränderungen in dieser Region dringend notwendig waren, musste man zuweilen auch über den eigenen Schatten springen.

»Ihr Einwand hat etwas für sich«, erwiderte er deshalb ruhig. »Und der Himmel weiß, dass wir in dieser Gegend ein paar progressive Weingutbesitzer gut gebrauchen könnten. Aber warum wenden Sie sich mit Ihrer Bitte um Hilfe ausgerechnet an mich?«

Lorette erschien mit einer Auswahl winziger Pasteten, die frisch aus dem Ofen kamen. Henri schenkte seinem Gast einen Drink ein und forderte ihn auf, Platz zu nehmen. Solange setzte sich neben ihren Vater, sagte aber kein Wort. Charles Edouard bemerkte, wie außergewöhnlich schön sie war, viel ausdrucksvoller und sinnlicher als ihre blasse, zarte, durchscheinend schimmernde Mutter, an die er sich noch gut erinnerte. Das Licht des Kaminfeuers spiegelte sich in ihrem Haar und ließ es glänzen wie antikes Gold. Sie war schlicht gekleidet. Ein hellblauer Pullover betonte ihre Brüste und die schmale Taille, der kurze Wildlederrock verlängerte optisch ihre Beine. Sie trug schwere Silberohrringe und einige silberne Armreifen, und die kleinen, kräftigen Hände, die das Weinglas umfassten, waren von der Arbeit in den Weinbergen sonnengebräunt.

Charles Edouard wandte seine Aufmerksamkeit wieder seinem Gastgeber zu und erhob sich. »Monsieur de Valnay, ich möchte auf unserem Gut einige Dinge radikal verändern«, begann er. »Unsere Ländereien grenzen an Ihre, Monsieur, und gemeinsam besitzen wir genug Fläche, um ernst zu nehmende Weine anbauen zu können. Wir dürfen nicht länger dieses untrinkbare Gesöff herstellen, über das alle Welt lacht und für das es bald keinen Markt mehr geben wird. Sonst werden wir in einigen Jahren alle

Konkurs anmelden müssen. Ohne Reformen haben wir hier im Midi keine Zukunft.«

»Jeder Versuch, die hiesigen Weine zu verbessern, verlangt nach tief greifenden Veränderungen und einer Menge Kapital. Ich habe bereits einige Möglichkeiten mit der Genossenschaft erörtert, bin damit aber nicht sehr weit gekommen.« Henris Lächeln wirkte zweifelnd. »Selbst wenn man von meinem gespannten Verhältnis zu Ihrem Vater absieht, sind mir auf Grund meiner Behinderung Grenzen gesetzt. Solange schafft es mit meiner Schwester Jeanette und meinem Geschäftsführer Joël kaum, die täglichen Arbeiten auf dem Weingut zu bewältigen. Außerdem stehen mir keine größeren Investitionssummen zur Verfügung. Keine Bank in dieser Gegend wäre bereit, ein Weinbaugebiet, das dem Untergang geweiht ist, mit Krediten zu subventionieren. Erzählen Sie mir doch mal, was genau Sie mit Ihren Ländereien zu tun gedenken.«

Charles Edouard ging eine Weile im Zimmer auf und ab und blieb schließlich vor Henri stehen. Seine Stimme war leise, und er sprach jedes Wort deutlich aus. »Ich beabsichtige, Monsieur, jeden Hektar von Roucas Blancs umzugraben und noch einmal ganz von vorne anzufangen!«

»Das ganze Gelände umgraben? Und womit wollen Sie die Weinstöcke ersetzen?«

»Ich möchte auf dem gesamten Gut neue Trauben pflanzen. Natürlich nicht auf einen Schlag, aber in relativ kurzer Zeit. Mit ein paar Hektar habe ich bereits experimentiert. Dabei werde ich wieder zu der traditionellen Carignan-Rebe zurückkehren und Cabernet Sauvignon, Syrah, Merlot, Grenache und Mourvèdre anbauen.«

»Und Sie wollen all diese Sorten auf einmal anpflanzen?«

»Ja, Monsieur. Ich habe auch schon Versuche mit weißen Trauben angestellt und werde Weine herstellen, die köstlich, leicht und abgerundet im Geschmack sind. Ich besitze eine kleine Menge Chardonnay und werde sie mit Sauvignon Blanc und Alicante anreichern.« Charles Edouard wandte sich an Solange, die sich, begeistert von den gewaltigen Ausmaßen seiner Vision, vorgebeugt hatte. »Ich werde Weine mit einem Bouquet von Heidelbeeren und Rosenblättern und dem Duft der *garrigue* herstellen, Weine, die blumig und komplex sind, abwechslungsreiche Weine von gleich bleibender Qualität und Fruchtigkeit. Es gibt keinen Grund, warum das nicht zu bewerkstelligen sein sollte.«

»Ich möchte Sie ja nicht frustrieren, aber haben Sie überhaupt schon Ihre Böden überprüfen und analysieren lassen, damit Sie überhaupt wissen, was dort wächst?« Henri war die Skepsis nun deutlich anzumerken.

»Es besteht kein Grund, warum in einem derart abwechslungsreichen Gelände kein guter Chardonnay oder Sauvignon Blanc gedeihen sollte – oder ein ausgezeichneter, vollmundiger Roter, wie man ihn überall in Frankreich findet. Ja, unsere Böden sind von Fachleuten begutachtet worden. Außerdem habe ich mich mit den neuen Methoden der Weinherstellung befasst, wie man sie nicht nur in Frankreich, sondern auch in Kalifornien und Australien praktiziert.« Charles Edouard trank einen großen Schluck Whisky. Vermutlich richtete er seine Antwort an Solange, weil Henri de Valnay ihn nicht sehen konnte. Sie ertappte sich dabei, dass sie angesichts der Kühnheit seines Plans an die Stuhlkante gerutscht war, und der Abgrund zwischen Herausforderung und Gefahr faszinierte sie.

»Nur Fantasie, Mut und Engagement sind nötig.« Charles Edouard ging wieder auf und ab. »Gemeinsam könnten wir die Wegbereiter werden und der gesamten Region als Vorbild dienen. Wir könnten das Denken anderer Weinbauern in dieser Gegend revolutionieren. In ein paar Jahren könnten wir die gesamte Fachwelt erstaunen.«

»Ich bin ein einfacher Weinbauer, Charles Edouard, kein Messias für unsere Region.«

»Monsieur, wenn wir nur zwei Jahrgänge hochqualitativer Weine erzeugen, wäre die Regierung nur allzu gerne bereit, uns mit Subventionen unter die Arme zu greifen. Uns und auch den übrigen Weinbauern!«

»Wie sollen unsere Weinbauern in Weine investieren, die erst nach Jahren Profit erzielen?« Henri machte eine wegwerfende Handbewegung. »Und was ist mit den Maschinen und den Lagerflächen, die man bräuchte, um die Qualität der Weine zu verbessern? Wir alle reden über unsere geliebte Lage, aber wir brauchen nicht nur die richtigen Böden, sondern auch moderne Ausrüstung.«

»Ich habe für Sie einen Bericht zusammengestellt, Monsieur, der all diese Punkte behandelt und auch eine detaillierte Kostenaufstellung enthält.«

»Tja, sicher bin ich mit den neuen Techniken vertraut.« Henri zuckte die Achseln. »Unsere Gegend gehört zu den ältesten Weinanbaugebieten Frankreichs, und ich würde mich freuen, wenn sie auch eines der modernsten werden würde. Allerdings sind mir auch die Kosten einer derartigen Unternehmung vertraut.«

»Ich verlange nicht, dass Sie mir sofort antworten, Monsieur. Schließlich sitze ich schon seit über einem Jahr an den Plänen und Statistiken. Ich berechnete den erwarteten Gewinn auf der Basis durchschnittlicher Ernten in einem Zeitraum von sechs Jahren. Das alles würde ich Ihnen gerne zuschicken.«

Henri erhob sich und stellte sich, Charles Edouard gegenüber, mit dem Rücken zum Feuer. Seine Miene war zweifelnd. »Abgesehen von der Frage der Finanzierung haben Sie noch einige weitere Aspekte eines solchen Unternehmens außer Acht gelassen. Wer wird das Experiment verwalten und beaufsichtigen? Und wo sind die Käufer dieser wundervollen neuen Weine, die Sie herstellen möchten?«

»Mehr als acht Jahre lang habe ich auf den besten Weingütern Frankreichs gearbeitet, und die Herstellung von Wein ist für mich zur Leidenschaft geworden. Mein Vater meint, dass Besessenheit es besser treffen würde. Außerdem habe ich in Kalifornien und Australien gelebt und dort die neuen Techniken gelernt.«

»Sie haben mir immer noch nicht verraten, wer diese wundervollen Jahrgänge kaufen soll.«

»Die letzten beiden Jahre habe ich in London verbracht und war dort für einen führenden Weinvertrieb tätig«, erwiderte Charles Edouard. »Vermutlich kennen Sie dank Ihrer Erfahrung im Vertrieb die wichtigsten Namen. Meiner Ansicht nach wird England anfangs der bedeutendste Markt für unsere neuen Weine sein. Aber ich habe auch Kontakte nach Deutschland. Außerdem stehen uns noch andere Märkte offen, vielleicht sogar so weit entfernte wie Japan. Wenn wir die Weintechnologie der Neuen Welt mit unserem einzigartigen, jahrhundertelangen französischen Verständnis für Mischung und Geschmack verbinden, steht uns eine glanzvolle Zukunft bevor.«

Solange merkte ihm an, wie sehr ihn sein Traum berauschte. Allerdings verspürte sie auch quälende Besorgnis, wenn sie gründlicher über seinen Plan nachdachte. »Und wer wird das Kapital zur Verfügung stellen, das für all diese neuen Maschinen, Geräte und die Lagerflächen gebraucht wird?«, fragte sie ihn. »Und für die Kosten für Abfüllung und Vertrieb?«

Er sah sie an und hielt inne, um sich seine Worte sorgfältig zurechtzulegen. »Was die eigentlichen Produktionsstätten angeht, sind noch weitere Untersuchungen nötig. Allerdings keine umfangreichen. Ich habe letztes Jahr einen Architekten nach Roucas Blancs kommen lassen, der Pläne für eine moderne Weinherstellungsanlage gezeichnet hat. Fast alles müsste neu gebaut werden, und das wird zugegebenermaßen ziemlich teuer.«

»Wir sprechen hier von Millionen von Francs«, ergänzte Henri ernst.

»Ja, Monsieur, und deshalb könnte ich ein derartiges Projekt ohne Hilfe niemals realisieren. Ich würde es nie schaffen, nur mit unserem Land als Sicherheit eine solche Summe aufzunehmen. Die Regierung und die Banken würden mich auslachen. Aber ich weiß, dass es machbar ist und dass ich einen Geschäftspartner und Sponsor mit den erzielten Gewinnen auszahlen könnte – ganz abgesehen von dem Stolz und der Zufriedenheit, etwas bewirkt zu haben.«

»Also sind Sie genau genommen des Geldes wegen hier.« Solange

drückte sich absichtlich so direkt aus. »Geld von den de Valnays, um es in Ihr Land zu investieren.«
»Nicht nur in mein Land. Ich hoffe, dass Sie ebenfalls …«
Henri zog die Augenbrauen hoch und nahm die Karaffe mit dem Whisky von der Anrichte.
»Tja, bevor wir dieses Thema weiter erörtern, würde ich gerne Ihr schriftliches Angebot sehen. Ich muss zugeben, dass Ihr Vorhaben erfolgreich sein könnte, wenn man genug Zeit und Mühe investiert.«
»Es freut mich, dass Sie meine Ansicht teilen.«
»Allerdings, junger Mann, kennen Sie meine Situation und meine Grenzen. Ich werde über die Vorschläge nachdenken, die Sie mir heute unterbreitet haben. Dann können wir noch einmal darüber sprechen. Und nun verraten Sie mir, welche Rolle Ihr Vater dabei spielt. Wie wird er wohl auf eine Beteiligung meinerseits reagieren?«
»Mein Vater ist altmodisch und stur und hält meine Vorschläge für Spinnerei. Allerdings hat er mir einige Hektar für meine Versuche zur Verfügung gestellt, und er ist bereit, mir das Gut zu übertragen, und zwar aus dem einfachen Grund, dass er es nicht länger bewirtschaften kann.«
»Doch es ginge einen Schritt weiter zu gestatten, dass ein alter Feind in das eigene Land investiert. Wie steht er denn dazu?«
»Ich habe ihm verschwiegen, dass ich Sie besuche.« Charles Edouard zögerte. »Er würde sich gewiss aufregen, aber ich habe ihm gesagt, dass es an der Zeit sei, alte Streitigkeiten ruhen zu lassen und an die Zukunft zu denken. Ich glaube, Sie teilen diese Auffassung, und vermutlich wird es bei ihm auch bald so weit sein.«
»Tja, wenigstens sind Sie ehrlich. Und nachdem ich Ihre Auflistung und Ihre Zahlen studiert habe, kann ich Ihnen vielleicht jemanden nennen, der Ihnen finanziell unter die Arme greift. Wenn wir also zusammenarbeiten wollen, wäre es mir recht, wenn Sie mich in Zukunft nicht so förmlich ansprechen. Ein einfaches ›Henri‹ genügt völlig. Und jetzt wechseln wir am besten das Thema. Möchten Sie mit uns zu Abend essen?«

»Sie sind sehr großzügig.« Charles Edouard lächelte Henri zu; seine Miene entspannte sich sichtlich, und seine Augen funkelten vergnügt. »Doch mein Vater erwartet mich zum Essen. Vielleicht darf ich ein andermal auf Ihr Angebot zurückkommen?«
Solange begleitete ihn durch den Flur zur Tür, wo er sich noch einmal über ihre ausgestreckte Hand beugte. Dann richtete er sich rasch auf und grinste sie an. »Ich hielt dich immer für schön und intelligent, schon vor vielen Jahren, als ich noch ein unbeholfener, verlegener Schuljunge war«, sagte er, und sogar seine Augen schienen zu lächeln. »Selbst damals hast du einen bleibenden Eindruck bei mir hinterlassen. Allerdings fand ich dich ein bisschen streng und unnachsichtig gegenüber Heuchlern. Ich merke, das hat sich nicht geändert.«
Solange war peinlich berührt. Als sie eine Antwort murmelte, beugte er sich plötzlich vor und legte ihr die Hände auf die Schultern. »Mein Vater und ich waren sehr traurig über Celines Tod. Und ich weiß, was du seitdem hier geleistet und wie viel Verantwortung du getragen hast.«
»Ach, ich betrachte die Arbeit hier nicht als Belastung«, erwiderte sie, verlegen wegen seines Tonfalls und der körperlichen Nähe. »Es war eine lange und schwere Zeit, und ich musste eine Menge lernen. Doch inzwischen weiß ich genug, um Papa auf dem Gut zu helfen.«
»Du arbeitest wirklich im Weinberg?«
»Ziemlich häufig sogar, genau genommen jeden Tag. Außerdem in der Kellerei und im Büro.« Lächelnd sah sie ihn an. »Ich würde mich freuen, wenn unsere Väter ihren Streit vergessen oder wenigstens begraben würden. Es wäre gut für beide.«
»Stimmt. Ich habe gehört, dass du verlobt bist. Dein Vater wird dich nach der Hochzeit sehr vermissen. Sicher macht dir das Sorgen. Soweit ich weiß, heiratest du einen Anwalt aus Montpellier. Der Mann ist ein Glückspilz.« Charles Edouard hielt inne und zog die dunklen Augenbrauen hoch. Solange fragte sich, ob er sie verspottete. »Doch bevor du der Wirklichkeit und der Landwirtschaft den Rücken kehrst und dich den Freuden des Rechts, der

Politik und des Stadtlebens zuwendest, wäre es schön, wenn du mich besuchen und dir ansehen würdest, was sich in Roucas Blancs tut.«

Er stand sehr dicht bei ihr, und seine Hände ruhten immer noch auf den weichen Ärmeln ihres Pullovers. Als er Solange eingehend musterte, wuchs ihre Beklommenheit, bis er sich plötzlich bückte und sie, langsam und betont, auf den Mund küsste.

»Nur eine Erinnerung an sorglosere Zeiten«, meinte er und berührte sanft ihre Wange. Dann stand wieder ein Lächeln auf seinem Gesicht, nur dass diesmal ein Ausdruck mitschwang, den Solange als Spott deutete. »Gute Nacht, Solange.«

Sie war immer noch damit beschäftigt, ihre Fassung wiederzugewinnen, als er kehrtmachte und raschen Schrittes in der Dunkelheit verschwand. Empörung ergriff sie, während sie hörte, wie er seinen Wagen anließ; der Kies auf der Einfahrt knirschte, und die roten Hecklichter blitzten zwischen den Platanen zu beiden Seiten der Auffahrt auf. Wenn es sich um einen Versuch gehandelt hatte, sich ihre Unterstützung zu sichern, war er dabei ziemlich ungeschickt und dumm zu Werk gegangen. Sie schloss die Tür und betrachtete sich im Flurspiegel. Ihr Gesicht war gerötet, und ihre Augen leuchteten viel zu hell. Sie erinnerte sich an ihre erste Umarmung, und unwillkürlich strich sie sich mit den Fingern über die Lippen. Kurz sah sie sein kühnes, leicht wölfisches Grinsen vor sich, und ein Lächeln breitete sich auf ihrem Gesicht aus, das sich schließlich in ein lautes Lachen verwandelte. So viel zu Charles Edouard Ollivier, dachte sie. Er ist noch unverschämter als früher, nur dass er inzwischen auch einen Meistertitel in Arroganz besitzt.

Immer noch schmunzelnd, kehrte sie in die Bibliothek zurück. Lorette hatte die Kerzen auf dem kleinen Tisch am Fenster angezündet und begann, das Abendessen zu servieren. Henri schenkte ihnen beiden ein Glas weißen Bordeaux ein.

»Also, was hältst du von der Sache?«, fragte Solange. »Hat sein großer Plan etwas für sich?«

»Ich finde, dass er im Prinzip Recht hat.« Henri lehnte sich nachdenklich auf seinem Stuhl zurück. »Er hat eine Zukunftsvision, die diese Gegend verändern könnte, und junge Leute wie ihn brauchen wir verzweifelt. Allerdings wäre es eine gewaltige Unternehmung.«

»Reizt es dich?«

»Wenn ich in der Lage wäre, mich zu beteiligen, ja. Es wäre eine Lebensaufgabe und unbeschreiblich faszinierend. Die Aufregung würde mir großen Spaß machen.«

»Du würdest dafür sorgen müssen, dass er auf deinen Rat hört und dass du die erste Geige spielst. Er ist viel zu selbstsicher und hat es hauptsächlich auf dein Geld abgesehen.«

Solange wurde klar, dass dieses Projekt für ihren Vater einen Neuanfang bedeuten würde, eine Herausforderung und eine Aufgabe. Sicher würde sie selbst es schaffen, einen Teil ihrer Zeit hier zu verbringen, um ihm zu helfen. Montpellier war schließlich nur eine knappe Stunde entfernt. Auch Joël würde von diesem Vorhaben und der Zukunft, die es ihm und seinen Söhnen verhieß, begeistert sein. Als sie nach Henris Hand griff, spürte sie ein aufgeregtes Prickeln.

»Warum überlegst du es dir dann nicht? Wir könnten eine Vollzeit-Sekretärin einstellen und einen Buchhalter, der mit Tante Jeanette die Büroarbeit erledigt. Bestimmt hilft dir Joëls ältester Sohn in den Weinbergen, und ich könnte auch häufig herkommen.«

»Einen Moment, junges Fräulein, bevor du …«

»Mit Charles Edouard und vielleicht Paul, wenn er sich an den Gedanken gewöhnt, hätten wir für den Anfang schon eine recht gute Mannschaft.«

Henri zog die Hand weg und wandte den Blick ab, während er sprach. »Solange, ich muss ganz offen mit dir sein. Ich bin nicht in der Lage, so einen Schritt auch nur in Erwägung zu ziehen, denn die laufenden Kosten wachsen mir allmählich über den Kopf. In den vergangenen Jahren haben unsere Weine eher Geld gekostet, als welches einzubringen.« Er spürte, wie sehr sie seine Worte bestürzten, doch da er das Thema nun einmal zur Sprache ge-

bracht hatte, sah er keinen Weg zurück. »Offen gestanden habe ich mir überlegt, nach deiner Hochzeit einen Teil der Weinberge stillzulegen oder sie vielleicht zu verpachten.«
»Was soll das heißen? Das Gut ist unser Zuhause, unser ganzes Leben! Wir gehören hierher!«
»Natürlich, Kind, aber …«
»Und was wird aus Joël und unseren Mitarbeitern? Sie sind wie deine Kinder und von dir abhängig. Papa, das kannst du doch nicht ernst meinen. Sag, dass das nicht stimmt.«
»Sprechen wir ein andermal darüber.« Henri faltete seine Leinenserviette zusammen. »Es ist zu spät, um ein so schwieriges Thema zu erörtern, und ich bin ein wenig müde. Außerdem habe ich ja noch gar nichts entschieden und auch noch mit niemandem darüber geredet.«
Er wirkte völlig ruhig und zuversichtlich, ja, er lächelte sogar. Offenbar war alles so wie immer, aber der Schein trog. Solange schwieg wie gelähmt nach dieser Eröffnung. Auf ihrer Oberlippe bildeten sich kleine Schweißperlen, und ihre Hände zitterten so, dass sie sie auf dem Schoß falten musste. Ihr Pensum an unangenehmen Überraschungen und Enthüllungen war mehr als erfüllt.
»Papa, wir können unsere Weinberge doch nicht fremden Leuten geben. Das ist doch unsere Tradition, unsere Existenz.«
»Komm, mein liebes Kind, gehen wir zu Bett. Ich habe morgen früh eine Menge mit Joël zu erledigen, ich würde gerne wissen, wie weit sie schon mit dem Beschneiden und Jäten gekommen sind. Es war nur so eine Idee, weiter nichts. Keine Angst, mein Kind, dein Papa und dein Zuhause werden immer für dich da sein.«
Oben im Schlafzimmer blickte Solange sich um, fast erwartete sie, dass sich dort etwas verändert hatte. Aber zum Glück sah alles noch aus wie zuvor. Langsam zog sie sich aus und hielt kurz inne, um sich im Spiegel zu betrachten. Ihre Augen wirkten eingesunken, die Lippen waren schmal, und ihr Kiefer wirkte verspannt. Sie hatte sich immer für geliebt und erwünscht gehalten; ihre Kindheit war glücklich und behütet gewesen. Sie hatte gewusst,

wer sie war, und fest an ihre Zukunft geglaubt. Und nun stand sie vor einer jungen Frau, deren Mutter an einer qualvollen Krankheit gestorben war. Einem Kind, dessen Vater gar nicht sein Vater war und dessen geliebtes Zuhause und damit das Familienerbe vielleicht bald der Vergangenheit angehören würden. Ihr Blick ruhte auf einer Fremden, die ihr Leben einem unglücklichen Zufall zu verdanken hatte und die Produkt einer leidenschaftlichen, aber flüchtigen Liebschaft während des Krieges war.

Die Nacht war tintenschwarz und abweisend, als Solange sich vorbeugte, um die Fensterläden zu schließen. Unterhalb ihres Schlafzimmerfensters trat plötzlich der Fluss aus der Dunkelheit hervor, als der fahle Mond hinter einer Wolke erschien. Eine Eule rief einmal und dann noch ein zweites Mal, doch niemand antwortete ihr in der einsamen Nacht.

Kapitel 6
St. Joseph de Caune, 1970

Mit geschlossenen Augen lag Solange da und weigerte sich, die Morgensonne zu begrüßen. Erst nach drei Uhr hatte sie einschlafen können, und als sie endlich eingenickt war, waren ihre Träume voller Angst gewesen. Zum ersten Mal im Leben hatte sie aufrichtiges Verständnis mit Menschen, die an Schlaflosigkeit litten. Sie zog sich warm an und steckte sich die Haare hoch. Aus dem Spiegel blickten ihr Augen entgegen, die in den Schädel eingesunken zu sein schienen. Ihr gesamter Körper schmerzte ebenso wie ihr gemarterter Verstand. Am meisten quälte sie die Vorstellung, dass auch sie nur eines jenes ungewollten Kinder war, die jeden Tag auf der Welt geboren wurden. Und zu allem Überfluss sah es nun so aus, als wären ihr Zuhause und das Weingut der Familie bedroht. Offenbar lastete seit kurzem ein Fluch auf ihr.

Sie beschloss, ein Stück spazieren zu gehen, bevor sie sich zu ihrem Vater an den Frühstückstisch setzte, um ein wenig Kraft und ihr seelisches Gleichgewicht wiederzufinden. Doch als er ihre Schritte auf der Treppe hörte, rief er sie zu sich ins Esszimmer. Nachdem sie ihn rasch umarmt hatte, setzte sie sich schweigend und versuchte, sich mit dampfendem Kaffee und einer süßen Brioche zu beruhigen und zu stärken. Henri wählte mit Bedacht ein aufmunterndes Gesprächsthema.

»Na, mein Kind, jetzt kommt Guy ja bald zurück. Innerhalb der nächsten beiden Wochen, wenn ich mich recht entsinne.« Er kostete die Pflaumenmarmelade aus der Ernte des letzten Sommers. »Also werden wir die Sache mit den Weinen erst einmal zurückstellen und uns lieber mit dem Hochzeitsdatum, den Kleidern und der Gästeliste beschäftigen.«

»Offenbar hast du mit Lorette gesprochen.«

»Warte nur ab, bis deine Großmutter sich ernsthaft mit dieser Angelegenheit befasst! Und außerdem dürfen wir die Familie St. Jorre mit ihrem makellosen Stammbaum und ihrem Hang zum Pomp nicht vergessen. Wenn der Tag erst mal näher rückt, werden wir im Umgang mit diesen Leuten eine Menge Takt beweisen müssen«, fuhr Henri, der Solanges bedrückte Miene nicht sehen konnte, genüsslich fort. »Schwebt dir schon ein Datum vor, Liebling«

Solange zuckte zusammen, als sie an ihre zukünftige Schwiegermutter dachte. Doch es war ja nicht nötig, dass sie den St. Jorres oder überhaupt jemandem ihre neu entdeckte Abstammung offenbarte. Also hatte sie nichts zu befürchten – zu diesem Schluss war sie bereits gekommen.

»Papa, bis jetzt habe ich noch gar nichts geplant. Und ich weiß nicht, warum wir uns mit dieser Sache auseinander setzen müssen, solange hier so viele dringendere Aufgaben anstehen.« Sie war machtlos dagegen, dass ihre Stimme scharf, laut und barsch klang.

»Solange, mein Schatz ...«

»Mein Gott, Papa! Sobald Guy hier ist, werden wir, genau wie du sagst, in diesem Theater ersticken. Und da Lorette und du offenbar schon alles organisiert habt, braucht ihr mich eigentlich gar nicht.«

Henri hob den Kopf. Er war erstaunt und verärgert über ihren Ton und gekränkt, weil sie seine Begeisterung nicht teilte. Dennoch erwiderte er nichts, und Solange hatte den Eindruck, dass dieses für beide untypische Schweigen einen kleinen Riss im Fundament ihrer Beziehung hervorgerufen hatte. Mit zitternden Händen umfasste sie ihre Kaffeetasse und versuchte, sich wieder zu fangen.

Nach einer Weile nahm sie seine Hand.
»Entschuldige, Papa. Vermutlich macht mich die ganze Sache nervöser, als mir bewusst war. Natürlich freue ich mich riesig darauf, dass Guy nach Hause kommt. Es tut mir so Leid.«
Sie lächelte verkniffen, doch es gelang ihr nicht, ihren bedrückten Tonfall zu verbergen. Als Henri sie an sich zog, lehnte sie sich an seine Cordjacke und zwang sich zur Ruhe. Es machte sie zunehmend wütend, dass sie unfähig war, ihr Selbstmitleid zu unterdrücken. Sie brauchte Hilfe, aber es gab niemanden, an den sie sich wenden konnte.
Henri war niedergeschlagen. Seit Wochen schon spürte er, dass etwas an seiner sonst so ausgeglichenen Tochter nagte. Anfangs hatte er es auf Guys Abwesenheit zurückgeführt, doch als die Zeit verging, bemerkte er, dass ihre Anspannung zunahm. Solange war geistesabwesend und empfindlich, sie grübelte offenbar über etwas nach, über das sie nicht mit ihm sprechen wollte. Henri fühlte sich immer einsamer und begann, sich nach seiner Frau zu sehnen. Er vermisste sie so sehr, dass jeder Muskel seines Körpers sich zusammenkrampfte, als wolle er die Verzweiflung aus sich herauspressen. Manchmal, wenn er nachts allein in seiner dunklen Welt saß, legte sich ein schmerzhaftes Band wie eine Schraubzwinge um seine Brust und Arme. Celine wäre in der Lage gewesen, Solanges Blicke, ihre Miene und all die übrigen Signale zu deuten, die er nicht sehen konnte. Er wollte neben seiner Frau liegen, den Duft ihres Haars und ihrer Haut einatmen und spüren, wie ihre Hände seine Schläfen massierten und den stets drohenden Dämon der Depression vertrieben. Sie hätten über ihre Tochter sprechen und gemeinsam deren Probleme lösen können. Er wollte Celines leise Worte der Liebe und des Trostes hören, und er sehnte sich so verzweifelt nach ihrer körperlichen Anwesenheit, dass er sich kaum beruhigen konnte. Es war immer noch schwierig, mit Solange über sie zu reden. Allmählich hatten sie gelernt, mit dem Schmerz zu leben, ihn zu verdrängen und nicht mehr auf die gähnende Leere des unbesetzten Stuhls am Frühstückstisch zu achten, auf das unbenutzte Auto in der Garage und die

Regenjacke, die schlaff in der Flurgarderobe hing. Wenn sie Celine heute erwähnten, geschah das hauptsächlich in Anwesenheit anderer Menschen, die sie durch die unbeholfenen Sätze lotsten und das Gespräch sanft auf ein unverfängliches Thema lenkten.
»Keine Sorge, Solange. Das ist nur die Nervosität vor der Hochzeit. Ich weiß noch, dass ich mich vor all den Jahren genauso gefühlt habe. Aber ich habe einen Vorschlag für dich. Deine Großmutter wünscht sich schon seit Monaten, dass du sie besuchst. Warum fährst du nicht nach Paris und verbringst ein paar Tage bei ihr?«
»Nein, lieber nicht, Papa.«
»Das wäre ein Tapetenwechsel für dich. Charlotte hat dich sehr lieb, mein Kind. Und irgendwie hat Guy es geschafft, sich das Wohlwollen deiner Großmutter zu erobern, eine Leistung, für die die meisten Sterblichen mehrere Jahre brauchen.« Er schob die Finger unter ihr Kinn, hob ihr Gesicht an und berührte sanft ihre Mundwinkel, um festzustellen, ob sie lächelte. »Du hast so hart draußen im Weinberg gearbeitet. Wäre es nicht nett, sich ein paar Tage hübsch anzuziehen und das Stadtleben zu genießen?«
Solange bewegte den Kopf, um ihn zu unterbrechen, aber Henri legte ihr einfach den Finger auf die Lippen und sprach weiter.
»Nimm dir ein bisschen Zeit für dich. Geh in die Museen und Läden, die du am liebsten hast. Schau dir ein Theaterstück und einen oder zwei Filme an. Schlaf morgens aus.«
»Ich glaube nicht …«
»Eine solche Chance bekommst du wegen des Weinguts, der Hochzeitsvorbereitungen und der Ernte so bald nicht wieder.« Er legte ihr die Hände auf die Schultern. »Was hältst du davon, Kind? Nein, sag jetzt nichts, denn du wirst bestimmt nur die alberne Ausrede vorbringen, du hättest hier zu viel zu tun.«
Da sie schwieg und ihm nicht widersprach, nützte er seinen Vorteil. »Komm, schauen wir mal im Fahrplan nach. Ich glaube, gegen Mittag fährt ein Zug. Versteh es als einen der letzten Befehle von deinem Papa, bevor er dich einem anderen Mann übergibt.«

»Papa«, meinte sie, und ihre Antwort klang sogar in ihren eigenen Ohren seltsam zusammenhanglos. »Du hast Recht, ich bin sehr nervös. Ein paar Tage Abstand wären vielleicht das Richtige. Bis Mitte nächster Woche habe ich keine dringenden Termine. Kaum zu fassen, dass ich deine Ansicht teile, aber ja, ich würde gern ein paar Tage freinehmen.«

Sie sah ihn an und war dankbar für die Liebe und Besorgnis, die sich in seinem Gesicht spiegelten. »Doch ich glaube, ich möchte nicht nach Paris fahren, sondern lieber an einen Ort, wo es ruhig ist und wo ich allein sein kann. Vielleicht in ein kleines Hotel an der spanischen Küste wie das, wo wir im letzten Jahr gewesen sind. Es ist nicht weit.«

»Spanien? Du willst nach Spanien?« Henri traute seinen Ohren nicht. »Um diese Jahreszeit ist dort kaum jemand. Es wird wie ausgestorben sein.«

»Genau das brauche ich ja. Zeit für mich, damit ich überlegen, Daten festsetzen, Gästelisten aufstellen und über all das nachdenken kann, womit ich mich noch nicht befasst habe.«

»Tja, ich hatte mir zwar etwas anderes vorgestellt, aber wenn du unbedingt willst, geh los und kümmere dich um alles.« Etwas an ihrer Antwort gefiel ihm nicht, doch da er sie selbst auf den Gedanken gebracht hatte, glaubte er, nicht das Recht zu haben, ihr ihr Vorhaben auszureden. Stattdessen lächelte er sie an und unterdrückte das alberne Bedauern, dass sie ihn nicht aufgefordert hatte, sie zu begleiten. »Du solltest noch heute abreisen, bevor du es dir in deiner Sprunghaftigkeit wieder anders überlegst. Wie willst du dorthin fahren?«

»Mit dem Auto. Und ich nehme meine Kamera und ein paar Bücher mit und schreibe einige längst überfällige Briefe. Außerdem werde ich mir bessere Manieren angewöhnen, damit du nicht das Gefühl hast, Guy zur Ehe mit einer Furie zu verdonnern.«

Sie standen auf, erleichtert, wieder gemeinsam lachen zu können. Solange brauchte nicht lange, um einige Kleider und Utensilien zu packen. Als sie fertig war, öffnete sie die abschließbare Schublade ihres Schreibtischs und nahm ihren Pass heraus. Eleanors

Briefe blickten ihr mit dreister Beharrlichkeit entgegen. Sie knallte die Schublade zu und rannte die Treppe hinunter.
Der Morgen war klar und sonnig, und der Wetterbericht klang verheißungsvoll. Solange betrachtete das alte Haus. Frühe Rosen mit prallen Knospen bedeckten das alte Spalier, doch ihr fiel auf, dass die Mauern dringend ausgebessert werden mussten. Einige Steine waren locker, und von dem Gebäude bröckelte der Putz. Doch das hätte ein teures Gerüst und mindestens zwei Handwerker erfordert. Wusste Papa davon, und schob er es aus finanziellen Gründen auf? Solange wurde von quälenden Zweifeln überkommen. Jenseits des Gartens standen die Weinreben in ordentlichen Reihen und drückten der wilden Landschaft den Stempel menschlicher Bemühungen auf. Solange wandte sich ab. Sie war nicht bereit, sich damit abzufinden, dass all das möglicherweise nicht für die Ewigkeit bestimmt war. Joël lud ihr Gepäck in den Kofferraum des Wagens, und Lorette erschien mit einer Thermosflasche Kaffee und einem Korb mit Brot, Käse und Obst.
»Ich rufe an, wenn ich angekommen bin.« Sie umarmte Henri und strich ihm sanft über das Haar mit den grauen Strähnen. »Aber mach dir keine Sorgen, wenn es spät wird. Ich will die Küstenstraße nehmen, sobald es geht.«
Ihr Zuhause verschwand im Rückspiegel, als sie den von Platanen gesäumten Weg zur Straße hinunterfuhr. Beim Anblick des Briefkastens fiel ihr ein, dass sich ihr Brief an Eleanor Kirwan noch immer in ihrer Handtasche befand. Eleanor Kirwan, die gesichtslose Fremde, die alles auf den Kopf gestellt hatte, was in ihrem Leben vertraut gewesen war und ihr etwas bedeutet hatte. Sie hasste Eleanor Kirwan. An der Hauptstraße angekommen, hielt sie an, doch anstatt nach links abzubiegen und in südlicher Richtung nach Spanien und an die Costa Brava zu fahren, wandte sie sich nach Nordosten, wo Montpellier lag.
Im Weinberg richtete sich Joël von den Reben auf, an denen er gerade arbeitete, um Solange zuzuwinken. Zu seiner Überraschung stellte er fest, dass der Wagen nicht die Straße nach Narbonne in Richtung spanische Grenze nahm. Er rechnete da-

mit, dass Solange zum Haus zurückkehren würde. Vielleicht hatte sie etwas vergessen. Aber das Auto fuhr in dieselbe Richtung weiter und war bald nicht mehr zu sehen. Verdattert schüttelte Joël den Kopf und machte sich wieder an die Arbeit. Möglicherweise hatte sie ihre Pläne geändert. Lorette wusste sicher Bescheid, er würde sie beim Mittagessen danach fragen.

Die Fahrt verlief gemächlich, und es herrschte kaum Verkehr. Am Flughafen von Montpellier stellte Solange das Auto ab und trug ihren Koffer zum Terminal. Neben dem Zeitungsstand entdeckte sie einen Briefkasten. Sie öffnete ihre Handtasche, holte den Brief an Eleanor Kirwan heraus und sah zu, wie dieser im Briefschlitz verschwand. Eine Stunde später befand sie sich in der Luft und flog über Weinberge, Austernbänke und glitzernde Salzseen aufs offene Meer hinaus.

Es war fast dunkel, als Solange in eine kiesbestreute Auffahrt zwischen zwei Ehrfurcht gebietenen Steinpfeilern einbog. Sie stoppte den Mietwagen und stieg aus. Inzwischen war sie müde und spürte, dass sie eine weite Strecke zurückgelegt hatte. Das Haupthaus stand auf einer Anhöhe, die steinernen Terrassen überblickten einen streng gestalteten Garten und in der Ferne befanden sich Koppeln, auf denen Vieh graste. In den bleigefassten Fenstern spiegelte sich die letzte Abendsonne. An der Seite stand ein kleineres Gebäude, dessen Mauern von blühenden Kletterpflanzen bedeckt waren. Rauch stieg aus dem Schornstein auf. Solanges Schritte knirschten laut auf dem Kies, und sie konnte ihre Nervosität kaum unterdrücken. Doch es war zu spät zum Umkehren.

Sie läutete, drehte dann, ohne auf Antwort zu warten, den schweren Türknauf um und betrat die Vorhalle. Sie hörte, wie im angrenzenden Zimmer ein Stuhl zurückgeschoben wurde, dann ertönten Schritte. Ihr Herz raste. Sie spürte, wie es gegen ihren Brustkasten schlug, und sie hatte ein lautes Rauschen in den Ohren. Ein Druckgefühl entstand hinter ihren Augen, und sie hätte wegen der unerträglichen Anspannung am liebsten aufgeschrien.

Cedric Swann öffnete die Tür seines Arbeitszimmers. Einen Moment verharrte ihr Leben irgendwo zwischen ihren verborgenen Ängsten und einer unbeschreiblichen Erleichterung. Dann ging sie auf ihn zu, fiel ihm in die ausgebreiteten Arme und begann zu weinen, nicht leise, sondern in lauten, unbeherrschbaren Schluchzern. Sie war nicht in der Lage, ein Wort zu sagen oder ihm zu erklären, was sie eigentlich hier wollte. Er brachte sie ins Arbeitszimmer und ließ sie vor dem Kaminfeuer Platz nehmen. Nachdem er ihr die Tränen getrocknet hatte, schenkte er ihr ein Glas Sherry ein und reichte es ihr. Dann öffnete er seinen Schreibtisch und schloss eine Schublade auf. Als er sich wieder zu ihr umdrehte, hatte er eine ledernes Kästchen und einen Umschlag mit einem Schlüssel in der Hand.

»Solange«, meinte er. »Mein liebes, wunderschönes kleines Mädchen. Ich glaube, du bist deswegen hier.«

Kapitel 7
Dublin 1970

Elizabeth schleuderte ihren Mantel auf den Stuhl in der Vorhalle. »Hallo, ich bin wieder da!«, rief sie.
Doch sie wurde von Schweigen empfangen. Die Abendsonne schien durch die Buntglastür und tauchte die Eichentäfelung und die Vase mit Tulpen in einen sanften Schimmer. Großvater Kirwan blickte ihr von seinem Porträt entgegen, das neben der Treppe hing. Elizabeth sah in den Flurspiegel und verzog die vollen, roten Lippen. Ihr Gesicht, eingerahmt von einer Wolke hellroten Haars, starrte ihr mit einem anzüglichen Schmollen entgegen. Sie zeigte ihrem Spiegelbild den Mittelfinger und grinste.
»Hallo, wo seid ihr denn alle?«, rief sie wieder. Dann hörte sie Stimmengemurmel aus dem Arbeitszimmer und riss die Tür auf. »Na, ihr braucht ja nicht alle auf einmal zu antworten. James, warum bist du schon so früh zu Hause? Stimmt etwas nicht?«
James stand, den Telefonhörer in der Hand, am Schreibtisch. »Also in etwa zwanzig Minuten? Danke, Dr. Mackay.« Er legte auf. »Er macht sich gleich auf den Weg.«
Elizabeths Blick schweifte durch den Raum. Helena lag von Kissen gestützt da. Sie war in eine Decke gewickelt und zitterte am ganzen Leibe. Eleanor kniete neben dem Sofa und sprach leise mit ihr.

»Um Himmels willen, sagt mir endlich, was los ist! Mama?« Elizabeth stürmte auf sie zu. »Was hat sie?«
Sie betrachtete ihre Mutter und bemerkte das Zittern, den leeren Blick und ihre Finger, die zwanghaft an der Decke zupften.
»Es ist meine Schuld«, sagte Eleanor mit erstickter Stimme. »Ich hätte mittags nach ihr sehen sollen. Aber ich hatte gerade den Brief gelesen und bin in den Garten gegangen, um über alles nachzudenken. Und dann habe ich mich einfach in mein Zimmer zurückgezogen.« Sie verstummte, schob sich eine Haarsträhne aus dem Gesicht, und ihre Schultern begannen zu zucken.
Elizabeth ergriff die Initiative. »James, steh nicht herum wie ein Ölgötze, sondern setz El auf einen Stuhl, bevor sie uns auch noch umkippt. Und gib ihr um Himmels willen ein Taschentuch.« Sie kniete sich neben ihre Mutter und versuchte, Helenas Finger zu beruhigen, indem sie sie nahm und sanft massierte. »Ob wir ihr einen Schluck Brandy einflößen sollten?«
»Ich glaube, das kann nicht schaden.« James öffnete die Hausbar und suchte nach einem Glas. »Dr. Mackay wird jede Minute hier sein.«
»Ich habe sie heute Morgen gerufen.« Eleanors Stimme klang wieder gefasster. »Sie sagte, sie male und wolle nicht gestört werden. Eine Weile habe ich an einem Manuskript gearbeitet, das ich aus dem Büro mitgebracht hatte, und dann habe ich mir die Post aus der Vorhalle geholt. Es war ein Brief an mich von Solange dabei …« Ihre Stimme erstarb, und sie putzte sich die Nase. »Und darüber habe ich alles andere vergessen. Gegen drei ist mir Mutter wieder eingefallen. Ich habe Salat und Kaffee gemacht und es ihr ins Atelier gebracht. Sie lag zusammengekrümmt auf dem Boden, zitterte und gab nur ein Wimmern von sich. Ihre Farben und Pinsel waren überall verstreut, und sie hatte eine Leinwand umgeworfen, so dass alles rot beschmiert war.«
Sie stieß ein ersticktes Schluchzen aus und drehte am Taschentuch herum. »Ich habe sie mehr oder weniger hier herein geschleppt; sie sagte kein Wort, sondern jammerte immer nur so komisch.«

Elizabeth beugte sich über Helena und musterte ihren leeren Blick. James reichte ihr das Brandyglas.
»Komm schon, Mama, sieh mich an! Ich bin es, Lizzie! Ich flöße dir jetzt etwas Brandy ein. Dr. Mackay kommt gleich.« Aber Helena presste die Lippen fest zusammen und begann wieder, an der Decke herumzuzupfen. Elizabeth drehte sich zu James um. »Selbst wenn Dr. Mackay kommt, muss sie vielleicht ins Krankenhaus.«
Helenas Zähne klapperten, doch ihr Blick richtete sich plötzlich auf Elizabeth. Sie sprach die Worte ganz deutlich aus: »Kein Krankenhaus. Ich will hier nicht weg.« Wieder erschauderte sie. »Ich will, dass Seamus kommt. Ich will nur Seamus. Seamus wird Bescheid wissen.« Tränen liefen ihr übers Gesicht und hinterließen glitzernde Spuren, als sie die Sätze immer wieder wiederholte. »Bitte, bitte, findet Seamus.«
Es läutete an der Tür. Eleanor ging aufmachen und kehrte mit Dr. Mackay zurück. Dieser fühlte Helena den Puls, untersuchte ihre Augen und ihre Atmung und lehnte sie dann wieder in die Kissen. »Helena, hören Sie mir zu. Es handelt sich um eine verzögerte Reaktion auf den Schock und die Trauer, und Sie brauchen dringend Ruhe. Ich werde Ihnen jetzt eine Spritze geben, damit Sie besser schlafen können. Sie schlafen doch in letzter Zeit schlecht, oder?«
Sie starrte an ihm vorbei, ihre Lippen bewegten sich lautlos, und Wollklümpchen sammelten sich zwischen ihren Fingern, weil sie weiter an der Decke herumzupfte. Dr. Mackay wandte sich an die anderen.
»Hat sie überhaupt etwas gesagt?«
»Sie hat nach Seamus gefragt«, erwiderte James. »Er ist auf dem Rückweg von einer Wandertour durch Nepal. Nach Vaters Tod haben wir versucht, ihn zu kontaktieren, aber er befand sich in einer sehr abgelegenen Gegend. Es hat eine Weile gedauert, bis wir ihm durch die britische Botschaft eine Nachricht zukommen lassen konnten. Gestern hat er uns telegrafiert, er werde so schnell es geht zurückkehren.«

Dr. Mackay nickte und zog die Spritze auf. »Tja, falls Sie Gelegenheit haben sollten, sich noch einmal mit ihm in Verbindung zu setzen, sollten Sie betonen, wie ernst die Lage ist.« Er beugte sich vor, um Helena die Spritze zu geben. »Ihre Mutter ist körperlich und seelisch erschöpft, und Seamus ist derjenige, der ihr in dieser Situation wahrscheinlich am besten helfen kann. Außerdem ist er ein ausgezeichneter Arzt. In der Zwischenzeit denke ich, dass wir sie für eine Weile in ein Pflegeheim bringen sollten.«

»Muss sie lang dort bleiben, Dr. Mackay?«

»Das kann ich Ihnen nicht sagen, James. Ihre Mutter hat sich Richards Tod sehr zu Herzen genommen und sich von ihrer Umwelt isoliert. Sie hat sich nicht die Chance gegeben zu trauern und sich auch keine Ruhe gegönnt. So etwas kann man nicht ewig durchhalten. Irgendwann sagen Körper und Geist, dass es genug ist.«

Wieder klingelte es an der Tür, diesmal laut und drängend.

»Wer kann denn das bloß sein?« Aufgeregt sprang Eleanor hoch. »James, Lizzie, ihr erwartet doch nicht etwa jemanden?«

»Nein.« Beide schüttelten den Kopf.

Elizabeth ging in den Flur hinaus. Ein gewaltiger Schatten füllte die Glasscheibe der Vordertür, und sie riss die Tür auf. »Oh, Onkel Seamus! Oh, Gott, sind wir froh, dich zu sehen.«

Der Mann, der in der Tür stand, war groß und erinnerte an einen Bären. Eisblaue Augen blickten aus einem faltigen, wettergegerbten Gesicht. Das weizenblonde Haar war von grauen Strähnen durchzogen. Er ließ den Rucksack auf die Schwelle fallen, breitete die Arme aus und drückte seine Nichte an sich.

»Lizzie, mein Liebling.« Er hatte eine dunkle, raue Stimme. »Ich bin losgefahren, sobald ich konnte. Es tut mir Leid, dass ich nicht hier war, um euch zu helfen. Wo ist deine Mutter?«

»Oh, Onkel Seamus ...« Elizabeths Stimme zitterte. »Sie hatte eine Art Zusammenbruch. Man will sie ins Krankenhaus bringen.«

Sie griff nach seiner großen Hand und führte ihn ins Arbeitszimmer. Nachdem er Dr. Mackay zugelächelt hatte, schüttelte er

James die Hand, strich Eleanor leicht über die Wange, umarmte sie und näherte sich dann dem Sofa. »Helena, ich bin wieder zu Hause. Sieh mich an.«
Zögernd schlug sie die Augen auf, griff nach seiner Hand und schloss wieder die Lider. Ihr Atem schien nun leichter zu gehen. Seamus setzte sich neben sie, während James ihm die Ereignisse des Tages schilderte.
»Können wir sie hier behalten, Peter?«, erkundigte sich Seamus bei Dr. Mackay. »Ich bleibe bei ihr. Ich bin sicher, dass sie jetzt schläft. Wenn sie sich besser fühlt, nehme ich sie mit in den Westen.«
Dr. Mackay nickte zustimmend. Seamus warf einen Blick auf Eleanor und bemerkte ihre angespannte Miene. »Vielleicht solltest du dir auch ein paar freie Tage gönnen und uns begleiten, Eleanor. Du könntest mir helfen.«
»Es wäre das Beste für sie«, meinte James.
Als Seamus Eleanor fragend ansah, schüttelte sie den Kopf. »Wir unterhalten uns später, Seamus. Bringen wir zuerst Mutter ins Bett. Vielen Dank, Dr. Mackay. Gibt es etwas, das wir beachten sollten?«
»Nein, sie ist schon viel ruhiger. Ich glaube, jetzt, da Seamus hier ist, müssen wir uns keine großen Sorgen mehr machen. Für den Fall, dass Sie mich brauchen, rufe ich Sie morgen früh an, bevor ich in meine Praxis fahre.« Er griff nach seiner Tasche, zog den Mantel an und schüttelte Seamus mit einem aufmunternden Lächeln die Hand. »Außerdem weiß Seamus ja, was zu tun ist. Ihr Fall, Dr. O'Riordan. Ich finde selbst hinaus.«
Nachdem er fort war, trug Seamus Helena nach oben, während Eleanor in die Küche ging, um ihm eine Mahlzeit zurechtzumachen. James und Elizabeth blieben ihm Wohnzimmer stehen und blickten eine Weile schweigend auf die Bucht hinaus.
»Was passiert hier gerade?« Elizabeth verstand die Welt nicht mehr. »Ich weiß, dass die Sache mit Mama und dem Testament Eleanor ziemlich an die Nieren geht, aber ich habe sie noch nie so erschüttert gesehen. Nicht, seit der Sache mit diesem grässlichen

Matthew. Sie kriegt doch nicht etwa einen Nervenzusammenbruch? Sie wird doch nicht auch in so einen Zustand geraten wie Mama?«

James schüttelte den Kopf. Er ging ins Wohnzimmer und kehrte mit einem Brief zurück. »Der ist heute eingetroffen«, meinte er. »Solange hat beschlossen, dass sie nichts mehr mit uns zu tun haben will. Du kennst doch El. Sie nimmt alles so persönlich und gibt sich immer selbst die Schuld. Ich habe keine Ahnung, was sie Solange geschrieben hatte.«

»Ich weiß nicht, warum sie sich überhaupt die Mühe gemacht hat, ihr zu schreiben«, entgegnete Lizzie. »Für diese Frau hätte ich keine Zeile zu Papier gebracht.«

»Ach, Lizzie, du weißt doch, wie Eleanor ist. Sie hat Vater vergöttert. Wahrscheinlich wollte sie ... seinen Namen rein waschen oder wenigstens in der Lage sein, uns alles zu erklären. Und sich selbst. Vielleicht sogar Solange.«

»Darf ich den Brief lesen?« Elizabeth streckte die Hand aus und runzelte die Stirn, als er zögerte. »Ach, sei nicht albern, James, die Sache geht auch mich etwas an. Gib ihn schon her.«

James reichte ihr den Brief, den sie rasch überflog. Nachdem sie fertig war, wollte sie ihn wütend auf den Schreibtisch werfen, aber er fiel zu Boden.

»Diese egoistische kleine Franzosenschlampe! Was zum Teufel bildet sie sich ein, einfach zu bestimmen, dass Vaters Geheimnisse mit ihm begraben werden sollen? Haut ab und belästigt mich nicht mehr, schließlich habe ich jetzt das Geld, wollte sie wohl sagen! Die arme Eleanor, kein Wunder, dass sie gekränkt ist. Ich wette, sie hat dieser Mademoiselle Solange ihr ganzes Herz ausgeschüttet und fühlt sich nun zurückgewiesen.«

»Lizzie, du darfst das alles nicht so einseitig sehen. Wie würde es dir gefallen, wenn du kurz vor deiner Hochzeit erfährst, dass dein Vater gar nicht dein Vater ist und dass deine Mutter dir das verschwiegen hat? Den Mann, den Solange jahrelang für ihren Vater gehalten hat, kann sie auch nicht fragen, denn er war vielleicht ebenfalls ahnungslos. Und dann ist da noch der Verlobte. Soll sie

ihm reinen Wein einschenken oder nicht? Außerdem denke ich nicht, dass sie Geld braucht.«
Elizabeth bedachte ihn mit einem höhnischen Blick. »Wenn der Verlobte etwas taugt und sie ihn wirklich liebt, gibt es doch kein Problem.«
»Ach, verdammt noch mal! Wahrscheinlich fühlt sich dieses Mädchen jetzt wie das ungewünschte Ergebnis eines Fehltritts. Werde endlich erwachsen und betrachte die Sache mal von beiden Seiten.«
Seine Schwester funkelte ihn zornig an; ihre zierliche Gestalt war vor Wut und Abwehr stocksteif. James schlug einen versöhnlicheren Ton an. »In Frankreich, bei alteingesessenen Gutsbesitzerfamilien, sind derartige Fragen vielleicht sehr wichtig, Lizzie. Selbst in der irischen Mittelschicht sind die meisten Eltern nicht sehr begeistert, wenn ihr Nachwuchs einen Menschen von zweifelhafter Herkunft heiratet.«
»Was weißt du schon? Womöglich wohnt sie in einer Bretterhütte, und ihre Mutter hat versucht, Vater zu erpressen. Vielleicht hat sie ihn ja gezwungen, uns das anzutun. Sie muss gewusst haben, dass er reich ist. Kann sein, dass sie gar nicht seine Tochter ist.«
James seufzte; er musste sich wohl oder übel damit abfinden, dass es zwecklos war, seiner Schwester eine vernünftigere Sichtweise nahe bringen zu wollen.
»Komm schon, es ist doch ziemlich unwahrscheinlich, dass Solange ihre Lebensverhältnisse nur erfunden hat, um uns zu beeindrucken. Außerdem ist ihre Mutter tot. Vielleicht hatte Vater kurz vor seinem Tod ein schlechtes Gewissen, und Geld erschien ihm als die einfachste Methode, sie in einer letzten Geste doch noch als sein Kind anzuerkennen.«
»Sie hat ja wohl auch ohne seine Unterstützung all die Jahre überlebt. Also gibt es keinen Grund, sie uns ausgerechnet jetzt als Schwester zu präsentieren. Und was ist mit Mama? Hat er denn gar nicht daran gedacht, wie sie darauf reagieren würde?«
Ihre Miene veränderte sich, als sie sah, dass er den Kopf schüttel-

te, und sie legte sich ihre nächsten Worte etwas sorgfältiger zurecht.
»Ich denke, wir beide sollten herausfinden, was wirklich geschehen ist. Es ist unsere Pflicht, James, zu versuchen, die Zusammenhänge zu ergründen. Als ich davon erfuhr, fühlte ich mich, als strecke er aus dem Grab die Hand nach uns aus, um uns wehzutun. Es war, als hätte er uns nie geliebt und nur darauf gewartet, die Bombe platzen lassen zu können, nachdem er sich aus der Affäre gezogen hatte. An diesem Abend war ich so wütend, James. Trotz der Eiseskälte ging ich allein zum Strand hinunter und lief bis zum hinteren Ende, wo man niemandem mehr begegnet. Und dort habe ich geschrien, so laut ich konnte. Ich versuchte, mich an alle Schimpfwörter zu erinnern, die ich kenne, und habe sie ihm entgegengebrüllt. Ich wollte ihn schockieren und verletzen.«
Sie hielt inne, und ihre Stimme zitterte. »Aber ich konnte ihn nicht erreichen, James. Er war fort, irgendwo an einem geheimen Ort. Und ich wollte ihn so gerne zurückhaben.«
James legte die Arme um sie und drückte sie fest an sich. »Ich hatte solche Angst, als er starb«, flüsterte sie in seine Jacke. »Als er vor meinen Augen dahinsiechte. O Gott, es war so egoistisch von mir, weil ich wollte, dass er meinetwegen wieder gesund wurde. Ich dachte gar nicht an seine Schmerzen. Und plötzlich erschien es mir wie eine Bestrafung. Er war mir weggenommen worden, und eine Wildfremde hatte ihn bekommen.« Sie richtete sich auf, wich zurück und wischte sich die Augen ab. »Gott, was rede ich für einen Unsinn. Hoffentlich habe ich mir die Wimperntusche nicht verschmiert.«
Trotzig sah sie ihren Bruder an, der ihr mit der Fingerspitze sanft unter beiden Augen entlangfuhr.
»So sieht es wieder gut aus, Lizzie.«
»Warum reist du nicht nach Frankreich und versuchst, etwas über Vaters Leben dort herauszufinden?«
»Du meinst, dass wir – Solange hin oder her – wissen müssen, was geschehen ist?« James musterte sie nachdenklich.
»Ja, James!« Sie packte ihn am Revers. »Du könntest doch einen

Fall in Paris übernehmen, und ich begleite dich. Dann könnten wir recherchieren, wie Papa vor all den Jahren seine Zeit dort verbracht hat.«

»Das ist doch Wahnsinn!« James lachte verzweifelt auf. »Ich kann doch nicht einfach ›einen Fall in Paris übernehmen‹, wie du es nennst.«

»Aber du befasst dich doch mit internationalen Prozessen, James. Letztes Jahr gab es doch auch welche.«

»Ja, aber das war eher ungewöhnlich. Und ich wähle meine Fälle nicht selbst aus, sondern bekomme sie von anderen Anwälten zugeschickt. Allerdings wäre da der Fall Arlenne, den ich mir vor ein paar Wochen angesehen habe. Außerdem ist nächste Woche ein Juristenkongress in Paris. Eigentlich hatte ich nicht wegfahren und euch alle so bald allein lassen wollen …«

»Siehst du? Ich wusste, dass uns etwas einfallen würde.«

»Und was ist mit Eleanor?«

»Wir werden alles Onkel Seamus erzählen. Dann wird er dafür sorgen, dass Eleanor bei ihm in Connemara ein bisschen ausspannt. Sie sollte im Augenblick nämlich noch nichts davon erfahren.«

James nickte. Die Schlichtheit von Lizzies Plan amüsierte ihn, doch er hatte auch Angst vor den möglichen Folgen. »Ich werde den Großteil der Zeit arbeiten müssen.«

»Ja, natürlich. Aber schließlich kann ich auch allein Nachforschungen anstellen. Mein Französisch ist genauso gut wie deines und Eleanors.«

»Wo würden wir anfangen?«

»An der Sorbonne, wo Vater vor dem Krieg unterrichtet hat. Dort gibt es sicher noch Leute, die ihn kannten. Immerhin war er seitdem ja öfter dort. Und was ist mit der Großmutter? Solanges Großmutter lebt immer noch in Paris, das stand in dem ersten Brief. Ganz sicher hat sie Vater gekannt. Du kannst morgen früh alles vorbereiten. Ich muss für morgen noch einen Aufsatz schreiben. Gute Nacht, liebster Bruder …«

Elizabeth warf ihm eine Kusshand zu und lief hinaus. James blieb eine Weile sitzen und war froh, in dem ruhigen Zimmer allein zu sein. Er fragte sich, ob er dabei war, den Verstand zu verlieren. Niemals hätte er einen derart wahnwitzigen Plan auch nur in Erwägung ziehen dürfen. Aber vielleicht war er es ihnen allen, sich selbst eingeschlossen, ja schuldig, der Wahrheit auf den Grund zu gehen. Er würde seinen Kollegen in Paris wegen dem Fall Arlenne anrufen. Gleich morgen früh.

Eleanor saß in ihrem Zimmer, starrte auf die gewaltige vom Mond erleuchtete Wasserfläche hinaus und dachte über den Brief nach. Warum hatte sie wegen Solanges Reaktion so die Nerven verloren? Warum war ihr nicht früher klar geworden, dass Seamus ihrer Mutter am besten helfen konnte? Sie hätte Helena gegenüber deutlicher zum Ausdruck bringen müssen, dass er unterwegs hierher war.

»Werde ich je einem anderen Menschen alles bedeuten?«, fragte sie sich und drängte alberne Tränen zurück. »Vater hat mich nie wirklich gebraucht – obwohl ich ihn so sehr geliebt habe. Matthew kam auch ohne mich zurecht, und ich habe es gar nicht bemerkt.«

Sie stand auf und zog so heftig den Vorhang zu, dass sich das eine Ende von der Vorhangstange löste. Sie ließ den Vorhang schief vor dem Fenster hängen, legte sich ins Bett und drehte den Kopf ins Dunkel.

»Zum Teufel mit dir, Vater!«, zischte sie in die Dunkelheit. »Ich wusste, dass du mich nicht so geliebt hast, wie ich geliebt werden wollte. Aber ich glaubte immer, ich könnte zu dir aufblicken und dir vertrauen. Welches Erbe hast du uns nun mit deinem edlen Vermächtnis hinterlassen? ›Meiner Tochter in Frankreich, Solange de Valnay, vermache ich die Trümmer meiner Familie in Irland!‹«

Helena schlief unruhig und wälzte sich hin und her. Hinter ihren geschlossenen Lidern verbanden sich Bilder zu einer bedrohlichen Mischung aus Alptraum und Erinnerung. In der Ferne hörte sie gedämpfte Stimmen, und Richards Schatten schwebte in nicht erreichbarer Ferne an ihr vorbei. Sie musste dringend mit ihm sprechen, es gab etwas, das sie ihm unbedingt erklären musste. Doch sie spürte, wie seine schattenhafte Gestalt Abwehr ausstrahlte. Helena stieß einen leisen Verzweiflungsschrei aus, der tausendfach um sie herum widerhallte, so dass sie von schrillem Getöse umfangen wurde. Als sie sich die Ohren zuhalten wollte, gehorchten ihr die Hände nicht. Sie spürte, wie Panik sich in ihrem Kopf breitmachte.

Dann durchdrang die Stimme ihres Bruders den Strudel und übertönte alle anderen Geräusche. Sie fühlte, wie seine Hand sich um ihre schloss. Es war, als spülte der tröstende Klang seiner Stimme die Last der Jahre weg. Der Schmerz der Gegenwart wurde aus ihrem Gedächtnis gelöscht, als sie die unendlichen Himmel ihrer Kindheit in Connemara vor sich sah – damals als Seamus der Mittelpunkt ihrer Welt gewesen war. Mit einem langen Seufzer hielt sie still und ließ sich von der Vergangenheit einhüllen.

Kapitel 8
Connemara, 1925

Seamus und Helena standen am Meer. Ein Geruch nach frischem Tang entstieg den Wellen, und die Brandung war stark. Zwischen den Regenschauern kam hin und wieder eine launische Sonne zum Vorschein. Obwohl Helenas Haar am Rücken zu einem festen Zopf geflochten war, hatten sich durch den Wind bereits einige Strähnen gelöst. Mit dreizehn hatte Seamus die Phase erreicht, in der sich Knie und Ellenbogen knochig unter zu klein gewordener Kleidung abzeichnen. Finstere Entschlossenheit malte sich in seinem runden sommersprossigen Gesicht. Der Sommer – der letzte Sommer ihrer Kindheit – hatte eine feuchte Spur durch ihre Erinnerung gezogen.

In den letzten beiden Wochen hatten sie alle ihre Lieblingsschlupfwinkel besucht, um sich von ihnen zu verabschieden. Sie hatten sich am Hafen zwischen den Fischernetzen und Kisten herumgetrieben und den Duft des Lebens eingesogen, das man ihnen nun nehmen würde. In dem kleinen Laden für Bootszubehör hatte Helena den kräftigen Geruch von Seilen, Tauen, Messing, Lack, Getreidesäcken und Leinenballen eingeatmet. Auf einem Hocker hinter der polierten Theke sitzend, hatte sie den Schritten der Fischer auf dem gefegten Holzboden gelauscht. Dada wurde noch wortkarger als sonst. Er starrte in die Ferne, drehte sein Portweinglas zwischen den Händen und kaute auf seiner

Pfeife herum. Angela ordnete und packte Schuluniformen und Bettzeug, wobei sie Ratschläge und aufmunternde Versprechungen austeilte. Doch Helena glaubte ihr kein Wort. Sie wurde weggeschickt. Weg von allem und jedem, das ihr etwas bedeutete. In ein Gefängnis namens Klosterinternat, um dort »Manieren« zu lernen.

Und dass die vollkommene Gleichförmigkeit ihrer Tage nun ein so jähes Ende fand, hatten sie nur dem dicken Connor Sweeney zu verdanken. Connor Sweeney und seine Bande machten ihnen mit ihrem Spott und den Hänseleien schon lange das Leben schwer. Weil er so stark war, dachte er, sich alles erlauben zu können – jedenfalls bis zu jenem schicksalsträchtigen Nachmittag.

»Na, wenn das nicht das kleine Rotschöpfchen mit ihrem Zwillingsbruder, dem Waschlappen, ist!«, hatte Connor gehöhnt. »Hast du wieder mal ein Gedicht geschrieben, du Mamasöhnchen? Komm, zeig mal her!«

Seamus drängte sich an ihm vorbei, um seiner Schwester den Weg freizumachen. Aber Connor packte Helena am Haar. Sie schrie auf, wehrte sich und trat ihrem Gegner gegen das Schienbein. Ihr Zwillingsbruder, der doppelt so groß war wie sie, stürzte sich daraufhin ins Getümmel, und bei der darauf folgenden Prügelei landete Seamus' kostbares Heft mit Gedichten in einer Pfütze. Es war das erste Mal, dass Helena ihren Bruder weinen sah. Nachdem die Burschen sich, ihre Fahrräder hinauf zum College schiebend, lachend aus dem Staub gemacht hatten, wollte Seamus die durchweichten Seiten retten. Aber die Tinte war verlaufen, so dass man nichts mehr entziffern konnte. Zitternd legte Helena ihre kleine Hand in seine.

»Kannst du sie denn nicht alle auswendig, Seamus?«

Sprachlos schüttelte er den Kopf. Dann drückte er ihre Hand, und sie ließen die Ruinen seiner Seele auf dem vom Regen durchweichten Pfad liegen. Als sie den Hügel hinaufstiegen, lugte die Sonne hinter einer Wolke hervor und spiegelte sich funkelnd in Connor Sweeneys neuem Fahrrad. Da kam Helena der zündende Gedanke, und wenige Minuten später hatten sie den Fahrradschuppen des College erreicht. Da sie nicht erkennen konnten, welches Rad Connor gehörte, versetzte Helena Seamus lachend einen Rippenstoß.

»Komm schon, wir lassen einfach überall die Luft raus. Die Kerle sind einer so schlimm wie der andere. Wenn wir uns alle Räder vornehmen, wird niemand wissen, dass wir es waren, um Connor Sweeney eins auszuwischen!«

Sie bückte sich und drehte bei dem ersten Rad erst das Ventil des vorderen und dann des hinteren Reifens auf. Seamus sah entsetzt zu, wie sie systematisch die Reihe abging. Sie fing seinen Blick auf und grinste. »Trau dich, Seamus O'Riordan. Wenn du kneifst, bist du ein Feigling!«

Also machte er sich ebenfalls an die Arbeit, und bald drangen Geräusche wie von einer Dampfmaschine aus dem Schuppen. Als sie fertig waren, nahm Seamus sie bei der Hand, und sie flohen über die Straße, wo sie sich hinter ein paar Felsen versteckten.

»Helena O'Riordan, du bist das frechste Mädchen, dem ich je begegnet bin!«, keuchte Seamus. »Wenn sie uns auf die Schliche kommen, machen sie Hackfleisch aus uns.«

»Ach, Unsinn. Niemand wird es herausbekommen. Schließlich hat uns keiner gesehen. Und wenn wir jetzt nach Hause gehen, kann uns niemand nachweisen, dass wir überhaupt in der Nähe des College gewesen sind.«

Aber sie waren geblieben, bis die Jungen aus dem Nachmittagsunterricht kamen, weil sie sich den Spaß nicht entgehen lassen wollten. Das Wutgeschrei ließ sie in ihrem Versteck zusammenzucken, und dann rannten sie um ihr Leben, während eine Horde großer Jungen, die von der Schule aus ausströmte, sich an ihre Fersen heftete. Als Helena stürzte, sich den Knöchel verstauchte und ihren Stiefel verlor, hatte Seamus sie auf den Rücken genommen und war weiter über die Felder gestolpert. Zu Hause stand Dada vor dem Herd. Angela kochte Tee, und am Küchentisch saß der Prior des Colleges. Ihre älteren Brüder waren draußen und flickten die Netze, allerdings so nah an der Hintertür, dass sie das Gespräch belauschen konnten. Der Prior, Bruder Fergus, war ein dicker Mann mit einem verquollenen Gesicht und Haaren in den Ohren. Sein keuchender Atem verriet, dass er seine Wut kaum zügeln konnte.

»Ist das deiner, kleines Fräulein?«

Der Stiefel – der Schnürsenkel gerissen, die Sohle mit Schlamm verkrustet – wurde auf den Tisch gestellt. Mit vor Schreck geweiteten Augen ließ Seamus seine Schwester los, so dass sie zu Boden rutschte und ein stechender Schmerz durch ihren verletzten Fuß fuhr. Der Raum drehte sich um sie, und sie konnte undeutlich erkennen, dass der Prior ihr mit dem dicken Finger drohte. Sein Mund öffnete und schloss sich wie bei einem Kabeljau, aber seine Worte wurden von dem Dröhnen in ihren Ohren übertönt. Dann wurde es schwarz um sie. Nach diesem Vorfall beschlossen Dada und Angela, sie beide wegzuschicken.

Peadar O'Riordan war kurz nach der Geburt der Zwillinge Witwer geworden. Am Abend nach der Beerdigung saß er mit den Babys auf dem Schoß in der Küche. Seamus war ein großer, freundlicher Junge mit rundem Gesicht und sandfarbenem Haar wie sein Vater. Helena hingegen war ein Elfenkind, mit dunkelbraunen Augen und einem winzigen, von einer rotgolden leuchtenden Krone umrahmten Gesichtchen. An diesem Abend hatte Peadar Besuch von Angela Doyle bekommen, die ihm ihre Hilfe angeboten hatte. Sie war ein gefallenes Mädchen, denn sie war mit dem Neffen des »großen Hauses« durchgebrannt, der zu allem Überfluss auch noch Protestant gewesen war. Schließlich hatte sie ihn sogar in einer protestantischen Kirche geheiratet. Ein Jahr später war sie zurück. Sie trug ein schwarzes Kleid: Ihr Mann war bei einem Reitunfall ums Leben gekommen. Seine Familie wollte nichts mit ihr zu tun haben, und ihre eigene hatte sie ebenfalls vor die Tür gesetzt. Also erschien sie an diesem Abend, zierlich, mager, dunkelhaarig und mit spitzer Nase und spitzem Kinn, bei Peadar. Doch ihre Augen waren ruhig, und sie sah den Witwer unverwandt an, als sie ihm den Vorschlag machte, sie könne sich um die Kinder und den Haushalt kümmern.

Vier Jahre lang versorgte Angela die Familie, während die Leute in Roundstone sie mit missbilligenden Blicken bedachten. Dann hatte Peadar sie geheiratet, und von diesem Tag an schlief Angela in Dadas Bett. Ansonsten hatte sich nichts verändert. Nur dass die schlanke, dunkelhaarige Frau viel häufiger lächelte und oft in der Küche mit weicher Altstimme sang, wenn sie sich unbelauscht glaubte. Im Dorf galten die O'Riordans als unkonventionell, weshalb man ihnen mit Argwohn begegnete. Die Zwillinge betrachtete man allgemein als unerzogen.

Und nun war sogar Angela einverstanden, sie nicht nur von zu Hause wegzuschicken, sondern darüber hinaus noch voneinander zu trennen. Ihre Schwester war Nonne und Direktorin eines Internats in Athlone, wo für Helena ein freier Platz gefunden wurde. Seamus sollte in Galway bei seinem Onkel wohnen und gemeinsam mit seinen Cousins das dortige College besuchen. Am liebsten hätte Helena gebettelt, getobt, geschrien und gefleht, doch wenn sie nur an den Abschied dachte, entstand ein Kloß in ihrer Kehle, der ihr die Stimme abschnürte, so dass sie keinen Ton mehr herausbekam. Und während Angela alles munter und geschäftig vorbereitete, zog sich der Schraubstock um Helenas Herz immer enger zusammen.

»Bald kann ich nicht mehr atmen«, murmelte sie in heller Angst. »Und niemand wird es bemerken, so beschäftigt sind sie mit ihren albernen Gesprächen über Schuluniformen und Bücher. Ich werde tot in der Ecke liegen, ohne dass sie es überhaupt mitkriegen. Ich hasse sie – ich hasse sie alle!«

Sie flüchtete sich nach draußen in den Wind, zwischen Felsen und Heidekraut, um sich die Farben ihrer Heimat und die Gerüche einzuprägen. Unten an der Seal Bay lag sie auf den flachen Felsen und musterte ihre Körnung und die verschlungenen Risse und Spalten. Doch selbst hier ließ sich die Zukunft nicht vertreiben. Sie machte sich auf die Suche nach ihrem Bruder, und es tat ihr weh, ihn anzusehen, denn bald würden sie sich trennen müssen. Sie befürchtete, er könnte sich verändern und sich von ihr entfernen, so dass alles, was sie miteinander geteilt hatten, plötzlich nicht mehr galt.

Nun war der letzte Tag gekommen. Sie standen am Ufer und versuchten, einander ohne Worte zu trösten. Helena spürte die Ängste, die Seamus nicht ausdrücken konnte, und schämte sich, weil sie mit sich und ihren eigenen Sorgen beschäftigt gewesen war. Seamus hielt ein fest zusammengerolltes Papier in der Hand. Sie wusste, dass er gestern Abend bei Dämmerung hier gesessen und geschrieben und geschrieben hatte. Nun hob er den Arm und warf das Papier ins tiefe Wasser. Mit geschlossenen Augen stand er da, und seine Lippen bewegten sich lautlos. Helena trat näher heran und beobachtete, wie das Papier sich in den Wellen langsam entfaltete. Es war eng beschrieben. Die Tinte verschwamm, wurde blasser und hinterließ dunkelblaue Strudel an der Wasseroberfläche.

»Was ist das, Seamus?«

»Ich schreibe ins Wasser«, erwiderte er leise und nahm ihre Hand. »Ich schreibe unsere Namen in die Bucht, damit sie uns immer wieder erkennt, wenn wir zurückkehren, ganz gleich, wie wir auch aussehen mögen. Ich habe diesen Ort mit Worten an uns gebunden. Wir gehören zu dieser Bucht, und die Bucht gehört zu uns. Es ist, als schriebe man sein Testament.«

Er drückte ihre Hand, machte kehrt und ging in Richtung Dorf davon. Helena blieb stehen und starrte auf die zerfließenden Seiten, die fortgetragen wurden. Dann lief sie an Seamus vorbei die steinige Straße hinauf zu der Klippe, wo sie auf alles hinunterschaute – das Haus, den Laden, das Dorf und die Boote, die auf dem schimmernden Meer tanzten. Sie hörte Angela rufen und sah, wie Seamus die Hintertur erreichte, wo Dada ihn erwartete. Dada sagte etwas zu ihm, drehte sich dann um und blickte, ins Licht blinzelnd, zu ihr hinauf. Er winkte. Dann rannte sie wieder, diesmal nach unten, um ihn noch einmal zu umarmen, bevor die Trauer sie umfing und mit sich riss.

Ihre Schule lag in den Midlands; sie war ein graues Gebäude mit hohen Fenstern, das in einer gesichtslosen Ebene stand. Helena vermisste die Boote und den Geruch nach Salz in der Luft. Hier

war alles so eng und eingeschränkt. Hohe Hecken und Eisentore; keine bröckelnden Klippen und vom Himmel schießende Möwen. Die Schafe und Kühe wirkten, als hätte sie jemand ordentlich in der Landschaft aufgestellt. Anders als zu Hause hatten sie nicht die Freiheit, durch die Hügel zu streunen oder über Gräben zu springen. Selbst das Wasser schmeckte merkwürdig.
Am schlimmsten waren die Nächte, in denen sie in der Kammer eingesperrt war, die ihr schmales Bett enthielt. Über ihr befand sich ein winziges Fenster, durch das sie sich in ihren Träumen hoch in den Sternenhimmel und über die Felder erhob, um nach Connemara zu fliegen. Sie fragte sich, ob Seamus wohl auch in einem so engen, kleinen Zimmer schlafen musste, ohne dass der Wind vor den Fenstern sein wildes Lied heulte und auch ohne das Geräusch der Takelagen, die auf dem nächtlichen Wasser gegen die Masten der Boote schlugen. Es waren diese Momente, in denen sie vor Einsamkeit zu ersticken glaubte.
Helena wurde blass und mager. Immer häufiger flüchtete sie sich ins Zeichnen, und es tröstete sie, die vertrauten Szenen ihrer Heimat aus dem Gedächtnis auf Papier zu bannen. Eines Nachmittags kämpfte sie gerade mit der Form eines Segels auf dem Boot ihres Vaters.
»Das Problem ist der Mast, *ma petite.* Wenn das Boot sich in den Wind legt, sieht er so aus.«
Eine Hand wies auf das Blatt Papier, und Helena wurde klar, dass die Sprecherin etwas vom Segeln verstand. Sie veränderte den Winkel des Mastes und blickte auf. Die ältere französische Nonne, die inzwischen im Ruhestand war und an einem Stock mit Silberknauf ging, war ihr schon öfter aufgefallen. Ihr Gesicht war faltig, ihre Augen lagen, vielleicht vor Schmerzen oder einfach nur wegen ihres Alters, tief in den Höhlen.
»Danke, Schwester.«
»Ich bin Schwester Véronique. Darf ich mir deine Arbeiten ansehen?«
Helena reichte der Nonne ihr Skizzenbuch. Die langen Finger blätterten gemächlich die Seiten um.

»Offenbar hast du Talent. Aber du bist oft allein, richtig? Ich glaube, du musst mehr essen und besser schlafen.« Die Stimme der Nonne klang freundlich. »Ich weiß, was es bedeutet, Heimweh zu haben und jemanden zu vermissen, der weit weg ist.«

Schwester Véronique war eine ausgezeichnete Lehrerin und sehr anregend und kultiviert. Helenas französische Grammatik verbesserte sich, und mit der Zeit gelang es der alten Nonne, ihre Schülerin für Kunst und Musik zu interessieren.

Helena schrieb lange, ausufernde Briefe an Seamus und kürzere an ihren Vater und an Angela, in denen sie ihnen versicherte, dass es ihr gut ging. Allerdings verschwieg sie ihnen, dass sie nur auf den Moment hinlebte, in dem sie nach Hause zurückkehren und wieder frei sein konnte. Seamus schickte ihr seine Gedichte und lustige Geschichten über sein Leben in Galway und seine neuen Freunde. Allmählich befürchtete Helena, dass er sie gar nicht vermisste.

Doch endlich war der Sommer da, und sie durften nach Hause. Am schönsten waren die Abende, wenn sich alle in der Küche oder bei schönem Wetter unten am Hafen versammelten. Dann konnte Helena sich in der wilden Musik der Geigen, Flöten und Löffel, dem Wirbeln der Röcke und dem Stampfen der Füße verlieren. Selbst ihr alter Feind Connor Sweeney betrachtete sie bewundernd, wagte sich aber nicht an sie heran. Seamus wich nicht von ihrer Seite, und inzwischen hatte niemand mehr Lust, sich mit ihm anzulegen. Als die Tage kürzer wurden und man die Schulkoffer wieder hervorholte, schwor sich Helena, sich nicht noch einmal vom Abschied das Herz zerreißen zu lassen. Diesmal würde es ein leises Lebewohl geben, damit ihr Schmerz darüber, ihr Zuhause und ihre Familie verlassen zu müssen, nicht überhand nahm.

In der Mitte ihres letzten Schuljahres, als die kalten Märzwinde durch die Flure pfiffen und sich die Bäume draußen unter Schneeregen und Hagelschauern bogen, starb Dada. Eine Weile zog Helena sich in sich selbst zurück. Sie sprach kaum ein Wort, war nicht in der Lage, Verbindung mit einer Welt aufzunehmen, in der es keinen Dada mehr gab, der sie mit seiner alles umfassenden Liebe beschützte. Nicht einmal mit Seamus konnte sie darüber reden. Eines Abends, als die Trauer sie zu verschlingen drohte, setzte sie sich mit Kohle und Pastellkreide hin, um ihr eigenes Bild von ihm zu schaffen. Und in diesem Moment wusste sie, worin ihre Zukunft lag: Sie würde malen und alles, was sie empfand, auf Papier oder Leinwand festhalten. Sie würde ihre Gefühle mit einem Farbstrich, der Körperhaltung einer Figur oder einer harten Kontur entlang eines sanft geschwungenen Hügels ausdrücken. In diesem Jahr lernte sie, in Magentarot, Grün und Kobaltblau zu sprechen, mit Öl oder mit Wasserfarben und mit Pinsel und Palette. Sie begann, erwachsen zu werden.

Kapitel 9
Dublin, 1970

Ein fahles Licht strömte duch die halb geöffneten Vorhänge. Eleanor wandte sich ab und vergrub das Gesicht im Kissen. Sie hatte Kopfschmerzen, und ihre Augen waren verklebt. Am liebsten hätte sie alles vergessen und einfach weitergeschlafen. Es war Wochen her, seit sie zum letzten Mal eine Nacht durchgeschlafen hatte, und sie sehnte sich danach, Dublin, diesem Haus, der Stadt und überhaupt allem für eine Weile den Rücken zu kehren. Es würde ihr gut tun, am Strand von Seal Bay spazieren zu gehen, die prickelnde Luft des Westens einzuatmen und die friedliche Stille von Connemara auf sich wirken zu lassen. James hatte Recht, sie brauchte eine Pause. Er hatte fast immer Recht, auch wenn sie ihm das nur selten sagte.

Nachdem sie rasch geduscht hatte, schlüpfte in eine warme Hose, Stiefel und einen Pullover, griff nach der Haarbürste und betrachtete sich im Spiegel: ein mageres, bleiches Gesicht, ein wuscheliger schwarzer Haarschopf, die Augenbrauen ein wenig zu dick, leuchtend blaue Augen mit dunklen Schatten darunter, eine gerade Nase und ein strenger Mund. Die Züge ihres Vaters blickten ihr entgegen, und Eleanor erschrak, als ihr klar wurde, wie sehr sie ihm ähnelte. Hoch gewachsen und hager mit grüblerischem Ausdruck. Wegen ihrer Größe hatte sie schon immer Komplexe gehabt. Von Helena hatte sie offenbar kaum etwas ge-

erbt, dachte sie bedrückt, bis auf die schwer zu bändigenden Haare, während Elizabeth ein Abbild der zarten, leuchtenden Erscheinung ihrer Mutter war.
Nachdem sie mit ihrem Haar gekämpft hatte, schlich sie den Flur entlang zum Elternschlafzimmer und spähte hinein. Helena lag reglos in den Kissen, aber ihr Atem war regelmäßig, und offenbar schlief sie fest. Seamus war nirgendwo zu sehen. Leise schloss Eleanor die Tür und ging nach unten, wo sie den Frühstückstisch deckte. Sie hinterließ einen Zettel, dass sie für etwa eine Stunde ins Büro fahren werde. Sie wollte einige Manuskripte holen, um an ihnen in Connemara zu arbeiten, und musste außerdem einiges mit Gareth Duggan besprechen, der stets sehr früh am Morgen in den Verlag kam.
Der Kirwan-Verlag genoss wegen der literarischen Qualität seines Programms international einen guten Ruf. Der Gründer, Eleanors Urgroßvater, hatte die Firma seinem ältesten Sohn vermacht. Jonathan und Dorothea Kirwan ihrerseits hatten gehofft, dass ihr einziger Sohn den Verlag übernehmen würde, doch Richards Liebe hatte schon immer der Wissenschaft gegolten. Also mussten sich seine Eltern damit abfinden, dass der Stern des jungen Mannes strahlend am akademischen Himmel aufging. Seit dem Tod von Richards Eltern wurde das Unternehmen von Gareth Duggan, dem Seniorpartner, geleitet.
Nach ihrem Studienabschluss war Eleanor Gareths Assistentin geworden, und sie war stolz darauf, dass sie auf Grund ihrer eigenen Leistungen aufgestiegen war. Eleanor kannte Gareth schon seit ihrer Kindheit, als er als junger Studienabsolvent in den Verlag eingetreten war. Im Laufe der Jahre war er auch ein enger Freund der Familie geworden. Eleanor hielt ihn für einen anspruchsvollen, aber auch anregenden Kollegen, und es machte ihr gleichermaßen Spaß, mit ihm heftig zu streiten oder ernsthafte Gespräche zu führen. Außerdem war er ein guter Lektor, der über Intelligenz und einen messerscharfen Verstand verfügte.
Gareth war ein hoch gewachsener, magerer Mann mit breiten, muskulösen Schultern und schlaksigen Armen. Er wirkte ein

wenig unbeholfen, als ob er nicht wisse, wohin mit seinen langen Beinen und den großen Händen. Aus weit auseinander stehenden, durchdringenden Augen blickte er auf die Welt hinunter; sein breites, kantiges Gesicht wurde von einer etwas schiefen Nase und einem großen, symphatischen Mund beherrscht. Sein Haar trug er ein wenig zu lang, und es stand in alle Richtungen ab, wenn er mit den Fingern hindurchfuhr. Eleanor neckte ihn gern wegen der grauen Strähnen, die allmählich an seinen Schläfen erschienen.

Es war noch früh, als sie an Gareths Tür klopfte. Zur Begrüßung drückte er ihr eine Tasse frisch gekochten Kaffee in die Hand, den sie, auf der Kante seines Schreibtisches sitzend, dankbar trank. Das Büro hatte hohe, georgianische Fenster mit Blick auf den Fitzwilliam Square. Bis auf die Vorhänge aus maulbeerfarbener Seide gab es in diesem Raum nichts, was einen förmlichen Eindruck machte. In den Regalen, auf Gareths Schreibtisch und auf dem Boden türmten sich gewaltige Stapel von Büchern und Manuskripten; an jedem Häufchen klebte ein bunter, mit ausführlichen Notizen bekritzelter Zettel. Eleanor betrachtete ihren Kollegen liebevoll.

»Du siehst ein bisschen blass aus, Eleanor«, sagte dieser und klopfte auf der Suche nach Zigaretten und Feuerzeug seine Taschen ab. »Es ist wirklich gut, dass du in den Westen fährst. Wie geht es Helena denn heute?«

»Sie ist am Ende ihrer Kräfte. Ich bin so erleichtert, dass Seamus gekommen ist. Aber ich weiß nicht so recht, ob ich nach Connemara fahren soll.«

»Nach allem, was passiert ist, könntest du eine Pause gut gebrauchen.«

»Aber ich wollte diese Woche doch einen Termin mit Eammon Kennedy ausmachen. Seine Texte zur Lage in Nordirland sind wirklich gut, Gareth. Wir sollten ihn unter Vertrag nehmen, bevor es ein anderer tut. Er hat eine ausgezeichnete und ausgewogene Serie von Aufsätzen verfasst, die sich auch mit der jüngsten Aufspaltung der IRA in einen offiziellen und einen verdeckt operierenden Teil befasst.« Sie flocht die Finger ineinander und hielt inne. »Du weißt doch, dass Vater an einer Abhandlung über die Entwicklung der verschiedenen unionistischen und republikanischen paramilitärischen Gruppierungen schrieb, als er so krank wurde. Also kann ich mich auch auf seine Unterlagen beziehen.«

Als sie Richards Namen erwähnte, fiel ihr schlagartig wieder die Problematik seines Testaments ein. In den Tagen nach der Beerdigung und der Testamentseröffnung hatte Eleanor ihre Mutter gebeten, Gareth alles zu erzählen. Aber Helena hatte sich geweigert, mit ihm oder sonst jemandem zu sprechen. Also war Eleanor gezwungen gewesen, verzweifelt auf die Ankunft ihres Onkels zu warten. Sie wagte nicht, das Thema mit jemandem zu erörtern, der nicht zur Familie gehörte, da sie befürchtete, damit die Privatsphäre ihrer trauernden Mutter zu verletzen. Wie gerne hätte sie Gareth um Rat gefragt, doch es hatte sich nie eine passende Gelegenheit ergeben, und jetzt war auch nicht der richtige Zeitpunkt, das Thema zur Sprache zu bringen. Eleanor wünschte, nicht nach Connemara fahren zu müssen. Sie war zu müde, um das stumme Leiden ihrer Mutter mit anzusehen, und hätte sich lieber auf die Manuskripte gestürzt, die sich seit einiger Zeit stapelten.

»Brauchst du mich denn nicht hier?« Hoffnungsvoll sah sie Gareth an.

Er musterte sie eine Weile und spürte, dass sie zwischen den Familienpflichten und dem Bedürfnis schwankte, sich in die Arbeit zu flüchten und alles andere zu vergessen. Aber er wusste nicht, wie er ihr helfen sollte, die Mauer des Schweigens zu durchbrechen, die seit Richards Tod die ganze Familie einzuschließen schien.

»Deine Mutter braucht dich mehr als ich«, erwiderte er. »Sie hat ein ziemlich schlimmes Jahr hinter sich, wie ihr alle. Vielleicht hast du so ja auch ein wenig Zeit für dich, um einiges zu überdenken.«

»Man möchte meinen, dass ich inzwischen wenigstens daran denken würde, überallhin ein Taschentuch mitzunehmen.« Eleanor

biss sich heftig auf die Lippen und lächelte Gareth mit tränennassen Augen an. »Hast du Papiertaschentücher da?«
Gareth zog einen Gegenstand aus seiner riesigen Hosentasche, der an ein kleines Bettlaken erinnerte.
»Es ist zwar zerknittert, aber sauber, Ehrenwort. Und jetzt wisch dir die Augen ab und lass dich nicht unterkriegen. Wir können ja jeden Tag miteinander telefonieren. Ich halte dich auf dem Laufenden.«
»Danke für die Aufmunterung, ich weiß sie zu schätzen.« Sie streckte sich und küsste ihn auf die Wange. »Wenn ich zurück bin, möchte ich etwas mit dir besprechen. Es ist nichts Geschäftliches, es geht um Mutter und Vater. Du bist schon seit so vielen Jahren ein guter Freund, und im Augenblick weiß ich nicht, ob ich meine Eltern überhaupt je richtig verstanden habe. Ach, zum Teufel! Es tut mir Leid.« Sie wandte sich ab und begann, ihre Papiere zusammenzusuchen.
»Eleanor, deine Familie hat mir immer viel bedeutet.« Sein Tonfall war ernst. »Ich kann mir nicht vorstellen, wie die Kinder und ich ohne eure Hilfe mit Moiras Tod umgegangen wären. Jetzt ist deine Mutter allein. Sie braucht starke, gütige Menschen um sich, und du hast eine Menge Kraft. Nur das ist momentan wichtig. Etwas anderes zählt nicht.«
»Aber ich fühle mich gar nicht stark! Ich habe es satt, für andere Leute die Kastanien aus dem Feuer zu holen, während mein eigenes Leben dabei auf der Strecke bleibt. Die Probleme der anderen wachsen mir allmählich über den Kopf.«
»Du trauerst. Das ist ganz normal.«
»Es ist mehr als Trauer. Viel mehr.«
»Schau mich an.« Er umfasste ihr Gesicht mit seinen großen Händen. »Bei euch zu Hause ist seit dem Tod deines Vaters etwas vorgefallen, habe ich Recht? Es hat mit Helena und Richard zu tun, stimmt's?«
Sie nickte. Er ließ sie los, ging zum Fenster und blickte auf den Platz hinunter.
»Ich habe gleich gespürt, dass etwas völlig in Unordnung geraten

ist. Abgesehen vom Tod deines Vaters natürlich. Ich wollte nur nicht neugierig erscheinen. Richard hat im Laufe seines Lebens einige heftige Stürme überstanden. Der Krieg und seine Folgen haben viele Menschen vernichtet. Doch er konnte nicht das zerstören, was Richard und Helena gemeinsam aufgebaut hatten. Sie hatten dich und James und Elizabeth, euer Zuhause – und all das hier.« Er wies in den Raum. »Falls eure Eltern Schwierigkeiten gehabt haben sollten, dann haben sie sie gemeinsam gemeistert. Und sie haben euch drei geliebt, da bin ich ganz sicher.«

»Ich weiß nicht, Gareth. Ich weiß es einfach nicht mehr.«

»Aber ich weiß, dass du in Connemara gebraucht wirst. Helena sagte mir einmal, dass du immer ihr Licht am Ende des Tunnels bist, wenn ihr die Dinge über den Kopf wachsen. Du musst hinfahren, und wenn es nur ihr zuliebe ist.«

Eleanor konnte seine Miene nicht deuten und hatte kurz das unvernünftige Bedürfnis, ihn zu berühren, um seine Stärke und Unterstützung zu spüren.

»Die Geschichte ist zu lang, um sie jetzt zu besprechen. Aber wenn du zurück bist, erfährst du von mir alles, was ich weiß. Versprochen. Und nun solltest du besser gehen. Ich rufe dich morgen in Connemara an.«

Auf der Rückfahrt nach Killiney fragte sie sich, was Gareth ihr nach ihrer Rückkehr wohl mitteilen wollte. Und warum hatte er ausdrücklich den Krieg erwähnt?

Während Eleanors Abwesenheit hatte James Monsieur Serge Bouvier von der Kanzlei Descartes, Bouvier & Söhne in Paris angerufen. Nach einem langen Telefonat drehte er sich schmunzelnd zu Elizabeth um.

»Es klappt, Lizzie. Serge Bouvier ist in Paris für den Fall Arlenne zuständig. Er wird uns ein Hotelzimmer besorgen und uns am nächsten Montag in Orly abholen. Am Nachmittag muss ich zu ihm in die Kanzlei, aber du kannst dich sicher ein oder zwei Stunden lang auch allein beschäftigen.«

»Ach, mir fällt schon etwas ein, um mir in Paris die Zeit zu vertreiben.«
»Ich habe ihm gesagt, dass du mich begleiten wirst, um für deine Diplomarbeit zu recherchieren, vielleicht an der Sorbonne.« Allmählich fühlte sich James wie ein Student beim Aushecken eines Streiches, der ihn sicher in Schwierigkeiten bringen wird. »Außerdem beginnt am Montag der Kongress. Wir sind zur Eröffnungsfeier eingeladen. Wie findest du das?«
»Ich werde so elegant sein, dass Anwälte aus aller Welt mir zu Füßen liegen.« Elizabeth setzte einen Blick auf, den sie für verführerisch hielt. »Was ist mit unserem Flug?«
»Den buche ich jetzt. Dann rufe ich Serge Bouvier noch einmal an und teile ihm mit, wann wir ankommen.«
»Wo wollt ihr ankommen? Und wer ist Serge Bouvier?« Seamus stand in der Tür.
Elizabeth sah ihren Bruder an, der die Achseln zuckte.
»Wir wollten es dir ohnehin erzählen, Seamus«, sagte James. »Also bringen wir es am besten hinter uns, bevor Eleanor zurück ist.«
»Ich weiß nicht, was ihr beiden Verschwörer vorhabt, aber ihr macht einen ziemlich schuldbewussten Eindruck.« Seamus ließ sich in einem großen Lehnsessel nieder und musterte seinen Neffen und seine Nichte ernst. »Eleanor ist nicht dumm, und dasselbe gilt auch für eure Mutter. Zu eurem Glück sind sie zurzeit gedanklich anderweitig beschäftigt. Gehe ich richtig in der Annahme, dass ihr euch aus dem Staub machen wollt, sobald wir aufgebrochen sind?«
»James und ich fliegen nächste Woche nach Paris, um mehr über diese Solange herauszufinden und zu erfahren, was wirklich geschehen ist.« Elizabeth setzte ein reizendes Lächeln auf. »Wir müssen es tun, Onkel Seamus, und zwar wegen der Briefe. Wir dachten, wir fangen bei der Sorbonne an, wo Vater vor dem Krieg unterrichtet hat.«
»Und wir wollen Eleanor nicht mit hineinziehen. Sie ist schon niedergeschlagen genug«, ergänzte James. »Also haben wir uns gedacht …«

»Einen Moment mal, ihr beiden! Ihr seid viel zu schnell für mich. Beginnen wir noch einmal ganz von vorne.« Verärgert hob Seamus die Hände.
»Wirklich, Seamus, es ist völlig überflüssig, dass Mutter oder Eleanor jetzt schon davon erfahren«, meinte James. »Vielleicht kriegen wir ja gar nichts raus. Bestimmt hat Mutter dir von dem Testament und von den Briefen einer gewissen Solange de Valnay erzählt, die angeblich unsere Halbschwester in Frankreich ist. Ich gehe davon aus, dass du darüber informiert bist, Seamus, und wir wollen mehr darüber erfahren. Es muss sein.«
»Also fahrt ihr los, um diese Solange de Valnay zu finden und sie zur Rede zu stellen?« Seamus runzelte die Stirn.
»Nein, natürlich nicht!«, mischte sich Elizabeth ein. »Wir werden sie sowieso nicht treffen, denn schließlich wohnt sie irgendwo in Südfrankreich. Aber James hat geschäftlich in Paris zu tun, und ich begleite ihn, um zu sehen, ob ich etwas über Vaters Leben herauskriegen kann, bevor er … na ja, früher eben. Er hat ein Doppelleben geführt, Seamus, und wenn er gewollt hätte, dass das geheim bleibt, hätte er Solange doch nicht in seinem Testament erwähnt, oder?«
»Mir gefällt diese überstürzte Reise überhaupt nicht.« Seamus musterte sie ernst. »Ich kann euch nicht daran hindern, aber ich halte den Plan für wenig sinnvoll. Hoffentlich seid ihr euch darüber im Klaren, dass es sich hier weder um ein Spiel noch um eine Abenteuergeschichte handelt.«
»Natürlich wissen wir das.« James schlug einen versöhnlichen Ton an.
Seamus war aufgestanden und hatte ihnen den Rücken zugekehrt, während er weitersprach. »Es könnte sein, dass ihr sehr schmerzliche oder sogar tragische Ereignisse aus der Vergangenheit anderer Menschen ausgrabt und in einer Zeit herumstochert, die man besser vergessen sollte. Denkt immer daran, dass Kriege stets eine schreckliche Spur der Verwüstung hinterlassen. In Krisenzeiten sind die Dinge nicht einfach schwarz oder weiß, richtig oder falsch. Und ihr müsst in der Lage sein, das, was ihr

herausfindet, verständnisvoll zu deuten. Meiner Ansicht nach solltet ihr eure Nachforschungen noch eine Weile verschieben.«
James zog verärgert die Augenbrauen hoch, und Seamus bemerkte, wie sehr er seinem Vater ähnelte, wenn er wütend war. »Gut, James, ich werde nichts sagen. Aber ich möchte dich warnen – wenn Eleanor erfährt, was ihr hinter ihrem Rücken treibt, wird sie sehr verletzt sein. Seit der Trennung von Matthew habe ich sie nicht mehr so empfindlich erlebt wie jetzt.«
»Keine Sorge!« Elizabeth umarmte ihn fest. »Wir kommen zurück, noch ehe sie überhaupt merkt, dass wir weg gewesen sind.«
»Überlegt es euch noch einmal.« Seamus ging zur Tür und drehte sich zu ihnen um. »Und vergesst nicht, was ich euch vorhin gesagt habe. Ihr beide ahnt nicht, wie sich die Sichtweise eines Menschen verändern kann, wenn er an der Schwelle des Todes steht. Geht nicht zu streng mit eurem Vater ins Gericht – und auch nicht mit den anderen Menschen, die beteiligt waren. Eigentlich wollte ich euch sagen, dass eure Mutter aufgestanden ist und nach Connemara abreisen möchte, sobald Eleanor zurückkommt. Ich frühstücke jetzt mit ihr, und ich finde, ihr solltet auch dabei sein.«
Er verließ den Raum. Elizabeth und James waren erstaunt über seine heftige Reaktion.
»Was genau hat er wohl mit seinen Andeutungen gemeint?« Elizabeth war erschüttert.
»Keine Ahnung, Lizzie, und so rasch werden wir auch nicht dahinter kommen. Geh zu Mutter und frag sie, ob du etwas für sie tun kannst. Ich mache inzwischen Kaffee und Toast.«

Als Eleanor aus dem Büro zurückkehrte, stand James mit einer Decke und Kissen beladen in der Auffahrt.
»Bist du nicht etwas voreilig?«, fragte sie. »Mutter ist vielleicht erst morgen oder übermorgen reisefähig.«
»Sie hat gerade mit uns gefrühstückt. Sie ist zwar noch ein wenig wackelig auf den Beinen, aber sie hat gepackt und möchte nach Connemara abreisen.«
»Ich fasse es nicht. Bist du sicher, dass sie sich nicht übernimmt?«

»Seamus meint, es ginge in Ordnung. Dort wird sie sich besser fühlen, und unterwegs kann sie sich ausruhen. Sag mir, wenn du fertig bist.« James trat auf seine Schwester zu, die am Türstock lehnte und müde die Augen schloss. »Pass auf, El«, sagte er liebevoll. »Wenn du zu müde oder zu erschöpft bist, kannst du ja erst morgen abreisen. Oder ich fahre euch alle hin und komme mit dem Zug zurück.«

Sie wirkte so verletzlich. James strich ihr das Haar hinter das Ohr und zog die schwarzen Augenbrauen hoch. Nach einem Achselzucken straffte sie die hängenden Schultern und wandte sich rasch ab. »Hoffentlich haben du und Lizzie alles, was ihr braucht. Ich schreibe eine Einkaufsliste für Mrs Kenny. Sie wird für euch kochen.«

»Ich glaube, wir werden nicht oft zu Hause sein. Ich habe eine Menge Arbeit, und Lizzie wohnt vielleicht bei einer Freundin.« Er warf ihr einen raschen Blick zu, ohne ihr in die Augen zu sehen. Eleanor musterte ihn argwöhnisch. Etwas an seiner Sprechweise erschien ihr merkwürdig, und sie hatte das Gefühl, dass ihr ein Teil seiner Aussage entgangen war. Doch sie war zu müde, um nachzufragen. »Tja, dann pass auf dich auf und kümmere dich um Lizzie. James?« Sie hielt inne. Eigentlich durchschaute sie ihn immer und merkte stets, wenn er ihr etwas verheimlichte.

An der Küchentür drehte er sich um. Ihr Blick war eine stumme Frage. Trotz seines schlechten Gewissens war er fest entschlossen, sie nicht mit hineinzuziehen. »Wir werden prima zurechtkommen. Schließlich sind wir durchaus in der Lage, uns selbst zu versorgen.«

Er bemerkte, wie sich ihre Miene gekränkt verdüsterte, und es ärgerte ihn, dass man bei ihr jedes Wort auf die Goldwaage legen musste. Seit der Trennung von Matthew war der Umgang mit ihr ein Drahtseilakt.

Kurz darauf erschienen Seamus und Helena in der Vorhalle. Eleanor spürte eine Welle der Erleichterung, als sie die Staffelei ihrer Mutter und die übrigen Malutensilien sah. Wenn Helena wieder malen wollte, konnte es nicht so schlimm um sie stehen.

»Wir rufen an, wenn wir angekommen sind«, sagte Eleanor und ließ den Motor an.

James und Elizabeth winkten. Es bestürzte Seamus, wie leicht ihnen die Unschuldsmiene fiel. Sobald der Wagen nicht mehr zu sehen war, kehrten sie ins Arbeitszimmer zurück. James griff zum Telefon und wählte. »Hallo, Aer Lingus? Ich möchte gerne zwei Plätze nach Paris-Orly, buchen.«

Kapitel 10
Gloucestershire, 1970

Solange zog die Leinenvorhänge zurück und blickte auf den Rasen hinunter. Nur die Engländer können derart makellos glatte grüne Grasflächen schaffen, bei denen kein einziges Hälmchen hervorsticht, dachte sie. Ihre Armbanduhr zeigte halb elf. Sie wusste nicht, wann sie das letzte Mal so lang und so tief geschlafen hatte. Das lederne Kästchen lag noch ungeöffnet auf der Kommode. Als sie am Vorabend allein nach oben gegangen war, hatte sie es nicht über sich gebracht, es aufzumachen.
Als sie zum Frühstück nach unten kam, las Cedric die Zeitung. Auf einmal hatte Solange rasenden Hunger. Sie verschlang eine Schale Haferbrei mit einer dicken Sahneschicht und braunem Zucker, trank Kaffee und aß anschließend Eier mit Speck und heißen Toast mit Butter und hausgemachter Orangenmarmelade.
»Ach, du meine Güte, ich habe noch nie erlebt, dass eine Französin, die etwas auf sich hält, einem englischen Frühstück so schnell den Garaus gemacht hätte. Komm mit nach draußen, Kind. Im Garten ist es windgeschützt. Dann kannst du entscheiden, wie du den Tag verbringen willst. Ich richte mich ganz nach dir.«
Sie ließen sich auf Korbstühlen nieder und hielten die Gesichter in den warmen Sonnenschein. Celines Kästchen lag zwischen ihnen auf einem kleinen Tisch. Solange hatte geglaubt, dass sie nun bereit sein würde, sich der Wahrheit zu stellen. Es gelang ihr

jedoch nicht, Cedric in die Augen zu sehen, als sie die erste Frage an ihn richtete und damit die Tür zu der so lange geheim gehaltenen Vergangenheit aufstieß.

»War er mein Vater?«

»Ja, mein Kind. Richard Kirwan war dein Vater.«

Nun, da sie diese Worte laut ausgesprochen hörte, wusste sie, dass es die Wahrheit war.

»Ich habe in meinem Herzen gespürt, dass es kein Irrtum sein kann. Aber es kam so plötzlich. Ich durfte mit niemandem darüber sprechen, und ich hatte solche Angst, ich könnte Papa auf die richtige Fährte locken und mich verplappern, sodass er argwöhnisch wird. Ich war unbeschreiblich wütend und voller Ekel. Und bin es immer noch. Aber ich wusste, dass es wahr ist.« Zu ihrer Bestürzung traten ihr Tränen in die Augen. Sie wischte sie mit einer unwirschen Handbewegung weg und blickte Cedric an. »Warum warst du gestern Abend nicht überrascht, mich zu sehen?«

»Vor einer Weile habe ich in der Zeitung Richard Kirwans Nachruf gelesen«, erwiderte Cedric. »Deine Mutter hatte mir von ihm erzählt. Und sie hat mir etwa ein Jahr vor ihrem Tod dieses kleine Päckchen gegeben. Ich nahm an, dass sie beschlossen hatte, auch mit dir darüber zu sprechen. Sie wollte, dass ich das Kästchen für dich aufbewahre, falls du dich jemals nach ihm erkundigen solltest. Also habe ich mehr oder weniger damit gerechnet, dass du irgendwann hier auftauchen würdest.«

»Nach ihm erkundigen? Sie haben ja beide alles getan, damit ich neugierig werde«, entgegnete Solange bitter. »Aber sie hat mich mit keinem Wort gewarnt. Ich ahnte nichts von seiner Bedeutung für mich, bis ich einen Brief von seiner Tochter in Irland erhielt, in dem stand, er habe mir eine beträchtliche Geldsumme hinterlassen – vermutlich, um sein Gewissen zu beruhigen. Hier sind die Briefe. Du kannst selbst nachlesen, was passiert ist.«

Nachdem Cedric langsam die Seiten studiert hatte, schüttelte er den Kopf. »Ich glaube, ihr beide habt Richard Kirwan viel bedeutet. Dessen war deine Mutter sich immer sicher. Allerdings erscheint mir diese letzte Geste wirklich ein wenig merkwürdig.«

»Sie war nicht nur merkwürdig, sondern grausam. Welcher Mann würde seiner Familie so etwas antun? Und warum vererbt er mir jetzt Geld, nachdem er sich all die Jahre nicht um mich gekümmert hat?«

»Niemand weiß, welche Gedanken und Wünsche sich im Angesicht des Todes regen, Solange.«

»Er muss ein Egoist gewesen sein. Und außerdem ein Feigling. Wie kann Eleanor nach einer solchen Gedankenlosigkeit noch Achtung für ihn empfinden?« Die nächste Frage stellte sie ein wenig zögerlich. »Wie viel weißt du darüber, Cedric? Haben sie einander etwa weiter getroffen? Hatten sie eine …?«

Cedric beugte sich vor und nahm ihre Hände. »Solange, es gibt keine einfachen Antworten. Mir ist klar, wie du dich gefühlt haben musst und wahrscheinlich immer noch fühlst. Deine Mutter galt allgemein als leuchtendes Vorbild und wurde verehrt wie eine Heilige. Nun bist du gezwungen, sie in einem völlig anderen Licht zu betrachten, nämlich als einen fehlbaren Menschen, wie wir alle es sind.«

»Sie hat uns belogen«, gab Solange heftig zurück. »Selbst nachdem Papa sie geheiratet hat. Obwohl er uns so sehr liebte und obwohl er blind ist, hat sie ihn betrogen. Wie konnte sie es wagen, Papa zu hintergehen, der sie doch so sehr liebte und brauchte?«

Cedric betrachtete sie, und seine Miene war eher streng als mitfühlend. »Jeder Mensch, der eine Liebesaffäre hat, findet irgendeine Rechtfertigung dafür. In diesem Fall wurden die Dinge noch durch den Krieg und die räumliche Trennung verkompliziert. Also urteile nicht so vorschnell, meine Liebe.«

»Richard Kirwan hat sicher von Mamas Tod erfahren«, ereiferte Solange sich weiter. Ihr Gesicht war vor Zorn gerötet. »Aber es war ihm egal, ob er unser Leben kaputtmacht, solange er sich nur nicht mehr dafür zu verantworten brauchte.«

»Tja, die Sache mit dem Testament war wirklich nicht sehr feinfühlig von ihm. Warum er dich aus deiner friedlichen Ahnungslosigkeit gerissen hat, kann ich nicht sagen. Ich gebe zu, dass es ein ziemlich ungewöhnlicher Schritt war.« Cedric hielt inne. »Mein Kind, du musst aufhören, die Sache nur aus deinem eigenen beschränkten Blickwinkel zu betrachten, und versuchen, sie zu verstehen. Und jetzt möchte ich dich etwas fragen: Hast du die Ereignisse mit deiner Großmutter in Paris besprochen?«

Solange war gekränkt wegen des Tadels, und sie fuhr zusammen, als Cedric Charlotte de Savoie erwähnte.

»War Großmutter etwa auch an diesem fröhlichen Treiben beteiligt? O ja, ich kann es mir bildlich vorstellen. Eine typische Pariser Affäre. Wahrscheinlich hatte sie in ihrer Jugend auch einige Liebhaber, und was aus Papa wird, war ihr egal. Sie alle hat es nicht interessiert, dass sie ihn betrogen haben.«

»Jetzt reicht es aber, Solange. Du hast Recht, dass nicht mit offenen Karten gespielt wurde und dass Menschen deshalb unglücklich geworden sind. Wer eine heimliche Beziehung unterhält, muss diesen Preis bezahlen, ganz gleich, welche Absichten er eigentlich damit verfolgt.«

Solange schüttelte den Kopf. Sie hatte die Lippen zusammengepresst, und ihre Hände waren zu Fäusten geballt.

»Sicher weißt du, dass du ungewöhnlich großes Glück gehabt hast. Du hattest stets ein sicheres, gemütliches Zuhause und warst weder körperlichen noch emotionalen Bedrohungen ausgesetzt. Die Schule und die Universität hast du ohne große Anstrengung hinter dich gebracht, dein Leben ist sozusagen in ruhigen, gemächlichen Bahnen dahingeplätschert.«

»Du redest, als wäre ich nie aus den Weinbergen herausgekommen, Cedric. Während meines Studiums habe ich in Paris und Montpellier gelebt. Ich bin gereist und habe die verschiedensten Leute kennen gelernt. Ich bin sogar bei einer Studentendemonstration festgenommen und eingesperrt worden. Eigentlich habe ich mich nie für engstirnig gehalten.«

»Hier geht es nicht um Engstirnigkeit, sondern um Toleranz und Lebenserfahrung. Du kennst Sorgen und Nöte, und der Tod deiner Mutter war eine große Tragödie für dich. Aber ich spreche hier von Umständen, die einen Menschen zwingen, aus komplizierten Gründen schwierige Entscheidungen zu treffen. Wer stets in Geborgenheit gelebt hat, ist zuweilen angesichts plötzlicher Schicksalsschläge völlig hilflos. Ich bin sicher, dass Guy dir helfen wird, die Sache zu überstehen.«

»Ach, Cedric, Guy weiß doch gar nichts davon! Und ich würde es nie schaffen, es ihm zu erklären. Du solltest seine Eltern kennen. Sie sind sehr vornehm und ausgesprochen konservativ. Sie würden nie eine Braut in ihre Familie aufnehmen, die, tja, unehelich geboren ist.« Es schnürte ihr die Kehle zu, dieses Wort auszusprechen.

»Gütiger Himmel!« Zu ihrem Entsetzen fing Cedric an zu lachen. »Die Hälfte des französischen Adels ist zweifelhafter Herkunft. Du darfst es Guy nicht verheimlichen. Es ist zu wichtig für dich.«

Solange wandte sich ab, nahm den Umschlag ihrer Mutter und erbrach das Siegel. In den Deckel des Kästchens aus schwarzem Leder war in Goldbuchstaben das Monogramm RDK eingeprägt. Sie öffnete es. Von einem alten Foto blickte ihr das Gesicht eines Mannes entgegen. Er war gut aussehend, wirkte ein wenig streng und fast grüblerisch, aber hatte fein geschnittene Züge. Licht und Schatten betonten seine Wangen, die hohe Stirn, das dunkle, schimmernde Haar und die dichten Brauen. Seine klugen Augen starrten sie kühl und unvermittelt an. Sein Mund war breit mit scharf konturierten Lippen. Kleine Fältchen in den Mundwinkeln wiesen darauf hin, dass er häufig lachte.

Solange nahm das Foto heraus. Auf der Rückseite stand ein Vermerk in der Handschrift ihrer Mutter: »Richard, 1942«. Darunter befanden sich weitere Fotos. Eines zeigte Richard Kirwan in einer Landschaft, die Solange nicht erkannte. Er war hochgewachsen, elegant und hatte eine selbstbewusste Haltung. Sie betrachtete zwei weitere Fotos. Auf einem war er am Ufer der Seine abgebildet, auf dem zweiten im Garten des Hauses ihrer Großmutter in der Avenue Mozart in Paris. Er sah abgemagert aus und trug den Arm in einer Schlinge. Sie drehte das Bild um, es war nichts auf der Rückseite geschrieben. Als sie weiter in dem Lederkästchen

herumwühlte, entdeckte sie ein Foto ihrer Mutter, strahlend und schön. Ihr Haar schimmerte im Sonnenlicht und umwehte ihr lachendes Gesicht. Sie schaute zu Richard Kirwan auf. Die Freude war ihr nicht nur anzumerken, sondern drängte sich dem Betrachter regelrecht auf. Richard erwiderte zärtlich ihren Blick und hatte den Arm um ihre schmalen Schultern gelegt. Solange reichte Cedric die Bilder. Tränen standen ihr in den Augen.
Sie fand noch einige weitere Fotos von Richard Kirwan und Celine de Valnay, doch auf diesen hatte er sich sehr verändert. Sein Gesicht war abgezehrt, und die Augen schienen tief in dunklen Höhlen versunken zu sein. Etwas stimmte mit seinem Kiefer nicht: Er wirkte verschoben, so dass sein ganzer Mund schief aussah. Auf einem der Bilder sah sein dichtes dunkles Haar wie Stoppeln aus, die auf einem rasierten Schädel nachwuchsen. Er trug keine teuren Kleider mehr, sondern Sachen, die seinen Körper umschlotterten. Mit dem lässigen, attraktiven Mann, dessen Fotos sie gerade noch betrachtet hatte, war eine erschreckende Veränderung vorgegangen.
»Warum sieht er so anders aus, Cedric?«
»Am Ende des Krieges war er sehr krank. Er hatte schwere Verletzungen erlitten. Sicher weiß deine Großmutter die Einzelheiten.«
Solange war beim letzten Foto angelangt. Celine de Valnay trug ein geblümtes Sommerkleid und einen Gürtel um die schmale Taille, unter dem sich der Rock bauschte, als wäre sie gerade herumgewirbelt. Im Arm hielt sie ein kleines Kind in einem kunstvoll gerafften Organdykleidchen. Richard Kirwan beugte sich vor und berührte das kleine Mädchen an der Wange.
»Dieses Kleid hat sie aufbewahrt.« Solange starrte auf das Bild. »Ich habe es in der Schublade einer Kommode auf dem Speicher gesehen. Wahrscheinlich liegt es noch dort.« Ihre Hände zitterten. »Mein Gott, Cedric, sie hat mich sogar zu ihm mitgenommen. Wohin denn? Und was hat sie in der Zwischenzeit mit dem armen Papa gemacht?«
Es gab keine weiteren Fotos mehr. An einem der Fotos war

ein Zettel befestigt mit einer Solange unbekannten Handschrift darauf.

Mein Liebling,
sie ist göttlich, eine wirkliche Schönheit. Ihr werdet für immer in meinem Herzen und meinen Gedanken bleiben. Ich liebe dich. Ich werde dich immer lieben und an dich denken und für euch beide sorgen. R.

Seidenpapier raschelte in Solanges bebenden Händen. Ihre Tränen hinterließen Flecken auf dem empfindlichen Material. Unter den dünnen Schichten entdeckte sie eine Medaille in einem Samtkästchen. Das grün und rot gestreifte Band war nicht verblasst, das Metall wies noch einem matten Schimmer auf. Darunter befand sich die Urkunde, in der Richard Kirwan wegen herausragender Tapferkeit das Ehrenkreuz für seine Verdienste um Frankreich verliehen wurde. Sie war vom Präsidenten unterzeichnet und trug sein Siegel. Ein Foto lag dabei. In der Mitte einer dekorierten Bühne und umgeben von ernst wirkenden Beamten stand Richard Kirwan stramm, während ihm die Medaille angesteckt wurde. Der beigefügte Brief war kurz.

Paris, 1947

Geliebte Celine,
dieses Foto ist für dich und nur für dich allein. Du hast mir mein Leben geschenkt. Du bist mein Leben. Du wirst immer mein Leben sein und mich beflügeln, und ich werde dich immer lieben.
Ich werde dich nie vergessen und bin stets in deiner Nähe.

Richard

Reglos saß Solange da. Nach einer Weile trocknete sie ihre Tränen, stand auf, näherte sich Cedric Swann und bückte sich, um ihm ins Gesicht zu sehen.
»Cedric, meine Mutter und Richard Kirwan sind tot. Ganz gleich, was sie getan haben, heute kann ihnen nichts mehr etwas anhaben.«

Sie hielt inne, denn der Gedanke an das Wissen, das sie suchte, ließ sie den Mut verlieren. Dann richtete sie sich auf und sprach ihre Frage entschlossen und mit klarer Stimme aus.
»Aber weiß Papa, der mein Leben lang mein Vater war, der mich geliebt und ermutigt und meine Mutter vergöttert und ihr vertraut hat, dass ich nicht seine Tochter bin? Hat er es immer gewusst, Cedric?«
In unbequemer Haltung vorgebeugt, hielt sie ihr Gesicht direkt vor seines. Dann packte sie die Armlehnen seines Sessels und rüttelte leicht daran. Cedric Swann schüttelte den Kopf. »Ich bedaure, Solange, diese Frage kann ich dir nicht beantworten. Ich weiß es einfach nicht.«

Kapitel 11

St. Joseph de Caune, 1970

Henri de Valnay schlenderte durch seine Weinberge und bückte sich hin und wieder, um die jungen Triebe zu betasten, die nach dem langen Winterschlaf die Köpfe reckten. Joël ging neben ihm her und achtete darauf, dass Henri auf dem rauen, steinigen Boden nicht stürzte. Freundschaftlich und dankbar legte Henri Joël die Hand auf die Schulter. Die Hunde tollten in der Frühlingssonne umher und suchten nach Spuren einer unwiderstehlichen Jagdbeute. Joël war stolz auf die Arbeit, die er den Winter über geleistet hatte. Ein falscher Schnitt mit der Schere hätte die Form der Weinreben für das nächste Jahr beschädigen oder sogar zerstören und dadurch die Anzahl der Trauben pro Pflanze verringern können.

»Hoffentlich kriegen wir in den nächsten Wochen keinen starken Tramontane, der uns die Blüten von diesen viel versprechenden Reben reißt«, sagte Henri. »Und von dem wundervollen Sonnenschein könnten wir auch noch mehr gebrauchen, und zwar nicht nur für den Wein. Das Licht wärmt mir die Knochen auf – und die Seele.«

Joël lächelte, aber gleichzeitig fragte er sich, welche überirdische Macht einen guten Menschen wie Henri derart leiden lassen konnte. Es war einfach zu viel – zuerst die Blindheit und dann der Verlust seiner Frau, deren Mut und Unterstützung ihm das Leben erträglicher gemacht hatten. Bald würde Solange ihn verlassen, um den jungen St. Jorre zu heiraten, wie es sich gehörte. Schließlich konnte das Mädchen nicht den Rest ihres Lebens nur für ihren Vater da sein, ganz gleich, wie nah sie sich auch stehen mochten. Joël wusste nicht, was aus seinem Freund werden sollte, der dann dazu verurteilt sein würde, allein über sein Gut zu wandern und abends eine einsame Mahlzeit zu verzehren, mit nur ein paar Freunden, die ihm gelegentlich Gesellschaft leisteten. »Wann kommt Solange aus Montpellier zurück?«, erkundigte er sich. »Bald wirst du keine Zeit mehr haben, dich um den Wein zu kümmern. Wegen der Hochzeit wird hier die Hölle los sein.«

Eigentlich hatte Joël mit einer scherzhaften Antwort gerechnet, aber Henri runzelte die Stirn. »Solange ist nach Spanien gefahren, Joël , nicht nach Montpellier.«

»Oh, ich dachte, ich hätte sie an jenem Morgen die Abzweigung nach Montpellier nehmen sehen. Vielleicht wollte sie unterwegs noch etwas einkaufen.«

»Ja, das muss es gewesen sein«, erwiderte Henri, verdattert darüber, dass seine Tochter einen Umweg gefahren war. »Jedenfalls ist sie Ende der Woche zurück. Was Guy betrifft, bin ich nicht sicher, wann er wieder da ist, aber es dauert bestimmt nicht mehr lang.«

Sie schlenderten zum Haus und erörterten die Aussichten der diesjährigen Ernte. Der Duft eines gehaltvollen Mittagessens lag in der Luft – vermutlich ein cassoulet, das alle stundenlang schläfrig machen würde. Henri seufzte. Nur mitten im Winter konnte er dieser sättigenden Mischung aus Schwein, Lamm, Ente, Zwiebeln, Knoblauch, Tomaten und weißen Bohnen etwas abgewinnen. Doch es war Joëls Lieblingsessen aus Madame Pruniers breitem Repertoire. Dazu würde es einige Gläser eines kräftigen roten Corbière geben, der zur Entfaltung seines Aromas in Eichenfässern gelagert wurde. Dieses monatliche Ritual mit Joël bereitete Henri eigentlich seit vielen Jahren Freude, doch in letzter Zeit hatte er seine Schwierigkeiten mit Madame Pruniers gewaltigen Mahlzeiten. Manchmal am Nachmittag oder nachts spürte er plötzlich einen scharfen, stechenden Schmerz, so dass er das Gesicht verzog und die Schultern krümmte, bis das Unwohlsein endlich wieder nachließ. Wehmütig erinnerte er sich an die Mengen, die er als junger Mann hatte verdrücken können, und machte sich Sorgen um seine Gesundheit. Vermutlich war es nur das Alter. Er fragte sich, ob er sich wohl im Spiegel erkennen würde, wenn er seine Sehkraft plötzlich zurückbekäme. Doch rasch schob er den Gedanken an seine Behinderung beiseite, denn solche Grübeleien führten nur zu Niedergeschlagenheit und Selbstmitleid.

»Mein Gott, es ist niemand in der Küche, und dabei ist es fast Mittagszeit!«

Joëls Schreckensschrei holte Henri in die Gegenwart zurück und brachte ihn zum Schmunzeln. Er hörte lautes Rufen aus der Vorhalle, die leisen Antworten einer Männerstimme und dazu Gelächter und Wortfetzen. Er stieg die Treppe hinauf, um den Grund des Lärms herauszufinden.

»Monsieur! Monsieur! So eine Überraschung!« Lorette war atemlos und strahlte übers ganze Gesicht. »Monsieur Guy ist früher als erwartet zurückgekommen! So haben Sie ein bisschen Gesellschaft, ist das nicht schön? Joël, Sie nehmen Monsieur Guys Taschen. Madame Prunier kümmert sich ums Mittagessen, und ich lege noch ein Gedeck auf.«

»Mein lieber Guy, ich habe dich erst in ein paar Tagen erwartet.« Erfreut ging Henri den Flur entlang und streckte die Arme aus, um den jungen Mann liebevoll willkommen zu heißen. »Das ist aber schön. Solange wird sich freuen.«

»Ich habe gehört, du hast sie nach Spanien geschickt, damit ihr sehnsüchtiger Bewunderer sie nicht entführen kann.«

Henri lächelte beglückt. Er spürte, welche Kraft und Energie Guy ausstrahlte, und sein Körper fühlte sich stark und gesund an, als Henri ihn zur Begrüßung umarmte. Joël war dazugekommen.

»Also, Joël, erzähl mir mal, wie unser junger Freund aussieht«, meinte Henri.

Joël musterte sein Subjekt, denn er war es gewöhnt, Henri mit seinen Beschreibungen zu helfen. »Tja, er macht eindeutig nicht den Eindruck eines blassen, gekrümmten Anwalts. Was für eine Sonnenbräune! Ich glaube, im Gerichtssaal hat er nicht viel Zeit verbracht. Nach seinem Äußeren zu urteilen, hat er wahrscheinlich meistens am Strand herumgelegen. Er zeigt keine offensichtlichen Symptome, dass er zu viel Rum getrunken oder zu viele scharfe Gewürze gegessen haben könnte. Und es sieht auch nicht aus, als hätte ihn jemand mit einem Voodoo-Zauber belegt. Augen und Ohren sind noch an Ort und Stelle. Aber zusätzliche Haare hat er leider auch keine gekriegt.«

Alle lachten laut. Guys glatte Stirn ging in einen eindeutig zurückweichenden Haaransatz über, ein Merkmal, das ihn sehr verlegen machte. Allerdings hatte er bemerkenswerte Augen – mandelförmig und eher golden als haselnussbraun, mit einem Hauch von Grün darin, der sich je nach Stimmung änderte. Die langen Wimpern verliehen ihnen zusätzlich Kontur, doch ein Anflug von Gerissenheit in seinem Blick sorgte dafür, dass er nicht zu weichlich wirkte. Er hatte einen breiten Mund, dessen nach oben gebogene Mundwinkel auf einen ausgeglichenen Charakter hinwiesen.

Henri legte den Arm um den jungen Mann und brachte ihn ins Arbeitszimmer. Guy ging zum Telefon.

»Darf ich Solange anrufen?«, erkundigte er sich. »Vielleicht kommt sie ja morgen oder sogar noch heute Abend nach Hause, wenn es nicht zu weit ist. Wie ist denn ihre Nummer in Spanien?«

Ein merkwürdiges Unbehagen ergriff Henri, und er schämte sich seiner ausweichenden Antwort. »Wahrscheinlich wird sie mitten am Tag nicht im Hotel sein. Rufen wir sie doch gegen fünf Uhr heute Abend an, um sie nach ihren Plänen zu fragen. Jetzt ist das Essen fertig, und wir sollten es uns erst einmal schmecken lassen. Außerdem würden wir gern etwas über Guadelupe und deinen Prozess hören.«

Sie ließen sich am Tisch nieder und genossen das Wiedersehen, die gute Gesellschaft und das köstliche Essen. Nachdem die Kaffeekanne leer war, trennten sie sich im Flur. Joël kehrte in die Weinberge zurück, und Guy brauchte nach der langen Reise ein

Mittagsschläfchen. Henri ging in die Bibliothek und schloss die Tür. Dann griff er zum Telefon und rief die Auskunft an. Nachdem er sich die Nummer in Spanien eingeprägt hatte, wählte er wieder. Die Empfangsdame des Hotels nahm ab.
»Nein, Señor, bei uns gibt es keine Mademoiselle de Valnay. Nein, sie war auch nicht hier, Señor.«
Henri legte den Hörer auf. Wo mochte Solange stecken? Sie war doch fest entschlossen gewesen, nicht nach Paris zu fahren. Vielleicht war sie wirklich in Montpellier, wie Joël vermutete. Aber was wollte sie dort? Ganz sicher nicht einkaufen. In seiner Ratlosigkeit rief Henri seine Schwiegermutter in Paris an. Solange hatte sich nicht bei ihr gemeldet. Überhaupt ließe das Mädchen seit einigen Monaten kaum noch etwas von sich hören, obwohl Charlotte de Savoie sich über einen Besuch ihrer Enkelin sehr gefreut hätte. Schließlich gebe es viel zu besprechen, und man könne die Hochzeitsvorbereitungen doch keinen Provinzlern überlassen. Henri hängte ein, stützte den Kopf in die Hände und massierte sich mit den Fingern die Stirn, um Kopfschmerzen vom mittäglichen Wein, von seiner Sorge und der Blindheit abzuwehren. Müde hob er den Kopf, drehte ihn in Richtung eines Fensters oder einer Lampe und wartete auf ein Wunder in Form eines Lichtstrahls. Dann wandte er sich abrupt ab, holte tief Luft und läutete nach Lorette. Kurz darauf stand Guy in der Zimmertür.
»Lorette sagte, du wolltest mich sprechen?«
Henri straffte die Schultern und verzog das Gesicht, als er Guys Frage hörte. Er spürte, wie sich die Muskeln in seinem Nacken und seinem ganzen Körper verkrampften. »Offen gestanden weiß ich nicht, wo Solange ist. Ich habe das Hotel angerufen, in dem sie in Spanien wohnen wollte. Als sie sich vor zwei Tagen meldete, nahm ich an, dass sie von dort anrief. Aber sie ist nie eingetroffen.«
»Ob sie doch in Paris ist?«
»Nein, bei ihrer Großmutter jedenfalls nicht, und ich wüsste auch nicht, welche Freunde sie dort besuchen könnte. Ich habe am Tag ihrer Abreise spätabends mit ihr telefoniert. Sie sagte, sie sei

gut angekommen und freue sich auf ein paar Tage Erholung. Ich ging davon aus, dass sie sich aus Spanien melden würde.«

»Und sie hat dir keine Nummer hinterlassen, wo du sie erreichen könntest?«

»Nein. Sie meinte, sie werde den ganzen Tag unterwegs sein und mich gegen Ende der Woche noch einmal anrufen. Ich begreife das alles nicht, es passt so gar nicht zu ihr.«

Schweigend saßen die beiden Männer eine Weile da. Henri lehnte den Kopf zurück und schloss die Augen. Guy stand auf und ging im Zimmer hin und her.

»Ach, Henri, wahrscheinlich hatte sie das Bedürfnis nach ein wenig Abstand von Telefonen, der Familie und dem Alltag überhaupt«, sagte er schließlich, da ihm keine andere logische Erklärung einfiel.

»Sie ist schon seit einigen Wochen so bedrückt und nervös«, meinte Henri besorgt. »Aber ich habe nicht glauben wollen, dass es ihr ernsthaft schlecht gehen könnte. Ich hätte mir mehr Mühe geben sollen, es aus ihr herauszukriegen. Das fällt mir ziemlich schwer, denn früher war Celine für diese Dinge zuständig. Es ist nicht leicht, für Solange Mutter und Vater zu sein, aber ich dachte, wir hätten einen Weg gefunden. Mit so etwas hätte ich nie gerechnet.«

Guy setzte sich Henri gegenüber. Solanges Verhalten war nicht nur merkwürdig, sondern auch rücksichtslos, und er merkte Henri an, wie ratlos und gekränkt dieser war. Henri nahm sonst stets alles mit stoischer Ruhe hin; vielleicht übertrieb er es damit sogar, und er beklagte sich nie über seine Blindheit. Während Celines Krankheit war er kaum von ihrer Seite gewichen, und er hatte gleich nach ihrer Beerdigung trotz der schier unerträglichen Trauer seine gesamte Liebe, sein Mitgefühl und seine ganze Aufmerksamkeit Solange gewidmet.

»Tja, ich bin sicher, dass Solange keinen Unfall hatte oder sonst irgendwie zu Schaden gekommen ist, denn dann hätte man dich sicher schon benachrichtigt. Vielleicht hat sie ja beschlossen, mir den Laufpass zu geben, und ist mit einem ehrbaren Weinhändler durchgebrannt.«

»Wie sollen wir sie ausfindig machen?« Henri ließ sich durch Guys Versuch, die Stimmung ein wenig aufzuheitern, nicht ablenken. »Wohin um alles in der Welt könnte sie gefahren sein? Und warum hat sie gelogen?«

»Ich glaube, dass sie nicht gefunden werden will. Wir müssen einfach darauf vertrauen, dass sie sich wieder bei dir meldet, wenn sie bereit dazu ist. Sie sagte doch, dass sie in ein paar Tagen wieder anruft.«

Das Telefon läutete. Es war ein schrilles Geräusch, und das Gerät mit den hervortretenden Nummern auf der silbrigen Wählscheibe wirkte fast bedrohlich. Henri nahm ab.

»Wie geht es dir, liebster Papa? Ist zu Hause alles in Ordnung? Ich vermisse dich so sehr, aber mir geht es prima. Erzähl mir, was sich inzwischen getan hat.«

»Solange! Wo bist du? Ich habe in dem Hotel in Spanien angerufen, und du warst nicht dort. Was ist mit dir passiert? Warum hast du mir nicht gesagt, dass du deine Pläne geändert hast?« Henri gelang es nicht, den Vorwurf und die Angst aus seinem Tonfall herauszuhalten.

Kurz herrschte Schweigen. Ihre Antwort kam zögerlich und klang bedauernd. »Papa, es tut mir Leid. Ich wollte nicht, dass du dir Sorgen machst. Ich bin woanders hingefahren, weil ich ein wenig Abstand brauchte, um nachzudenken. Ich wollte einfach weg von allem.«

Henris Hände zitterten, und seine Kehle war trocken. Sie hörte sich so beiläufig an. Und er wusste immer noch nicht, wo sie war.

»Solange, Guy ist heute Nachmittag zurückgekommen. Der Prozess in Guadeloupe war früher als erwartet abgeschlossen, und er ist wieder zu Hause. Kannst du morgen hier sein?«

»Ach, du meine Güte. Ich habe das alles wohl nicht besonders gut geplant. Ja, natürlich komme ich nach Hause. Ich werde versuchen, einen Tag früher abzureisen, aber das könnte kompliziert werden. Ich bin so schnell wie möglich zurück, Tschüss, Papa, ich liebe dich.«

»Moment, möchtest du nicht mit Guy sprechen, bevor du auflegst? Er sitzt hier neben mir.«
»Oh ja, selbstverständlich möchte ich mit ihm reden.«
Mit einer Mischung aus Erleichterung und Ärger reichte Henri ihm den Hörer.
»Solange, wir haben uns den ganzen Nachmittag Sorgen gemacht, an welchem geheimen Ort du dich versteckt haben könntest«, begann Guy barsch. »Wo bist du?«
»Hallo, Guy, ich freue mich, dass du Papa Gesellschaft leistest. Sicher war er ziemlich einsam, und man muss ihn zwingen, regelmäßig vor die Tür zu gehen. Ich versuche, morgen am späten Abend zurück zu sein, aber rechnet nicht fest damit, bis ich mich wieder melde.«
»Tja, dann hoffe ich, dass wir bald von dir hören.«
»Ja. Ja, ich werde es versuchen.«
»Wo können wir …?«
»Ich rufe an, sobald ich kann.«
Die Verbindung wurde unterbrochen. Henri saß wie erstarrt in seinem Sessel. Solange war es gelungen, ihn zu täuschen, weil er sie nicht sehen konnte und deshalb nicht in der Lage war, ihre nonverbalen Signale zu deuten. Und aus diesem Grund war er auch nicht in der Lage gewesen, ihr zu helfen.
»Was wird hier wirklich gespielt, Henri?«, fragte Guy. »Was ist los mit Solange? Wir wissen immer noch nicht, wo sie steckt.«
Aber Henri de Valnay antwortete nicht. Und Guy erkannte im weichen Schein der frühen Abendsonne, dass sein zukünftiger Schwiegervater lautlos weinte.

Kapitel 12

St. Joseph de Caune, 1970

Charles Edouard stand in der Frühlingssonne und betrachtete seinen Versuchsanbau. Rings um die gesunden, neuen Schösslinge wuchsen in Reihen die alten Reben seines Vaters. Mit kaum zu zügelnder Ungeduld hatte Charles Edouard darauf gewartet, dass die ersten Blütenknospen aufsprangen. Nun war der Wind seine größte Sorge. Wenn ausgerechnet in dieser kurzen, wichtigen Phase ein starker Tramontane wehte, konnte es geschehen, dass die zukünftige Ernte von den starken Böen davongeblasen wurde, noch ehe die winzigen Blüten begonnen hatten, sich in Trauben zu verwandeln. Aber wenigstens hatte in diesem Jahr kein starker Frost die Pflanzen beschädigt.

Vor mehr als drei Jahren hatte er die ersten Reben gesetzt. Paul Ollivier hatte skeptisch zugesehen, wie sein Sohn die fächerförmigen Reben an teuren Stangen und Drähten befestigt hatte. Neben den gedrungenen, kugeligen, buschigen alten Weinstöcken wirkten die hohen Pflanzen merkwürdig schutzlos. Doch Charles Edouard war fest dazu entschlossen, die traditionelle Kelchform und die damit verbundene schweißtreibende Erntearbeit abzuschaffen. Sein Vater fand diese Idee höchst merkwürdig.

»Du darfst nicht vergessen«, warnte er, »dass deine frei stehenden Schösslinge schutzlos dem Wind ausgeliefert sind. Ein starker Tramontane wird durch deine hohen, mageren Rebstöcke pfei-

fen und sie kahl rupfen. Pah! Das könnte der Hälfte deiner Ernte den Garaus machen. Meine niedrigen Reben sind besser gegen das Wetter geschützt. Tradition ist kein Zufall; sie existiert, weil sie sich seit Jahrhunderten als erfolgreich erwiesen hat. Na ja, wir werden ja sehen, wie deine dünnen Pflänzchen sich machen.«
Doch trotz seiner Zweifel hatte Paul seinem Sohn geholfen, die Schösslinge an den Stützen zu befestigen und sie später zu beschneiden.
Charles Edouard war von Anfang an sicher gewesen, dass seine Idee einmal als bahnbrechend anerkannt werden würde. Sein Stiefvater Julien Montfort war zwar ebenfalls skeptisch, hatte ihm aber für sein Projekt im Süden einige wertvolle Ratschläge gegeben. Etwas schwieriger war es für Charles Edouard gewesen, Paul Ollivier sieben Hektar abzuschwatzen, damit er mit den neuen Rebsorten experimentieren konnte. Der alte Mann hatte kein Vertrauen in die kostspieligen, nicht bewährten Methoden, die sein Sohn verfocht. Er war müde, krank und resigniert, alles Neue erschien ihm gefährlich und überflüssig. Allerdings war er froh darüber, dass sein Sohn sich so leidenschaftlich für das Weingut interessierte. Wenigstens würde der Junge so nicht nach Montpellier verschwinden wie sein jüngerer Bruder, der das schöne Leben und die Annehmlichkeiten der Stadt vorzog. Irgendwann hatte Paul seinem Sohn schließlich ein paar Hektar zum Bepflanzen zur Verfügung gestellt, wenn auch nur, um ihm eine Freude zu machen.
»Irgendwann wird er selbst dahinter kommen, dass man seinen Lebensunterhalt am besten verdient, indem man einen ordentlichen Tafelwein herstellt«, sagte sich Paul. »Bis dahin ist es das Beste, ihn in seiner Begeisterung zu fördern, damit er mit dem Land zusammenwächst. Nur so kann er etwas lernen.«
In den drei darauf folgenden Jahren hatte sich Charles Edouards Vertrauen in seinen *terroir* – der Mischung von Mineralien und Bodenqualität – und die Widerstandskraft seiner Pflanzen nur erhöht. Dass jedes Frühjahr wieder grüne Triebe keimten, löste in ihm eine tiefe Zufriedenheit und sogar zärtliche Gefühle aus.

Jedes Jahr reiste er von Bordeaux nach Roucas Blancs – einmal war er sogar eigens aus London gekommen –, um seine Weinstöcke in Augenschein zu nehmen. Paul Ollivier wartete darauf, dass sein gut aussehender, ehrgeiziger Sohn endlich einer passenden jungen Frau begegnete, doch nichts wies darauf hin, dass es in Charles Edouards Leben auch Romantik gab.

»Wo soll ich die Zeit für eine Freundin hernehmen?«, fragte er seinen Vater. »Ich bin viel zu beschäftigt mit den Weinstöcken – dem Pflanzen und der ständigen Fahrerei vom Norden hierher. Ich bin in meine Weinstöcke verliebt. Und das genügt mir zurzeit.«

Sein übertriebener Fleiß und seine Ernsthaftigkeit machten seinem Vater Sorgen. Was für eine schreckliche Enttäuschung stand ihm bevor, wenn sein Experiment scheiterte! Doch die Fehler der Jugend taten stets weh, und auf dem Weg zu Weisheit und Lebenserfahrung gab es nun einmal keine Abkürzungen.

Jetzt, im Frühling des vierten Jahres, wusste Charles Edouard, dass der Erfolg zum Greifen nah war. Die Qualität seiner Trauben würde genügen, um einen guten Wein herzustellen. Allerdings brauchte er nun Kapital, um eine neue Ausrüstung und Geräte zu erwerben, denn der alte Weinkeller und die Eichenfässer seines Vaters waren für die Art der Weinproduktion, die Charles Edouard vorschwebte, nicht geeignet. Neue Gär- und Lagertanks wurden gebraucht, und der existierende Weinkeller musste umgebaut und baulich isoliert werden, damit die richtige Temperatur erzeugt werden konnte. Anfangs hatte Charles Edouard mit dem Gedanken gespielt, seinen Stiefvater um Hilfe zu bitten. Doch es wäre reichlich unverfroren gewesen, von Julien Montfort zu erwarten, dass er ein Projekt auf dem Land des Ex-Mannes seiner Frau finanzierte. Außerdem wäre Paul Ollivier nie damit einverstanden gewesen. Also hatte Charles Edouard sich an die örtliche Genossenschaft gewandt, aber dort war man nicht bereit, Geld und Zeit in Neuerungen oder Abweichungen vom Gewohnten zu investieren. Charles Edouard wusste immer noch nicht, wie er seinem Vater eröffnen sollte, dass Henri de Valnay ihm möglicherweise unter die Arme greifen würde. Allerdings war es allmählich an der Zeit, sich um eine Finanzierung zu kümmern. In diesem Jahr würde die Ernte neuer Trauben von Hand gepflückt werden. Anstatt sie mit den wenig ansprechenden Tafelweinen seines Vaters zu mischen oder sie an die Genossenschaft zu verkaufen, würde Charles Edouard zum ersten Mal versuchen, einen *vin de pays* zu keltern. Die Trauben vom nächsten Jahr waren sogar noch wichtiger, und er wusste, dass er bis zum Herbst einen endgültigen Plan entwickelt haben musste, wie er im nächsten Jahr seine Ernte verarbeiten wollte. Die Zeit war sehr knapp, um alles in die die Wege zu leiten. Charles Edouard kehrte zu dem Steinhaus auf dem Hügel zurück, dessen grau gebleichte Läden wegen der Mittagssonne geschlossen waren.

»Charles Edouard, komm schnell, ein Anruf für dich! Es ist Henri de Valnay.«

Sein Vater beugte sich über das eiserne Balkongeländer vor dem Wohnzimmer. Charles Edouard winkte und lief rasch den Berg hinauf. Er versuchte, sich nicht anmerken zu lassen, wie aufgeregt er war.

»Warum ruft de Valnay hier an? Was zum Teufel will er von dir?« Pauls Tonfall war feindselig. »Ich glaube, du bist mir eine Erklärung schuldig, junger Mann.«

»Hallo, Henri?« Er spürte die Gegenwart seines Vaters und seinen unverhohlen zornigen Blick.

»Hallo, Charles Edouard. Danke für Ihren Brief. Ich habe Ihren Bericht mit der Hilfe von Solange und meinem Geschäftsführer Joël durchgearbeitet und möchte gern mit Ihnen sprechen. Allerdings dürfen Sie sich keine Hoffnungen machen, dass ich Ihnen mit einer Investition unter die Arme greife.«

»Ich verstehe, Monsieur.«

»Ihr Plan hat jedenfalls etwas für sich, und Ihr Vorhaben scheint sich im Großen und Ganzen zu lohnen. Möglicherweise könnte ich Ihnen helfen, noch ein paar Schwachstellen auszumerzen, und dafür sorgen, dass sich Personen, die über genügend Einfluss und Geld verfügen, ernsthaft mit der Sache befassen.«

»Vielen Dank. Ich würde gern …«
»Also gut. Was halten Sie von Samstagabend gegen sieben? Vielleicht möchten Sie ja zum Essen bleiben. Mein zukünftiger Schwiegersohn Guy St. Jorre ist hier, und möglicherweise ist Solange bis dahin auch zurück.«
»Vielen Dank, Monsieur. Ich nehme Ihre Einladung gern an.«
»Was ist mit Ihrem Vater? Hätte Paul nicht Lust, uns Gesellschaft zu leisten?«
Erstaunt über diesen Vorschlag, warf Charles Edouard einen Blick auf seinen Vater.
Paul stand in stocksteifer Abwehrhaltung da und funkelte seinen Sohn weiterhin zornig an.
»Was meinen Vater angeht, bin ich nicht so sicher. Es ist schwierig, ihn abends aus dem Haus zu locken. Ich richte es ihm aus. Er wird Sie heute am späten Nachmittag zurückrufen.«
Als er auflegte, fühlte er sich gleichzeitig überglücklich und unbehaglich. Er hatte gehofft, dass Henri de Valnay ihm finanzielle Unterstützung oder vielleicht eine Bankbürgschaft anbieten würde. Charles Edouard war sicher, dass sie gut zusammenarbeiten würden. Aber wenigstens war sein Nachbar bereit, ihm zu helfen. Er setzte sich zu seinem Vater an den Küchentisch, schenkte für jeden von ihnen ein Glas Rotwein ein und fragte sich, wie er den alten Mann nur umstimmen sollte.
»Möchtest du am Samstag bei Henri de Valnay zu Abend essen, Vater? Er will meine Vorschläge zur Verbessserung unserer Weine mit mir besprechen. Wirst du mich begleiten? Solange und der zukünftige Schwiegersohn sind auch da. Du hattest Solange doch immer gern. Sie ist ihrer Mutter sehr ähnlich, und für Celine hattest du doch eine besondere Schwäche.«
»Verschon mich mit diesem Geschwätz!«, brüllte Paul wütend. Er knallte sein Glas auf den Tisch, so dass sich der Wein auf sein Hemd ergoss. »Was zum Teufel hast du hinter meinem Rücken mit de Valnay ausgeheckt? Ich habe ihm nichts zu sagen, und ich hätte nie gedacht, dass du ihn ohne mein Wissen besuchst und mit ihm unter einer Decke steckst.«

»Gott im Himmel!« Charles Edouard konnte nicht mehr an sich halten. »Ihr beide hattet vor knapp fünfzehn Jahren eine Auseinandersetzung. Der Streit wurde gerichtlich beigelegt, und du hast seitdem mit diesem Urteil gelebt, ohne dass es dich umgebracht hätte. Es ist langsam Zeit, die Sache zu vergessen.«

»Halt mir keine Vorträge, was ich mit meinem Land und meinen Geschäften anfangen soll!«

»Vater, wir müssen beweglich sein, die Zeichen der Zeit erkennen und uns mit unseren Nachbarn zusammenschließen, um bessere Weine herzustellen und mehr Geld zu verdienen. Das ist wichtiger als ein paar Hektar Land und ein alter Streit, an den nur ihr beide euch noch erinnert.«

»Was für ein Land könntest du denn bepflanzen und irgendwann einmal erben, verdammt, wenn ich nicht mein ganzes Leben dafür gekämpft hätte, es zu erhalten? Ich bin dagegen, dass du zu de Valnay läufst und mit ihm die Zukunft meines Eigentums besprichst, ohne mich überhaupt zu fragen. Du warst schon immer recht eigenmächtig, aber so etwas werde ich nicht dulden. Ich verbiete es dir, zum Teufel! Hast du mich verstanden?«

Der Streit dauerte zwei Stunden, bis Paul Ollivier endlich in der Lage war, seinen Sohn einigermaßen ruhig zu betrachten. Der junge Mann saß mit gesenktem Kopf, zornig zusammengepressten Lippen und hängenden Schultern am anderen Ende des Tisches. Eine Weile herrschte Schweigen; dann räusperte sich Paul.

»Na ja, du weißt ja, dass ich abends nicht gern ausgehe. Außerdem bekomme ich inzwischen Verdauungsprobleme und Schlafstörungen, wenn ich so spät noch esse.« Pauls Worte waren zwar schroff, aber sein Tonfall wirkte ein wenig versöhnlicher. Er betrachtete den Teller mit Wurst und Käse, der vor ihm stand, und sah dann wieder Charles Edouard an. »Nein, ich bleibe hier. Aber du solltest hingehen und das angefangene Gespräch zu Ende bringen.«

»Es tut mir Leid, Vater. Ich hätte zuvor mit dir reden sollen. Es war dumm und besserwisserisch von mir, du hast Recht.«

Paul unterbrach seinen Sohn, indem er die Entschuldigung mit einer wegwerfenden Handbewegung abtat. »Das haben wir schon einmal durchgekaut. Wir brauchen nicht wieder von vorne anzufangen.« Er zögerte kurz und leerte seine Kaffeetasse. »Tja, ich weiß nicht so recht. Diese Madame Prunier ist eine ausgezeichnete Köchin. Und außerdem würde ich Solange gern wieder sehen. Ja, das wäre wirklich nett. Sie ist ein tapferes kleines Mädchen und ist eigens aus Montpellier zurückgekommen, um sich um das Weingut zu kümmern. Nach Celines Tod hat sie sich wacker geschlagen.«

»Ich glaube, du wirst beeindruckt ...«

»So eine Frau solltest du dir suchen.« Paul zeigte mit dem Finger auf seinen Sohn. »Eine, die mit beiden Füßen fest auf dem Boden steht und die das Land kennt und es liebt. Du musst lockerer werden, du bist immer so ernst. Amüsier dich ein bisschen. Geh aus, lache, betrink dich hin und wieder mal. Es ist nicht natürlich, wie du dich verhältst. Ein junger Mann wie du sollte sich nicht scheuen, seinen Charme einzusetzen. Dauernd redest du nur vom Wein – selbst der beste Jahrgang kann einem nicht das Bett anwärmen.«

»Vater, verschon mich ein für alle Mal mit diesen Albernheiten. Du hast doch selbst festgestellt, dass Ehefrauen und Weinbau nicht gut zusammenpassen, und du hast trotzdem überlebt.« Die Worte waren ausgesprochen, bevor es Charles Edouard gelang, sein aufbrausendes Temperament zu zügeln.

»Wie kannst es wagen, an mir herumzukritisieren!« Paul stand auf und zeigte mit dem Spazierstock auf seinen Sohn. »Du warst fort, hast dich in der Welt herumgetrieben und in großen Städten oder auf riesigen Weingütern gelebt«, brüllte er mit hochrotem Gesicht. »Doch du hast dabei nichts über die menschliche Natur gelernt! Was zum Teufel weißt du über meine Ehe und meine Beziehung zu meiner Frau?«

Charles Edouard erschrak über die Heftigkeit seines Vaters. Paul stieß seinen Stock auf den Boden und fuhr fort, seinen Sohn anzuschreien. »Ich war ein Narr, ein absolut verblödeter Narr! Deine Mutter kam aus Bordeaux hierher und versuchte, hier ein

Zuhause und ein Weingut zu schaffen, das hochqualitative Erträge abwerfen sollte. Sie hatte Visionen, und zwar eine ganze Generation vor dir. Du tust jetzt das, was sie vor dreißig Jahren wollte. Aber ich hatte nicht die Fantasie und den Mut, um sie anzuhören. Und nachdem sie sich viele Jahre lang vergeblich bemüht hatte, hat sie mich verlassen. Es war meine Schuld. Und wehe, wenn du noch einmal die Frechheit besitzt, auch nur ein Wort über meine Ehe mit deiner Mutter fallen zu lassen, von der du rein überhaupt nichts weißt!«

Paul ließ sich auf seinen Stuhl fallen und starrte auf die Risse in dem alten Schieferboden. Sein Sohn betrachtete ihn schweigend; der Schreck hatte ihm offenbar die Sprache verschlagen.

»Das hat sie nie erwähnt, Vater – noch nie hat jemand es mir so erklärt«, meinte er nach einer langen Pause. »Ich dachte immer, Mutter hätte Julien in Bordeaux kennen gelernt, sich in ihn verliebt und dich verlassen. Wir haben nie darüber geredet. Vater, ich entschuldige mich bei dir. Ich hatte keine Ahnung und wusste nicht, dass du so empfindest.«

Paul ging zur Anrichte, holte zwei Gläser heraus, schenkte Cognac ein und reichte einen Schwenker seinem Sohn.

»Na, für heute ist es aber genug mit den Familienenthüllungen. Das alles liegt Jahre zurück, deine Mutter ist glücklich, und ich bin immer noch derselbe alte Narr wie früher. Aber pass auf, dass du nicht auch solche Fehler machst. Fantasiere dir keine voreiligen Schlüsse zurecht. Worüber haben wir vorhin gesprochen?«

»Ob du mich zum Abendessen bei einem Nachbarn begleitest, anstatt mir Vorträge über mein Junggesellendasein zu halten.« Charles Edouard versuchte, wieder gutzumachen, dass er versehentlich eine alte Wunde aufgerissen hatte. »Sonst verwandle ich mich noch in einen alten Krauterer, wie du einer bist. Es könnte ja genetisch sein.«

Paul schmunzelte. Sein Wutausbruch war ihm peinlich, und außerdem brauchte sein Sohn nie lang, um ihn aufzuheitern, wenn er schlechte Laune hatte. Er bemühte sich zwar um einen mürrischen Tonfall, aber Charles Edouard freute sich sehr über die Antwort.

»Meinetwegen, ich komme mit zu Henri de Valnay, dem alten Mistkerl. Vielleicht kann ich ihn ja davor bewahren, sich in ein wahnwitziges Himmelfahrtskommando zu stürzen, das nur für junge Abenteurer bestimmt ist. Ruf ihn an und richte ihm aus, dass ich die Einladung annehme. Hoffentlich gibt es nach dem Essen einen anständigen Brandy.«

Charles Edouard grinste. Sein Vater war zwar ein Eigenbrötler, aber trotzdem stets neugierig darauf, was sich auf den umliegenden Weingütern so tat. Friedlich schweigend tranken sie ihren Kaffee und ihren Cognac. Dann zog sich Paul in das kühle Haus zurück, um ein Mittagsschläfchen zu halten.

Charles Edouard stand auf und holte die Akte mit den Daten und Zahlen, die er Henri de Valnay vorgelegt hatte. Man konnte noch einiges daran überarbeiten, weshalb er sich alles noch einmal durchlesen wollte. Er schmunzelte, als er daran dache, welche Sorgen sich sein Vater wegen seiner Zukunft machte. Doch eine Frau war das, was er zurzeit am allerwenigsten gebrauchen konnte. Es genügte ihm vollauf, einen Traum auf einmal zu träumen, und seine momentanen Pläne sahen keinen Platz für eine Frau vor.

Er erinnerte sich daran, wie Solange am Feuer gesessen hatte. Ihr Haar schimmerte im flackernden Licht, ihre Augen funkelten klug und aufmerksam, ihre Lippen verzogen sich zu einem leichten Lächeln, wenn sie Henri de Valnay betrachtete. Ein Jammer, dass ihr Vater sie nicht so sehen konnte, und Charles Edouard fragte sich, ob der Mann seine Tochter überhaupt je zu Gesicht bekommen hatte. Sie war eine wirkliche Schönheit geworden – nicht zart, zerbrechlich und blass wie ihre Mutter, sondern stolz und strahlend. Er mochte ihren klaren, festen Blick und ihre ein wenig herrische Miene, die von den üppigen Lippen gemildert wurde. Diesen Mund hatte er schon einmal geküsst. Ihre Augen schienen alles aufzunehmen und jede Einzelheit auf Anhieb zu speichern. Vielleicht lag das daran, dass sie für jemand mitsehen musste.

Er konnte sich nicht erinnern, wie lange Henri de Valnay schon blind war und was die Krankheit hervorgerufen hatte. Merkwürdig, wie man so dicht mit seinen Nachbarn zusammenleben und dennoch so wenig über sie wissen konnte. Und manchmal, wenn man einen alten Freund oder Bekannten musterte, entdeckte man plötzlich etwas Neues und Wunderschönes an ihm, etwas, das man zuvor überhaupt nicht wahrgenommen hatte und das einen traf wie ein Blitz aus heiterem Himmel. Zum wohl hundertsten Mal schlug er den Ordner auf und griff nach dem Stift, aber es gelang ihm nicht, sich zu konzentrieren. Die Zahlen auf der Seite tanzten und schwankten, sodass er sich die Augen reiben musste. Deutlich sah er Solanges Gesicht vor sich, wie sie nach der kurzen Umarmung zu ihm aufgeblickt hatte, und er spürte, wie Sehnsucht sich in ihm regte.

Kapitel 13
St. Joseph de Caune, 1970

Solange fuhr von der *autoroute* ab und nahm die Straße nach St. Joseph de Caune. Wieder leckte sie sich über die Lippen, und ihr Mund war trocken vor Aufregung. Als das lang gestreckte Tal in Sicht kam, hielt sie am Straßenrand und stieg aus. Unter ihr lagen die symmetrisch gemusterten Weinberge mit den knorrigen Stämmen, aus deren nach oben gereckten, zarten gebogenen Fingern neues Leben spross. Der Fluss funkelte in der Abendsonne wie ein silbernes Band. Die untergehende Sonne beschien die Mauern ihres Zuhauses. Lange stand sie da und betrachtete die Szene. Sie fragte sich, ob sie aus Liebe zur Schönheit der Landschaft angehalten hatte oder um das Nachhausekommen noch hinauszuschieben. Wie sollte sie erklären, warum sie gelogen und Papa ihren Plan verheimlicht hatte?

»Ich weiß, dass ich ihn gekränkt habe, Cedric«, hatte sie zu ihrem alten Freund gesagt. »Es ist das erste Mal, dass ich ihm in einer wichtigen Sache nicht die Wahrheit gesagt habe. Dass dieses schreckliche Geheimnis zwischen mir und Papa steht, ist das Allerschlimmste für mich.«

»Solange, meine Liebe«, erwiderte Cedric streng, »dass irgendetwas zwischen euch steht, beruht nur auf deiner Einbildung. Du erklärst Henri einfach, du hättest es wegen der Hochzeit mit der Angst zu tun bekommen. Guys Abwesenheit hätte dir Zeit zum

Grübeln gegeben, und plötzlich wäre dir mulmig geworden. Das wird dein Vater verstehen.«

»Aber wie soll ich ihm denn weiter die Wahrheit verheimlichen?«

»Sieh mal, du bist nicht die einzige junge Frau auf der Welt, die einem Menschen, den sie liebt, etwas verschweigen muss, das ihm wehtun könnte. Du wirst feststellen, dass du Henri zuliebe zu allem in der Lage sein wirst. Du weißt, dass es sein muss. Und ich bin überzeugt davon, dass du es schaffst.«

Doch ohne Cedrics tröstende Worte kehrten die Zweifel zurück und untergruben ihren Mut. Sie würde Papa erzählen, dass sie Cedric besucht hatte, um mit ihm über ihre Hochzeit und den Umzug nach Montpellier, ihre neue Rolle und ihre Angst vor dem Abschied von ihm und dem Weingut zu sprechen. Letzteres stimmte sogar. Außerdem hatte sie ein schlechtes Gewissen wegen ihres Briefes an Eleanor Kirwan, der zu unfreundlich und zu abweisend gewesen war. Ihrer Ansicht nach stocherte die junge Irin mit übertriebener Wissbegier in der Vergangenheit ihrer Eltern herum. Doch Cedric hatte ihr deutlich gemacht, welche Seelenqualen Eleanor vermutlich durchlitt.

»Es ist nicht nötig, dass ihr als Schwestern enge Freundinnen werdet«, hatte er gesagt und Solange über den Rand seiner Brille hinweg angeblickt. »Aber du vergibst dir nichts, wenn du nett zu ihr bist. Auch für Eleanor Kirwan ist es nicht leicht gewesen. Und vielleicht könnt ihr beide einander irgendwann in der Zukunft helfen, wenn der erste Schrecken nachgelassen hat. Schlag anderen Leuten nicht voreilig die Tür vor der Nase zu.«

»Du hast wie immer Recht.« Sie lächelte ihn reumütig an. »Ich hätte mich in meinem Brief freundlicher und weniger abweisend ausdrücken sollen. Möglicherweise kreuzen sich unsere Wege ja irgendwann in den kommenden Jahren – wenn wir das alles verkraftet haben und Gras über die Sache gewachsen ist.«

Sie wusste, dass sie sich in dieser Krise ganz und gar nicht geschickt verhalten hatte. Nun musste sie nicht nur bei Henri um gut Wetter bitten, sondern sich auch noch mit ihrem Verlobten auseinander setzen. Solange wünschte, Guy wäre erst ein paar

Tage später eingetroffen. Sie konnte sich nicht vorstellen, die Grenze zu überschreiten, die die nicht ausgesprochene Lüge zwischen ihnen gezogen hatte. Und sie war noch nicht bereit dazu, sich von Guy berühren und umarmen zu lassen. Ihr Herz fühlte sich so dumpf und schwer an, als bestünde es aus Blei. Zum ersten Mal verspürte sie beim Anblick ihres Tals kein Glücksgefühl.

Kaum hatte Henri den Wagen gehört, als er schon in der Tür stand. Sie schlang die Arme um ihn, drückte ihn an sich und fragte sich, ob sie sich die leichte Zurückhaltung nur einbildete. Nachdem er sie auf die Stirn geküsst und ihre Wange gestreichelt hatte, erkundigte er sich, ob sie nach der Reise müde sei. Er wollte nicht wissen, woher sie kam, und dieses absichtliche Versäumnis schuf eine kleine Barriere zwischen ihnen. Dann lag sie in Guys Armen; er drückte sie fest an sich, umfasste ihr nach oben gewandtes Gesicht mit den Händen, und in seinen Augen stand eine Frage, die sie ihm nicht beantworten konnte. Im nächsten Moment nahm er ihre Hand, und sie gingen alle drei ins Haus.

Im Laufe des Abends fiel es Solange immer schwerer, ihren heimlichen Flug nach England und ihren Besuch bei Cedric Swann zur Sprache zu bringen. Doch dass sie sich seltsam verhalten hatte, lag wie eine dunkle Wolke über ihnen. Gleich nach dem Essen zog sich Henri in sein Zimmer zurück. Er schützte Müdigkeit vor, lehnte ihr Angebot ab, ihm etwas vorzulesen, und wollte auch keine Musik hören. Nachdem sie allein in der Bibliothek waren, küsste Guy sie zum ersten Mal und flüsterte ihr etwas ins Ohr. Doch Solange machte sich los und murmelte eine Entschuldigung.

»Tut mir Leid, Guy, aber ich muss noch kurz mit Papa sprechen. Ich gehe rauf und sage ihm gute Nacht.«

Henri machte sich gerade bettfertig. Sie umarmte ihn und schmiegte die Wange an sein Hemd.

»Entschuldige Papa, dass ich einfach ohne Erklärung weggefahren bin. Ich war so nervös. So etwas ist mir noch nie passiert, und ich habe ziemlich überstürzt reagiert. Es tut mir wirklich Leid, dass du dir meinetwegen Sorgen gemacht hast.«

»Ist schon gut, Kind«, erwiderte Henri leise. »Jetzt weiß ich ja, dass es dir gut geht. Du kannst mir ein andermal von deiner Reise erzählen. Belassen wir es dabei.«

Als Solange in die Bibliothek zurückkehrte, war von Guy nichts zu sehen. Nachdem sie eine Weile überlegt hatte, griff sie zum Telefon. Ihre Hände zitterten, und das Herz klopfte ihr bis zum Halse. Was würde sie zu Eleanor Kirwan sagen, wenn sie sie erreichte? Es dauerte ein paar Minuten, bis die internationale Vermittlung sie mit der Nummer in Dublin verbunden hatte. Solange hörte, wie in Killiney, jenseits des Wassers, das sie trennte, das Telefon läutete. Das Geräusch wiederholte sich sieben, acht, neun Mal. Abrupt legte sie auf und verachtete sich gleichzeitig dafür, dass sie ihr spontanes Vorhaben nicht ausgeführt hatte. Dann machte sich Erleichterung in ihr breit. Es war ohnehin eine verrückte Idee gewesen. Gewiss war Eleanor ein Anruf von ihr nicht willkommen, und wahrscheinlich hätte sie sogar aufgehängt. Womöglich wären der Bruder oder die jüngere Schwester am Apparat gewesen. Oder noch schlimmer – die Mutter. Mein Gott! Sie hätte es sich besser überlegen sollen. Ein Glück, dass niemand abgehoben hatte.

In ihrem Schlafzimmer nahm Solange das Lederkästchen heraus, das Cedric ihr gegeben hatte. Obwohl sich die Ereignisse in einem anderen Jahrhundert, in einer anderen Epoche abgespielt zu haben schienen, war sie sicher, dass sich das Wissen für immer in ihr Gedächtnis eingeprägt hatte. Sie legte das Kästchen in die oberste Schublade ihres Schreibtisches zu ihrem Tagebuch und Guys Briefen und schloss ab. Als es an der Tür klopfte, begann ihr Herz zu hämmern. Sie war noch nicht bereit dazu, wollte ihn nicht in ihrem Bett und konnte ihn nicht lieben wie zuvor. Guy kam ins Zimmer, stand da und betrachtete sie im Lampenlicht. Das schwere Haar fiel ihr über die Schultern. Ihre Füße fühlten sich an, als wären sie am Boden festgeschraubt.

»Ich liebe dich, Solange.«

Er fügte nichts hinzu und wartete auch ihre Antwort nicht ab. Stattdessen zog er sie an sich und begann, sie zu küssen, zuerst auf die Stirn, dann auf die Augenlider und die Mundwinkel. Er berührte ihre Ohren, drehte sie um und hob ihr Haar an, um sie auf den Nacken zu küssen. Sie war unbeschreiblich erleichtert, als sie spürte, wie sehr sie ihn begehrte und sich nach seinen Zärtlichkeiten sehnte. Ihr Körper erwachte zum Leben, und sie presste sich an ihn und hielt ihm die Lippen entgegen, damit er sie küsste. Dankbarkeit ergriff sie. Er war der einzige Mensch, den ihre Abstammung, die sie geheim halten musste, nicht betraf, der Einzige, der sich in ihren Augen nicht verändert hatte. Sie fühlte sich getröstet und glücklich, weil es da etwas gab, das gleich geblieben war. Solange legte sich auf die weiche Steppdecke und führte ihm die Hände, und ihr Tun löste jenes fließende Gefühl in ihr aus, das man Begehren nennt. Sie drückte ihn an sich, spürte seinen warmen Atem, genoss seine Leidenschaft, schmiegte sich an seinen Körper und war mit ihm zum ersten Mal seit vielen Wochen wieder wirklich glücklich. Die ganze Nacht lagen sie sich in den Armen; hin und wieder schliefen sie ein und weckten einander dann wieder, um sich zu vergewissern, dass sie wirklich zusammen waren, denn sie hatten so lange auf körperliche Nähe verzichten müssen. Schließlich schlief sie ein, den Kopf an seiner Schulter, die Beine um ihn geschlungen, den Arm auf seine Brust gelegt.

In den nächsten Tagen schlenderten sie mit Henri und Joël durch das Weingut. Sie gingen am Flussufer spazieren, aßen bei Tante Jeanette und Chloë zu Abend und kauften auf dem Markt im Dorf ein. Immer wenn Solange Guy ansah, wurde sie von Glück und Erleichterung erfüllt; der Alltag hatte sie wieder, und sie konnte sich wieder über die kleinen Dinge freuen. Das Leben konnte also doch ganz einfach sein. Guy würde für sie sorgen, sie lieben und sie beschützen. Was für eine Rolle spielte da das Geheimnis, vor dem sie sich so gefürchtet hatte?

Von ihrem Schlafzimmerfenster aus konnte sie jeden Morgen beobachten, wie Guy und ihr Vater, angeregt gestikulierend und lächelnd, spazieren gingen. Sie setzte sich an ihren Schreibtisch und schrieb an Cedric, um ihm mitzuteilen, wie sehr er ihr geholfen hatte.

Hier ist wieder Friede eingekehrt. Das Schlimmste ist übergestanden, und inzwischen bin ich sicher, dass ich nie den nächsten Schritt werde machen müssen. Du hast mir das Selbstvertrauen gegeben, mich mit dem Geschehenen abzufinden und mein Leben weiterzuführen. Denn nun weiß ich, dass ich noch dieselbe bin wie vor diesem ersten, schrecklichen Brief. Ich danke dir tausendmal, liebster Cedric. Vielen Dank.

Als sie am Abend beim Essen saßen, stieß Henri plötzlich aus: »Ach, du meine Güte, Solange. Ich hatte es ganz vergessen, aber ich habe, während du weg warst, Paul Ollivier und den jungen Charles Edouard für Samstag zum Essen eingeladen. Madame Prunier habe ich es zwar erzählt, aber du solltest ihr helfen. Wir hatten schon lange keine Gäste mehr.«

»Paul Ollivier kommt zum Essen? Ich fasse es nicht! Er ist so ein alter Knurrhahn und außerdem dein Intimfeind. Wahrscheinlich haben wir das Charles Edouard zu verdanken, auch wenn ich mir nicht vorstellen kann, wie er es geschafft hat, euch beide zu einem gemeinsamen Abendessen zu überreden. Hast du noch einmal mit ihm über das Umgraben seines gesamten Weingutes gesprochen?«

»Sein Weingut umgraben? Warum sollte er das tun?«, fragte Guy.

»Was will er denn sonst mit dem Land tun? Der Boden ist doch sicherlich für nichts anderes als Reben geeignet. Und ist Paul Ollivier nicht derjenige, der …?«

»Genau das ist er«, entgegnete Henri. »Aber sein Sohn Charles Edouard ist überzeugt davon, dass er die Qualität und den Ruf der Weine in dieser Region verbessern kann. Er hat mich gebeten, als Partner in sein Geschäft einzusteigen, und mir einen wirklich schlüssigen Bericht über sein gesamtes Vorhaben zugeschickt.«

»Gütiger Himmel. Und spielst du ernsthaft mit dem Gedanken? Ich würde den Bericht gern mal lesen.«

Henri griff nach einer Flasche guten roten Bordeaux, schenkte ein und schätzte an Hand des Plätschern des Weins genau ein, wann das Glas voll war. »Tja, ich habe ihm erklärt, dass ich nicht das nötige Geld habe. Allerdings muss ich zugeben, dass sein Plan nicht so verrückt ist, wie er klingt.«

»Revolution in den Weingütern des Languedoc! Klingt irgendwie komisch.« Als Guy seinen zukünftigen Schwiegervater betrachtete, wurde ihm sofort klar, was eine neue Herausforderung für Henri bedeuten würde, wenn er und Solange erst einmal verheiratet waren und in Montpellier lebten.

»Ich habe die Zahlen ein paar Mal durchgerechnet, aber ich kann mir die nötigen Investitionen nicht leisten.« Henri zuckte die Achseln, und das Bedauern stand ihm deutlich ins Gesicht geschrieben. »Ich müsste mein gesamtes Vermögen riskieren. Aber wenn mir eine derartige Summe zur Verfügung stünde, würde ich nicht zögern, diesen jungen Mann zu unterstützen.«

»Vielleicht solltest du es dir noch einmal überlegen, bevor du eine endgültige Entscheidung triffst, Henri.«

Als Guy Solange fragend ansah, stellte er zu seinem Erstaunen fest, dass sie stocksteif auf ihrem Stuhl saß. Ihre Miene wirkte verschlossen und angespannt. Eigentlich hatte er sich nach ihrer Meinung erkundigen wollen, aber etwas ließ ihn innehalten. Im Raum herrschte eine Stimmung, die er nicht deuten konnte, doch er ahnte, dass es das Beste war, das Thema zu wechseln. Er wandte sich an Solange und lächelte ihr zu, da ihr starrer Gesichtsausdruck ihm Sorgen machte. Aber sie blieb stumm, und ihr war anzumerken, dass ein Konflikt in ihr tobte. Ihr Geheimnis war zurückgekehrt, um sie zu quälen.

»Du hast Geld!«, schrie eine Stimme in ihrem Kopf. Sie sah sich um und glaubte fast, die anderen hätten es gehört. Die Stimme ließ nicht locker: »Du hast viel Geld, das auf einem Konto bei einer Pariser Bank liegt. Du hast das Geld, deinem Vater zu einem Neuanfang zu verhelfen. Aber du kannst es ihm nicht geben. Du kannst es nicht benutzen.«

Abrupt stand sie auf. »Ich glaube, ich gehe heute früh zu Bett, wenn ihr nichts dagegen habt. Ich habe Kopfschmerzen und ein leichtes Kratzen im Hals.«

Sie küsste Henri auf den Scheitel und berührte ihren Verlobten an der Wange. »Guy, warum liest du Papa nicht in der Bibliothek etwas vor? Ich denke, ich schlucke ein paar Aspirin und lege mich sofort hin.«

Spät in der Nacht nahm er sie in die Arme. Es beunruhigte ihn, dass sie wieder so angespannt wirkte, und er fragte sich, warum ihre Miene so verschlossen war. »Liebling, ich habe eine Idee«, sagte er. »Ende nächster Woche muss ich nach Paris. Dort findet ein Kongress über internationales Eigentumsrecht statt, und der alte Thommeret möchte, dass ich mitkomme. Warum begleitest du mich nicht? Ich könnte mir ein paar Tage freinehmen. Dann können wir gemütlich hochfahren und unterwegs in ein paar hübschen Weingütern übernachten. Ich möchte nicht, dass wir uns schon so bald wieder trennen müssen.«

Als sie nichts erwiderte, fuhr er rasch fort, in der Hoffnung, sie zu überzeugen. »Du könntest deine Großmutter besuchen. Wenn du willst, können wir Henri auch mitnehmen. Was hältst du davon? Warum weinst du, Solange? Du musst mir erzählen, was dich bedrückt.«

Aber sie konnte ihm nicht sagen, dass sie weinte, weil selbst seine Liebe sie nicht aus den Fangarmen der Vergangenheit befreien konnte. Und sie wusste, dass sie ihre Großmutter besuchen musste, ob mit ihm oder ohne ihn. Sie drehte sich um, schmiegte den Kopf an seine Schulter und malte mit dem Finger Linien auf seine Brust.

»Ich bin nur albern und viel zu emotional. Es geht mir gut. Wirklich. Und natürlich komme ich mit dir nach Paris. Aber nur wir beide. Ich besuche Großmutter und versuche, die Sache endgültig hinter mich zu bringen und aus der Welt zu schaffen.« Sie wischte sich mit dem Handrücken die Tränen ab und schloss die Augen.

Lange lag er in der Dunkelheit wach. Er verstand nicht, was sie gemeint hatte, ihr plötzlicher Stimmungswechsel beunruhigte ihn, und ihm wurde klar, dass sie ihn aus irgeneinem Grund im Dunkeln tappen ließ.

KAPITEL 14
St. Joseph de Caune, 1970

Solange stand auf der Terrasse und trank ihren Champagner. Eine milde Brise strich über ihre nackten Arme. Sie holte tief Luft und sog den Duft des Abends ein. Guy beobachtete sie durch die Terrassentüren. Er war begeistert von ihrer Schönheit und fühlte sich gleichzeitig weit entfernt von ihr, weil er sich über ihr Verhalten ärgerte. Vergeblich hatte er versucht, ihr zu entlocken, was sie quälte. Und inzwischen ging ihm ihre Verstocktheit auf die Nerven.

Sie hatte sich nicht besonders auf diesen Abend gefreut. Immer wenn sie an Henri und sein Interesse an einer geschäftlichen Zusammenarbeit mit Charles Edouard dachte, bekam sie wegen ihrer Erbschaft ein schlechtes Gewissen. Außerdem wunderte sie sich über die plötzliche Versöhnung zwischen Papa und Paul Ollivier. Sie konnte sich nicht vorstellen, wie Charles Edouard einen solchen Meinungswandel bei seinem Vater bewirkt hatte. Offenbar war er ein Mensch, der andere um den Finger wickeln konnte und in seinem Ehrgeiz nicht zögerte, alles niederzuwalzen, was sich ihm in den Weg stellte. Sie hatte versucht, sich auf Guy zu konzentrieren, und seinen Geschichten über die exotischen Außenposten Frankreichs gelauscht. Er meinte, Französisch-Westindien sei vielleicht ein lohnendes Ziel für die Flitterwochen. Aber sie war nicht bereit, sich auf ein Gespräch über dieses Thema einzulassen.

Lorette kam mit einem Tablett Horsd'œuvres aus dem Haus, und Henri tastete sich zu dem Steintisch, der als Bar diente, um noch eine Flasche Champagner zu öffnen. Als Solange auf ihn zuging, stand plötzlich Charles Edouard neben ihr und berührte sie leicht am Ellenbogen.

»Wir haben Glück mit dem Wetter. Und das ist wahrscheinlich eines der traumhaftesten Ausblicke Frankreichs.« Er wies mit einer langen, erstaunlich zarten Hand auf die überdachte marmorne Terrasse mit den Möbeln aus verschnörkeltem Eisen. »Deine Mutter hat das alles so liebevoll hergerichtet. Aber natürlich gibt es auch nirgendwo sonst eine Terasse, die von einer Schönheit wie der Euren geziert wird, Mademoiselle de Valnay. Ich erhebe mein Glas auf Euch.« In seinen Augen funkelte der Schalk, obwohl seine Miene völlig ruhig wirkte. Er zog die Nase hoch, als er sein Champagnerglas leerte. »An dieser Stelle muss ich immer aufpassen, dass ich nicht niese – du kannst dir bestimmt vorstellen, wie man bei einer Champagnerprobe in Reims auf ein Niesen reagieren würde.«

Sie lächelte ihn an und füllte sein Glas nach. Nach außen hin locker, lehnte er am Geländer, doch er strahlte auch eine gewisse Anspannung aus. Er muss mehr an sich selbst glauben, dachte sie. Oder vielleicht braucht er auch nur jemanden, der ihm etwas zutraut.

»Ich freue mich, dass dein Vater sich amüsiert«, sagte sie und warf über die Terasse hinweg einen Blick auf Paul Ollivier. »Ich muss zugeben, dass ich nicht wusste, was ich davon halten sollte, dass er heute Abend kommt. Wie hast du es bloß geschafft, Frieden zwischen den beiden zu stiften? Vielleicht vertragen sie sich ja in Zukunft. Ich hätte nichts dagegen, Paul hin und wieder abzuholen und nach Hause zu bringen, wenn er bei Dunkelheit nicht selbst Auto fahren will.«

»Das ist sehr nett von dir, Solange. Aber du wirst doch nicht mehr lange hier sein, oder? Du lässt dich als nette kleine Hausfrau in Montpellier nieder und wirst mit deinen häuslichen Pflichten sehr beschäftigt sein. Nach der Arbeit im Weingut sicher eine Ab-

wechslung. Wie um alles in der Welt willst du dort nur deine Zeit totschlagen?«
»Ich werde sicher keine Probleme haben, eine Beschäftigung zu finden«, erwiderte sie. »Montpellier ist eine lebendige, kultivierte Stadt. Ich werde dort viel Spaß haben, und zwar zusammen mit meinem Mann. Reicht das nicht?«
Doch er lächelte sie nur an, zog die Augenbrauen hoch und schüttelte leicht den Kopf. Solange wurde ärgerlich, war aber fest entschlossen, sich nicht provozieren zu lassen. Trotzdem hörte man ihr zu ihrem Bedauern die Gereiztheit an. »Ich habe fast vier Jahre in Montpellier verbracht, bevor ich nach Paris gezogen und dann hierher zurückgekehrt bin«, sagte sie. »Eigentlich wäre ich gern länger geblieben, aber Papa brauchte während der Krankheit meiner Mutter meine Hilfe. Die Stadt ist zukunftsorientiert, offen für neue Ideen, neue Musik und moderne Kunst. An Dingen, die man unternehmen kann, herrscht kein Mangel. Es ist wunderschön dort.«
»Das habe ich auch schon gehört. Sicher findest du eine nette Freizeitbeschäftigung und belegst Kurse in Musiktheorie oder im Aquarellieren. Und dann kannst du wie eine Bilderbuchehefrau hübsche kleine Abendeinladungen für die Kollegen und Geschäftspartner deines Mannes veranstalten, um seine Karriere zu fördern. Eine große Herausforderung, das sehe ich jetzt schon.«
Wütend über seinen Spott, ging sie weg und zu Guy hinüber. Doch sie spürte den höhnischen Blick von Charles Edouard in ihrem Rücken, als sie ihn stehen ließ. Sie fragte sich, was wohl mit ihm los war. Warum nahm er sich das Recht heraus, über ihr Leben zu urteilen?
Tante Jeanettes Ankunft war eine willkommene Ablenkung. Offenbar freute sie sich über den Anlass, wieder einmal ihr bestes und konservativstes Seidenkleid zu tragen. Schon oft hatte sich Solange gefragt, warum Papa stets lässige Pariser Eleganz bevorzugt hatte, während seine Schwester sich starrsinnig in provinzielle, wenig kleidsame Säcke hüllte. Chloë folgte ihrer Mutter auf die Terrasse. Durch die tief ausgeschnittene Abendbluse waren

ihre Brüste zu sehen. Ein erschreckend kurzer Minirock aus glänzendem Stoff betonte beim Gehen ihren kecken kleinen Hintern. Dazu trug sie schenkelhohe Stiefel. Solange fiel ein Blick auf, den Mutter und Tochter miteinander wechselten. Offenbar hatte es wieder einmal einen Streit zum Thema angemessene Abendgarderobe gegeben.

Einige Minuten später erschien Onkel Georges. Schicksalsergebenheit malte sich in seinem Gesicht, und er hatte den schleppenden Schritt eines Menschen, der gerade eine Katastrophe überlebt hat. Wahrscheinlich hatte er sich bereits mit einem großen Whiskey aus der Karaffe des Gastgebers gestärkt. Chloë lächelte schon und machte ein Schmollmündchen, weil Guy etwas zu ihr gesagt hatte. Charles Edouard stand mit leicht belustigter Miene daneben.

Solange hatte große Kerzen in die steinernen Blumenkübel und Kästen auf der Terrasse gestellt. Dahinter befand sich der Swimmingpool, den Celine hatte anlegen lassen, damit Henri ohne große Umstände und ohne sich in Gefahr zu bringen, Sport treiben konnte. Die Wasseroberfläche kräuselte sich, und in dem zitternden Spiegelbild schien die kleine Gruppe näher zusammenzurücken. Als es dunkel wurde, hoben sich die Zypressen, die den Gartenpfad säumten, vom indigoblauen Himmel ab und erinnerten an stumme Wärter, die dieses zerbrechliche Paradies bewachten. Henri nahm Solanges Hand und rief Guy zu sich. Die Gäste verstummten.

»Es ist Zeit für einen Trinkspruch. Ich bin froh, ihn in Gegenwart von Freunden und Verwandten ausbringen zu können, die Solange schon seit ihrer Kindheit kennen. Ich habe das Glück, eine außergewöhnlich schöne junge Frau zur Tochter zu haben, die mir zudem eine zuverlässige Freundin ist und sich stets liebevoll und gütig gegen mich verhalten hat. Außerdem hat sie bemerkenswerte Stärke und Mut an den Tag gelegt.« Henris Stimme zitterte, und er zog das junge Paar fest an sich. »Guy, du bist wirklich ein Glückspilz. Und ich habe in dir all die Eigenschaften gefunden, die ich bei einem Schwiegersohn gerne sehe. Ich wünsche euch all das, was ich zu meinem Glück in meiner Ehe mit einer Frau, die alle meine Träume erfüllt hat, erleben durfte. Und ich wünsche euch Freude. Möge Gott euch segnen.«

Die kleine Gruppe rückte zusammen, tauschte alte Erinnerungen aus und sprach über die Zukunft. Lippen berührten Wangen, Gläser wurden aneinander gestoßen. Tränen und Lächeln verschmolzen mit freudigen Umarmungen und gemurmelten Worten des Trostes und der Aufmunterung. Schließlich erschien Lorette auf der Terrasse. »Meine Damen und Herren, es ist angerichtet.«

Das Abendessen war ein Triumph. Paul Ollivier hatte Tränen in den Augen, als der Kalbsbraten mit Champignons und Trüffeln serviert wurde. Jeanette war zwar überzeugt, sich zwischen Käse und Nachspeise entscheiden zu müssen, aber sie überwand ihre Skrupel und seufzte zufrieden auf, als die letzten Krümel Zitronenkuchen verschwunden waren. Onkel Georges, der – ganz gleich, was es gab – sonst selten mehr als ein Alibihäppchen zu sich nahm, ließ keinen Bissen auf seinem Teller übrig. Chloë lächelte, zog ein Schmollmündchen, enthüllte beim Vorbeugen ihre weiblichen Rundungen und tat alles, um sicherzugehen, dass Charles Edouard sich bei dieser Familienfeier nicht ausgeschlossen fühlte.

»Ich denke, wir sollten den Kaffee im Wohnzimmer trinken.« Solange stand vom Tisch auf.

Die Männer gingen in den Salon, wo Henri mühelos und ohne fremde Hilfe auf die Anrichte mit den Digestifs und den Zigarren zusteuerte. Im kleineren Wohnzimmer zupften die Frauen unnötigerweise ihre Frisuren zurecht und zogen die Lippen nach.

»Mein Gott, Solange, er ist ein Traum!« Chloë war voller zuversichtlicher Begeisterung. »Guy ist natürlich auch eine Wucht, aber ganz anders. Diese schwarzen Augen, das leichte Zucken um den Mundwinkel. Und dieser Mund! Wie bei einer klassischen Statue. Stell dir vor, du streckst die Zunge aus und …«

»Das ist genug, Chloë! Ich weiß nicht, warum ihr jungen Frauen immer so vulgär sein müsst«, tadelte Tante Jeanette. »Außerdem

hatte ich dich gebeten, dich heute Abend ordentlich anzuziehen. Auch wenn der junge Charles Edouard recht modern wirkt, bevorzugen Männer wie er Frauen, die ein wenig Takt und Zurückhaltung an den Tag legen. Findest du nicht, Solange?«
Solange stellte fest, dass sie sich über Chloës Lobeshymnen auf ihren Gast ärgerte. Sie hatte keine Lust, sich an diesem Gespräch zu beteiligen. Als sie ins Wohnzimmer zurückkehrte, spürte sie auf dem Weg zum Kaffeetablett Guys bewundernden Blick auf sich. Charles Edouard stand, ein Glas Armagnac in der Hand, neben ihm. Sie sah ihn kurz an, bevor sie sich abwandte, um nach der Kaffeekanne zu greifen, und bemerkte erstaunt seine bedrückte Miene.
»Herzlichen Glückwünsch, Guy. Sie sind ein Glückspilz.« Charles Edouard hob sein Glas.
»Danke, das bin ich wirklich.« Lächelnd erwiderte Guy die Geste.
»Wie ich gehört habe, haben Sie im Weingut eine neue Lebensaufgabe gefunden. Henri hat mir Ihre Pläne erläutert. Für mich klingt es, als wäre es genau der Adrenalinstoß, den diese Gegend braucht, um den Weinanbau in die …« Er hatte nicht die Zeit, seinen Satz zu beenden.
»Sie müssen immer, wenn Sie hier sind, ein schlechtes Gewissen haben, Guy.«
»Schlechtes Gewissen?«
»Tja, da steht sie, die ursprüngliche, zeitlose Göttin der Weinberge.« Charles Edouard beobachtete Solange, die sich mit einer natürlich sinnlichen Bewegung bückte, um eine Kaffeetasse nachzufüllen. »Schauen Sie sie an. Sie ist erfüllt von einer einzigartigen Liebe zu diesem Land, die sich auf die Erde überträgt und die Weine voll und süß werden lässt.«
»Ich hätte nicht gedacht, dass Sie nach ein paar Gläsern von Henris bestem Wein zum abgeschmackten Dichter werden«, erwiderte Guy heftig.
»Ich glaube, niemand von uns hat Wein nötig, um diese Eigenschaft bei Solange zu erkennen und zu wissen, dass ihr Platz hier ist. Henri wird es schwer haben, ohne sie zurechtzukommen.«

Guys Wut steigerte sich, und es kostete ihn Mühe, ruhig und höflich zu bleiben. Solange hatte Recht – dieser Mann war arrogant und unerträglich.
»Ich freue mich, dass Sie meine Wahl billigen. Und es ist wirklich anständig von Ihnen, dass Sie sich über Henris Zukunft Gedanken machen«, entgegnete er kühl, und es wurde ihm klar, dass es ihm nicht gelungen war, ironisch zu klingen. Ein Jammer, dass sie sich nicht in einer Kneipe begegnet waren, wo er Charles Edouard nach draußen bitten und ihn hätte verprügeln können. Was hatte dieser Mann nur davon, ihn zu beleidigen?
»Oh, das tue ich wirklich. Und wir alle hoffen, dass Sie Solange nicht zu weit von den Weinbergen entführen werden, wo sie hingehört. Es wäre eine Schande. Aber wahrscheinlich weiß sie das selbst.« Charles Edouard zuckte lächelnd die Achseln.
Guy stand kurz vor einem Tobsuchtsanfall, als Solange neben ihm auftauchte. Sofort spürte sie, dass zwischen den Männern etwas vorgefallen war. Ein feindseliges Knistern lag in der Luft. Sie sah die beiden fragend an.
»Entschuldigen Sie mich einen Augenblick.« Charles Edouard ging zu Chloë und Onkel Georges hinüber. Guy, der seinen Zorn kaum noch zügeln konnte, wollte gerade etwas sagen, als Henri sich erhob.
»Meine Freunde, wie ihr alle wisst, halte ich nichts von Reden und Ankündigungen. Doch um die letzten fünfundzwanzig schweigsamen Jahre wettzumachen, möchte ich euch jetzt bitten, an diesem Abend einen zweiten Neuanfang mit mir zu feiern. Was ich euch jetzt sagen werde, wird euch alle, sogar Solange, überraschen. Aber ich weiß, dass sie mich in dieser Sache unterstützen wird, wie auch in allen anderen Dingen, die wir gemeinsam erreicht haben.«
Solange erstarrte in eisiger Furcht. Nein! Er durfte nicht ankündigen, dass er vorhatte, einen Teil der Weinberge stillzulegen. Nicht an diesem wunderschönen Abend. Sie bekam keine Luft mehr, sah sich ängstlich um und griff sich an die Kehle. Charles Edouard starrte sie quer durch den Raum verwirrt an, während

sie immer mehr die Beherrschung verlor. Henri, der ihre lautlosen Angstsignale ja nicht sehen konnte, fuhr fort.
»Letzte Woche habe ich die Entscheidung getroffen, ein neues, unabhängiges und wie ich glaube fruchtbares Kapitel meines Lebens zu beginnen. Alle hier wissen, dass Charles Edouard mit radikalen, aber in meinen Augen modernen und sinnvollen Vorschlägen zur Führung von Roucas Blancs und der Entwicklung unserer Weingüter zurückgekommen ist. Ich möchte euch allen mitteilen, dass ich beschlossen habe, dieses Vorhaben mit der notwendigen Summe finanziell zu unterstützen, damit dieser ehrgeizige Plan auch Erfolg haben kann.«
Verdattertes Schweigen herrschte im Raum. Henri sprach weiter. Entweder bemerkte er die Stille um sich herum nicht, oder er hatte einfach seinen Spaß daran, seine Gäste zu überraschen. »Bitte stoßt mit mir auf unser gemeinsames Unternehmen und auf seinen zukünftigen Erfolg an – für uns und für den Weinanbau in unserer Region.«
Verwandte und Freunde hoben die Gläser und versuchten, Erstaunen, Neugier, Begeisterung und Entsetzen zu verbergen. Charles Edouard stand wie erstarrt da. Er traute seinen Ohren nicht und hatte das Gesagte noch gar nicht ganz begriffen. Dann hob auch er sein Glas.
»Auf unser Unternehmen und unsere Freundschaft, Monsieur, in tiefster Dankbarkeit und mit größten Respekt.«
Solange kippte ihren Cognac in einem atemlosen Zug hinunter und sah den neuen Geschäftspartner ihres Vaters an, der ihr zuprostete. Um ihn herum schien die Luft gefährlich zu vibrieren. Erleichtert spürte sie Guys Arm um ihre Taille. Ohne seine Hilfe hätte es durchaus geschehen können, dass sie die Orientierung verloren und dem machtvollen Sog nachgegeben hätte, in einer Woge der Erregung zu versinken.

Kapitel 15
Connemara, 1970

Eleanor bremste und stieg aus dem Wagen. Darauf hatte sie gewartet, seit sie Oughterard und Maam Cross verlassen hatte – auf den ersten Blick auf Connemara, das sich unter einem regenschweren Himmel bis hinaus zu den Twelve Bens erstreckte. Wie ein Fleckenteppich aus salbeigrünem Moor, weißen Felsen und schimmerndem Wasser reichte es bis zum Meer, das man von hier aus nicht sehen konnte. Bis auf einen gelegentlichen Vogelruf oder das Zirpen einer Grille war es ganz still. Das seltsam verschleierte Licht, das die Maler liebten, verhieß eine andere Welt, die sich hinter niedrig hängenden Wolken verbarg. Der Wind summte im Sumpfgras. Dieses wie hingeworfene Land, das im Westen ins Meer überging, war ein Paradies. Es war so schön, wieder hier zu sein.

»Wunderbar, findest du nicht?«

Sie hatte nicht gehört, dass Seamus hinter ihr ausgestiegen war. Er stand neben ihr und spähte, unter der Krempe seines grässlichen alten Hutes hervor, zum Horizont. Eleanor lächelte. »Ich habe ganz vergessen, wie friedlich es hier ist. Wie ein Foto, an dem einem sehr viel liegt, ein gedankliches Bild, das etwas ganz Besonderes darstellt. Nur dass es nie verblasst und von einem Moment auf den nächsten völlig anders aussehen kann. Kein Wunder, dass du ein Dichter bist und Mutter eine Malerin.«

Eine heftige Windböe riss ihrem Onkel den verbeulten Hut vom Kopf und zerzauste ihm das Haar. Grinsend hielt er den Hut fest.
»Trügerisch, so würde ich es eher nennen. Friedlich? Nur manchmal. Schön? Ja, immer.«
»Schläft Mutter?« Eleanor warf einen Blick auf die Rückbank des Autos.
»Ja, sie ist kurz vor Galway eingenickt und hat sich seitdem nicht mehr gerührt. Wahrscheinlich habe ich selbst ein Weilchen gedöst.«
»Ich konnte es kaum fassen, dass sie heute Morgen aufgestanden ist. Gestern war sie noch kurz vor dem völligen Zusammenbruch, und heute fährt sie nach Connemara. Es ist erstaunlich, was deine Anwesenheit bei ihr bewirkt.«
»Na ja, sie ist immer noch ziemlich schwach, und es war ein langer Tag. Bringen wir sie nach Hause, Eleanor.«
Als sie losfuhren, erinnerte sich Eleanor an eine Nacht kurz vor dem Tod ihres Vaters. Er war unruhig gewesen und hatte ihr etwas mitteilen wollen – dessen war sie sich inzwischen ganz sicher. Aber es war ihm nicht gelungen, einen Anfang zu machen, und sie hatte nicht gewusst, wie sie ihn zum Reden bringen sollte. Nachdem das Morphium ihn endlich beruhigt hatte, war sie aus dem Zimmer gestürzt und hatte sich auf die Stufen der Veranda gesetzt, wo Gareth sie schließlich gefunden hatte. Er hatte sich neben ihr niedergelassen, eine Weile geschwiegen und einfach nur die Hand auf ihre Schulter gelegt. Schließlich hatte sie das Wort ergriffen.
»Warum kann ich nicht mit ihm sprechen, Gareth? Ich kann nicht verhindern, dass diese schreckliche Krankheit ihn auffrisst, und es gibt doch noch so viel, was ich ihm mitteilen möchte. Heute hatte ich den Eindruck, dass er mir etwas Wichtiges erzählen will. Und ich wollte ihm sagen: ›Alles ist gut. Ich liebe dich. Du hast dein Bestes getan, und das genügt.‹ Doch ich bin davongelaufen, weil ich es nicht ertragen kann.«
Schluchzend saß sie da, während Gareth ihr das Haar streichelte, bis sie sich wieder beruhigt hatte.

»Man kann auch ohne Worte sprechen, Eleanor. Und ich bin sicher, dass er die Liebe spürt, die du ausstrahlst.« Nachdenklich schwieg er eine Weile. »Aber vielleicht möchte er dir etwas Bestimmtes erklären und weiß nicht, wie er anfangen soll. Sag ihm alles, was du mir gerade gesagt hast. Schreib es auf und lass es ihn lesen, allein für sich, damit er es in sich aufnehmen kann. Vielleicht öffnet es etwas in ihm. Überleg es dir.«
Dann lächelte er sie an, strich ihr zerzaustes Haar glatt und brachte sie ins Haus. Inzwischen fragte sie sich, ob Gareth die ganze Zeit über gewusst hatte, was ihr Vater auf dem Herzen hatte. Heute Vormittag hatte er den Krieg und die darauf folgenden Jahre erwähnt. Das war doch sicher keine zufällige Bemerkung gewesen. Und was war mit Seamus? Was wusste er über die Vergangenheit ihrer Eltern? Kannten denn außer ihr alle Menschen in ihrer Umgebung die Geschichte?
Sie verließen Roundstone und fuhren zu der Landzunge, wo Seamus' Steinhäuschen stand. Es war von knorrigen Bäumen umgeben und schmiegte sich zwischen riesige Felsen. Eleanor und Seamus brachten Helena ins Haus und gingen dann das Gepäck holen. In der Küche standen frische Eier, Butter und selbst gebackenes Brot, und Eleanor machte sich daran, das Abendessen vorzubereiten. Als sie anschließend am Kaminfeuer saßen, nickte Helena immer wieder ein.
»Mutter, ich glaube, du gehörst jetzt ins Bett. Meinst du nicht auch, Seamus?«
Als Seamus nickte, führte Eleanor ihre Mutter den Flur entlang. Sie fand, dass sie sehr zerbrechlich wirkte, fast wie eine alte Frau, und sie erschauderte unwillkürlich. Helenas Hand zitterte leicht, als sie den Riegel zurückschob und die Tür öffnete. Im Zimmer stand ein hohes, altmodisches Doppelbett aus Eichenholz mit einer Patchworkdecke. Das Fenster hatte Meerblick und war mit schweren Wollvorhängen ausgestattet. Außerdem gab es noch einen dunklen Eichentisch, einen hochlehnigen Stuhl mit Gobelinpolster, zwei Nachtkästchen, einen kleinen Schrank und eine Kommode mit Messingbeschlägen. Helenas Miene erhellte sich,

als sie durchs Zimmer ging, die vertrauten Gegenstände berührte und sich über das breite Fensterbrett lehnte, um das Fenster zu öffnen. Ein leichter Wind und das leise Rauschen der Wellen drangen herein. Lächelnd drehte sich Helena zu ihrer Tochter um.

»Ich komme jetzt allein zurecht, Eleanor. Stell die Tasche einfach auf den Stuhl da drüben. Jetzt, wo ich hier bin, werde ich gut schlafen. Sag Seamus, er soll meine Staffelei und die Farben in den Flur bringen. Ich werde mich morgen früh darum kümmern. Gute Nacht, mein Kind.« Sie hauchte ihrer Tochter einen Kuss auf die Wange. »Schlaf dich auch mal richtig aus. Und danke, dass du mich hergefahren hast – überhaupt für alles.«

Eleanor schlüpfte hinaus und schloss die Tür. In der Küche fütterte Seamus seinen Hund Chaucer und schürte das Herdfeuer, damit es während der Nacht weiterbrannte. Er sah seine Nichte an.

»Alles in Ordnung?«

»Ja, prima. Sie ist zu Bett gegangen.«

»Schlummertrunk?« Seamus öffnete einen Schrank.

Eleanor entschied sich für Brandy, und er schenkte ihnen beiden ein ordentliches Glas voll ein.

»Meinst du, es ist zu kalt, um rauszugehen?«, fragte Eleanor. »Könnten wir nicht einen Spaziergang am Strand machen. Chaucer war den ganzen Tag im Auto eingesperrt und könnte ein bisschen Auslauf gut gebrauchen.«

»Gute Idee.«

Seamus reichte ihr eine viel zu große Jacke und öffnete die Hintertür. Sie schlenderten den Pfad entlang zur Bucht. Als Eleanor zum Haus zurückblickte, stellte sie fest, dass im Zimmer ihrer Mutter kein Licht mehr brannte. Sie setzten sich auf einen großen Felsen. Der Mond erleuchtete die Bucht. Eleanor blickte zum Himmel und trank einen Schluck aus ihrem Glas.

»Seamus …« Sie hielt inne, um ihre Gedanken zu ordnen. »Ich weiß, dass das nach all der Zeit ziemlich dämlich klingt, aber darf ich dich fragen, was du während des Kriegs gemacht hast?«

»Damals hatte ich gerade meinen Abschluss in der Tasche und suchte Arbeit.« Seamus sah auf die Bucht hinaus.

»Warst du eigentlich weg? Ich meine, im Krieg? Oder bist du die ganze Zeit über hier geblieben?« Sie beobachtete, wie er die Flüssigkeit im Glas kreisen ließ und wie sich das Mondlicht darin spiegelte.

»Ich war hier. Na ja, nicht die ganze Zeit über. Ich hatte in einer Praxis in Galway angefangen, aber gleichzeitig habe ich dieses Haus umgebaut. Als ich es fand, war es ziemlich verfallen. Mit dem Geld, das Dada mir hinterlassen hat, habe ich es renoviert und das Boot repariert, das ich mir mit Ronan und Ciaran gekauft hatte. Das hieß, dass fast nichts mehr für mich zum Leben übrig blieb. Aber ich hatte ein festes Ziel. Ich wollte im Dorf eine Praxis eröffnen. Damals herrschte hier große Armut. Die Zeiten waren schwer, und die Leute hungerten. Ich wollte ihnen etwas zurückgeben.«

Eleanor nickte, trank einen großen Schluck aus ihrem Glas und begann zu husten.

»Langsam, Mädchen. Warum die Eile?«

»Ich glaube, ich muss mir Mut antrinken.« Sie lachte zittrig auf. »Weißt du, ich habe allmählich den Eindruck, dass diese Sache mit Vaters Testament irgendwie mit dem Krieg zusammenhängt. Als ich ein kleines Mädchen war, war er sehr krank. Damals haben wir viel Zeit hier verbracht. Sie haben dir doch sicher erzählt, was los war, Seamus. Schließlich hast du geholfen, ihn zu pflegen.« Ihr war klar, dass sie auf ein Signal von ihm hätte warten müssen, auf eine Anmerkung vielleicht oder eine Aufforderung, aber sie konnte nicht länger an sich halten. »Was ist mit ihm passiert, Seamus? Und wer war diese Celine? Kannte Mutter sie? Mein Gott, ist dir klar, dass ich, bevor diese Sache geschah, nie gefragt habe, wo meine Eltern sich kennen gelernt haben. Ich wusste gar nicht, dass es in Frankreich war.«

»Ich habe bis heute keine Ahnung, wo mein Vater meine Mutter kennen gelernt hat.« Seamus schmunzelte über den Rand seines Glases hinweg. »Wahrscheinlich bei einem Dorfball oder bei der Hochzeit einer Cousine.«

»Und, Seamus, was ist mit dir? Warum hast du nie geheiratet? Warst du denn nie verliebt?« Eleanor hielt inne. Ihr wurde klar, dass sie bis jetzt nie wirklich über das Leben ihres Onkels nachgedacht hatte. Und dabei war er immer da gewesen, um sie zu trösten und sie zu beraten. Seamus sah sie erstaunt an.

»Tja«, meinte er dann. »Das sind eine Menge Fragen auf einmal, für jemanden, der bis jetzt nie welche gestellt hat. Ich weiß nicht, ob ich in allen Fällen mit einer Antwort dienen kann. Aber ich erinnere mich noch an meine erste Begegnung mit deinem Vater. Helena hatte ihn ein Jahr zuvor in Frankreich kennen gelernt. Ich kam, um Richard und Helena aus Frankreich rauszuholen, kurz vor der Kriegserklärung.« Er nahm ihr das leere Glas ab. »Und das beantwortet in gewisser Weise auch deine zweite Frage: weil ich dort ein Mädchen getroffen und mich verliebt habe. Doch als ich sie wiedersah, war es zu spät für uns beide. Sie war bereits verheiratet.«

Kapitel 16
Paris, 1939

Flankiert von Stefan und Daniel, die sich darum stritten, ihre Sachen tragen zu dürfen, verließ Helena die Ecole de Louvre. Die goldene abendliche Aprilsonne schien durch die Bäume rings um den Platz. Für Helena war es, als hätte ganz Paris sich untergehakt. Gelächter hallte durch die Luft, und die Menschen genossen den Frühling, das Leben und die Liebe. Aufgeregt und voller Vorfreude warf sie einen Blick auf die Bushaltestelle und wurde von Enttäuschung ergriffen, als sie ihn nicht entdecken konnte. Allerdings war es auch noch früh. Vielleicht war er ja von seinen Studenten aufgehalten worden.

Stefan, der über ein Meter achtzig große blonde Schwede mit den hellen Augen und der blassen Haut, überragte alles. Daniel hingegen war klein und zierlich. Er hatte eindringliche, zartknochige Züge, eine Adlernase und einen schwarzen Haarschopf. Mit sarkastischem Grinsen betrachtete er sie durch den Qualm seiner übel riechenden Zigarette.

»Könnte es sein, dass Sie jemanden suchen? Reichen Ihnen zwei treue Kavaliere denn nicht, Mademoiselle?« Übertrieben gründlich ließ Daniel den Blick über den Platz schweifen. Wie immer spielte er den Clown. Stefan runzelte die Stirn, denn er hatte kein Wort verstanden. Dann vollführte Daniel eine ausladende Geste.

»Ist es vielleicht der da? Er macht einen viel versprechenden Eindruck. Schau, wie eilig er es hat und wie er die Passanten mustert? Ah! Was mag er wohl suchen? Einen leuchtend roten Haarschopf, einen fließenden langen Rock!« Neckend trat Daniel vor Helena und zog Stefan mit sich, um ihr die Sicht zu versperren.
Doch sie hatte ihn bereits entdeckt. Richard! Mit langen Schritten ging er das gegenüberliegende Ende des Platzes ab und betrachtete die Warteschlange an der Bushaltestelle. Lachend schob Helena Daniel beiseite, um noch einmal hinzusehen. Stefan wusste immer noch nicht, was gespielt wurde, und sie lächelte ihn an. Sie durfte nicht zu erwartungsvoll wirken, wenn Richard sie endlich bemerken würde. Richard Kirwan aus Dublin! Er war so kultiviert und darüber hinaus noch Universitätsprofessor. Gewiss konnte er mit ihr, einer Fischerstochter aus dem wilden Connemara, einer brotlosen Künstlerin, nichts anfangen. Doch er hatte ihr die Hand geküsst. Er hatte sie mit beiden Händen umfasst und sie geküsst, während sie ein lodernder Blick aus blauen Augen eindringlich musterte. Außerdem war er so ordentlich und gepflegt. Selbst seine Schuhe glänzten. Sie kannte sonst keinen Mann, der seine Schuhe putzte. Wie gerne hätte sie diese Aufgabe für ihn übernommen, die Hände in seine Schuhe gesteckt und das weiche Lederfutter betastet, das sich seinem Gang angepasst hatte. Sie sah Richard lächeln, als er sie zwischen den anderen Studenten erkannte. Die ganze Nacht lang hatte sie sich gefragt, ob ihre gemeinsamen Stunden für ihn nur ein Intermezzo gewesen waren, das er inzwischen längst vergessen hatte. Doch er war gekommen.
»Stefan, hilfst du mir bitte, meine Sachen zu tragen?«
Er nickte und sammelte die Gerätschaften ein, die zu ihren Füßen verstreut auf dem Boden lagen. Stefan war so nett, ruhig und zuverlässig. Insgeheim stieß sie einen Seufzer aus. Ganz sicher würde er sie heute Abend nach Hause bringen und sie zum Essen ausführen wollen. Der arme Stefan. Wie ein großer Hund folgte er ihr auf Schritt und Tritt und hoffte auf ein Zeichen von ihr. Er war ein wirklicher Freund und ein angenehmer Gesellschafter. Die

perfekte Ergänzung zu Daniels schalkhafter Art und seinem aufbrausenden Temperament.

Daniel warf die Zigarettenkippe weg und blickte Helena nach, als diese die Straße überquerte. Den ganzen Tag hatte sie sich benommen, als ob es in ihrem Inneren brodelte. Schon am Morgen waren ihm ihre Ruhelosigkeit und ihre glänzenden Augen aufgefallen. Seine irische Prinzessin war verliebt und strahlte vor lauter Staunen darüber wie ein Leuchtturm. Er spürte einen Anflug von Bedauern, doch er wusste, dass er sie nie würde besitzten können. Dasselbe galt für den armen Stefan, der in seiner Ergebenheit wie ein Hund litt.

Sie sang wie ein Engel, spielte auf ihrer Geige Melodien und erzeugte mit ihrem Bogen ein graues Meer, Möwen, schroffe Hügel und Klippen aus der Luft. Außerdem war sie eine ausgezeichnete Malerin, der ihre Kunst viel bedeutete. Sie hatte ein Gefühl für Licht, das selbst die schlichteste Arbeit zum Strahlen brachte. Ganz sicher würde sie einmal berühmt werden, dachte Daniel. Sie würde sich einen Namen machen. Ihm war klar, dass er das irische Glühwürmchen, das in seine Welt gesaust und diese im Sturm erobert hatte, bald verlieren würde. Wie hatte sie es nur geschafft? Sogar seine Familie, die sich sonst stets reserviert hinter einer Maske konventioneller Höflichkeit versteckte, hatte sie sofort aufgenommen. Sie hatte mit seinen beiden jüngeren Brüdern auf dem Boden herumgetollt, mit seiner Mutter über das Backen von Matzen und über Musik gesprochen und seinen Vater um den Finger gewickelt. Als seine jüngere Schwester Leah an diesem ersten Tag aus dem Konservatorium nach Hause gekommen war, hatten sie und Helena sich sofort miteinander angefreundet. Wie seltsam, dass es ihr, einer Christin, gelungen war, die Barrieren zu überwinden, als gebe es sie gar nicht – und gleichzeitig Respekt und Verständnis für die jüdischen Traditionen seiner Familie zu zeigen.

Wieder sagte er sich, dass es nur Freundschaft war, die sie miteinander verband, und in gewisser Weise stimmte das auch. Sie sprachen über alles, über ihre Träume, ihre Ängste, ihre Probleme und Triumphe. Er kannte sie so gut. Als sie heute zusammen Kaffee getrunken hatten, hatte sie kaum noch an sich halten können. Und traurig hatte er versucht, ihr zuzuhören wie ein Freund. Wie hieß dieser Ire, der ihr so den Kopf verdreht hatte? Richard Kirwan! Er sei schon älter, hatte sie gesagt. Ein Professor. Ihr Landsmann und Anhänger derselben Religion. Als Daniel ihn nun sah, zuckte er schicksalsergeben die Achseln und setzte sich in Bewegung, um Helena und Stefan einzuholen, die bereits den Platz überquert hatten. Der hochgewachsene Mann hatte sie bemerkt und gezögert, als er entdeckte, dass sie nicht allein war. Als sie ihm zuwinkte, lächelte er.

Ein hageres Gesicht, dichte Brauen, bemerkenswert blaue Augen, die ein warmes Leuchten ausstrahlten, wenn er lächelte. Gut aussehend, einflussreich, schätzungsweise zehn Jahre älter als sie alle. Dieser Mann war erfolgreich und selbstsicher. Sein Körper war kräftig, und seine Bewegungen zeugten von Gelassenheit und Lebenskraft. Er war gut angezogen, trug einen dunklen Anzug, eine elegante Seidenkrawatte und teure Lederschuhe und ließ in seiner Hand lässig den Aktenkoffer baumeln. Als Helena vor ihm stand, beugte er sich anmutig über ihre Hand und führte sie an die Lippen. Dann blickte sie ihn an, und Daniel war es, als könne er das Knistern, das von ihr ausging, mit Händen greifen. Sie war angespannt, wie die Saite einer Geige, die auf den Zauber eines Liedes wartet, und sie sah so reizend und verletzlich aus, als sie die Männer miteinander bekannt machte.

»Richard, das sind meine Freunde Daniel Nazarre und Stefan Svenssen. Daniel ist aus Paris, und Stefan kommt aus Schweden. Wir studieren zusammen.«

Richards Stimme war dunkel und volltönend. Er schüttelte den jungen Männern die Hand, plauderte in fließendem Französisch mit ihnen und betrachtete sie während des Gesprächs eingehend. Als der Bus kam, stiegen sie gemeinsam ein. In der Bäckerei an der Ecke von Helenas Straße kaufte sie Baguettes, und dann saßen sie auf ihrem Balkon, tranken Wein und verspeisten das frische, knusprige Brot mit Käse und Oliven. Richard war ein angenehmer Gesprächspartner. Er interessierte sich für ihre Arbeit, ihr Leben und ihre Vergangenheit. Als es später wurde, machten sie sich zu viert auf die Suche nach einem Restaurant und einem Jazzclub, wo man tanzen konnte. Helena betrachtete Richard durch den Haarschleier, der ihr ins Gesicht fiel, und prägte sich jeden Zentimeter seines Gesichts, jedes Fältchen an seinen Augen und den Klang seiner Stimme ein.

Als er mit ihr tanzte, verschmolzen sie zu einer Einheit. Ihr war es, als schwebte sie in seinen Armen, während seine Hände sie sanft umfassten und seine leuchtend blauen Augen sie ansahen. Manchmal streckte er die Hand aus, um ihr das Haar aus der Stirn zu streichen, es ihr hinters Ohr zu stecken oder um ihre Wange und ihre Lippen mit der Rückseite seiner Finger zu berühren. Außer ihm nahm sie nichts in diesem verqualmten, überfüllten Kellerlokal wahr.

Daniel rauchte Kette und beobachtete sie schweigend. Stefan spielte sehnsüchtig an seinem Glas herum. Als er Daniels Blick auffing, lächelte er verkniffen und schicksalsergeben. Sie beide wussten, dass Richard der Richtige für Helena war und dass sie nie einen anderen Mann lieben würde.

Kapitel 17
Paris, 1940

Professor Nazarre, es wird hier ziemlich schwierig für Sie werden, wenn die Deutschen Frankreich erobern und Paris besetzen.« Obwohl Simon Nazarre den Kopf schüttelte, ließ Richard, dem das Thema sehr am Herzen lag, nicht locker. »Glauben Sie mir, die Nazis sind bösartig. Sie brauchen sich nur anzusehen, was sie den Juden in Deutschland, der Tschechoslowakei und Österreich angetan haben.«

Richard Kirwan war mit Helena, Seamus und Stefan bei den Nazarres zu Hause. Es wurde allmählich Zeit, Frankreich zu verlassen, und er wollte Helena unbedingt in Sicherheit bringen, bevor sich die Lage weiter zuspitzte. Heute sollte ihr letzter Abend in Paris sein. Seamus war vor knapp zwei Monaten in Frankreich eingetroffen, sein erster Urlaub seit dem Abschlussexamen in Medizin. In den vergangenen Wochen hatten Richard und Helena viel Spaß dabei gehabt, ihm die Stadt zu zeigen, ihm ihre Freunde vorzustellen und ihn in ihre Lieblingslokale zu schleppen. Daniel hatte erstaunt aufgelacht, als er Seamus kennen lernte, denn seiner Ansicht nach ähnelten sich er und Helena, obwohl sie Zwillinge waren, nicht im Geringsten.

Nun saß Helena an seiner Seite im Wohnzimmer der Nazarres, und neben seiner kräftigen Gestalt wirkte sie noch zierlicher als sonst. Gestern waren ihre Brüder Ronan und Ciaran mit Seamus'

Boot in der Bretagne angekommen, um ihn, Helena und Richard zurück nach Irland zu bringen. Die kleine Gruppe rückte eng zusammen und hörte die Radionachrichten. Die Anspannung steigerte sich, als der Sprecher der BBC in London die deutschen Erfolge meldete. Sein Bericht stand im krassen Gegensatz zu den zuversichtlichen Tönen der französischen Nachrichtensendungen. Wieder wandte sich Richard an Daniels Vater. »Die Franzosen sind zu selbstsicher. Sie vertrauen zu sehr auf die Maginot-Linie. Belgien und Holland haben einer deutschen Invasion nichts entgegenzusetzen, selbst wenn die Franzosen und die Briten sie unterstützen.«

»Die französische Armee wird einen Verteidigungsring um Paris bilden, davon bin ich überzeugt.« Simon Nazarre ließ sich nicht beirren. »Und was soll uns schon passieren, selbst wenn die Deutschen kommen? Ich bin Professor für Musik am Konservatorium. Und Hannah« – er wies auf seine Frau – »spielt im Kammerorchester. Unsere Kinder studieren Kunst. Keiner von uns engagiert sich politisch, und deshalb stellen wir für die Deutschen auch keine Gefahr dar. Warum sollten sie uns behelligen?«

»Vater, du bist so blind!«, fiel Daniel ihm ungeduldig ins Wort. »Warum hörst du nicht auf Richard? Er ist Fachmann für diese Themen. Hitlers Nazis haben bekanntermaßen schreckliche Gewaltakte gegen Juden, gegen Intellektuelle und gegen Zigeuner begangen. Das weiß ich genau. Man hat es mir erzählt.«

»Wir sind Franzosen, Daniel.« Simon Nazarre ließ sich nicht beirren. »Wir sind alle französische Staatsbürger. Unsere Religion spielt dabei keine Rolle. Außerdem gibt es schließlich noch internationale Abkommen.«

»Die Deutschen werden deine Abkommen mit ihren Panzern platt fahren, so wie sie es überall in Europa tun«, gab Daniel zurück. »Hitler ist ein Wahnsinniger, und seine Henkersknechte verfolgen Juden in Deutschland und Osteuropa. Warum sollte es hier anders sein? Ich habe zuverlässige Quellen.«

»Von wem stammen denn deine Informationen, Daniel?« Simon sah seinen Sohn finster an. »Von den Zionisten und Kommunisten, mit denen du dich herumtreibst? Dies hier ist ein friedliches Haus. Du lässt dir den Kopf mit unbewiesenen Gräuelmärchen voll stopfen. Ich weiß nicht, was in letzter Zeit mit dir los ist.«

»Er will einfach nicht hören, Richard. Ich habe versucht, ihn zu warnen und ihm zu sagen, was wir wissen. Aber er verschließt die Ohren.« Daniel zuckte müde und resigniert die Achseln.

»Daniel plappert nicht das Geschwätz irgendwelcher Radikaler nach, Professor Nazarre. Er hat Recht.« Eindringlich beugte sich Richard vor. »Ich bin Historiker, und das hier ist mein Forschungsgebiet. Ich habe mich eingehend mit Hitler und dem Aufstieg seiner Partei befasst. Dieser Mensch ist böse, und er hat eine gewaltbereite und gefährliche Anhängerschaft um sich geschart. Selbstverständlich sind Sie ein hoch geachteter Bürger Frankreichs, doch das wird nicht zählen, wenn die Deutschen erst einmal hier sind. Frankreich wird Hitler in die Hände fallen, weil Ihre Politiker ihn unterschätzt haben. Dieses Land ist auf eine Invasion der Deutschen nicht vorbereitet. Es ist genau wie im französisch-preußischen Krieg, nur dass Sie diesmal nicht gegen Bismarck kämpfen müssen. Sie sollten auf Ihren Sohn hören, Monsieur, ganz gleich, woher er seine Informationen hat.«

Helena berührte Simon am Arm. »Kommen Sie mit uns nach Irland. Ich bin sicher, dass Richard Ihnen eine Dozentenstelle besorgen könnte, Professor Nazarre.« Sie wandte sich an Hannah. »Madame Nazarre, wir würden sicher alle in Seamus' Boot passen. Es ist doch groß genug, oder, Seamus?« Ihr Bruder nickte bestätigend. »Es wäre ein neues Leben für Sie, ein Neuanfang, und wir würden Ihnen dabei helfen.«

»Wenn ich wirklich mein Land verlassen müsste, würde ich gerne auf Ihre Hilfe zurückkommen, meine Liebe. Aber Frankreich ist unsere Heimat, und hier bleiben wir.« Simon Nazarre sah sich im Raum um und betrachtete die Lampenschirme mit den Troddeln, die Bücherstapel, die Musikinstrumente und Noten, die dicken Teppiche und die dunkelroten Gardinen. Jenseits der Glastüren spielten die beiden kleineren Söhne, Zachary und David, auf dem Rasen. Liebevoll lächelte er Helena zu und straffte

die Schultern. »Ich lasse mich nicht aus meinem Land vertreiben. Meine Kinder wurden hier geboren. Wir haben Freunde. Ich habe meinen Beruf und meine Studenten. Hannah hat ihre Kollegen im Orchester. Die Jungen sind acht und zehn Jahre alt und gute Schüler. Vielleicht lassen sich die Menschen in Deutschland rascher zur Barbarei verführen. Aber doch nicht in Frankreich! Wir sind ein zivilisiertes Land.«
Seufzend stand Hannah Nazarre auf. »Simon, mein Schatz, du neigst dazu, das Böse zu übersehen. Es gibt auch in dieser Stadt Leute, die uns ablehnen, nur weil wir Juden sind. Vorurteile fallen in jeder Gesellschaft auf fruchtbaren Boden. Die Menschen hier sind nicht besser oder schlechter als in anderen Ländern.« Achselzuckend ging sie zur Tür und bedeutete den anderen, ihr zu folgen. »Aber jetzt ist das Essen fertig. Daniel und Leah begleiten Sie morgen in die Bretagne. Haben Sie denn genug Treibstoff für die Fahrt, Richard?«
»Es hat mich einige Mühe gekostet, doch ich habe es geschafft. Stefan ist ebenfalls mit von der Partie. Er hat die Reisedokumente vom schwedischen Konsulat bekommen. Also dürfte es bei der Fahrt nach Westen keine Schwierigkeiten geben, und die beiden müssten problemlos nach Paris zurückkehren können.«
Ein Festmahl war vorbereitet worden. Auf dem langen Tisch schimmerten Silber und Kristall, auf der weißen Damasttischdecke lagen gestärkte Servietten. Als sie ins Esszimmer kamen, zündete Leah die Kerzen an. Zachary und David stürmten herein, und alle setzten sich.
Seamus sollte diese Mahlzeit nie wieder vergessen. Den Wein, das Lachen – aber vor allem nicht Leah, die ihm gegenübersaß und ihn über die Kerzenflammen hinweg ansah, lächelnd ihr Haar zurückwarf und Daniel und seine Freunde hänselte. Sie war neunzehn und so ganz anders als alle Mädchen, die Seamus bis jetzt getroffen hatte. Noch nie hatte er einen anderen Menschen so bewusst wahrgenommen. Er spürte, dass er sie liebte, und zwar seit dem Tag seiner Ankunft in Paris, als Helena sie in einem gemütlichen, verqualmten kleinen Café einander vorgestellt hatte.

Leah war hochgewachsen, gertenschlank, hatte hohe Wangenknochen und große, tief liegende Augen. Ihre Finger waren lang und endeten in gepflegten, unlackierten Nägeln. Sie hatte blasse Haut und war ungeschminkt. Ihr schwarzes Haar band sie sich mit einem Streifen grünen Chiffons zurück. Seit ihrer ersten Begegnung waren inzwischen genau vierundsechzigeinhalb Tage vergangen, und mit jedem Tag hatte sich Seamus noch unsterblicher in sie verliebt. Leah und Daniel verbrachten jeden Tag mit ihren irischen Freunden. Sie alle hatten das Bedürfnis, möglichst viel miteinander zu erleben, bevor Seamus seine Schwester und Richard nach Irland entführte. Nun, an diesem letzten Abend in Paris, spiegelte sich die durchs Fenster hereinscheinende Abendsonne im Kronleuchter über dem Tisch, so dass tausende regenbogenbunter Funken auf dem Tischtuch tanzten – und auch auf Leahs Haar, wenn sie sich vorbeugte. Seamus starrte sie gebannt an.

»Haben Sie ein besonderes Fachgebiet, Dr. O'Riordan?« Simon Nazarres Stimme riss Seamus aus seinem Tagtraum, so dass er sich von Leah abwenden und nach den richtigen französischen Worten suchen musste. Da er Simon und Hannah Nazarre erst heute kennen gelernt hatte, wollte er einen guten Eindruck auf sie machen.

»Ich habe erst seit kurzem meinen Abschluss und werde nach meiner Rückkehr nach Irland in der Stadt Galway eine Stelle antreten. Auf diese Weise kann ich genug Erfahrung sammeln, bevor ich später eine eigene Praxis als Allgemeinarzt eröffne.«

»Aber Sie stammen nicht aus Galway?«

»Nein, aus einem Gebiet namens Connemara, etwa fünfundsiebzig Kilometer von der Stadt entfernt. Ich hoffe, irgendwann dort arbeiten zu können, denn ich liebe dieses Fleckchen Erde. Es wäre schön, wenn Sie uns einmal dort besuchen würden. Und meine Schwester hat Recht: Es wäre mir eine Freude, Ihre Familie mit meinem Boot nach Irland zu bringen, jetzt oder wann immer Sie es wünschen.«

Nach dem Essen versammelten sie sich im Wohnzimmer ums

Klavier, und die Musikinstrumente wurden ausgepackt. Stefan war der Einzige, der kein Instrument spielen konnte, aber er sang zwei schwedische Volkslieder und führte unter dem Einfluss eines weiteren Glases Cognac einen wilden Tanz durchs Zimmer auf, so dass alle laut Beifall klatschten. Anschließend griff Daniel zur Flöte und Hannah zum Cello. Leah und Helena spielten ein Duett, das Simon für sie arrangiert hatte. Dann setzte Richard sich ans Klavier und spielte ein wenig Jazz. Und nachdem Seamus seine Schüchternheit überwunden hatte, lieh er sich Hannahs Geige, und die traurigen Klänge des Coulin, eines traditionellen irischen Liedes, füllten den Raum, so dass Leah die Tränen in die Augen stiegen.

»Leah, spiel Seamus doch den Wieniawski vor«, meinte Daniel schließlich.

Da Helena und Richard sie ermunterten, stand Leah auf und lächelte Seamus strahlend an. »Ja, das mache ich«, sagte sie, wobei ihr Blick nur ihm galt. »Papa? Maman?«

Simon ging zum Klavier, und Hannah griff zum Cello.

»Eigentlich ist es ein Violinkonzert«, erklärte Leah Seamus. »Ich spiele jetzt die Romanze aus dem zweiten Satz, die Papa für mich arrangiert hat. Kennst du das Stück?«

Seamus schüttelte den Kopf. »Von diesem Komponisten habe ich noch nie gehört«, erwiderte er.

»Er war Pole und selbst ein ausgezeichneter Geiger. Allerdings nicht sehr bekannt. Er ist noch nicht lange genug tot«, sagte Simon mit einem spöttischen Grinsen. »Dieses Stück ist wie geschaffen für Leah, und eines Tages wird es sie berühmt machen.« Er nickte Leah und Hannah zu und begann leise mit dem Vorspiel. Es war ein wunderschönes Arrangement, das sich in die Stimmung und den Aufbau des Stückes einfühlte.

Als die ersten Töne der Geige erklangen, erinnerten sie an die zögernde Berührung eines Liebhabers. Starr vor Ehrfurcht lauschte Seamus der Musik und Leahs wunderschönem Spiel. Durch die anschwellenden Akkorde und Harmonien sprach ihre Leidenschaft zu ihm. Das Stück selbst rührte ihn an und überwältigte

ihn, und Leahs Augen schlugen ihn in ihren Bann, bis der letzte süße Ton verhallt war und atemlose Stille herrschte. Eine ganze Minute lang sagte niemand ein Wort. Seamus und Leah waren noch im Zauber der Musik gefangen und nahmen sonst niemanden im Raum wahr. Dann jedoch stieß Stefan einen tiefen Seufzer aus. Alle lachten, und die Welt drehte sich wieder. Die Morgendämmerung hatte schon fast eingesetzt, als man sich trennte. Zachary und David waren auf dem Sofa eingeschlafen, und das erste fahle Licht strich schon über die Dachfirste.
Sie standen auf der Straße und sprachen die letzten Abschiedsworte. Dann herrschte Schweigen. Helena blickte zu Simon und Hannah hinauf, die auf der Vortreppe ihres Hauses warteten, und hatte plötzlich Angst um sie. Mit Tränen in den Augen lief sie auf sie zu. »Bitte kommen Sie mit. Bleiben Sie nicht hier!«
Simon legte den Arm um seine Frau und schüttelte den Kopf. Hannah lächelte ihren Mann an, während Richard meinte: »Sie wissen, dass Sie uns nur eine Nachricht zukommen lassen müssen, wenn Sie Hilfe brauchen. Und Madame Nazarre, falls es nötig wird, die Kinder fortzuschicken …«
Hannah nickte wortlos und umarmte Helena noch ein letztes Mal. »Er ist ein guter Mann, meine Liebe«, flüsterte sie ihr dabei zu. »Heiraten Sie ihn. Lassen Sie ihn nicht entwischen. Und wenn all das vorbei ist, kommen wir vielleicht nach Irland und besuchen Sie.«
»Es wird gleich hell«, rief Daniel ihnen zu. »Wir müssen uns auf die Fahrt in die Bretagne vorbereiten. Wenn wir nicht ein paar Stunden Schlaf abkriegen, werden wir es später bitter bereuen. Stefan, wir treffen uns gegen zehn bei Richard. Ach, Seamus, mein Freund, es war schön, dich hier zu haben.« Mit einem schalkhaften Grinsen wandte er sich an seine Schwester. »Sag dem Herrn Doktor endlich gute Nacht, Leah. Sonst werden wir den Guten überhaupt nicht mehr los.«
Leah eilte die Treppe hinunter. Sie küsste Seamus auf beide Wangen und dann unvermittelt auf den Mund. Einen knisternden Moment lang streiften ihre Lippen die seinen. Daniel nahm Hele-

na in die Arme, wirbelte sie ein paar Mal herum und küsste sie dann ernst auf den Scheitel. »Ach, mein kleines irisches Juwel, erlöse diesen Mann von seinen Leiden.« Er wies mit dem Kopf auf Richard. »Auch wenn du damit Stefan und mich zur ewigen Verdammnis verurteilst. Wirst du ihn erhören?«

Helena lachte auf und wandte sich dann mit einer majestätischen Geste zu Richard. »Nun, Professor Kirwan, du König der Historiker, frag mich noch einmal, ein allerletztes Mal!«

Richard fiel mitten in der Pariser Morgendämmerung auf die Knie. In der Ferne wetteiferte das Rumpeln einer Militärkolonne mit dem frühmorgendlichen Gesang der Vögel. »Helena O'Riordan, heirate mich, sobald wir wieder in Irland sind. Sonst muss ich mich unterwegs aus dem Boot deines Bruders in den Ozean stürzen.«

Mit einem schiefen Grinsen erläuterte Stefan dem erstaunten Seamus die Hintergründe. »Einmal haben sie sich gestritten. Sie bezeichnete ihn als eingebildeten Emporkömmling, den sie niemals heiraten werde, und wenn er mitten auf der Straße auf die Knie fallen und ihr einen Antrag machen würde. Er erwiderte, dann werde er es wieder und wieder tun, bis sie endlich ja sagte. Ich glaube, das ist jetzt das sechste Mal.«

Helena beugte sich vor, legte Richard die Hände auf die Schultern und sah ihm tief in die Augen. »Ich werde dich heiraten, Richard Kirwan. Ich werde dich heiraten, dich lieben und mich dir für immer hingeben. Sag, dass du dasselbe für mich tun wirst.«

Er schlang die Arme um sie, zog sie an sich und kniete, das Gesicht in die Falten ihres Rockes vergraben, weiter auf der Straße. Sie flocht die Finger in sein Haar und drückte ihn an sich. Und die anderen hörten, wie sie beide immer wieder murmelten: »Das werde ich, mein Liebling, das werde ich.«

Dann fielen sich alle lachend in die Arme. Kurz hatte Seamus Gelegenheit, den Arm um Leah zu schlingen; er spürte, wie sie sich an ihn schmiegte und ihm mit den Fingern über den Nacken strich. Dann machte sie sich los, um Richard und Helena zu umarmen.

Noch einmal verabschiedete man sich, und dann schlenderten sie, begleitet von morgendlichem Vogelgezwitscher, den Boulevard entlang, wo schon die Sonne durch die Bäume schien. Sie besprachen ihre Fahrt zu Küste, während Paris bereits den Ansturm der Eroberer erwartete.

Kapitel 18

Bretagne, Mai 1940

Da es ein warmer, heller Maimorgen war, hatten sie das Verdeck von Richards Auto aufgeklappt. Stefan, Leah und Seamus saßen hinten, Daniel hatte sich vorne zwischen Richard und Helena gezwängt. Auf den Straßen, die aus Paris hinausführten, herrschte dichter Verkehr, so dass sie nur langsam vorankamen. Stefan hatte eine Corps-Diplomatique-Plakette des schwedischen Konsulats am Wagen befestigt und außerdem ein Schreiben seines Freundes Anders Petersen bei sich. Darin wurde bestätigt, dass sie in diplomatischem Auftrag unterwegs und deshalb berechtigt seien, zusätzliches Benzin zu erwerben. Zum ersten Mal war Stefan froh über seine guten Beziehungen. Während des Studiums hatte er sorgsam verschwiegen, dass er einen Adelstitel und einflussreiche Freunde hatte, da er unter seinen Kommilitonen keine Sonderrolle einnehmen wollte. Nun jedoch hatte sich beides als Vorteil erwiesen. Anfangs sangen sie gemeinsam und diskutierten dann, welche Route sie nehmen sollten.

»Es ist besser, wenn wir die Hauptstraßen meiden«, meinte Richard. »Dort sind sicher mehr Konvoys unterwegs, die uns nur aufhalten werden. Vielleicht sollten wir die Strecke über Versailles nach Alençon und dann die Küste entlang fahren.«

Helena studierte die Karte. »Oh, Richard, wenn wir diese Straße nehmen, könnten wir uns doch den Mont St. Michel anschauen.

Den wollte ich schon immer sehen, und es wäre ein netter Zwischenstopp.«
Daniel nickte zustimmend. »Seamus sollte die Chance ebenfalls nutzen, ihn zu besichtigen. Wer weiß, ob die Insel den Krieg überstehen wird.«
»Es spielt doch keine Rolle, ob wir einen Tag länger brauchen, oder?«, fragte Helena. »Dann hätten wir noch ein paar gemeinsame Stunden mehr. Oder hätten Ronan und Ciaran, die uns auf dem Boot erwarten, etwas dagegen, Seamus?«
»Nein, natürlich nicht.«, erwiderte Seamus, der an einen zusätzlichen Tag mit Leah dachte, ohne zu zögern. »Ich muss ihnen nur eine Nachricht zukommen lassen. Den Mont St. Michel würde ich auch gerne sehen. Leah? Stefan? Was haltet ihr davon?«
Leah strahlte begeistert. Stefan, der Helenas schimmernden Hinterkopf musterte, fand, dass es das Leiden wert war, wenn er ihre bevorstehende Abreise mit Richard noch ein wenig hinauszögern konnte. Also nickte er lächelnd.
»Prima!« Helena schlang die Arme um Richard, so dass der Wagen ins Schleudern geriet. »Mont St. Michel, wir kommen!«
»Nicht, wenn du so etwas noch öfter machst.« Richard behielt eine Hand am Steuer und befreite sich mit der anderen. »Sitz still. Du bist ja wie ein kleiner Tintenfisch!«

Auf der Fahrt nach Westen wurden sie mehr und mehr mit der traurigen Realität konfrontiert, dass der Krieg unmittelbar bevorstand. Die französische Armee war moblilisiert. Truppentransporter rollten nach Osten, um den tragischen Irrglauben zu verteidigen, die Maginot-Linie könne dem Ansturm der Deutschen standhalten. In den Städten und Dörfern strömten die Leute zusammen, um die Soldaten zu begrüßen. Fahnen wehten an Balkonen, und die französischen Soldaten wurden mit Jubelrufen und Blumensträußen empfangen. Zweimal musste Stefan mit der Gendarmerie verhandeln. Er warnte Richard, die Armee habe begonnen, Autos zu beschlagnahmen, weshalb er unter keinen Umständen den Fahrersitz verlassen dürfe. Obwohl sie nur langsam und unter Schwierigkeiten vorankamen, fühlte sich Seamus, der neben Leah saß, wie im siebten Himmel. Als sie die Küste erreichten, war es schon sieben Uhr. Die schroffen Umrisse des Mont St. Michel ragten vor ihnen aus dem Meer auf. Der Turm der Abtei erhob sich in den goldenen Himmel. Gebannt genossen sie den Anblick.

»Suchen wir uns eine Unterkunft«, schlug Richard schließlich vor.

»Und etwas Essbares«, fügte Daniel hinzu. »Und dann erkundigen wir uns, wann wir zur Insel fahren können.«

Sie fanden eine Pension und ließen sich vom Anblick riesiger Langustenportionen ins Restaurant La Parisienne locken. Als einziges Getränk kam Champagner in Frage, und es bestand die stillschweigende Übereinkunft, den anstehenden Abschied nicht zu erwähnen. Sie würden nur an heute Nacht und an morgen denken und Furcht und Trauer aus ihrem Leben verbannen.

Daniel beobachtete seine Schwester und fragte sich, ob es nur eine flüchtige Romanze war, die hier kurz vor der Trennung und angesichts des drohenden Krieges entstand. Er warf einen Blick auf Helena, die Richard etwas zuflüsterte, während dieser aus seinem Champagnerglas trank. Es versetzte ihm einen kleinen Stich ins Herz, und er wandte sich zu Stefan um. Sein Freund betrachtete Helena ebenfalls, und in seinem Gesicht malten sich Schmerz und Sehnsucht derart deutlich, dass Daniel erschrak. Ihm war nicht klar gewesen, wie sehr Stefan Helena liebte.

»Verdammt!«, dachte er. »Wir alle drehen und wenden uns, voller Hoffnung und Sehnsucht, doch an Stelle der Erfüllung unserer Träume erwartet uns nur Trauer. Und meine kleine Leah – wird dein irischer Liebster morgen davonsegeln und dich vergessen? Mein Gott, wie fürchte ich mich vor dem, was dieser Krieg uns allen antun könnte.«

Er drückte seine Zigarette aus und erhob sich unvermittelt. »Was ist jetzt mit dem Casino? Sollen wir losgehen und unser Leben ans Glücksspiel verlieren?«

Vor Erleichterung stieß Stefan einen leisen Seufzer aus. Sie stan-

den auf und schlenderten in die milde Nacht hinaus. Draußen leuchteten grell die Lichter des Casinos. Von der Tanzfläche klang Musik hinüber.
»Helena«, meinte Leah. »Seamus und ich wollen ein bisschen am Strand spazieren gehen. Einverstanden, Daniel?«
»Als offizielle Anstandsdame weiß ich, dass ihr bei dir nichts geschehen kann, mein Freund.« Daniel grinste Seamus an.
»Wir kommen rechtzeitig zurück, um zu sehen, wie du die erste Million gewinnst.« Seamus griff nach Leahs Hand, und sie gingen davon.
Die Nachtluft roch leicht salzig, als sie die Hafenmauer entlang und hinunter zum Strand spazierten. Der Mond war voll und tauchte die Masten der vor Anker liegenden Boote, den wellenförmigen Sand und das gekräuselte Wasser in einen silbrigen Schein. Seamus sah Leah an. Sie hörte, wie er tief Luft holte, und schmiegte sich in seine Arme. Durch ihre Küsse vereint, atmeten sie im Gleichtakt, und ihre Herzen schlugen gemeinsam.
»Leah, mein Liebling, meine wunderschöne Leah!«
Mit zitternden Händen berührte er ihr Gesicht. Er wagte nicht, sie noch einmal an sich zu ziehen, denn er hatte Angst, die Begierde, die in seinem Körper pulsierte, nicht mehr beherrschen zu können. Sie umfasste seine Hände, küsste die Innenseiten seiner Handgelenke und jeden seiner Finger und presste dann die Wange in seine Hand. Sie kuschelte sich an ihn und legte, die Augen geschlossen, den Kopf in den Nacken. Er küsste ihren Hals und sehnte sich so sehr nach ihrer körperlichen Nähe. Sie stieß ein leises Stöhnen aus, und er spürte, wie sie in seinen Armen ganz weich wurde.
»Leah, das geht nicht.« Er machte sich los. »Es ist nicht der richtige Zeitpunkt. Nicht, wenn ich dich so bald verlassen muss. Oh, mein Liebling, ich liebe dich. Ich will dich. Ach, weine doch nicht. Leah, bitte weine nicht.«
»Ich weine nicht, weil ich unglücklich bin«, flüsterte sie. »Ich liebe dich, Seamus. In diesem Augenblick fühle ich mich, als wären

wir ein und dieselbe Person. Geht es dir nicht genauso? Du darfst jetzt nicht fort. Das ertrage ich nicht.«

»Ja, es ist unerträglich. Aber ich weiß, dass ich dich immer lieben werde.«

»Ich dich auch. Für immer. Ich werde dich immer lieben. Doch wir müssen Rücksichten nehmen, und ich werde in Paris gebraucht.«

Sie presste sich an ihn, und er stand da und wiegte sie in seinen Armen. Vor ihm erhoben sich sämtliche Hürden, die sie würden überwinden müssen: ihre unterschiedliche Herkunft, die Religion, die bevorstehende Trennung und der Krieg. »Komm mit mir, Leah. Ich liebe dich, und ich möchte, dass du mich nach Irland begleitest, wo du in Sicherheit bist. Komm mit mir, bevor dir noch etwas zustößt. Bitte.«

Sie hatte das Gesicht an seine Brust geschmiegt, und er spürte, wie sie den Kopf schüttelte. »Du weißt, dass ich meine Familie nicht im Stich lassen darf. Ich muss hier bleiben.« Sie hielt inne und unterdrückte die schreckliche Angst, dass er nie zu ihr zurückkehren könnte. »Aber später, wenn der Krieg vorbei ist, können wir wieder zusammen sein. So lange wird es schon nicht dauern. Und dann kommst du und holst mich, nicht wahr, Seamus?«

Er küsste sie wieder und wieder und umfasste ihr Gesicht mit beiden Händen. »Ich verspreche, zu dir zurückzukommen, ganz gleich, was geschieht. Ich bringe dich an einen Ort am Ende der Welt, wo wir für den Rest unseres Lebens zusammen sein können. Und ich werde immer für dich sorgen. Ich warte auf dich.«

Schweigend umarmten sie einander. Dann wischte er ihr den Sand von den Füßen und strich ihr das Haar glatt. Sie verließen die Abgeschiedenheit der Nacht und gingen gemeinsam auf die hellen Lichter des Casinos zu.

Daniel und Stefan hatten sich am Spieltisch wacker geschlagen, während Richard seinen Einsatz verloren hatte. Helena hingegen hatte eine Glückssträhne, weshalb beim letzten Spiel alle auf dieselben Zahlen setzten wie sie. Während sie zusahen, wie die Silberkugel klappernd durch das Rad rollte, wünschten sie sich, sie möge in der richtigen Mulde landen. Und als die Kugel liegen blieb und das Rad langsamer wurde, brach Jubel am Tisch aus. Nummer dreiunddreißig! Der kleine Rotschopf hatte gewonnen! Helena stand auf, schenkte dem Croupier ein strahlendes Lächeln und gab ihm ein großzügiges Trinkgeld. Dann gingen sie zur Kasse und tauschten ihre Jetons ein. Lachend wie unartige Schulkinder tollten sie die Straße entlang, schlichen sich in die kleine Pension und gingen, nachdem sie einander umarmt und sich tuschelnd eine gute Nacht gewünscht hatten, in ihre Zimmer. Ihre Nacht dauerte nur drei Stunden, denn sie wurden vom Wirt geweckt, da das Boot nach Mont St. Michel bald ablegen würde.

Es war ihr letzter gemeinsamer Tag.

Kapitel 19

Bretagne, 1940

Als am frühen Morgen die Ebbe einsetzte, erhob sich die Festung Mont St. Michel wie eine Fata Morgana aus dem fahlen Licht und ragte stolz und geheimnisvoll aus der dunstigen Dämmerung empor. Es war kühl, und es wehte ein leichter Wind, als sie sich den steinernen Pforten am Fuße des Felsens und dem Ehrfurcht gebietenden Bollwerk näherten. Sie beschlossen, zuerst zur Abtei hinaufzusteigen und ihre Besichtigung am Gipfel zu beginnen. In den schmalen Gassen hallten ihre Stimmen vom zerbröckelnden Mauerwerk wider. Aus den Fenstern über sich hörten sie, wie die Bewohner erwachten, das Frühstück zubereiteten und ihre Bettdecken zum Lüften aus den Fenstern hängten, alltägliche Verrichtungen, die ihnen an diesem mystischen Ort seltsam unpassend erschienen.

In der Abtei war Richard bald in ein Gespräch mit ihrem Fremdenführer Monsieur Le Brun vertieft und erörterte mit dem älteren Herrn die politische Geschichte, die Architektur und die gesellschaftlichen Veränderungen, die jede Epoche mit sich gebracht hatte. Stefan bemerkte, dass Helena an den Lippen des irischen Professors hing, zu dem er selbst eine Hassliebe entwickelt hatte. Nach nüchterner Überlegung war ihm klar geworden, dass Richard der richtige Mann für Helena war und dass er niemals mit ihm würde konkurrieren können. Seine letzten Hoff-

nungen schwanden und wurden vom Meer davongetragen. Als sie in die zweite Etage der Abtei hinabstiegen, wies der Fremdenführer auf eine Stelle am Kopfe einer langen steinernen Treppe.
»Das ist Gautiers Sprung«, erklärte er. »Ein tragischer Ort.«
»Wer war Gautier?« Helena betrachtete die Stufen, die sich durch das Innere der Festung zur nächsten Etage hinabschlängelten.
»Ein politischer Gefangener, der wusste, dass er den Kerker hier nicht überleben würde. Als sie ihn zu seiner Zelle führten, riss er sich von den Wärtern los, sprang mit einem Satz auf die Mauer da drüben und stürzte sich hinunter auf die Felsen in den sicheren Tod.«
»Was für ein schrecklicher Preis für die Freiheit!« Erschaudernd wandte Helena sich von der Mauer ab.
Stefan stand allein und reglos da und blickte über den Wall. Dann beugte er sich vor und starrte hinunter, wo sich nackte weiße Felsen, struppiges Gebüsch und das abweisende Massiv der äußeren Festungsmauern befanden. Wie im Traum lehnte er sich weiter und weiter hinaus, ergriffen von derselben Verzweiflung wie damals der Gefangene und dem Gefühl, seinem Leid entrinnen zu können, wenn er sich dort hinunterstürzte. Ein paar wahnwitzige Sekunden würde er durch die Luft trudeln und dann – endlich, die Erlösung …
»Stefan!« Seamus stürmte auf ihn zu.
Helena wandte sich um, und ihr blieb fast das Herz stehen. Mit einer Geschwindigkeit, die sie sich selbst nie zugetraut hätte, eilte sie auf die Mauer zu, packte Stefan an den Beinen und zog ihn an sich. Als er stolperte und auf die Stufen sank, riss er sie mit sich um. Helena wiegte ihn in ihren Armen und betrachtete seine stumpfen Augen und die Schweißperlen auf seinem fahlen Gesicht.
»Stefan, ist alles in Ordnung?«
Kurz wurde sein Blick klar, und er schüttelte den Kopf, um den Alptraum zu verscheuchen, der Besitz von ihm ergriffen hatte. Sanft berührte sie sein Gesicht.
»Es tut mir so Leid, ich weiß nicht, was über mich gekommen ist.

Ich glaube, mir ist ein wenig schwindelig geworden. Es ist alles wieder gut. Alles ist in Ordnung.«
»Bleib noch ein bisschen liegen. Seamus, fehlt ihm wirklich nichts?«
Ihr Bruder beugte sich über den am Boden Liegenden und fühlte ihm den Puls. »Ich glaube, er braucht frische Luft, Helena, und ein wenig Platz, um sich wieder zu fassen.« Als er sie beruhigend anlächelte, rückte sie beiseite und gesellte sich zu Richard und den anderen. Seamus setzte sich vor Stefan, so dass dieser im Schatten seines Körpers und nicht mehr in der prallen Sonne lag. Stefans Augen waren geschlossen, sein Atem ging flach und stoßweise.
»Langsam und gleichmäßig atmen.« Seamus' Stimme durchdrang den Nebel in Stefans Gehirn und beruhigte seine wild durcheinander wirbelnden Gedanken.
»Ich weiß nicht, was mit mir los war.« Stefans Stimme klang heiser, und er klammerte sich an Seamus. »Es war, als wäre dieser Mann in meinen Kopf eingedrungen. Ich wollte springen.«
»Ich verstehe dich.« Seamus drückte seine Hand. »Du hättest in einem solchen Moment nicht hier sein dürfen. Aber jetzt ist es vorbei.«
Stefan drehte den Kopf weg. Er schämte sich schrecklich für seine Schwäche. Eine Weile saßen sie schweigend da, bis er spürte, dass seine Gliedmaßen ihm wieder gehorchten. Er war dem zurückhaltenden Iren für seine Geistesgegenwart und sein Taktgefühl dankbar. »Du bist ein guter Arzt und ein guter Freund. Vielen Dank. Ich kann jetzt wieder aufstehen.« Er sah Seamus in die Augen, die unausgesprochene Bitte malte sich in seinem Blick.
Seamus nickte, half ihm auf und lächelte den anderen zu. Ihr Schweigen stand im krassen Gegensatz zu Monsieur Le Bruns wortreicher Bestürzung. Noch nie hatte seine Führung bei einem Besucher derart unangenehme Folgen gehabt.
»Er hat es überstanden«, verkündete Seamus. »Ein schlimmer Anfall von Höhenangst. Manchmal überkommt es einen eben. Nach einer Nacht mit viel Champagner, einem langen Aufstieg und der

heißen Sonne, als wir die Festung verließen, ist so etwas nicht weiter erstaunlich. Wir haken dich unter, Stefan. Bald bist du wieder auf den Beinen.«
»Es tut mir Leid, ich weiß nicht, was mit mir los war.« Stefan lächelte verlegen. »Hoffentlich habe ich euch den Ausflug nicht verdorben.«
»Das spielt doch keine Rolle, solange du nur wieder in Ordnung bist. Wir müssen die restliche Abtei ja nicht unbedingt besichtigen.« Helena stellte sich auf die Zehenspitzen und umarmte ihn rasch.
»Nein, bitte.« Stefan stand kerzengerade da. Wegen ihrer Nähe klopfte sein Herz wie wild. »Ich möchte mir gern alles anschauen. Es geht mir wirklich schon viel besser.«
Sie stiegen die lange Treppe hinab und betrachteten die Säulengänge. Monsieur Le Brun wies sie auf die Schönheit und Symmetrie der Säulen und die prachtvollen Fenster des langen Refektoriums hin. Schließlich erreichten sie den Kerker. Ein modriger Geruch stieg aus der bedrückenden Dunkelheit empor. Es war, als sonderten die Wände, die rostigen Ketten und die muffigen Zellen die Tragödien gescheiterter und aufgegebener Leben ab.
»Seamus, ich glaube, da kann ich nicht runter.« In Leahs Stimme schwang ein wenig Panik mit. »Ich weiß, dass es albern ist, aber ich fürchte mich hier. Keine Ahnung, woran es liegt. Gehst du mit mir nach oben? Wir können ja dort auf die anderen warten. Bitte.«
»Wir können es uns ja auch sparen.« Richard klang besorgt und warf einen prüfenden Blick auf Stefan. »Ich glaube, für heute haben wir genug von menschlichem Leid gehört.«
Rasch verabschiedeten sie sich, doch der Schatten der Traurigkeit und ihrer bevorstehenden Trennung begleitete sie den steilen Hügel hinab ins Dorf. Als Helena Stefan ansah, erkannte sie den Schmerz in seinem breiten Gesicht. Sie nahm seine Hand und schloss seine Finger um ihre; sein Schweigen zerriss ihr das Herz.
»Da ich im Casino eine Menge Geld verdient habe, schlage ich vor, dass wir uns jetzt das köstlichste Mittagessen unseres Lebens

genehmigen.« Wieder bemühte sie sich, die allgemeine Stimmung zu erhellen. »Nein, Richard! Jetzt lade ich euch alle ein.«
Ihre letzte gemeinsame Mahlzeit ließ nichts zu wünschen übrig. Richard schlug Bedenken in den Wind und bestellte zuerst einen vollmundigen weißen Haut Brion und anschließend einen roten fruchtigen St. Julien mit elegantem Abgang. Nach Austern, saftigem Lammbraten und einer Käseauswahl aus der Region gab es normannischen Apfelkuchen mit viel Sahne. Dann entspannten sie sich in der Nachmittagssonne, bis das Rauschen des Meeres sie schließlich an die herannahende Flut erinnerte. Gelassen und glücklich über ihre Freundschaft, erhoben sie sich und schlenderten über den Strand zum Festland.
An der Abzweigung nach St. Malo meinte Stefan: »Ich finde, wir sollten schwimmen gehen. Es gibt hier Badehütten und einen traumhaften Strand. Es wird uns erfrischen.« Offenbar hatte sich seine Stimmung wieder gebessert.
Am Strand mieteten sie zwei blau gestreifte Segeltuchzelte und kramten ihre Badesachen aus dem Auto. Richard holte seine Badehose aus dem Koffer und lieh den Männern kurze Hosen, so dass Stefan und Seamus angemessen gekleidet aus dem Zelt kamen. Nur Daniel war zu zierlich gebaut: Seine Badehose schlotterte an der Taille und reichte ihm bis über die Knie. Lachend raffte seine Schwester das Taillenbündchen und band es geschickt mit ihrem seidenen Kopftuch zusammen. Helena hatte einen Badeanzug für sich selbst und ein Musselinhemdchen und geblümte Shorts für Leah gefunden. Ein Kellner erschien und fragte, ob sie etwas zu trinken bestellen wollten. Am Strand oder im Wasser?
»Im Wasser?«, fragte Richard neugierig.
»Voilà, Monsieur!« Der Kellner zauberte ein leichtes, rundes Tablett hervor. »Es schwimmt. Sie nehmen es mit ins Wasser, und ich bringe Ihnen Ihren Aperitif. Eine gute Idee?«
»Mehr als gut. Einfach wunderbar!«
Sie bestellten eine Flasche gekühlten Sauternes und stürmten ins Wasser, wo sie wegen der Kälte zunächst nach Luft schnappten

und einander dann lachend nass spritzten. Als es Abend wurde, ließen sie sich im ruhigen Wasser treiben; der Tisch schwamm zwischen ihnen. Die Zeit verging, und die Zukunft erschien ihnen ganz weit weg. Es gab nur noch die Gegenwart, das Meer, salzige Lippen und süßen Wein, Freundschaft und das Rauschen der Wellen, die sich irgendwo weit draußen brachen. Schließlich beendete Stefan den Zauber. »Wie weit ist es nach St. Brieuc?«, fragte er leise.

Richard stand auf und schüttelte die Tropfen von seinem muskulösen Körper. Auch Stefan erhob sich. Sie sammelten ihren Tisch und die leeren Gläser ein und gingen zum Strand. Helena beobachtete die beiden Männer, der eine blond, breit gebaut und kräftig, der andere schlank und dunkel. Daniel – zierlich zwar, aber drahtig und stark – lief ihnen nach. Sie seufzte und verließ widerstrebend das Wasser.

Seamus hielt Leah die Hand hin. Wasser strömte von ihrer schimmernden Haut, als sie aufstand. Sie hob die Arme über den Kopf, um ihr dunkles Haar auszuwringen. Der dünne Musselin klebte ihr am Körper, und Seamus wurde von Begierde ergriffen, als er sah, wie sich ihre Brüste deutlich unter dem nassen Stoff abzeichneten. Er schnappte nach Luft, seine Kehle brannte, und er musste sich abwenden, damit sie nicht bemerkte, wie sehr er sie begehrte.

»Kommst du, Seamus?«, riss Daniels Stimme ihn aus seinen hitzigen Gedanken.

Als er sich zum Ufer umdrehte, verschwand Leah gerade in der Badehütte. Er war zugleich enttäuscht und erleichtert.

Auf der Fahrt nach St. Brieuc hielt Seamus Leahs Hand und überlegte, mit welchen Worten er sie nur überzeugen konnte, ihm nach Irland zu folgen. Er durfte nicht abfahren und sie inmitten der Gefahren des Krieges zurücklassen. Ihr Kopf ruhte an seiner Schulter; er legte sanft den Arm um sie und zog sie an sich, während sie schlief. Helena fing im Rückspiegel seinen Blick auf und lächelte, lehnte sich zu Richard hinüber und küsste ihn aufs Ohr. Daniel, der die beiden Paare beobachtete, fragte sich, was nur aus ihnen werden sollte. Er wusste, dass er jetzt die Gelegenheit hatte, Leah zur Abreise zu raten. Seine Eltern würden zwar enttäuscht sein, aber es war dennoch das Beste, wenigstens ein Mitglied der Familie in Sicherheit zu wissen. Wie sollte er seinem Vater klar machen, dass sie alle in Gefahr schwebten? Die Deutschen würden sie zertrampeln. Aber Daniel war fest dazu entschlossen, ihnen den Sieg nicht leicht zu machen. Er würde sich wehren. Seine Freunde würden kämpfen. Nur, was sollten Mama, Zachary und David anfangen, wenn er seine Schwester fortschickte? Vielleicht würden sie Leah brauchen, in der Zeit, die nun vor ihnen lag. Sie war stark, und ihr würde sicher etwas einfallen, wenn eine plötzliche Flucht nötig werden sollte. Und was noch wichtiger war: Möglicherweise würde sie es ja schaffen, ihrem Vater Vernunft beizubringen. Simon Nazarre glaubte felsenfest daran, dass die von ihm verabscheuten Kommunisten oder die Zionisten, denen er auch nicht über den Weg traute, die Gerüchte über die Gräueltaten der Deutschen in die Welt gesetzt hatten. Unruhig rutschte Daniel auf seinem Sitz herum und zündete sich wieder eine Zigarette an. Helena drehte sich zu ihm um.

»Armer Daniel, hast du da hinten genügend Platz?«

»Kein Problem. Nur die Lage in unserem Land macht mir Sorgen. Wenn Frankreich kapituliert ...« Als sie an einem weiteren Trupp Soldaten vorbeikamen, machte er eine wegwerfende Geste. »Die armen Teufel, angeführt von Offizieren, die vom Sieg träumen. Unsere Generäle haben sich zu lange die Bäuche voll geschlagen und sich durch die Betten geschlafen, um noch in der Lage zu sein, eine Armee für die moderne Kriegsführung auszubilden. Die Deutschen werden uns zerknicken wie Streichhölzer.«

»Ich fürchte, du hast Recht.« Richard war ernst. »Wahrscheinlich liegt die einzige Hoffnung der Franzosen in kleinen Widerstandsgruppen, die im Untergrund operieren. Leute, wie deine Freunde, die wir letzte Woche kennen gelernt haben. Ich war sehr beeindruckt von ihnen.«

»Ja, aber es war trotzdem richtig, was du an diesem Abend gesagt hast. Wir müssen ein Kommunikationsnetz aufbauen, damit die

Menschen Informationen bekommen. Ich weiß nicht, wie viel Zeit uns noch dafür bleibt.«
»Ihr werdet Funkgeräte und Sender brauchen, die handlich und leicht zu transportieren sind. Außerdem ein Erkennungszeichen. Weiterhin sind Druckmaschinen nötig. Wenn ich wieder in Dublin bin, kann ich mich mit der Ausrüstungsfrage befassen. Meine Familie besitzt einen Verlag. Ich werde versuchen, euch zu helfen.«
»Danke, mein Freund. Wir müssen einen Weg finden, uns mit dir in Verbindung zu setzen, wenn die Lage ernst wird.« Er warf einen Blick zurück und grinste. »Vielleicht kann Stefan sich einen Job im schwedischen Konsulat besorgen und dir mit der Diplomatenpost Nachrichten zukommen lassen. Was, Stefan?«
»Du meinst, ich soll die Malerei aufgeben und ein kleiner Bürohengst werden? Dann müsste ich mich ja mit den gestiefelten Idioten herumschlagen, die mein Vater offenbar so bewundert.« Stefan legte seinem Freund die Hand auf die Schulter. »Jetzt aber im Ernst. Natürlich werde ich alles tun, was ich kann, um euch zu helfen. Mein Vater würde einen Schlaganfall kriegen, wenn er wüsste, dass ich seine Kontakte im Konsulat oder unsere Neutralität für etwas ›Ungesetzliches‹ benutze.«
Seamus wunderte sich über seinen verbitterten Tonfall.
»Stefans Vater ist Graf Carl Svenssen«, erklärte Helena. »Er ist geschäftlich in Frankreich und Deutschland tätig und genießt beim schwedischen Konsulat in Paris hohes Ansehen. Wahrscheinlich ist dir schon aufgefallen, dass sich Vater und Sohn nicht sonderlich gut verstehen. Stefan bezeichnet seinen alten Herrn als Hitlerfreund, und Papa hält Stefan für einen Taugenichts, weil ein richtiger Mann nicht Kunst studiert.«
Als sie in St. Brieuc ankamen, herrschte überall Chaos. Am Hafen drängten sich wild diskutierende Menschen und stritten um jede verfügbare Schiffspassage. Ausländer und Franzosen standen zwischen Koffern und Kisten, die sich am Ufer türmten. Seamus schob sich durch das Durcheinander zum Pier durch und blickte nach unten. Als er sein Boot am Ende des Stegs entdeckte, stieß er

einen durchdringenden Pfiff aus. Es handelte sich um ein irisches Fischerboot, fünfzehn Meter lang, frisch gestrichen und voll ausgestattet. Helena musterte es erfreut. »Ist das aber schön. Wie heißt es denn?«

»*Famairé*. Das bedeutet Wanderer der Meere.« Stolz betrachtete er das Boot. »Damit kann man sämtliche Gewässer befahren. Komm, ich zeige es dir.«

Auf Seamus' Ruf hin kletterten zwei Männer an Deck. Sie waren hochgewachsen und kräftig und trugen Wollsachen, Mützen und Gummistiefel. Beide hatten Falten um die Augen und wettergegerbte Gesichter und sprachen Gälisch. Helena stieß einen Freudenschrei aus und fiel ihnen in die Arme.

»Das ist Ronan, mein ältester Bruder. Und das ist Ciaran.«

Die Männer schüttelten allen die Hand, lächelten schüchtern und hießen sie mit leiser Stimme auf Irisch willkommen. Dann traten sie zurück, um die Freunde an Bord zu lassen. Helena kletterte die Leiter hinunter. Seamus nahm Leahs Hand. »Komm, ich zeige dir das Boot.« Er umfasste ihre Taille, um sie auf seinem Schatz herumzuführen. Ihm war es wichtig, dass sie alles sah und dass es ihr gefiel.

Später saßen sie in der Dunkelheit an Deck und teilten eine letzte Flasche Wein, während sie darauf warteten, dass es Mitternacht wurde, damit sie mit der Flut ablegen konnten. Sie plauderten über Belangloses, um sich vom Schmerz über die bevorstehende Trennung abzulenken. Bewölkung zog auf, und ein frischer Wind erhob sich.

»Ich glaube, es wird eine raue Überfahrt«, meinte Ronan und blickte zum Himmel hinauf.

»Wie lange wird es dauern?«, fragte Richard und wurde sich plötzlich dessen bewusst, dass er von der Seefahrt keine Ahnung hatte.

»Ich würde sagen, vier oder fünf Tage bis nach Galway, wenn wir guten Wind haben«, erwiderte Ronan.

»Am Wind wird es sicherlich nicht liegen, fürchte ich. Aber ihr werdet euch bald an die Schaukelei gewöhnen. Die *Famairé* segelt sich wie ein Traum.« Ein wenig mitleidig sah Seamus Richard an. Dann wandte er sich an Daniel und Leah. »An Bord ist Platz für euch beide«, drängte er sie verzeifelt. »Wenigstens du, Leah, könntest mit uns abfahren, solange du noch die Chance hast, dich in Sicherheit zu bringen.«

Aber in seinem Herzen kannte er die Antwort schon, denn sie hatten bereits darüber gesprochen. Daniel war es nicht gelungen, seine Schwester zu überzeugen, und er selbst war fest dazu entschlossen, nach Paris zurückzukehren. Plötzlich brach am Ufer Tumult aus. Die Leute hatten sich um ein Radio versammelt, um die Nachrichten zu hören. Und nun rannte ein Mann den Pier entlang und rief: »Die Deutschen sind in Frankreich einmarschiert! Die Deutschen sind da! Sie kommen!«

Ängstliches Raunen erhob sich auf den Booten, und die Menschen, die sich am Kai drängten, jammerten laut. Auf dem Deck der *Famairé* stand Ronan auf.

»Die Flut ist da, Seamus«, sagte er leise. »Es ist Zeit, in See zu stechen.«

Er ging zum Bug. Wie erstarrt stand Seamus da. Daniel erhob sich und berührte ihn an der Schulter. »Wir müssen so schnell wie möglich zurück nach Paris. Es ist sinnlos, länger herumzutrödeln.«

Seamus starrte Leah an, und Stefan verzog mitfühlend das Gesicht. Er überlegte, was er seinem Freund sagen sollte, um ihm über diesen schrecklichen Augenblick hinwegzuhelfen, so wie Seamus ihm an diesem Vormittag geholfen hatte. »Ich bringe sie beide wohlbehalten nach Paris, Seamus«, meinte er. »Und wenn auch nur irgendetwas auf Schwierigkeiten hindeutet, verspreche ich dir, dich sofort zu kontaktieren und sie hierher zu fahren. Dann kannst du mit dem Boot kommen und sie abholen.«

Sie versammelten sich an Deck, fielen sich in die Arme, schworen sich Treue und munterten einander auf, um ihre Angst zu verbergen. Weinend klammerte Helena sich an Stefan und Daniel und küsste Leah, so dass Richard sie schließlich losreißen musste, da-

mit die Freunde von Bord gehen konnten. In seine Arme geschmiegt, stand sie da und schluchzte bitterlich.
Seamus nahm Leahs Hände. Dann drückte er sie an sich und küsste sie immer und immer wieder. »Vergiss mich nicht, mein irischer Seefahrer«, hörte er sie, dicht an seinen Lippen, flüstern. »Lausch nach mir, wenn der Wind in den Segeln singt und wenn das Meer am Rumpf deines Schiffes seufzt. Du kommst doch bald zurück und holst mich, Seamus, oder? Vergiss nicht, mich zu holen.«
Weinend machte sie sich von ihm los. Daniel nahm ihre Hand, und sie sprang auf den Pier. Ronan und Ciaran legten ab, und das Boot entfernte sich vom Ufer. Mit tränennassen Augen und zerrissener Seele stand Seamus am Steuer. Er sah, wie Stefan Leah sein Taschentuch reichte und wie Daniel seiner Schwester den Arm um die Schultern legte.
Das große Segel blähte sich im Wind und trieb die *Famairé* in Richtung Hafenausfahrt. Als Seamus über das vom Mond erleuchtete bewegte Wasser zurückblickte, konnte er drei Gestalten am Ende des Piers erkennen, für immer in einem Standbild erstarrt und getrennt von ihm durch das Knirschen der Takelage und das Zischen der Bugwelle. Die *Faimairé* trug ihn, inmitten einer kleinen Armada anderer Schiffe, fort. Fort von der französischen Küste.

Kapitel 20

Connemara, 1970

Eleanor rieb sich die Augen und klappte die Schreibmappe zu. Sie arbeitete schon seit drei Stunden, und jetzt war es Zeit für eine Pause. Die Sonne stand bereits hoch am Himmel, und die Wellen schlugen an den Strand. Durch das Fenster sah sie Helena, ihren braunen Schlapphut, den sie immer zum Malen trug, auf dem Kopf, vor ihrer Staffelei am Ufer stehen. Eleanor machte sich in der Küche einen Kaffee und dachte über die verlorene Liebe ihres Onkels nach. Am vergangenen Abend war sie über sein Vertrauen und seine Bereitschaft, seine über so viele Jahre hinweg verborgenen Gefühle mit ihr zu teilen, gerührt gewesen. Allmählich wurde ihr die komplizierte Geschichte ihrer Familie klar. Außerdem malte ihre Mutter wieder, was ein gutes Zeichen war. Vielleicht würde der Aufenthalt hier genügen, um Helena aus dem Kokon zu befreien, den sie um sich gesponnen hatte. Schon vor dem Tod ihres Vaters hatte sie begonnen, sich von ihren Mitmenschen zurückzuziehen. Eleanor war bereits einige Monate, bevor es zu Ende ging, aufgefallen, dass ihre Mutter andere Menschen mied und immer verschlossener wurde. Sie hatte geglaubt, dass Helena sich auf diese Weise mit dem bevorstehenden Abschied auseinander setzte, doch inzwischen fragte sie sich, ob nicht etwas anderes dahinter steckte. Vielleicht hatte ja Helena herausgefunden – oder zumindest vermutet –, dass Vater eine

Affäre hatte. Aber hatte das Verhältnis mit Solanges Mutter nach dem Krieg angedauert, oder war es bereits früher vorbei gewesen, so dass er erst kurz vor seinem Tod von seiner Tochter in Frankreich erfahren hatte? Doch diese Fragen schienen nur zu weiteren Fragen zu führen. Eleanor seufzte ungeduldig und wollte sich wieder an ihr Manuskript setzen, als Seamus in der Tür erschien.

»Du arbeitest schon den ganzen Vormittag wie ein Biber, und ich wollte dich nicht stören.« Schüchtern sah er sie an. »Ich habe dir doch mit meinen Beichten hoffentlich nicht den ersten Abend verdorben?«

»Ich habe mich geehrt gefühlt, dass du mir deine kostbaren Erinnerungen anvertraut hast, Seamus. Hoffentlich habe ich dich nicht zu sehr ausgefragt und dir damit alte Wunden aufgerissen.«

»Erinnerst du dich noch an deine Trennung von Matthew? Damals bist du hergekommen und hast mir dein Herz ausgeschüttet. Deshalb war mir letzte Nacht klar, dass du die Sache mit Leah verstehen würdest.«

»Aber es gibt noch so viel mehr zu erzählen. Über Vater und darüber, was aus Leah und Daniel und Stefan geworden ist, nachdem du Frankreich verlassen hattest.« Eleanor hielt inne. »Erzählst du mir irgendwann die ganze Geschichte?«

Abgrundtiefe Trauer malte sich in Seamus' Gesicht, als er aus dem Fenster über die Bucht hinausblickte. Und sie erkannte, dass der Schmerz für ihn noch so frisch war wie damals vor so vielen Jahren, als er sich von Leah verabschiedet hatte. Sie schenkte Kaffee ein und nahm schweigend neben ihm am Tisch Platz. Er war Leah wieder begegnet – das hatte er ihr gleich zu Anfang anvertraut –, aber sie war mit einem anderen verheiratet gewesen. Hatte Seamus sie nach dem Krieg gesucht? Was hatte er dort vorgefunden? Sie musste die Abfolge der Ereignisse kennen, um das verworrene Leben ihrer Elten verstehen zu können. Dann jedoch bekam sie ein schlechtes Gewissen. Es war grausam, ihrem Onkel so etwas zuzumuten. Vielleicht hatte Solange mit ihren Worten Recht gehabt, dass man Erinnerungen wie diese besser auf sich beruhen ließ.

»Es tut mir Leid«, meinte sie deshalb leise. »Ich merke dir an, dass es noch wehtut. Wenn du lieber nicht darüber sprechen möchtest …«

»Es gibt einige Dinge, die Schattenseiten unseres Lebens sozusagen, die wir nur ungern ans Licht bringen.« Er wandte sich zu ihr um, und sie erschauderte beim Anblick seiner bedrückten Miene. »Wir versuchen, die Türen fest geschlossen zu halten, aber vielleicht ist jetzt der richtige Zeitpunkt, sie aufzureißen. Es wird nur dann ein wenig problematisch, wenn meine Geschichte sich mit der von anderen Menschen überschneidet.«

»Heißt das, Vater hat dir etwas anvertraut? Oder vielleicht Mutter?«

»Ja, und ich muss respektieren, dass sie das Recht haben zu schweigen, wenn sie nicht darüber sprechen wollen.«

»Aber er ist doch tot!« Diese Worte, so zornig hervorgestoßen, klangen heftiger, als Eleanor es beabsichtigt hatte. »Und er hat uns ein Testament hinterlassen, in dem er sich aus der Affäre zieht und uns genau genommen auffordert, selbst Nachforschungen anzustellen.« Beschämt über ihren Ausbruch, wandte sie den Blick ab. »Es tut mir Leid, aber hat er etwa von uns erwartet, dass wir die Tochter in Frankreich einfach ignorieren und uns nicht dafür interessieren, wer sie ist oder wie sie überhaupt gezeugt wurde.«

»Mir ist klar, was für ein Schock die ganze Sache für euch war. Und ich habe keine Ahnung, warum euer Vater sich so verhalten hat. Deine Mutter hat mir gegenüber kein Wort darüber verloren. Ich verlange von euch nur, dass ihr nicht mit der Tür ins Haus fallt.«

»Oh, Seamus, fühlst du dich etwa von mir unter Druck gesetzt?«

»Ich kann mir gar nicht vorstellen, dass du fähig bist, jemanden unter Druck zu setzen, Eleanor.« Als er laut lachte, verflog die trübe Stimmung schlagartig. »Und jetzt solltest du einen Spaziergang an der wundervoll frischen Luft machen. In einer knappen Stunde bin ich mit der Post, dem neuesten Klatsch und allem anderen, was dich interessieren könnte, zurück. Dann kannst du mich nach Herzenslust verhören, und ich antworte dir, so gut ich kann.«

Nachdem er fort war, schlenderte sie, ausgerüstet mit einer Thermoskanne voll starkem Kaffee und zwei Tassen, zur felsigen Landzunge hinunter, wo Helena arbeitete, und ließ sich wortlos ein Stück entfernt nieder, um ihre Mutter nicht abzulenken.

»Ach, du meine Güte! Bist du schon lange hier?« Als Helena endlich einen Schritt von ihrem Bild zurücktrat, bemerkte sie Eleanor. Sie wischte den Pinsel an einem öligen Lappen ab und musterte ihr Werk.

»Noch nicht sehr lange. Ich schaue dir gern beim Malen zu. Habe ich dich gestört?«

»Nein, das tust du nie. Schon als Kind konntest du ewig stillsitzen, so dass niemand merkte, dass du überhaupt da warst. Deine Großmutter fand das immer sehr verwunderlich.«

»Oma Kirwan? Mein Gott, ich hätte nicht gedacht, dass die sich von etwas aus der Ruhe hat bringen lassen.«

»Ja, sie war wirklich ein Dragoner.« Helena lachte. »Anfangs hatte ich eine Heidenangst vor ihr.«

»Meinst du, vor unserer Geburt?« Eleanor hielt den Atem an. Würde ihre Mutter endlich über die Vergangenheit reden?

»Ja, vor eurer Geburt.« Helena wandte sich wieder ihrer Palette zu und wählte beim Sprechen eine Farbe aus. »Sie fand, dass ich nicht die richtige Frau für ihren einzigen Sohn wäre. Eine Künstlerin aus der Wildnis von Connemara als Mutter ihrer zukünftigen Enkelkinder – um Gottes willen! Wir hatten ziemlich viele Missverständnisse. Eigentlich …« – sie hielt inne und starrte aufs Meer hinaus – »… hat sie mich erst akzeptiert, nachdem dein Vater sich von seinen Kriegsverletzungen erholt hatte. Obwohl sie wider Willen Respekt vor mir hatte, weil ich euch zwei zur Welt gebracht habe, denn die Geburt war eine ziemliche Quälerei.«

Eleanor umfasste ihre Knie und legte sich ihre Worte sorgfälig zurecht. »War Vater denn nicht dabei, als wir geboren wurden?« Es herrschte Schweigen. Verdammt, dachte Eleanor. Jetzt entwischt sie mir wieder und zieht sich in ihr Schneckenhaus zurück.

Doch Helena antwortete: »Nein, Eleanor. Er war mit Seamus losgefahren, um ein paar unserer Freunde aus Frankreich rauszuholen. Ich – also wir hatten die Nacht vor seiner Abreise da drüben auf dem Hügel verbracht.« Sie wies mit dem Kopf auf einen Felsvorsprung hinter sich und schmunzelte in sich hinein. »Von hier aus sieht er ziemlich grau und unwirtlich aus, aber hinter den Felsen gibt es auf halber Höhe eine natürliche Senke, in der weiches Gras wächst. Bei gutem Wetter ein ausgezeichnetes Plätzchen für ein Stelldichein.« Ihre Hand bewegte sich rascher über die Leinwand, und sie runzelte konzentriert die Stirn. »Ich bin ziemlich sicher, dass du und James in einer leidenschaftlichen Nacht voller Liebe gezeugt wurdet, und zwar an einem Berghang in Connemara. Oma Kirwan wäre damit ganz und gar nicht einverstanden gewesen. Angela allerdings – sie hätte sich gefreut. Sie und Dada waren nämlich einige Male dort oben. Seamus und ich haben sie gesehen.«

»Mutter! Das darf doch nicht wahr sein!« Lachend blickte Eleanor zu dem Hügel hinauf. »Du hast deinem eigenen Vater nachspioniert?«

»Tja, das stimmt nicht ganz.« Helena grinste schelmisch. »Wir sind ihnen ein paar Mal gefolgt, aber Seamus wurde es peinlich, wenn Dada anfing, Angela zu küssen, und dann hat er mich weggezerrt.«

»Schade, dass ich Angela nicht mehr kennen gelernt habe«, meinte Eleanor wehmütig. »Und Dada. Ich hätte gern Großeltern gehabt, zu denen ich hätte gehen können. Großmutter Kirwan war nicht unbedingt eine besonders zärtliche Oma.«

»Nein, das war sie wirklich nicht.« Helena nahm Farbe auf den Pinsel und begann, diese auf der Leinwand zu verteilen.

»Aber wusste Vater, dass du …? Dass wir dort oben gezeugt worden waren?«

»Woher sollte er das wissen?« Helena zuckte zusammen und bearbeitete die Leinwand mit kräftigeren Pinselstrichen. »Er reiste ab. Ich hörte nichts mehr von ihm. Denn nachdem sie Frankreich erreicht hatten, ging alles schief.«

»Wer sind ›sie‹? Wer hat ihn nach Frankreich begleitet?«
»Deine Onkel, alle drei. Seamus, Ronan und Ciaran. In Seamus' Boot. Ich wollte auch mit, aber Richard und Seamus haben es mir verboten. Tagelang habe ich mit ihnen herumgestritten. Als sie ohne mich abfuhren, war ich unbeschreiblich traurig. Selbst damals konnte ich die Vorstellung nicht ertragen, dass Männer in die Welt hinausziehen, um Heldentaten zu vollbringen und große Schlachten zu schlagen, und wie selbstverständlich annehmen, dass wir Frauen währenddessen geduldig zu Hause auf sie warten.«
Eleanor wunderte sich über Helenas erbitterten Tonfall.
»Also wartete und wartete ich auf Nachrichten. Eine Woche verging, dann waren es fast zwei, und noch immer hatte ich nichts von ihnen gehört. Endlich kehrten Seamus, Ronan und Ciaran nach Galway zurück. Stefan und Leah waren nicht bei ihnen. Und Richard auch nicht.«
Eleanor wurde ganz aufgeregt. Zum ersten Mal erwähnte Helena diese Namen. Sie hielt den Atem an und hoffte, dass ihre Mutter fortfahren würde.
»Ständig war mir übel, und zwar jeden Tag. Zunächst dachte ich, es läge an meinem Kummer. Dann stellte ich fest, dass ich schwanger war. Und schließlich eröffnete mir Seamus, dass ich Zwillinge erwartete. Es war so schrecklich zu wissen, dass meine Babys in mir wuchsen und ihr Vater sie vielleicht niemals sehen, sie niemals kennen lernen würde.«
Seamus erschien in der Tür des Hauses und rief sie zum Mittagessen. Der rote Faden der Geschichte war zerrissen.

Am Nachmittag griff Helena wieder zu Leinwand und Pinseln und kehrte auf die Landzunge zurück. Elanor überlegte gerade, ob sie ihr folgen sollte, als das Telefon läutete. Gareths besorgte Stimme drang durch die Leitung. »Ist alles in Ordnung, Eleanor? Geht es Helena wieder besser? Ich muss dauernd an euch beide denken, und ich hoffe, dass ihr euch mit Seamus' Hilfe ein wenig erholt.«

»Ja, es läuft prima. Wir reden allmählich miteinander. Alles ist gut, Gareth.«
Über eine Stunde lang besprachen sie die Tagesgeschäfte. Anschließend setzte sich Eleanor wieder an ihr Manuskript und unternahm dann mit Seamus und Helena einen Spaziergang am Strand von Gurteen. Vor dem Essen telefonierten sie mit James und Elizabeth, deren Leben in Dublin zur allgemeinen Beruhigung ereignislos verlief. Helena las noch eine Weile am Kaminfeuer, doch die Meeresluft verfehlte ihre heilsame Wirkung auf sie nicht, so dass sie sich früh zurückzog. Ihr Blick bot Anlass zu der Hoffnung, dass sie bald ihr inneres Gleichgewicht wiederfinden würde. Wortlos sah Eleanor Seamus an, doch sie befürchtete, ihn unter Druck zu setzen. Zu ihrer Freude lächelte er ihr zu und holte mit verschwörerischer Miene den Brandy aus dem Schrank.
»Also, El, wollen wir wieder in meinem Buch der Enthüllungen blättern?«
Da sie es kaum erwarten konnte, den Rest seiner Geschichte zu hören, stieß sie die Frage heraus, die ihr schon den ganzen Tag im Kopf herumging: »Warum hat sie nicht auf dich gewartet, Seamus? Du bist doch so ein wundervoller Mensch. Warum hat Leah das vergessen und keine Geduld gehabt? Warum hat sie einen anderen kennen gelernt, ihn geheiratet und dich aus ihrem Gedächtnis gestrichen?« Sie hielt inne, als ihr klar wurde, dass sie seiner Erzählung vorgriff.
»Stefan.« Seamus' Stimme versagte vor Kummer. »Sie hat Stefan Svenssen im schwedischen Konsulat in Paris geheiratet, damit sie mit ihm aus Frankreich ausreisen konnte.«

Kapitel 21

Paris, 1942

Das Klirren zersplitternden Glases und das Gebrüll von Soldaten hallte durch die Straßen. In der Rue des Anges hatten sich neugierige Gaffer versammelt und beobachteten, wie Familien aus ihren Häusern getrieben und auf Lastwagen verladen wurden. Jeder der Männer, Frauen, Kinder, gebrechlichen Großmütter und Säuglinge trug eine Armbinde mit dem gelben Davidstern. Die Soldaten trieben die Menschen grob mit dem Gewehrkolben an und drängten sie wie Tiere in die wartenden Transporter. Ein deutscher Offizier forderte seine Männer auf, ihm die Stufen von Haus Nummer 15 hinaufzufolgen. Die Soldaten läuteten, doch bevor jemand die Gelegenheit zum Aufmachen hatte, fingen sie an, auf die Tür einzudreschen, und hoben die Gewehre, um die Glasscheibe einzuschlagen. Simon Nazarre erschien auf der Schwelle und sah den Offizier fragend an.

»Dieser Radau ist völlig überflüssig«, sagte er ruhig und würdevoll.

Ein Soldat rempelte ihn grob beiseite. »Wie viele Leute wohnen in diesem Haus, Jude?«

Simon musterte das grausame Gesicht des jungen Mannes. »Nur meine Familie und ich. Was wollen Sie von uns?«

»Ihr alle müsst hier raus, und zwar sofort. Dieses Haus ist vom deutschen Oberkommando beschlagnahmt. Ihr werdet weggebracht. Hol deine Familie! Aber dalli. Wird's bald!«

»Das ist doch absurd«, widersprach Simon verärgert. »Das hier ist unser Haus, und wir sind französische Staatsbürger. Sie können nicht mitten in der Nacht hier eindringen und ...« Etwas traf ihn an der Schläfe, so dass er auf die Knie sank. Blut strömte ihm übers Gesicht. Draußen hatten die Leute zu rufen begonnen: »Juden raus! Juden raus! Juden raus!«
»Du Haufen Dreck!« Der Offizier spuckte Simon an. »Wenn ein deutscher Offizier dir etwas befiehlt, Jude, hast du zu gehorchen. Und zwar ein bisschen plötzlich. Sonst wirst du erschossen. Und jetzt hol deine Familie.«
Hannah kam die Treppe hinuntergelaufen. Sie half ihrem Mann auf die Beine und zog ihn von den demütigenden Blicken der Umstehenden weg. Dabei redete sie besänftigend auf den Deutschen ein. »Entschuldigen Sie, Herr Offizier, mein Mann hat Sie nicht richtig verstanden. Wir sind gleich fertig.« Sie führte Simon zur Treppe. »Was dürfen wir mitnehmen?«
»Auf den Transporten ist nur ein Gepäckstück pro Person erlaubt. Wie viele Mitglieder hat diese Familie?«
Hannah stieß Simon den Ellenbogen in die Seite, als dieser den Mund öffnete. »Nur uns beide und unsere zwei kleinen Söhne, die noch schlafen«, fiel sie ihm ins Wort. »Ich wecke sie jetzt, und dann kommen wir sofort hinunter.«
Oben an der Treppe schob Hannah Simon ins Schlafzimmer. »Aber Hannah«, protestierte er. »Was ist mit Leah? Sie ist mit Stefan unterwegs und wird jeden Moment zurückkommen. Und Daniel?«
»Daniel darfst du auf keinen Fall erwähnen. Und Leah auch nicht.« Tränen schimmerten in ihren Augen. »Oh, lieber Gott, vielleicht gelingt es wenigstens ihr zu entkommen. Ich hoffe sehr, dass Stefan sie erst zurückbringt, wenn diese Ungeheuer verschwunden sind. Wir müssen so gut wie möglich für Zachary und David sorgen. Es ist zu spät, Daniel kann uns nicht mehr helfen.«
Sie säuberte die Wunde in seinem Gesicht mit einem feuchten Handtuch und klebte ein Pflaster darauf. Dann eilte sie zum

Schrank, um den bereits gepackten Koffer zu holen. Wenn man ihnen nur noch ein paar Tage gelassen hätte, dachte sie dumpf. Beinahe wäre ihnen die Flucht geglückt. Vor einigen Wochen, spät am Abend, hatte Simon Nazarre seinen ältesten Sohn endlich bedrückt und niedergeschlagen über den Tisch hinweg angesehen. »Du wirst uns helfen müssen, Daniel. Finde für uns einen Weg zur Flucht.«

»Ich werde mich darum kümmern, dass ihr ausreisen könnt, Vater. Aber du darfst mit niemandem darüber sprechen. Nicht einmal mit deinen Freunden, und vor allem nicht mit Zachary und David. Überall wimmelt es von Denunzianten. Menschen, die du dein Leben lang gekannt hast, würden dich, ohne mit der Wimper zu zucken, an die Gestapo verraten und anschließend friedlich in ihren Betten schlafen.« Sein Tonfall war verbittert.

Reglos und voller Scham und Bedauern hatte Simon auf seinem Stuhl gesessen. Seit diesem Tag wurden die Verrichtungen des Alltags zu einem quälenden Theater in einer Welt voller Lügen. Daniel hatte gesagt, seine Verbindungsleute würden Richard und Helena eine Nachricht zukommen lassen. Sie würden alles tun, um ihnen zu helfen. Leah hatte ständig Briefe von Seamus erhalten, bis sämtlicher Postverkehr eingestellt worden war. Doch sie wussten, dass er sein Versprechen halten würde, sie aus Frankreich herauszuholen.

Während die Tage sich finster und bedrohlich dahinschleppten, wurde ihre Lage immer schwieriger. Widerwärtige Parolen erschienen an den Mauern der Häuser und im Park, wo sie häufig spazieren gingen. Die Angst wurde ihr ständiger Begleiter, der sie verfolgte wie ein Schatten, und außerdem mussten sie Hunger leiden. Erst gestern hatte Daniel ihnen wieder Hoffnung gemacht, dass sie bald würden abfahren können. Und jetzt war es zu spät.

Hannah weckte die Kinder, half ihnen beim Anziehen und erzählte ihnen fröhlich von einer Überraschungsreise in ein unbekanntes Land. »Zieh noch einen zweiten Pullover an, Zachary, es könnte kalt werden. David, hier sind deine Socken. Und nun beeilt euch, meine Kleinen. Wir fahren mit Papa in ein großes Abenteuer.«

»Aber, Mama«, protestierte Zachary. »Wir können nicht ohne Leah und Daniel fahren.«

Hannah kniete sich vor ihn und legte ihm den Finger auf die Lippen.

»Kinder, Leah und Daniel können uns jetzt noch nicht begleiten. Nur Papa, Mama und ihr beide verreisen. Unten steht ein deutscher Offzier, der sehr böse ist, weil er so lange warten musste. Daniel und Leah kommen bald nach, aber wir wollen nicht, dass sie in Schwierigkeiten geraten, weil sie unpünktlich sind. Habt ihr verstanden? Am besten erwähnen wir sie jetzt nicht mehr, damit wir niemanden aufhalten.«

»Aber, Mama, wie sollen sie uns denn finden, wenn wir einfach gehen, ohne ihnen eine Nachricht zu hinterlassen?«

David sah seine Mutter an, seine braunen Augen blickten immer noch schläfrig. Zachary begann zu weinen.

Verzweifelt hob Hannah den Kopf. Simon stand in der Tür. Er kam herein und legte die Arme um seine kleinen Söhne. »Euer großer Bruder ist so klug, dass er es bestimmt gleich errät. Habt ihr vergessen, dass er euch beim Versteckenspielen immer sofort findet?«

»Und jetzt bleib dicht bei mir, mein kleiner Liebling«, flüsterte Hannah Zachary zu. Als sie durch die Vorhalle gingen, knirschten Glassplitter unter ihren Füßen. Draußen war ein Feuer angezündet worden. Drei deutsche Soldaten drängten sich an ihnen vorbei. Ihre geliebten Möbelstücke, Gläser, Porzellan und Bücher wurden aus dem Fenster geschleudert und in die Flammen geworfen. Ein Stück die Straße hinauf drang man mit Hilfe von Steinwürfen und Gewehrkolben in das nächste Haus ein. Menschengruppen drängten sich zusammen und taumelten aneinander geklammert auf die wartenden Lastwagen zu. Einige schwiegen, andere stießen Angstschreie aus. Die beiden kleinen Jungen wichen zurück und versteckten sich hinter ihren Eltern, als die Menge der Gaffer wieder zu skandieren begann. Die Zahl der

Schaulustigen wuchs, so dass ihre Rufe besser zu verstehen waren. Erschrocken erkannten Hannah und Simon einige ehemalige Nachbarn, die sie immer für Freunde gehalten hatten.
»Juden raus! Juden raus! Juden raus!«

In einer überfüllten Konzerthalle am anderen Ende der Stadt drückte Leah Stefans Hand. Ihre Augen funkelten vor Begeisterung. Für Juden gab es in den Konzertsälen keinen Platz mehr, nicht einmal für diejenigen, die bis vor kurzem einen wichtigen Beitrag zum musikalischen Leben der Stadt geleistet hatten. Leah hatte ihr dunkles Haar unter einem Filzhut versteckt und gönnte sich mit Stefan ein paar Stunden verbotener Freude. Das Theater war voller Nazioffiziere mit ihren teuer gekleideten Begleiterinnen, unter denen sich viele Französinnen befanden.
»Wie können sie dort sitzen, ohne sich zu schämen?«, flüsterte Leah Stefan in einer Pause zu. »Wie können sie sich so verkaufen, für einen amüsanten Abend und ein paar schöne Kleider?«
»Genieß einfach die Musik. Ihre Zeit ist bald vorbei, du wirst schon sehen.«
»Doch bis dahin müssen meine kleinen Brüder hungern, weil Juden besondere Lebensmittelkarten haben. Wenn wir endlich vorne in der Schlange angekommen sind, ist angeblich immer alles ausverkauft. Gestern ist meine Mutter sogar angespuckt worden. Und ein junger Mann hat einen Stein nach Zachary und David geworfen.«
»Hier zu sein ist schon eine Form des Widerstands«, entgegnete Stefan. »Und wir werden letztlich gewinnen. Männer wie Daniel werden als Helden gelten, und wir werden irgendwann die Sieger sein.«
Daniel wohnte schon seit Monaten nicht mehr zu Hause. Erst vor ein paar Tagen hatte er sie gewarnt, die ganze Familie schwebe inzwischen in Gefahr, verhaftet und in ein Gefangenenlager irgendwo in Deutschland verschleppt zu werden. Nur abends ließ er sich zu Hause blicken, und er verschwand immer vor Morgengrauen. Leah wusste, dass er sich einer Widerstandsgruppe angeschlossen

hatte. Als die Musik sie umfloss und die Erniedrigung und Demütigung ihres neuen Lebens für einen Moment auslöschte, musste sie mit den Tränen kämpfen. Sie vermisste das Konservatorium, denn ihr war verboten worden, ihr Studium fortzusetzen. Juden durften weder lehren noch einen künstlerischen Beruf ausüben. Deshalb hatte man Simon Nazarre nach fünfunddreißig Jahren untersagt, weiterhin am Konservatorium zu unterrichten, und Hannah hatte man mitgeteilt, dass im Orchester kein Platz mehr für sie sei.

Als die letzten Töne der Symphonie verklangen und Applaus ausbrach, nahm Stefan Leah an der Hand und zog sie aus dem Theater, da er befürchtete, dass jemand aus dem Publikum sie erkennen könnte. Auf dem Heimweg waren sie so sehr ins Gespräch vertieft und schwelgten noch in ihrer Begeisterung über das Konzert, dass sie den Feinden fast in die Arme gelaufen wären.

Stefan erfasste als Erster, was geschah, und schob Leah in einen dunklen Hauseingang am Ende der Straße. Flammen erleuchteten die teuflische Szene, die Leah für den Rest ihres Lebens verfolgen sollte. Sie beobachtete, wie ihre Familie die Stufen hinuntergeführt wurde, und sah, dass ihr Vater wie ein alter Mann auf den Laster kletterte und noch einen letzten Blick auf sein zerstörtes Zuhause warf. Ihre Mutter tröstete die beiden kleinen Jungen und spähte suchend in die Dunkelheit. Leah wusste, dass sie nach einem Beweis dafür Ausschau hielt, dass ihre Tochter dem Feind durch die Maschen geschlüpft war. Sie setzte sich in Bewegung, um ihrer Familie an den Ort zu folgen, an den man sie schicken würde. Doch Stefan packte sie fest am Arm.

»Stefan, lass mich los!« Sie versuchte, sich loszureißen, und Tränen liefen ihr über das Gesicht. »Lass mich zu ihnen. Ich muss bei ihnen sein!« Ihre Stimme wurde lauter, und sie begann zu schluchzen.

Er hielt ihr unnachgiebig den Mund zu und zerrte die sich immer noch Sträubende in eine Seitengasse. Dann hob er sie in seine Arme und trug sie vier Straßen weiter, weg von dem Motorenlärm der startenden Lastwagen, den gebrüllten Beschimpfungen, dem

Geräusch zerbrechenden Glases und zerschmetterter Möbel, dem Knistern des Feuers und dem ängstlichen Weinen der Menschen.
Endlich blieben sie in einer einsamen Seitenstraße stehen. Leah lehnte sich an eine Hausmauer und erbrach sich. Würgend sank sie in die Knie und wimmerte leise vor sich hin. Stefan wiegte sie in seinen Armen, beruhigte sie, nahm ihre Hand und drängte sie aufzustehen. Immer schneller liefen sie durch die dunklen Straßen. Benommen vor Trauer, stolperte sie neben ihm her.
»Wohin gehen wir?«, stieß sie hervor.
»Zum schwedischen Konsulat.«
»Das geht nicht, Stefan. Dort kannst du mich nicht hinbringen. Der Konsul wird es niemals gestatten, und dein Vater wird außer sich sein. Außerdem werden alle Botschaften inzwischen von den Deutschen bewacht!« Sie sackte gegen eine Mauer und brach wieder in Tränen aus.
»Oh, Stefan, fast wären wir frei gewesen! Daniel war gerade dabei, sich um alles zu kümmern.«
»Ich weiß, Leah.« Trauer malte sich in Stefans Gesicht. Sie starrte ihn an.
»Daniel hat dir nichts davon gesagt. Es ist besser für alle Beteiligten, wenn niemand mehr weiß, als absolut nötig ist. Denn wenn etwas schief geht …«
»Du hast Daniel beim Organisieren geholfen?«
»Ja. Jetzt muss ich seine Gruppe benachrichten.« Erschöpft rieb er sich das Gesicht. »Außerdem muss ich dich in Sicherheit bringen. Bald kommt hier wieder eine Patrouille vorbei; wir müssen es in die Rue St. Pierre schaffen.«
»Wer wohnt da?«
»Mein Freund Anders Petersen. Er ist Sekretär im Konsulat und lebt in der Rue St. Pierre. Außerdem hat er ein Auto.«
»Wohin soll er uns denn fahren?«
»Bitte vertrau mir und komm mit, Leah.«
Es hatte zu regnen angefangen. Sie schluchzte unwillkürlich auf, als sie ausrutschte und auf das glitschige Kopfsteinpflaster stürzte.

Stefan packte sie und drückte sie fest gegen die feuchte Mauer. Denn am Ende der schmalen Gasse näherte sich zielstrebig eine Patrouille mit gezückten Gewehren. Dann ertönten Rufe hinter den Männern, gefolgt von dem Geräusch rascher Schritte. Stefan und Leah erstarrten und waren sicher, dass sie entdeckt worden waren. Doch die Soldaten machten abrupt kehrt und liefen in die entgegengesetzte Richtung los, um ein anderes verängstigtes Opfer zu verfolgen. Als das Poltern der marschierenden Stiefel verklungen war, setzten sie mit erhöhter Vorsicht ihren Weg fort. Es dauerte fast zwei Stunden, bis sie die Rue St. Pierre erreicht hatten, wo Stefan nach seinem Freund suchte. Leah ließ er, versteckt zwischen den Mülltonnen hinter dem Haus, zurück. Die Minuten vergingen. Der Regen fiel unablässig und durchweichte ihre dünnen Kleider. Der Gestank nach verrottendem Müll und die schwarzen Schatten der umherhuschenden Ratten vergrößerten ihre Angst und Verzweiflung noch. Endlich kehrte Stefan mit seinem Freund zurück. Anders Petersen war sichtlich nervös und offenbar nicht sehr glücklich über die Situation.

»Wir können sie nicht nach oben bringen, Stefan. Die Concierge könnte sie sehen, und die ist ein neugieriges altes Miststück. Ihr müsst hier warten, während ich das Auto hole. Ein Jammer, dass wir nicht warten können, bis es hell wird.«

»Ich weiß nicht, wo ich sie bis dahin verstecken soll«, erwiderte Stefan. »Kannst du den Wachen nicht erzählen, du hättest einen dringenden Auftrag vom Konsul erhalten, den du sofort erledigen müsstest? Ein Glück, dass er bis morgen mit meinen Eltern in Marseille ist.«

Anders betrachtete das verschmutzte Mädchen, das zitternd zwischen den Mülltonnen kauerte.

»In Ordnung, Stefan«, sagte er leise. »Ich lasse die Scheinwerfer zweimal aufblitzen, wenn ich da bin. Wir werden sie in den Kofferraum stecken müssen.«

»Es dauert nicht mehr lange, Leah. Gleich sind wir in Sicherheit.« Stefan drückte ihre Schulter.

Erschöpft, voller Trauer und einem hysterischen Anfall nah, saß

Leah im Regen und befürchtete, sie würde jeden Moment zu schreien anfangen und nicht mehr aufhören können. Als sie sich fest in die Lippe biss, um das Geräusch zu unterdrücken, schmeckte sie Blut. Sie hörten, wie sich ein Wagen näherte, und erstarrten, da sie nicht wussten, ob es Anders oder eine deutsche Patrouille war. Das Auto blieb mit laufendem Motor stehen. Die Scheinwerfer leuchteten zweimal auf.

»Los!« Stefan zog das zitternde Mädchen auf die Beine.

Sie rannten zum Auto und öffneten den Kofferraum. Darin befanden sich ein Tennnisschläger, ein paar Kleidungsstücke und eine Decke. Stefan half Leah in den Kofferraum und bedeckte sie mit Anders' Habseligkeiten. Leahs Gliedmaßen waren steif gefroren. Zitternd rollte sie sich zusammen, während Anders Stefan half, die restliche Ladung über sie zu stapeln. Zu guter Letzt lösten sie den Ersatzreifen aus seiner Verankerung und legten ihn über den wirren Haufen. Anders drehte das Ventil auf und ließ die Luft entweichen.

»Nur für den Fall, dass jemand nachsieht«, erklärte er. »In letzter Zeit sind die Deutschen sehr misstrauisch.«

Der Kofferraumdeckel wurde geschlossen, und Leah war in der stickigen Dunkelheit gefangen. Ölige Abgase und der Geruch nach Gummi und Leder stiegen ihr in die Nase, als sich der Wagen in Bewegung setzte. Da das Gewicht des Ersatzreifens schwer auf ihr lastete, erschien ihr die Fahrt unendlich lange. Plötzlich hielten sie an. Sie hörte die Stimme eines Deutschen, gefolgt von Anders' Rechtfertigung, warum sie nach der Ausgangssperre mit dem Wagen unterwegs seien. Obwohl sie nicht alles verstand, war sie sicher, dass eine anzügliche Bemerkung gefallen war, denn der Deutsche lachte brüllend auf. Dann klopfte er auf das Wagendach und ließ sie weiterfahren. Langsam rollten sie davon. Offenbar wollte Anders nicht den Eindruck erwecken, dass sie es eilig hatten.

Am Tor des Konsulats wurden sie wieder angehalten. Eine dringende Nachricht des Konsuls, erklärte Anders und zeigte seinen Dienstausweis vor. Der wachhabende Offizier habe ihn gebeten, sofort zu kommen. Es handle sich um eine Dekodierung, die nur ein Geheimnisträger wie er vornehmen dürfe. Der junge Mann neben ihm sei der Sohn von Graf Carl Svenssen und gelegentlich im Auftrag des Konsulats tätig. Der Wachmann musterte die Papiere. Minuten vergingen. Dann hörte Leah ihn einen Befehl brüllen.

»Kofferraum aufmachen!«

Langsam stieg Anders aus. Als Leah bemerkte, dass sich seine Schritte näherten, drückte sie sich fest gegen den Boden. Reglos wie eine Tote lag sie da und hielt den Atem an, als sich der Kofferraumdeckel öffnete. Anders entschuldigte sich für das Durcheinander. Leah begann unkontrollierbar zu zittern.

»Ich hatte unterwegs eine Panne. Und natürlich ausgerechnet an einem verregneten Abend, als ich es ohnehin eilig hatte. Sehen Sie? Der Reifen ist platt wie ein Pfannkuchen!« Er klopfte darauf. »Es hat eine Weile gedauert, die Muttern loszukriegen. Total verrostet. Das ist eben der Unterschied zwischen einem französischen Auto und deutscher Wertarbeit.«

Der Wachmann rümpfte angewidert die Nase und musterte stirnrunzelnd das Chaos. Dann nickte er knapp, knallte den Deckel zu und bedeutete ihnen weiterzufahren. Anders sprang in den Wagen und raste durch das Tor davon und hinter das Haus, wo die Wachen sie nicht sehen konnten. Nachdem sie Leah aus dem Kofferraum gehoben hatten, wickelten sie sie in eine Decke und trugen sie ins Konsulat. Anders begrüßte den Dienst habenden Offizier. »Sie kennen doch Stefan Svenssen. Seine Verlobte hatte einen Unfall. Der Konsul ist mit Stefans Eltern verreist, aber er hat ihr angeboten, hier zu übernachten. Er wollte verhindern, dass sie während der Ausgangssperre einer Patrouille in die Arme laufen und vielleicht in eine peinliche Lage geraten.«

Der Offizier nickte. Dieser Stefan Svenssen war wirklich ein Glückspilz. Er konnte sich hinter seinem reichen Vater und dem Konsul verstecken. Seine eigenen Eltern hingegen hätten es ihm überlassen, seine Probleme selbst zu lösen.

Oben im Gästeappartement stand Leah blinzelnd im hellen Licht, tropfnass und schmutzig. Sie brachte keinen Ton heraus. Der Raum begann sich um sie zu drehen, und Stefan fing sie auf, als sie stürzte. Während Anders sich auf die Suche nach etwas Essbarem machte, trug Stefan Leah ins Bad, zog sie aus und badete sie liebevoll. Leah war noch so benommen vom Schock, dass ihre Nacktheit sie gar nicht störte. Nachdem Stefan sie abgetrocknet hatte, hüllte er sie in einen Frotteebademantel und steckte sie ins Bett. Er legte sich neben sie und hielt ihre Hand, bis sie sich endlich beruhigt hatte. Als Anders mit einem Tablett erschien, war sie bereits in einen unruhigen Schlaf gefallen. Die beiden Männer setzten sich, aßen und erörterten mit leiser Stimme, was Stefan als Nächstes tun sollte.

»Dein Vater wird außer sich sein, Stefan. Das weißt du genau. Und niemand garantiert dir, dass der Konsul ihr erlauben wird zu bleiben, auch wenn du offiziell Asyl für sie beantragst.«

»Also, eine Möglichkeit gibt es. Du hast sie doch selbst als meine Verlobte ausgegeben. Ich heirate sie und bringe sie als meine Frau aus Frankreich heraus. Dann hätten die Deutschen keinen Zugriff mehr auf sie. Sie wäre schwedische Staatsbürgerin und fiele unter die Zuständigkeit der Botschaft eines neutralen Landes. Ich werde sie heiraten, Anders.«

»Wenn du eine Jüdin heiratest, kriegt dein Vater einen Tobsuchtsanfall. Er wird dir nie seine Zustimmung geben.« Anders sah seinen Freund entgeistert an. »Du würdest den Konsul in eine peinliche Lage bringen und den Status deines Vaters als neutraler Geschäftsmann gefährden.«

»Ich brauche niemandes Zustimmung«, erwiderte Stefan kühl. »Ich bin fünfundzwanzig Jahre alt und kann heiraten, wen ich will. Außerdem steht mein Vater seinen Nazifreunden sowieso viel zu nahe. Es würde mich nur freuen, wenn es durch mein Verhalten zu einem Bruch käme. Was den Konsul betrifft, ist er ein prinzipientreuer Mann, den ich bewundere. Ich werde das Risiko eingehen, mich auf ihn zu verlassen.«

»Hast du an deine Mutter gedacht?«

»Ach ja, meine Mutter, die sich nur dafür interessiert, was sie zur nächsten Party anziehen soll und wo sie die nächste Flasche Gin herbekommt. Pech gehabt. Außerdem werden wir gar nicht lange genug hier sein, um Anstoß zu erregen. Wir können mit dem Zug in die Schweiz fahren. Dort wird Leah in Sicherheit sein, weit weg von all dem, und niemand kann uns mehr belästigen.« Die Kaffeetasse in der Hand, stand Stefan auf. Seine für gewöhnlich so gutmütige Miene war verzerrt vor kalter Wut. »Und da alle es kaum werden erwarten können, dass wir in den Zug steigen, um ihnen Peinlichkeiten zu ersparen, werden sie uns die nötigen Papiere geben. Das weißt du ganz genau.«

Verzweifelt schüttelte Anders den Kopf.

»Hör zu, Anders.« Stefans Stimme klang belegt vor Zorn. »Du hast nicht miterlebt, was ich heute gesehen habe. Ich war Zeuge, wie die Familie dieses Mädchens wie Tiere in einen Viehtransporter verladen wurde. Man wird sie in ein deutsches Gefängnis schaffen. Und was haben sie verbrochen? Sie sind zufällig Juden. Wenn Leah nicht bei mir gewesen wäre, hätte man sie auch verschleppt. Ich muss sie beschützen, Anders. Ich bin ein alter Freund der Familie.«

Anders stand auf und legte Stefan die Hand auf die Schulter. »Du hast eindeutig ein Talent, dich in Schwierigkeiten zu bringen, mein Freund. Der Himmel weiß, was ich mir morgen vom Konsul werde anhören müssen. Vielleicht verliere ich ja meine Stellung und fahre mit euch im selben Zug. Jedenfalls habe ich dem Dienst habenden Personal erklärt, wer ihr seid. Da alle deinen Vater kennen, werden sie auch nicht zu viele Fragen stellen.«

Als Stefan Anders danken wollte, fiel dieser ihm ins Wort. »Ich gehe jetzt, damit du dir etwas überlegen kannst. Doch ganz gleich, wozu du dich entscheidest, rate ich dir, es zu tun, bevor der Konsul morgen Abend zurückkommt. Da ein Abendessen zu Ehren irgendeines Generals vom deutschen Oberkommando stattfinden soll, wäre es das Beste, wenn du so schnell wie möglich von hier verschwindest. Du bist vollkommen übergeschnappt, Stefan. Aber ich bewundere deinen Mut.«

Anders klopfte ihm auf die Schulter und ging hinaus.
Eine Weile saß Stefan reglos da und betrachtete Leah. Dann legte er sich neben sie aufs Bett und schlang sanft die Arme um sie. Als sie, vielleicht aus Angst, ein leises Geräusch ausstieß, flüsterte er leise: »Alles ist gut. Niemand wird dir etwas tun, Leah, das verspreche ich dir.«
Sie schmiegte den Kopf an seine Schulter; er schloss die Augen und zog sie fester an sich. In Gedanken sah er ein anderes Gesicht vor sich, umgeben von einem leuchtenden Kranz aus kupferrotem Haar, das sich an ihn kuschelte. Wie wäre es gewesen, Helena zu befreien, ihr das Leben zu retten, sie vor Gefahr zu bewahren und sie dann in den Armen zu halten? Doch nun konnte er wenigstens endlich etwas Wichtiges und Heldenhaftes tun, das ihr zeigen würde, wozu er in Wirklichkeit in der Lage war. Tränen stiegen ihm in die Augen, als er sanft das dunkle Haar neben sich auf dem Kissen streichelte und begann, Pläne für den morgigen Tag zu schmieden.

Kapitel 22
Paris, 1942

Es dauerte drei Stunden, Pastor Bruzelius zu überreden. Er war ein gütiger Mann und sehr besorgt wegen Stefans Vorhaben.

»Ihre Familie wird schwere Einwände erheben, Stefan. Außerdem gehört Ihre Braut einer anderen Religionsgemeinschaft an.«

»Gerade deshalb schwebt sie ja in Lebensgefahr. Ihre Eltern und ihre kleinen Brüder wurden bereits verschleppt. Wir beide wissen, dass der Generalkonsul ihr hier kein Asyl gewähren kann. Und natürlich wird mein Vater mit meiner Heirat nicht einverstanden sein. Aber ich bin fünfundzwanzig Jahre alt, Pastor Bruzelius. Also alt genug, um mir meine Frau selbst auszusuchen.« Stefan zögerte und zermarterte sich das Hirn nach einer überzeugenden Begründung. »Ich hatte ohnehin vor, Leah zu heiraten. Wir haben das schon vor einigen Monaten gemeinsam entschieden.«

»Doch es wäre keine richtige Trauung, Stefan. Zuerst einmal ist sie nicht getauft. Sie ist keine Christin.«

»Dann wird sie eben eine. Darüber haben wir schon häufig gesprochen. Sie können sie ja zuerst taufen und uns dann verheiraten. Bitte, Herr Pastor. Schließlich sind wir als Christen zur Nächstenliebe verpflichtet und können nicht dulden, dass andere Menschen verfolgt werden. Wir haben Krieg, und dies ist ihre einzige Chance – unsere einzige Chance. Sonst wird Leahs Blut an Ihren Händen kleben. Glauben Sie mir, Herr Pastor, ich habe Dinge gesehen, die so schrecklich, so barbarisch sind …«

»Bitte, Stefan, je weniger Sie darüber sprechen, desto besser für uns alle. Und nun sagen Sie mir offen und ehrlich, was Sie für dieses Mädchen empfinden.«

»Ich werde die Versprechen halten, die ich gebe, Pastor Bruzelius.« Stefan richtete sich auf. »Ich werde sie ehren und für sie sorgen. Ich werde alles Menschenmögliche tun, um sie für das zu entschädigen, was ihr genommen worden ist. Werden Sie uns jetzt trauen, Herr Pastor?«

»Einverstanden, Stefan«, erwiderte der Pastor nach langem Schweigen. »Aber zuerst muss ich mit ihr sprechen, und zwar unter vier Augen.«

Erleichtert schlug Stefan die Hände vors Gesicht. Dann begleitete er den Geistlichen nach oben ins Gästeappartement, wo Leah auf einem Stuhl saß und aus dem Fenster starrte. Als Stefan und der Pastor hereinkamen, stand sie auf.

»Leah, das ist Pastor Bruzelius, der uns verheiraten wird. Er wird dich bitten, den christlichen Glauben anzunehmen, wie wir es besprochen haben, damit unsere Trauung auch gültig ist.«

Er betete, dass sie ihn verstanden hatte. Es war ihre einzige Chance, den Pastor zu überzeugen, dass sie tatsächlich Christin werden wollte. So sehr schämte er sich, weil er das von ihr verlangen musste, dass er die Worte kaum über die Lippen brachte. Dann küsste er sie auf die Wange und verließ den Raum.

Leah betrachtete Pastor Bruzelius schweigend. Der Pastor sah eine junge, auffällig schöne Frau vor sich, die eine zerknitterte Bluse und einen Rock trug. Er musterte ihr angespanntes Gesicht und ihre angsterfüllten Augen. Er bemerkte jedoch auch ihre Klugheit, Kraft und Würde. Nachdem er ihr aufmunternd zugelächelt hatte, ging er mit ihr die Grundsätze des christlichen Glaubens durch. Immer, wenn er sie fragte, ob sie daran glaubte, nickte sie, die Hände ineinander gekrampft und den Blick gesenkt. Zu guter Letzt taufte er sie, während sie auf dem Teppich kniete

und die Geräusche des vormittäglichen Paris durchs offene Fenster hereindrangen. Dann ging er zur Tür, wo Stefan wartete.
»Wir können eine neue wunderschöne Schwester im Herrn in unserer Mitte willkommen heißen«, verkündete er, um den ungewöhnlichen und traurigen Vorgängen dieses Tages wenigstens ein bisschen Freude zu verleihen. »Jetzt braucht sie etwas Passendes zum Anziehen, Stefan. Darauf hat jedes Mädchen an seinem Hochzeitstag ein Recht!« Er marschierte ins Nebenzimmer und rief Anders zu: »Machen Sie sich auf die Suche nach Ihrer wundervollen Sekretärin, junger Mann. So dringend wie jetzt haben wir sie noch nie gebraucht.« Er wandte sich wieder an Stefan. »Ich werde Sie um fünf Uhr trauen. Es müssen noch einige Papiere vorbereitet werden, damit auch alles seine Ordnung hat. Sie brauchen zwei Zeugen und – ach, Marta! Ich habe einen kleinen Auftrag für Sie, meine Liebe.«
Marta war mollig und vollbusig und hatte ein freundliches Lächeln. Sie hatte den Geistlichen gern und half ihm oft bei der Gemeindearbeit.
»Da drinnen ist eine junge Frau, die heute heiraten wird. Schauen Sie mal, was sich machen lässt, meine Liebe, um Stefan zu helfen, etwas Passendes zum Anziehen für sie aufzutreiben. Ich weiß, dass es in den Läden kaum etwas zu kaufen gibt. Und sie muss auch etwas an ihrem Äußeren verändern, Marta. Vielleicht ihre Haare. Sie wissen schon, was ich meine.« Da er auf ihren Instinkt vertraute, wartete er die Antwort nicht ab. »Also um fünf, Stefan. Ich glaube, der Konsul hat um sieben zum Essen eingeladen, und Ihre Eltern gehören zu den Gästen. Es wäre das Beste, wenn bis dahin alles erledigt wäre.«

Die Pariser Abendsonne tauchte alles in einen goldenen Schein, als sie sich im Empfangsraum im Erdgeschoss versammelten. Ausgerüstet mit der Kontonummer der Svenssens und von Stefan unterschriebenen Vollmachten, hatte Marta einige von Gräfin Svenssens Lieblingsmodistinnen aufgesucht und eine sorgfältige Auswahl getroffen. Nun stand sie als Ehrenjungfrau neben der Braut.

Leah war in das perfekte Ebenbild einer arischen Schönheit verwandelt worden. Weiche Locken platinblonden Haars waren unter einem Samthut mit einem kleinen Schleier aufgesteckt. Auf die Wangen hatte sie Rouge aufgetragen und die Lippen dunkelrot geschminkt. Ein taubengraues Kostüm mit Gürtel, Seidenstrümpfe und hochhackige Schuhe vervollständigten die Aufmachung. Am Jackenaufschlag steckte ein weißes Blumensträußchen. Stefan betrachtete die Fremde neben sich und befürchtete, er könnte die Leah zerstört haben, die er kannte, so dass er sie nie wiederfinden würde. Zögernd berührte er ihre Hand und lächelte seiner Braut aufmunternd zu.
Pastor Bruzelius begann mit der Trauung. Während Stefan die Trauungsformel nachsprach, stand Leah wie in Trance neben ihm. Anders und Marta waren die Zeugen. Schweigen entstand, und Leah bemerkte plötzlich, dass alle Blicke auf ihr ruhten. Doch sie konnte nicht antworten, obwohl sie die Worte gehört hatte, denn sie klangen für sie wie ein Zauberspruch aus weiter Ferne.
»Willst du, Leah, Stefan zu deinem rechtmäßig angetrauten Ehemann nehmen …«
›Ich verrate sie alle‹, dachte sie. ›Mein Volk, meine Familie, meine Tradition. Ich verrate sogar Stefan, nur um mich selbst zu retten.‹ Sie betrachtete ihn durch einen Tränenschleier und hörte, wie er ihr eindringlich etwas zuflüsterte.
»Leah! Leah?« Mit verzweifelter Miene drückte er ihre Hand. Sie bemerkte die Sorge in seinen blauen Augen. Dieser Mann hatte Mut bewiesen, alles für sie riskiert und ihr so viel gegeben. Mit zitternder Stimme sprach sie die Worte aus: »Ich will.«
Stefan nahm den Siegelring der Familie und steckte ihn ihr an den Finger. Dann führte er sie an den Tisch, damit sie die Heiratsurkunde unterschreiben konnte. Pastor Bruzelius reichte ihm die Urkunde und erklärte sie zu Mann und Frau. Es war kurz nach sechs.
»Darf ich fragen, was hier vor sich geht?« Die kalte Stimme kam von der Tür und klang wie ein Peitschenknall. Graf Carl Svenssen

stand da und betrachtete seinen Sohn in Sakko und Krawatte und die fremde junge Frau neben ihm mit ihrem eleganten Seidenkostüm, dem Samthut und der Korsage. Mit einem mulmigen Gefühl starrte Stefan seinen Vater an und ahnte, dass ihm das Schlimmste noch bevorstand. Der Graf hatte einen Blick, der einem das Blut in den Adern gefrieren ließ.

»Guten Abend, Pastor Bruzelius, was für eine angenehme Überraschung. Was führt Sie heute Abend hierher?« Der schwedische Generalkonsul machte einen gebildeten und freundlichen Eindruck.

Stefans Mutter Aneka rauschte herein; ihr blondes Haar war makellos frisiert. Als Leah zwischen ihr und Graf Sevenssen hin und her blickte, kehrte die eiskalte Angst zurück.

»Es sieht fast so aus, als hätte der Herr Pastor hier eine Zeremonie durchgeführt.« Graf Svenssen blickte den hochgewachsenen Mann im schäbigen Talar finster an und wartete auf eine Erklärung.

Stefan schluckte und trat vor, Leah fest an der Hand. »Ihre Exzellenz, Vater, Mutter, es mag ein wenig überraschend kommen, aber ich habe gerade geheiratet.«

Sein Vater betrachtete erst ihn und dann Leah, richtete den Blick wieder auf seinen Sohn und verzog voller Hohn die Lippen.

»In der Tat. Hier in diesem Gebäude. Und du konntest es nicht ein paar Stunden verschieben, damit deine Eltern die Möglichkeit haben, bei der Feier anwesend zu sein?« Als er sich rasch zu seiner Frau umdrehte, stellte er fest, dass sie, starr vor Schreck, hinter ihm stand. »Selbst deine liebe Mutter ahnte nichts von deinem Vorhaben. Offenbar hast du es nicht für nötig gehalten, uns vor unserer Abreise nach Marseille davon in Kenntnis zu setzen, Stefan, oder den Konsul zu informieren.«

»Ich ... das heißt, wir ... wir haben das ganz spontan entschieden. Gestern Abend.« Stefan umfasste Leahs Hand so fest, dass diese zusammenzuckte. »Leah wird Frankreich nämlich verlassen, und zwar sehr bald. Um in der Schweiz zu arbeiten. Sie wird versetzt. Schon morgen. Also haben wir beschlossen, zu heiraten und ge-

meinsam zu fahren. Wir wollten uns nicht trennen. Und anders wäre es wegen des Krieges so schwierig zu organisieren gewesen.« Seine Stimme erstarb. Der Blick seiner Mutter war auf Leah gerichtet und musterte jede Einzelheit ihrer Kleidung, das Gesicht, die dunklen Augen und zu guter Letzt ihr Haar. Als sie ihrem Mann die Hand auf den Ärmel legte, schüttelte dieser sie ab. Sein Ton wurde noch eisiger. »Leah, ich verstehe. Und dürften wir auch ihren Familiennamen erfahren?« Der Graf richtete diese Frage an Stefan. Leah ignorierte er völlig. »Ich meine, bevor sie unseren angenommen hat.«
Leah spürte, wie sie vor Wut rot anlief. Sie sah Carl Svenssen direkt in die Augen, und ihre Stimme klang klar und fest: »Ich heiße Leah Nazarre, Graf Svenssen.«
Der Generalkonsul warf ihr einen fragenden Blick zu. Aneka Svenssen schnappte nach Luft, und ihr Mann presste vor Zorn die Lippen zu einem schmalen Strich zusammen. Wieder sah er seinen Sohn an. »Leah Nazarre, ich verstehe. Jetzt wird mir alles klar. Wie ich annehme, handelt es sich bei dieser Scheinehe wieder einmal um eine deiner übersteigerten politischen Aktionen, Stefan, einen deiner sentimentalen, irregeleiteten Kreuzzüge.« Der Graf wandte sich an den Pastor. »Ich glaube, wir alle wissen, was für eine junge Frau wir hier vor uns haben, Herr Pastor. Und meiner Ansicht nach bestehen Gründe, das, was heute hier geschehen ist, anzufechten.«
»Diese junge Frau ist meine Ehefrau, Vater. Unsere Trauung ist vor dem Gesetz gültig und wurde vorschriftsmäßig bezeugt.« Trotzig hielt Stefan die Heiratsurkunde hoch und legte dabei beschützend den Arm um Leah. »Pastor Bruzelius hat alles richtig gemacht.«
Der Pastor nickte bestätigend und wandte sich an den Konsul. »Er hat Recht, Exzellenz. Die Trauung ist gültig.«
Der Generalkonsul wollte gerade das Wort ergreifen, als Ankea Svenssen vortrat. »Stefan, es ist eine Schande. Wirklich ein Skandal. Wie konntest du diese ... sie ausgerechnet heute Abend hierher bringen? General von Ströpper vom deutschen Oberkom-

mando kommt jeden Moment zum Abendessen.« Ihre Stimme zitterte, und sie näherte sich der Hausbar.
»Möchten Sie einen Brandy, Aneka?« Der Konsul nahm ihren Arm und führte sie zu einem Stuhl.
Sie nickte geistesabwesend und sprach weiter mit ihrem Sohn. »Welcher Teufel hat dich geritten, so eine Farce zu veranstalten, Stefan. Und noch dazu mit einer Wildfremden, mit einer ...«
»Einer Jüdin. Sie ist doch Jüdin, oder nicht?« Wütend fiel der Graf seiner Frau ins Wort. »Das ist es doch, was wirklich dahintersteckt, Stefan. Offenbar hast du endlich einen Weg gefunden, mich und deine Mutter vollkommen zu blamieren.«
Der Generalkonsul nahm den wutschnaubenden Grafen am Arm. »Carl, beruhigen Sie sich bitte. Es ist höchst außergewöhnlich, und als Vater kann ich Verständnis für Sie aufbringen. Allerdings bin ich sicher, dass Stefan und seine Frau keineswegs die Absichten verfolgen, die Sie ihnen vorwerfen. Versuchen wir doch, die Angelegenheit ein wenig gelassener zu erörtern.«
»Es hat nichts mit deinen Geschäften zu tun, Vater«, mischte sich Stefan ein. »Außerdem ist Leah keine Fremde. Sie gehört schon seit Jahren zu meinen besten Freunden und ist eine Kommilitonin. Ihr Bruder war an der Ecole de Louvre in meiner Klasse, und ich kenne die Familie Nazarre sehr gut. Es sind feine, gebildete und großzügige Menschen. Und möchtet ihr wissen, wo sie jetzt sind? Vater? Mutter? Was eure deutschen Freunde mit ihnen gemacht haben?«
Der Konsul warf Stefan einen warnenden Blick zu. »Ich finde, wir sollten vorsichtig sein, was wir in diesem Zusammenhang sagen, junger Mann.«
»Bitte nicht, Stefan.« Leah zupfte Stefan am Ärmel.
Stefan funkelte seinen Vater zornig an. Er achtete nicht auf die anderen Anwesenden. »Ich habe nicht die Absicht, Vater, diese Ehe für ungültig erklären zu lassen«, verkündete er mit lauter Stimme. »Und ja, ich habe Leah legal und hier im Konsulat geheiratet, damit sie deinen deutschen Kumpanen nicht in die Hände fällt.«

»Du verblödeter junger Narr. Glaubst du wirklich, du könntest den diplomatischen Vertreter deines Landes und mich lächerlich machen?«

»Tja, Vater, wenn du Peinlichkeiten vermeiden möchtest, würde ich vorschlagen, dass du mir und meiner Frau für die Fahrt zum Bahnhof morgen früh dein Auto zur Verfügung stellst.« Ohne auf die Wut seines Vaters zu achten, sprach Stefan weiter. »Dann können wir so früh wie möglich abreisen und in die Schweiz fahren.«

Nun verlor Graf Svenssen endgültig die Beherrschung. Er stürzte sich auf seinen Sohn und rüttelte ihn an den Schultern.

»Wie kannst du es wagen, so mit mir zu sprechen, du nutzloser Taugenichts! Für dich und deine jüdische Hure werde ich keinen Finger krumm machen. Sie hat dir den Kopf verdreht, um den Namen unserer Familie zu missbrauchen. Ich werde sie so bald wie möglich den deutschen Behörden übergeben.«

Der Konsul trat zwischen sie und legte Carl Svenssen beschwichtigend die Hand auf den Arm. Obwohl Stefan nicht die Stimme erhob, war sein Tonfall eiskalt und drohend.

»Wenn du das tust, Vater, werde ich sie begleiten, wohin man sie auch bringt. Außerdem habe ich einen Bericht über diese Hochzeit verfasst und selbst unterschrieben. Er wird an die schwedische Presse und auch an Zeitungen in England und in den Vereinigten Staaten weitergeleitet, wenn du mich daran hinderst, mit meiner Frau das Land zu verlassen.«

Aneka Svenssen war in Tränen ausgebrochen. Nachdem sie sich einen zweiten Brandy eingeschenkt hatte, nahm sie Platz und ließ den Kopf hängen. Stefans Miene war finster. »Würdest du zulassen, dass er mir das antut, Mutter?«, fragte er leise. »Mutter, bitte hilf uns.«

»Aneka!«, fuhr Carl Svenssen seine Frau an. »Verschwinde. Geh sofort nach oben. Ich kümmere mich darum.«

Aneka Svenssen leerte ihr Glas und lief aus dem Zimmer. Die Wut des Grafen richtete sich nun gegen Marta und Anders.

»Sie werden wohl kaum erwarten, dass ich Ihnen für Ihre Beteili-

gung an dieser Sache danke. Zweifellos wird Seine Exzellenz morgen viel mit Ihnen zu besprechen haben.«
»Sie wussten beide nichts über Leah, nur dass wir, wenn nötig, zusammen durchbrennen wollten«, erwiderte Stefan seinem Vater. »Wir wollen morgen früh in die Schweiz reisen, Vater. Wir brauchen nur ein Auto und vielleicht ein wenig Hilfe von Seiner Exzellenz, um eine Genehmigung für die Bahnfahrt zu bekommen. Danach werde ich dich nie wieder um etwas bitten.«
»Ich könnte sie fahren, Exzellenz«, erbot sich Anders rasch. »Auf diese Weise wären sie gleich morgen früh verschwunden. Sie können sich auf meine und auf Martas Diskretion verlassen.«
»Kümmern Sie sich darum, dass ein Botschaftswagen bereitsteht, Anders, und lassen Sie die Genehmigungsformulare und Reiseerlaubnis vorbereiten und abstempeln. Ich werde sie noch heute Abend unterschreiben.« Der Konsul sah Marta streng an. »Keiner von Ihnen darf innerhalb oder außerhalb des Konsulats auch nur ein Wort über diese Hochzeit verlieren. Welche Rolle Sie genau in dieser Angelegenheit gespielt haben, können Sie mir morgen erklären. Haben Sie mich verstanden?«
Als er sich zu Stefan und Leah umwandte, war seine Miene traurig, aber freundlich. »Ihnen steht eine Reise in ein neues Leben bevor, meine jungen Freunde, und ich wünsche Ihnen all den Mut, den Sie dafür brauchen werden. Heute Nacht sind Sie Gäste des Konsulats Ihres Landes, und ich hoffe, dass Sie morgen eine gute Fahrt haben werden. Sie, Pastor Bruzelius, sind nur Ihrem Gewissen verpflichtet. Und nun wünsche ich Ihnen allen einen guten Abend.«
Der Konsul schüttelte allen Anwesenden die Hand und ging hinaus. Es dauerte eine Weile, bis Graf Svenssen die Sprache wiederfand.
»Ich will diese Frau nie mehr sehen«, stieß er mit zusammengebissenen Zähnen hervor und betrachtete Leah angewidert. »Wie alle Menschen Ihrer Herkunft haben Sie nichts als Unglück über uns gebracht und den schwedischen Konsul und mich zu Komplizen in einem abscheulichen Betrugskomplott gemacht.«

»Vater ...« Stefan trat vor und streckte beschwichtigend die Hand aus.
»Geh nach oben, Stefan, und bleib dort, bis du morgen abreist. Du hast mich bis auf die Knochen blamiert. Nimm diese Frau und geh mir aus den Augen.« Der Graf öffnete seine Brieftasche und warf ein dickes Bündel Banknoten auf den Tisch. »Das ist das letzte Geld, das du von mir erwarten kannst. Ich enterbe dich, Stefan, und ich versichere dir, dass diese Frau keinen Pfennig an dieser Liaison verdienen wird.«
Er machte auf dem Absatz kehrt und ließ seinen Sohn, die Hand noch immer ausgestreckt, stehen. Stefan nahm die Geldscheine, faltete sie ordentlich und steckte sie in die Tasche. Leah griff nach seiner Hand. »Komm, gehen wir nach oben, Stefan.«
Ohne auf sie zu achten, ging Stefan zu der Reihe von Karaffen auf der Anrichte, füllte einen Cognagschwenker mit Whisky und trank ihn aus.
»Eine gute Reise Ihnen beiden.« Pastor Bruzelius legte Leah die Hände auf die Schultern und wandte sich dann zu Stefan um, der sich gerade nachschenkte. »Gott sei mit Ihnen, Stefan. Gott sei mit Ihnen beiden.«
»Komm, Leah, die Hochzeitssuite erwartet uns.« Stefan kippte seinen zweiten Whisky hinunter und hielt ihr die Hand hin. »Marta, glauben Sie, Sie könnten uns ein Tablett mit etwas Essbarem besorgen? Es sieht nicht so aus, als wären wir heute Abend zu der Dinnerparty eingeladen.«
Mit einem bitteren Lächeln führte er Leah hinaus. Als sie gerade die Vorhalle durchquerten, läutete es an der Eingangstür. Ein Page erschien und öffnete. Beim Anblick des Mannes, der hereinkam, wurden Leah die Knie weich: General Walter von Ströpper war makellos gekleidet, seine Uniform ein Sinnbild eherner Disziplin. Er war groß und hielt sich kerzengerade. Wären seine Züge nicht so hart, seine Augen nicht so kalt und farblos gewesen, man hätte ihn als gut aussehend bezeichnen können.
Stefan blieb wie angewurzelt stehen, Leah hinter sich. Der deutsche Offizier versperrte ihnen den Fluchtweg zur Treppe. Wäh-

rend der Page General von Ströpper Mantel, Hut und Stock abnahm, erschienen der Konsul und Carl Svenssen in der Tür zur Bibliothek. Man begrüßte sich höflich, und es war unmöglich, das junge Paar zu ignorieren, das so dicht neben ihnen stand. Der Generalkonsul war der Inbegriff der Gelassenheit, als er vortrat. »Guten Abend, Herr General. Wir sind heute ein wenig zu spät dran. Den Grafen kennen Sie ja bereits. Wir hatten seinetwegen eine kleine Feier.«

»Graf Svenssen.« Der General knallte die Hacken zusammen. »Eine Feier?«

Eine verlegene Pause entstand. Dann war oben vom Treppenabsatz Aneka Svenssens Stimme zu hören. Sie blickte auf ihren Sohn hinab, der sich an der Tür schützend vor seine Frau stellte.

»Mein lieber Herr General, es ist so schön, Sie wiederzusehen.« Mit einem strahlenden Lächeln schritt sie die Treppe hinunter. Der General betrachtete sie hingerissen, als sie einen nackten Arm ausstreckte. »Darf ich Ihnen meinen Sohn vorstellen, Herr General?«

Der General nahm den jungen Mann kaum wahr, als er sich dem Fuß der Treppe näherte und Aneka die Hand hinhielt.

»Stefan ist Künstler«, fuhr sie fort. »Er hat an der Ecole de Louvre studiert und dort die junge Liese kennen gelernt. Sie haben gerade geheiratet.«

»Ach, wirklich? Meine Glückwünsche, Herr Svenssen, gnädige Frau.« Walter von Ströpper drehte sich um, während Stefan Leah nach vorne schob. Sein kalter Blick glitt über ihre schlanke Gestalt, und als er sie anlächelte, öffneten sich kurz seine Lippen und gaben makellose Zähne frei. Doch das Lächeln spiegelte sich nicht in seinen Augen wider. »Werden wir heute Abend beim Essen die Ehre Ihrer Gesellschaft haben?«

»Ach, du meine Güte, nein«, mischte sich Aneka mit einem gurrenden Lachen ein. »Lieses Familie stammt aus dem Süden in der Nähe von Marseille, wo wir gerade gewesen sind. Morgen früh reist das junge Paar in die Schweiz, um dort die Flitterwochen zu verbringen.«

»Ich bin enttäuscht, heute Abend auf zwei so nette junge Leute verzichten zu müssen. Meinen Glückwunsch an Sie beide.« Walter von Ströpper trat näher an Leah heran. »Was macht Ihre Familie denn beruflich, Frau Svenssen? Südfrankreich ist eine wunderschöne Gegend, die ich gut kenne. Vielleicht haben wir ja gemeinsame Bekannte.«
Wieder unterbrach Aneka das Gespräch. »Ach, Sie wissen ja, wie es mit jungen Liebenden ist, Herr General. Der Konsul war so freundlich, ihnen oben ein Champagnersouper bereitstellen zu lassen. Sie möchten sich …« – Aneka zog die Augenbrauen hoch und flirtete schamlos mit dem General – »… jetzt sicher zurückziehen, um es einmal so auszudrücken. Wir dürfen dem jungen Eheglück nicht im Wege stehen.«
Von Ströpper betrachtete Anekas Brustansatz und schien angenehm abgelenkt, als die Gräfin tief Luft holte und ihn mit einem langen Blick bedachte. Dann drehte sie sich wieder zu dem Brautpaar um. »So, Kinder, und jetzt ab mit euch. Ihr müsst morgen früh raus.« Während sie ihrem deutschen Tischherrn den Rücken zukehrte, war ihre Miene finster. Angesichts der gegen sie gerichteten eisigen Ablehnung versetzte es Leah einen Stich ins Herz. Doch sie war Aneka für ihre Einmischung dankbar. »Gute Nacht«, flüsterte sie. »Und vielen Dank.«
Aneka machte auf dem Absatz kehrt und rauschte, umgeben von einer Chiffonwolke, davon. Stefan und Leah flohen die Treppe hinauf; als sie das sichere Gästeappartement erreicht hatten, zitterten sie am ganzen Leibe. Auf dem Tisch stand ein Tablett mit Aufschnitt, einer Flasche Champagner und einer Flasche altem Rotwein. Marta hatte auf jeden Teller eine rote Rose gelegt. Leah zwang sich zu einem Lächeln. Stefan ging zum Tablett hinüber und goss sich ein Glas Wein ein. Er starrte Leah an, die fremde blonde Frau, mit der er jetzt verheiratet war. In einem Zug leerte er sein Glas, während seine Frau den Hut abnahm, so dass die gefärbten Locken herabfielen. Er schenkte nach.
»Stefan, nicht.«
»Was ist denn, Leah?« Seine Beherrschung schwand. »Darf ich

mich denn nicht bewusstlos trinken? Schließlich weiß ich, dass du mich nicht heiraten wolltest. Aber wenigstens bist du jetzt in Sicherheit, ganz gleich, was passiert ist. Morgen fahren wir in die Schweiz. Also nimm du das Bett, ich schlafe im Sessel.«

»Letzte Nacht hast du doch auch nicht im Sessel geschlafen«, erwiderte sie leise.

Er schüttelte den Kopf. Alles um ihn herum verschwamm, und er konnte keinen klaren Gedanken mehr fassen. »Das war etwas anderes. Du hattest Angst und hast gefroren. Du brauchtest jemanden, der dich wärmt.«

»Stefan …« Als sie ihre Jacke aufknöpfte, erhaschte sein Blick ihr Seidenunterhemd. Er schenkte sich noch ein Glas Wein ein und trank es mit zwei großen Schlucken aus.

»Hör mir zu, Stefan. Ich weiß, dass du mich geheiratet hast, um mich zu beschützen, und auch, was du für Helena empfindest. Ich verstehe das, und mir ist klar, dass du sie immer noch liebst. Ich kann kaum fassen, wie couragiert und großzügig du dich mir gegenüber verhalten hast, und ich bin überwältigt von deinem Mut und deiner Freundschaft. Und jetzt muss das Leben weitergehen, Stefan. Wir müssen versuchen, einander auf unsere Weise zu lieben und füreinander zu sorgen. Ich werde mein Bestes tun, Stefan, wenn du es zulässt.« Sie streifte den Rock über die Hüften und stand im Unterrock vor ihm.

Widerstreitende Gefühle tobten in ihm – Bewunderung für ihre Ehrlichkeit und Schönheit, Zorn auf die Menschen, die sie verfolgten, und Wut auf seine Eltern und auf alle, die sie beleidigt und ihr die Möglichkeit genommen hatten, selbst über ihr Leben zu bestimmen. Mit ihrem blondierten Haar erinnerte sie ihn an seine Mutter. Er hasste sich dafür, dass er Verlangen verspürte, dass er sich nach Helena sehnte, und dafür, dass er sich wünschte, die Situation möge anders sein. Er hob sie hoch und trug sie zum Bett. Als er sie liebte, geschah es ohne Zärtlichkeit; es war wie ein Rausch, das Ergebnis von Angst, dem Druck der letzten beiden Tage und dem Triumph, sich gegen seinen Vater behauptet zu haben. Der Whisky und der Wein, den er getrunken hatte, ließen ihn grob und fordernd werden. Als er erschöpft auf ihr liegen blieb, verharrte sie reglos unter ihm, voller Angst, ihn zu wecken, sodass er sich wieder mit derselben finsteren und verzweifelten Entschlossenheit auf sie stürzen würde. Schließlich wälzte er sich tief schlafend beiseite, und sie lag mit weit aufgerissenen Augen in der Dunkelheit. Sie konnte sich nicht vorstellen, dass Stefan – gequält von Schuldgefühlen und Reue – sie jemals wirklich lieben würde. Und Seamus? Was war mit ihrer Liebe zu Seamus? Doch sie konnte diesen Gedanken nicht ertragen und schob ihn weg. Denn sie wusste, dass sie zusammenbrechen würde, wenn sie sich länger mit ihrer und Seamus' Liebe beschäftigte. Sie würde ihn immer lieben. Nachdem sie sich ihre lautlosen Tränen aus dem Gesicht gewischt hatte, drehte sie sich zur Seite und schloss die Augen.

Stefan weckte sie vor dem Morgengrauen. Seine Augen waren blutunterlaufen, und sein Gesicht war verquollen, als er sich neben sie kniete.

»Leah, ich muss mich für letzte Nacht entschuldigen.« Er berührte sie zärtlich an der Schulter. »Bitte verzeih mir.«

Sie strich mit den Fingern über sein stoppeliges Kinn. »Gestern war nichts, wie es sein sollte, Stefan. Wir hatten zu viel durchgemacht.« Sie setzte sich auf; ihr tat jeder Knochen weh. »Ich ziehe mich jetzt an. Wir müssen bald los.«

»Ja, Anders hat gerade angerufen. In zwanzig Minuten sollen wir fertig sein. Leah, alles wird gut. Wir schaffen das.«

»Ich weiß, Stefan.« Ihre Seele war so müde, und sie fühlte sich damit überfordert, die Ereignisse der letzten beiden Tage zu bewerten oder zu verstehen. »Kannst du mir eine Tasse Kaffee besorgen? Ich gehe mich jetzt waschen.«

Rasch zog Leah sich an und trank den heißen Kaffee, den Marta ihr gebracht hatte. Dann schlichen sie sich die Treppe hinunter, wo Anders mit dem Wagen wartete. Als sie das Konsulat, ihren Zufluchtsort, verließen, salutierten die deutschen Wachen zackig. Dann rasten sie durch die menschenleeren Straßen.

»Bieg hier links ab, Anders«, sagte Stefan.
»Das ist nicht der kürzeste Weg zum Bahnhof.«
»Nur ein kleiner Umweg, vertrau mir.«
Leah setzte sich auf, und ihr Herz klopfte, als Stefan sie durch ein Gewirr kleiner Straßen lotste.
»Wir haben nicht viel Zeit, Stefan«, wandte Anders besorgt ein.
»Halt hier an.« An der Straßenecke baute ein zerlumpter alter Mann einen Zeitungsstand auf. Der Wagen stoppte, und Stefan sprang hinaus. Nachdem er dem Zeitungsverkäufer etwas zugemurmelt hatte, rief er laut: »Könnten Sie der Dame bitte eine Zeitung bringen?«
Der alte Mann drehte sich um. Leah schnappte nach Luft und wollte aussteigen, doch Daniel eilte zur Tür und hielt seine Schwester mit einer Handbewegung zurück. »Nein, Leah. Wir haben nur eine Minute.« Er reichte ihr eine zusammengefaltete Zeitung.
»Oh, Daniel! Papa und die anderen …« Heiße Tränen liefen ihr übers Gesicht, und es schnürte ihr die Kehle zu.
»Sprich nicht über sie. Dazu haben wir keine Zeit. Denk nur daran, dass wir ihnen bloß helfen können, wenn wir uns wehren. Sie wurden in ein Arbeitslager verschleppt. Wenn ich etwas Neues erfahre, setze ich mich über Stefan mit dir in Verbindung.«
»Weißt du von der Hochzeit und davon, was Stefan für mich getan hat?«
»Es war der einzige Weg, dich hier rauszuholen. Stefan ist ein tapferer Mann. Mir ist klar, wie schwer es für dich ist, aber so kannst du wenigstens unbehelligt in die Schweiz ausreisen.«
Anders warf einen Blick nach hinten. Am Ende der Straße entdeckte er ein Patrouillenfahrzeug. »Zeit zu verschwinden.«
Daniel hob die Hand zum Abschied. »Du kannst alle Neuigkeiten in dieser Zeitung lesen.«
»Daniel …« Leah spürte schmerzhafte Verzweiflung in sich aufsteigen.
»Du kannst uns nur helfen, indem du abfährst, Leah. In der Zeitung sind Botschaften für Richard. Lass sie ihm von der

Schweiz aus zukommen, sag ihm, was du gesehen hast, und schick uns, was wir brauchen. Eines Tages wird alles vorbei sein, Leah. Dann können wir wieder leben wie zuvor, und zwar weil wir selbst dafür gesorgt haben, dass es so kommt. Und jetzt fahr. Fahr!«
Stefan knallte die Tür zu, und der Wagen raste davon. Im Rückspiegel beobachtete Leah, wie der tatterige alte Mann, eine Gauloise im Mundwinkel, die Morgenzeitungen für seinen Kiosk sortierte. Das Patrouillenfahrzeug hielt neben ihm. Sie konnte erkennen, wie der Zeitungsverkäufer die Achseln zuckte, gestikulierte, in den Rinnstein spuckte und eine vage Handbewegung machte.
Als der Zug abfuhr und unter einem regenfeuchten Himmel durch die Pariser Vorstädte zuckelte, blickte Leah aus dem Fenster und betrachtete ihre Stadt, die im grauen Morgen an ihr vorbeiglitt. Stefan beobachtete sie und fragte sich, wie er sie jemals wieder in das fröhliche Mädchen verwandeln sollte, das er gekannt hatte, bevor ihre Welt zerstört worden war. Er zog sie an sich, und schließlich lehnte sie den Kopf an seine Schulter und schlief ein. Der Zug rumpelte durch die Landschaft, der Qualm der Lokomotive stieg in den tief hängenden, bleigrauen Himmel auf.
Die Bremsen kreischten und zischten, als sie ruckelnd in einem kleinen Bahnhof anhielten. Sanft schob Stefan Leahs Kopf weg und stand auf. Er streckte sich und trat auf den Gang hinaus, um aus dem Fenster zu sehen. Da bemerkte er auf dem Bahnsteig deutsche Soldaten. Sie befragten den Stationsvorsteher und zeigten ihm offenbar ein Foto. Zwei Offiziere stiegen in den Zug, als dieser sich langsam vom Bahnsteig entfernte. Stefan kehrte ins Abteil zurück, rüttelte Leah kräftig und zog sie voller Angst auf die Füße. »Es sind deutsche Soldaten im Zug, Leah. Ich weiß nicht, was sie wollen, aber sie zeigen Fotos herum und haben den Stationsvorsteher vernommen.«
»Was könnten sie uns tun, Stefan?«
»Sie suchen jemanden. Wir sind erst in Sicherheit, wenn wir Frankreich verlassen haben, Leah. Ich glaube nicht, dass jemand

ihnen einen Tipp gegeben hat, aber das Risiko dürfen wir nicht eingehen. Wenn der Zug das Dorf verlassen hat und wir auf dem flachen Land sind, springen wir ab.«

Benommen vor Angst starrte sie ihn an. Dann bückte sie sich, um ihre wenigen Habseligkeiten zusammenzusuchen, und schickte sich an, ihrem Mann zu folgen.

Kapitel 23

St. Joseph de Caune, 1970

Lachend stand Solange da, während sich alle verabschiedeten, gratulierten und sie umarmten. Dann waren die Gäste fort, und nur noch das Rauschen des Flusses hallte durch die Nacht.

Sie folgten Henri ins Haus und setzten sich in die Bibliothek.

»Papa, ich freue mich so sehr über deine Entscheidung. Und ich möchte mitmachen.« Solange stieß mit ihm an. »Ganz offensichtlich wird Charles Edouard alles daransetzen, dass sein Plan Erfolg hat. Niemand wird euch beide aufhalten können.«

»Du hast uns mit deiner Ankündigung heute Abend ordentlich überrascht, du bist wirklich ein listiger alter Fuchs.« Guy schüttelte den Kopf. Er sah Henri nun in einem ganz anderen Licht. »Wann hast du diese folgenschwere Entscheidung gefällt?«

»Tja, je mehr ich über sein Vorhaben nachgedacht habe, desto viel versprechender erschien es mir.« Offenbar hatte Henri einen Heidenspaß an der Überraschung, die er ihnen allen bereitet hatte. »Also habe ich die Angelegenheit mit meiner Bank und mit Pierre Etienne, meinem Anwalt, erörtert. Zu meinem Erstaunen reagierte die Bank zwar zurückhaltend, aber interessiert, und hat mir, was die Finanzen angeht, einigen Spielraum zugestanden.«

»Aber du musst aufpassen, dass dir die Kontrolle nicht entgleitet,

Papa«, wandte Solange ein. »Dein neuer Geschäftspartner ist zwar sehr begeisterungsfähig, allerdings auch recht ehrgeizig. Außerdem hat es zwischen unseren Familien in der Vergangenheit Zerwürfnisse gegeben. Du weißt nicht, ob seine Stärke vielleicht nur in der Entwicklung neuer Ideen liegt. Er könnte ein Mensch sein, dem das Durchhaltevermögen fehlt, ein Projekt bis zum Ende zu verfolgen.«

»Hast du etwa jetzt schon Zweifel?« Gekränkt verzog Henri das Gesicht.

»Nein, an dir zweifle ich natürlich nicht.«

»Aber du glaubst nicht, dass ich in der Lage bin, ein erfolgreiches, modernes Weingut zu leiten?«

»Oh, Papa, du verstehst mich völlig falsch. Außerdem werde ich hier bei dir bleiben, denn ich möchte deinen Erfolg unbedingt mit dir teilen.«

»Vielleicht dämpft es deine Begeisterung, wenn ich dir jetzt gestehe, dass dieses Projekt dich einen Teil deiner finanziellen Absicherung kosten wird.« Henri wandte sich an Guy. »Möglicherweise möchtest du sie ja zurückgeben, denn nach dem heutigen Abend wird von ihrer Mitgift kaum noch etwas übrig sein.«

Solange lachte, nahm auf der Armlehne von Henris Sessel Platz und legte einen nackten, goldbraunen Arm um seine Schultern. Als Guy die beiden betrachtete, hatte er kurz das Gefühl, dass er immer ein Außenstehender bleiben würde. Er spürte Trauer, vielleicht sogar Eifersucht, als Solange ihren Vater umarmte.

»Ich wusste gar nicht, dass du eine Mitgift für mich hast, Vater. Eigentlich sollte Guy dir für einen Schatz wie mich riesige Viehherden und Truhen voller Goldmünzen bezahlen.«

»Na ja, ich könnte schon ein paar Ochsen gebrauchen, um die alten Weinstöcke unterzupflügen. Allerdings, meine Lieben, wird das alles wirklich einige Pläne betreffen, die ich für euch hatte. Ich wollte euch einen Notgroschen schenken, damit ihr in Montpellier euren Hausstand gründen könnt.« Henri stand auf und goss sich ein großes Glas Cognac ein.

Guy schwieg, als sein zukünftiger Schwiegervater sicheren

Schrittes den Raum durchquerte und einen großzügigen Schluck in das Glas des jungen Mannes gab.
»Gewiss ist es Solange rätselhaft, woher ich plötzlich das Geld für dieses Unternehmen habe. Aber Celine und ich haben jahrelang eine Summe für den Notfall angespart, meine Behinderung eingeschlossen. Außerdem haben wir auch Geld für dich beiseite gelegt. Bis jetzt habe ich dieses Geld nicht gebraucht, und ich werde das Risiko eingehen und hoffen, dass es auch in Zukunft nicht nötig sein wird.«
»Mir wäre es lieber, wenn du ...«, unterbrach Solange, aber Henri brachte sie mit einem Kopfschütteln zum Schweigen.
»Außerdem musste ich einen Teil unseres Besitzes beleihen, damit ich auch sicher genug flüssiges Kapital für dieses gewaltige Projekt besitze. Die Olliviers werden dasselbe tun müssen.«
»Also, ich denke, ich kann meine Braut auch allein versorgen«, meinte Guy schmunzelnd.
»Außerdem hoffe ich, wie ich zugeben muss, auch, dass Solange sich an dem Projekt beteiligen wird«, fuhr Henri fort. »Es wäre schön, wenn sie regelmäßig herkäme, um nachzuschauen, was aus ihrem abenteuerlustigen Papa geworden ist.«
Solange legte die Arme um ihn und blinzelte Tränen weg, die ihr plötzlich in die Augen stiegen. Sie konnte den Gedanken nicht ertragen, dass er einsam sein würde. Er würde seine Abende allein verbringen müssen, ohne jemanden, der ihm vorlas, mit ihm sprach und ihn gern hatte. Außerdem war es unvorstellbar für sie, nicht bei ihm und in ihren Weinbergen sein zu können. »Papa, ich werde niemals das Interesse an unserem Wein verlieren, nur weil ich eine Stunde entfernt wohne. Guy und ich kommen bestimmt jedes Wochenende her. Und anfangs kann ich auch während der Woche hier sein, um dir zu helfen.«
Henri lächelte erleichtert. Er stellte sein Glas weg. »Tja, ich glaube, es ist Zeit, dass ich zu Bett gehe. Morgen bin ich mit Charles Edouard in Roucas Blancs verabredet, und es wäre mir sehr recht, wenn du und Joël auch dabei sein könntet, Solange. Gute Nacht, ihr beiden. Es war für uns alle ein denkwürdiger Abend.«

Auf dem Weg nach oben hielt Solange kurz vor Henris Tür, um ihm eine gute Nacht zu wünschen. Sie lächelte, als sie hörte, wie Guy ihre Schlafzimmertür öffnete. Er kam herein, stellte sich neben sie, und sie war überrascht, als er sie nicht berührte.

»Ich finde, du warst vorhin nicht sehr realistisch, Solange.«

»In welchem Zusammenhang?« Stirnrunzelnd betrachtete sie ihn.

»Also, meiner Ansicht nach solltest du dir besser überlegen, was du Henri versprichst. Er braucht Ermutigung, aber du wirst nicht in der Lage sein, viel zu seinem neuen Projekt beizutragen. Er muss selbst einen Weg finden, mit Charles Edouard Olliver und den neuen Weinbergen zurechtzukommen. Ich persönlich hätte dem arroganten Mistkerl heute Abend am liebsten eine runtergehauen.«

»Um Himmels willen, Guy, heute war der glücklichste Abend, den wir seit Mamas Tod hier hatten. Jetzt sei nicht so muffig und verdirb uns nicht alles. Oder bist du etwa eifersüchtig? Ach, bist du niedlich.« Als sie lachend die Hand nach ihm ausstreckte, wehrte er sie ab.

»Vermutlich fühlst du dich geschmeichelt, wenn man dich als Göttin der Weinberge bezeichnet, Solange, aber dieser Mann ist schlicht und ergreifend unangenehm. Und außerdem wirst du nicht hier sein, um dich um die Geschäfte zu kümmern, die dein Vater mit ihm betreibt.«

»Göttin der Weinberge? Hat Charles Edouard das gesagt?« Immer noch lachend rückte sie von ihm ab. »Von dir ist dieser Spruch ganz bestimmt nicht!«

»Ich glaube, du hast mich nicht richtig verstanden, Solange. Wir werden nicht jedes Wochenende hier verbringen können, und es ist nicht fair, Henri diesen Eindruck zu vermitteln und ihn dann zu enttäuschen. Außerdem hast du offenbar vergessen, dass wir morgen Nachmittag gemeinsam nach Montpellier fahren wollten.«

»Na ja – vielleicht nicht jedes Wochenende. Aber er wird viel Hilfe brauchen, insbesondere am Anfang. Du erwartest doch nicht etwa von mir, dass ich ihn im Stich lasse? Und nach Montpellier fahren können wir auch noch übermorgen. Findest du nicht, dass du ein bisschen egoistisch bist?«

»Ich denke nicht, dass es dir ansteht, andere Menschen als egoistisch zu bezeichnen.«

»Ach? Und warum nicht?« Ihr Tonfall war kühl.

»Ist dir nicht in den Sinn gekommen, wie selbstsüchtig es von dir war, dass du letzte Woche einfach davongelaufen bist und in Kauf genommen hast, dass dein Vater sich Sorgen um dich macht? Wo warst du überhaupt, Solange?«

»Wenn du mich wirklich verstehen würdest, Guy, würdest du wissen, dass ich so etwas nie getan hätte, wenn ich nicht wirklich durcheinander gewesen wäre.« Solange hörte auf, sich das Haar zu bürsten, und warf die Bürste auf den Tisch.

»Ich habe gehofft, du würdest mir alles erzählen. Ach, Solange, sei nicht albern. Wir wollen uns doch nicht streiten.« Er legte ihr die Hände um die Taille. »Es war so ein schöner Abend, und wir beide sollten uns über das Ergebnis freuen.«

Als er sich hinunterbeugte, um sie zu küssen, wandte sie sich ab.

»Ich merke, wie müde du bist, Liebling. Und das ist kein Wunder, denn schließlich musstest du ganz allein diese wunderschöne Feier organisieren. Ich denke, du solltest jetzt schlafen. Gute Nacht, Solange.« Er bückte sich, küsste sie auf den Scheitel und schloss dann leise die Tür hinter sich.

Solange legte sich hin. Sie war wütend, weil sie wie ein trotziges Kind ins Bett geschickt worden war, und schlug zornig mit der Faust aufs Kissen. Guy hätte mit mehr Nachdruck eine Erklärung für ihre Abwesenheit von ihr fordern sollen. Und warum begriff er einfach nicht, wie wichtig es für sie war, Papa jetzt, am Anfang seines neuen Projekts, zu helfen? Solange machte das Licht aus, und nach einer Weile ließ ihr Ärger nach. Sie starrte auf die weit entfernten Sterne und hatte das Gefühl, in die samtene Nacht hinauszuschweben. Irgendwo auf der anderen Seite des Tals blickte Charles Edouard zum selben Himmel hinauf, malte sich die neuen Weinberge aus und träumte von der ersten Ernte. Er würde es schaffen, ihrem geliebten Vater ein neues, aufregendes Ziel zu geben, das eine Herausforderung für ihn bedeutete. Sie stellte sich Henri bei der ersten Weinlese, beim Verkosten und Verschnitt vor, bis der neue Wein genau seinen und Charles Edouards Vorstellungen entsprach. Sie würden den verdienten Triumph und die Anerkennung teilen, und sie würde ihre Weingöttin sein, getränkt mit dem Nektar ihres Erfolges. Unter den Laken ließ sie ihre Handflächen über ihre Brüste und den Bauch hinab bis zu ihren seidenweichen Schenkeln gleiten. Beim Einschlummern lächelte sie in die samtige Dunkelheit, die sie willkommen hieß.

Am folgenden Nachmittag fuhren Solange und Henri die gewundene Straße aus dem Dorf hinaus, bis zu der Stelle, wo ihr Besitz an den der Olliviers angrenzte. Zwischen den geschwungenen Hügeln der *Garrigue* wuchsen die Reben, deren Wurzeln sich beharrlich in die dünne Erdschicht krallten. Als sie schließlich die neuen Weinberge erreichten, deren ordentliche Reihen und geraden Stangen von sorgfältiger Planung und Pflege zeugten, hielt Solange an. »Jetzt sind wir bei den Versuchsanpflanzungen, Papa. Die Reben sind gesund und kräftig, und du wirst lächeln, wenn du sie berührst. Offenbar jätet er ununterbrochen, denn es ist nicht ein einziges Unkraut zu sehen.«

Im Haus wurden sie von Paul Ollivier und seinem Sohn erwartet, die sie begrüßten.

»Tja, Charles Edouard, mein Anwalt hat ein wenig geschluckt, als er den Partnerschaftsvertrag aufsetzte«, sagte Henri. »Aber bevor wir ihn erörtern, sollten wir uns die Grundlage unseres wahnwitzigen Vorhabens anschauen.«

Diesmal in Begleitung von Charles Edouard, fuhren sie wieder hinaus in den Weinberg, um den Anfang seiner Unternehmung zu begutachten. Die erste Anpflanzung, die sie besichtigten, bestand aus einem einige Hektar großen, hügeligen Stück Land, wo die Erde rot und sehr feinkörnig war. Die Wurzeln steckten zwischen Kalksteinbrocken. Charles Edouard nahm Henri beim Arm und erklärte ihm die Landschaft. Er beschrieb die Beschaffenheit des Bodens, die Bewässerung und die Qualität und die Ergiebigkeit der Weinstöcke. Als sie zusammen umherschlenderten und angeregt die Einzelheiten ihres Plans besprachen, fühlten sie sich freundschaftlich verbunden. Solange und Paul folgten in einigen Schritten Abstand.

Schließlich wandte sich Charles Edouard an Solange: »Wo ist eigentlich Guy? Offenbar ermüdet ihn das Landleben. Das ist etwas, das du in Erwägung ziehen solltest, bevor du mit ihm weit weg von hier einen Hausstand gründest.« Paul räusperte sich und warf seinem Sohn einen tadelnden Blick zu: »Na ja, ach, das wird sich zeigen. Da Sie nun die neuen Weinberge gesehen haben, sollten wir vielleicht zum Haus zurückfahren und einen Aperitif trinken. Warum fahren Sie nicht mit mir, Henri? Die jungen Leute können meinen klapprigen Transporter nehmen.«

Im staubigen Laster sah Charles Edouard Solange an. Ihre Miene war starr und verschlossen. »Wie kannst du es wagen, so mit mir zu reden?« Sie gab sich keine Mühe, ihre Wut zu verhehlen. »Ich möchte Papa nicht mit diesem Unsinn den Nachmittag verderben. Und du hast kein Recht, dich auf diese Art über meinen Verlobten auszulassen. Er ist Anwalt in Montpellier und muss sich deshalb den Großteil seiner Zeit dort aufhalten. Das ist nicht schlimmer und nicht besser, als wenn du dich dauernd in deinen Weinbergen herumtreibst.«

»Du hast Recht«, erwiderte er. Doch seine Miene war verstockt, und er zeigte keinen Funken Reue.

Schweigend fuhren sie zum Haus. Solange entspannte sich allmählich. Ein alberner Lärm um nichts, ausgelöst durch eine Banalität, eine Überreaktion auf seine Sticheleien, und zwar von ihnen beiden. Es war doch eigentlich nicht wichtig. Als sie ins Haus gingen, lächelte sie Charles Edouard zu und war erleichert, als er zurückgrinste und sich mit den Fingern durchs dunkle Haar fuhr. Seine Augen schimmerten wie schwarze Teiche, und sie sah einen Ausdruck darin aufblitzen, den sie nicht deuten konnte.

»Wie dem auch sei«, meinte er. »Ich habe mich nur gefragt, wie du ohne die Weinberge glücklich werden willst. Ob es dir genügt, in einer Villa in einem Vorort von Montpellier zu sitzen, obwohl du hier mit deinem Vater und mir an diesem neuen Projekt arbeiten könntest.«

Noch ehe sie ihm eine gewitzte, schlaue Antwort geben konnte, war er weitergegangen und schritt vor ihr her auf das düstere alte Haus zu, wo ihn sein neuer Geschäftspartner erwartete.

Kapitel 24
Connemara, 1970

Helena hatte sich einige Tage ausgeruht und sich dabei ausgezeichnet erholt; sie hatte lange Spaziergänge unternommen, gemalt und lange ausgeschlafen. Seamus und Eleanor bemerkten, dass ihre angespannten Züge sich glätteten und ihr Gesicht und ihre Körperhaltung weniger verkrampft wirkten. Eine Weile fühlte sich auch Eleanor wie in einer anderen Welt, weit weg von all den nagenden Zweifeln und offenen Fragen. Sie war froh darüber, dass ihr Onkel ihr Stück für Stück seine Vergangenheit enthüllte. Körperliche Bewegung und frische Luft röteten ihre Wangen; sie ging früh zu Bett und wachte erfrischt wieder auf. Mit der Arbeit kam sie so gut voran, wie sie gehofft hatte. Sie machte rasche Fortschritte mit dem Kennedy-Manuskript und führte jeden Nachmittag lange Telefonate mit Gareth.

»Raus aus den Federn, du Faulpelz!« Seamus klopfte am Morgen ihres fünften Tages an die Schlafzimmertür. »Ich habe dir alles fürs Frühstück stehen gelassen. Ich gehe in die Praxis, um Jim diesen Vormittag ein bisschen unter die Arme zu greifen.«

Eleanor lächelte und streckte sich. Der liebe Seamus. Sie wusste, dass es Jim Walsh, seinem Partner, der inzwischen im Ruhestand war, Freude machte, hin und wieder zu arbeiten. Eigentlich wollte er noch drei Wochen bleiben, aber ihr Onkel hielt es ohne seine Praxis und seinen geliebten Beruf nicht mehr aus.

»Wo ist Mutter?«

»Sie hat schon gefrühstückt und ist malen gegangen. Da für den Nachmittag schlechtes Wetter vorhergesagt ist, wollte sie noch so lange wie möglich im Freien bleiben. Vielleicht könntest du ihr später Kaffee bringen.«

Nach dem Frühstück ging Eleanor nach draußen. Der Hund war bereits, auf der Jagd nach Hasen, den Hügel hinaufgestürmt. In der Ferne, draußen auf den Felsen und weiter weg als in den letzten Tagen, erkannte sie ihre Mutter. Eleanor machte sich auf den Weg den Strand entlang. Als sie in den grenzenlosen Himmel und hinüber zu dem Dunst der Berge blickte, hatte sie das Gefühl, dass das Schlimmste jetzt ausgestanden war. Nun konnten sie von vorne anfangen.

›Wir sind über den Berg‹, dachte sie und war voll Dankbarkeit. ›Unsere Wunden heilen. Und die Enthüllungen, die uns jetzt noch bevorstehen, werden nicht mehr so wehtun. Es wird uns gelingen, sie als Teil unseres Lebens und unserer Familiengeschichte zu akzeptieren.‹

Als sie die Landzunge erreicht hatte, rief sie ihre Mutter. Lächelnd kam Helena näher, setzte sich neben ihre Tochter auf einen flachen Stein und trank gemütlich ihren Kaffee. Der Wind hatte ein wenig aufgefrischt, doch zwischen den rasch dahinziehenden Wolken waren immer noch helle, sonnige Flecken zu sehen.

»Bestimmt gibt es heute Abend Sturm.« Helena starrte aufs Meer hinaus. »Vielleicht sogar Windstärke acht.«

Eleanor kannte die unheimliche Fähigkeit ihrer Mutter, Stürme und Wetterwechsel vorherzusagen. Offenbar war es bei ihr wie auch bei Seamus instinktiv. Die beiden besaßen eine enge Verbindung, die sie befähigte, gemeinsam Dinge zu spüren und zu verstehen, zu denen anderen Menschen der Zugang verwehrt blieb. Eleanor war ein wenig neidisch und wünschte, sie und James würden einander auch so nahe stehen. Vielleicht hatte es mit ihrer eigenen Unsicherheit zu tun. Wenn es ihr nur gelingen könnte, die alberne Mauer niederzureißen, die sie um sich herum aufgebaut hatte. Dann wäre sie möglicherweise in der Lage, mehr mit ihrem Zwillingsbruder zu teilen.

Helena redete, und Eleanor wurde klar, dass sie von einem anderen Sturm sprach – von der Vergangenheit und von Richard. Unaufgefordert erzählte sie die Geschichte ihrer Rückreise aus Frankreich im Jahr 1940. Eleanor lauschte gebannt.

»Als wir in jener Nacht von St. Brieuc in See stachen, herrschte ein Wind so wie jetzt, und die See außerhalb des geschützten Hafens war unruhig. Mir und Seamus hat das noch nie etwas ausgemacht. Wahrscheinlich wird man nicht seekrank, wenn man auf Booten aufwächst. Ich fand Stürme schon immer belebend. Wind, Regen und ein tosendes Meer haben etwas an sich, das dafür sorgt, dass man sich eins mit den Elementen fühlt. Aber in dieser Nacht war es anders. Seamus hatte sich verliebt, und er hatte sein Mädchen zurücklassen müssen. In ihm tobte ein ganz privater Sturm. Ich fühlte mit ihm, aber ich war natürlich auch mit Richard beschäftigt.«

Helena hielt inne. Mit schimmernden Augen blickte sie in den dunklen Tunnel der Vergangenheit. »Ihm war entsetzlich übel, es ging ihm fürchterlich schlecht. Bald nachdem wir jenseits der Insel Bréhat den Ärmelkanal erreicht hatten, begann das Boot heftig zu schaukeln. Wir standen in der Dunkelheit an Deck. Er schützte mich mit seiner Jacke, und ich spürte seinen Herzschlag.« Sie schloss kurz die Augen. »Er hatte einen ganz eigenen Geruch, den ich liebte. Ich schmiegte das Gesicht an ihn und atmete diesen Duft ein, als wolle ich ihn ganz in mich aufnehmen.«

Wieder schwieg sie eine Weile und blickte auf einen Punkt weit draußen in der Bucht. Eleanor wagte nicht, sich zu rühren.

»Dann bemerkte ich, dass es ihm immer schlechter ging. Stundenlang erbrach er sich, während ich ihm das Gesicht abwischte und versuchte, seine Beschwerden zu lindern. Ich befürchtete, er könnte zu viel Flüssigkeit verlieren. Seamus konnte das Deck nicht verlassen. Der Sturm wehte heftig, und er hatte den Großteil der Segel einholen und ein Tau bis nach achtern ziehen müssen, um das Boot ruhiger zu halten. Noch nie hatte ich einen so starken Sturm erlebt.«

Sie lachte, ein leises, zärtliches Lachen, und als sie fortfuhr, als spräche sie mit sich selbst, war ihre Stimme dunkel und klar. »Er schwitzte, fror und zitterte, und seine Lippen waren aufgesprungen. Ich kletterte zu ihm in die Koje, und in diesen verzweifelten Stunden wurde mir klar, dass wir für immer zusammenbleiben würden. Es spielte keine Rolle mehr, ob wir Irland je erreichten. Ich würde ihn beschützen und an mich drücken, selbst wenn wir sanken. Ich weiß, dass er trotz seiner Übelkeit genauso empfand. ›Ich liebe dich, Helena, ich liebe dich‹, sagte er mit jedem Schaukeln des Bootes. ›Lass mich nicht im Stich. Ich will immer bei dir sein.‹«

Tränen traten Helena in die Augen, als sie Richard vor sich sah, in diesem Augenblick vor dreißig Jahren. Am liebsten hätte Eleanor sie berührt und getröstet, aber sie wusste, dass sie den Bann brechen würde, wenn sie sich bewegte. Helenas Stimme war rau und heiser vor Sehnsucht, als sie weitersprach. »Fast drei Tage lang mussten wir vor dem Wind segeln und bei schwerem Seegang nach Süden in den Atlantik hineinfahren. Das Boot stürzte in Wellentäler und erhob sich so steil, als würde es jeden Moment kentern. Seamus, Ronan und Ciaran wechselten sich am Steuer ab. Sie mussten sich festbinden, um nicht über Bord gespült zu werden. Der Wind heulte, und der Regen prasselte unablässig.«

Helena nahm den alten Hut ab, strich ihr Haar zurück und umklammerte die Hutkrempe mit den Fingern. Auf einmal sah Eleanor deutlich ihren Vater vor sich, wie er diesen Hut trug, als sie einmal spazieren gegangen waren. Deshalb liebte Helena ihn so und setzte ihn auf, wenn sie draußen malte. O Gott, wie einsam ihre Mutter ohne ihn war, so ganz und gar verloren.

»Als ich aufwachte, stand Seamus tropfnass und schwankend vor uns«, fuhr Helena fort. »Das Meer hatte sich beruhigt. Der grässliche Lärm hatte aufgehört. ›Ich glaube, es ist vorbei‹, sagte er.

›Ronan und Ciaran übernehmen die Wache.‹ Er schloss die Augen und ließ sich, noch im Ölzeug, in die gegenüberliegende Koje fallen. Während er einschlief, hörte ich ihn noch, kaum hörbar vor Erschöpfung, sagen: ›Gott sei Dank, dass du und Richard in Sicherheit seid, Helena. Aber, Leah … O Gott, Leah, Leah.‹
Kurz darauf öffnete Richard die Augen, diese durchdringenden Augen, mit denen er bis auf den Grund meiner Seele hinabblicken konnte. Zum ersten Mal, seit wir in See gestochen waren, lächelte er. ›Helena O'Riordan‹, flüsterte er mir zu. ›Du hast bei mir geschlafen, jetzt bist du ein gefallenes Mädchen! Eine sofortige Hochzeit ist deine einzige Rettung. Glaubst du, Seamus könnte uns als Kapitän dieses Schiffes gleich trauen?‹
›Ich denke nicht, dass Seamus im Augenblick zu einer sinnvollen Handlung fähig ist. Und dass ich bei dir im Bett liege, heißt noch lange nicht, dass ich die Situation ausgenützt habe, Professor Kirwan. Du warst nämlich nicht sehr gut in Form.‹ Da berührte er mich ganz sanft und zärtlich und schenkte mir ein seltsmaes schiefes Lächeln.
›Versprich mir nur, Helena, dass ich nicht zu lange warten muss. Versprich es mir.‹ In der schwankenden Kabine klammerten wir uns aneinander, während das erste Morgenlicht durch die Kombüsentür strömte und Seamus in seiner Koje schnarchte. Und ein paar Wochen später wurden wir vom alten Pfarrer Connolly hier in Roundstone getraut.«
Seufzend lehnte sie sich zurück, strich über die Krempe ihres Hutes und ließ den Blick zu dem Dorf jenseits der Landzunge schweifen. »Nicht einmal Großmutter Kirwan mit ihrer sauertöpfischen Miene konnte mein Glück an diesem Tag trüben. Sie war aus Dublin angereist und thronte – starr und freudlos wie ein Totenschädel – an unserer Hochzeitstafel. Aber Seamus lieh uns sein Häuschen, und wir verbrachten unsere erste gemeinsame Nacht in Dadas und Angelas großem Bett. Ich wünschte, sie hätten noch erlebt, wie glücklich wir waren.« Selbst jetzt erschauderte sie noch vor Freude. Dann verdüsterte sich ihre Miene. »Der arme Seamus gab sich Mühe, seinen Kummer zu verbergen. Er war so großzügig

und dachte nie nur an sich selbst. Anfangs schrieb Leah ihm fast jeden Tag. Dann änderten sich ihre Briefe und waren nicht mehr voll Sehnsucht und Liebe. Er wusste, dass sie zensiert wurden. Schließlich hörten wir Gerüchte, was die Deutschen den Juden in Paris antaten. Die Menschen verloren ihre Arbeit, mussten Sterne auf ihrer Kleidung tragen und durften nicht mehr Radio hören oder telefonieren. Nach einer Weile kamen gar keine Briefe von Leah mehr. Seamus wurde panisch. Richard kehrte an seinen Posten an der Universität zurück, aber er und Seamus sammelten Ausrüstungsgegenstände, um sie an die junge Untergrundbewegung in Frankreich zu schicken. Sie besorgten Radiokristalle und Material für die Untergrundzeitungen und außerdem Geld. Anfangs hielten sie durch das schwedische Konsulat Kontakt mit Daniel Nazarre, Leahs Bruder. Zweimal segelten sie zum Golf von Biscaya und trafen sich dort mit einem bretonischen Fischerboot. Sie übergaben ihre Ladung und kehrten nach Irland zurück. Es war wie ein großes Abenteuer.«

Nachdenklich hielt sie inne. »In Dublin war die Lage ziemlich schwierig. Dorothea, Richards Mutter, erwartete von uns, dass wir bei ihr wohnten. Sie hatte ein riesiges Haus, das viel zu groß für sie war. Eigentlich wäre ich lieber mit Richard allein gewesen, aber sie sagte, er sei ihr einziger Sohn. Außerdem sei er so lange fort gewesen, und sie werde allmählich alt. Also gab ich nach, und wir zogen zu ihr. Doch in den Semesterferien fuhren wir immer nach Connemara. Ich wollte bei Seamus sein, um ihn zu trösten. Außerdem hatte ich große Angst um meine Freunde in Paris. Dorothea Kirwan mochte mich nicht sehr. Ich glaube, sie wollte mich im Auge behalten, damit ich keinen schlechten Einfluss auf ihren Sohn ausübte. Meine Malerei war ihr ganz und gar nicht geheuer, obwohl sich meine Bilder allmählich gut verkauften. Und zu allem Überfluss hatten wir keine Kinder. Eines hatte ich im fünften Monat verloren. Eine Totgeburt. Danach wurde ich nicht mehr schwanger. Wahrscheinlich vermutete Dorothea, dass ich nicht Mutter werden wollte. Wenn sie nur gewusst hätte, wie sehr ich mich danach sehnte, ein Kind von Richard in mir zu tragen, ein Kind zur Welt zu bringen, das er in meinen Körper eingesetzt hatte.«

Helena fuhr sich mit den Fingern durchs Haar und durchlebte noch einmal das Gefühl des Verlusts und des Versagens, das Besitz von ihr ergriffen hatte, bis sie nicht einmal mehr hatte malen können. Ihre Stimme senkte sich zu einem Flüstern, so dass Eleanor sie kaum verstand. »Ich hatte den Eindruck, dass mir alles genommen wurde, was ich liebte. Seamus und ich hatten kurz nach unserer Geburt die Mutter verloren. Dann wurde ich von Seamus, meinem zweiten Ich, getrennt, als man uns fort zur Schule schickte. Kurz darauf starb Dada, mein Anker in einer grausamen Welt. Ich befürchtete, dass ich alle, die ich brauchte und sehr liebte, irgendwann verlieren würde. Nur meine Malerei war noch wirklich.«

Eleanor dachte an die letzten Tage ihres Vaters. Die Erinnerung quälte sie, und sie hätte gern etwas gesagt. Aber sie biss sich kräftig auf die Lippen. Endlich redete Helena wie ein Wasserfall, es war wie eine Sintflut des Schmerzes. Vielleicht würde der Heilungsprozess ihrer Mutter mit diesen Worten beginnen.

»Es war Seamus, der mir half, Dadas Tod zu verarbeiten. Er holte mich nach Seal Bay und brachte mich dazu, ein Bild von Dada zu malen. Ich musste alles von ihm hineinlegen, an das ich mich noch erinnerte, und alles sagen, was ich ihm hatte mitteilen wollen. Dann ließen wir das Bild ins Wasser hinaustreiben, so wie damals seine Gedichte an dem Tag, als wir uns von Roundstone hatten trennen müssen, um ins Internat zu gehen. Später, als Angela gebrechlich wurde, kehrte Seamus aus Galway zurück und eröffnete hier eine Praxis. Sie lebte bei ihm, bis sie nach drei Jahren starb.«

Helena schwieg lange. Als sie wieder das Wort ergriff, klang ihre Stimme kräftiger. »Und nach dem Tod meines Babys hat Richard mir die Hoffnung zurückgegeben. Unser kleiner Sohn war so winzig, ich wollte ihn unbedingt sehen, und Richard bestand darauf, dass man es mir gestattete. Wir bahrten ihn auf, wickelten ihn in ein Leinenhandtuch und ließen ihn von einem Priester auf den

Namen Richard Seamus taufen. Er wurde im Familiengrab beigesetzt. Dann senkte sich ein Nebel über mich, und ich konnte nicht mehr richtig sehen und hören. Es dauerte einige Wochen, ich hatte Angst und fand es unerträglich, aber ich war machtlos dagegen. Alles war grau. Ich konnte keine Farben mehr erkennen. Eines Tages kam Richard früher als sonst nach Hause. Er kam in einer Kutsche voller Blumen von den Ständen in der Grafton Street; es waren Sträuße über Sträuße.«

Helena lächelte wieder und drehte ihren Hut hin und her. »Er fuhr vor dem Haus vor, kam nach oben ins Schlafzimmer, brachte mich zur Kutsche, hob mich hinein und bat den Kutscher, uns spazieren zu fahren. Er sagte, unser Baby sei nun in einem Garten, umgeben von wunderschönen Blumen wie diesen hier, da es so sehr geliebt und erwünscht gewesen sei. Und er flehte mich an, den Garten zu malen, den ich sah, und dem Kind die Freiheit zu geben, darin herumzulaufen und die Sonne auf seiner Seele zu spüren.«

Eleanor kannte das Bild, das im Schlafzimmer ihrer Mutter hing. Es strahlte ein überirdisches Leuchten aus und trug den Titel *Sein Garten.*

»Er tat häufig solche Dinge, er hatte, obwohl er eigentlich eher reserviert war, keine Scheu, seine Liebe zu zeigen. Es war ihm gleichgültig, ob jemand es sah. Und ich habe ihn ohne mich nach Frankreich fahren lassen.« Helenas Stimme war schroff geworden. Unvermittelt stand sie auf und kehrte zu dem Bild zurück, an dem sie gearbeitet hatte. Eleanor folgte ihr, weil sie befürchtete, die nächsten Worte nicht zu verstehen. Sie sah das Bild zum ersten Mal, ein Schiff, das sich aus einem Sturm erhob; das Gesicht ihres Vaters schwebte zwischen Wind und Wellen.

»Ich hätte ihn begleiten sollen. Es war uns bestimmt, für immer zusammenzubleiben. Wie in der letzten Nacht hier auf dem Berg, bevor er nach Frankreich aufbrach. Als das Boot ohne Richard und mit einem schwer verletzten Seamus zurückkam, war es, als schlüge der alte Fluch wieder zu. Und dennoch wusste ich, dass er nicht tot war. Ich wusste es mit jeder Faser meines Körpers. Denn wenn er gestorben wäre, hätte ich es gespürt. Bei eurer Geburt wäre ich selbst fast ums Leben gekommen, und ab diesem Zeitpunkt begann Großmutter Kirwan, mir allmählich zu verzeihen. Sie hatte mir die Schuld gegeben, dass Richard abgefahren war. Aber wenigstens hatte ich vor dem Abschied noch das Richtige getan. Seamus stand mir bei der Entbindung bei, und als ich kräftig genug war, nahm er mich mit nach Roundstone. Ich sorgte für meine kleinen Babys und sehnte mich nach meinem Mann.«

»Ach, Mutter.« Eleanor konnte nicht mehr an sich halten. In diesem Moment liebte sie ihre Mutter mit einer Innigkeit, die sie sich selbst nie zugetraut hätte. Helena hatte die Unterbrechung gar nicht bemerkt und setzte ihre tranceartige Erzählung in einer leisen, zornigen Stimme fort, die Eleanor gar nicht an ihr kannte.

»Über drei Jahre lang blieb er verschwunden. Nach der ersten Mitteilung, er sei am Leben, folgte einige Wochen später eine zweite Nachricht, er werde bald nach Hause kommen. Dann hörte ich nichts mehr von ihm. Kein einziges Wort. Seamus und ich versuchten, ihn mit Hilfe des Roten Kreuzes und unserer Kontaktleute bei der Botschaft zu finden. Aber vergebens. Nach Kriegsende fuhr Seamus ihn suchen. Er fand ihn in Paris und brachte ihn nach Hause. Aber er war nur noch wie eine leere Hülle. Ich fand bei ihm keine Geborgenheit mehr. Obwohl er sich Mühe gab, war er irgendwo eingesperrt.« Sie verzog das Gesicht und hielt mitten im Pinselstrich inne, als wolle sie ihren Mann aus dem Abgrund zurückholen, der ihn verschlungen hatte. »Er hatte schreckliche Träume. Oft wachte er nachts schwitzend und schreiend auf. Ich lag bei ihm, nahm ihn in die Arme, wie damals während des Sturms in der Koje, und versuchte, ihn zu beruhigen, wenn er zitterte. Ich streichelte ihn, bis er wieder einschlief. Ich hatte meinen Mann zurück, wusste aber nicht, wie ich ihn aus der Dunkelheit retten sollte. Nach Elizabeths Geburt wurde es allmählich besser.« Helenas Stimme wurde leiser und erstarb schließlich, und plötzlich schien sie Eleanor zum ersten Mal wahrzunehmen. Ihre entrückte Miene wurde von einem schockierten Gesichtsausdruck abgelöst.

»Eleanor!« Ihr Tonfall war scharf, ja, fast abweisend, als ob sie ihre Tochter beim Lauschen ertappt hätte.
Eleanor fühlte sich zurückgewiesen und ungerecht behandelt. Diesen Ton hätte Helena bei Elizabeth nie angeschlagen – Elizabeth, das Kind ihrer wieder entdeckten Liebe. »Aber die ganze Zeit über gab es jemand anderen. Solanges Mutter!«, platzte sie heraus. »Wie konnte er dir das antun, nach allem, was er dir versprochen hatte? Wie konnte er nur?«
»Lass es gut sein.« Helenas Stimme war kalt.
»Aber ich verstehe es nicht. Wusstest du von ihr? Hast du je gespürt, dass er an sie dachte? Hat er es dir erzählt? Oder gab er dir alles, was er hatte, und fuhr dann wieder nach Frankreich zurück, um dasselbe für sie zu tun?«
Eleanor wollte aufhören; sie wusste, dass es das Beste gewesen wäre. Die Worte waren grausam und hässlich, aber sie war machtlos dagegen.
»Ich will nicht darüber sprechen.« Helenas Gesicht hatte wieder den verschlossenen Ausdruck, den ihre Tochter inzwischen so hasste.
»Nie willst du darüber reden!«, schrie Eleanor. »Du schließt dich mit deinen leidenschaftlichen Erinnerungen ein, während wir weiterhin im Dunkeln tappen. James und ich und sogar deine kostbare Elizabeth. Wir leben noch, wir sind noch da, aber du nimmst uns überhaupt nicht wahr. Wir sollten eigentlich erfahren, warum wir eine Halbschwester haben, von der wir bis jetzt nichts wussten.«
»Nein, ich will nicht.«
»Niemand macht den Mund auf. Warum? Aus Angst, die Toten zu stören? Du bist unsere Mutter, uns kannst du es doch sagen. Wir wollen niemandem die Schuld geben, wir brauchen nur Klarheit!«
In eiskalter Wut wirbelte Helena zu ihr herum. »Du willst doch nur in den offenen Wunden meiner Ehe herumstochern, damit es dir besser geht. Wie kannst du es wagen? Du hast kein Recht, mir intime Fragen über meine Beziehung zu meinem Mann zu stellen.«

Eleanor hatte ihre Mutter noch nie so heftig und voller Hass erlebt. Und angesichts des geballten Zorns, der sich gegen sie richtete, machte sie einen Rückzieher.
»Nein! So war es nicht gemeint. Wirklich nicht.« Sie geriet ins Straucheln und entschuldigte sich dabei in verzweifelten, zusammenhanglosen Satzfetzen. »Ich dachte nur, wenn ich verstehen würde, dann könnte ich helfen. Aber ich habe mich so dumm angestellt, so ungeschickt. Es tut mir Leid.«
Sie machte kehrt und rannte den Strand entlang.
»Warte, Eleanor!«, rief Helena ihr zitternd nach. »Bitte komm zurück. Ach, verdammt! Verdammt!«
Helena versetzte ihrer Staffelei einen Tritt, so dass diese umfiel. Das Gemälde landete mit dem Gesicht nach unten im Sand. »Zum Teufel mit dir, Richard Kirwan!«, brüllte Helena aus Leibeskräften. »Hat der Schmerz, den du uns zufügst, denn nie ein Ende?« Sie kauerte sich hin und fing an, ihr Bild zu säubern und den Sand und Kies abzuwischen. »Gib mir Zeit, Gott«, sagte sie leise. »Bitte gib mir Zeit und etwas Frieden …«

Kapitel 25
Connemara, 1970

Eleanor floh zum Haus, wo sie, an die Küchentür gelehnt, stehen blieb. Sie musste mit jemandem sprechen. Nie hatte es in ihrer Absicht gelegen, jemanden zu verletzen. Sie holte ein paar Mal tief Luft, um sich zu beruhigen. James. Sie lief ins Haus und wählte die Nummer.

»Juristische Bibliothek, Four-Courts-Gerichtsgebäude. Kann ich Ihnen helfen?«

»Ich möchte bitte mit James Kirwan, sprechen. Ich bin seine Schwester. Es ist dringend.« Eleanor wartete, versuchte, ihre Hände am Zittern zu hindern, und fragte sich, wie sie anfangen sollte.

»Tut mir Leid, Miss Kirwan, James ist nicht da. Er ist bis Freitag in Frankreich.«

»In Frankreich? Sind Sie sicher?«

»Ja, Miss Kirwan. Er muss in Paris einen wichtigen Fall abschließen, und außerdem findet dort ein Kongress statt. Möchten Sie eine Nachricht hinterlassen?«

»Nein, schon in Ordnung. Dann spreche ich am Wochenende mit ihm. Vielen Dank.«

Sie legte auf. Inzwischen bebte sie am ganzen Leibe. In Frankreich? Eleanor wurde mulmig, als sie sich an seinen merkwürdigen Gesichtsausdruck und ihren Verdacht erinnerte, dass er ihr etwas verheimlichte. Sicher hatte er es gewusst, bevor sie nach

Connemara gefahren war. Langsam machte sich Wut in ihr breit. Sie rief zu Hause an. Die Haushälterin war am Apparat.
»Mrs Kenny, ich bin es, Eleanor. Ist alles in Ordnung?«
»Alles bestens, Miss Eleanor, vielen Dank. Sie haben mich gerade noch erwischt. Ich fahre nämlich für zwei Tage zu meiner Schwester. Da niemand zu Hause ist, meinte James, der Zeitpunkt wäre günstig. Wie geht es Ihrer Mutter?«
»Schon viel besser, danke. Die Seeluft tut ihr gut, und sie malt wieder. Mrs Kenny, könnten Sie im Kalender nachsehen, wann James aus Frankreich zurückkommt?«
»Ich glaube, am Sonntag, Miss Eleanor. Ja, er und Elizabeth kommen am Sonntagabend wieder.«
»Elizabeth? Ist sie auch gefahren?«
Eine Pause entstand. »Ach, du meine Güte, jetzt habe ich wohl zu viel verraten. Sollte es nicht eine Art Überraschung werden?«
»Keine Sorge, Mrs Kenny.« Es kostete Eleanor Mühe, ihre Stimme zu beherrschen, damit man ihr die Wut nicht anmerkte. »Ich wusste, dass sie etwas aushecken, also zerbrechen Sie sich nicht den Kopf darüber. Ich rufe am Wochenende wieder an. Wenn sie sich melden, brauchen Sie ihnen nicht zu verraten, dass Sie das Geheimnis ausgeplaudert haben. Damit verderben Sie ihnen nur den Spaß. Vielen Dank. Auf Wiedersehen.«
Sie hängte ein und lehnte den Kopf an die Wand. Die beiden hatten es geplant und sie weggeschickt, damit sie allein nach Frankreich fahren konnten. Solanges Briefe, die Anschuldigungen ihrer Mutter – und dann auch noch das. Wie hatten sie so etwas tun können? Wie konnten sie nur? Die Küchentür öffnete sich, und Seamus kam, beladen mit Paketen, herein. Bei ihrem Anblick breitete sich ein Lächeln auf seinem Gesicht aus.
»Ach, El, ich habe dich gar nicht gesehen. Schau mal, ich habe fangfrischen Fisch zum Mittagessen mitgebracht.« Ein zweiter Blick sagte ihm, dass irgendetwas vorgefallen war. »Eleanor? Was ist los, was ist passiert?«
»Ich habe alles verbockt.« Die Worte strömten aus ihr heraus, ohne dass sie ihnen hätte Einhalt gebieten können. »Mutter hat

mir vorgeworfen, ich würde aus reinem Vergnügen bohren und schnüffeln, wozu ich kein Recht hätte. Ich bin ein Ungeheuer, Seamus. Ein richtiges Ungeheuer.«

»Um Gottes willen, das ist doch albern. Du bist viel zu empfindlich und interpretierst …«

»Nein, so sieht sie mich. Sie braucht mich nicht, ich bin überflüssig!« Eleanor schluchzte. »Sie war so wütend. Und dann wollte ich James anrufen und ihn um Rat fragen. Aber er war nicht in der juristischen Bibliothek. Er ist in Frankreich. Und Lizzie auch. Sie sind zusammen hingeflogen.«

»Ach, du meine Güte.«

Etwas an Seamus' Tonfall – seine Resignation und das fehlende Erstaunen – machte sie stutzig.

»Du wusstest es!«, schrie sie ihn an. Sie fühlte sich von der ganzen Welt verraten. Mit blitzenden Augen baute sie sich vor ihm auf. »Mein Gott, du wusstest es. Ausgerechnet du. Ja, dir haben sie sich anvertraut, das ist klar. Und du hast ihnen empfohlen, mir nichts zu sagen. Zum Teufel mit dir. War es so, Seamus? War es so?«

»Nein, Eleanor, so war es ganz und gar nicht.«

Ohne auf seinen Einwand zu achten, sprach sie weiter, und ihre Stimme wurde immer lauter. »Die gute alte Eleanor wird gebraucht, um Leute durch die Gegend zu kutschieren, Kranke zu pflegen, zu kochen, Trost zu spenden und die Hunde Gassi zu führen. Aber wichtige Dinge enthält man ihr besser vor. Warum sich auch die Mühe machen, ihr zu erklären, was wirklich gespielt wird?«

Bedrückt schüttelte Seamus den Kopf. »Sie wollten dich nur schonen, weil du wegen Solanges Brief so außer Fassung warst.«

»Mich schonen? Wovor wollten sie mich denn schützen? Vor dem Leben? Ach, zum Teufel mit euch allen. Ihr könnt eure schäbigen kleinen Geheimnisse meinetwegen für euch behalten. Zum Teufel mit euch!« Sie nahm die Autoschlüssel vom Flurtischchen und riss die Vordertür auf. Der Wind hatte aufgefrischt, und Sand und Laub wirbelten in der Einfahrt.

»Wo willst du hin, Eleanor?« Seamus, der ihren Ausbruch wie er-

starrt über sich hatte ergehen lassen, hatte seine Stimme wiedergefunden. Er rannte nach draußen, während sie in den Wagen stieg. »Warte, Eleanor. Bitte beruhige dich. Lass uns reingehen und reden.«
Sie knallte die Autotür zu und ließ den Motor an. Seamus fand, dass sie Richard sehr ähnelte, wenn sie wütend war – dieselben dunklen Brauen, die sich als schwarze Bogen über den zornigen Augen trafen, derselbe trotzig vorgeschobene Unterkiefer.
»Eleanor, du darfst nicht einfach verschwinden.«
Sie ließ den Motor aufheulen und rief ihm durchs Fenster zu: »Du brauchst mich nicht. Und Mutter braucht mich auch nicht. Ihr habt einander. Jetzt könnt ihr meinetwegen in euren Erinnerungen und eurem gottverdammten Weltschmerz ersaufen, ohne dass ich euch dabei störe. James und Elizabeth können tun, was ihnen gefällt, und du und Mutter, ihr könnt weitergrübeln. Aber ohne mich.«
»Wo willst du hin?«, versuchte Seamus es ein letztes Mal. Er rief ihr nach, während der Wind immer stärker wurde, aber sie war fort. Er hätte sich ohrfeigen können. Schließlich hatte er gewusst, wie sie reagieren würde, wenn sie von James' und Elizabeths Plan erfuhr. Er hätte sich größere Mühe geben sollen, sie aufzuhalten. Und was in Gottes Namen war zwischen ihr und Helena vorgefallen? Er hatte versucht, seine Nichte zu warnen, sie solle nichts überstürzen. Aber Helena hatte ihr offenbar etwas Schreckliches an den Kopf geworfen. Anscheinend hatte sie vergessen, dass ihre Kinder ebenfalls trauerten. Er seufzte bedrückt und kehrte langsam zurück zur Küchentür. Helena stand an der Hausecke, und er fragte sich, wie lange sie ihn wohl schon beobachtete.
»Also, Helena, im Moment bin ich leider mit meinem Latein am Ende«, sagte er. »Und zum Teil ist es sogar meine eigene Schuld. Was zum Teufel sollen wir jetzt tun?«
Sie ging an ihm vorbei, ohne ihn einer Antwort zu würdigen, und er hörte, wie sie im Wohnzimmer das Kaminfeuer anzündete, ein Holzscheit und ein wenig Torf nachlegte und die Hausbar öffnete.

»Ich muss noch einen Hausbesuch machen. Wenn Eleanor sich meldet, sag ihr, wir erwarten sie zum Abendessen zurück. Und sei nett zu ihr. Sie hat ihre Arbeit im Stich gelassen und ist mitgekommen, um dir zu helfen, Helena. Ich finde, das solltest du nicht vergessen.«

Als er zwei Stunden später zurückkam, gab es noch keine Nachricht von Eleanor. Seamus griff zum Telefon, doch ein Dutzend Anrufe später wusste er immer noch nicht, wo sie steckte. Helena hatte sich in einem Lehnsessel zusammengerollt. Sie hatte den Kopf gesenkt und drehte ihr Glas in den Händen. Als Seamus etwas Torf ins Feuer warf, stieg ein Funkenregen aus den blau-orangefarbenen Flammen auf und spiegelte sich in den Augen und im Haar seiner Schwester. Doch sie hob nicht den Kopf und sprach auch nicht mit ihm.

»Tja, jetzt habe ich es bei allen Bekannten versucht, die mir einfallen«, sagte er. »Wahrscheinlich ist sie irgendwo hingefahren, wo sie allein sein kann. Aber sie hat ihre Handtasche und den Hausschlüssel vergessen.«

Wieder warf er einen Blick auf Helena und verzog besorgt das Gesicht. Sie schien sich in eine weit entfernte Welt zurückgezogen zu haben. Er dachte an Eleanors Blick, kurz bevor sie abgefahren war, und wieder stieg Sorge in ihm hoch. Wie viel Benzin hatte sie noch? Sie hatte nicht in Roundstone angehalten, um zu tanken, das hatte er gerade bei der Tankstelle erfragt. Stattdessen war sie einfach verschwunden. Gareth Duggan hatte auch nichts von ihr gehört. Seamus hatte ihn gebeten, ab und zu im Haus oder an anderen Orten, wo Eleanor sich häufig aufhielt, nach ihr zu sehen.

»Vielleicht ist sie ja gar nicht nach Dublin gefahren«, sagte er zu Gareth. »Sondern wollte irgendwo allein sein.«

Nachdem er überflüssigerweise das Feuer nachgeschürt hatte, drehte er sich um und blickte auf seine Schwester hinunter. Sie starrte immer noch schweigend und geistesabwesend in die Flammen. Auf einmal wurde Seamus wütend. Wie konnte sie sich einfach so zurückziehen? Bis jetzt war ihm nicht aufgefallen, wie sehr sie inzwischen um sich selbst kreiste.

»Verdammt, Helena, du musst mit mir reden. Es ist genauso dein Problem.« Er nahm ihr das Glas weg, packte sie an der Hand und zwang sie, ihm in die Augen zu sehen. Kurz blickte sie ihn an, dann senkte sie den Blick, um auf den Teppich zu starren.

»Was ist passiert? Eleanor war sehr aufgebracht.« Er rieb sich die Augen. »Und ich habe auch einen Fehler gemacht. Ich hätte ihr James' und Lizzies Reise nach Frankreich nicht verschweigen dürfen.«

Sie fuhr hoch, und Seamus stellte fest, dass sie ihn ungläubig anstarrte. Ach, verdammt, sie hatte es natürlich auch nicht gewusst!

»Wenn ich herausfinden will, wo sie steckt, muss ich erfahren, was vorgefallen ist, Helena.« Am liebsten hätte er sie geschüttelt, bis sie endlich den Mund aufmachte. »Helena, sprich mit mir.«

Sie riss sich von ihm los und schlug die Hände vors Gesicht. »Sie haben sie zurückgelassen, so wie du mich zurückgelassen hast«, flüsterte sie schließlich. »Warum hast du mich zurückgelassen? Warum bist du nach Frankreich gefahren und hast mich hier zurückgelassen? Wenn ich mitgekommen wäre, wäre das alles nicht ...« Sie hielt inne und holte zitternd Luft. »Es wäre nie geschehen. Aber ich habe ihm erlaubt zu gehen, Seamus, und deshalb habe ich ihn verloren.«

»Wenn du mitgekommen wärst, wärst du jetzt wahrscheinlich tot und deine ungeborenen Kinder auch.« Seamus' Stimme klang barsch; die Verzweiflung brachte die lange verschüttete Schuld wieder an die Oberfläche. »Er hat überlebt, Helena. Du hast ihn nicht verloren. Er ist zu dir und den Kindern zurückgekehrt. Er hat den Rest seines Lebens mit dir verbracht.«

»Wirklich?« Niedergeschlagen blickte sie ihn an. »Hat er wirklich den Rest seines Lebens mit mir verbracht? Ich weiß es nicht mehr. Und ich glaube es nicht.« Sie klang so hilflos wie ein Kind. »Ich dachte, wir wären eins, und nichts könnte uns trennen. Aber an jenem Tag ist er ohne mich losgefahren. Ich dachte, ich würde sterben, als du ihn mitgenommen hast.«

»Verdammt, Helena, er ist nach Hause gekommen, und ihr habt bis zu seinem Tod zusammengelebt.«

Sie lachte bitter auf. »Er ist mit dir fortgegangen, und danach war er nie mehr wirklich bei mir. Immer war da dieser schreckliche Schatten, die Dinge, über die er nicht sprechen konnte. Und es gab sie. Wenn er es mir damals hätte sagen können, wäre es leichter gewesen. Da bin ich sicher. Es war das Wissen, dass es da ein Geheimnis gab, das ich erst so viele Jahre später herausfand. Und dazu die Frage, ob er im Geiste bei ihr gewesen ist, während er körperlich bei mir war.« Sie schlug mit der Faust auf die Armlehne des Sessels. Ihre Miene war verstockt.

»Ich habe nie einen anderen Mann gewollt oder gebraucht. Aber er hatte eine andere Frau, die ihn gerettet, getröstet und beschützt hat. Und diese Frau war nicht ich. Ich konnte nicht einmal die Erinnerungen mit ihm teilen. Wie hätte ich es schließlich verstehen sollen? Er hat mir sogar selbst gesagt, dass ich es niemals nachvollziehen könnte.« Ihre Stimme wurde heftig. »Er hat nicht begriffen, dass ich jeden Schmerz kennen lernen musste, den er je gespürt hat, damit ich ihn in meinem Körper tragen konnte – so wie seine Kinder. Ich liebte ihn so sehr, dass ich alles für ihn getragen hätte. Warum hat er mich nicht genug geliebt, um das zu erkennen?« Verzweifelt ließ sie den Kopf hängen. »Vielleicht hat er seine Liebe immer aufgeteilt, und vielleicht ist ein Teil von ihm bei dieser Frau geblieben. War es das, Seamus? Ist nur seine leere Hülle zurückgekommen?«

Aber Seamus antwortete nicht. Vor seinem geistigen Auge sah er Richard, wie er vor so vielen Jahren am Bug des Bootes stand und auf die Umrisse des Hafens von Roundstone zurückblickte, der immer kleiner wurde, während sie aufs offene Meer zusteuerten.

Kapitel 26

Bretagne, 1942

Wir hätten sie mitnehmen sollen, Seamus.« Richard drehte sich zu seinem Schwager um. »Wir könnten immer noch umkehren und sie holen. Leah würde sich bestimmt freuen, sie an Bord zu haben, und es ist mir gar nicht recht, sie zurückzulassen.«

»Wir beide wissen, dass diese Fahrt ein Wahnsinn ist«, überbrüllte Seamus das Rauschen des Windes in den Segeln. »Was ist, wenn sie uns erwischen und unser Boot beschlagnahmen? Es war die richtige Entscheidung.«

»Für uns vielleicht. Aber sie war so niedergeschlagen und sehr wütend.«

»Wir dürfen das Risiko nicht eingehen, dass Helena gefoltert und womöglich als Spionin hingerichtet wird. Denn genau dafür werden sie uns halten, wenn sie uns schnappen. Und angesichts der Ausrüstung, die wir für Daniel an Bord haben, hätten sie gar nicht so Unrecht.« Er legte Richard die Hand auf die Schulter. »Wenn man sie hier an Bord sieht, hätten wir keine Erklärung für ihre Anwesenheit. Wir müssen so tun, als wären wir ein ganz normales bretonisches Fischerboot.«

»Schon gut«, meinte Richard resigniert. »Und in ein paar Tagen sind wir mit deiner geliebten Leah und mit Stefan wieder zurück.« Als er Seamus zulächelte, malte sich Abenteuerlust in sein mageres, dunkles Gesicht.

Durch einen Mittelsmann in London hatte Daniel sich mit Richard in Verbindung gesetzt und ihnen mitgeteilt, wie sie eine Person namens Gautier – aller Wahrscheinlichkeit nach Daniel selbst – per Funk kontaktieren konnten. Richard hatte seiner Mutter erklärt, er und Helena wollten für etwa eine Woche nach Connemara fahren. Ausgerüstet mit dem Zubehör zum Aufbau eines Funkverkehrs, hatten sie Dublin verlassen. Helena hatte versucht, Stefan über das schwedische Konsulat zu erreichen, allerdings die ausweichende Antwort erhalten, Herr Svenssen hielte sich nicht länger in Paris auf. Seamus war zwischen panischer Angst und erwartungsvoller Verzückung hin- und hergerissen. Mit wachsender Besorgnis hatten sie in Connemara darauf gewartet, dass Gautier wieder Kontakt mit ihnen aufnahm. Endlich traf die zweite Botschaft ein: »Der Künstler und die Musikerin müssen sofort abreisen.« Bezog sich diese Nachricht auf Stefan und Leah? Und wenn ja – was war dann mit dem Rest der Familie Nazarre geschehen?
Hastig wurden Pläne geschmiedet. Seamus' Brüder erboten sich, ihn auf der *Famaire* zu begleiten. Sie erhielten die Anweisung, Kurs auf die bretonische Küste unweit von Lorient zu nehmen und dort mit zwei Booten von der Fischereiflotte der Insel Groix zusammenzutreffen. Bei dieser Gelegenheit sollten sie die Ladung übergeben und zwei Passagiere an Bord nehmen. Die Überfahrt dauerte vier Tage; der Seegang war schwer, aber es wehte ein kräftiger Rückenwind. Am Nachmittag des vierten Tages fand das verabredete Treffen statt. Als das erste Boot längsseits beidrehte, rief der Kapitän ihnen zu: »Die Fische beißen heute nicht. Hattet ihr auch Probleme mit den Leinen?«
Richard erwiderte mit dem verabredeten Losungswort: »Eine hatte sich verheddert, aber wir haben sie wieder frei gekriegt. Wir sind bereit.«
Von Daniel, seiner Schwester oder Stefan war nichts zu sehen.
»Gautier erwartet euch in Port St. Nicholas«, erklärte der französische Kapitän. »Haltet euch zwischen unseren Booten, damit ihr weniger auffallt. Heute können wir nicht in den Haupthafen einlaufen.«

Eine Stunde später suchten sie Schutz in Port St. Nicholas, einer kleinen, tiefen Bucht, die hinter einem hohen, frei stehenden Felsen verborgen war. Einer der französischen Fischer winkte sie zu sich und sagte leise in seiner Muttersprache: »Ihr müsst jetzt mitkommen, aber lasst jemand auf dem Boot zurück, damit ihr notfalls sofort ablegen könnt.«

Seamus übersetzte für seine Brüder. Ronan und Ciaran würden sich an Bord verstecken, aber alles für eine sofortige Abfahrt bereithalten. Seamus und Richard verließen das Boot. Richard trug die wertvolle Ausrüstung in einem Seesack über der Schulter. Ihr Begleiter stellte sich als Achilles vor, und sobald sie am Kai standen, bedeutete er ihnen, ihm einen steilen Pfad durch den Wald hinauf zu folgen. Oben auf dem Hügel angelangt, konnten sie die Insel in beide Richtungen überblicken, doch die Bucht, wo ihre Boote lagen, war von hier aus nicht zu erkennen. Zu ihrer Rechten befand sich ein kleiner Weiler, dessen Häuser verträumt in der dunstigen Nachmittagssonne standen. Achilles sah sich argwöhnisch um.

»Heute haben ungewöhnliche Truppenbewegungen der Deutschen stattgefunden, und Gautier macht sich Sorgen. Er musste seine Leute in ein anderes Haus verlegen. Wir hatten gehofft, die Übergabe im Hafen vornehmen zu können, aber das ist zu gefährlich.« Er wies in die Richtung, in die sie gehen mussten. »Wenn wir das Dorf hinter uns haben, muss ich euch für eine Weile allein lassen, um festzustellen, was die Deutschen so treiben. Ihr geht weiter nach Le Trou de l'Enfer, zu den Klippen.« Er zeigte mit dem Finger. »Und zwar zu dem frei stehenden Haus. Draußen auf dem Feld arbeitet ein alter Mann. Er wird euch fragen, ob ihr Schalentiere dabeihabt. Antwortet Nein, aber ihr könntet ihm dafür frischen Tunfisch anbieten. Dann folgt ihr ihm.«

Als sie sich dem Dorf näherten, teilte sich die Straße. Sie gabelte sich zwischen den wie willkürlich angeordneten Häusern, die sich an der schmalen, windschiefen Kreuzung drängten, in zwei Richtungen. Achilles nickte knapp und machte sich davon. Seamus und Richard bogen nach rechts ab und liefen weiter, bis die

Straße in einen Fußpfad überging, der hinaus zur Landzunge führte. Ein paar Bäume, verkrüppelt von jahrelangen Stürmen und von der salzigen Luft, bogen sich im Wind. Die beiden Männer beschleunigten ihren Schritt. Richard beobachtete die Straße und ihre Umgebung, konnte aber nichts entdecken. Die Landschaft erstreckte sich stumm und menschenleer vor ihnen. Nur die Grillen sangen in den Grasbüscheln ihr Abendlied. Nach einer Weile erkannten sie ein Gebäude, das nahe am Ufer stand.

Mit klopfendem Herzen starrte Seamus auf das Haus. Nun würde er Leah gleich wiedersehen. Als sie um eine Kurve bogen, war das Gebäude deutlicher zu erkennen. Es handelte sich um ein bretonisches Bauernhaus mit steilem Dach und weiß gekalkten Mauern. Vor dem Haus stand der alte Mann. Richard wurde langsamer und grüßte ihn freundlich. Der Mann richtete sich auf. Eine Weile betrachtete er sie wortlos, dann spuckte er aus, räusperte sich und fragte, ob sie Schalentiere für ihn hätten. Richard erwiderte, sie hätten keine, und bot ihm Tunfisch an. Wieder entstand langes Schweigen. Dann bohrte der alte Mann seine Hacke tief in die Erde, so dass sie stehen blieb, steuerte auf das Haus zu und bedeutete ihnen, ihm in das Gebäude zu folgen.

Drinnen im Haus erschien ihnen das angespannte Warten eine Ewigkeit zu dauern. In der Ferne knirschten die Gänge eines Lastwagens, der sich einen steilen Hügel hinaufquälte. Heutzutage hatten nur die Deutschen Lastwagen, und Richard wurde allmählich ziemlich mulmig. Er sah Seamus an und zog leicht die Augenbrauen hoch, erhielt aber nur ein leichtes Achselzucken als Antwort. Plötzlich stand der alte Mann auf und verließ den Raum durch eine zweite Tür. Sie hörten, wie er ins Freie ging. Richard richtete sich auf seinem Stuhl auf. Draußen bewegte sich etwas und zwar eindeutig mehr als eine Person. Er wünschte, sie hätten Pistolen mitgebracht. Seamus starrte eindringlich auf die angelehnte Tür. Ein Schatten fiel auf die Treppe. Richard und Seamus sprangen auf. Dann wurde die Tür weit aufgerissen, und Daniel stand vor ihnen. Er trug eine bretonische Bauernmütze, blaue

Drillichhosen und eine locker sitzende Jacke. Zur Begrüßung breitete er die Arme aus.
»Ach, wie freue ich mich, euch zu sehen!«
Er umarmte sie ein paar Mal und trat dann zurück, um sie mit dem sarkastischen Grinsen, das sie so gut kannten, zu mustern. Er war magerer geworden und sah noch angespannter aus. Dunkle Schatten und Sorgenfalten zeugten davon, dass er sich für ein gefährliches Leben entschieden hatte.
»Tut mir Leid, dass ihr so lange warten musstet, aber ich wollte mich vergewissern, dass euch niemand gefolgt ist. Mit dieser Ladung wollte ich kein Risiko eingehen. Zurzeit sind die Deutschen in dieser Gegend ganz besonders aktiv. Vielleicht gibt es in unserer Gruppe ja einen Informanten. Es könnte auch sein, dass sie willkürlich Razzien in den Dörfern durchführen.«
Seamus konnte den Blick nicht von der Tür abwenden. »Wo ist sie, Daniel? Geht es ihr gut?«
»Du musst dich auf einen Schock gefasst machen, mein Freund.« Daniels Tonfall war ernst, seine Miene bedrückt.
Seamus wurde von Angst ergriffen. »Was ist passiert? Ist ihr etwas zugestoßen?«
Als wieder ein Geräusch ertönte, drehten sie sich um. Stefan kam herein. Er hinkte, und sein unrasiertes Gesicht wirkte eingefallen, aber er grinste breit.
»Richard! Seamus! Wie schön, euch zu sehen.« Er wandte sich zur offenen Tür um. »Leah? Sie sind es wirklich. Dem Himmel sei Dank.«
Leise trat sie ein und stellte sich neben Stefan. Seamus starrte sie an und konnte sich nicht von der Stelle rühren. Das sollte Leah sein? Ihr graues Seidenkostüm war zerknittert und fleckig. Ihr Gesicht war hager, und Angst und Trauer malten sich in ihren schönen Zügen, an die er sich noch so gut erinnerte. Und ihr Haar! Ihr einst schimmerndes, fließendes schwarzes Haar war zu einem aschblonden Dutt hochgesteckt. Es sah sehr seltsam aus und bildete einen unversöhnlichen Kontrast zu ihren dunklen Augen und dem blassen, verspannten Gesicht. Seamus fehlten die

Worte, und er ertappte sich dabei, dass er nach der sorglosen Schönheit und der Unschuld des Mädchens suchte, das er einmal gekannt hatte. Leah stand reglos und ernst da wie eine Statue. Dann nahm sie Stefans Hand.

»Sag du es ihnen, Stefan«, forderte sie ihn mit leiser Stimme auf.

Stefan legte ihr den Arm um die Schultern. »Wir sind verheiratet«, sagte er. »Seit drei Wochen.«

Seamus wurde es schwarz vor Augen, und der Raum begann sich um ihn zu drehen. Mühsam hielt er sich an der Stuhllehne fest und spürte, wie Richards Hand ihn am Ellenbogen fasste.

»Unsere ganze Familie wurde vor drei Wochen verhaftet«, erklärte Daniel rasch. »Sie wurde mitten in der Nacht aus dem Haus geholt. Wenn Leah nicht mit Stefan in einem Konzert gewesen wäre, hätten sie sie auch erwischt. Er hat sie ins schwedische Konsulat mitgenommen und sie dort geheiratet. Sie hatten gehofft, in die Schweiz entkommen zu können, aber die Gestapo hat ihnen im Zug aufgelauert. Also mussten sie zurück zu mir nach Paris.«

»Daniel, Leah, das mit eurem Vater, eurer Mutter und den Buben tut mir so Leid. Habt ihr herausgefunden, was ...?« Trauer malte sich in Richards Gesicht, und er dachte an seine Warnungen, die Professor Nazarre in den Wind geschlagen hatte.

»Sie gehörten zu den vielen tausenden von Juden, die man nach Deutschland verschleppt hat«, erwiderte Daniel mit harter Stimme. »In Viehwagen. Der Himmel weiß, was aus ihnen geworden ist.«

Seamus trat vor und legte den Arm um Daniel. Die Kraft, die ihn das kostete, hätte er sich selbst nie zugetraut. Doch er fand die Sprache wieder und bemühte sich, seine Stimme zu beherrschen. »Daniel, ich trauere mit euch beiden. Es war eine schreckliche Zeit für euch. Aber wenigstens haben Stefan und Leah jetzt eine Zukunft. Ich wünsche euch beiden Glück. Und jetzt müssen wir euch hier rausholen und in Sicherheit bringen.«

Es gelang ihm nicht, sie anzusehen oder sie zu umarmen. Jetzt kam es vor allem darauf an, nicht die Fassung zu verlieren. Warum hätte sie ihn auch weiterlieben sollen? Sie war ja noch so jung gewesen, und sie hatten nur wenig Zeit zusammen gehabt. Es war also nur allzu verständlich, dass sie sich Stefan zugewandt hatte, denn der hatte ihr immerhin das Leben gerettet. Quer durch den Raum versuchte sie, ihm wortlos etwas mitzuteilen, aber Seamus nahm es gar nicht wahr. Daniel murmelte etwas mit bewegtem Gesicht und scheuchte seine Begleiter dann zur Tür.

»Wir müssen los. Von nun an dürft ihr mich nur noch Gautier nennen. Richard, hast du die Sachen mitgebracht, um die ich dich gebeten hatte?«

Richard wies auf den Seesack.

»Danke, mein Freund. Wir sind nur sehr wenige, aber wir haben das Überraschungsmoment und die Entschlossenheit auf unserer Seite. Inzwischen haben wir schon ziemlich viel Schaden angerichtet. In ein paar Jahren wird dir klar sein, wie sehr du uns geholfen hast! Bist du bereit, in See zu stechen, Seamus?«

»Wir können aufbrechen, sobald alle an Bord sind.«

Sie verließen das Haus durch die Hintertür. Ein schmaler Pfad schlängelte sich die Landzunge entlang und verlief dann steil bergab zum Strand. Sie gingen rasch und ohne ein Wort zu wechseln und blieben hin und wieder stehen, wenn Daniel innehielt, um zu lauschen. Als sie die Klippen erreichten, fielen die ersten schweren Regentropfen. Bald verwandelten sie sich in Dauerregen, so dass der Boden glitschig wurde, als sie im Schutz der Bäume am Rand des Pfads die Küste entlangeilten. Stefan hinkte immer stärker und blieb zusehends zurück. Als er ausrutschte, stieß er einen Schreckensschrei aus und suchte an einem Ast Halt. Beinahe wäre er gestürzt, aber Seamus hielt ihn fest.

»Ich sehe mir die Verletzung an, wenn wir in Sicherheit sind, Stefan. Bis dahin ist es wohl besser, wenn du dich auf mich stützt.«

»Es ist mein Knöchel; ich habe ihn mir beim Abspringen vom Zug verstaucht.« Er zuckte zusammen und klammerte sich dann an Seamus' Arm. »Seamus, ich muss dir erklären …«

»Das ist nicht nötig«, erwiderte dieser knapp.

Stefan hinkte weiter und stützte sich schwer auf Seamus. Seine

Stimme klang leise, und seine Worte überschlugen sich. »Sie liebt mich nicht, aber es war unsere einzige Chance, um zu verhindern, dass die Deutschen sie abholen. Ich dachte, als schwedische Staatsbürgerin könnte ihr nichts geschehen. Ich wollte sie retten und damit etwas Heldenhaftes tun, so dass Helena sieht – etwas von Wert. Aber dieses Gestaposchwein, General von Ströpper, hat es sofort durchschaut. Außerdem hat mich mein lieber Vater enterbt. Vielleicht hat er den Deutschen sogar verraten, wer Leah ist und wohin wir wollten.«

Sein Atem ging stoßweise, und er geriet auf dem unebenen, felsigen Boden immer wieder ins Stolpern. Seamus zerrte ihn weiter; seine zusammengebissenen Zähne rührten von einer anderen Art von Schmerz.

»Aber sie ist eine wunderschöne und mutige Frau, Seamus, und jetzt gehört sie zu mir. Ich hoffe, dass sie mit der Zeit lernen wird, mich zu lieben. Ja, ich bin mir sicher, das wird sie.« Kurz hielt Stefan inne und wischte sich mit der Hand den Schweiß von der breiten Stirn. Vor ihnen bewegte sich Leahs zierliche Gestalt durch die Dämmerung.

»Ich finde, wir sollten ein andermal darüber reden.« Seamus spürte, wie eiskalte Wut in ihm aufstieg.

Herrgott! Hatte Stefan denn vergessen, dass er mit dem Mann sprach, der Leah von ganzem Herzen liebte und der bereit gewesen wäre, für sie zu sterben? Immer schneller ging er auf dem gefährlichen Pfad weiter und trieb Stefan zur Eile an. Er hoffte, ihn so zu erschöpfen, dass seine Luft nicht mehr zum Sprechen reichte. Aber Stefan plapperte unablässig und wie im Rausch weiter.

Als sie eine scharfe Kurve umrundeten, rutschte Stefan wieder aus und kippte mit einem Aufschrei nach vorne. Einen wahnwitzigen Moment lang hätte Seamus ihn am liebsten die Klippen hinab in die Tiefe stürzen lassen. Es wäre so leicht gewesen, ihm einen kleinen Schubs zu geben. Doch stattdessen zerrte er den großen, taumelnden Mann von der bröckeligen Felskante weg und zog ihn auf die Füße. »Hör auf zu reden und achte auf den Weg. Halt

endlich deinen verdammten Mund! Bei dem Lärm, den du veranstaltest, schnappen uns noch die Deutschen!«
Stefan blieb stehen und erkannte die lodernde Wut in Seamus' Augen. »Verzeih mir«, murmelte er wieder. »Ich dachte, ich hätte etwas getan, auf das ich stolz sein könnte. Ihretwegen habe ich alles verloren.«
»Was ist los, Stefan?« Plötzlich stand Leah neben ihnen. Sie strich ihm über die Stirn und sagte leise: »Jetzt sind wir zusammen, wohin wir auch gehen. Komm, nimm meinen Arm und mach kleine Schritte.«
Sie sah Seamus an, der ihren Blick erwiderte. Ein paar Sekunden lang schwirrten alles Unausgesprochene zwischen ihnen hin und her. Dann blinzelte sie die Tränen weg, setzte sich entschlossen in Bewegung und stützte ihren taumelnden Mann. Der Pfad, eine von Hütten gesäumte schmale Gasse, führte ins Dorf. Vorsichtig gingen sie weiter und blieben dicht beisammen. Niemand war zu sehen, und nichts rührte sich, als sie auf die Straße traten. Nur das Prasseln des Regens durchdrang die bleierne Stille. In einem Fenster bewegte sich ein Vorhang. Daniel hob die Hand, um die anderen zu warnen. Sie duckten sich in den Schatten einer baufälligen Mauer.
»Halt!«
Ein gebrüllter Befehl hallte durch die Dunkelheit. Schreie und das Trampeln schwerer Stiefel ertönten.
»Verteilt euch! Sucht euch ein Versteck!«, rief Daniel den anderen zu.
Eilig gingen sie in Deckung. Daniel und Richard duckten sich auf der schmalen Straße hinter ein paar Fässer. Leah, Stefan und Seamus kauerten sich auf der anderen Straßenseite in den trügerischen Schutz eines kleinen Schuppens. Die erste Salve pfiff an ihnen vorbei. Daniel pirschte sich vor, um festzustellen, woher die Schüsse kamen. Als er sich aus der Kauerstellung aufrichtete, wurde erneut geschossen. Mit einem Fluch drückte er Richard tief zu Boden.
»Wo steckt Achilles? Bestimmt wartet er ein Stück weiter die

Straße hinauf, bis er euch an Bord bringen kann.« Nachdem er kurz überlegt hatte, traf er eine Entscheidung. »Ich werde versuchen, sie wegzulocken, Richard. Weitere Mitglieder unserer Gruppe verstecken sich in dieser Straße und werden uns bald zu Hilfe kommen. Aber jetzt ist es das Wichtigste, Leah und Stefan zum Boot zu schaffen.«

Als Richard protestierte, brachte Daniel ihn wütend zum Schweigen. »Sie ist das Einzige, was ich noch habe. Ich muss wissen, dass wenigstens sie in Sicherheit ist. Also werde ich die Verfolger ablenken, während du die anderen zum Hafen führst. Achilles oder jemand von seiner Gruppe wird euch dort erwarten und dafür sorgen, dass ihr das Boot erreicht.« Er lächelte, so wie früher. »Du warst ein wahrer Freund, Richard. Ich weiß, was du und Seamus mit eurer Fahrt hierher riskiert habt. Und jetzt will ich, dass du meine Schwester nimmst und gehst, meine Liebe und Dankbarkeit werden euch begleiten.«

Richard umfasste seine Hand. »Daniel …«, sagte er.

Daniel schüttelte den Kopf. »Daniel gibt es nicht mehr. Nur Gautier, der am Rande des Abgrunds lebt.« Er hielt inne, als eine weitere Gewehrsalve ertönte, diesmal ein Stück weiter die Straße hinunter. »Ah, Achilles hat sich an die Arbeit gemacht. Wenn ich loslaufe, müsst ihr rennen wie der Blitz.«

Er schulterte den Seesack, zog eine Pistole unter der Jacke hervor, sprang auf und raste in wildem Zickzack und um sich schießend über die Straße. Sofort rappelte Richard sich auf und eilte über die Straße, wo die anderen warteten. Er rief Seamus zu, sich hinter die Häuser und in Richtung Meer zu flüchten. Schüsse hallten von allen Seiten, und endlose Salven dröhnten um sie herum, als sie, immer wieder Deckung suchend, an den Rückseiten der Hütten entlangliefen.

Achilles erschien mit einigen schwer bewaffneten Männern und gab der kleinen Gruppe von hinten Feuerschutz. Richard lief immer weiter und führte sie zum Meer. Er hoffte, dass Achilles ihnen auch würde Deckung geben können, wenn sie das Ende des Dorfes erreichten. Denn sie mussten ein ungeschütztes Terrain durchqueren, bevor sie sich wieder hinter Felsen verstecken konnten.

Daniel rannte immer noch zwischen den beiden Straßenseiten hin und her, duckte sich manchmal oder verschwand im Schatten der Häuser. Der Regen prasselte heftig und erschwerte es, seinen blitzschnellen Bewegungen mit den Augen zu folgen. Als Richard aufblickte, sah er auf einem Dach einen deutschen Scharfschützen, der anlegte. Er stieß einen Warnschrei aus und drehte sich nach seinem Freund um. Noch nie hatte er etwas so Lautes gehört wie das Echo dieses Schusses, das in seinem Kopf widerhallte. Er sah, wie Daniel taumelte, nach vorne stürzte, sich wieder aufrichtete und schwankend wie ein Betrunkener auf ihn zukam. Blut sickerte aus der Brustwunde durch seine Jacke. Der Scharfschütze legte noch einmal an, doch Achilles hatte ihn auch bemerkt. Er drückte ab, und der Deutsche stürzte vom Dach. Daniel war auf dem Kopfsteinpflaster zusammengesackt. Ein dunkles Rinnsal Blut floss ihm aus dem Mundwinkel.

Als Richard auf ihn zueilte, spürte er einen Schlag gegen die Schulter, und ihm wurde klar, dass er getroffen worden war. Doch er dachte nur an die Person auf dem Boden und ging weiter, ohne darauf zu achten. Hinter ihm schrie jemand, und er erkannte, dass es Leah war. Sie riss sich von Seamus und Stefan los und stürzte auf ihren Bruder zu. Während Achilles' Männer ihm Feuerschutz gaben, schlich Richard weiter. Die deutsche Patrouille hatte sich wegen der heftigen Gegenwehr ein Stück zurückgezogen. Daniel hielt ihm den Seesack hin.

»Nimm das, Richard. Gib es Achilles. Er wird es den Leuten bringen, die es brauchen.«

»Daniel, lass dir helfen. Oh, mein Gott ...« Richard versuchte, das Blut von Daniels Gesicht zu wischen. Ein scharfer Schmerz durchfuhr seinen Körper, als er seinen Freund vom Boden aufheben wollte.

»Nein, meine Zeit ist abgelaufen. Und jetzt geh und nimm das Funkgerät mit. Du musst es Achilles geben.«

Dann kniete Leah neben ihnen und wiegte den Kopf ihres Bruders in ihren Armen. Dunkles, klumpiges Blut floss über ihr Seidenkostüm. Mühsam stand Richard auf. In seinem Kopf drehte es sich, und er spürte einen schrecklichen Druck hinter den Augen. Er nahm Daniel den Seesack aus der Hand. Sein Freund zwang sich zu einem letzten Lächeln und schloss die Augen. Sein Kopf sackte gegen seine Schwester. »Bitte, meine Kleine«, keuchte er. »Geh mit ihm. Du kannst mir nicht helfen, Leah. Geh mit ihm und rette dich.« Seine Stimme erstarb.

Richard bückte sich und versuchte, Leah auf die Füße zu ziehen, doch ihm schwindelte so, dass er in die Knie sank. Er spürte, wie ein Arm ihn hochzerrte.

»Hilf Leah, nicht mir.« Er hörte weitere Schüsse, als er in eines der Häuser geschleppt wurde. Daniels Seesack hielt er immer noch umklammert.

»Achilles, der Seesack muss zu Achilles.« Er fragte sich, wer ihn mitgenommen hatte. Wenn es nicht Daniels Leute waren, war es besser, Achilles und den Seesack nicht mehr zu erwähnen. Wegen des Blutverlusts konnte er kaum noch klar denken. Er spürte, wie er in einen Keller geworfen wurde. Eine Falltür klappte zu, er lag allein in der modrigen Dunkelheit. Von Übelkeit gequält und unter Schmerzen kroch er mühsam in die finsterste Ecke des Raumes. Jede Bewegung sorgte dafür, dass er fast die Besinnung verlor. Wenn die Falltür wieder aufging, würde er versuchen zu fliehen. Er musste zu Achilles. Leah suchen. Zum Boot. Verzweiflung ergriff ihn, als ihm klar wurde, dass vielleicht niemand entkommen war. Vielleicht lagen die anderen wie Daniel auf der regennassen Straße, so dass ihr Blut in den Rinnstein floss und in der Kanalisation versickerte. O Gott, was für eine Verschwendung!

Über seinem Kopf hörte er Schreie, das Trampeln schwerer Stiefel und das Splittern von Holz. Weitere Gewehrsalven ertönten, dann das laute Dröhnen von Artillerie. Das schreckliche Bild von Daniel, der auf ihn zugestürzt kam, stand ihm vor Augen. Auf seiner Brust entstand ein riesiger kreisrunder scharlachroter Fleck, als er ihm den Seesack hinhielt. Richard stöhnte. Seine rechte

Seite fühlte sich an, als stünde sie in Flammen, und die Knochen seines zerschmetterten Armes rieben bei jeder Bewegung knirschend aneinander. Nachdem eine schiere Ewigkeit Stille geherrscht hatte, öffnete sich die Falltür. Hände griffen nach ihm, und alles um ihn herum verwandelte sich in einen Strudel des Schmerzes. Lichtblitze zuckten, bis sich schließlich gnädige Dunkelheit über ihn senkte.

Draußen hatten zwei Mitglieder von Achilles' Gruppe versucht, Leah und Daniel in Deckung zu ziehen. Doch sie wurden von Schüssen niedergemäht. Leah kniete neben ihrem Bruder auf dem blutigen Kopfsteinpflaster, wiegte ihn wie ein Baby und schrie ihre Wut und ihr Entsetzen heraus. Inzwischen war am Ende der Straße schweres Geschütz aufgefahren worden, und einige Häuser wurden getroffen. Mauerwerk stürzte ein. Seamus und Stefan waren zu Leah gerannt und versuchten, sie von der Mitte der Straße wegzuzerren, aber sie klammerte sich an Daniel und starrte mit weit aufgerissenen Augen ins Leere. Nur die hellroten Blasen, die ihm über die Lippen quollen, wiesen darauf hin, dass er noch lebte. Dann hörte Seamus wieder die Artillerie dröhnen. Die Mauer des Gebäudes neben ihnen begann einzustürzen, und er spürte einen Schlag auf den Hinterkopf. Wie von weither hörte er immer noch Leah schluchzen; ihre Stimme wiederholte ständig dieselben Worte.

»Ich werde dich nicht verlassen, Daniel. Sprich mit mir, bitte. Sprich mit mir!« Ihre Schreie hallten durch die feuchte, rauchige Luft.

Stefan erhob sich und rief auf Deutsch: »Feuer einstellen. Wir sind schwedische Staatsbürger. Feuer einstellen. Dann komme ich mit meiner Frau raus.«

Ein schwerer Balken fiel aus dem getroffenen Haus, vor dem Seamus kniete, so dass er zum zweiten Mal niedergestreckt wurde. Dunkelheit senkte sich über ihn. Er rang nach Atem und zwang sich, bei Bewusstsein zu bleiben. Unter einem Schutthaufen begraben, blieb ihm der schreckliche Anblick erspart, als Leah von Daniels Leiche weggezerrt wurde..Er musste auch nicht mit ansehen, wie man Stefan, der seine Frau verteidigen wollte, mit einem Gewehrkolben niederschlug. Er lag unter den Trümmern und hörte nicht, wie die Lastwagen der Deutschen wegfuhren. Er bemerkte nicht, dass Achilles zurückgekommen war und sich durch das eingestürzte Gebäude grub, um ihn zu retten, und auch nicht, dass der Franzose ihn durch den rückwärtigen Teil des Dorfes zum Boot trug. Seine Brüder hoben ihn an Bord, und Achilles drängte sie, sofort Segel zu setzen. Alle ihre Freunde seien verhaftet worden, und ihnen bliebe nichts anderes übrig, als sich selbst zu retten. Seamus wusste ebenfalls nicht, dass Richard Kirwan, schwer verletzt, noch immer in einem dunklen Keller lag. Bei starkem Regen und im Schutze der Dunkelheit verließ die *Famaire* Port St. Nicholas und segelte aufs ruhige Meer hinaus. Nur Seamus und seine Brüder waren an Bord. Es sollte einige Tage dauern, bis er wieder zu Bewusstsein kam.

Kapitel 27
Paris, 1970

Als Charlotte de Savoie ihre Enkelin betrachtete, hatte sie wie immer einen Kloß im Hals. Das lag nicht etwa daran, dass Solange ein Ebenbild ihrer Mutter war – Celine war zarter gewesen, mit hellerem Haar und einer fast durchscheinenden Haut. Doch Solange besaß dieselbe gewichtige Schönheit, strahlte eine unverkennbare Ruhe aus und hatte ebenfalls eine nicht zu leugnende Präsenz. Außerdem hatte sie den klaren, forschenden Blick ihrer Mutter, der allem sofort auf den Grund ging. An diesem Abend saß Solange dicht neben Guy St. Jorre und hielt fest seine Hand. Aber das Mädchen hatte sich verändert, und zwar in einer Weise, die ihre Großmutter nicht in Worte fassen konnte. Ihre ganze Haltung wirkte angespannt.

»Also, meine Lieben.« Charlotte de Savoie hob ihr Glas. »Ich freue mich, dass Guys Juristenkongress euch endlich hierher geführt hat. Solange, ich beabsichtige, dich den Tag über allein für mich zu haben, während dieser junge Mann seine Sitzungen besucht. Es gibt eine Menge zu tun, denn wir müssen noch viel für die Hochzeit vorbereiten.«

Sie wandte sich an Guy. »Ich weiß, dass ihr bald zum Empfang im Hotel Crillon müsst. Also habe ich nichts dagegen einzuwenden, wenn ihr jetzt nach oben geht, um euch umzuziehen.« Sie stand auf und strich ihr Seidenkleid glatt. »Macht es dir etwas aus, schon

vorzugehen, Guy? Dann könnte Solange sich beim Baden und Umkleiden ein wenig Zeit lassen.«
»Eine ausgezeichnete Idee, Charlotte. Aber nicht mehr als eine halbe Stunde.«
Guy lächelte Solange zu, berührte ihre Hand und hauchte ihr einen Kuss auf. Dann umarmte er Charlotte de Savoie und ging hinaus.

Während Solange sich ankleidete, spürte sie, wie sie ein Schauder überlief. Äußerlich hatte sich im Haus nichts verändert, und dennoch war es für sie inzwischen mehr als nur der Pariser Wohnsitz ihrer Großmutter – dieses Haus war schließlich Schauplatz einer Reihe von Täuschungsmanövern gewesen. Doch wie sollte sie ihre Großmutter darauf ansprechen, wie sollte sie sich ausdrücken? Solange versuchte, nicht mehr an das gefürchtete Thema zu denken, und wandte sich den Anforderungen der Gegenwart zu, als sie ihr dickes Haar aufsteckte, so dass sich nur ein paar Strähnen um ihr Gesicht und in ihrem Nacken lockten. Beim Anblick ihres Spiegelbildes fühlte sie sich schon viel besser. Es würde Spaß machen, ein paar Tage in Paris zu verbringen. Unten in der Vorhalle küsste sie ihre Großmutter.
»Du siehst hinreißend aus, mein Kind. Es geht doch nichts über einen perfekten Schnitt und teure Stoffe.« Charlotte war eine Anhängerin von Yves St. Laurent und hatte Solange vor ein paar Monaten dieses Abendkostüm geschenkt. Die Samtjacke war quadratisch geschnitten, hatte ein tiefes Décolleté und war eng tailliert. Der Rock war oberhalb des Knies ausgestellt und betonte Solanges lange Beine. »Ich glaube, ich werde nicht aufbleiben, bis du nach Hause kommst, Solange.«
»Nein, das brauchst du auch nicht. Bestimmt gehen wir anschließend irgendwo essen«, erwiderte Solange. »Aber morgen haben wir eine Menge zu besprechen, und zwar nicht nur, was die Zukunft betrifft, Großmutter. Ich finde, wir sollten uns morgen der Vergangenheit widmen.«
Sie drehte sich nicht um und gab ihrer Großmutter auch keine

Gelegenheit zu antworten. Als das Taxi sich in den abendlichen Verkehr einfädelte, war Solange fest entschlossen, die Geister der Vergangenheit an diesem Abend ruhen zu lassen. Heute wollte sie sich bei dem prunkvollen Empfang im Crillon amüsieren. Und danach würde Guy sicher ein kleines romantisches Restaurant finden, wo sie zu Abend essen konnten, und für später vielleicht einen Jazzclub. Sie lehnte sich zurück und beruhigte sich allmählich.

Im elegant ausgestatteten Hotel Crillon nahm James Kirwan von einem vorbeigehenden Kellner zwei Gläser Champagner entgegen und reichte eines davon seiner Schwester. Bei ihrer Ankunft in Paris am Mittag waren sie von Serge Bouvier am Flughafen abgeholt und zum Hotel gefahren worden. Nach dem Mittagessen hatte James die Kanzlei Descartes, Bouvier & Söhne aufgesucht, während Elizabeth die Boutiquen von St. Germain des Prés erkundete. Als sie sich zu ihrem Bruder und Serge an die Hotelbar gesellte, hatte James sie überrascht angestarrt. Noch heute Nachmittag war sie seine kleine Schwester gewesen, doch seitdem hatte sie sich in eine äußerst kultivierte und elegante Erscheinung verwandelt. Ihr Haar war mit einer Perlenspange zusammengefasst, und das kurze schwarze Abendkleid brachte ihre cremeweiße Haut hervorragend zur Geltung.
»James hat mir von Ihrem schmerzlichen Verlust erzählt. Herzliches Beileid.« Serge nahm Elizabeths Arm und führte sie geschickt durch das Gedränge. »Soweit ich informiert bin, hoffen Sie, in Paris ein paar alte Bekannte Ihres Vaters zu treffen. Möglicherweise werden Sie heute Abend einem Mann namens Jacques Lefranche begegnen. Sein Vater war vor und während des Krieges Juraprofessor an der Sorbonne. Der alte Lefranche ist zwar nicht gerade ein angenehmer Zeitgenosse, aber er könnte Sie mit Leuten in Kontakt bringen, die Ihren Vater gut gekannt haben. War Ihr Vater lange in Paris?«
James schüttelte stirnrunzelnd den Kopf. »Wir sind nicht ganz sicher. Es war jedenfalls mindestens ein Jahr, und zwar bevor der

Krieg ausbrach. Was den Krieg selbst betrifft, gehörte er, wie ich fürchte, zu den Menschen, die sich lieber nicht daran erinnern wollten. Ich weiß, dass er damals krank wurde. Aber über diese Zeit seines Lebens hat er nie gesprochen.«

»Er hat unsere Mutter hier in Paris kennen gelernt«, fügte Elizabeth, den Tränen nah, hinzu. »Aber es ist noch zu früh und zu schmerzlich für sie, darüber zu reden.«

»Nun, dann wenden wir uns jetzt vergnüglicheren Dingen zu.« Serge füllte ihr Glas nach und lächelte sie an. »Heute ist Ihr erster Abend in Paris, und wir sollten nach dem Empfang in ein gutes Restaurant und anschließend vielleicht zum Tanzen gehen. Außerdem sehe ich gerade einen netten Menschen, den ich Ihnen beiden gerne vorstellen möchte. Er ist ein guter Anwalt, der gerade im Begriff ist, sich einen Namen zu machen.«

Elizabeth musterte den jungen Mann, der auf sie zukam, und bewunderte seinen Körperbau und seine beeindruckende Sonnenbräune. Mit einem hinreißenden Lächeln hielt sie ihm die Hand hin.

»Mademoiselle, es ist mir ein Vergnügen, eine so schöne und interessante Besucherin unserer Stadt kennen zu lernen. Ich fürchte, ich bin nur ein langweiliger Anwalt wie die meisten hier. Mein Name ist Guy St. Jorre.«

Solange stand am Eingang des prächtigen Saals und betrachtete das Meer wogender Köpfe. Die Eleganz des Raums beeindruckte sie. Als sie zwischen den Menschen umherschlenderte, konnte sie Guy allerdings nirgendwo entdecken.

»Solange, Sie sehen ja bezaubernd aus! Liegt das an Guys Rückkehr nach Frankreich oder einfach nur am Zusammenspiel des beneidenswerten Klimas im Süden mit ein bisschen Pariser Eleganz?«

Jean Papillaud, einer von Guys Kollegen, stand neben ihr und winkte einen Kellner heran, der ihr ein Champagnerglas reichte. Sie begrüßte ihn erleichtert, denn sie war froh, nicht in dem riesigen Raum allein sein zu müssen.

»Jean, hallo! Hoffentlich bin ich nicht zu spät dran. Aber das Fest scheint ja noch in vollem Gange zu sein. Wissen Sie, wo Guy steckt?«

»Ach, der knüpft gerade Kontakte, ist unverschämt braun und außerdem schlauer, als gut für ihn ist. Bleiben Sie bei mir, Solange, er braucht nicht noch etwas, mit dem er heute Abend unsere Berufskollegen beeindrucken kann. Er plaudert mit all den alten Langweilern, um seine Karriere zu fördern, und wenn diese Kerle Sie sehen, werden sie sich nicht mehr auf Guys berufliche Zukunft konzentrieren können.«

Solange lachte über seine Schmeicheleien und lauschte interessiert seiner Schilderung eines Skandalprozesses, an dem er gerade arbeitete. Es war eine Schauergeschichte, in der es um Eifersucht, Rache und einen Doppelmord ging. Sie schlenderten durch die elegant gekleideten Menschen und trafen Freunde und ausländische Besucher. Gerade plauderte sie auf Spanisch mit einem Madrider Anwalt und seiner Frau, als sie Guy entdeckte. Er stand neben Serge Bouvier, den sie bei einer Soiree ihrer Großmutter kennen gelernt hatte. Die beiden waren in Begleitung eines Paares. Der Mann war überdurchschnittlich groß und dunkelhaarig und hatte Solange den Rücken zugekehrt. Die Frau war noch sehr jung und hatte einen auffälligen roten Wuschelkopf und eine makellose Haut, die sie offenbar niemals den gnadenlosen Strahlen der Sonne aussetzte. Die beiden sahen nicht aus wie Franzosen, doch zu diesem Kongress waren schließlich hunderte von Ausländern gekommen. Als Solange Guy an der Schulter berührte, drehte er sich um. Bei ihrem Anblick erhellte sich seine Miene.

»Solange, ich habe dich schon gesucht. Du kennst ja Serge Bouvier. Außerdem möchte ich dir zwei Besucher aus Irland vorstellen. Das hier sind Mr. James Kirwan und seine Schwester Elizabeth.« Er machte Platz, damit Solange sich zu dem kleinen Kreis gesellen konnte, und lächelte den beiden Iren zu. »Elizabeth ist zum ersten Mal in Paris. Ich habe ihr ein paar Vorschläge gemacht, was sie besichtigen soll, aber dir fällt bestimmt noch etwas

Besseres ein. James, Elizabeth, das ist meine Verlobte Solange de Valnay.«

Eine Hitzewelle überlief sie, und es schnürte ihr die Kehle zu, so dass sie weder schlucken, atmen noch sprechen konnte. Der Mann und die Frau standen reglos da und starrten sie entgeistert an. Sie sah Guy lächeln. Offenbar erwartete er von ihr, dass sie die beiden begrüßte. Wut stieg in ihr auf, brach sich rücksichtslos Bahn, drängte sich durch die Poren von Solanges klammer Haut und drohte, die Kontrolle über ihre Stimme zu übernehmen. Ihre Fingernägel gruben sich in ihre Handflächen, als sie sich gegen die Panik wehrte. Eine innere Stimme schrie empört auf. Wie konnte Guy ihr das antun? Woher wusste er es? Sie wandte sich von ihm ab. James und Elizabeth standen immer noch da wie die Ölgötzen. Als Solange endlich die Sprache wiederfand, war ihre Stimme leise und zitterte vor Wut.

»Wie können Sie es wagen? Wie können Sie so unverfroren sein, herzukommen und sich in mein Leben einzumischen? Mich zu verfolgen und eine Hexenjagd gegen mich anzuzetteln?« Es kostete Solange Mühe, ihre Stimme zu dämpfen, doch vor lauter Zorn nahm sie nichts um sich herum mehr wahr. Tränen glitzerten in ihren Augen.

»Solange, was zum Teufel ist in dich gefahren? Das ist bestimmt ein Missverständnis.« Als Guy ihr die Hand auf den Arm legte, schob sie ihn weg. Sie achtete nur noch auf die Kirwans.

»Sie sind offenbar völlig schamlos und haben weder Mitgefühl noch menschliche Regungen.« Sie wusste, dass sie inzwischen ein wenig zu laut sprach, denn die Umstehenden drehten sich bereits um und musterten sie verwundert.

»Solange, ich finde, du kommst jetzt besser mit. Wir sollten das nicht hier erörtern«, versuchte Guy die Situation zu retten.

Endlich drehte sie sich zu ihm um. Sie hatte ihm vertraut und sich bei ihm sicher gefühlt, weil er nichts von alldem wusste. Und nun hatte er sie in eine Falle gelockt. Er hatte sie verraten. »Ich kann es nicht glauben, dass du mir so etwas antun konntest, Guy. Mein Gott, seit Wochen zermartere ich mir schon das Hirn, wie du wohl darauf reagieren würdest.« Sie bemerkte nicht, wie verdattert, verwirrt und entsetzt er sie anstarrte. Solange zwang sich zur Ruhe, um sicherzugehen, dass auch alle verstanden, was sie sagte, und es nie vergessen würden. »Ich will dich nie mehr wieder sehen, Guy. Ich will niemanden von euch wieder sehen und auch nie mehr von euch hören. Nie wieder.«

James trat mit ausgestreckter Hand auf sie zu. »Solange«, stammelte er. »Ich ... das ist nur ... wir hätten nie gedacht ...«

»Mr. Kirwan, Sie ähneln Ihrem Vater, denn auch Ihnen fehlt jede Spur von Mitgefühl. Wenn Sie ein geachteter Jurist in Ihrem Land sind, können einem Gerechtigkeit und Menschlichkeit nur Leid tun.« Solange zitterte am ganzen Leibe, und es kostete sie Mühe, nicht zu schreien. Sie stellte fest, dass Serge Bouvier sie mit aufgerissenem Mund anstarrte. Plötzlich wurde ihr eiskalt. Trauer ergriff sie, während ihr Zorn allmählich verrauchte und der Mut sie verließ. Sie wusste nicht mehr, wie sie aus dem überfüllten Saal gelangt und in den feuchten Pariser Abend hinausgeeilt war. Als sie losging, benetzte der Regen ihr Gesicht und spülte ihr die Tränen von den Wangen. Die Kämme und Spangen rutschten ihr aus dem Haar, und die nassen Kleider klebten ihr am Leibe. Hin und wieder erhaschte sie einen Blick auf sich selbst in einem Schaufenster, ein Gesicht, erfüllt von Schatten der Trauer und Bitterkeit. Schwarze Striche wie bei einem Clown verliefen zwischen ihren Augen und dem Kinn. Einige Passanten starrten sie an, aber in der Anonymität der Stadt versuchte niemand sie anzusprechen.

Als sie endlich innehielt, bemerkte sie überrascht, dass sie vor dem Haus ihrer Großmutter in der Avenue Mozart stand. Noch benommen vom Schock, steckte sie den Schlüssel ins Schloss. Tränen und Regenwasser flossen ihr übers Gesicht, und die Wimperntusche hinterließ trübe Schlieren auf ihren Wangen.

Charlotte de Savoie stand in der Wohnzimmertür. »Solange, Kind, endlich bist du da. Guy ruft jede Viertelstunde an und fragt, ob du schon nach Hause gekommen bist. Er ist sehr aufgeregt. Mein Liebes, was ist denn geschehen? Er sagte, er könne es sich

nicht erklären.« Sie ging auf das zitternde Mädchen zu. »Was hast du, Liebling? Warum bist du so traurig?« Als sie ihre Enkelin in die Arme nehmen wollte, stieß Solange sie heftig weg.
»Wie ist es passiert? Wie ist es wirklich passiert? Und Guy wusste es, selbst er wusste davon, und er hat mich reingelegt. Hast du es ihm gesagt? Warst du das?« Es gelang ihr nicht, zwischen den herzzerreißenden Schluchzern Atem zu schöpfen, als sie ihrer Großmutter ihren Hass und ihre Angst entgegenschleuderte. »Warum müssen sie nach all diesen Jahren aus ihren Gräbern nach mir greifen? Wie konntest du das zulassen?«
Charlotte de Savoie stand mit grauem Gesicht reglos da. Als sie endlich begriff, weiteten sich kurz ihre Augen. Dann nahm sie Solange an der Hand. »Am besten kommst du erst mal ins Wohnzimmer, Solange«, sagte sie. »Setz dich zu mir, mein Schatz. Es wird nämlich ziemlich lange dauern.«

Kapitel 28
Paris, 1942

Celine de Savoie streckte die Hand aus, um das Telefon zum Schweigen zu bringen, dessen schrilles Läuten sich unerbittlich in ihr Bewusstsein drängte. Sie hatte die Augen noch geschlossen, als sie sich benommen meldete.

»Dr. de Savoie? Celine, meine Liebe, hier spricht Schwester Dominique. Es tut mir so Leid, dass ich Sie geweckt habe, aber bei uns ist die Hölle los.«

Die Nonne klang, als wäre sie den Tränen nah. »Dr. Hartmann und Dr. Rossi wurden von ihren Pflichten entbunden. Sie dürfen nicht mehr praktizieren und wurden außerdem aus ihren Häusern verschleppt.«

Plötzlich hellwach, fuhr Celine hoch. Auf ihrer Uhr war es fünf Uhr morgens. »Was meinen Sie mit verschleppt? Wohin? Von wem?«

»Sie haben Großeltern oder Verwandte, die Juden sind. Deshalb ist es ihnen jetzt verboten, Patienten zu behandeln. Und gestern, spät in der Nacht, haben die Deutschen sie mitgenommen.«

»Woher wissen Sie das?«

»Ein Nachbar hat mich gerade angerufen. Es ist eine Schande, vollkommen unmenschlich! Ich kann nicht fassen, wie man zwei so tüchtigen Männern so etwas antun kann.«

»Pssst. Nicht am Telefon ...«

»Ja, natürlich. Könnten Sie schnell kommen und aushelfen, Celine? Ich versuche, Ihnen dafür morgen freizugeben.«

Celine legte den Hörer auf und machte sich mit dem Rest ihres kostbaren Vorrats eine Tasse Kaffee. Der Kaffee war zwar dünn, weil sie das Pulver rationieren musste, aber wenigstens heiß und kein Ersatz. Benommen versuchte sie zu begreifen, was dieser Anruf wirklich bedeutete.

In den vergangen Wochen waren überall in der Stadt hässliche Aushänge aufgetaucht, die Juden verunglimpften und ihnen den Zugang zu öffentlichen Gebäuden verwehrten. Zweimal hatte Celine sich verstohlen umgesehen und dann ein solches Plakat von der Wand, die es entstellte, abgerissen. Sie hatte Menschen gesehen, die einen gelben Stern an der Kleidung tragen mussten und in der Metro nur den letzten – schmutzigen – Waggon benutzen durften. Doch es war schwer zu glauben, dass diese unglaublichen Vorgänge nicht einmal vor dem Gesundheitswesen Halt machten. Schließlich brauchten selbst die Deutschen gute Ärzte.

Auf dem Weg zum Krankenhaus kam sie an den morgendlichen Warteschlangen vorbei. Frauen, einige von ihnen zitternd vor Kälte, standen in Reihen vor den Lebensmittelgeschäften, deren Schaufenster und Regale leer waren. Oft warteten sie stundenlang in Regen und Nebel, nur um festzustellen, dass es nichts mehr gab, wenn sie endlich an die Reihe kamen. Im Krankenhaus hatte Celine, immer wenn sie den Kopf hob, den Eindruck, dass die Schlangen länger und nicht kürzer wurden. Einige Patienten waren wirklich krank, andere erschienen nur, um nicht auf den grauen, leeren Straßen herumirren zu müssen. Manche suchten auch vermisste Freunde oder Verwandte. Als es Mittag wurde, hatte Celine pochende Kopfschmerzen und das Gefühl, dass ihre müden Augen alles nur noch durch einen Grauschleier wahrnahmen. Aber sie zwang sich weiterzuarbeiten. Am späten Nachmittag wies der Verwaltungsleiter sie an, nach Hause zu gehen und bis zum Morgen das Telefon auszuhängen.

»Wenn Sie nicht langsamer machen und sich nicht schonen, fallen Sie uns auch noch aus, Dr. de Savoie«, sagte er leise. »Das ist erst der Anfang der Krise, nicht das Ende. Die Deutschen werden bestimmt nicht aufhören, und niemand kann ihnen entrinnen.«

Froh, dass der Arbeitstag endlich vorbei war, schob Celine ihr Fahrrad auf die Straße vor dem Krankenhaus. Der Sommerabend war kühl, und ein leichter Nebel hüllte die stille Stadt ein. Die Straßen waren menschenleer und die Fensterläden fest verschlossen, als könne man die Deutschen damit aussperren. Celine mied die großen Boulevards, wo die deutschen Offiziere und ihre Ehefrauen und Geliebten flanierten, wobei sie ihre Rolle als Eroberer auskosteten. Ihr wurde übel, wenn sie die Flaggen mit den schwarzen Hakenkreuzen, die den Parisern ihre Demütigung vor Augen hielten, an öffentlichen Gebäuden wehen sah. Endlich hatte sie ihre Wohnung erreicht und machte sich am Schloss zu schaffen. Sie hatte nicht mehr die Kraft, sich etwas zu essen zu machen, schleppte sich ins Schlafzimmer, fiel voll bekleidet aufs Bett, deckte sich zu und schloss die Augen.

So erschöpft war sie, dass sie nicht sofort auf das schrille, beharrliche Läuten reagierte, mit dem ihr Tag bereits begonnen hatte. Das Geräusch erschien ihr so weit entfernt, dass sie zunächst versuchte, nicht darauf zu achten. Doch endlich griff sie zum Telefon, ohne sich aufzusetzen, und warf einen Blick auf die Uhr. Acht Uhr. Hatte sie die ganze Nacht geschlafen oder nur zwei Stunden?

»Liebling, offenbar hast du noch geschlafen.« Celine erkannte die präzise und gleichzeitig gemessene Sprechweise ihrer Mutter.

»Mutter, ich bin halb tot und habe in den letzten beiden Tagen kaum ein Auge zugetan. Kann ich dich morgen zurückrufen?«

»Liebling, ich möche, dass du in die Avenue Mozart kommst. Du sollst jemand Wichtigen kennen lernen, der nur kurz hier sein wird. Könntest du dich gleich auf den Weg machen? Ich werde dich nicht lange aufhalten, außer natürlich, du möchtest zum Essen bleiben.«

»Mutter, ich schaffe es heute nicht, mich in Schale zu werfen und bei einer deiner kleinen Abendgesellschaften zu erscheinen. Es ist mir einfach zu viel.« Celine war gereizt und zu müde, um taktvoll oder geduldig zu sein. »Du hast mich bereits jedem Menschen vorgestellt, den du kennst, und ich kann dir zu deiner Freude mitteilen, dass ich deinen momentanen Mann des Monats, Henri de Valnay, schon einige Male getroffen habe. Ich habe heute Abend einfach keine Lust auf gesellschaftliche Verpflichtungen. Kann ich jetzt wieder schlafen gehen?«

»Liebling, es handelt sich nicht um eine Soiree. Diesmal ist es ein wenig anders.«

Celine zog die Decke bis ans Kinn hoch. Sie war ärgerlich. Ihre Mutter schien einfach weiterleben zu können, als hätte sich in der Welt da draußen nichts geändert.

»Ich habe jetzt keine Zeit für höfliches Geplauder mit Fremden. Ich brauche Schlaf. Bitte versteh mich, Mama. Ich rufe dich wirklich morgen an.«

»Celine, jetzt hör mir mal gut zu.« Charlotte de Savoies Tonfall veränderte sich. »Du musst so schnell wie möglich herkommen. Dies ist keine nichtige Angelegenheit. Bitte beeil dich und vertrau mir. Und bring deine Arzttasche mit.«

»Fühlst du dich nicht wohl, Mutter?« Nun war Celine hellwach. »Wenn du krank bist, rufe ich Dr. Ducray an. Der kann mehr für dich tun.«

»Nein, nicht Dr. Ducray. Ich brauche dich. Ich weiß, dass es unsinnig klingt, aber mir wäre es lieber, wenn du kommen würdest. Mir ist klar, wie müde du bist, doch es ist wichtig.«

Die Fahrt mit dem Rad war eine weitere Prüfung für Celines schmerzende Gliedmaßen. Als sie endlich an der Tür in der Avenue Mozart läutete, öffnete Charlotte de Savoie sofort.

»Warum machst du selbst die Tür auf?«, fragte Celine ihre Mutter. Im Haus herrschte eine unheimliche Atmosphäre. »Wo ist das Personal? Wo ist André? Kocht Louise nicht das Abendessen?«

»Ich habe Louise den Nachmittag freigegeben. Sie besucht ein paar Cousinen, die mir Gemüse und andere Lebensmittel vom Land schicken. Eigentlich wollte ich heute auswärts essen, also brauche ich André nicht. Komm, Schatz.«

Celine folgte ihrer Mutter, die rasch die Marmorhalle durchquerte und die geschwungene Treppe hinaufstieg. Charlottes Schlafzimmer sah nicht so ordentlich aus wie gewöhnlich. Die blauen Seidenvorhänge wirkten, als hätte man sie hastig vor die Balkontüren gezogen. Auf den Stühlen lagen einige Kissen, und jemand hatte zwei Decken auf das große Bett geworfen und die gesteppte Überdecke zerwühlt. Wie erstarrt blieb Celine stehen, als sie den großen antiken Nachttopf auf dem Teppich neben dem Schrank entdeckte. Ein Handtuch mit Monogramm lag darauf. Als sie sich vorstellte, wie ihre Mutter ihn benutzte, musste sie das Lachen unterdrücken.

Charlotte ging zu dem Einbauschrank hinüber, der eine Seite des Zimmers einnahm, und öffnete ihn. Er enthielt einige Reihen von Designerkleidern. Nachdem sie mit beiden Händen ein paar Kleiderbügel beiseite geschoben hatte, duckte sie sich hinter die Abendroben. »Viele alte Häuser verfügen über diese hübschen kleinen Verbindungstüren zwischen den Schlafzimmern, die aus Gründen der Diskretion und für geheime Stelldicheins gut versteckt sind. Vor vielen Jahren hat diese Tür es deinem Vater und mir ermöglicht, miteinander allein zu sein, nachdem die Zeit, die wir unter Aufsicht gemeinsam im Salon verbringen durften, abgelaufen war.«

Charlotte drückte auf die Wandvertäfelung. Ein Teil davon schwang zurück, und Celine trat vor, um in den etwa zwei mal drei Meter großen, dunklen Zwischenraum zu spähen. Auf einer Matratze lag ein Mann. Er war in eine Decke gewickelt, und einige Kissen stützten seinen Kopf. Nachdem Celines Augen sich an die Finsternis gewöhnt hatten, stellte sie fest, dass der Mann reglos dalag und stoßweise und angestrengt atmete.

»Wer ist das?«, fragte sie. »Was tut er hier? Bring mir bitte eine Lampe, Mutter. Und dann erklär mir, was das alles soll.«

Sie beugte sich über die liegende Gestalt. Der Mann hatte die Augen halb geöffnet, und sie erkannte an ihrem Glitzern, dass er hohes Fieber hatte. Sein Gesicht war zerschrammt und voller Blutergüsse. Er hatte eine Platzwunde am Hinterkopf, und sein schwarzes Haar war mit Blut verklebt. Einer seiner Arme stand in einem seltsamen Winkel ab, und jemand hatte ihm ungeschickt die rechte Schulter verbunden. Er bewegte den Kopf, um sie anzusehen, und zwang sich zu einem Lächeln. Unter gewöhnlichen Umständen war er wahrscheinlich recht attraktiv, dachte Celine. Der Lichtstrahl der Taschenlampe fiel auf seine blutverkrusteten Hände. An einem Finger schimmerte ein Ehering.

Mit heiserer leiser Stimme versuchte er, etwas zu sagen. Als sie sich vorbeugte, um ihm zuhören zu können, verstand sie ihn zunächst nicht, bis ihr klar wurde, dass er Englisch sprach. »So Leid … Leid, dass Sie herkommen mussten. Sie hatten … sind bestimmt müde … tut mir Leid.«

Celine hob vorsichtig seinen rechten Arm an. Das Handgelenk war geschwollen und vermutlich gebrochen. Als sie versuchte, ihn vorsichtig herumzudrehen, schrie er vor Schmerz. Sie zog ihm die Jacke aus und nahm den Verband an seinem Oberarm und der Schulter ab, um die Verletzung zu untersuchen. Entsetzt drehte sie sich zu ihrer Mutter um.

»Auf ihn wurde geschossen, Mutter. Dieser Mann hat eine Schussverletzung und außerdem eine Infektion, weil die Kugel noch in seiner Schulter steckt. Wer ist er, und woher kennst du ihn? Rede mit mir.«

Sie bückte sich, um den Fremden eingehender zu untersuchen. Als er ihr schweigend zusah, kostete es ihn Mühe, seinen Blick auf sie zu richten. Die Blutergüsse im Gesicht und auf dem Kopf schienen nur oberflächlich zu sein, doch die Platzwunde am Hinterkopf musste genäht werden.

Charlotte stand auf der Schwelle der Geheimkammer; sie wirkte zwar besorgt, aber ruhig. »Celine, wir haben Krieg. Du kannst doch nicht ernsthaft annehmen, dass ich untätig herumsitze, während diese Barbaren und Schurken die Stadt übernehmen und alles zerstören, was die Pracht und die Zivilisiertheit Frankreichs ausmacht.«

»Mutter, wir alle empfinden so, aber …«

»Celine, seit dem Treffen zwischen Pétain, diesem alten Narren, und Hitler habe ich jeden Tag geweint. Es war eine Tragödie. Uns zur Kollaboration aufzufordern ist, als verlange man von einer Frau, dass sie sich vergewaltigen lässt, ohne ein Wort über den Übergriff zu verlieren. Wir dürfen uns mit der Niederlage nicht abfinden.«

»Mutter, du kannst keinen Privatkrieg gegen die Besatzer anfangen. Ganz gleich, was du empfindest. Es ist zu gefährlich für dich.«

Celine betastete vorsichtig die offene, nässende Schusswunde. Charlotte wandte sich zwar ab, sprach aber weiter. Ihr Tonfall war verächtlich.

»Frankreich ist das einzige Land in Europa, das auf diese Weise in die Knie gezwungen wurde. Das einzige Land, das sich um einen Waffenstillstand bemüht hat. Es ist eine Schande. Auch wenn es eine Weile dauert, müssen wir kämpfen, um die Deutschen loszuwerden. Und ich beabsichtige, alles dafür zu tun, was in meiner Macht steht. Ein Anfang wurde bereits gemacht. Kleine Gruppen von Leuten haben sich zusammengeschlossen und organisieren Widerstandszellen, und ich bin stolz dazuzugehören.«

»Was für Leute? Das würde ich gern ein bisschen genauer wissen.«

»Ein andermal, Celine. Also, was kannst du für diesen Mann tun?«

»Ich muss ihn da rausholen. Da drinnen habe ich nicht genug Platz, um ihn zu behandeln.«

»Er darf nicht raus. Ich kann nicht riskieren, dass er auf dem Teppich und auf den Möbeln verdächtige Spuren hinterlässt. André und Louise sollen nichts davon erfahren, ich will sie nicht mit hineinziehen. Also musst du da drin dein Bestes tun, Schatz.«

Celine betrachtete ihre makellos gepflegte, offenbar völlig gelassene Mutter, die aussah, als wolle sie gleich zum Bridge oder zu einem Cocktailempfang, und schüttelte ungläubig den Kopf. »Hilf mir, ihn vorsichtig aufzusetzen«, sagte sie. »Ich muss den Rest seines zerrissenen Hemdes aufschneiden, um an seine Schulter heranzukommen. Ich werde die Wunde reinigen, aber um die Kugel zu entfernen, brauche ich weitere Instrumente.« Sie nahm eine Schere und begann zu schneiden.

Als sie den Mann aufrichteten, unterdrückte er einen Schrei. Schweiß lief ihm übers Gesicht, und ein schmerzliches Flehen trat in seine Augen. Celine griff zum Spritzbesteck und verabreichte ihm ein starkes Schmerzmittel. Dann bastelte sie eine provisorische Armschiene, füllte eine Schüssel mit Wasser, säuberte ihm Kopf und Gesicht, reinigte die Wunden und bedeckte die tiefsten von ihnen mit weichem Verbandsmaterial. Mit der letzten Rolle Verbandsmull befestigte sie die Schiene an seinem Arm.

Charlotte lief zwischen Schlafzimmer und Bad hin und her und holte Schwämme, Watte und Utensilien aus der Arzttasche ihrer Tochter. Sie kramte Unterwäsche, ein warmes Hemd und einen dicken Pullover hervor, die ihrem verstorbenen Mann gehört hatten. Endlich lag der Verletzte, gestützt von einem kleinen Kissenberg, wieder auf der Matratze. Sein Atem ging keuchend und rau. Er beobachtete Celine eindringlich aus halb geschlossenen Augen.

»So, Mutter, jetzt bist du mir wirklich eine Erklärung schuldig.«

Es läutete unten an der Tür.

»O Gott, mach den Schrank zu, Mama. Schnell. Ich bleibe hier drin bei ihm. Und gib mir meine Tasche.«

Wieder läutete es, und jemand betätigte heftig den Türklopfer.

Mit ihrem Patienten in der dunklen Kammer eingeschlossen, kauerte Celine sich hin, schlang die Arme um die Knie und lehnte sich an die Holztäfelung. Sie musste ihre Hände fest umfassen, um sie am Zittern zu hindern. Ihr ganzer Körper bebte. Der Mann rang nach Atem und stieß ein rasselndes Pfeifen aus. Celine legte den Finger auf seine trockenen Lippen. Er gab sich große Mühe, kein Geräusch zu machen, und biss vor Schmerzen heldenhaft die Zähne zusammen. Verzweifelte Aufregung ergriff Celine. Nachdem sie eine Ewigkeit gewartet hatte, hörte sie Charlotte de Savoies leichte, schnelle Schritte. Eine Männerstimme sprach in gutem Französisch mit einem leichten deutschen Akzent mit ihrer Mutter.

»Sie müssen diese alberne Störung entschuldigen, Madame de Savoie. Natürlich freue ich mich schon seit einer Weile auf die

Gelegenheit, Ihr Haus zu besuchen. Ach, was für ein friedliches Zimmer, so voller Anmut und Stil, ganz wie seine Bewohnerin. So still und abgeschieden, ein großartiges Versteck.«
Seine Stiefel gingen über den dicken Teppich, und er zog die langen Vorhänge zurück, um nach unten in den kleinen Garten zu blicken. »Ich wollte nicht, dass ein paar unbeholfene Soldaten durch Ihr elegantes Zuhause trampeln. Deshalb bin ich selbst gekommen. Wir haben heute Nachmittag einige Flüchtlinge aufgegriffen und glauben, dass noch einer auf freiem Fuß ist und sich irgendwo hier in der Gegend versteckt. Aber es besteht kein Anlass, Ihnen allzu lange zur Last zu fallen.«
Er öffnete die Badezimmertür, hob eine der schweren Jalousien und spähte auf die Straße hinab. Dann kehrte er ins Schlafzimmer zurück. Celine hörte, wie sich die Schranktür öffnete, und hielt die Luft an. Sie konnte die Angst riechen. Ihre Kehle war trocken und brannte, und sie hatte das Bedürfnis zu husten. Ihr Kopf tat weh. Der Mann auf dem Boden streckte die Hand aus, und sie spürte, wie seine Augen sie in der Dunkelheit suchten. Sie griff nach seiner Hand, und sie verharrten gemeinsam, schweigend und reglos.
»Eine exquisite Garderobe.« Der Deutsche schob die Kleiderbügel hin und her. »Hoffentlich werden Sie sich bald in der Lage fühlen, eine meiner Einladungen anzunehmen. Sie dürfen sich nicht länger einschließen, Madame de Savoie. Ihre Schönheit und Eleganz gehören zu Paris.«
Charlotte de Savoie antwortete nicht auf diese Aufforderung. Celine hörte die Schritte des Deutschen, als dieser im Zimmer umherging. »Es wäre mir eine Ehre, wenn Sie irgendwann mit mir zu Abend essen würden. Ich werde nicht müde werden, Ihnen immer wieder Einladungen zu schicken, Madame de Savoie. Ich bin nämlich ein sehr hartnäckiger Mann.«
Die Schranktür schloss sich, und die Stimme wurde leiser. Celine kauerte sich tiefer in die stickige, dunkle Kammer, der Mann umklammerte weiterhin ihre Hand. Endlich fiel die Vordertür ins Schloss, und im Haus herrschte Stille. Sie verharrten reglos, bis

sich die Schritte ihrer Mutter dem Schrank näherten. Die Vertäfelung glitt zurück, und Madame de Savoie stand davor. Ihre Miene war gefasst, aber angespannt. Celines Gliedmaßen schienen in der verkrampften Haltung erstarrt zu sein. Es dauerte eine Weile, bis sie sich mühsam aufgerappelt hatte und ins Schlafzimmer zurückkehren konnte. Sofort schlang ihre Mutter die Arme um sie und drückte sie an sich. Sie berührten gegenseitig ihre Gesichter und wischten sich die Tränen weg.

»Liebling, ich hätte mir nie träumen lassen, dass ich dich in so etwas mit hineinziehen muss. Kein Deutscher hat je dieses Haus betreten. Ich wollte dich nicht einem solchen Risiko aussetzen. Celine, meine schöne, allerliebste Tochter. Es wird nie wieder geschehen, mein Schatz, das verspreche ich dir.« Charlotte trocknete sich die Augen und ließ ihre Tochter los. »Tja, das war also ein deutsches Schwein, wie es leibt und lebt. Ein gut aussehendes, kultiviertes Beispiel für Grausamkeit, das sich Walter von Ströpper nennt. Ständig ruft er mich an und lädt mich zu Gesellschaften bei unseren verabscheuungswürdigen verräterischen Landsleuten ein, die sich an der Besatzung eine goldene Nase verdienen. Ich habe ihm geantwortet, dass dein Vater erst vor knapp zwei Jahren verstorben sei, weshalb ich es noch nicht über mich brächte auszugehen. Aber jetzt hatte er endlich einen Vorwand, in mein Haus einzudringen.«

»Mutter, warum hast du dich auf all das eingelassen? Ist dir nicht klar, wie gefährlich es ist? Sie könnten dich ins Gefängnis sperren oder sogar erschießen.«

»Celine, mein Schatz, ich merke dir an, dass du erschöpft bist.« Charlotte beschloss, nicht auf die Ermahnungen ihrer Tochter einzugehen. »Ich finde, du solltest heute Nacht hier in deinem Zimmer schlafen und morgen richtig ausgeruht ins Krankenhaus fahren.«

Verzweifelt sah Celine ihre Mutter an. Obwohl sie ihr eigentlich böse sein wollte, empfand sie nur Erstaunen und Bewunderung. »Mutter, ich werde die Nacht nicht hier verbringen. Wenn du glaubst, dass du es riskieren kannst, wäre es besser für den Patienten, die Tür einen Spalt weit offen zu lassen. Außerdem riecht er ein wenig streng. Wir müssen morgen versuchen, ihn zu baden, ansonsten verrät dich der Gestank. Wir sollten ihn hier rausholen, damit ich die Kugel aus seiner Schulter entfernen kann. Sie steckt schon viel zu lange in seinem Körper, die Wunde hat sich bereits entzündet.«

»Er wurde erst heute Nachmittag hergebracht.« Charlotte de Savoie lächelte und zuckte die Achseln. »Und zwar mit dem Wagen von der Wäscherei. Zum Glück hatte ich Louise bereits freigegeben.«

»Das wird ja immer schlimmer! Morgen Nachmittag komme ich wieder, falls es keine Probleme im Krankenhaus gibt.«

»Und wenn sich sein Zustand verschlechtert?«

»Dann musst du mich anrufen. Am besten sagst du, der Apotheke wäre dein Medikament ausgegangen. Mein Gott, jetzt fange ich auch schon mit den Verschwörerspielchen an. Das ist doch Wahnsinn.«

Sie drehte sich noch einmal zu dem Geheimgang um, um einen letzten Blick auf ihren Patienten zu werfen. Es kostete ihn Mühe, die Augen offen zu halten, und sie erkannte im Licht, dass diese leuchtend blau waren. Er bemerkte, dass sie in der Tür stand, ein Umriss mit langen Beinen, schlanken Fesseln und einem hellblonden Haarschopf. Celine bückte sich und legte ihm eine kühle Hand auf die Stirn. Er flüsterte etwas, das sie nicht verstehen konnte. Als sie sich tiefer hinunterbeugte, wiederholte er mühsam keuchend den Satz in perfektem Französisch.

»Gute Nacht, Celine. Sie sind sehr tapfer. Ihr Haar ist wie ein Heiligenschein … Wie bei Helena. Könnte jemand Helena Kirwan mitteilen, dass Richard in Sicherheit ist?«

»Was will er? Soll ich ihm etwas bringen, Celine?«

»Nein, Mutter. Er wollte sich nur bei mir bedanken, und er bittet mich, Helena zu informieren. Weißt du, wer Helena ist?«

»Er will unbedingt seiner Frau in Irland eine Nachricht zukommen lassen. Er ist Ire, Celine. Wir versuchen, ihr einen Boten zu schicken.« Charlotte beugte sich zu dem Mann auf dem Boden hinunter. »Wir tun unser Bestes, damit sie erfährt, dass Sie wohlauf sind.« Sie wandte sich vom Schrank ab und drehte sich zu ihrer Tochter um. »Ich konnte niemand anderen bitten zu kommen, Celine. Verstehst du das?«

»Ach, ich denke, im Augenblick kann mir nichts geschehen. Aber du solltest dir überlegen, was du mit ihm machen willst. Er wird eine Weile nicht transportfähig sein. Wir sprechen morgen weiter darüber. Gute Nacht, Mama. Ich liebe dich.«

Als sie ihre Mutter umarmte, blickte der Mann noch einmal zu ihr auf. Dann dämmerte er weg, und ein leichtes Lächeln stand auf seinen aufgesprungenen Lippen. Den ganzen Heimweg lang wollte ihr dieses Bild nicht mehr aus dem Kopf.

Kapitel 29
Paris, 1942

Celine faltete ihr Stethoskop zusammen und verstaute es in ihrer Arzttasche. Im grellen Licht sah sie blass und müde aus. Als sie hinausging, verabschiedete die Stationsschwester sich mit einem Nicken. Am Ende des Flurs blickte sich Celine rasch um – niemand war zu sehen. Sie schlüpfte in den Lagerraum, wo Verbandsmaterial und Medikamente aufbewahrt wurden, räumte eine Arbeitsfläche frei und begann, Schubladen und Schränke aufzumachen. Bald stapelten sich auf dem Tisch Schienen, Kompressen, Verbände, Nahtmaterial, Desinfektionsmittel, Nadeln, Spritzbestecke, Tabletten und Instrumente. Sie nahm ihren Schlüssel und öffnete den Schrank mit den verschreibungspflichtigen Medikamenten.

»Morphium, das braucht der arme Kerl.«

Sie sah den kleinen Schmerzmittelvorrat durch und wählte ein Präparat aus. Die Liste lag auf dem Tisch, und sie zeichnete jeden Posten ab, bevor sie den Schrank wieder verschloss. Am Vorabend hatte sie in ihre Arzttasche einen doppelten Boden eingebaut. Die Deutschen hielten häufig Passanten auf der Straße an, um ihre Taschen und Körbe zu kontrollieren, und es war durchaus möglich, dass ein übereifriger Soldat einen großen Wirbel wegen ein paar Medikamenten veranstalten und sie sogar beschlagnahmen würde. Celine legte den doppelten Boden oben auf die

Medikamente und stapelte ihre übliche Ausrüstung darauf. Als sie den Verschluss einrasten ließ, ging die Tür auf. Sie fuhr herum.

»Celine, ich dache, Sie wären schon nach Hause gegangen. Sie sehen aus, als hätten Sie ein wenig Erholung bitter nötig.« Dr. Duras, einer der Chefärzte, lächelte sie an. »Was machen Sie denn hier? Plündern Sie die Morphiumvorräte?«

»Ich habe mir nur ein paar Verbände und Schmerzmittel genommen.« Sie fragte sich, ob er ihren angespannten Tonfall bemerken würde. »Meine Mutter ist heute Nachmittag gestürzt und muss verbunden oder vielleicht sogar genäht werden. Zum Glück ist es nichts Ernstes, so dass ich sie zu Hause behandeln kann.«

»Na, da bin ich aber erleichtert, dass sie sich nicht schwerer verletzt hat. Richten Sie Charlotte Grüße von mir aus. Wir haben sie schon lange nicht mehr beim Bridge gesehen. Sagen Sie ihr, dass wir sie vermissen. Und lassen Sie sich bloß nicht während der Ausgangssperre erwischen. Wir haben sowieso schon zu wenig Ärzte.«

»Gute Nacht, Dr. Duras.«

Als sie sich auf dem Fahrrad vom Krankenhaus entfernte, genoss sie nach der Stationsluft die frische Brise. Selbst auf der Avenue Paul Doumer herrschte kaum Verkehr. Die Deutschen stolzierten lieber auf den Champs Elysées herum und besuchten die bekannten Läden und Restaurants. Als sie in der Avenue Mozart läutete, kam Louise an die Tür. Sie schob das Rad ins Haus und fragte Celine, ob sie etwas essen wolle.

»Nein danke, Louise. Ich habe nicht sehr viel Zeit. Ich wollte nur nach Mama sehen. Ist sie oben?«

»Ja, in ihrem Schlafzimmer. Ich glaube, sie fühlt sich nicht wohl. Sie hat ihre Verabredung zum Mittagessen abgesagt und ist den ganzen Tag nicht nach unten gekommen. Gut, dass Sie hier sind, das ist die beste Medizin. Ach, Mademoiselle Celine, es sind schreckliche Zeiten. Wenn nur Ihr Vater noch hier wäre, um sich um sie zu kümmern.« In Louises nächsten Worten schwang ein viel sagender Unterton mit: »Heutzutage ist das Leben sehr ge-

fährlich, Mademoiselle Celine. Ihre Mutter muss klug und sehr, sehr vorsichtig sein.«
Auf dem Weg die Treppe hinauf fragte sich Celine, ob Louise mit ihrer Bemerkung wohl auf etwas Bestimmtes angespielt hatte.
Charlotte saß in ihrem Schlafzimer auf dem Sofa und wirkte so ruhig wie immer. Sie sah jünger aus als achtundvierzig, als sie von ihrem Buch aufblickte, ihrer Tochter eine zarte Wange hinhielt und sie liebevoll anlächelte.
»Er schläft. Er hatte eine schwere Nacht, und ich habe ihm ein paar von deinen Schmerztabletten gegeben und bei ihm Wache gehalten, ich hoffte, das würde helfen. Er hat ein bisschen Suppe und Brot gegessen, aber die warme Milch und das Ei hat er nicht hinuntergebracht. Wenn es ihm besser geht, wird er es noch bereuen, derart seltene Köstlichkeiten abgelehnt zu haben. Er ist sehr schwach, Celine.«
»Da er jetzt schläft, Mutter, erzählst du mir am besten sofort, was du mit der ganzen Sache zu tun hast.«
»Liebes, Regel Nummer eins lautet, niemandem etwas zu verraten, für den Fall, dass derjenige irgendwann verhört werden sollte. Je weniger man weiß, desto geringer die Gefahr. Du brauchst nichts weiter zu tun, als die richtigen Medikamente mitzubringen.«
»Mutter, ich will dich bei deiner Arbeit unterstützen.« Celine setzte sich ihrer Mutter gegenüber. »Ich bin Ärztin und kann diesen Menschen helfen.«
Charlotte de Savoie stand auf und wandte sich ab, ihre Lieblingsmethode, ein unangenehmes Gespräch abzubrechen. Sie öffnete einen kleinen Schrank und nahm eine Cognacflasche heraus. »Celine, mein Schatz, du kümmerst dich jeden Tag um Menschen, die krank und verwundet sind oder wegen der Besatzung Hunger leiden müssen. Deine Rolle in diesem Krieg ist, die Menschen ärztlich zu behandeln. Das ist mehr als genug.«
»O Gott, Mama, wir können ja nicht einmal mehr spazieren gehen, ohne uns ständig umzuschauen, aus Angst, von einer Patrouille angehalten zu werden. Wir können uns in unseren

eigenen Dörfern und Städten nicht mehr frei bewegen, weil wir kein Benzin für unsere Autos bekommen. Obwohl wir ein Agrarland sind, herrscht Lebensmittelknappheit. Wir leben in ständiger Angst. Und mir reicht es nicht, an ein paar Leute im Krankenhaus Aspirintabletten auszugeben. Ich möchte mehr tun.«

Charlotte strich ihrer Tochter beruhigend übers Haar und steckte ihr ein paar lose Strähnen hinter die Ohren. Doch Celine schob ungeduldig ihre Hand weg. »In den letzten Monaten sind unzählige Menschen verschwunden. Das weißt du selbst.« Sie war fest entschlossen, sich nicht abwimmeln zu lassen. »Und schau, was mit den Juden passiert ist. Die Deutschen haben tausende von ihnen zusammengetrieben und sie unter schrecklichen Bedingungen und ohne ausreichende Ernährung oder sanitäre Einrichtungen ins Vélodrome d'Hiver eingesperrt. Es heißt, dass sie in deutsche Gefangenenlager deportiert werden sollen. Es genügt mir nicht, normale Krankenhauspatienten zu behandeln und die übertriebenen Ängste der Deutschen vor einer Epidemie zu beschwichtigen. Ich will kämpfen wie du, Mama, und du musst mir erklären, wie.«

»Ich finde, wir sollten uns zuerst um unseren Verwundeten kümmern.«

Als Charlotte ein Geräusch hörte, ging sie zum Schrank. Celine griff nach ihrer Tasche und folgte ihr. Der Mann war in Decken gewickelt, und Celine sah, dass er den wollenen Morgenmantel ihres Vaters trug. Als er ihre Schritte wahrnahm, öffnete er mühsam die Augen. Sein Gesicht war verquollen und von geröteten Blutergüssen bedeckt. Als er den linken Arm hob und Celines Hand ergriff, fühlte sie ihm den Puls. Dann berührte sie seine Stirn.

»Ich werde Ihnen weitere Medikamente und noch eine Spritze geben«, sagte sie leise. »Außerdem muss ich die Kugel aus Ihrer Schulter entfernen und Ihnen einen Stützverband anlegen. Möglicherweise ist der Knochen zersplittert. Es wird eine Weile ziemlich wehtun, doch das Morphium wird Ihnen helfen. Haben Sie mich verstanden?« Er nickte zögernd, sein Atem ging stoßweise.

Sein verbeultes, aufgedunsenes Gesicht war vom Fieber gerötet. Celine benetzte ein Stück Gaze mit kühlendem Alkohol und tupfte ihm damit die Stirn ab.
»Ihre Kopfwunde muss ebenfalls genäht werden und hat sich außerdem entzündet. Ich fürchte, Sie werden ein paar Wochen lang ziemlich lahm gelegt sein.« Rasch packte sie ihre Utensilien aus und begann mit der Behandlung.
Hin und wieder stöhnte der Mann; ansonsten zeigten nur die Schweißperlen auf seiner Stirn und seine geballte Faust, welche Schmerzen er litt. Endlich war es überstanden. Celine verband ihn vorsichtig und bedeckte die Schusswunde und die gereinigte und genähte Schnittverletzung mit einer dicken Kompresse. Das geschwollene Handgelenk war mit einem festen Verband ruhig gestellt. Das Morphium wirkte inzwischen, so dass der Verwundete zwischen Schlaf und Wachen zu schweben schien. Als Celine hörte, dass er ein Stöhnen ausstieß, rückte sie ihn auf seiner Matratze in eine bequemere Position.
Sie war ein verschwommener Schatten in seinem Bewusstsein, eine Vision, umgeben von Licht, mit liebevoll besorgter Miene und zupackenden, aber zartfühlenden Händen. Sie wischte ihm den Schweiß von der Stirn und berührte dann sanft seine Wange und die dunklen Augenbrauen. Er flüsterte ihr etwas auf Französisch zu, doch er brachte die Worte kaum heraus, und sein Mund war trocken.
»Celine, ich danke Ihnen tausendmal für Ihren Mut. Sie und Ihre Mutter sind wahre Heldinnen Frankreichs.«
Sie breitete eine weitere Decke über ihn; es rührte sie, dass er versuchte, ihr etwas mitzuteilen.
»Wenn er nur daliegt, wird er rasch auskühlen, Mama. Und außerdem werden seine Muskeln steif. Morgen müssen wir ihn dazu bringen, aufzustehen und ein wenig umherzugehen. Vielleicht kann er, eingewickelt in ein paar Decken, ein bisschen in deinem Sessel sitzen, nachdem alle zu Bett gegangen sind. Falls er sich kräftig genug fühlt, um es zu versuchen.« Sie betrachtete ihn. »Können Sie mich verstehen?«

Er nickte schwach. Seine Augen waren geschlossen. »Die Lettern, die Kristalle ...« Seine Stimme erinnerte an ein heiseres Krächzen, und er leckte sich mühsam über die Lippen. »Dringend. Für die Druckerpresse.«

Während er mühsam nach Worten rang, umfasste er ihren Arm so fest, dass es wehtat. »Was meint er damit?«, fragte Celine ihre Mutter. »Was für Lettern?«

»Er hat Zubehör für eine Druckerpresse und für ein Funkgerät bei sich, die übergeben werden müssen. Ich habe versucht, das zu arrangieren, aber mein Verbindungsmann war wegen der deutschen Patrouillen gezwungen, sich einen anderen Unterschlupf zu suchen. Als du heute Abend kamst, hatte ich die neue Adresse gerade erhalten. Nun muss ich mir einen Kurier besorgen. Der Mann, der das früher gemacht hat, ist tot, Celine. Er kam bei derselben Schießerei um, bei der dieser Mann hier verwundet wurde.«

»Einen Kurier auftreiben? Sei nicht albern, Mama, wenn du so etwas tust, wirst du Verdacht auf dieses Haus lenken. Ich bin dein Kurier. Gib mir die Sachen, und ich bringe sie mit dem Fahrrad hin. In meiner Arzttasche kann ich alles verstecken, denn ich habe gestern Abend einen doppelten Boden eingebaut. Es ist noch genug Platz zwischen den Verbänden.«

»Nein, Celine. Ich könnte in einer knappen Stunde jemanden auftreiben, der in diesen Dingen Erfahrung hat. Ich möchte dich nicht weiter hineinziehen.«

»Mutter, gib mir die Sachen, die er mitgebracht hat. Niemand wird mich aufhalten. Schließlich bin ich Ärztin, die perfekte Tarnung für so ein Vorhaben.«

»Celine, das geht nicht. Du darfst dich nicht in diese Angelegenheit einmischen.«

»Verdammt noch mal, sag mir einfach, wo ich hingehen muss. Wahrscheinlich wartet jemand schon tagelang auf diese Sachen.«

»Seit seiner Ankunft. Er ist an Land gegangen, um die Ausrüstung zu übergeben und zwei Leute außer Landes zu schmuggeln. Doch die Deutschen haben ihnen aufgelauert. Zwei Mitglieder der

Gruppe wurden verhaftet, und mindestens einer kam ums Leben. Der Mann hat die Lettern für eine Druckerpresse und außerdem Ersatzteile für ein Funkgerät bei sich. Darüber hinaus noch eine ziemlich große Geldsumme in bar.«

Celine hatte bereits ihre Tasche geöffnet und rasch den Inhalt umgeräumt. Ihre Mutter kniete neben dem Patienten.

»Sie liefert die Sachen ab, Richard. Celine bringt alles zu Achilles und seinen Freunden. Möge Gott uns beistehen.« Charlotte zog die Schubladen ihrer Kommode auf und reichte ihrer Tochter einige Päckchen.

»Bring das in die Rue de Grenelle. Hier ist die Nummer. Du wirst dort einen jungen Mann mit dem Codenamen Achilles antreffen. Sag einfach: ›Ich bin hier, um die bitteren Orangen abzuholen.‹ Wenn es Achilles ist, wird er antworten: ›Sie eignen sich aber nur für Marmelade.‹ Gib ihm die Päckchen und geh, wenn er dich dazu auffordert. Komm heute Nacht nicht mehr hierher zurück, aber ruf mich an, wenn du wieder zu Hause bist.«

Sie umarmten sich rasch. Noch nie hatte Celine so viel für ihre Mutter empfunden wie in diesem Augenblick. Angst, Stolz, Hoffnung, Entschlossenheit und Liebe schweißten sie zusammen. Kurz darauf schob sie ihr Rad in die Pariser Nacht hinaus und fuhr davon.

Kapitel 30

Paris, 1942

Celine warf einen letzten Blick in den Spiegel und war zufrieden. Jetzt war sie fast bereit für ihren Gast. Sie trug einen dunkelroten Lippenstift auf und griff nach einem kleinen Hut aus dunkelblauem Samt. Ihr Kleid hatte einen helleren Blauton, und der weiche Crêpe, der jede Bewegung mitmachte, umschmeichelte ihre Figur. Als es läutete, lächelte sie. Henri de Valnay war immer pünktlich, offenbar war er über sämtliche Widrigkeiten wie schlechtes Wetter oder Verkehr erhaben. Er küsste sie leicht auf beide Wangen, überreichte ihr einen Rosenstrauß und nahm den angebotenen Aperitif an. Nachdem er seinen Hut auf den Couchtisch gelegt hatte, machte er es sich auf dem Sofa vor dem offenen Fenster gemütlich.

Henri war ein angesehener Weinhändler und belieferte die Familie de Savoie nun schon seit vielen Jahren mit einer Auswahl seiner besten Weine, Champagner und Cognacs. Celine war zwar nicht die erste beruflich ehrgeizige junge Frau, der er begegnet war, doch als er sie bei einer von Charlotte de Savoies Soireen kennen gelernt hatte, war er sehr von ihrer gradlinigen Art beeindruckt gewesen. Außerdem hatte sie in seinen Augen etwas Sanftes an sich, das von Engagement und Leidenschaft zeugte. An ihrem ersten gemeinsamen Abend hatte er ihr in die Augen geblickt und gewusst, dass er verloren war. Allerdings war ihm klar,

dass sie nicht gerade wenige Verehrer hatte, und er ahnte, dass er behutsam vorgehen und all seine Geduld und seine Fähigkeiten aufbieten musste, wenn er diesen kostbaren Preis erringen wollte.
»Ich habe ein Restaurant ausgesucht, das nur ein paar Straßen entfernt ist«, sagte er, hob sein Glas und stieß im Geiste darauf an, dass die Beziehung zwischen ihnen sich vertiefen möge.
»Ausgezeichnet. Wenn es in der Nähe ist, wimmelt es dort sicher nicht von aufdringlichen Deutschen und ihren Flittchen. Ich wünschte, es gäbe einen Weg, sie von den kleineren Restaurants fern zu halten.«
»Du siehst bezaubernd aus, Celine, als ob du einen Monat Urlaub hinter dir hättest.« Henri musterte sie aufmerksam. »Und du bist heute Abend so anders, so aufgeregt. Ganz, als ob du ein Geheimnis bewahren müsstest oder im Lotto gewonnen hättest, ohne es jemandem verraten zu wollen. Oder könnte es vielleicht die Freude darüber sein, mich zu sehen?«
Sie lächelte, doch seine Feststellung beunruhige sie. Schließlich konnte er nicht wissen, dass sie eine neue aufregende Aufgabe gefunden hatte, ein Abenteuer, das berauschend auf sie wirkte. Seit der Ankunft des Flüchtlings im Haus ihrer Mutter und ihrer Entscheidung, sich dem Kampf gegen die deutschen Besatzer anzuschließen, fühlte sie sich so nützlich und gebraucht wie noch nie in ihrem Leben. Sie hatte nachts mehr als einmal von Richard Kirwan geträumt.
Henri plauderte lässig über Ereignisse in der Stadt, neue Filme und Pariser Klatsch. Was Literatur und Musik anging, hatten sie denselben Geschmack, und am meisten mochte sie an ihm seinen Sinn für Humor. Doch trotz ihrer gemeinsamen Interessen machte es Celine unruhig, dass er es sorgsam vermied, über die Probleme des Krieges zu sprechen. Er tat stets so, als gebe es keine Schwierigkeiten, und berichtete über ein amüsantes Buch, das er kürzlich entdeckt, oder einen interessanten Menschen, den er getroffen hatte. Dass sein Land besetzt war, erwähnte er nie. Es war, als nähme er überhaupt nicht wahr, dass eine ausländische Macht

Frankreich überrannt hatte. Er verkaufte gute Weine an hochrangige deutsche Offiziere und an die Restaurants, die diese Leute bewirteten, und es war Celine nicht ganz geheuer, dass sein Wohlstand und sein Erfolg in diesen schwierigen Zeiten ständig zunahmen. Als sie das ihrer Mutter gegenüber erwähnt hatte, hatte Charlotte de Savoie zu ihrer Überraschung nur leicht die Augenbrauen hochgezogen und Henri verteidigt.
»Tja, es wäre doch ziemlich absurd, wenn er in seiner Wohnung auf der Ile St. Louis herumsitzen und verhungern würde, mein Schatz. Außerdem hat er viel mehr französische Kunden als deutsche. Er kann nichts dafür, dass er reich ist und dass seine Geschäfte florieren.«

Das Restaurant war voll. Draußen auf dem Bürgersteig saßen Leute an kleinen Tischen und tranken einen Apertif oder einen Kaffee. Andere warteten an der langen Theke, wo poliertes Glas und Flaschen funkelten. In dieser Oase des Vergnügens erinnerte nichts an Krieg oder Elend. Trotz der ständigen Lebensmittelknappheit stieg ihnen der Duft köstlicher Speisen in die Nase, und die Kellner eilten mit Tellern zu den Tischen, deren Inhalt Celine von Minute zu Minute verlockender erschien. Celine saß Henri im schimmernden Kerzenlicht am Tisch gegenüber und beugte sich vor, um ihn trotz des Geschirrklapperns und des Stimmengewirrs verstehen zu können.
»Ich kann es kaum fassen, was es hier zu essen gibt«, sagte sie, den Mund noch feucht von Beerenmousse. »Es ist schon eine Ewigkeit her, dass ich meine letzte anständige Mahlzeit, ein frisches Ei oder gar Butter bekommen habe. Es war einfach köstlich, Henri. Wenn ich heute auf die Schwarzmarkthändler schimpfen würde, wäre ich eine Heuchlerin.«
Er stellte sein Glas weg und sah sie mit klopfendem Herzen an. »Celine, du weißt, dass ich verliebt in dich bin.« Er griff nach ihrer Hand. »Ich habe Angst, du könntest einfach verschwinden, wenn ich dich nicht berühre. Und dann würde ich nie erfahren, ob ich dich wirklich gesehen habe.«

Den Kopf zur Seite geneigt und die Lippen halb geöffnet, blickte sie ihn an. Ihr gefielen sein kantiges Gesicht, die ruhigen grauen Augen, seine leicht spöttische Miene, der Mund, der auf Humor und Güte hinwies, der dichte braune Haarschopf und die breite Stirn. Er war kein schöner Mann, aber angenehm anzuschauen, und er strahlte Wärme und Fröhlichkeit aus.

»Lass uns nichts überstürzen«, erwiderte sie. »Ich bin gern mit dir zusammen. Aber ich bin noch nicht lange approbiert und kann nicht selbst über meine Zeit bestimmen. Vielleicht hast du es ja bald satt, mit einem Mädchen auszugehen, das ständig Bereitschaftsdienst hat oder nach einem langen Arbeitstag im Stehen einschläft.«

»Ach, damit könnte ich leben, wenn ich wüsste, dass es kein Dauerzustand ist. Bis dahin könntest du mich vielleicht von meinen Leiden erlösen und mir bestätigen, dass es in deinem Leben keinen anderen gibt.«

»Nein, da gibt es niemanden.« Immer noch lächelte sie ihn an und hielt weiter seine Hand. Doch als sie die Worte aussprach, kam ihr wider Willen ein anderer Mann in den Sinn, der ihre Hand umklammerte, ein Mann mit blauen Augen und dunklem Haar, der aus seinem provisorischen Bett zu ihr aufblickte, ihr zuflüsterte und ihr dafür dankte, dass sie ihm das Leben gerettet hatte.

»Lass uns unseren Kaffee austrinken und irgendwohin gehen, wo man tanzen und sich einen Cognac genehmigen kann. Einverstanden, Celine?«

Doch zu seiner Enttäuschung schüttelte sie den Kopf.

»Heute Abend kann ich nicht. Ich habe Mama versprochen, nach dem Essen in die Avenue Mozart zu kommen. Sie fühlt sich nicht wohl. In letzter Zeit war ich fast täglich dort.«

»Dann begleite ich dich. Ich würde Charlotte gerne wieder sehen. Vielleicht könnten wir ihr unterwegs ein paar Blumen besorgen.«

»Das ist nett von dir. Aber sie ist wirklich sehr erschöpft, und ich werde auch nicht lange bleiben. Außerdem möchte ich bis zur Ausgangssperre wieder zu Hause sein. Sonst muss ich mich morgen vor dem Dienst im Krankenhaus so hetzen. Verstehst du jetzt, was ich meine? Ich habe dich gewarnt.«

Als sie den Anfang der Avenue Mozart erreicht hatten, verabschiedete Henri sich widerstrebend von ihr. Er nahm ihre Hände, küsste sanft ihre Handgelenke und ihre Handflächen. Dann hob er ihr Kinn und küsste sie auf den Mund. Reglos und mit geschlossenen Augen stand sie da. Als er sie wieder küsste, spürte er, wie ihre Lippen sich öffneten, und roch süßen Wein in ihrem Atem. Seine Zunge erkundete ihren weichen Mund. Sie schlang die Arme um ihn und presste ihren wunderschönen, kurvenreichen Körper an ihn. Dann wich sie, mit gerötetem Gesicht und lachend, zurück.

»Gute Nacht, Monsieur de Valnay. Hoffentlich hat Mutter jetzt nicht aus dem Fenster geschaut, denn sonst würde sie dich sofort ins Gebet nehmen, um herauszufinden, ob du auch ehrenhafte Absichten hast.«

»Meine Absicht ist, dafür zu sorgen, dass du dich bis über beide Ohren und leidenschaftlich in mich verliebst, Celine. Das war vermutlich nicht sehr dezent, aber dafür direkt.«

»Gute Nacht, Henri. Ich danke dir für das wunderbare Abendessen, für die Rosen und überhaupt für alles.«

Als sie an der Tür ihrer Mutter läutete, summte sie vor sich hin und fühlte sich ein wenig beschwipst. André, der ältliche Butler, öffnete die Tür und lächelte Celine zur Begrüßung an.

»Madame ist oben«, verkündete er. »Ich sage ihr Bescheid, dass Sie da sind, Mademoiselle Celine. Kann ich Ihnen einen Kaffee oder vielleicht einen Kräutertee bringen?«

»Nein, André, vielen Dank. Ich gehe sofort zu ihr.« Celine stieg die Treppe hinauf.

»Mademoiselle Celine, dürfte ich kurz mit Ihnen sprechen?« Celine hielt inne und blickte nach unten, wo André mit ernster Miene am Fuße der Treppe stand. »Hoffentlich finden Sie es nicht anmaßend, aber Louise und ich machen uns Sorgen um Madame de Savoie. Sie verbringt den ganzen Tag oben in ihrem

Zimmer und scheint sehr müde zu sein. Sie sollten Madame sagen, dass sie ihren …« – er zögerte – »… ›Gast‹ nicht allein zu versorgen braucht. Louise und ich helfen ihr gern dabei.«
Wie erstarrt blieb Celine stehen und wusste nicht, was sie darauf erwidern sollte.
»Es ist eine schreckliche Zeit für Frankreich. Das Land hat eine schändliche Niederlage einstecken müssen. Aber wir dürfen uns von diesen Barbaren nicht zerquetschen lassen, denn sonst haben wir keine Zukunft mehr. Weder unsere Kinder und Enkel noch unser Land. Wir würden Madame de Savoie gern unterstützen und uns dem Kampf anschließen. Was unsere Loyalität betrifft, braucht sie sich keine Sorgen zu machen.«
»André, Madame hat nie an Ihrer Loyalität gezweifelt.« Celine kehrte in die Vorhalle zurück und legte ihm die Hand auf den Arm. »Sie hatte nur Angst um Sie und Louise und wollte Sie keinem Risiko aussetzen.«
»Wir dürfen nicht tatenlos zusehen, wie Frankreich zerstört wird. Zwei Millionen unserer jungen Männer wurden bereits als Gefangene und Sklaven verschleppt. Der Himmel weiß, ob sie je wiederkommen werden. Wir müssen kämpfen, Mademoiselle, um unserer Würde willen.«
Charlotte war tief gerührt, als Celine ihr Andrés Botschaft überbrachte. Sie sah Richard Kirwan an, der in einem Lehnsessel saß. Er war zwar noch blass und still, doch sein Zustand besserte sich allmählich.
»Wahrscheinlich war es dumm von mir anzunehmen, dass sie es nicht bemerken würden«, meinte sie. »Und in gewisser Weise bin ich erleichtert. Wenigstens können Richard und ich uns jetzt frei bewegen und uns in normaler Lautstärke unterhalten.«
»Ich glaube, es ist an der Zeit, dass ich Sie verlasse«, sagte er. »Ich bin schon über einen Monat hier und inzwischen stark genug, um weiterzuziehen. Bestimmt kann ich mich auch anderswo verstecken, während Achilles alles vorbereitet, um mich aus dem Land zu schmuggeln.«
»Es wird noch eine Weile dauern, bis Sie sich vollständig erholt

haben, Richard.« Celines Tonfall war zwar streng, aber sie lächelte. »Doch Sie sollten wirklich mal vor die Tür. Sie sehen zum Fürchten aus. Wie ein Gespenst. Ich kann nicht zulassen, dass einer meiner Patienten einen solchen Eindruck vermittelt. Das wäre schlecht für meinen Ruf.«

Er erwiderte ihr Lächeln, und das kurze Aufblitzen in seinen Augen bildete einen erstaunlichen Kontrast zu seinem eingefallenen Gesicht. Vor zwei Wochen hatte Charlotte ihm mitgeteilt, dass Daniel Nazarres tot und seine Freunde Stefan und Leah von der Gestapo verhaftet worden waren. Sein Schwager hatte, allerdings schwer verletzt, das Boot erreicht. Durch einen Kontaktmann in London war es Achilles gelungen, Helena eine Botschaft zu schicken, in der er ihr mitteilte, dass ihr Mann noch am Leben war. Richard beobachtete Celine, während sie ihm den Puls fühlte, Fieber maß, seine Wunde reinigte und neu verband und seinen operierten Arm untersuchte. Ihr Haar schimmerte im Lampenlicht, und ihre Augen leuchteten, als ob sie … Ob sie bei ihrem Geliebten gewesen war? Er hoffte, dass der Mann so eine mutige und schöne Frau auch verdient hatte, und dachte an Helena. Es tat ihm weh, als er sich vorstellte, welche Sorgen sie sich machte. Gewiss war sie außer sich, sie war so zerbrechlich.

»Was ist? Haben Sie Schmerzen?«, fragte Celine.

»Falls das Boot wohlbehalten nach Irland zurückgekehrt ist, wird Helena – meine Frau – unbedingt wissen wollen, was aus mir und den Menschen, die wir aus Frankreich herausholen wollten, geworden ist. Es belastet mich sehr. Ich würde ihr so gerne mitteilen, dass ich in Sicherheit bin.«

»Tja, so würde ich es nicht unbedingt ausdrücken.« Mit spöttischer Miene zog Charlotte eine Augenbraue hoch. »Allerdings hat Achilles es geschafft, ihr über London eine Nachricht zukommen zu lassen. Und wir schicken ihr noch eine, wenn wir wissen, wann Sie abreisen können.«

»Bis dahin, Mama, finde ich, dass Richard sich wieder richtig anziehen sollte. Straßenkleidung, ein Hemd und ein Sakko. Es ist an der Zeit, dass unser Flüchtling ein bisschen frische Luft und

Sonnenschein abbekommt. Ich habe mir überlegt, morgen Nachmittag einen Ausflug mit ihm zu unternehmen.«
»Du kannst doch nicht mit einem Ausländer, der gesucht wird, durch die Straßen spazieren, nur damit er etwas Farbe kriegt.«
»Natürlich kann ich mit Richard ausgehen. Er spricht fließend Französisch und könnte sich ohne weiteres als Franzose ausgeben.«
»Ich weiß nicht so recht, Celine. Es ist gefährlich. Du musst vorsichtig sein.«
»Außerdem, Richard, habe ich eine Überraschung für Sie«, sagte Celine, ohne auf ihre Mutter zu achten. »Jemand aus unserer Gruppe hat einen Ausweis und eine Lebensmittelkarte für Sie gefälscht. Damit können Sie sich jetzt in der Stadt amüsieren.«
Sie nahm die Papiere aus der Tasche. Nachdem er die gefälschen Dokumente eingehend betrachtet hatte, schmunzelte er, denn das Foto im Ausweis sah ihm wirklich ziemlich ähnlich.
»Jetzt sind Sie Monsieur Emile Vallon aus Sète in Südfrankreich, der sich als Besucher in Paris aufhält. Hier sind die Daten Ihrer Familie. Sie sollten sie sich einprägen, für den Fall, dass Sie angehalten werden.« Celine drehte sich zu ihrer Mutter um und betrachtete zufrieden ihre erstaunte Miene. »Wir könnten ihm Sachen von Vater anziehen und mit ihm einen Spaziergang machen.«
»Aber Sie müssen sich unter allen Umständen von Ihren früheren Aufenthaltsorten fern halten«, warnte Charlotte. »Von den Straßen und den Cafés, wo Sie häufig waren. Außerdem sollten Sie Ihren ehemaligen Kollegen von der Sorbonne aus dem Weg gehen, Richard. Mit einem von ihnen Kontakt aufzunehmen würde nur zu gefährlichen Komplikationen führen. Aber Celine hat Recht. Sie brauchen einen Tapetenwechsel.« Sie musterte ihn prüfend, bis er sich wie ein kleiner Junge fühlte, der sein Äußeres kontrollieren lassen muss, bevor er aus dem Haus gehen darf. »Vielleicht sollten Sie etwas an sich verändern. Was halten Sie davon, Ihr schwarzes Haar umzufärben? Wir könnten es braun tönen. Sie könnten sich für eine Weile einen Schnurrbart oder

noch besser einen Bart wachsen lassen. Und ich habe noch eine gute Idee.«
Sie drückte auf die Klingel, damit es unten in der Küche läutete. Kurz darauf klopfte es an der Tür, und Louise kam herein. Charlotte de Savoie nahm sie bei der Hand und führte sie zu Richard hinüber. Ihr Blick war ernst und ruhig, ihr Tonfall gelassen.
»Louise, das ist Monsieur Emile Vallon, ein Cousin aus Sète. Er wird für ein paar Tage bei uns wohnen. Ich bin sicher, Sie werden mir helfen, dafür zu sorgen, dass es ihm während seines Aufenthalts an nichts fehlt. Wären Sie so nett, jetzt für ihn das Gästezimmer vorzubereiten?«
»Ich kümmere mich sofort darum, Madame. Willkommen in Paris, Monsieur Vallon. Es ist mir eine Ehre, Sie kennen zu lernen. Bitte läuten Sie nach mir oder nach André, wenn wir etwas für Sie tun können.« Louises rundes Gesicht strahlte vor Stolz, und sie ging hinaus, bevor Richard etwas erwidern konnte.
Celine sah auf die Uhr. »Ich muss los, Mama. Ich möchte vor der Ausgangssperre zu Hause sein.«
»Ich begleite dich nach unten, mein Schatz. Ich glaube, ich werde mir im Wohnzimmer noch einen Schlummertrunk genehmigen. Möchten Sie mir vielleicht Gesellschaft leisten, Richard? Wir helfen Ihnen mit der Treppe. Celine, warum bleibst du nicht noch ein bisschen? Es ist doch eigentlich ein Grund zum Feiern.«
»Der Vogel flieht aus dem goldenen Käfig.« Celine musste schmunzeln, als sie die Vorfreude bemerkte, die Richard ins Gesicht geschrieben stand. »Ja, ich setzte mich noch ein paar Minuten zu euch.«
Sie nahm ihren Patienten am Arm und spürte, wie viel Vergnügen es ihr bereitete, ihn zu stützen. Auf dem Weg die Treppe hinunter war sie angesichts der Fortschritte, die er machte, sehr zufrieden mit sich.
»Ihr Zimmer ist fertig, Monsieur Vallon. Hoffentlich schlafen Sie gut nach der langen Reise.« Louise kam aus dem Gästezimmer und lächelte ihm zu, als es an der Tür läutete. Sie blieben wie angewurzelt auf der Marmortreppe stehen, während André in der

Vorhalle erschien und sich langsam der Tür näherte. Celine zupfte Richard am Ärmel und führte ihn zurück ins Schlafzimmer ihrer Mutter. Als sie die Tür schloss, hörte sie, wie André verkündete: »Madame de Savoie, General von Ströpper möchte Sie gerne sehen.«

Kapitel 31
Paris, 1942

Eine knappe Stunde später schenkte Charlotte jedem einen großen Cognac ein. Mühsam hinderte sie ihre Hände daran zu zittern, denn es lag ihr – schon den anderen zuliebe – viel daran, Ruhe auszustrahlen.

»Der arische Eroberer kam mit Rilke-Zitaten und einem Blumenstrauß bewaffnet, während seine Beute nur wenige Meter entfernt voller Angst in ihrem Versteck kauerte. Das war ein bisschen zu viel für mich.« Celine konnte das Lachen nicht unterdrücken, das in ihr aufstieg, und alle sahen sie erstaunt an, als sie die Hysterie darin hörten. Sie trank einen Schluck Cognac. »Also macht General von Ströpper dir den Hof, Mama?«

Charlottes Miene blieb eisig. Walter von Ströppers Abschiedsworte waren kühl gewesen, und ihr war klar, dass er sie als Drohung verstanden wissen wollte. Mit einem gezwungenen Lächeln hatte sie versucht, den wahren Grund seines Besuchs in Erfahrung zu bringen. Er hatte gesagt, er werde enttäuscht und gekränkt sein, wenn er sie nicht bei dem Empfang begrüßen könne, den er in Kürze zu geben beabsichtige. Die schriftliche Einladung sei bereits unterwegs. Charlotte zögerte und hätte am liebsten in Celines Lachen eingestimmt, doch sie ahnte, dass sie in einer Zwickmühle steckte.

»Celine, mein Schatz, du findest dich wohl besser damit ab, dass

du heute hier bleiben musst. Inzwischen ist Ausgangssperre, und außerdem fährst du nach so einem großen Glas Cognac sicher im Zickzack.«
»Wenn ich an diesen Besuch denke, kann ich mit oder ohne Cognac nicht mehr gerade stehen. Außerdem habe ich heute Abend mein Fahrrad nicht dabei. Ich bin nach dem Essen mit Henri zu Fuß gegangen. Also können wir heute mit Ihnen Ihre erste Nacht in einem anständigen Bett feiern und Sie ein bisschen betrunken machen, bevor Sie schlafen gehen, Richard.«
»Ich richte Ihr Zimmer her, Mademoiselle Celine.« Louise war immer noch blass, aber sie kicherte, weil sie den Brandy nicht gewöhnt war. »Gute Nacht, Madame de Savoie. Gute Nacht, Monsieur …« Ihr Gedächtnis versagte.
»Monsieur Vallon«, sagte Charlotte. »Er ist ein Cousin aus Sète und hier in Paris, um für seinen Vater etwas Geschäftliches zu erledigen. Gute Nacht, Louise und André. Und vielen Dank. Ich glaube, diesen Abend werden wir alle nicht so schnell vergessen.«
Schweigend saßen sie eine Weile da und ließen noch einmal Revue passieren, wie knapp sie der Katastrophe entgangen waren. Richard ergriff als Erster das Wort.
»Tja, diese kleine Episode hat mir bewiesen, dass ich nicht hier bleiben darf, wenn ich Sie nicht weiter in Gefahr bringen will, Charlotte.« Er erhob sich auf unsicheren Beinen. »Es muss doch noch ein anderes Versteck für mich geben, bis alles für meine Abreise aus Frankreich vorbereitet ist.«
»Natürlich bleiben Sie hier, Richard. Allerdings sind Sie noch nicht ausreichend genesen, um Sie einem deutschen General vorzustellen. Sie sehen aus, als wären Sie gerade dem Grab entstiegen, für diese graue Hautfarbe gibt es keine harmlose Erklärung.« Celine lächelte, während sie die wenig schmeichelhaften Worte aussprach.
»Ihre Ärztin hat Recht.« Da in ihrem Salon nun wieder Ruhe herrschte, beruhigte sich Charlotte allmählich und musterte belustigt Richards verletzten Gesichtsausdruck. »Morgen sollten Sie

sich für ein paar Stunden mit einem Buch in den Garten setzen und ein bisschen auf und ab gehen.«

»Aber ich darf nicht zulassen, dass Sie sich diesem Risiko aussetzen.«

»Es wäre zurzeit noch riskanter, wenn wir Sie an einen anderen Ort bringen würden.« Charlotte betrachtete ihn über den Rand ihres Glases hinweg.

»Lass uns schlafen gehen, Mama. Der heutige Abend hat mich sehr ermüdet.« Celine hatte keine Lust auf dieses fruchtlose Gespräch. »Ich habe morgen in aller Früh Dienst im Krankenhaus, und davor muss ich noch in meine Wohnung. Es würde ein wenig seltsam aussehen, wenn ich in einem Crêpekleid durch die Krankensäle rausche, findet ihr nicht?«

Lächelnd öffnete Celine ihr Schlafzimmerfenster und blickte in den Garten hinunter. Sie konnte sich gut vorstellen, wie sehr Richard es genoss, in einem bequemen Bett und einem hellen belüfteten Raum schlafen zu können. Als sie im Bett lag, dachte sie an das Abendessen mit Henri de Valnay, die Berührung seiner Finger, seine Küsse und seine Liebesschwüre. Es schien eine Ewigkeit her zu sein. Wieder kam ihr Richard in den Sinn, der nun endlich aus seinem dunklen, engen Versteck befreit worden war. Sein Schlafzimmerfenster stand offen, so dass die Düfte und Geräusche aus dem Garten zu ihm hinaufdrangen. Celine schlief ein, stand am nächsten Morgen früh auf, ging nach Hause und schwang sich, erfrischt und voller neuer Lebensgeister, auf ihr Fahrrad.

Im Krankenhaus gab es viel zu tun. Es besorgte Celine sehr, dass immer mehr alte Leute und Kinder an Unterernährung litten. Außerdem wurden die Medikamente und Verbandsmaterialien zusehends knapp. Inzwischen waren in vielen Bereichen des Krankenhauses deutsche Wachen postiert. Ärzte, Schwestern und Nonnen gingen ihrer Arbeit nach und achteten – ebenso wie die Patienten – darauf, bloß nichts Falsches zu sagen. Es war fast fünf

Uhr, als Celine die Station verließ, um in die Avenue Mozart zu fahren. Charlotte erwartete sie im Wohnzimmer.
»Richard hat den Vormittag im Garten verbracht und am Nachmittag Siesta gehalten. Er ist bereit, mit dir einen Spaziergang zu machen. Ich fürchte, es war ziemlich schmerzhaft für ihn, eine Jacke anzuziehen. Glaubst du, es geht ohne Krawatte? Es ist ja ein warmer Abend.«
Celine schmunzelte. Der Mann hatte eine Schussverletzung und war ein gesuchter Flüchtling – und ihre Mutter machte sich Gedanken, ob er auch passend gekleidet war.
»Zerbrich dir nicht den Kopf darüber, Mama. Ich glaube, für einen Spaziergang an einem Septembernachmittag gibt es keine unverrückbaren Bekleidungsvorschriften. Möchtest du mitkommen?«
»Ich glaube nicht, Liebes. Ich bin mit meinen gesellschaftlichen Verpflichtungen ins Hintertreffen geraten, und es wäre wohl das Beste, wenn ich mich wieder ganz normal verhalte. Übrigens hat Henri angerufen. Er hat sich Sorgen gemacht, weil du letzte Nacht nicht zu Hause warst. Als ich ihm erklärt habe, dass du beschlossen hättest, hier zu übernachten, war er sehr erleichtert. Er würde sich gerne heute Abend mit dir treffen und vielleicht etwas trinken gehen.«

Richard beschloss, seinen ersten Ausflug zum Fluss zu machen. Das Wasser plätscherte gegen die alten Steine der Brücken und Uferbefestigungen. Eine Weile saßen sie auf einer Bank unweit des Viaduc de Passy und genossen die Aussicht auf die fantastische Stahlkonstruktion des Eiffelturms und die inzwischen deplatziert wirkende Freiheitsstatue. Richard erzählte Celine von seiner Zeit als Professor in Paris und davon, wie er zuerst Helena und dann Seamus kennen gelernt hatte, der bei Kriegsausbruch gekommen war, um sie nach Irland zu bringen. Dann schlenderten sie ein Stück weiter. Richard wollte den milden Spätsommerabend noch eine Weile genießen, und Celine hatte nur wenig Lust, das vertrauliche Gespräch zwischen ihnen zu beenden. Sie mochte den Klang seiner Stimme und sein, wenn auch seltenes, lebendiges Lächeln. Später setzten sie sich in ein Café, wo er ihr bei zwei Tassen wässrigen Kaffees von Seamus und Leah, Daniel und Stefan erzählte. Zu guter Letzt schilderte er ihr den tragischen Nachmittag, an dem Seamus und er voller Hoffnung an Land gegangen waren, um Leah und Stefan in eine bessere, sicherere Welt zu bringen. Trauer und Bedauern schwangen in seinem Tonfall mit, als er ihr den Abend beschrieb.

»Der Himmel weiß, ob sie noch leben und ob Seamus wohlbehalten nach Roundstone und zu Helena zurückgekehrt ist. O Gott, Helena. Sie ist so zart, so hilflos. Sie können sich das gar nicht vorstellen.« Tränen traten ihm in die Augen, und er schlug, beschämt über seine Schwäche, die Hände vors Gesicht.

»Stefan ist Bürger eines neutralen Landes«, meinte Celine und umfasste seine zernarbten Hände. »Vielleicht ist es ihnen ja geglückt zu entkommen. Oder sie wurden nach der Verhaftung ausgewiesen. Sie sagten doch, dass Stefans Vater sehr einflussreich und ein Befürworter der Nazis ist. Möglicherweise hat er erreicht, dass sie freigelassen und nach Schweden geschickt wurden. Sie dürfen die Hoffnung nicht aufgeben, Richard. Sie müssen zuversichtlich sein. Das rät Ihnen Ihre Ärztin.«

»Dann möchte ich Ihnen auch einen Rat geben, Dr. de Savoie.« Er blickte sie über den Tisch hinweg an und zwang sich zu einem Lächeln. »Das Überbringen von gefährlichen Botschaften und das Verteilen von Flugblättern und Nachrichten ist nichts für Sie.«

Celine verzog das Gesicht, und ihr gerade noch mitfühlender Ausdruck wurde von einer ärgerlichen Miene abgelöst. Richard bemerkte es entweder nicht, oder er zog es vor, nicht darauf zu achten.

»Ich weiß nicht, was Ihre Mutter tun würde, wenn Ihnen etwas zustößt, Celine. In den vergangenen Wochen hatten wir viel Zeit, miteinander zu reden. Sie braucht Sie, insbesondere seit dem Tod Ihres Vaters.«

»Edle Worte, Richard.« Höhnisch sah Celine ihn an. »Selbstverständlich ist es in Ordnung, wenn Mutter Flüchtlinge beherbergt, wenn Sie Geld und Ausrüstung nach Frankreich schmuggeln und entkommene Juden retten und wenn Menschen wie Daniel Nazarre sich erschießen lassen. Aber ich soll einfach meinen kleinen weißen Kittel anziehen, dem ersterbenden Herzschlag Frankreichs lauschen und hin und wieder ein Aspirin verabreichen. Ist das Ihre Auffassung?«

Er musterte sie nachdenklich, bevor er antwortete. »Sie haben Recht. Es ist anmaßend von mir, Ihnen Vorschriften zu machen. Schließlich sind es Ihr Land und Ihre Stadt, die vergewaltigt und erobert worden sind. Ich respektiere Ihre Worte und bewundere Ihre moralische Einstellung. Aber der Krieg verwandelt uns alle, sogar die, die unsere Freunde zu sein scheinen, in nicht wiederzuerkennende Fremde. Hinter jeder Straßenecke können eine verhängnisvolle Begegnung, Lebensgefahr oder sogar der Tod lauern. Seien Sie auf der Hut. Denn was Sie hier treiben, ist ein Drahtseilakt ohne Netz.«

Er griff nach ihrer Hand und beugte sich über den Tisch. Seine Miene war finster und bedrückt, und seine Augen sahen sie eindringlich, ernst und warnend an. Celine erwiderte seinen Blick. Sie hing an seinen Lippen und war wie berauscht von seiner Berührung.

»Celine? Ich habe gerade in der Avenue Mozart angerufen. Deine Mutter war nicht zu Hause, aber Louise sagte, dass du vielleicht am Fluss bist.« Henri de Valnay stand vor ihr und bemerkte, dass sie die Hände ihres unbekannten Begleiters umfasst hielt und ihn gebannt betrachtete. Als er sie ansprach, fuhr sie erschrocken zusammen. Henri wandte sich an den dunkelhaarigen Mann. »Ich glaube, wir sind uns noch nicht vorgestellt worden.«

»Emile Vallon. Ich bin ein Cousin von Charlottes verstorbenem Mann«, erwiderte Richard in makellosem Französisch. »Ich verbringe ein paar Tage in Paris. Wir wollten uns gerade auf den Heimweg in die Avenue Mozart machen. Celine, warum bleibst du nicht hier, während ich allein nach Hause gehe?«

»Nein, das ist keine gute Idee, Emile. Nein. Außerdem habe ich ohnehin meine Arzttasche dort stehen gelassen. Wir gehen zusammen. Kommst du mit, Henri?«

Während sie den Hügel hinaufschlenderten, plauderte Henri freundlich. Celine warf hin und wieder ein paar Worte ein und versuchte, ihren anfänglichen Schrecken zu verbergen. Als sie Richard ansah, stellte sie fest, dass er leichenblass geworden war. Schweißperlen standen ihm auf der Stirn.

»Fühlst du dich nicht wohl, Emile?« Das Herz klopfte ihr bis zum Halse. Der Fußmarsch bergauf war zu viel für Richard, und er konnte mit ihrem Tempo nicht mithalten. Sie überlegte, wie sie ihm helfen sollte, ohne Henri auf seinen angeschlagenen Gesundheitszustand aufmerksam zu machen.

Henri bemerkte, dass er über einen herausstehenden Pflasterstein stolperte und schmerzhaft zusammenzuckte. »Offenbar geht es Ihnen nicht gut, mein Freund«, meinte er. »Warum setzen wir uns nicht für einen Moment in dieses Café. Schließlich haben wir es nicht eilig. Wir bestellen Ihnen ein Mineralwasser, dann kommen Sie sicher gleich wieder zu Kräften.«

»Es tut mir Leid, dass ich Sie aufhalte. Ich habe mich schon nicht wohl gefühlt, ich von zu Hause abreiste. Letzte Woche habe ich mir den Magen verdorben. Ich dachte, ich wäre wieder gesund, aber so etwas kann manchmal recht hartnäckig sein. Es ist schon viel besser, gehen wir doch weiter.«

Als sie ihren Weg fortsetzten, war Richard ein wenig unsicher auf den Beinen, und als Henri ihn fest am Arm nahm, um ihn zu stützen, hörte Celine, wie ihr Patient vor Schmerz aufstöhnte. Henri verzog verwundert das Gesicht. Langsam schlenderten sie weiter, bis sie die Avenue Mozart erreicht hatten.

»Bitte entschuldigt mich. Ich glaube, ich lege mich für ein halbes Stündchen hin. Vielen Dank für Ihre Hilfe, Monsieur de Valnay.«

»Nichts zu danken. Vielleicht treffen wir uns ja während Ihres Aufenthalts noch einmal.«

»Ich bin nur noch einen Tag hier. Aber wenn Sie je in die Gegend von Sète kommen …«

»Meine Familie besitzt ein Stück weiter westlich einige Weinberge. Also werden sich unsere Wege vielleicht wieder kreuzen. Auf Wiedersehen, Monsieur Vallon. Hoffentlich geht es Ihnen bald besser.«

In der Vorhalle herrschte Stille, während Richard langsam die Treppe hinaufstieg.

Henri sah Celine an. »Möchtest du jetzt nach Hause?«, fragte er. »Ich könnte dich ja begleiten.«

»Ach, ich glaube, ich besorge mir unterwegs noch eine Kleinigkeit zu essen und gehe früh zu Bett. Warum rufst du mich nicht morgen an?«

»Nein, Celine.« Er hatte die Lippen zusammengepresst und den Kiefer vorgeschoben. »Ich denke, es wäre viel interessanter, dich heute Abend nach Hause zu bringen.«

In angespanntem Schweigen legten sie den ersten Teil des Weges zurück, bis Henri schließlich das Wort ergriff.

»Du hast gar nicht erwähnt, dass deine Mutter Besuch hat.«

»Er ist gestern Abend überraschend eingetroffen.« Sie lächelte ihn an und wechselte rasch das Thema. »Danke für den wunderbaren Abend und das köstliche Essen. So viele Lebensmittel hatte ich schon seit Wochen nicht mehr auf einmal gesehen.«

»Louise hat mir gesagt, er sei schon seit einigen Tagen hier. Meiner Ansicht nach solltet ihr eure Geschichten besser untereinander absprechen. Außerdem ist mir noch nie jemand untergekommen, der am Mittelmeer wohnt und so ein blasses, fahles Gesicht hat, ganz zu schweigen von den Augenringen und dem Bluterguss an der Schläfe. Ist er eine Art Höhlenmensch? Und was fehlt seinem Arm?«

Mitten auf der Straße blieb Celine stehen und drehte sich, Zornesröte im Gesicht, zu ihm um.

»Was geht es dich an, ob Mutter Besuch hat und woher dieser Gast kommt? Du tyrannisierst mich, Henri, und das gefällt mir nicht.«

»Ich weiß nicht, wer der Mann ist. Ich weiß nur, dass plötzlich ein hohlwangiger Fremder in der Avenue Mozart auftaucht, in einem Café mit dir Händchen hält, dir in die Augen starrt, kaum einen

Fuß vor den anderen setzen kann und anscheinend eine Verletzung am Arm hat. Und offenbar seid ihr euch nicht einig, wann er eigentlich in Paris angekommen ist.«

»Er war krank, das hat er doch selbst gesagt. Und Louise irrt sich vermutlich, was den Tag seiner Ankunft betrifft. Du weißt doch, wie das ist.«

»Nein, das weiß ich nicht. Aber ich habe mitbekommen, dass es Charlottes Lebensziel ist, diese Stadt und ganz Frankreich aus den Klauen der Deutschen zu befreien. Außerdem ist mir bekannt, dass es viele kleine geheime Gruppen gibt, die sich auf das ausgesprochen gefährliche Unterfangen eingelassen haben, sich gegen die Besatzung zu wehren und Sabotageakte zu verüben.« Er hielt inne und packte Celine fest am Arm. »Du und deine Mutter könntet auf diese Weise ums Leben kommen. Die Deutschen kennen keine Gnade mit Leuten, die sich in irgendeiner Weise am Widerstand beteiligen. Die meisten, die sie gefangen nehmen, werden nicht einmal verhört, sondern gleich erschossen. Und diese Leute haben noch Glück im Unglück, denn die Übrigen werden misshandelt, gefoltert und in Gefangenenlager deportiert, wo unsägliche Bedingungen herrschen. Hast du mich verstanden, Celine?«

Als er sie schüttelte und mit leiser eindringlicher Stimme auf sie einredete, drehten sich einige Passanten nach ihnen um. Celine machte sich los. »Erzähl mir nichts vom Krieg und von den Deutschen, Henri! Sag mir nicht, wie ich mich fühlen soll, wenn diese Mörder durch mein Land trampeln und unschuldige Menschen umbringen. Sie treiben Zigeuner zusammen, verschleppen Juden, nur weil sie Juden sind, und lassen Kinder und alte Leute verhungern.« Celine zitterte vor Wut, und sie marschierten wortlos weiter, bis sie ihre Haustür erreicht hatten. Sie holte tief Luft und bemühte sich um einen ruhigen Tonfall. »Wenn es dir nichts ausmacht, gehe ich jetzt nach oben und gönne mir einen ruhigen Abend. Noch einmal vielen Dank für gestern. Gute Nacht.«

»Du musst mich anhören.« Er packte sie an der Hand und zwang

sie, sich zu ihm umzudrehen. »Ich weiß nicht, was genau Charlotte treibt oder welche Rolle du in der Sache spielst, aber ich möchte nicht, dass du dich in Gefahr bringst, Celine, weil ich dich liebe. Verstehst du mich? Überlass es anderen, im Untergrund gegen die Deutschen zu kämpfen. Du kannst etwas beitragen, indem du eine gute Ärztin bist. Das ist genug, um stolz darauf zu sein, Liebling. Es ist wirklich ein ausreichender Beitrag.«
»Ach, verdammt, warum versuchen alle, mir einzureden, dass es reicht, Ärztin zu sein? Und eines genügt ganz sicher nicht, Henri, nämlich herumzufahren und guten Wein an aufgeblasene Deutsche zu verkaufen, auf dem Schwarzmarkt zu handeln und Restaurantbesitzer zu beliefern, die Kollaborateure sind. Es ist nicht genug, sich tatenlos zurückzulehnen und immer mehr Geld durch Umstände zu verdienen, die dein Land zerstört und dafür gesorgt haben, dass Millionen von Franzosen heute in deutschen Gefangenenlagern Zwangsarbeit leisten müssen. Es ist nicht genug, sondern unmoralisch und feige!«
Eisiges Schweigen herrschte zwischen ihnen, als Celine zitternd vor Wut dastand. Dann machte Henri auf dem Absatz kehrt und ging davon. Erschöpft steckte sie den Schlüssel ins Schloss und stieg die Treppe hinauf. Als sie die Tür öffnete, läutete das Telefon.
»Ja, bitte?«
»Liebling, wir haben es geschafft, eine Reise für Emile Vallon zu buchen, und zwar für heute in zwei Wochen. Hat Henri dich gefunden? Louise sagte, er sei hier vorbeigekommen.«
»Ja, das hat er. Allerdings glaube ich nicht, dass er mich in nächster Zeit oder überhaupt jemals wieder suchen wird.«
»Was ist geschehen?«
»Henri war nicht sehr begeistert von unserem Cousin. Er meinte, er sehe eher aus wie ein Höhlenmensch als wie ein Bewohner des sonniges Südens. Daraus hat sich ein Streit über unsere augenblickliche Lebensweise entwickelt.«
»Ach, du meine Güte. Aber derartige Missverständnisse dauern meistens nicht lange. Ich glaube, er liebt dich sehr und will dich einfach nur beschützen.«

»Und ich finde, dass zwischen uns unüberwindbare Gegensätze bestehen, die sich nicht so leicht aus der Welt schaffen lassen. Ich bin sehr müde, Mutter, und ich gehe heute früh zu Bett. Wir sehen uns morgen, aber erst am späten Abend, ich habe den ganzen Tag Dienst. Gute Nacht.«

Lange saß sie grübelnd in ihrem Sessel und dachte über Henri de Valnay nach. Wahrscheinlich war es das Beste, dass sie offen über ihre unterschiedliche Einstellung zur deutschen Besatzung gesprochen hatten. Denn wie die Dinge lagen, konnte sie die Beziehung mit ihm nicht fortsetzen. Dennoch rechnete sie eigentlich damit, dass er sie anrufen würde. Seufzend stand sie auf und ging zu Bett. Obwohl sie noch hellwach war, ließ sie das schrille Läuten des Telefons zusammenzucken.

»Celine, hoffentlich störe ich Sie nicht. Ich wollte Ihnen nur dafür danken, dass Sie mir zugehört haben, und auch für Ihre Freundlichkeit und Ihre Anteilnahme. Hoffentlich ist Ihr Bewunderer nicht böse auf Sie. Vielen, vielen Dank noch mal für alles.«

Es war nicht die Stimme, die sie erwartet hatte, doch das Herz klopfte ihr bis zum Halse. Obwohl ihr mulmig wurde, als sie ihm antwortete, versuchte sie, einen leichten, freundlichen Ton anzuschlagen und sich nicht anmerken zu lassen, wie sehr sie sich freute. »Schlafen Sie gut. Erholen Sie sich. Gute Nacht.«

Sie lächelte und legte schläfrig den Hörer auf.

Kapitel 32
Paris, 1970

Vollkommen sprachlos blickten Elizabeth und James der davonstürmenden Solange nach. Rings um sie herum waren die Gespräche verstummt, als die Leute sich nach der Hinauslaufenden umdrehten. Die Welt schien stehen geblieben zu sein, mitten in der Bewegung erstarrt, als hätte jemand auf den Auslöser einer Kamera gedrückt. Guy presste, peinlich berührt und erschrocken, die Lippen zusammen. James fing kurz seinen Blick auf und sah dann zu Boden. Als Elizabeth Guy am Arm berühren wollte, wich dieser abrupt zurück.

»Sie müssen mich entschuldigen, Mademoiselle und Monsieur Kirwan. Offenbar sind Sie mir gegenüber im Vorteil, wenn man es so nennen möchte. Serge, Sie werden sicher Verständnis dafür haben, dass ich jetzt gehen muss.« Raschen Schrittes verließ er den Raum.

Kurz herrschte beklommenes Schweigen in der kleinen Gruppe um James und Elizabeth. Dann wurde die Stille wieder von Stimmengewirr abgelöst. Serge führte James und Elizabeth zu einem Kellner und reichte jedem von ihnen ein Glas Champagner. James nahm einen Schluck von der perlenden Flüssigkeit und räusperte sich. »Hören Sie, Serge, dieser Zwischenfall tut mir fürchterlich Leid. Ich würde es Ihnen gern erklären.«

Er hielt inne, als ihm klar wurde, dass er eigentlich nicht darüber sprechen konnte. Aus der Situation, die gerade abgelaufen war, ließ sich eindeutig schließen, dass Solange de Valnay ihren Verlobten nicht eingeweiht hatte. James ahnte, dass ihr Erscheinen in Paris eine wirkliche Katastrophe für seine Halbschwester bedeutete. Und er kam zu dem Schluss, dass es besser war, ihre Umstände mit niemandem zu erörtern. Er war bedrückt und niedergeschlagen, weil ihre erste Begegnung so furchtbar verlaufen war. Außerdem schämte er sich, da er nicht geahnt hatte, in welchem schweren Konflikt Solange steckte. Serge stand immer noch abwartend vor ihm und war zu höflich, auf eine Erklärung zu drängen. James unternahm einen zweiten Anlauf: »Serge, es ist mir wirklich sehr unangenehm. Es handelt sich um eine heikle Familienangelegenheit, ein Problem mit einer Erbschaft, das Solange de Valnay betrifft. Wir haben sie noch nie zuvor gesehen und nicht damit gerechnet, ihr hier über den Weg zu laufen. Nun glaubt sie offenbar, dass wir diese Begegnung absichtlich herbeigeführt haben, doch wir haben nichts dergleichen geplant.«

»Offenbar war Guy auch ziemlich durcheinander«, unterbrach Serge James' gestammelte Rechtfertigungen. »Hören Sie, James, ich verlange nicht, dass Sie mir Ihre Privatangelegenheiten offenbaren. Es war, wie Sie es so taktvoll ausgedrückt haben, etwas unangenehm. Doch jetzt hat sich der Sturm verzogen. Wir sollten essen gehen.«

»Serge, wüssten Sie vielleicht, wie wir uns mit Solange de Valnay in Verbindung setzen können?«, meinte James. »Ich weiß, dass sie nicht in Paris lebt, aber möglicherweise könnten wir ihre hiesige Adresse herausfinden. Ich würde mich gern bei ihr und bei Guy St. Jorre für dieses schreckliche Missverständnis entschuldigen.«

»Tja, ich glaube, irgendjemand muss den armen Guy wirklich um Verzeihung bitten. Das jedenfalls steht fest. Wenn Solange in Paris ist, übernachtet sie für gewöhnlich bei ihrer Großmutter. Charlotte de Savoie ist eine beeindruckende Dame und eine der einflussreichsten Gastgeberinnen der Stadt. Sie wohnt in der Avenue Mozart. Wenn Sie anrufen möchten, kann ich die Nummer

für Sie in Erfahrung bringen. Vermutlich schläft Guy auch dort, zumindest hatte er das bis zu dem heutigen Abend wahrscheinlich vor.«
Sie blickten in die Ferne; obwohl der Raum voller Menschen war, waren alle drei mit ihren Gedanken allein.
»Ich weiß nicht so recht, ob wir wirklich essen gehen sollten, Serge. Vielleicht ist es besser, wenn wir ins Hotel zurückkehren.« James scharrte mit den Füßen.
Serge wandte sich an Elizabeth, die seit Solanges Aufbruch kein Wort gesagt hatte. Mit bedrückter Miene erwiderte sie seinen Blick. Dann stellte sie ihr Glas auf die Marmorplatte eines Tischchens. »Also«, meinte sie mit Nachdruck. »Ich werde mir von Solange de Valnay nicht meinen ersten Abend in Paris verderben lassen. Ich habe große Lust, essen zu gehen.«
Sie schenkte Serge ein strahlendes Lächeln und drehte James den Rücken zu, der sie überrascht und missbilligend ansah. Angesichts von Solanges aufgebrachter Reaktion erschien es ihm unpassend, Pläne fürs Abendessen zu schmieden. Doch Elizabeth zeigte keinerlei Anzeichen von Bedauern oder Reue, dass sie ihrer Halbschwester einen solchen Schrecken eingejagt hatten.
»Ach, da drüben ist Jacques Lefranche«, rief Serge aus. »Ich werde Sie einander vorstellen.«
Lefranche war Anfang vierzig, attraktiv, aber ein wenig korpulent. Er verneigte sich knapp vor Elizabeth und ließ den Blick über ihren Körper gleiten, so dass ihr die unausgesprochene Botschaft nicht entging. Während Serge sie miteinander bekannt machte, nahm Lefranche ihre Hand, hielt ihre Finger einen Moment zu lange fest und rückte ein Stück zu dicht an sie heran.
»Jacques, meine Freunde hoffen, jemanden zu finden, der ihren Vater, Professor Richard Kirwan kannte; er lebte kurz vor dem Krieg in Paris. Ich frage mich, ob Ihr Vater ihm wohl je begegnet ist.«
»Gut, ich werde mich bei ihm erkundigen und Ihnen Bescheid geben. Wo wohnen Sie?«
»Im Raphaël«, erwiderte Elizabeth.

»Aber wir kommen vermutlich erst sehr spät wieder«, ergänzte James. »Wahrscheinlich ist es besser, wenn Sie mich morgen in Serges Kanzlei anrufen.«
»Ich fürchte, James wird morgen den ganzen Tag beschäftigt sein, Jacques«, wandte Serge ein. »Vielleicht könnten Sie sich am Abend mit ihm in Verbindung setzen.«
»Und Elizabeth hat ebenfalls viel zu tun«, fügte James schnell hinzu.
»Sie können mich morgen früh anrufen.« Sie nickte ihm zu und verließ den überfüllten Saal, wütend darüber, dass die beiden Männer für sie Entscheidungen trafen.

Das Abendessen verlief in angespannter Stimmung. Gekünstelte Fröhlichkeit und beklommenes Schweigen lösten einander ab. Doch Serge, der sich anfangs nicht sehr wohl gefühlt hatte, ließ sich nach einer Weile von Elizabeths unverhohlener Begeisterung anstecken. James versuchte zwar, niemandem die festliche Laune zu verderben, doch es war offensichtlich, dass er in Gedanken nicht bei der Sache war. Sie beendeten den Abend früh, und Serge fuhr sie zurück ins Hotel.

Am Morgen bestellte Elizabeth Frühstück und rief im Zimmer ihres Bruders an. Aber niemand hob ab. Gerade schlug sie die Nummer von Serges Kanzlei nach, als das Telefon läutete. Sie hob ab und war fest dazu entschlossen, besonders nett und einfühlsam zu James zu sein.
»Ach, Mademoiselle Kirwan, ich habe schon befürchtet, Sie wären bereits ausgegangen. Hier spricht Jacques Lefranche. Ich habe mich gestern Abend noch mit meinem Vater unterhalten. Offenbar erinnert er sich wirklich an Richard Kirwan.«
»Ich wollte gerade ausgehen. Wo genau sind Sie jetzt?«
»Ich stehe hier in der Hotelhalle. Warum besuchen wir meinen Vater nicht in seiner Wohnung am Quai d'Orsay und essen danach eine Kleinigkeit zu Mittag.«
Elizabeth überlegte rasch. Ihr Bruder würde darüber verärgert

sein, dass sie sich mit Jacques Lefranche traf. Andererseits wäre es eine wundervolle Überraschung, wenn sie James bei seiner Rückkehr am Abend mit neuen Informationen über ihren Vater aufwarten könnte. Nachdem sie Professor Lefranche kennen gelernt hatte, konnte sie sich schließlich immer noch unter irgendeinem Vorwand verabschieden.
»Einverstanden. Ich hinterlasse James nur rasch eine Nachricht.«
Elizabeth merkte, dass sie versuchte, ihr Unbehagen zu unterdrücken. Aber immerhin war Jacques ein angesehener Anwalt und würde ihr schon nicht zu nahe treten. Sie zuckte die Achseln und fuhr mit dem Lift hinunter in die Hotelhalle. Als er ihr die Tür seines Wagens aufhielt, roch sie Alkohol in seinem Atem. Am Quai d'Orsay bog er in eine kleine Seitenstraße ein, die von der Seine wegführte, und fuhr durch ein Tor in einen Hof, der von Gebäuden aus dem neunzehnten Jahrhundert mit verschnörkelten Balkonen und hohen Fensterläden umgeben war. Im Flur stiegen sie in einen Fahrstuhl, der an einen alten Vogelkäfig aus Messing erinnerte, und rumpelten in den zweiten Stock hinauf. Jacques klopfte an die Wohnungstür und schloss gleichzeitig auf.
»Vater, hier ist die junge Dame aus Irland, Elizabeth Kirwan. Ich sagte dir, dass ich sie dir vorstellen möchte.«
Er führte sie in ein Wohnzimmer, das Blick auf den Hof hatte. In einem Sessel am Fenster saß ein alter Mann. Eine karierte Decke lag über seinen Knien. Seine Haut war dünn wie Pergament und von Altersflecken übersät. An seinen Händen und Schläfen traten die Venen hervor. Als Elizabeth spürte, dass Jacques sie am Ellenbogen weiterschob, trat sie näher.
»Elizabeth, das ist mein Vater, Maurice Lefranche.« Der alte Mann sah sie aus milchigen Augen an, schwieg und rührte sich nicht, als James seine Worte wiederholte. »Sie ist die Tochter von Professor Richard Kirwan. Du erinnerst dich doch noch an ihn. Das hast du gestern Abend gesagt.«
»Professor Lefranche, es ist mir ein Vergnügen, Sie kennen zu lernen. Ich bin so froh, einem Freund meines Vaters von früher zu begegnen.«

Der alte Mann nickte und winkte mit der Hand, als wolle er seinen Sohn hinausschicken. Nachdem Jacques Elizabeth einen niedrigen Stuhl gebracht hatte, begann er, unruhig im Zimmer auf und ab zu gehen, Gegenstände zur Hand zu nehmen und sie wieder wegzulegen. Gereizt sah Maurice ihn an. »Jacques!« Seine Stimme war heiser und zitterte. »Setz dich und hör mit der Herumkramerei auf. Die ganzen Sachen gehören sowieso bald dir.«
Er blickte Elizabeth an. »Mein Sohn kann seine Hände nicht bei sich behalten. Aber das wissen Sie vermutlich bereits.« Er kicherte freudlos. »Die Damen werden von Woche zu Woche jünger, mein lieber Jacques.«
»Jacques meinte, Sie hätten meinen Vater vor dem Krieg gekannt.« Allmählich fragte sich Elizabeth, wer von beiden wohl der unangenehmere Mensch war, der Vater oder der Sohn. Sie wollte dieses Gespräch so rasch wie möglich hinter sich bringen.
»Ihr Vater war ein kluger Mann.« Die wässrigen Augen des alten Mannes musterten sie prüfend. »Sie sehen ihm überhaupt nicht ähnlich. Er war groß und hatte dunkle Haut und sehr dunkle Haare, wenn ich mich recht erinnere.«
»Kannten Sie ihn sehr gut?«
»Ich habe ihn bei Konferenzen und im Speisesaal der Universität getroffen. Er war ein brillanter Historiker und machte rasch Karriere. Das sagten alle. Er war zwar nicht in meiner Fakultät, aber damals kannten alle Professoren einander. Und manchmal gab es zwischen unseren Fächern auch Überschneidungen.« Ein dünner Speichelfaden erschien in seinem Mundwinkel. »Wir waren nicht unbedingt Freunde, wissen Sie. Er hat ziemlich schwere Fehler bei der Auswahl seiner Freunde gemacht und sich in Künstlerkreisen herumgetrieben. Mit Juden, Taugenichtsen und sogar mit Kommunisten. Jammerschade!« Sein Blick wurde fragend. »Jetzt hab ich's. Eines der Mädchen, mit denen ich ihn oft gesehen habe, ähnelte Ihnen sehr. Dieselben Haare!«
»Das war meine Mutter. Helena.«
»Also hat er sie geheiratet. Na ja, immer noch besser als diese arrogante Ärztin oder gar eine Jüdin aus der Familie, die er immer

besuchte. Einer von ihnen unterrichtete an der musikalischen Fakultät, ein kleiner Affe mit einer großen Nase und einem kleinen Bärtchen. Doch wir haben kurzen Prozess mit Leuten seines Schlages gemacht.«

Er hob die Stimme und begann vor lauter Erregung, schleimig zu husten. Elizabeth wurde flau im Magen. Am liebsten hätte sie die Flucht ergriffen.

»Kannten Sie Freunde meines Vaters? Können Sie mir sonst noch etwas über ihn erzählen?«

»Er hätte sich nie mit diesem Pack abgeben sollen. Kommunisten und Juden. Ich weiß nicht, was schlimmer ist.« Er griff mit seiner klauenartigen Hand nach ihrer. »Es hieß, er sei 1940 vor dem Einmarsch der deutschen Truppen ausgereist. Doch ich bin ihm viel später noch einmal begegnet. Es muss 1942 gewesen sein.«

Elizabeth war verwundert. Warum hätte ihr Vater nach der Kriegserklärung und der Besetzung von Paris durch die Deutschen zurückkehren sollen?

»Ich fand es damals merkwürdig«, fuhr der alte Mann fort. »Er unterrichtete jedenfalls nicht mehr an der Universität. Und er sah verändert aus, war mager, trug einen Hut und besuchte ein billiges Café. Er hatte sich einen Bart wachsen lassen, aber ich erkannte ihn trotzdem. Er war arrogant, sah sich als Kämpfer für die Unterdrückten und warnte uns ständig vor den Deutschen. Doch die Deutschen waren in Ordnung, wenn man mit ihnen zusammenarbeitete. Und sie wussten, wie man Ungeziefer beseitigte.«

»Haben Sie mit meinem Vater gesprochen, als Sie ihn 1942 trafen? Sind Sie wirklich sicher, dass er es war?« Elizabeth war überzeugt, dass ein Irrtum vorlag.

»O ja, ich bin sicher. Er saß da mit dieser adeligen Ziege Charlotte de Savoie und ihrer Tochter. Die Tochter war Ärztin, aber nicht etwa eine, die in unseren Kreisen verkehrte. Dazu waren sie sich zu fein. Stattdessen trieb sie sich lieber mit Gesindel herum. Alles nur Judenfreunde und Sympathisanten der Kommunisten.« Er kicherte. »Tja, aber die große Charlotte de Savoie hat zu guter Letzt doch noch ihre gerechte Strafe gekriegt. Sie kam ins Gefängnis, und ihr Besitz wurde beschlagnahmt. Ihr Vater war nicht gerade klug bei der Wahl seiner Freunde. Ich habe gehört, die Gestapo habe sich eine Weile mit ihm beschäftigt. Dafür hat er das Ehrenkreuz bekommen, das habe ich nach dem Krieg in der Zeitung gelesen.«

Elizabeth starrte ihn an und war nicht in der Lage, ihr Erstaunen zu verbergen. War das wirklich wahr? Der Griff des alten Mannes wurde fester.

»Ha, das hat er Ihnen offenbar verschwiegen. Wahrscheinlich hat er sich irgendwann doch für die Leute geschämt, mit denen er verkehrt hat. Nichts als Juden und Kriminelle. Und es sah so aus, als hatte er eine Affäre mit dieser Ärztin. Sie ist ebenfalls aus Paris verschwunden. Aber er hat es nicht geschafft, diesen Nazarre zu retten. Er wurde weggebracht und kam nie zurück. Ich war froh darüber, denn man muss verhindern, dass solche Leute unsere Kinder unterrichten. Man kann nie wissen, mit welcher Propaganda sie sie vergiften!« Speichel hing ihm in den Mundwinkeln, und er begann zu sabbern.

»Vater!« Selbst Jacques wurde klar, dass sein Vater zu weit gegangen war.

Elizabeth starrte den alten Mann an. Sie schaffte es nicht, sich aus seinem Griff zu befreien, und sie bekam eine Gänsehaut. Jacques beugte sich vor und löste die Finger seines Vaters von ihrer Hand.

»Bring sie weg, Sohn. Fahr mit ihr in den Bois de Boulogne oder an einen der Orte, wo ihr Vater sich früher herumgetrieben hat.« Mit einem schrillen Kichern scheuchte er seinen Sohn hinaus.

»Ich muss tatsächlich gehen, Professor Lefranche. Vielen Dank für dieses Gespräch.« Elizabeth stand bereits in der Tür.

Sie hatte Kopfschmerzen. Hatte ihr Vater den Krieg wirklich bei Solange de Valnays Mutter und Großmutter in Frankreich verbracht? Das musste gewesen sein, während James und Eleanor in Irland zur Welt gekommen waren. Wie konnte Mutter ihn wieder bei sich aufnehmen? Vielleicht hatte Maurice Lefranche mit seiner Behauptung Recht gehabt, Richard Kirwan habe sich des Seitensprungs mit Solanges Mutter geschämt. Möglicherweise hatte er deshalb seiner Familie verschwiegen, dass er für seine Tapferkeit die höchste französische Auszeichnung erhalten hatte. Aber wofür genau hatte er den Orden bekommen? Und wo hatte er ihn aufbewahrt? Elizabeth kam zu dem Schluss, dass Professor Lefranche etwas verwechselt haben musste. Er war nichts weiter als ein böswilliger alter Tattergreis. Jacques begleitete sie hinunter zum Auto und redete unterwegs auf sie ein. Doch sie hörte nur mit halbem Ohr zu.

»Ich möchte gern zurück in mein Hotel, Jacques.«

»Zuerst gehen wir zum Mittagessen.« Jacques setzte ein trotziges Gesicht auf. »Und anschließend zeige ich Ihnen meine Wohnung am Fluss. Man hat dort eine wunderbare Aussicht.« Er legte ihr die Hand auf den Oberschenkel.

»Nein. Vielen Dank, aber ich muss wirklich zurück ins Raphaël.« Sein Gesicht rötete sich, und er verzog höhnisch den Mund. Dann ließ er fluchend den Motor an, schoss mit quietschenden Reifen auf die Straße hinaus und drängte sich in halsbrecherischem Tempo durch den Verkehr. Vor dem Hotel angekommen, unternahm er keine Anstalten, ihr die Wagentür aufzuhalten. Erleichtert floh sie in die sichere Hotelhalle und ging zur Rezeption, um ihren Schlüssel zu holen.

»Mademoiselle, ein Herr erwartet Sie.«

Verzweifelt schloss Elizabeth die Augen. Im Moment sehnte sie sich nur danach, sich oben in ihrem Zimmer in die Badewanne sinken zu lassen, die ganze widerwärtige Episode von sich abzuwaschen und zu versuchen, das zu verstehen, was sie gerade über ihren Vater erfahren hatte. Aber der Mitarbeiter am Empfang winkte bereits ihrem Besucher.

»Mademoiselle Kirwan, fühlen Sie sich nicht wohl?«

Als sie eine kräftige Hand am Ellenbogen spürte, hob sie den Kopf und blickte in das sonnengebräunte Gesicht und die grünbraunen Augen von Guy St. Jorre.

»Offenbar habe ich den Zeitpunkt ungünstig gewählt. Bitte entschuldigen Sie. Ich komme gern wieder, wenn es Ihnen besser passt.«

»Nein«, erwiderte sie, bemüht gefasst. Sie wollte plötzlich nicht mehr allein sein. »Würde es Ihnen etwas ausmachen, Monsieur St. Jorre, mich hinauf in meine Suite zu begleiten?«

Schweigend fuhren sie nach oben. Die verspätete Reaktion auf das grauenhafte Gespräch ließ ihr übel werden. Außerdem hatte sie immer noch Kopfschmerzen und lehnte sich an die Wand der Aufzugkabine. Am liebsten hätte sie sich wie ein kleines Kind verkrochen und geweint. Guy folgte ihr zur Suite und führte sie zum Sofa. Dann ließ er sich neben ihr auf der Ottomane nieder.

Elizabeth zog die Knie hoch und lächelte Guy gezwungen an. Dann holte sie tief Luft und begann – hastig und mit tränenerstickter Stimme –, ihm alles zu erklären. Sie erzählte ihm vom Tod ihres Vaters, von dem Testament, dem Briefwechsel zwischen Eleanor und Solange, der Reise nach Frankreich, der unangenehmen Begegnung im Hotel Crillon und schließlich von dem schrecklichen Besuch bei Maurice Lefranche. Guy hörte – bis auf gelegentliche kurze Fragen – schweigend zu. Offenbar schien er sie nicht zu verurteilen oder sonst jemandem die Schuld zu geben.

»Also hat Solange Eleanors ersten Brief offenbar im Februar erhalten. Das war vor knapp fünf Monaten«, meinte Guy, als sie fertig war. Er schüttelte den Kopf und schlug die Hände vors Gesicht. »Ich habe gespürt, dass etwas nicht stimmt, aber auf so was wäre ich nie gekommen. Sie hat es mit keinem Sterbenswörtchen erwähnt.«

»Was sollen wir jetzt tun?« Hilfesuchend sah Elizabeth ihn an. »Ich möchte alles über meinen Vater und auch über Solanges Mutter erfahren. Es ist wichtig, die ganze Geschichte zu kennen. Finden Sie nicht auch, Guy?«

Tränen traten ihr in die Augen. Er beugte sich vor, legte ihr den Arm um die Schultern und tupfte ihr die Augen mit einem Taschentuch ab. »Diese Entscheidung müssen Sie selbst treffen. Aber es darf niemand weiterer dadurch gekränkt oder in eine peinliche Lage gebracht werden. Vielleicht sollten Sie zuerst in den Archiven nachschlagen, wer damals das Ehrenkreuz erhalten hat. Jeder Orden wird von einer detaillierten Würdigung begleitet. Vielleicht könnte ich Ihnen Einblick in die Unterlagen verschaffen.«

»Oh, vielen Dank, Guy, vielen, vielen Dank.« Elizabeth fiel ihm um den Hals. Ein Schlüssel drehte sich im Schloss, und die Tür ging auf.

»Ich bin wieder da, Lizzie!«

James Kirwan trat ein und erstarrte, als er seine Schwester in inniger Umarmung mit Solange de Valnays Verlobtem auf dem Sofa sitzen sah.

Kapitel 33
Paris, 1970

Da Solange wusste, dass Charlotte de Savoie vor elf Uhr nicht gestört werden wollte, frühstückte sie in ihrem Zimmer. Erst in den frühen Morgenstunden war sie die geschwungene Treppe hinaufgestiegen, dieselben Stufen, die auch ihre Mutter genommen hatte, als sie an jenem Abend des Jahres 1942 mit ihrer Arzttasche eingetroffen war.

»Darf ich mir anschauen, wo du ihn versteckt hast? Wann erzählst du mir den Rest der Geschichte?«

»Solange, es handelt sich nicht um einen spannenden Fortsetzungsroman vor dem Einschlafen, sondern um Ereignisse in meinem Leben und in dem deiner Mutter, über die viele Jahre lang nicht gesprochen worden ist. Die Erinnerung tut sehr weh.« Charlottes Tonfall war missbilligend.

»Selbst kurz vor ihrem Tod hat sie mir nicht genug vertraut, um es mir zu sagen. Sie muss doch gewusst haben, was er vorhatte. Und warum hat er mich in seinem Testament erwähnt?« Solange erwartete eine tröstende Antwort, doch Charlotte weigerte sich, sie zu beschwichtigen oder ihre Bedenken zu zerstreuen.

»Mein Kind, du weißt ganz genau, dass es nicht so einfach war. Sie musste auch an Henri denken.«

»Also liebte sie einen anderen Mann und erwartete ein Kind von ihm und hat trotzdem Papa geheiratet? Weiß er, dass ich nicht seine Tochter bin?«

»Du bist seine Tochter«, entgegnete Charlotte zornig. »Er hat dich sofort nach deiner Geburt angebetet, dich beschützt, dir Halt gegeben und dir sein ganzes Leben gewidmet. Er ist dein Vater, und damit basta.«

»Was hat er denn während des Krieges erlebt? Weder bei uns zu Hause noch hier wurde diese Zeit je erwähnt. Und das, obwohl du und Mama der Résistance angehörtet. Habe ich denn kein Recht zu erfahren, dass meine Familie tapfer gekämpft und den Lauf der Geschichte verändert hat? Ich begreife es immer noch nicht.«

»Solange, der Zweite Weltkrieg ist in Frankreich weiterhin ein heikles Thema. Auch jetzt sind viele Menschen noch nicht in der Lage, darüber zu sprechen. Zwischen denen, die als Kollaborateure galten, und denen, die einfach versuchten, so gut wie möglich weiterzuleben, lässt sich nur schwer unterscheiden. Das Thema löst immer noch Beschämung und Unsicherheiten aus.« Charlotte de Savoie lehnte sich, erschöpft und müde, in ihrem Sessel zurück.

»Es ist drei Uhr morgens, Solange, und ich bin eine alte Frau. Um diese Uhrzeit werde ich dir keinen Vortrag über die Résistance mehr halten.«

»Richard Kirwan hätte mich ohne Mamas Zustimmung nicht in seinem Testament erwähnen können«, beharrte Solange. »Und woran liegt es bloß, dass ausgerechnet du nichts davon wusstest?«

»Ich habe von Richards Tod erfahren und war sehr traurig darüber. Aber von seinem Testament ahnte ich nichts. Und ich glaube, deine Mutter wusste ebenfalls nichts davon.«

»Er muss nicht nur grausam, sondern auch wahnsinnig gewesen sein.« Solange sah, dass ihre Großmutter zusammenzuckte. »Welche andere Erklärung könnte es sonst für das geben, was er uns angetan hat? Er hat mein Leben und jetzt auch noch meine Beziehung zu Guy zerstört.«

»Deine Begegnung mit den Kirwans heute Abend klingt zu melodramatisch, als dass Guy sie arrangiert haben könnte. So etwas

passt überhaupt nicht zu ihm. Vielleicht irrst du dich ja.« Charlotte de Savoie stand auf. »Ich gehe zu Bett. Wir unterhalten uns morgen weiter.«
Sie nahm ihre Enkelin am Arm, und zum ersten Mal bemerkte Solange die Falten in ihrem markanten Gesicht und die Trauer in ihrem majestätischen Blick. Vor Charlottes Schlafzimmertür umarmten sie einander zärtlich. Erschöpft fiel Solange ins Bett. Doch die lebhaften Bilder, die ihr im Kopf herumgingen, ließen sie nicht zur Ruhe kommen. Hatte ihre Mutter mit Richard Kirwan in diesem Zimmer geschlafen? War sie hier gezeugt worden?

Um neun klopfte es an der Tür, und Louise meldete, dass Guy sie unten erwartee. Er wirkte ernst und abgespannt und unternahm keine Anstalten, sie zu umarmen.
»Ich glaube, wir sind einander einige Erklärungen schuldig«, begann Solange verlegen.
»Du hast mir ganz eindeutig eine Menge zu erklären. Doch eigentlich interessiert mich nur eines. Inzwischen bin ich mir dessen bewusst, dass du während meiner Abwesenheit etwas herausgefunden hast, das einen wichtigen Einfluss auf dein Leben hat, und zwar etwas Schmerzliches und Problematisches.«
Mühsam beherrscht kam sie näher und presste die Lippen zusammen. Er wich zurück.
»Nein, lass mich bitte ausreden. Offenbar hast du mir nicht genug vertraut, um mir die Wahrheit zu sagen.« Trotz seines ruhigen Tonfalls stellte sie fest, dass er wütend war. »Wir sind verlobt, Solange. Ich liebe dich, und du wirst meine Frau werden. Aber so fängt man keine lebenslange Partnerschaft an.«
»Du verstehst nicht, wie erschrocken und verzweifelt ich war.«
»Und du verstehst nicht, dass zwei Menschen, die heiraten wollen, dem Partner, den sie lieben und dem sie vertrauen, gegenüber ehrlich sein müssen. Und mittlerweile ist mir klar, dass du mir nicht vertraust.«
Wieder wurde sie von Zorn ergriffen, und in ihrer blinden Wut steigerte sie sich weiter in ihre Fehleinschätzung der Situation

hinein. »Nein, so war es nicht. Du wusstest doch die ganze Zeit, was passiert war. Und trotzdem hast du diese Leute angeschleppt, um mich mit ihnen zu konfrontieren. Ich habe dir vertraut, und du hast mich verraten.«

»Mir vertraut!«, brüllte er erbost. »Du hast doch keine Ahnung, was Vertrauen bedeutet. Wie kannst du es wagen zu behaupten, ich hätte die Gegenüberstellung mit den Kirwans geplant? Mein Gott, Solange, wie kommst du nur auf so einen absurden Gedanken?«

Er setzte sich und umklammerte mit finsterer Miene die geschnitzten Armlehnen seines Stuhls. Zweifel und Angst ließen Solange einen Moment zögern. »Du kanntest sie doch bereits, oder? Du wusstest, dass sie da sein würden?« Doch der Satz klang wie eine Frage, nicht wie eine Anschuldigung, obwohl sie das eigentlich beabsichtigt hatte.

»Ich hätte nie gedacht, dass du mir einmal so etwas unterstellen würdest.« Er stand auf und ging zur Tür. »Wir sollten uns überlegen, ob wir unsere Verlobung nicht besser lösen. Ich schlage vor, dass du ein oder zwei Tage darüber nachdenkst, und werde dasselbe tun. Ich bin zu Hause in Montpellier, für den Fall, dass du dich mit mir in Verbindung setzen willst.«

Wie erstarrt und sprachlos stand sie da, als ihr klar wurde, was für einen gewaltigen Fehler sie gemacht hatte.

»Ich finde selbst hinaus. Richte deiner Großmutter liebe Grüße von mir aus.«

Solange blieb allein zurück und blickte den Stuhl an, auf dem er gerade noch gesessen hatte. Dann kam ihr ein neuer schrecklicher Gedanke: Warum waren die Kirwans in Paris, wenn Guy sie nicht eingeladen hatte? Beabsichtigten sie etwa, in die Avenue Mozart zu kommen? Eleanor hatte sie gestern Abend nirgendwo gesehen. Warum war sie nicht bei dem Empfang gewesen? Rasch drehte Solange sich um, lief die Treppe hinauf und blieb, atemlos und völlig aufgelöst, im Schlafzimmer ihrer Großmutter stehen.

»Was ist denn los, mein Kind? Ach, es ist wahrscheinlich Guy.« Charlotte seufzte. »Louise hat mir gesagt, dass er hier ist. Nun, ganz gleich, welche Worte auch zwischen euch gefallen sind, es wird sich schon wieder einrenken, wenn ihr erst Zeit zum Nachdenken hattet.«

»Nein, es ist viel schlimmer, Großmutter! Es geht nicht nur um Guy. Du weißt ja, dass zwei der Kirwans gestern Abend im Hotel Crillon waren. Aber wie ich dir ja erzählt habe, gibt es drei Geschwister. Und Eleanor – das ist die, die mir geschrieben hat – war nicht dabei. Ich befürchte, dass sie auf dem Weg zu Papa sein könnte!«

Charlotte saß eine Weile ruhig da und betrachtete ihre Enkelin. Dann seufzte sie wieder. »Setz dich, mein Schatz. In den letzten Wochen sind zu viele überstürzte Entscheidungen getroffen, voreilige Schlüsse gezogen und unüberlegte Dinge getan worden. Wir sollten jetzt Schritt für Schritt und vor allem logisch vorgehen.«

Obwohl Solange sich zur Ruhe zwang, wurde sie immer wieder von Schluchzern erschüttert. »Guy hat unsere Verlobung gelöst. Und ich habe Angst, Eleanor Kirwan könnte sich auf die Suche nach mir gemacht haben und Papa eröffnen, wer sie ist.«

»Solange, du weißt doch gar nicht, ob sich Eleanor Kirwan überhaupt in Frankreich aufhält.« Charlotte sah auf die Uhr. »Wir rufen jetzt Lorette an und bitten sie, dafür zu sorgen, dass Henri nicht von fremden Leuten belästigt wird – weder persönlich noch am Telefon. Du bleibst heute Nacht hier, und wir besprechen alles gründlich. Und du überlegst dir bitte, ob du mir wirklich alles erzählt hast, mein Kind. Denn ich habe nicht die geringste Lust auf weitere unangenehme Überraschungen.«

Kapitel 34
Paris, 1942

Als es an die Arbeitszimmertür klopfte, blickte Charlotte auf. Richard Kirwan stand, umgeben von einem Lichtschein, auf der Schwelle. Obwohl er inzwischen wieder ein wenig zu Kräften gekommen war, wirkte er noch immer sehr mager.

»Lassen Sie mich raten.« Er lächelte ihr zu, während sie die Karte auf ihrer ledernen Schreibtischunterlage zu Ende schrieb. »Eine Einladung zu einer kleinen Dinnerparty, damit wir uns, der bösen Deutschen zum Trotz, die Stimmung nicht verderben lassen?«

Schmunzelnd sah sie ihn an und fuhr dann mit ihrer Arbeit fort. Ihre perfekt manikürten Finger umfassten den goldenen Füllfederhalter. »Offen gestanden handelt es sich um falsche Ausweispapiere«, erwiderte sie und hielt die Karte hoch, um ihr Werk genauer in Augenschein zu nehmen. »Ich bin eine ausgezeichnete Fälscherin. Wahrscheinlich liegt es daran, dass ich als Kind gelernt habe, alte Manuskripte detailgetreu zu kopieren. Ich glaube nicht, dass die Nonnen es mir damals fürs spätere Fälschen beigebracht haben, aber jedenfalls kann ich heute fehlerlos jede Unterschrift nachmachen.«

Richard lachte. »Und wer verteilt diese Beispiele Ihrer handwerklichen Kunst?«

»Celine holt sie aus toten Briefkästen oder von einer der Druckereien ab. Als Ärztin hat sie den perfekten Vorwand, mit dem Rad kreuz und quer durch Paris zu fahren. Sie bringt Ausweise, Lebensmittelkarten und Pässe in die unbesetzte Zone. Doch im Augenblick haben wir Schwierigkeiten: Eine unserer Druckerpressen ist nämlich defekt.«

»Tja, ich glaube nicht, dass ich ein Talent zum Fälscher habe. Aber ich könnte beim Einsammeln und Ausliefern helfen.« Richard beugte sich vor, und seine Augen funkelten begeistert.

»Nein, Richard. Wir werden bald die Nachricht erhalten, dass Ihre Heimreise organisiert wurde. Es wäre Wahnsinn, wenn Sie jetzt etwas täten, das Ihre Rückkehr nach Hause gefährdet.«

»Charlotte, ich kann nicht weiterhin Woche für Woche hier herumsitzen, in Ihrem Garten lesen, am Fluss spazieren gehen und in der Sonne liegen, als wäre ich hier im Urlaub. Schließlich habe ich einen Ausweis und kann mich jederzeit als Emile Vallon ausgeben.«

»Celine wird dagegen sein, Richard.«

»Sie braucht es nicht zu erfahren.«

»Es kommt nicht in Frage, Richard. Es ist zu riskant«, beharrte Charlotte.

Doch als die Tage des Wartens mehr wurden, wuchsen Richards Niedergeschlagenheit und Anspannung. Er aß nur wenig und fühlte sich bedrückt. Eines Nachmittags wurde er von einem früheren Kollegen wiedererkannt, als er mit Charlotte und Celine in einem Café saß. Danach ließ er es nicht mehr zu, dass eine der beiden Frauen ihn auf seine Spaziergänge begleitete, und er verließ kaum noch das Haus. Zu guter Letzt ließ Charlotte sich erweichen und gab ihm ein kleines Päckchen mit Dokumenten, das er in einem toten Briefkasten unweit der Place de la Concorde deponieren sollte.

Voller Energie und begeistert kehrte er von seinem ersten Auftrag zurück. Und bald verließ sich Achilles, der die kleine Gruppe leitete, auf Richards Mut und seinen klaren Verstand. Charlotte war beeindruckt von seinen tapferen Alleingängen, und seine neue Rolle blieb geheim, bis Celine eines Tages vor seiner Rückkehr in der Avenue Mozart eintraf.

»Wo ist Richard? André sagt, er sei vor mehr als vier Stunden weggegangen. Ist das nicht ein bisschen lang? Ich finde das zu gefährlich.« Celines Tonfall war besorgt.
»Mein Schatz, es ist so: Richard bringt ein paar Papiere zum Etoile. Achilles hatte gestern den Eindruck, dass ihm jemand folgt, und Richard hat sich deshalb erboten, heute Nachmittag an seiner Stelle hinzugehen.«
»Warum sollte er das tun?« Celine starrte ihre Mutter entgeistert an.
»Er hielt es nicht mehr aus, hier herumzusitzen und nichts beitragen zu können. Also habe ich mich vor einer Weile einverstanden erklärt, ihn hin und wieder mit einer Übergabe zu beauftragen.«
»Wie konntest du zulassen, dass er sein Leben riskiert, nachdem ich ihn so mühsam wieder zusammengeflickt habe? Ich kann es nicht fassen, dass du ihn so in Gefahr bringst.«
Charlotte saß ruhig da. Sie war erstaunt über den heftigen Wutausbruch ihrer Tochter und fühlte sich gekränkt. Dann jedoch brachte sie Celines Reaktion auf einen neuen Gedanken. »Findest du nicht, dass du ein bisschen übertreibst, mein Kind? Es hat ihn sehr aufgemuntert. Die Warterei hatte ihn sehr niedergeschlagen gemacht.«
»Ich kann nicht glauben, dass du ihm so was erlaubt hast.«
»Sei doch vernünftig, Celine.« Charlottes Tonfall war ruhig. »Immerhin beauftrage ich meine eigene Tochter ständig mit solchen Erledigungen und bringe damit den Menschen, den ich am meisten liebe, tagtäglich in große Gefahr.«
Als sie ein Geräusch hörten, drehten sie sich um. Richard stand in der Tür. Er war bleich und abgezehrt.
»Man hat uns eine Falle gestellt. Sie haben uns aufgelauert.« Schwer ließ er sich in einen Sessel fallen. »Als ich ankam, saßen auf der Bank, wo ich meine Kontaktperson treffen sollte, zwei Männer. Also ging ich weiter und betrat ein Geschäft. Durch das Schaufenster bemerkte ich zwei weitere Männer, die gegenüber auf dem Gehweg herumstanden.«
»Sie sind nicht auf sie zugegangen, Richard? Sie haben Sie

nicht bemerkt?« Charlotte klopfte hektisch auf die polierte Tischplatte.
»Nein. Sie machten irgendwie einen seltsamen Eindruck auf mich, etwas stimmte nicht an ihrem Aussehen. Dann ist mir ein Auto aufgefallen, das, die hintere Tür offen, ganz in der Nähe der Bank parkte.«
»Was ist mit Ihrer Kontaktperson?«, fragte Charlotte.
Richard stand auf und ging zur offenen Balkontür hinüber, kehrte den beiden Frauen den Rücken zu und blieb mit hängenden Schultern stehen. »Ich habe mich in ein Café gesetzt und gewartet. Um halb drei erschien eine junge Frau und setzte sich auf die Bank. Ich wusste sofort, dass sie der Kurier war, den ich treffen sollte. Sie war noch sehr jung, knapp zwanzig, und offenbar sehr nervös.« Abrupt drehte Richard sich vom Fenster weg. »Sie hätte sich der Bank niemals nähern dürfen, als sie die beiden Männer sah, doch sie hat es trotzdem getan. Als einer der beiden sie ansprach, verzog sie erschrocken das Gesicht. Dann wurde sie zum Auto gezerrt und mitgenommen.«
»O Gott! Das arme Mädchen.« Celine war leichenblass und den Tränen nah.
»Das hätten auch Sie sein können, Celine. Oder Ihre Mutter.« Richards Stimme zitterte, und er senkte den Kopf. »Gott möge mir verzeihen, ich fühlte mich wie ein Schwein, weil ich so erleichtert war, dass es sie erwischt hatte und nicht eine von Ihnen. Ich war so froh.«
»Sie hatten dort nichts zu suchen, Richard«, wandte Celine mit kalter Stimme ein.
»Wir haben dieses Thema schon einmal erörtert, Celine, nur mit verteilten Rollen. Es war erst vor ein paar Wochen. Damals haben Sie mich darauf hingewiesen, dass ich Ihren Mut respektieren muss. Sie haben kein Monopol auf das Gefühl, dass Sie etwas zu diesem Kampf beitragen müssen.«
Er bemerkte, dass sein Tonfall sie gekränkt hatte. Auch Charlotte de Savoie war es aufgefallen. »Die Frage ist, was die Gestapo dort wollte. Ist Ihnen vielleicht jemand hierher gefolgt?«

»Ich glaube nicht. Ich habe einen großen Umweg gemacht. Deshalb bin ich auch so spät dran.«
»Ich werde in der Druckerei erwartet. Die Presse war heute schon wieder defekt, aber sie haben es geschafft, sie in Gang zu bringen. Ich hole ein paar Blankoformulare ab.«
Celine stand auf und küsste ihre Mutter. »Ich rufe dich später an, Mutter.«
»Ich komme mit, Celine«, sagte Richard mit Nachdruck. »Wehe, wenn Sie mir noch einmal widersprechen. Ich kenne mich mit Druckerpressen aus und kann vielleicht helfen.«
Schweigend machten sie sich auf den Weg. Dunkelheit senkte sich über die Stadt, während sie durch die Straßen gingen, auf denen wegen der Besatzung gedämpfte Stimmung herrschte.
»Tut mir Leid, dass ich vorhin so unfreundlich war«, meinte er. »Die Erleicherung drückt sich manchmal auf seltsame Weise aus. Es war ein schrecklicher Anblick. Sie war so jung und so verängstigt.«
Celine blickte zu ihm auf, doch sie hatte ihm offenbar noch nicht verziehen. »Sie hätten es mir erzählen sollen.«
»Ja, das hätte ich. Aber ich wollte Sie nicht aufregen. Mir ist klar, dass ich Ihnen mein Leben verdanke – und meine geistige Gesundheit, was vielleicht noch wichtiger ist.«
»Wenn Sie der Gestapo in die Hände fallen, werden Sie mir vermutlich nicht mehr für die Lebensrettung danken. Und nach dem heutigen Zwischenfall bin ich von Ihrer geistigen Gesundheit auch nicht mehr so überzeugt.«
Endlich lächelte sie. Doch Richard blieb ernst. »Es ist schwierig, sich vorzustellen, dass jemand Schuldgefühle hat, weil er noch am Leben und in Sicherheit ist. Aber wenn ich an dieses Mädchen denke, fällt mir ein, dass Helena vermutlich vor Sorge außer sich ist. Und ich frage mich, was aus Seamus, Stefan und Leah geworden sein mag.« Er spürte, wie sie ihm mitfühlend den Arm drückte. »Sie haben mir in solchen Momenten so oft geholfen, Celine. Und niemand wird je nachvollziehen können, wie viel Kraft Charlotte mir gegeben hat.« Kurz hielt er inne und nahm

ihre Hand. »Sie hat mir vom Herzinfarkt Ihres Vaters erzählt. Wie sie ins Arbeitszimmer kam und er auf dem Boden lag und vor ihren Augen starb. Es war wohl sehr schwer für sie, ohne ihn weiterzuleben.«

»Er war ein wundervoller und ganz besonderer Mensch.« Celine lächelte, als sie sich an ihren Vater erinnerte. »Als sie heirateten, war meine Mutter achtzehn Jahre alt, und ihre Ehe dauerte fast dreißig Jahre. Das ist eine lange Zeit für jemanden, der noch nicht einmal fünfzig ist.«

Sie hielt inne und öffnete eine Tür in einer baufälligen Mauer, die einen neuen Anstrich bitter nötig hatte. Richard folgte ihr durch einen verwilderten Garten zu einem Schuppen. Hinter einer kleinen Tür befand sich eine Treppe. In dem engen Raum herrschte eine erstickende Hitze, und das Dröhnen von Maschinen hämmerte ihnen im Ohr.

An einem Holztisch brütete ein junger Mann über einigen Fotografien von deutschen Soldaten, die mit ihren Gewehren auf einige auf dem Boden liegende Leichen zielten. Neben ihm stand ein junges Mädchen. Sie kämpfte mit der klappernden Druckerpresse, die stampfend ansprang, erzitterte und wieder anhielt. Celine berührte das Mädchen am Arm und schrie ihr ins Ohr: »Lisette, das ist Emile. Er kennt sich mit Druckerpressen aus.«

Richard versuchte, die Maschine anzuwerfen. In dem heißen Keller fiel es ihm schwer, sich zu konzentrieren, und er hatte sogar Mühe beim Atmen. Als er sich endlich aufrichtete, war er schweißgebadet. Grinsend drückte er auf einen Knopf. Die alte Maschine sprang keuchend und schnaubend an. Celine fragte sich, warum niemand in der feindlichen Welt da draußen die Existenz der Druckerpresse bis jetzt bemerkt hatte. In diesem Augenblick spürte sie, wie sich ihr die Nackenhaare aufstellten. Sie hatte das Gefühl, dass jemand sie beobachtete, und drehte sich um. Als sie Kiesel klappern hörte, blickte sie zu dem Lüfungsschacht hoch oben in der Wand hinauf und bemerkte die Mündung eines Gewehrlaufes.

»Runter auf den Boden!«, überbrüllte sie das Dröhnen der Dru-

ckerpresse. »Duckt euch hinter die Maschinen! Lauft zur Hintertür!«
Sie eilte durch den Raum zu Richard hinüber. Als Lisette sich von der Presse abwandte, geriet sie mit dem Arm in die Maschine. Vor Schmerz und Angst schrie sie auf, während Gewehrfeuer durch die stickige Luft hallte.
»Stehen bleiben! Sie sind umstellt! Keine Bewegung, oder wir schießen!«
Im Schutz der Maschinen rannten sie zur Hintertür. Der junge Mann stürzte, und Blutstropfen spritzten auf die Fotos von den deutschen Soldaten und ihren Opfern. Lisette umklammerte ihren verletzten Arm und ließ sich von Richard zur Tür ziehen. Hinter sich hörten sie das Poltern von Stiefeln auf der Treppe.
»Schnell, Celine, sie sind nur zu zweit. Wir haben eine Chance.«
In der Dunkelheit kletterten sie den Hang hinauf und schleppten und zogen Lisette mit sich. Nachdem sie über die baufällige Mauer geklettert waren, standen sie keuchend im angrenzenden Hof. Es war niemand zu sehen. Richard brach die Tür eines verlassenen Lagerhauses auf, wo sie eine Weile in der Finsternis warteten. Celine drückte Lisette an sich, die sich den blutenden Arm hielt. Als sie sich hinter einen Haufen von Säcken kauerten, musste Celine wegen des Gestanks und des Schmutzes würgen. Lisette war bleich und atmete stoßweise. Sanft legte ihr Celine die Hand über den Mund, damit man sie nicht hörte, als ein deutscher Soldat mit dem Gewehr die Tür aufstieß. Seine Umrisse hoben sich von der Abenddämmerung ab, und er hielt die Waffe im Anschlag.
Der Soldat leuchtete mit einer Taschenlampe die Wände ab. Ratten und Küchenschaben suchten Deckung, als er das Gewehr hob. Ein Knall ertönte und der Deutsche machte auf dem Absatz kehrt, ging hinaus und stocherte beim Gehen mit dem Bajonett rasch in dem zitternden Lumpenbündel auf dem Boden herum.
Aus dem angrenzenden Hof stiegen Rauchringe in den Himmel auf. Kurz darauf hörten sie ein ohrenbetäubendes Getöse, als das verfallene Gebäude nebenan einstürzte, und die Trümmer die Druckmaschinen unter sich begrub.

»Ich sehe mich mal draußen um«, sagte Richard. »Warten Sie hier. Ich will sichergehen, dass uns keine unangenehmen Überraschungen mehr blühen.«
Celine umarmte Lisette und zählte die langen Minuten, bis Richard zurückkam.
»Ich glaube, wir können jetzt gehen. Draußen ist niemand zu sehen; ich habe die ganze Straße bis zur Ecke abgesucht.«
»Lisette hat einen Schock. Sie hat viel zu viel Blut verloren. Ich bringe sie in ein sicheres Haus ganz in der Nähe. Vielleicht muss sie sogar ins Krankenhaus.« Celine wühlte in ihren Taschen und reichte Richard einen Schlüssel. »Sie gehen in meine Wohnung und warten dort auf mich.«

Eine Stunde später öffnete Richard die Tür zu Celines Wohnung, sank erleichtert in einen Sessel und rief Charlotte de Savoie an.
»Uns geht es gut«, sagte er. »Celine muss noch nach einem Patienten im Krankenhaus sehen, und ich bin in ihrer Wohnung. Wenn sie hier ist, ruft sie Sie sofort an. Hoffentlich kommt sie bald. Seien Sie vorsichtig, Charlotte, und warten Sie auf den Anruf.«
In den folgenden Stunden schlichen die Zeiger so langsam über das Zifferblatt der Uhr, wie Richard es nie für möglich gehalten hätte. Endlich hörte er ein leises Klopfen an der Tür, und Celine stand, ein triumphierndes Leuchten im Gesicht, vor ihm. Ihr Haar schimmerte im Dämmerlicht, als sie über die Schwelle trat und sich ihm, gleichzeitig lachend und weinend, in die Arme warf.
»Oh, bin ich froh, dass du hier und in Sicherheit bist. Wir haben Lisettes Arm im Krankenhaus genäht und sie versteckt, bis jemand kommt, um sie in das sichere Haus zu bringen. Ich hätte nie gedacht, dass Dr. Ducray auf unserer Seite steht. Und einige der Nonnen auch. Aber der junge Mann an der Druckerpresse war tot, bevor sein Leben richtig angefangen hatte.«
Er drückte sie an sich, als sie in Tränen ausbrach. Dann hob er ihr Gesicht und blickte ihr in die Augen, während er ihr die Tränen

abwischte und sie schließlich sanft küsste. Sie legte ihm die Arme um den Hals. Er zog sie an sich, und seine Lippen senkten sich wieder auf ihre. Sie spürte seinen Atem und hörte sein Herz klopfen, als sie den Mund öffnete und mit der Zunge über seine Lippen strich.

Das Telefon läutete schrill und warnend. Charlottes Stimme drang klar und deutlich durch die Leitung.

»Emile reist heute Nacht ab. Seine Frau hat eine Nachricht erhalten und wird ihn bei seiner Ankunft abholen. Achilles erwartet euch in seiner Wohnung. Passt auf, Liebling. Passt gut auf euch auf.«

Celine drehte sich um, blickte Richard wortlos an und versuchte, den Abschiedsschmerz in ihrem Herzen zu unterdrücken. Dann nahm sie seine Hand. »Du fährst nach Hause, Richard. Nach Irland. Achilles bringt dich heute Nacht hin.«

Schweigend stand er da, sein Herz schlug zu schnell, und obwohl er sonst ein kühl und logisch denkender Mensch war, drohten seine Gefühle außer Kontrolle zu geraten. Als er bemerkte, dass sie Tränen in den Augen hatte, gefror ihm das Lächeln auf den Lippen. Wieder läutete das Telefon laut und beharrlich. Charlotte klang angespannt. »Celine, da stimmt etwas nicht. Unten an der Tür sind Deutsche. Du musst sofort mit Emile das Haus verlassen.«

Celine hörte Geschrei im Hintergrund. Dann brach die Verbindung zwischen Mutter und Tochter mit einem Klicken ab, und es herrschte ein unendliches Schweigen.

Kapitel 35
Paris, 1942

Richard und Celine saßen schon seit über zwei Stunden stocksteif auf zwei unbequemen harten Stühlen, als Achilles in dem sicheren Haus in der Rue de Grenelle eintraf. Von der schäbigen Wohnung im dritten Stock aus hatte man Zugang auf die umliegenden Dächer und somit im Notfall einen Fluchtweg. Die engen Räumlichkeiten dienten als Arbeitsplatz für die Dekodierer, die Tag und Nacht an den Funksprüchen arbeiteten, die zwischen England und Frankreich ausgetauscht wurden. Als Richard Achilles dreimal klopfen und das vereinbarte Losungswort flüstern hörte, stand er auf und öffnete die Tür.

»Es tut mir so Leid, Celine. Deine Mutter wurde verhaftet. Wir tun alles Menschenmögliche, um herausfinden, wohin man sie gebracht hat.«

Achilles rieb sich die blutunterlaufenen Augen. Seine kleine Gruppe war mit der gesamten Ausrüstung innerhalb der letzten acht Monate ein dutzend Mal umgezogen. Und nun sagte ihm sein instinktives Gespür, dass es wieder einmal Zeit für einen Wohnungswechsel war. »Es sieht aus, als würde unsere Mannschaft jetzt ein wichtiges Mitglied verlieren.« Er wandte sich an Richard. »Du wirst morgen Nacht mit dem Flugzeug das Land verlassen, mein Freund. Ich bringe dich jetzt zu einem Bauernhaus in der Nähe des Flugplatzes, wo man dich verstecken wird. Aber zuerst muss ich dir einige Dokumente und Botschaften geben, die du nach London bringen sollst.«

Celine lauschte schweigend. Obwohl ihr Verstand darin geschult war, Situationen zu analysieren und auch in den ausweglosesten Lagen eine Lösung zu finden, konnte sie die grauenhaften Ereignisse einfach nicht fassen. Wo mochte ihre Mutter sein? Wer aus ihrer kleinen Gruppe vertrauenswürdiger Freunde hatte sie verraten? Ihr wurde klar, dass Richards Abreise dadurch nur noch umso gefährlicher wurde. Übelkeit ergriff sie. Ihre Hände fühlten sich feucht und klamm an, und sie wurde leichenblass. Achilles betrachtete sie mitfühlend, holte eine Flasche Cognac aus dem Schrank, goss eine großzügige Portion in eine Tasse und drückte ihr diese in die zitternde Hand. Celine versank immer tiefer in einem Strudel der Verzweiflung, sosehr sie sich auch das Hirn nach einem Plan zermarterte.

»Achilles, ist das Telefon abhörsicher?«

»Ruf jemand an, wenn du willst. Aber fasse dich kurz und verplappere dich nicht.«

Celine schickte ein Stoßgebet zum Himmel und griff zum Hörer. Kurz darauf hörte sie seine dunkle, ruhige Stimme. »Henri, Mutter ist verhaftet worden«, stieß sie voller Angst hervor. »Hast du vielleicht die nötigen Verbindungen, um herausfinden, wo sie ist?«

Sie konnte nicht verhindern, dass ihr vor lauter Schluchzen die Stimme versagte. Achilles nahm ihr das Telefon aus der Hand und sprach leise mit Henri. Nachdem er aufgelegt hatte, drehte er sich zu ihr um. »Er wird alles tun, was er kann. Ich nehme doch an, dass wir ihm vertrauen können?«

Celine starrte ihn an und nickte. Henri würde sich die größte Mühe geben, ihrer Mutter zu helfen, ganz gleich, wie es auch um seine Weltanschauung bestellt war.

»Er empfiehlt dir, nicht nach Hause zu gehen und dich auch nicht in der Avenue Mozart blicken zu lassen. Melde dich im Krankenhaus krank, falls du Dienst hast. Ich werde in etwa einer Stunde mit Richard aufbrechen. Vielleicht ist es das Beste, wenn

du mitkommst. Dein Freund sagt, er wird frühestens morgen etwas unternehmen können. Wir haben Krieg, liebe Celine, und irgendwann erwischt es uns alle.«
»Ja, ich komme mit. Ich muss mich beschäftigen, und vielleicht kann ich mich ja nützlich machen.«
»Du kannst die Landebahnbeleuchtung einschalten«, erwiderte Achilles. »Die Piloten werden sie bitter nötig haben, denn für heute Nacht ist Bewölkung vorhergesagt.«
Celine setzte sich neben Richard. Er nahm ihre Hand und drückte sie tröstend, während sie den Kopf an seine Schulter lehnte. Dann legte er den Arm um sie und zog sie fest an sich. Schließlich verkündete Achilles, dass sie nun aufbrechen müssten, und gab Richard eine Reihe von Dokumenten. Zusätzliche Botschaften und Informationen, in Kode auf kleine Zettel und Stoffstücke geschrieben, wurden rasch im Futter seiner Jacke und in den Schuhsohlen versteckt.
Lautlos traten sie auf die Rue de Grenelle hinaus und machten sich rasch auf den Weg. Ein fahler Mond schien und verschwand bald hinter den Wolken. Als sie hinter sich ein Geräusch hörten, blieb Achilles stehen. Es war ein heiseres Krächzen wie von einem Tier, das in eine Falle geraten war. Sie versteckten sich im Schatten einer Kirche und warteten. Eine hochgewachsene Gestalt erschien in der Dunkelheit. Der Mann hinkte, zog unbeholfen ein Bein nach und erhob flehend eine riesige Tatze.
»Achilles, ich bin es, Stefan!«, flüsterte er mit rauer verzweifelter Stimme. »Sie haben mich freigelassen. Obwohl sie mich gefoltert haben, habe ich kein Wort gesagt. Ich muss mit dir sprechen. Seit Tagen folge ich dir schon und suche nach einem sicheren Ort, um dich anzuhalten, aber es war immer zu gefährlich.«
»Bist du übergeschnappt, Stefan? Du hättest nicht herkommen dürfen.«
»Mein Vater schickt mich morgen nach Schweden, doch ich musste dich noch einmal sehen.«
Richard drehte sich zu seinem Freund um. Stefans Gesicht war entstellt und verzerrt. Das linke Auge stand tiefer als das rechte,

und eine feuerrote, von unbeschreiblichem Schmerz zeugende Narbe verlief quer über seine Wange bis zum Ohr. Ein Arm baumelte lose von einer verkrümmten Schulter, und beide Hände waren bandagiert, so dass es aussah, als trüge er dicke Handschuhe. Hin und wieder griff er nach seinem rechten Bein, um es über das Kopfsteinpflaster zu ziehen, und stöhnte vor Anstrengung und Schmerzen auf.

»Richard! Gott sei Dank, du lebst! Hast du etwas von Leah gehört? Mein Gott, gibt es Nachricht von ihr?« Stefans Stimme erhob sich zu einem Klageschrei.

Blitzschnell schoss Achilles' Hand aus der Dunkelheit vor und hielt Stefan grob den Mund zu. »Ruhe, verdammt! Willst du, dass wir alle umgebracht werden? Sei still, Stefan. Du hättest mir nicht nachlaufen dürfen.«

Aber Stefan konnte nicht mehr zu reden aufhören. Tränen strömten ihm über das zernarbte Gesicht, und sein plumper, entstellter Körper zitterte. Da blitzte plötzlich ein Licht auf. Achilles griff nach seiner Pistole, während Stefan eine seltsame Drehbewegung vollführte. Achilles wurde in die Luft geschleudert wie eine Marionette und stürzte zuckend aufs Straßenpflaster, als sich ein erneuter Kugelhagel über ihn ergoss. Ein Gurgeln drang aus seiner Kehle. Wie erstarrt stand Stefan da, und ihm dämmerte die grausige Gewissheit, dass er die Deutschen unabsichtlich zu seinen Freunden geführt hatte. Celine packte Richard an der Hand und begann zu rennen. Die Verfolger blieben stehen, um sich zu vergewissern, dass Achilles tot war. Dann stießen sie den weinenden, tobenden Stefan beiseite und stießen den Verwundeten in den Rinnstein. Auf diese Weise gewannen Richard und Celine, die – gefolgt von lautem Gebrüll – durch die dunklen Straßen flohen, wertvolle Sekunden. Endlich hatten sie den Fluss erreicht und versteckten sich in der Dunkelheit unter der Pont de l'Alma. Sie atmeten so leise wie möglich, spitzten die Ohren und lauschten auf das Poltern herannahender Stiefel.

»Es sind nicht viele, und ich habe eine Pistole bei mir. Geh, Celine. Lauf los, während ich sie ablenke. Sag dem Rest deiner

Gruppe, dass Achilles tot ist und dass Stefan uns versehentlich verraten hat.«
»Ganz hier in der Nähe gibt es ein weiteres sicheres Haus. Versuche, es zu erreichen. Ich warte dort auf dich.« Sie flüsterte ihm Adresse und Losungwort zu, machte sich auf den Weg und entfernte sich rasch von der schützenden Brücke und den eiligen Schritten der Verfolger. Als sie stolperte und sich den Knöchel verrenkte, stieß sie einen leisen Schrei aus und musste einen Moment innehalten. Inzwischen war der Mond wieder zu sehen und hüllte den Fluss in einen Schleier gleichmütiger Schönheit. Sie blickte sich um. Richard stand da, einen Arm um den Hals eines deutschen Soldaten gelegt, den anderen gegen den Brückenpfeiler gestützt. Celine beobachtete, wie der graue Helm des Soldaten klappernd in den Kies fiel. Sie blieb gebannt stehen, während Richard dem Deutschen den dicken, muskulösen Hals zudrückte und ihm mit einem kräftigen Ruck das Genick brach. Die Augen des Mannes traten vor und schimmerten silbrig im Mondlicht. Sie hörte ein Knacken, als der Soldat zuckend zu Boden sackte. Richard nahm das Gewehr, hob die Arme im Mondlicht, stieß einen seltsamen animalischen Schrei aus und rammte das Bajonett tief in die dicke graue Uniform. Dann schleppte er die Leiche zum Flussufer. Celine hörte, dass er vor Anstrengung keuchte und leise vor sich hin fluchte. Im nächsten Moment ertönte ein leises Platschen, und der Soldat war verschwunden.
Sie wollte schon zu ihm zurücklaufen, als über ihnen am Ufer weitere Soldaten erschienen, nach Verstärkung riefen und sich auf die einsame Gestalt stürzten. Plötzlich wimmelte es am Ufer von Deutschen, und das Geräusch eines Motors drang an Celines Ohr. Zitternd kauerte sie sich in die Dunkelheit, während Richard weggeschleppt wurde. Türen knallten zu, und ein Motor sprang dröhnend an. Dann war nichts mehr zu hören als das ewige Schlagen des Wassers ans Ufer und das Echo ihres eigenen Schluchzens.
Wieder machte sie sich durch die bedrohlich stillen Straßen auf den Weg. Rasch und auf leisen Sohlen schlich die Angst neben ihr

hier, als sie sich beeilte, um nicht während der Ausgangssperre im Freien gefangen zu werden. Endlich stieg sie die Treppe zu Henri de Valnays Wohnung hinauf. Sie klopfte leise an, und als er öffnete, sah sie, dass sein Gesicht angespannt und fahl war. Er packte sie am Arm und zog sie in die Wohnung.

»Celine! Ich habe gehofft, dass du es bist. Dem Himmel sei Dank.« Er drückte sie an sich, und sie klammerte sich Schutz suchend an seine kräftige Gestalt und weinte wegen des schrecklichen Schicksals ihrer Mutter und des Mannes, den sie liebte.

Kapitel 36
Paris, 1942

Charlotte de Savoie wandte sich vom Telefon ab und drehte sich zu den beiden Männern um, die in ihr Wohnzimmer eingedrungen waren.

»Dürfte ich erfahren, wer Sie sind?«

»Gestapo. Sie sind verhaftet, Madame de Savoie. Bitte packen Sie ein paar Sachen zusammen und begleiten Sie uns zum Verhör.«

»Wer gibt Ihnen das Recht, mein Haus zu betreten? Und zu welchem Thema wünschen Sie mich zu befragen?«

Der Mann, der gesprochen hatte, wechselte auf Deutsch ein paar Worte mit seinem Begleiter, worauf dieser im Arbeitszimmer verschwand. Kurz darauf hörte Charlotte, wie er die Schubladen ihres Schreibtischs aufzog, in Papieren kramte und Möbel verrückte. Eine Porzellanvase fiel krachend zu Boden. Charlotte dankte lautlos Gott, dass Celine sämtliche während dieser Woche fertig gestellten Dokumente mitgenommen hatte. Da es keine Beweise gab, die sie belasteten, würde sie sich auf ihren Instinkt und ihren Mut verlassen müssen.

Sie verstaute ein paar Kosmetikutensilien und Nachtwäsche in einem kleinen Koffer. Als sie die Treppe hinunterging, versuchte sie, tief durchzuatmen und sich zu beruhigen. Im Auto legte sie sich eine Verteidigungsstrategie zurecht, doch als sie in das Hauptquartier der Gestapo in der Avenue Matignon gebracht wurde, regte sich wieder die Angst. Das Zimmer im ersten Stock war nur mit einem Tisch und einigen unbequemen Stühlen möbliert. Auf einem davon thronte ein uniformierter Offizier. Er war ein kräftiger Mann mit gerötetem Gesicht und breiten, offen wirkenden Zügen. Neben ihm saß ein zierlicher Zivilist mit Halbglatze und Brille. Er trug eine sauertöpfische Miene zur Schau und starrte mit verkniffenen Lippen auf die Papiere, die vor ihm lagen. Keiner der beiden Männer blickte auf oder nahm Charlottes Anwesenheit sonst in irgendeiner Weise zur Kenntnis. Charlotte blieb kerzengerade stehen und wartete darauf, dass einer der Männer das Wort an sie richtete. Die beiden wollten sie nur demütigen und einschüchtern, das war ihr klar. Dann prasselten die Fragen auf sie hernieder.

»Madame de Savoie, Sie haben – wissentlich oder unwissentlich – Umgang mit Saboteuren, die beabsichtigen, die deutsche Autorität zu untergraben. Wenn Sie uns bei unseren Ermittlungen helfen, werden wir Sie sicher nicht lange festhalten müssen. Ich bin Hauptmann Reiner.« Der Offizier hatte eine angenehme Stimme und eine gebildete Sprechweise. Als er sie ansah, schwang ein wenig Mitgefühl in seinem Blick mit. »Zunächst erzählen Sie uns bitte von der Verbrecherbande, die von einem Mann namens Achilles angeführt wird. Er wurde heute Abend erschossen, und seine Begleiter haben uns Informationen gegeben, die sicherlich noch in dieser Nacht zu weiteren Verhaftungen führen werden.«

»Ich glaube, hier liegt ein Irrtum vor«, erwiderte Charlotte ruhig und gelassen, obwohl ihr Puls raste und ihr Mund staubtrocken war.

»Madame de Savoie, ich kann nur wiederholen, dass es zu Ihrem Besten ist, wenn Sie ehrlich sind und mit uns zusammenarbeiten. Wir wissen, dass dieser Achilles heute Abend bei Ihnen im Haus war, also können wir diese Tatsache schon einmal als gegeben voraussetzen.« Reiner war zwar noch höflich, beobachtete sie aber eindringlich und suchte nach Anzeichen von Unsicherheit. Charlotte hielt den Kopf hoch und erwiderte seinen Blick.

»Ich hatte heute Abend keinen Besuch, Hauptmann Reiner. Falls Sie aus irgendeinem Grund mein Haus beobachtet haben sollten, müssten Sie das eigentlich wissen. Außerdem ist mir niemand mit dem Namen Achilles bekannt.«

Sie war sicher, dass es das Beste und vielleicht ihre einzige Rettung war, einfach alles abzustreiten. Achilles hatte heute Abend das Haus nicht betreten, sondern war nur kurz daran vorbeigegangen, um Louise durch ein verabredetes Zeichen die Adresse mitzuteilen, von der aus Richard seine Heimreise antreten sollte.

Der zweite Mann erhob sich, schleuderte seine Brille auf den Tisch und begann, Charlotte mit Beschimpfungen zu überhäufen. Mit schriller Stimme schrie er sie an und beugte sich, das bösartige, magere Gesicht hasserfüllt, zu ihr vor. Als er auf sie zustürmte, warf er dabei seinen Stuhl um. Dann zog er eine kleine Pistole hervor und hielt sie Charlotte unters Kinn. »Wir dulden keine Lügen von so genannten adeligen Damen, die in Wirklichkeit nur Nutten sind. Mach das Maul auf, du französische Schlampe! Wir wissen, dass du an Verbrechen beteiligt bist, und wir haben unsere Methoden, Leuten wie dir Informationen zu entlocken. Und außerdem genug Zeit, sehr viel Zeit.«

Er drückte ihr die Pistole an die Kehle, schrie ihr ins Ohr und drängte seinen Körper gegen sie, dass sie zurückwich und schon befürchtete zu stürzen. Sie wandte sich an den Mann am Tisch.

»Sie irren sich, Hauptmann Reiner. Ich bin weder politisch engagiert noch eine Heldin.«

Sie schnappte nach Luft, als der Knauf der Pistole sie an der Schläfe traf. Während ihr noch der Kopf dröhnte, schlug der kleine Mann ein zweites Mal zu und beschimpfte sie unflätig.

»Das reicht für den Augenblick, Dr. Weißmann.« Reiners Stimme klang weit entfernt. »Ich lasse die Dame an einen Ort bringen, wo sie sich ein paar hilfreichere Antworten überlegen kann.«

Ein Wachmann erschien und stieß Charlotte auf den Flur hinaus und zur Straße. Die Autofahrt dauerte nicht lange. Im Gefängnis befahl man ihr, sich auszuziehen. Die Wärterinnen brüllten sie an, warfen ihre Kleider auf den schmutzigen Boden und unter-

suchten mit groben Händen ihren Körper, eine Erniedrigung, angesichts deren Charlotte eine Gänsehaut überlief.
»Beeilung!«
Befehle hallten von den nackten Wänden wider, während Charlotte sich wieder anzog und einige Flure entlang- und verschiedene Treppen hinaufgeführt wurde. Ein unerträglicher Gestank waberte durch die Korridore, und Brechreiz stieg ihr die Kehle hoch.
»Halt!«
Die Wärterin steckte den Schlüssel ins Schloss einer Tür, die mit einem Spion versehen war, und stieß Charlotte in den Raum. Aus der Zelle schlug ihr ein Geruch entgegen, der ihr in den Augen brannte. Tränen liefen ihr die Wangen hinunter, als sie würgend nach Luft rang. Hinter ihr wurde die Tür zugeschlagen. Sie blieb stehen und war fest entschlossen, selbst hier in dieser stinkenden Zelle nicht ihre Würde zu verlieren, indem sie jetzt zusammenbrach. Als sie wieder klar sehen konnte, erkannte sie eiserne Betten, von denen drei besetzt waren. Das gelbliche Dämmerlicht ließ alles schäbig wirken. In einer Ecke stand ein Eimer, aus dem der widerwärtige Gestank, der in der gesamten Etage herrschte, zu kommen schien. Sie hörte, wie der Spion geöffnet und wieder zugeschoben wurde. Dann ertönte ein Klicken, und schlagartig lag die gesamte Zelle in Dunkelheit.
»Setzen Sie sich auf Ihr Bett, und suchen Sie Ihr Nachthemd. Licht gibt es erst wieder am Morgen. Der Eimer in der Ecke ist für die Notdurft.« Das Flüstern kam von dem Bett links von ihr, wo sie einen kurzen Moment lang eine blonde Frau gesehen hatte.
Charlotte entkleidete sich in der stinkenden Dunkelheit. Trotz der Hitze erschauderte sie. Der ekelerregende Geruch hatte ihr zwar den Appetit geraubt, aber ihr Mund war ausgetrocknet. »Gibt es hier irgendwo Wasser?«, fragte sie leise in den Raum hinein.
»Essenszeit war um sechs. Bis morgen kriegen wir nichts mehr. Aber wir versuchen immer, ein Stück Brot von unserer Abendration aufzusparen. Nehmen Sie es, und lassen Sie es im Mund

zergehen. Das hilft. Ich heiße Claire und bin seit sechs Monaten hier. Man wirft mir vor, britische Soldaten in die nicht besetzte Zone geschmuggelt zu haben. Auf Ihrer anderen Seite sind Sylvie und Adèle. Sie sitzen noch länger als ich. Sie können uns ja morgen Ihre Geschichte erzählen.«

Kurz darauf erkannte Charlotte am regelmäßigen Atmen um sich herum und einem gelegentlichen leisen Schnarchen, dass ihre Zellengenossinen eingeschlafen waren. Als sie sich hinlegte, bekam sie pochende Kopfschmerzen, die in Nacken und Schultern ausstrahlten. Sie konnte nicht einschlafen, da ihr unzählige Fragen im Kopf herumgingen, auf die sie keine Antwort wusste. Wer hatte sie verraten? War Achilles wirklich tot? Wo waren Richard und Celine? Nach einer Weile sah sie sich gezwungen, sich zwischen den eng stehenden Betten hindurchzudrängen, um den Eimer zu benutzen. Als sie zum Bett zurückkehrte und sich wieder hinlegte, flossen endlich die Tränen und strömten ihr heiß und unablässig übers Gesicht. Aus Stolz versuchte sie, kein Geräusch zu machen, und lutschte dankbar an der kleinen harten Brotkugel. Zweimal riss sie erschrocken die Augen auf, als plötzlich grelles Licht die Dunkelheit durchdrang. Als sie hörte, wie der Spion geschlossen wurde, wurde ihr klar, dass die Wärterinnen eine Kontrolle durchführten. Die anderen Frauen schliefen einfach weiter; das helle Licht konnte sie nicht mehr aus ihren Träumen reißen. Endlich war Charlotte vom vielen Grübeln völlig erschöpft und fand für ihre steifen, schmerzenden Glieder eine halbwegs bequeme Lage. Sie schlief ein. Doch schon kurz darauf wurde sie von lautem Gepolter aus ihrem Dämmerschlaf geholt.

»Madame, Sie müssen sofort aufstehen, sich anziehen und Ihr Bett machen. Wenn Sie sich nicht beeilen, werden Sie bestraft. Schauen Sie, so müssen Sie Ihre Bettwäsche falten.«

Charlotte stand vor ihrem Bett und starrte ungläubig auf das schmutzige Laken und die fleckige Decke, in denen sie geschlafen hatte. Ihre Haut fühlte sich wund an und juckte. Um acht erschien eine Wärterin und brachte Blechtassen mit einer wässrigen, schwarzen Flüssigkeit, die ihre Zellengenossinnen als Kaffee

bezeichneten. Die drei Frauen bestürmten sie mit Fragen zum Krieg und zu den Stadtvierteln von Paris, die sie gut kannten und wo sie gewohnt hatten. Charlottes Ankunft war der Höhepunkt der letzten Wochen, vor allem, weil sie direkt aus der Freiheit und nicht aus einem anderen Gefängnis kam. Nach ein paar Stunden jedoch forderten Hunger und Erschöpfung ihren Tribut, und Charlotte wollte die schmutzige Decke entfalten. Doch Sylvie zupfte sie am Ärmel. »Sie dürfen sich tagsüber nicht hinlegen, Madame. Bis heute Abend müssen Sie sitzen oder stehen. Wenn die Wärterinnen durch den Spion schauen und Sie erwischen, werden Sie bestraft.«
Kurz nach elf wurde die Tür aufgerissen. Die Schalen, die hineingereicht wurden, enthielten eine graue, gallertartige Masse mit ein paar Gemüsestückchen. Dazu gab es einen Teller mit kalten, fettigen Würsten. Charlotte brachte es nicht über sich, etwas davon zu kosten. Sie saß schweigend auf der Bettkante und sah zu, wie die jüngeren Frauen die widerwärtige Mahlzeit verzehrten.
»Sie müssen es hinunterzwingen, Madame. Es gibt jeden Tag das Gleiche, und wenn Sie es nicht essen, verhungern Sie. Abends bekommen wir nur Tee und ein Stückchen Brot. Sie müssen essen, sonst sterben Sie, und die Deutschen haben gewonnen.«

In den folgenden Tagen lernte Charlotte, die Luft anzuhalten, um das Essen nicht zu riechen, das sie in den Mund steckte. Dennoch hatte sie ständig Hunger, was, wie ihr klar wurde, Teil des Planes war, ihren Willen zu brechen und sie zu zermürben.
Das zweite Verhör dauerte zwei Tage. Hauptmann Reiner fragte und fragte, wiederholte ständig dieselben Sätze und betonte dabei stets, dass die Zeit für ihn arbeitete. Dr. Weißmann saß schweigend dabei und machte sich ununterbrochen Notizen. Am dritten Tag war Hauptmann Reiner allein. Er bot ihr einen Stuhl an und ergriff ruhig und höflich das Wort. Offenbar wollte er eine vertrauliche Atmosphäre schaffen und an ihre Vernunft appellieren.
»Madame de Savoie, es liegt nicht in unserem Interesse, eine Frau

festzuhalten, die in Paris ein derart großes Ansehen genießt. Wir versuchen, die kulturellen Stärken unserer beiden Länder zu vereinen, und nicht, sie zu vernichten.« Lächelnd lehnte er sich zurück, als rechne er mit einer freundlichen Antwort. »Wir erwarten von Ihnen nur, dass Sie uns erklären, wie Sie sich auf diesen albernen Plan einlassen konnten, der Freundschaft zwischen Deutschland und Frankreich zu schaden. Sind Sie vielleicht von Ihren Hausangestellten angestiftet worden, und gehören diese Leute womöglich heimlich der kommunistischen Partei an?«

»Ich kann Ihnen keine Informationen liefern, die ich nicht besitze.« Charlottes Tonfall war zwar erschöpft, aber beharrlich.

Der Deutsche beugte sich vor, sein Ton war plötzlich aggressiv. »Wir haben einige Mitglieder der Zelle festgenommen. Wir wissen, dass die Verräter und Verbrecher in Ihrem Haus Informationen ausgetauscht haben. Ihre Dienstboten sitzen im Gefängnis von Fresnes.« Unvermittelt stand er auf, und seine nächsten Worte sorgten dafür, dass der Mut sie zu verlassen drohte. »Ihr Starrsinn wird Sie teuer zu stehen kommen. Ich fürchte, wir haben keine andere Wahl, als Sie ins Gestapo-Hauptquartier zu verlegen.«

In der Rue de Saussaies brüllten Wärter Befehle und schleppten sie wieder in einen kahlen Raum. Als die ersten Schläge ihren Rücken trafen, konnte sie einen Schmerzensschrei nicht unterdrücken. Sie hob die Hände schützend über den Kopf, ließ sich zu Boden fallen und blieb zusammengerollt liegen. Schwere Stiefel traten sie in die Rippen, als sie versuchte, vor den Angreifern davonzukriechen. Durch halb geschlossene Lider sah sie zu ihrem Erstaunen, dass Hauptmann Reiner sich bückte, um ihr beim Aufstehen zu helfen. Während sie sich wieder zu fassen versuchte, erschien auch Dr. Weißmann. Als er drohend die Hand hob, wich sie aus Angst zurück.

»Jetzt werden Sie uns endlich sagen, was wir wissen wollen! Wir haben Ihre Freunde gefangen. Schmutzige Verräter, Judenfreunde und Kommunisten!« Seine Augen traten hervor, und sein Ge-

sicht war hochrot und verzerrt vor Niedertracht und Wut, als er ihr eine Ohrfeige versetzte. »Bringt den Gefangenen rein!«
Auf den gebrüllten Befehl öffnete sich die Tür. Charlotte blickte auf. Zunächst erkannte sie den Mann nicht, der zwischen zwei Wärtern hereingeschlurft kam. Seine Haut war von Wunden übersät, seine rechte Gesichtshälfte bis zur Unkenntlichkeit geschwollen. Seine blutigen, entstellten Hände baumelten an den Seiten seines Körpers. Beim Anblick seiner gebrochenen, geschwärzten Finger ohne Nägel drehte sich ihr fast der Magen um.
»Ich glaube, Sie beide kennen einander. Und jetzt werden Sie uns unsere Fragen beantworten.« Dr. Weißmann näherte sich dem Verwundeten und schob ihn auf Charlotte zu.
Der Mann bewegte die aufgesprungenen Lippen, so dass sich eine Schnittwunde im Mundwinkel unter getrocknetem Blut wieder öffnete. Dann sprach er die Worte aus, die Charlotte das Leben retteten. »Ich kenne sie nicht«, flüsterte er. »Ich kenne diese Frau nicht. Ich habe Sie noch nie zuvor gesehen.« Dr. Weißmann versetzte dem Mann einen Schlag auf die Schulter und wandte sich an Charlotte. »Das ist Ihre letzte Chance!«, brüllte er. »Eine zweite Gelegenheit, mit uns zusammenzuarbeiten, bekommen Sie nicht. Und vielleicht retten Sie damit auch diesen Mann.«
Starr vor Entsetzen sah Charlotte den Mann an, der in seiner Qual vor ihr stand. Er schüttelte kaum merklich den Kopf, und ihr gelang es gerade noch, die Worte auszusprechen: »Ich kenne ihn nicht.«
Sie schleppten ihn hinaus. Als sie ihn in eine Einzelzelle brachten, hörte sie einen langen Schrei, gefolgt von dem widerwärtigen Geräusch von Schlägen. Dann wurde auch sie eingesperrt, und es herrschte Stille, die nur von ihrem eigenen Schluchzen über das Bild von Richard Kriwan durchbrochen wurde.
Die Zelle war dunkel und so klein, dass der Platz nicht reichte, um sich zu setzen. Charlotte lehnte sich stehend an die feuchte Wand und versuchte, die Schmerzen durch ruhiges Durchatmen zu vertreiben. So verdämmerte sie die folgenden Stunden, ballte die Hände zu Fäusten, um sich die von Läusen zerbissene Haut nicht

blutig zu kratzen, und wartete darauf, dass man sie wieder schlagen und denselben Folterungen unterwerfen würde wie Richard Kirwan. Als die Tür aufging, wusste sie nicht, wie viel Uhr es war und wie viele Stunden und Tage sie in dieser Zelle verbracht hatte. Hauptmann Reiner erwartete sie.

»Offenbar ist uns ein Irrtum unterlaufen, Madame de Savoie«, sagte er gleichmütig und mit tonloser Stimme. »Bringen Sie sie nach draußen. Sie wird dort erwartet«, befahl er dann einem Wachmann.

Mit gesenktem Blick und zitternd vor Angst stand sie auf der Straße. Es war ihr peinlich, dass sie so schmutzig und ungepflegt war. Außerdem stank sie nach Schweiß und Urin, und ihre Arme und Beine waren von Flohbissen übersät. Da spürte sie eine sanfte Hand am Ellenbogen.

»Charlotte. Oh, meine Liebe, alles ist wieder gut. Schauen Sie, da steht mein Auto, und ich bringe Sie jetzt an einen Ort, wo Sie sich ausruhen können. Sie werden sich rasch wieder erholen.«

»Ich möchte nach Hause. Ich möchte einfach nur nach Hause«, flüsterte sie. »Und ich muss Celine sehen.«

»Celine ist in Sicherheit, und Sie können sie bald treffen.« Entsetzen, Mitgefühl und Trauer malten sich in Henri de Valnays Miene. »Aber nach Hause können Sie nicht, meine Liebe. Die Deutschen haben Ihr Haus beschlagnahmt. Inzwischen wohnt ein General Walter von Ströpper in der Avenue Mozart.«

Kapitel 37
Dublin, 1970

Eleanor hielt mit dem Wagen vor dem Eisentor, blieb eine Weile sitzen und stützte den Kopf aufs Lenkrad. Zwei Passanten warfen ihr zwar einen Blick zu, gingen aber mit einem verständnisvollen Nicken weiter. Schließlich waren trauernde Menschen vor einem Friedhof nicht weiter ungewöhnlich, weshalb es vermutlich das Beste war, das arme Mädchen mit seinen Tränen allein zu lassen. Der Himmel war bewölkt, und es wehte ein kalter Wind. Die schrecklichen Ereignisse der vergangenen Wochen hatten sich in Eleanors Kopf auf dem Weg aus Connemara immer höher aufgetürmt. Und nun war sie, eigentlich ohne nachzudenken, an den Ort gefahren, wo ihr Vater begraben lag. Sie lief zwischen den Grabkreuzen hindurch. Von Richards Grab, über das sich beschützend eine Eiche beugte, hatte man Blick auf das endlose Meer. Eleanor berührte den kalten Granit des erst kürzlich aufgestellten Kreuzes.

»Warum bin ich hergekommen?«, fragte sie sich. »Hier liegt doch nur seine Hülle. Warum sollte er mich von diesem Loch im Boden aus besser hören können als sonst irgendwo auf der Welt?« Sie kniete sich in das feuchte Gras, das rings um das Grab wuchs, begann, die verwelkten Blumensträuße einzusammeln, und murmelte vor sich hin, ohne auf ihre Umgebung zu achten. Sie wollte den Mann, der sein belastendes Geheimnis mit ins Grab genommen hatte, begreifen, nicht verurteilen. Dennoch wusste sie, wie schwer es war, jemandem sein Innerstes zu offenbaren, wenn man sich so schuldig fühlte. Wenigstens in dieser Hinsicht, so dachte sie spöttisch, war sie ihm sehr ähnlich. Auch sie hatte sich nach der Trennung von Matthew in ein Schneckenhaus zurückgezogen. Sie hatte eine Mauer um sich herum aufgebaut und die besorgten Mienen von James, Lizzie und ihren Eltern erduldet. Und zu guter Letzt hatte sie sich zu Seamus nach Connemara geflüchtet.

Matthew. Er hatte sich niemals von Zweifeln anfechten lassen, war anpassungsfähig, weltgewandt, sich seines Erfolges bewusst und eine charmante Bereicherung jedes geselligen Beisammenseins. Er war der Liebling der Talkshows, denn man konnte immer davon ausgehen, dass er etwas Amüsantes oder Provokantes von sich geben würde. Eleanor hatte ihn auf einem Theaterfestival kennen gelernt und war aus allen Wolken gefallen, als er sie eine Woche später tatsächlich angerufen hatte. Bei ihrem ersten gemeinsamen Abendessen hatte sie sich in den hellen Glanz, den er verstrahlte, fallen lassen und seine Scherze, sein Lachen und den leichten Donegal-Akzent, der sich manchmal in seine kultivierte Sprechweise einschlich, genossen. Er schenkte ihr Blumen, hielt ihr Türen auf und machte sie mit Schönberg, Strindberg, Le Broquet, Jackson Pollock, Ezra Pound und William Faulkner vertraut. Richard Kirwan war sehr zufrieden gewesen, als er die Veränderung in seiner Tochter bemerkte. Als Eleanor eines Abends von einer Verabredung mit Matthew zurückkehrte, traf sie Richard in der Halle. Er sah seine Tochter eindringlich an. »Glücklich?«

Eleanor fiel ihrem Vater um den Hals. »Ich liebe dich, Vater, wusstest du das? Ich liebe dich so sehr. Dich und Mutter und die ganze Welt. Und ich bin verliebt. Noch nie im Leben war ich so glücklich. Womit habe ich so viel Glück verdient?« Sie küsste ihn auf beide Wangen und betrachtete sein mageres, faltiges Gesicht. Richard strich ihr übers Haar und fuhr ihr Lächeln mit dem Finger nach. Sie berührte die Striemen und Narben auf seinen Händen, über die nie gesprochen wurde. Obwohl er selbst im heißes-

ten Sommer stets ein langärmeliges Hemd trug, hatte sie die Spuren einer Hauttransplantation an seinem Arm gesehen.
An diesem Abend hatte sie nicht zum ersten Mal das Bedürfnis gehabt, ihn zu fragen, woher er diese schrecklichen Narben hatte. Aber sie wollte die Stimmung nicht verderben, als ihr Vater sie ansah und liebevoll zu ihr sagte: »Nimm alles Glück, das du bekommst, in dich auf, mein liebes Kind; saug es in dich auf und halt es fest. Es wird deine Rettung sein, wenn einmal schlechte Zeiten kommen, ein Vorrat, von dem du zehren kannst, wenn man dir sonst alles entreißt. Schaffe dir ein inneres Schutzgebiet voll schöner Dinge.«
Kurz darauf hatte Matthew sie verlassen. Er hatte die reiche Erbin geheiratet, deren Vater seine erste Inszenierung finanziert und ihnen außerdem ein Haus mit Meerblick gekauft hatte. Damals hatte Seamus mit Eleanor auf den Felsen in Seal Bay gesessen, bis sie die letzte Träne geweint hatte und endlich in der Lage gewesen war, ihm ihr Herz auszuschütten.

Eleanor kauerte auf den Fersen neben dem Grab ihres Vaters. Als sie in der Abenddämmerung die Scheinwerfer eines Autos bemerkte, wurde ihr plötzlich wieder bewusst, dass sie sich auf einem feuchten, grauen Friedhof inmitten von schweigenden Grabsteinen befand. Sie wurde von der Angst erfüllt, dass alles, was ihr etwas bedeutete, ihr irgendwann genommen werden würde. Würde sie den Rest ihres Lebens mit unbefriedigenden Übergangslösungen und wechselnden Freundschaften verbringen müssen, die sie sich nicht selbst ausgesucht hatte? Langsam schlenderte sie zu der niedrigen Mauer am Rand der Klippen und blickte hinunter in den aufgewühlten Strudel der ewigen Gezeiten, die sich an den Felsen in der Tiefe brachen. Die Bewegung des Wassers zog sie magisch an. Sie stützte die Hände auf die Mauer und beugte sich vor.
»Eleanor!«
Jetzt bemerkte sie, dass jemand ihren Namen rief.
»Ich habe mir gedacht, dass du herkommen würdest, und bin auf

gut Glück losgefahren. Komm von der Mauer weg, Eleanor. Du stehst viel zu dicht an den Klippen.«

»Gareth.« Zitternd und frierend wegen der feuchten Abendkälte, klammerte sie sich an ihn. »Ich habe meine Schlüssel und mein Geld in Connemara vergessen. Aber ich musste herkommen und versuchen, mit ihm zu reden.« Sie drehte sich zu dem Grab um und löste die Hand aus Gareths Griff.

»Ich nehme dich jetzt mit zu mir. Du bist ja völlig erschöpft und außerdem tropfnass.« Gareth half ihr ins Auto und legte ihr den Sicherheitsgurt um. »Seamus macht sich große Sorgen um dich.«

»Mein Auto parkt ganz in der Nähe. Aber mir ist das Benzin ausgegangen, Gareth.«

»Ich schließe es ab. Wir holen es morgen.«

Bei Gareth zu Hause trank sie die Suppe, die er ihr brachte, ließ sich dankbar in die heiße Badewanne sinken und ging dann zu Bett. Nachdem er sich vergewissert hatte, dass sie schlief, griff Gareth zum Telefon. »Ich habe sie gefunden, Seamus, und zwar an Richards Grab. Sie ruft dich morgen an. Sag Helena, sie soll sich keine Sorgen machen. Ich kümmere mich ein paar Tage lang um sie. Wenn Eleanor sich ein bisschen ausruht, ist sie ganz sicher bald wieder in Ordnung.«

Am nächsten Morgen fand sie Gareth, als dieser sich gerade in der Küche zu schaffen machte.

»Danke, dass du mich gestern Abend suchen gefahren bist, Gareth.« Sie wusste nicht, wie sie ihr gestriges Verhalten erklären sollte, und konnte ihm nicht in die Augen sehen. »Woher wusstest du, wo ich bin?«

»Ich bin froh, dass ich richtig lag.« Er strich ihr über die Wange. »An einem so verregneten Abend läuft man doch nicht in der Dunkelheit herum.«

»Entschuldige. In meinem Hirn hatte sich einfach alles zu einem großen Klumpen zusammengeballt, und ich konnte nicht mehr klar denken. Es war ziemlich dumm von mir.«

»Tja, ich glaube, du könntest jetzt ein Frühstück gut gebrauchen.«
Er hatte für zwei Personen gedeckt, und sie sah zu, wie er Speck und Eier in eine Pfanne gab und die Teekanne auf den Tisch stellte.
»Wo sind die Kinder?«, fragte sie.
»Sie verbringen die ganze Woche bei ihrer Großmutter«, erwiderte er. »Und das ist auch das Beste so, denn ich habe etwas Wichtiges zu erledigen.«
Nach dem Frühstück gingen sie ins Arbeitszimmer, wo Gareth einen Papierstapel von einem Sessel räumte. Schmunzelnd betrachtete Eleanor das Durcheinander aus Büchern und Akten und den gewaltigen Schreibtisch, der fast unter einem Papierberg verschwand.
»Ich habe gestern ein langes Telefonat mit Seamus geführt«, begann er. »Ich kenne einen Teil der Geschichte, und ich verstehe, wie schlecht du dich fühlst.«
»Du kennst nicht einmal die Hälfte, Gareth«, unterbrach sie ihn zornig. »Ich hatte einen schrecklichen Streit mit Mutter. Dann habe ich herausgefunden, dass James und Lizzie nach Paris gefahren sind und dass Seamus davon wusste. Ich bin immer noch außer mir, denn es fällt mir einfach schwer zu akzeptieren, wie bedeutungslos ich bin. Eleanor, der arme kleine Trampel, der einem nur im Weg ist. Wir können es ihr immer noch im Nachhinein erzählen. Ach, zum Teufel mit diesen Idioten. Sollen sie mir doch den Buckel runterrutschen.«
»Mach dich nicht so klein. Das Selbstmitleid passt nicht zu dir. James und Elizabeth ahnten vermutlich, dass du mit einer derartigen Wahnsinnstat nie einverstanden gewesen wärst. Ja, Seamus hätte es dir sagen sollen. Aber er brauchte dich dringend in Connemara. Und dasselbe gilt auch für Helena.«
»Helena braucht mich überhaupt nicht. Sie kann meine Gegenwart nicht ertragen.«
»Du weißt, dass das nicht stimmt. Deine Mutter ist durcheinander, sie trauert und versucht, mit ihrem Verlust und verschiede-

nen anderen Problemen fertig zu werden. Und da du ihr am nächsten stehst, lässt sie ihre Wut an dir aus. Zurzeit ist sie sehr schwach und braucht bedingungslose Liebe und Unterstützung. Es ist zwar nicht leicht, hier ohne dich zurechtzukommen, Eleanor, aber sie hat dich jetzt nötiger als ich.« Lange sah er ihr in die Augen.

»Ich sagte, ich hätte dir etwas zu erzählen. Es handelt sich um Anweisungen, die dein Vater bei mir hinterlegt hat. Du sollst etwas für ihn tun.«

»Ich soll etwas für ihn tun?« Verständnislos starrte sie ihn an.

Gareth öffnete eine Schreibtischschublade und holte einen großen braunen Umschlag heraus. Ihr Herz klopfte, als sie sah, dass in Richards vertrauter Handschrift ihr Name darauf stand, und sie öffnete zögernd das Kuvert. Der Brief war nur kurz, eine einzige Seite in seiner spitz zulaufenden Schrift, und eine Woche vor seinem Tod datiert. Der Text verschwamm Eleanor vor den Augen, so dass sie kurz blinzeln musste. Dann blickte sie erneut auf das Blatt.

Mein liebes Mädchen,

meine Zeit ist fast vorbei, und ich weiß, dass ich euch ein verwirrendes Erbe hinterlasse. Während mich die Strömung unaufhaltsam fortreißt, betrachte ich euch, und mir ist klar, dass ich in mancherlei Hinsicht versagt habe. Ich möchte euch begreiflich machen, dass ich euch alle so sehr liebe; es tut weh, dass meine Möglichkeiten, das auszudrücken, derart begrenzt sind. Doch die Zeit und die Umstände haben mich zu dem gemacht, was ich bin. Und ich bitte euch, Verständnis dafür aufzubringen, auch wenn es euch ungerecht erscheinen mag.

In deinen Augen erkenne ich, wie sehr du mich liebst, mein liebes Kind. Ich habe es mein Leben lang gewusst, deine Liebe ist unerschütterlich und stark. Das war mir immer, insbesondere im vergangenen Jahr, ein großer Trost. Nun muss ich dich bitten, einen letzten Auftrag für mich zu erledigen. Ich bitte dich darum, da es mit einem

Schweigegelübde zusammenhängt, das ich vor sehr vielen Jahren abgelegt habe und das ich auch jetzt nicht brechen darf.
Anbei findest du die Unterlagen eines Treuhandfonds, den ich kurz nach dem Krieg in Genf eingerichtet habe. Den Begünstigten kann ich nicht nennen, aber ich möchte, dass du nach Genf fährst und diese Papiere mitnimmst, die ich bei Gareth hinterlegt habe, denn sie müssen dem Begünstigten nach meinem Tod ausgehändigt werden. Mehr kann ich dir nicht erkären, mein Schatz.
Deine Mutter wird dich brauchen. Ich habe ihr ein schmerzliches Erbe hinterlassen und weiß nicht, wie sie damit zurechtkommen wird. Doch ich bin mir sicher, dass du für sie sorgen und sie unterstützen wirst.
Hilf mir, meine liebste Eleanor, mein Kind, das zu einer schönen jungen Frau geworden ist. Hilf mir noch ein letztes Mal.
Dein liebender Vater

Richard

Den Brief in der Hand, saß Eleanor da, und Tränen flossen ihr über die Wangen. Wie aus der Ferne hörte sie Gareths Stimme, der sie wieder in die Gegenwart zurückholte, fort von dem zerfurchten, leidenden Gesicht ihres Vaters, das ihr vor Augen stand.
»Eleanor, ich habe zwei Flüge nach Genf gebucht. Ich weiß, dass dein Vater dort einen Auftrag für dich hat, und je früher wir uns darum kümmern, desto besser.«

Kapitel 38

Genf, 1970

Eleanor packte ihre Sachen aus und trat auf den Balkon ihres Zimmers im Hotel Beau Rivage. Unter ihr erstreckte sich die Stadt, die zwischen dem Lac Léman und der Rhône lag. Gareth kam aus dem angrenzenden Zimmer, stellte sich neben sie und blickte über das schimmernde Wasser hinaus, wo sich Yachten und Dampfer drängten. Es wimmelte von Sommerfrischlern. Am liebsten hätte Eleanor vergessen, warum sie hier war, sich unter die Leute gemischt und das Lachen und die Musik genossen, die vom Seeufer zu ihr hinaufdrangen. Immer wieder hatte sie den Brief ihres Vaters gelesen, und sie hatte das Gefühl, jedes Mal weniger zu verstehen.

»Sollen wir uns ein schönes Restaurant zum Abendessen suchen?«, fragte Gareth. »Wir sollten es uns – trotz der letzten Ereignisse – heute Abend mal richtig gut gehen lassen.«

»Damit du dich davor drücken kannst, mir von all den übrigen Geheimnissen zu erzählen, die du mir immer noch verschweigst.«

»Ich verschweige dir überhaupt nichts«, erwiderte Gareth leise. »Ich weiß auch nicht alles über diese verwirrende Angelegenheit.«

»Aber den Brief hast du mir vorenthalten.« Sie streckte ihm Richards Schreiben hin. »Kennst du den Namen des Begünstigten?

Ist das auch wieder eines der Dinge, über die alle außer mir Bescheid wissen?«
»Nein, ich habe keine Ahnung«, gab Gareth ärgerlich zurück. »Richard hat es mir nicht verraten.«
»Aber er muss doch etwas gesagt haben.«
Verzweifelt verzog Gareth das Gesicht. »Versteh doch, Eleanor, dein Vater hat eine Woche vor seinem Tod mit mir gesprochen. Er hat mich gebeten, dir den Brief auszuhändigen, wenn ich fände, dass der richtige Zeitpunkt gekommen sei. Ich habe abgewartet, bis Helena über den Berg ist, damit du nicht mehr so viel um die Ohren hast. Und ich werde dir alles erzählen, was ich weiß. Doch ich würde gern zuerst etwas essen gehen. Ich bin müde und hungrig und könnte ein paar Stunden Ruhe gut gebrauchen.«
»Ich hole meine Sachen.« Eleanor schämte sich für ihre schlechte Laune und wollte das wieder gutmachen.
Mit einer *Mouette* fuhren sie den See hinauf zu einem Restaurant, das ihnen im Hotel empfohlen worden war, und verspeisten gemütlich ihr Abendessen. Anschließend schlenderten sie am Ufer entlang, da keiner von ihnen Lust hatte, den schönen Abend schon zu beenden. Doch Richards Geist verfolgte sie, und sie kehrten früher ins Hotel zurück, als Eleanor lieb war. Gareth bestellte etwas zu trinken nach oben, und sie setzten sich auf den Balkon, der ihre beiden Zimmer miteinander verband. Der Mond schien und tauchte die Stadt in einen silbrigen Schein. Endlich war der Zeitpunkt gekommen, über ihren Vater zu sprechen, und Eleanor spürte, wie die Anspannung zurückkehrte.
»Er war schwer krank und litt entsetzliche Schmerzen.« Gareth gab sich Mühe, sich so verständlich wie möglich auszudrücken. »Und als es mit ihm zu Ende ging, wurde er sehr aufgeregt. Ich sagte ihm, er könne sich mir ruhig anvertrauen, falls ihm das helfen würde. Deine Eltern waren so gut zu mir, als Moira starb, und ich bin ihnen eine Menge Dank schuldig. Helena war immer für mich da, um mich zu trösten, und sie sorgte dafür, dass ich nicht unterging. Aber es ist noch mehr als das. Du weißt ja, dass Moira im Theater tätig war. Nach ihrem Tod stellte ich fest, dass sie

jeden Penny, den wir besaßen, in eine Inszenierung gesteckt hatte, die bei der Kritik und beim Publikum durchgefallen war. Außerdem hatte sie mit ihrer Kreditkarte in ihren Lieblingsboutiquen hohe Schulden gemacht. Sie hat nie mit mir über Geld gesprochen, und ich habe auch nicht nachgefragt. Unsere Finanzen waren ihre Sache. Also blieb ich mittellos zurück, mit zwei kleinen Kindern, einem teuren Kindermädchen und den Raten fürs Haus.«

»Gareth, das tut mir sehr Leid. Ich habe nichts davon geahnt.«

»Damals hat Richard mir geholfen, mir Geld geliehen und es nie erwähnt, bis ich in der Lage war, alles zurückzuzahlen. Und als ich ihn kurz vor seinem Tod fragte, ob ich etwas für ihn tun könne, händigte er mir diesen Brief und die Anweisungen für die Bank in Genf aus.«

»Aber er muss dir doch irgendeine Erklärung gegeben haben.« Eleanor stand auf und blickte zum Mond hinauf, der über dem See schwebte.

»Er sagte nur, er habe den Treuhandfonds nach dem Krieg eingerichtet und einen feierlichen Eid abgelegt, dass er den Namen des Begünstigten nie preisgeben würde.« Gareth gesellte sich zu ihr; seine Miene war ernst. »Er sagte, etwas hätte ihn furchtbar belastet, und er müsse alles wieder in Ordnung bringen.«

Sie merkte ihm an, wie wichtig es ihm war, dass sie ihn verstand.

»Eleanor, in schwierigen Zeiten lösen Menschen ihre Probleme zuweilen in einer Weise, die es fast unmöglich macht, ihre Fehler später wieder rückgängig zu machen. Dein Vater meinte zu mir, es sei seine letzte Chance.«

»Aber du hast keine Ahnung, wer dieser Begünstigte sein könnte? Wen er all die Jahre lang gedeckt hat?«

»Ich weiß nur, dass er dir diese Aufgabe übertragen wollte. Und er sagte, du wärst weise genug, das zu tun, was für alle das Beste ist.«

»Ich schaffe das nicht, Gareth. Mir fehlt die Erfahrung, und ich weiß nicht, was von mir erwartet wird.« Eleanor war erschöpft. Die Angelegenheit wurde immer belastender und komplizierter.

Er zog sie an sich, sein Gesicht war ihrem ganz nah und seine

Finger in ihrem Haar. »Eleanor, du bist eine wundervolle, beeindruckende Frau. Der Himmel weiß, wann es geschehen ist, wann aus Freundschaft und Bewunderung etwas anderes wurde. Ich habe beobachtet, wie du dich von einem süßen, reizenden Kind in eine faszinierende, schöne Frau verwandelt hast. Dann habe ich miterlebt, wie dieser Mistkerl Matthew dich abgrundtief verletzt hat, und ich hätte ihn am liebsten umgebracht. Damals wollte ich dir schon sagen, dass es da einen Menschen gibt, der dir alle Liebe schenken möchte, die du im Leben brauchst. Mir ist klar, dass ich viel älter bin als du. Inzwischen bin ich dreiundvierzig, aber …« Er schlang die Arme um sie und küsste sie. »O Gott, es ist ein ausgesprochen schlechter Zeitpunkt, dir das zu sagen, aber ich liebe dich, und ich will alles tun, damit du glücklich wirst.«

»Du liebst mich?« Mit klopfendem Herzen blickte sie ihn an und musste sich festhalten, um nicht das Gleichgewicht zu verlieren. »Hör auf, Gareth, ich brauche Zeit zum Nachdenken.«

Sofort wich er zurück, wandte sich ab und schlug die Hände vors Gesicht.

»Gareth, du musst mir Zeit geben.«

»Entschuldige. Ich hätte mich dir nicht aufdrängen dürfen.« Als er Zigaretten und Feuerzeug aus der Tasche nahm, bemerkte sie, dass seine Hände zitterten.

»Nein, Gareth, daran liegt es nicht. Es war in den letzten Wochen nur alles ein bisschen viel.«

»Bitte vergiss meinen Ausbruch. Wahrscheinlich liegt es am Wein und an der Umgebung. Gute Nacht, Eleanor.« Er konnte ihr nicht in die Augen sehen, als er auf dem Absatz kehrtmachte und in sein Zimmer ging.

Eleanor saß allein in der kühlen Luft. Sie war erschüttert, aber merkwürdigerweise guter Dinge. Als sie an seine Finger in ihrem Haar, seine feste Umarmung, seine Leidenschaft und seine Zärtlichkeit dachte, stellte sie fest, dass sie sich übermächtig danach sehnte, sich von ihm in eine glücklichere Welt entführen zu lassen. Sie ging zu Bett und betrachtete durch die offen stehende

Balkontür den Mond, der hoch über der Stadt schwebte. Und sie fragte sich, ob Gareth ebenfalls wach lag.

Als sie sich im Speisesaal zum Frühstück trafen, sahen sie einander nicht in die Augen und sprachen nur über Geschäftliches. Bei der Credit Suisse wurden sie von einem Monsieur Doumier in seinem Büro empfangen. Eleanor musste sich ein Schmunzeln verkneifen, als er sich vor ihr verbeugte. Der zierliche, geckenhafte Mann mit seiner gestreiften Hose, der hellgrauen Weste, der Seidenkrawatte und dem schwarzen Sakko wirkte fast wie eine Karikatur seiner selbst. Er musterte Eleanor und Gareth durch eine randlose Brille.

»Monsieur Duggan, ich freue mich, Sie kennen zu lernen. Sie auch, Mademoiselle Kirwan. Herzliches Beileid, Ihr Vater war ein wirklicher Gentleman, und es war mir eine Ehre, ihm all die Jahre lang zu Diensten sein zu können.«

Er bat Eleanor und Gareth, auf vergoldeten Stühlen vor seinem Schreibtisch Platz zu nehmen. Ein dritter Stuhl stand daneben. Offenbar erwartete der Bankier eine weitere Person.

»Soweit mir bekannt ist, Monsieur Doumier, ist die Identität des Begünstigten aus diesem Fonds geheim gehalten worden.« Eleanor hoffte, dass ihre Nervosität nicht zu offensichtlich war. »Doch die Anweisungen meines Vaters vor seinem Tod lauteten, dass ich dieser Person eigenhändig ein Päckchen übergeben soll.«

»Monsieur Duggan hat uns eine Abschrift dieser Anweisungen zukommen lassen. Die Dame wird in wenigen Minuten hier sein.«

»Die Dame?« Eleanor wurde flau im Magen. Stand ihr etwa schon wieder eine unwillkommene Enthüllung bevor? Noch eine Schwester? Eine weitere Geliebte? Ich ertrage das nicht mehr, dachte sie, während Panik in ihr aufstieg. Er hätte das nicht von mir verlangen dürfen.

»Sind Sie der Begünstigten schon einmal begegnet, Monsieur Doumier?« Gareths Stimme beruhigte sie. »Als Richard Kirwans Testamentsvollstrecker in dieser Angelegenheit befinde ich mich im Nachteil, wenn ich die fragliche Person nicht kenne. Ich

würde mich freuen, wenn Sie mir alles über sie erzählen, was Sie wissen.«
Monsieur Doumier schlug eine schwere Ledermappe auf und entnahm ihr einige Blätter Papier, die er Gareth reichte. »Sie werden eine Weile brauchen, um das zu lesen, Monsieur Duggan.«
Gareth betrachtete die erste Seite des Dokuments, das auf den 18. Juni 1947 datiert war.
Es klopfte an der Tür, und Monsieur Doumiers Sekretärin erschien. »Madame Revere ist hier, Monsieur. Soll ich sie hereinbitten?«
Monsieur Doumier nickte. Gareth erhob sich, und Eleanor hielt den Atem an.
Die Frau, die eintrat, war hoch gewachsen und mager und trug ein schlichtes Kostüm. Sie hatte dunkles, schulterlanges glattes Haar, das einen guten Friseur verriet. Trotz eines leichten Hinkens waren ihre Bewegungen anmutig, und ihre langen Finger umklammerten fest den Trageriemen ihrer Umhängetasche. Eleanor konnte ihr Alter nur schwer schätzen, doch sie vermutete, dass sie nicht älter als fünfzig war, obwohl tiefe Falten ihr Gesicht durchzogen. Monsieur Doumier begrüßte sie.
»Madame Revere, das ist Monsieur Gareth Duggan, der Testamentsvollstrecker von Monsieur Kirwan. Und das hier ist –«
Die Frau hielt Eleanor die Hand hin und betrachtete sie voller Zuneigung und Anteilnahme. »Sie müssen Eleanor sein«, sagte sie auf Französisch mit leiser Stimme. »Sie sind Richard wie aus dem Gesicht geschnitten. Diese Ähnlichkeit ist wirklich unheimlich.«
Ein Tablett mit Kaffee und Plätzchen wurde vor sie hingestellt. Dann räusperte Monsieur Doumier sich diskret.
»Wahrscheinlich möchten Sie für Ihr Gespräch lieber unter sich sein. Ich bin für Sie da, wenn Sie mich brauchen.«
Eleanor bemerkte kaum, dass er hinausging. Die Frau umfasste immer noch ihre Hand.
»Ach, Eleanor«, sagte sie. »Das hätte er nicht tun sollen. Sein Tod ist schon schlimm genug.«
»Bitte«, flüsterte Eleanor. »Ich muss wissen, wer Sie sind.«

»Hat er Ihnen das nicht erzählt? Nein, natürlich nicht. Er hat es versprochen. Ich selbst habe ihn darum gebeten.«

Sie schwieg eine Weile und schien durch Eleanor hindurch in die Ferne zu blicken. Dann lächelte sie.

»Hier in Genf kennt man mich als Madame Revere. Aber für Ihre Familie heiße ich Leah Nazarre. Oder Leah Svenssen. Das ist mein wirklicher Name.«

Kapitel 39
Genf, 1970

»Leah?«

Sprachlos stand Eleanor da, starrte die Frau an und prägte sich jede Einzelheit ihres Gesichtes ein – die großen dunklen Augen und den markanten Mund. Seamus' verloren geglaubte Liebe war also noch am Leben und wohnte hier in Genf! Und ihr Vater hatte das all die Jahre gewusst.

»Leah«, sprach Eleanor den Namen noch einmal aus und schüttelte verdattert den Kopf.

Ein kurzes Schweigen entstand, und Gareth berührte Eleanor sanft am Arm. »Vielleicht sollten wir uns setzen und uns erst einmal beruhigen.« Er führte die beiden Frauen zu den Stühlen vor Monsieur Doumiers Schreibtisch.

»Es tut mir Leid. Wahrscheinlich halten Sie mich jetzt für sehr unhöflich. Es liegt nur daran, dass ich nie gedacht hätte …« Wieder schüttelte Eleanor den Kopf. Sie konnte den Blick nicht von Leahs Gesicht abwenden.

»Mir ist klar, was für ein Schock es für Sie ist. Richard hat immer zu seinem Wort gestanden. Er war ein wahrer Freund und hat mich bis zum Ende beschützt.« Leah wandte sich ab, ihr Tonfall war bedrückt. »Ich wünschte, ich hätte ihn sehen oder etwas für ihn tun können. Aber das war unmöglich. Hat er Ihnen vor seinem Tod von mir erzählt? Wussten Sie, wer ich bin?«

»Er hat Ihren Namen nie erwähnt«, erwiderte Eleanor. Ihr war klar, wie grausam ihre nächsten Worte waren. »Seamus hat es mir gesagt. Aber Sie haben sich nie mit ihm in Verbindung gesetzt. Auch nicht mit Mutter, die doch Ihre Freundin war. Warum haben Vater und Sie geschwiegen und Ihren Freunden nicht einmal mitgeteilt, dass Sie noch leben?«
»Eleanor.« Gareth rüttelte sie an der Schulter. »Bevor du weiter fragst, sollten wir erst erfahren, was uns heute hierher geführt hat.«
»Monsieur Duggan«, unterbrach Leah mit angespannter Miene. »Sie hat ein Recht, diese Fragen zu stellen. Und ich muss versuchen, sie zu beantworten.«
»Dann sollte ich jetzt wohl besser gehen.« Gareth erhob sich.
»Nein.« Eleanor nahm Richard Kirwans Umschlag vom Schreibtisch und hielt ihn Leah hin. »Mein Vater wollte, dass ich Ihnen das persönlich übergebe. Mr. Duggan, Gareth, ist sein Testamentsvollstrecker, gehört schon seit vielen Jahren zu unserer Familie und ist mein bester Freund.« Sie lehnte sich an Gareth und fühlte ihren Mut größer werden, als sie seine Hände auf ihren Schultern spürte.
Leah hielt den dicken Umschlag in den Händen, drehte ihn einige Male hin und her und strich sanft mit den Fingern darüber. Ihrer Miene war nichts zu entnehmen, als sie aufstand und zum Fenster schlenderte, das auf die kopfsteingepflasterte Straße hinausging, wo scheppernd die Straßenbahnen vorbeifuhren. »Ich habe ihm drei- oder viermal im Jahr geschrieben«, meinte sie leise. »Und ich bat ihn, die Briefe zu vernichten. Aber vielleicht hat er sie ja behalten. Ich weiß nicht ...«
Sie öffnete den Umschlag und holte ein Bündel von Briefen und blauen Kuverts heraus. Dabei lag ein weißer Papierbogen, auf dem einige Fotos klebten. Sie sah Eleanor und Gareth an und begann mit leiser Stimme zu sprechen.
»Nachdem Richard mich 1947 aufgespürt hatte, konnte ich nicht zulassen, dass er mich noch einmal besuchte. Aber ich schrieb ihm einige Male im Jahr, um ihm zu sagen, wie es uns ging. Und

er beantwortete meine Briefe. Er verstand mich, und ich wusste, was er durchmachte. Wir hatten es ja gemeinsam erlebt.«
Tränen traten ihr in die Augen, als sie die Briefe und Fotos an ihre Brust drückte. In der anderen Hand hielt sie Richards letztes Schreiben. Sie las schweigend und blickte dann wieder auf. Doch sie sah nicht Gareth oder Eleanor, sondern schaute an ihnen vorbei, als befände sich noch eine weitere Person im Raum.
»Ach, Richard, was hast du nur vor? Es ist viel zu spät dafür!« Zitternd seufzte sie und lehnte den Kopf an den Fensterrahmen. »Eleanor, zwischen Ihrem Vater und mir bestand eine sehr tiefe Freundschaft. Es war ein Band, das durch nichts zerschnitten werden konnte. Wir beide waren in den Konzentrationslagern, die das schrecklichste und grausigste Vermächtnis dieses Krieges wurden. Ich war in Auschwitz und Bergen-Belsen, Ihr Vater in Buchenwald. Wegen des Durcheinanders, das zu Kriegsende herrschte, wusste ich nicht, ob er überlebt hatte. Ich erfuhr es erst, als er zu mir kam.«
Sie betrachtete Eleanor, die völlig befremdet dasaß.
»Es mag Ihnen ungewöhnlich grausam erscheinen, dass ich von ihm verlangt habe zu schweigen, aber genauso war es. Ich habe ihn versprechen lassen, dass er es Ihrer Mutter nie erzählen würde.« Sie zögerte. »Oder Ihrem Onkel. Sie müssen verstehen, dass ich nicht anders konnte. Wegen Stefan. Wegen meines Mannes.«
»Was soll das heißen?« Als Eleanor aufsprang, streckte Leah abwehrend die Hand aus. »Dass mein Vater und Stefan gemeinsam im Konzentrationslager waren?«
»Können wir draußen weitersprechen?«, fragte Leah. Sie umklammerte das Päckchen und wirkte plötzlich alt und müde. »Das Zimmer ist zwar recht groß, aber ich bekomme hier trotzdem Platzangst.«
»Ich sage Monsieur Doumier, dass wir später wiederkommen«, schlug Gareth vor.
Sie verließen das beeindruckende marmorne Bankgebäude und schlenderten zum Jardin Anglais. Gareth fand eine Bank neben der Blumenuhr, wo sie sich in die Sonne setzten und den See

betrachteten. Leah sprach langsam, ohne Reue oder Selbstmitleid, und erzählte von der Welt des Schreckens, in der sie gelebt hatte.

Man hatte sie von Daniels Leiche weggezerrt, die auf der Straße lag, sie getreten und mit dem Gewehrkolben auf sie eingeschlagen. Stefan, Richard und Seamus waren wegen des Staubs und des Pulverdampfs der Schießerei nicht mehr zu sehen gewesen. Trotz der donnernden Salven glaubte Leah zu hören, wie Seamus verzweifelt nach ihr rief, und sie wagte nicht daran zu denken, was aus ihm geworden sein mochte. Während der unendlichen Verhöre und Misshandlungen, die folgten, mischte sich das verkrustete Blut auf ihrem Kleid mit dem von Daniel, und die Tage schienen zu verschwimmen. Sie wusste nicht, wohin man sie verschleppt hatte, und verbrachte viele Tage in Lastwagen, Zellen, grell beleuchteten Vernehmungszimmern und stinkenden Kerkern, zusammengesperrt mit anderen schmutzigen, gefolterten Frauen. Ratten, Kakerlaken, Läuse und der Geruch der Verzweiflung waren ihre ständigen Begleiter.

Die Männer, die sie gefangen hatten, verkündeten gleich zu Anfang, ihr Mann und seine Begleiter seien als Verräter hingerichtet worden. Doch im Laufe der Tage festigte sich Leahs innerer Widerstand. Ihr geliebter Daniel war zwar tot, aber die Fragen, die man ihr stellte, weckten in ihr den Verdacht, dass einige der anderen entkommen waren. Da Stefans Vater über gute diplomatische Beziehungen verfügte, vermutete Leah, dass er die Freilassung seines Sohnes hatte bewirken können. Und wenn es Richard und Seamus gelungen war, der Gefangennahme zu entgehen, war Leahs Schweigen vielleicht ihre einzige Rettung. Dieser Gedanke half ihr, die Verhöre, die Demütigungen, Erniedrigungen und den Schmerz zu ertragen, ohne weich zu werden.

Sie wusste nicht, wie viel Zeit vergangen war, als man sie auf den Transport zum Gefangenenlager verfrachtete. Und sie konnte auch nicht sagen, wie lange die Fahrt dorthin dauerte. Eine Ewigkeit lang litt sie unter rasendem Durst, Hunger und Schmerzen und dem Grauen, dass die Menschen um sie herum starben. Als

der Zug in Auschwitz einfuhr, wurden die Überlebenden aus den schmutzigen Waggons getrieben und stolperten, über ihre toten Leidensgenossen hinweg, auf den von Flutlicht erleuchteten Bahnsteig. Wer diese Höllenfahrt überstanden hatte, wurde gezwungen, halbnackt und erschöpft vor Angst, in der Nachtluft zu warten. Um die Gefangenen herum hallten das Gebrüll der Wachen und das wütende Knurren der Hunde. Die SS-Offiziere standen in makellos sauberen Uniformen und blitzblanken Stiefeln, in denen sich die alptraumhaften Bilder der Gewalt spiegelten, im grellen Licht der Bogenlampen.
»Hier entlang. Schneller. Beeilung. Mütter mit kleinen Kindern auf diese Seite.«
Ein Trupp von Gefangenen erschien und begann, die zerquetschten, aufgedunsenen Leichen aus den Waggons zu holen und die Berge menschlicher Exkremente zu beseitigen. Wie gelähmt stand Leah an der Rampe. Ihre zitternden Glieder gehorchten ihr nicht mehr. Ein Gefangener, der eine schmutzige gestreifte Hose und eine ebensolche Jacke trug, schlurfte herbei und rempelte Leah an. »Los, beweg dich! Oder sie bringen dich um. Halte dich links.«
Sie war nicht sicher, ob sie ihn richtig verstanden hatte, und betrachtete seine fiebrig glänzenden Augen, den rasierten Schädel und die vorstehenden Wangenknochen. Er erinnerte an eine Vogelscheuche, die sich bewegen konnte. Sie ging nach links, in die Richtung, die er ihr gezeigt hatte. Wer die erste Selektion überstanden hatte, wurde in der Quarantänebaracke seiner letzten Menschenwürde beraubt. Man befahl den Gefangenen, sich auszuziehen. Nackt und zitternd sah Leah zu, wie ihre langen, wasserstoffblonden Locken zu Boden fielen, als man ihr den Kopf rasierte – vielleicht aus Rache, weil sie versucht hatte, ihre Rasse zu verleugnen. Nach der eiskalten Dusche scheuchte man sie in den Hof hinaus, wo sie eine derbe, blau-weiß gestreifte Gefängnisuniform und ein Paar schlecht sitzender Holzpantinen erhielt. Beschämt und niedergeschlagen stellte sie sich an, um sich eintragen zu lassen. Sie hatten noch immer weder Essen noch Wasser bekommen.

Der Mann an dem wackeligen Schreibtisch sah sie nicht an. »Name?«
»Leah Svenssen. Ich bin mit einem Ausländer verheiratet und habe die schwedische Staatsbürgerschaft. Sie haben kein Recht, mich hier festzuhalten.« Wenn Stefan erst frei war, würde er sie sicher bald hier heraushoien.
»Du bist Jüdin.« Das war keine Frage. »Gemischtrassige Ehen sind verboten. Beruf?«
Tränen der Wut und Verzweiflung stiegen Leah in die Augen, aber sie erwähnte Stefan nicht mehr. Wenn er noch lebte, würde man diese Ehe vielleicht gegen ihn verwenden. Sie schwieg.
»Beruf?« Der Offizier hatte die Stimme erhoben. Ein Wachmann, der am Ende der Schlange gestanden hatte, kam näher. Sein Hund zerrte an der Leine.
»Musikerin. Ich spiele Geige.«
Zum ersten Mal blickte er auf. »Geige? Wo hast du gespielt?«
»Am Konservatorium in Paris.«
»Im Lager gibt es ein Frauenorchester. Du könntest nützlich sein. Bleib in der Quarantäneabteilung. Wenn sie dich brauchen, kriegst du Bescheid.«
Leah wurde weitergestoßen und zum Tätowieren gebracht. Sie betrachtete ihren linken Unterarm und sah zu, wie sie ihre Identität auslöschten und diese mit einem von ihnen gewählten Zeichen ersetzten. Von nun an hatte sie keinen Namen mehr. Sie war nur noch eine Nummer.

Leah verstummte. Sie saß im Genfer Sonnenschein und bewunderte die Schönheit des Parks. Mütter schoben Babys in Kinderwagen vorbei. Liebespaare und Studenten lagen im Gras, und eine alte Frau fütterte die Vögel. Eleanor, erschüttert von dem, was sie soeben gehört hatte, wusste nicht, was sie angesichts von so viel Leid sagen sollte.
»Wie lange, Leah? Wie lange waren Sie dort?«, fragte Gareth leise.
»Drei Jahre. Mein ganzes Leben. Ein Teil von mir ist immer noch da und kann niemals entfliehen.« Leahs Gesicht war aschfahl.

»Möchten Sie mit uns im Hotel zu Abend essen?«, erkundigte sich Eleanor.
Leah stand auf. »Vielen Dank, aber ich war schon viel zu lange weg. Ich muss wirklich nach Hause. Zu Stefan.«
»Stefan ist bei Ihnen? Oh, Leah, ich möchte noch so vieles wissen. Können wir ihn kennen lernen?«
Leahs Miene war steinern. »Ich fürchte, Stefan empfängt keinen Besuch. Er hat sich nie vom Krieg erholt.« Sie fuhr sich mit der Hand über die Augen. »Er braucht ständige Pflege und erträgt keine Fremden in seiner Nähe. Außerdem leidet er an Anfällen und Krämpfen. Nach unserer Gefangennahme wurde er ins Hauptquartier der Gestapo in Paris gebracht und ist dort schwer misshandelt worden. Irgendwann hat sein Vater es geschafft, ihn da rauszuholen. Sie haben ihn hier in der Schweiz in eine Klinik gesteckt. Es hat nach dem Krieg lange gedauert, bis ich ihn gefunden hatte.«
Leahs Stimme zitterte. »Ich war damals selbst krank, hatte kein Geld und außer Stefan auch keine Familie. Außerdem hatte ich keine Wohnung und nicht die Möglichkeit, ihn zu ernähren und für ihn zu sorgen. Meine einzige Chance war, mein Musikstudium abzuschließen, um Arbeit zu finden. Wenn Richard mich nicht aufgespürt hätte, wäre ich gestorben. Und auch Stefan hätte nicht überlebt. Er war eine Last für seine Familie, ein nutzloses Wrack und mit einer Jüdin verheiratet. Sie haben ihn im Stich gelassen und sind fortgezogen. Und da hat uns Ihr Vater geholfen, Eleanor. Der liebe, wundervolle, tapfere Richard.«
Ihre Stimme senkte sich zu einem Flüstern, und sie begann zu schluchzen. Gareth nahm ihren Arm.
»Es ist nicht richtig, dass wir Sie zwingen, das alles noch einmal zu durchleben«, sagte er leise. »Ihr Mut und Ihr Durchhaltevermögen sind einfach unvorstellbar. Sie müssen uns nicht alles auf einmal erklären. Am besten bringen wir Sie jetzt nach Hause. Um den Fonds kümmern wir uns morgen oder wann immer Sie sich dazu in der Lage fühlen.«
»Gareth hat Recht.« Eleanor umarmte Leah. »Ich bin nur so furchtbar überrascht und so entsetzlich froh, dass Sie noch leben

und dass Vater Sie gefunden hat und Ihnen helfen konnte. Könnten wir uns morgen vielleicht noch einmal treffen? Wir wohnen im Beau Rivage.«

»Da Sie mich nun gefunden haben, kann ich nicht einfach wieder verschwinden.« Sanft machte Leah sich los. »Vielen Dank, aber ich fahre mit dem Taxi nach Hause. Wir könnten uns ja morgen wiedersehen. Ihr Vater war ein großartiger Mensch, meine Liebe, und ich erzähle Ihnen gern mehr. Doch jetzt braucht mich Stefan. Auf Wiedersehen, Eleanor, Gareth.« Sie umarmte die beiden rasch und tätschelte Eleanor die Wange. Dann drehte sie sich um und ging rasch davon.

In der Bank fiel es Eleanor schwer, sich zu konzentrieren. Gareth und Monsieur Doumier kamen auch gut ohne sie zurecht, und außerdem hatte Leah Recht: Das Büro war wirklich bedrückend.

»Gareth, ich glaube, ich gehe ins Hotel zurück. Oder hast du etwas dagegen?«

»Natürlich nicht. Hier bei uns dauert es nur noch etwa eine halbe Stunde.«

Sie schlenderte zum Beau Rivage, atmete in tiefen Zügen die frische Nachmittagsluft und dachte über die außergewöhnlichen Ereignisse dieses Tages nach. Im Hotel trat sie auf den Balkon hinaus und blickte über den See. Was sollte sie mit Gareth anfangen? Sie errötete, als sie an seine Umarmung dachte. Als das Telefon läutete, lief sie wieder hinein und hob ab.

»Eleanor?« Leahs Stimme klang angespannt. »Könnten Sie heute Abend zu uns kommen? Aber allein. Ich finde, ich sollte mit Ihnen reden, und zwar je früher, desto besser. Würde es Gareth stören, wenn Sie ohne ihn kämen?«

»Ganz gewiss nicht«, erwiderte Eleanor sofort, da sie befürchtete, dass Leah es sich anders überlegen könnte. »Wenn Sie wollen, bin ich sofort bei Ihnen.«

»Gegen acht würde es besser passen. Stefan ist unruhig, aber bis dahin müsste ich ihn zum Schlafen gebracht haben.«

Eleanor notierte sich die Adresse, als sie hörte, dass Gareth an die Tür klopfte. Sie verabschiedete sich von Leah und legte auf. »Komm rein, Gareth. Das war Leah. Sie möchte, dass ich sie heute Abend besuche.« Sie zögerte. »Macht es dir etwas aus, wenn ich allein hinfahre?«
»Natürlich nicht. Ich freue mich, dass sie dich sehen will.« Er hielt inne. Eleanor und Leah kamen jetzt auch ohne ihn zurecht. »Ich kann nicht so lange im Büro fehlen«, sprudelte er hervor. »Aber ich finde, du solltest zumindest bis zum Wochenende in Genf bleiben. Ich fliege morgen zurück nach Dublin.« Es klang so lässig und beiläufig, stellte Eleanor enttäuscht fest. Doch er hatte Recht. Sie brauchten ein wenig Abstand. Vielleicht bereute er ja seine Worte von gestern Nacht.
»Wie du meinst«, erwiderte sie. »Ich bestelle ein Taxi und mache mich fertig. Ich weiß nicht, wann ich zurückkomme. Gute Nacht, Gareth, und vielen Dank für alles. Du bist ein wunderbarer Freund.«
»Du weißt, dass ich immer für dich da bin.« Gareth hatte die Botschaft verstanden, die lautete, dass es zwischen ihnen nie mehr als Freundschaft geben würde. »Als dein Freund. Wann immer du mich brauchst«, fügte er betont hinzu.
Er verabschiedete sich knapp und schloss die Tür hinter sich. Seufzend griff Eleanor zum Telefon, um ein Taxi zu bestellen.

Kapitel 40

Genf, 1970

Das Taxi hielt vor einem Haus am Ufer. Die Tür war blau gestrichen, und in den Blumenkästen wuchsen scharlachrote Geranien. Nachdem Eleanor den Fahrer bezahlt hatte, läutete sie an der Tür. Leah öffnete; das gedämpfte Flurlicht warf dunkle Schatten auf ihr Gesicht.

»Bitte kommen Sie herein, Eleanor.«

Eine Doppeltür führte vom Wohnzimmer auf eine gepflasterte Terrasse, hinter der sich ein abschüssiger Rasen bis hinunter zum See erstreckte. Vom Plattenspieler kam leise Bruchs Violinkonzert. Eleanor blieb stehen und ließ die Stimmung im Raum auf sich wirken. Das Zimmer war mit einem bequemen Sofa, tiefen Sesseln und einem Couchtisch möbliert, auf dem ein ordentlicher Stapel Bücher lag. An den weißen Wänden hingen einige geschmackvolle Gemälde, und Gobelinkissen verliehen dem Raum ein wenig Farbe. In einer Ecke standen ein Klavier, Leahs Geige, der Notenständer und ein Tisch, auf dem sich die Noten türmten. Es waren die einzigen Dinge im Raum, die auf Leahs Anwesenheit hinwiesen. Ansonsten gab es in diesem Zimmer weder Fotografien noch andere persönliche Gegenstände.

»Ich glaube, es ist warm genug, sich nach draußen zu setzen«, sagte Leah. »Ich habe auf der Terrasse ein Tablett mit Wein und ein bisschen Käse bereitgestellt.«

»Es ist wunderschön hier, Leah. So friedlich.«
Eleanor ließ sich ein Glas Wein einschenken. Nun war sie hier, und sie wusste nicht, wie sie anfangen sollte. Auch Leah schien abzuwarten und zu lauschen. Eleanor fragte sich, ob sie sich Sorgen um Stefan machte.
»Stefan schläft.« Offenbar hatte Leah ihre Gedanken gelesen. »Er regt sich auf, wenn sich etwas in seinem Tagesablauf ändert, und er spürt Stress. Es macht ihn nervös. Heute Nachmittag bin ich spät nach Hause gekommen, nachdem ich heute Morgen früher als sonst weggegangen bin.«
»Aber er war doch nicht allein, oder?«
»Nein, man kann ihn nicht unbeaufsichtigt lassen. Wenn ich tagsüber unterrichte oder abends ein Konzert gebe, wird er von Krankenschwestern versorgt. Als die Schwester heute früher erschien, ahnte Stefan, dass etwas Ungewöhnliches vor sich geht.«
»Leah.« Eleanor zögerte. »Ist es zu viel verlangt, wenn ich Sie bitte, mir zu erzählen, was ihm zugestoßen ist? Seamus erinnert sich nur noch an den Hinterhalt auf der Ile de Groix.« Sie errötete und fuhr sich mit den Fingern durchs Haar, denn ihr wurde klar, dass sie Seamus nicht hätte erwähnen dürfen. Es war nicht der richtige Zeitpunkt dafür. »Vater hat nie mit uns über diese Jahre seines Lebens gesprochen. Uns sagte man nur, er sei während des Krieges krank gewesen und wolle nicht darüber reden. Doch nach den Enthüllungen der jüngsten Zeit habe ich das Gefühl, dass ich meinen Vater nie richtig gekannt habe.«
Leah ging zum Rand der Terrasse und blickte mit halb abgewandtem Gesicht über den See hinaus. »Wahrscheinlich war es nicht zu vermeiden, dass ich eines Tages aus meinem Versteck kommen und mich der Vergangenheit würde stellen müssen. Ihr Vater hat das gesagt, und er hatte Recht. Allerdings müssen Sie Geduld mit mir haben, Eleanor. Nach dem Krieg verlangte man von uns, die Schrecken, die wir durchgemacht hatten, für uns zu behalten. Man erwartete, dass wir das alles hinter uns ließen, denn die, die dieses Grauen nicht kannten, fühlten sich davon peinlich berührt. Man hielt es für besser, zur Tagesordnung überzugehen

und die Vergangenheit zu vergessen. Aber wir, Menschen wie Ihr Vater und ich, können das nicht. Also sprechen wir nicht über jene Jahre. Wir leben in zwei Welten. In der Welt der Lager und in der Gegenwart, in der wir versuchen zu funktionieren und ein so genanntes normales Leben zu führen.«

Leah verstummte und füllte mit einem langen Seufzer ihre Gläser nach. »Wir existierten in einem nicht enden wollenden Alptraum aus Angst, Gewalt, Hunger und Durst. Sie taten alles, um uns den letzten Rest Menschlichkeit zu rauben. Sie erniedrigten uns, schlugen uns und brachten uns willkürlich um. Jede Kleinigkeit, die noch an Zivilisation und Normalität erinnerte, wurde unglaublich kostbar. Ein Stück Seife, Unterwäsche, eine Zahnbürste, Schuhe. Brot war die Lagerwährung. Obwohl wir an Hunger starben, bezahlten wir mit Brot für diese Dinge. Ich gehörte zu denen, die Glück hatten«, fügte sie mit einem bitteren Lächeln hinzu. »Sie steckten mich ins Lagerorchester. Ansonsten hätte ich nicht überlebt.«

»Ihre Familie?«

»Als ich nach Auschwitz kam, erfuhr ich, was aus ihnen geworden war. Alle tot.«

»Sie waren also ganz allein und hatten Ihre gesamte Familie verloren. O Gott, wie haben Sie das bloß ertragen?«

»Für Gefühle hatten wir keine Zeit.« Leahs Tonfall war hart. »Es ging ums nackte Überleben. Wer sich die Wut anmerken ließ, wurde misshandelt, erschossen oder in den Bunker gesperrt, bis er verhungerte. Manchmal erschien mir das sogar besser als das Weiterleben in dieser Hölle. Doch der Überlebenswille lässt sich nur schwer ausrotten.«

Eleanor bemerkte ihre eisige, entschlossene Miene und ahnte, welche Kraft diese Frau gehabt haben musste, um der Tötungsmaschinerie der Nazis zu entrinnen.

»Wir haben einander geholfen, uns gegenseitig unterstützt und versucht, dafür zu sorgen, dass die Schwächeren in die Arbeitstrupps mit den weniger brutalen Wärtern kamen. Wir stützten die Kranken, wenn wir bei stundenlangen Appellen ewig draußen in der bitteren Kälte stehen mussten, und wir versteckten sie während der ständig stattfindenden Selektionen. Wir teilten das wenige Brot, das wir hatten, und sparten ein bisschen für die auf, die zu krank waren, um sich etwas Essbares zu erkämpfen. Aber es waren so viele. So viele, Eleanor. Und sie sind alle gestorben.«

Sie lehnte sich zurück, verschränkte die Arme fest vor der Brust und schloss die Augen. »Als die Russen vorrückten, wurde Auschwitz evakuiert. Wir wurden gezwungen, zu Fuß nach Bergen-Belsen zu marschieren. Es war Januar, und es lag tiefer Schnee. Es gab nichts zu essen. Manchmal wussten nicht einmal die Wachen, in welche Richtung wir gehen sollten. Wenn jemand zusammenbrach, wurde er an Ort und Stelle erschossen. Wir schleppten uns über einen Pfad voller gefrorener Leichen.« Sie erschauderte; ihre Augen blieben geschlossen. »In Belsen war es noch viel, viel schlimmer. Überfüllung, Brutalität, Hunger, Krankheiten. Die Ratten ernährten sich von den nicht beerdigten Opfern von Typhus, Durchfall und Tuberkulose. Ich weiß nicht, wie jemand diese Hölle überleben konnte. Ich werde es nie begreifen.«

»Wie Sind Sie freigekommen?«

»Als die Alliierten vorrückten, trieben die Nazis diejenigen unter uns, die noch laufen konnten, zu einer Bahnlinie, um uns weiter nach Deutschland hineinzubringen. Ich war zwar todkrank, wusste aber, dass sie alle erschossen, die zu schwach zum Marschieren waren. Es gab keine Lebensmittel und kein Wasser mehr. Die Wachen erschossen Gefangene aus reiner Willkür.« Leahs Augen blieben geschlossen, und sie sprach schneller und schneller. »Wir marschierten immer gemeinsam und stützten einander. Aber mir taten die Beine so weh, dass ich kaum noch gehen konnte. Ich hatte Lungenentzündung und Durchfall und stolperte immer wieder. Das Mädchen, mit dem ich marschierte und auf das ich mich stützte, blieb eine Weile bei mir. Doch irgendwann ließ sie mich los und ging weiter. Sie weinte dabei und sagte, es täte ihr sehr Leid, aber sie könne mich nicht mehr stützen. Ich kroch in einen Straßengraben, lag da und wartete darauf, dass die Wachen mich erschießen würden.

Eine Polin zog mich auf die Beine. Sie hatte im Vorbeigehen bemerkt, dass ich mich noch bewegte, zerrte mich hoch und trug mich sogar ein Stück des Weges. Ihr Name war Hanka. Ich weiß noch, dass sie mich in den Viehwaggon hievte, sich neben mich legte und versuchte, mich zu wärmen. Uns beide zu wärmen. Nach einer Weile wurde der Zug bombardiert, und von unserem Waggon wurde eine Wand abgesprengt. Tagelang lagen wir da. Die alliierten Truppen, die uns fanden, brauchten eine Weile, um die Lebenden von den Toten zu trennen. Ich lag viele Wochen im Koma in irgendeinem Krankenhaus. Als ich wieder zu Bewusstsein kam, hatte ich das Gedächtnis verloren. Ich hatte keinen Namen, keine Besitztümer und keine Identität mehr.«

»Wie haben Sie Stefan gefunden, nachdem Sie wieder gesund geworden waren?« Eleanor war tief beeindruckt von Leahs Mut und Durchhaltevermögen.

»Nach einer Weile schickte mich das Rote Kreuz nach Paris, weil ich Französisch sprach. Man glaubte, dass ich mich dort vielleicht wieder an etwas würde erinnern können. Ich bekam eine Stelle als Putzfrau in einem Flüchtlingsheim.«

Sie konnte Eleanor die schreckliche Leere dieser Tage nicht schildern. Sie hatte in einer Pension gewohnt und ihre Zeit in unendlicher Einsamkeit allein mit sich verbracht. Wie hätte sie ihr begreiflich machen sollen, dass sie aus lauter Angst, noch einmal Hunger leiden zu müssen, Stückchen hartes Brot unter ihrer Matratze gehortet und verfaulte Kohlblätter beim Gemüsehändler gestohlen hatte? Abends war sie ziellos durch die Straßen gezogen, auf der Suche nach etwas Vertrautem, das ihr einen Hinweis darauf geben konnte, wer sie wirklich war.

»Vom Roten Kreuz bekam ich etwas zu essen und eine Unterkunft«, fuhr sie fort. »Das Büro, wo ich arbeitete, wurde von einer Dame geleitet. Sie war eine Adelige und sehr freundlich.« Reglos stand Leah eine Weile da. Eleanor fragte sich, wie sie nur so lange in derselben Haltung verharren konnte, der Rücken kerzengerade, der Kopf aufrecht, die Augen fest geschlossen, fast als würde sie strammstehen. »Immer wenn wir uns trafen, nahm sie sich die

Zeit, mit mir zu sprechen. Als ich eines Tages den Fußboden putzte, sah sie meine Tätowierung und erkundigte sich nach meinem Namen. Ich antwortete Jeanne, denn so hatten sie mich im Krankenhaus genannt. Ich hatte ja keinen Namen mehr, nur eine Nummer. Sie bestand darauf, dass ich ihre Tochter aufsuchte, die Ärztin war, denn ich hustete immer noch, und mir taten die Beine weh. Die Ärztin hatte wunderschönes, goldblondes Haar. Es war nicht gefärbt wie bei mir damals. Ich überlegte, ob ich ihr sagen sollte, dass ich Jüdin bin, weil ich befürchtete, dass sie mich dann nicht würde behandeln wollen. Außerdem war ich mir ja selbst nicht sicher.«

Leah hielt inne und griff nach der Weinflasche. »Diese Ärztin war meine Rettung. Ein freundliches Wort hier, eine Geste da, Medikamente und Stützverbände für meine Knie, ein besseres Paar Schuhe. Währenddessen versuchte ihre Mutter herauszufinden, woher ich kam. Wegen meines Akzents war sie sicher, dass ich aus Paris stammte.«

»Gab es denn niemand aus dem Lager, der Sie erkannt oder vielleicht nach Ihnen gesucht hätte? Irgendjemanden aus Ihrer Gruppe?«

Es war schwierig, das Durcheinander zu erklären, das nach der Befreiung ausgebrochen war. Tausende von heimatlos herumirrenden, traumatisierten Menschen, die der Hölle entronnen waren, nun in eine ungewisse Zukunft gingen und darauf warteten, wieder in die Reihen der Lebenden aufgenommen zu werden. Sie machten sich auf die Wanderschaft und suchten, doch viele von ihnen hatten alles verloren. Leah lächelte, als sie an die absurde Situation dachte, in die sie nach der Befreiung geraten war. »Die Frau, die mich auf dem Marsch im Stich gelassen hatte, hatte allen erzählt, ich wäre in ihren Armen am Straßenrand gestorben. Wahrscheinlich schämte sie sich, weil sie nicht zu mir gehalten hatte. Und durch ihre Rechtfertigung hatte sie mir die letzte Chance genommen, dass jemand mich finden würde. Leah Svenssen galt als tot.«

Ein leichter Wind war aufgekommen, und es war kälter gewor-

den. Leah zitterte und drehte sich zu Eleanor um. »Vielleicht sollten wir hineingehen. Ich mache uns etwas zu essen.«
Aus dem Haus ertönte ein Geräusch, es war ein seltsames Schlurfen. Rasch eilte Leah durchs Wohnzimmer, als die Tür neben dem Klavier mit lautem Krachen aufgerissen wurde. »Stefan! Was hast du? Warum bist du aufgestanden?«
Sie versuchte, die schwankende Gestalt zu stützen. Der Mann hatte einen Krampfanfall, und sein gewaltiger Körper zuckte. Seine Augen waren glasig, Speichel trat ihm über die Lippen, und er stieß gurgelnde Geräusche aus. Er ließ die Tür los und sank mit rudernden Armen auf die Knie. Leah kauerte sich hin und redete leise, fast gurrend, auf ihn ein. »Ruhig, Stefan, alles ist gut. Ich bin hier. Es ist gleich vorbei. Ganz ruhig. Bleib einfach liegen.«
Geschickt hielt sie seine um sich schlagenden Arme fest. Eleanor kniete sich neben sie und betrachtete Leahs Mann. Er war sehr groß und kräftig gebaut. Seine Hände waren verstümmelt, die arthritischen Finger verkrümmt. Sein Gesicht war zernarbt und von tiefen Falten durchzogen. Ein Auge und der linke Mundwinkel hingen durch eine Lähmung herab. Die Augen, die ihr blicklos aus dem entstellten Gesicht entgegenstarrten, waren nordisch blau. Sein Haar war weiß. Leah schob ihm ein Kissen unter den Kopf, und kurz darauf verstummten das Keuchen und Röcheln.
»Jetzt wird er eine Weile schlafen. Später bringe ich ihn zurück ins Bett. Er kann sich mit einem Stock ohne fremde Hilfe fortbewegen, aber er ist sehr wackelig auf den Beinen.« Ihre Miene war traurig. »Jetzt möchten Sie sicher gehen, Eleanor.«
»Ich besorge Ihnen lieber einen Kaffee und etwas zu essen«, erwiderte Eleanor und stand auf. »Ich finde mich immer ganz gut in fremden Küchen zurecht.«
Sie machte sich daran, Kaffee, Milch und Zucker zu suchen. Von einem Brotlaib schnitt sie einige Scheiben ab und richtete sie mit kaltem Huhn, Salatblättern, Käse und ein wenig Obst auf einem Tablett an. Ständig musste sie daran denken, wie Leah neben ihrem hilflos am Boden liegenden Mann gekniet hatte, und sie fragte sich, ob so etwas wohl öfter geschah. Wie kam sie bloß allein

damit zurecht? Als sie das Tablett ins Wohnzimmer brachte, saß Leah noch neben Stefan. Doch sein Körper schien sich entspannt zu haben, und er schnarchte sogar leise. Eleanor lächelte.

»Kommen Sie, setzen Sie sich.« Sie wies auf einen der Sessel. »Von hier aus können wir ihn im Auge behalten.«

Leah wirkte völlig erschöpft, als sie mit leicht zitternden Händen die Kaffeetasse entgegennahm. Sie zwang sich zu einem Lächeln.

»Ich muss mich entschuldigen«, sagte sie. »Ich fürchte, ich bin keine sehr gute Gastgeberin.«

Zum ersten Mal hörte Eleanor Verzweiflung in ihrem Tonfall. Sie sah Leah an und zog stirnrunzelnd die dunklen Augenbrauen hoch. »Bis heute habe ich mir so viel Mut gar nicht vorstellen können. Verglichen mit Ihnen fühle ich mich ganz klein, Leah. Sie dürfen sich keine Vorwürfe machen.«

»Wenn Sie so die Stirn runzeln, sehen Sie genauso aus wie Richard.« Leah lachte. »Und Sie klingen auch wie er.«

»Schön, dass Sie lachen«, meinte Eleanor schmunzelnd. »Erzählen Sie mir doch, wie Vater Sie gefunden hat, obwohl alle Sie für tot hielten.«

»Das Schicksal hat ihm geholfen. Das Schicksal und Charlotte de Savoie.«

Eleanor blieb fast das Herz stehen. Sie musste an Solanges ersten Brief denken: »Meine Mutter wurde als Celine de Savoie geboren. Sie hat in Paris Medizin studiert.«

»Charlotte de Savoie?« Jetzt passte endlich alles zusammen. Die Lager. Die Verschleppten, die nach dem Krieg zurückkehrten. Die mitfühlende Frau vom Roten Kreuz und ihre Tochter, die Ärztin, die sich um sie kümmerten und ihnen halfen, die Scherben ihres Lebens wieder zusammenzusetzen.

»Eines Tages spazierte ich wie so oft ziellos herum, weil ich es in meinem Zimmer nicht aushielt. Da kam ich an einem großen Gebäude vorbei, an dem eine Flagge wehte, und blieb stehen. Ein Fenster im zweiten Stock war mir aufgefallen, und ich wusste sofort, dass ich schon einmal in dem Raum dahinter gewesen war. Ich erinnerte mich an den Blick aus diesem Fenster und daran,

dass ich mit einem Auto weggefahren wurde und mich noch einmal danach umgedreht hatte. Also ging ich zum Pförtner und fragte ihn, was das für ein Gebäude sei. Er erwiderte, es handle sich um das schwedische Konsulat. Ich wusste, dass ich hineinmusste, und stritt noch mit dem Pförtner, als ein Konsulatsmitarbeiter erschien. Die Verzweiflung verlieh mir Mut, und ich erklärte ihm unter Tränen, ich sei gerade aus einem deutschen Lager zurückgekehrt und versuche, einen schwedischen Verwandten zu finden. Er sei das einzige überlebende Mitglied meiner Familie.«
Leah lächelte, als sie daran dachte. Da der junge Attaché eine Szene in der Öffentlichkeit befürchtete, hatte er sie in sein Büro gebeten, in der Hoffnung, sie dort besser beruhigen zu können. Drinnen im Gebäude konnte Leah sich an nichts erinnern. Ihr fiel nicht einmal ein Name für den schwedischen Verwandten ein. Der junge Diplomat, dem die Situation sichtlich peinlich war, rief seine Sekretärin.
»Sie war das erste Verbindungsglied«, fuhr Leah leise fort. »Der erste Mensch, dessen Namen ich noch im Gedächtnis hatte. Marta. Ich sah ihr ins Gesicht und wusste, wie sie hieß.«
»Sind Sie Marta?«, hatte sie geflüstert.
Die Frau packte Leah an den mageren Schultern. »Leah! Sie leben noch!«
»Kennen Sie diese Dame?«, erkundigte sich der junge Mann erstaunt.
»Ja, Sir. Sie ist die Ehefrau eines Freundes, der vor dem Krieg in Paris gewohnt hat.« Marta nickte und senkte die Stimme. »Ihr Mann ist Schwede. Soll ich sie mit in mein Büro nehmen?«
Marta brachte Leah in ein kleineres Büro am Ende des Flurs. Sie umarmte sie, strich ihr das Haar glatt, lächelte und versuchte, sich nicht anmerken zu lassen, wie erschrocken sie über ihr Aussehen war. »Ich kann es nicht fassen, dass Sie hier sind. Wir haben von Ihrer Verhaftung erfahren, und wir befürchteten schon, Sie wären tot.«
Leah stand reglos da. Sie wusste nur, dass sie Marta vor sich hatte. Den Rest hatte sie vergessen. Doch für sie hing dieses Gebäude

mit einer Bedrohung zusammen, und sie bemerkte, dass sie zu zittern begann. Marta setzte sie auf einen Stuhl und brachte ihr Kaffee.
»Anders wurde kurz nach der Hochzeit versetzt. Graf Svenssen verlangte, dass ihm gekündigt werden sollte, doch der Konsul ließ ihn auf einen anderen Posten schicken. Der Konsul war ein sehr weiser Mann. Sie und Stefan waren nicht die Einzigen, denen er geholfen hat. Aber Sie brauchen sich um Anders keine Sorgen zu machen. Er hatte keine Nachteile durch sein Verhalten. Aber, ach, meine Liebe, das mit dem armen Stefan tut mir schrecklich Leid. Es ist eine Tragödie. Haben Sie ihn schon gesehen?«
Marta musterte Leah erstaunt und fragte sich nach dem Grund für ihre verwirrte Miene und ihr Schweigen. Leah wiederum schüttelte den Kopf und bemühte sich verzweifelt, wenigstens einen Teil der Geschichte zu verstehen.
»Ich weiß nicht, was …«
»Der Graf wollte es in aller Stille erledigen. Ich glaube, ohne Gräfin Svenssen hätten wir nie etwas davon erfahren. Kurz bevor sie Stefan wegbrachten, gab es einen schrecklichen Streit zwischen ihnen.« Marta schlug die Hände vors Gesicht. »Der Konsul forderte mich auf, ihm Stefans Reisepapiere zu bringen. Die beiden hielten sich in einem Empfangsraum auf, und Gräfin Svenssen schrie den Grafen an. Sie warf ihm vor, seinen einzigen Sohn im Stich gelassen und ihn in Lebensgefahr gebracht zu haben. Er habe gestattet, dass die Deutschen Stefan benutzten und ihn wegwarfen, nachdem sie ihn völlig zerstört hatten. Der Graf befahl ihr, sofort nach Hause zu fahren, aber sie folgte mir in mein Büro.«
Leahs Angst und Verwirrung steigerten sich. Offenbar bestand irgendeine Verbindung zwischen ihr und einer schwedischen Gräfin. Es war wie eine Szene aus einem Theaterstück, aber sie konnte sich die Gesichter der Schauspieler nicht vorstellen.
»Die Gräfin hatte viel getrunken. Sicher wissen Sie ja, dass sie ein Problem mit Alkohol hatte. Sie fragte mich, ob ich Ihre Trauzeugin gewesen sei. Dann nahm sie einen Umschlag aus der

Handtasche und gab ihn mir. Gräfin Svenssen weinte. Wenigstens ihr bedeutete er etwas.«

»Ja, das tat er sicher.« Leah nickte und versuchte den Eindruck zu erwecken, dass sie verstanden hatte.

»›Wir bringen ihn weg‹, sagte die Gräfin. ›Carl wäre es am liebsten, dass alle ihn für tot hielten, aber er ist nicht tot, obwohl es vielleicht das Beste für ihn wäre.‹«

Marta griff in ihren Schreibtisch und reichte Leah einen dicken Umschlag.

»Weinend sagte sie zu mir: ›Er muss das Mädchen, das er geheiratet hat, sehr geliebt haben, um so eine Wahnsinnstat zu begehen. Und vielleicht liebt sie ihn ja genauso. Und jetzt ist er ein Wrack, und sie ist vermutlich tot. Doch falls sie wider Erwarten überlebt und kommt, um ihn zu suchen, müssen Sie ihr das hier geben.‹«

Leah starrte Marta schweigend und verängstigt an. Sie begriff nicht, welche Rolle sie in den Ereignissen spielte, die die junge Frau ihr gerade geschildert hatte. Doch Marta schien ihre Verwirrung gar nicht zu bemerken.

»Sie sagte, dass niemand, insbesondere nicht ihr Mann, von diesem Gespräch erfahren dürfe. Dann war sie fort. Ich habe die beiden nie wieder gesehen, aber vermutlich wissen Sie besser, was aus ihnen geworden ist. Der Graf war ein harter Mann und gegen Ende sehr unbeliebt hier. Er stand den Nazis zu nah.«

Leah wartete auf eine weitere Erklärung, die ihr helfen würde, sich zu erinnern. Marta fragte, ob sie noch etwas für sie tun könne, doch einer Frau ohne Gedächtnis, ohne Identität und ohne Vergangenheit konnte man nicht helfen. Kurz darauf stand Leah wieder auf der Straße vor dem Konsulat. Sie betrachtete den Umschlag, der mit »Madame Nazarre-Svenssen. Persönlich abzuholen« beschriftet war. *Nazarre. Svenssen.* Keiner der beiden Namen sagte ihr etwas. Sie setzte sich in ein kleines Café in der Nähe und öffnete den Umschlag. Darin befand sich ein einziges Blatt Papier, das um ein dickes Bündel Banknoten und eine Urkunde gewickelt war. Der Brief war kurz.

Paris, 12. April 1944

Liebe Madame Nazarre,

wenn Sie dieses Schreiben erhalten, wird mein Sohn für Ihr Überleben einen sehr hohen Preis bezahlt haben. Stefan klammert sich an die letzten Überreste des Lebens, das ihm geblieben ist. Sein Vater wird ihn in der Schweiz in einer Klinik unterbringen, wo er die bestmögliche Pflege erhalten wird.

Mein Mann und ich werden Europa verlassen und vermutlich nie mehr hierher zurückkehren. Ich hoffe inständig, dass Sie kommen, um Ihren Mann zu suchen, und dass dieses Geld es Ihnen ermöglichen wird, zu ihm zu fahren. Er hat es verdient, auch wenn er Sie vermutlich nicht wiedererkennt. Nach diesem schrecklichen Krieg sind Sie der einzige Mensch, den er noch hat.

Er liegt in der Schweiz in der Clinique St. Martin in der Rue du Lac, am Stadtrand von Thomon les Bains.

Aneka, Gräfin Svenssen

Bei dem Geld handelte es sich um Schweizer Franken. Die Heiratsurkunde lag dabei, unterzeichnet und bezeugt von Pastor Bruzelius, Anders und Marta. Lange saß Leah da und starrte auf das Geld. Für jemanden, der gar nichts besaß, bedeutete es ein Vermögen. Bis vor wenigen Minuten hatte sie nicht einmal mehr einen Namen gehabt. Leah Nazarre. Leah Svenssen. Sie murmelte die Namen vor sich hin, um sich daran zu gewöhnen. Was sollte sie jetzt tun? Der Ton des Briefes war kühl. Aber offenbar hatte sie einen Ehemann. Wie sollte sie in die Schweiz fahren? Das erschien ihr völlig unmöglich. Sie fühlte sich erschöpft und ratlos.

»Was haben Sie unternommen?« Eleanor kauerte auf der Stuhlkante.

»Ich habe mich an Charlotte de Savoie gewandt und ihr erzählt, ich hätte herausgefunden, dass ein Mitglied meiner Familie noch lebt und in einer Schweizer Klinik liegt. Mehr wagte ich ihr nicht zu sagen. Schließlich wusste ich nicht, ob dieser Mann wirklich ein Angehöriger von mir war, und außerdem schien jeder ein solches Geheimnis um ihn zu machen. Madame de Savoie hatte die richtigen Verbindungen, organisierte Unterkünfte und Fahrgelegenheiten für Kriegsflüchtlinge und kümmerte sich um die Rückkehr französischer Gefangener aus den Lagern. Sie besorgte mir einen Platz in einem Zug in die Schweiz und Papiere auf den Namen Jeanne Revere.«

Leah sah Eleanor an und verzog wehmütig das Gesicht, als sie sich erinnerte. »So war es, meine liebe Eleanor«, sagte sie. »Und kurz nach meiner Abreise in die Schweiz geschah das Wunder. Richard kehrte nach Paris zurück. Zu Charlotte de Savoie und zu Celine.«

Kapitel 41

Paris, 1942 – 1944

Die neue Wohnung befand sich in einem bescheidenen Viertel unweit der Place St. Augustin. Zwei hohe Fenster ließen das winzige Wohnzimmer größer wirken, der kleine Balkon lag im Schatten eines überhängenden Baumes.

»Der Besitzer ist in den Süden gezogen, als die Deutschen kamen. Ich weiß, dass es kein Palast ist.« Henri verzog bedauernd das Gesicht. »Doch hier, in diesem Teil der Stadt, wird Sie niemand vermuten.«

Nach ihrer Entlassung aus dem Hauptquartier der Gestapo hatte sich Charlotte, gestützt auf Henris Arm, die Treppe hinaufgeschleppt. Ihr Gesicht war von Blutergüssen und Platzwunden bedeckt, ihre Kleider waren zerrissen, und Flohbisse übersäten ihre Haut. Nun stand sie mitten in dem engen Wohnzimmer, hielt sich am Tisch fest und starrte ins Leere. Celine hatte ihr vorsichtig die Wunden verbunden, ihr sanft das verfilzte Haar gewaschen und gekämmt und die schmutzigen Kleider weggebracht, um sie zu verbrennen, damit Läuse und Flöhe sich nicht ausbreiten konnten. Dann half sie Charlotte ins Bett und verabreichte ihr ein Beruhigungsmittel. Nach einer Weile kehrte Henri mit einem Koffer voller Kleider und ein paar Familienfotos in silbernen Rahmen zurück.

»Ich habe die Sachen aus der Avenue Mozart retten können«,

sagte er zu Celine. »Wahrscheinlich bedeuten ihr die Fotos mehr als die Kleider. Viel durfte ich leider nicht mitnehmen.«

»Wie hast du es fertig gebracht, dass Mutter freigelassen wurde? Und wie hast du dir Zutritt ins Haus in der Avenue Mozart verschafft?«

Celine spürte die angespannte Stimmung zwischen ihnen und sah, dass er ihre Fragen als Zeichen des Zweifels deutete. Aber eigentlich hatte sie im Moment keine Lust auf Enthüllungen, sie war ihm einfach nur dankbar.

»Das brauchst du nicht zu wissen, Celine. Im Augenblick seid ihr beide in Sicherheit, und nur das spielt eine Rolle. Allerdings könnt ihr nicht weitermachen wie bisher. Charlotte ist jetzt kein unbeschriebenes Blatt mehr, und die Deutschen haben ein gutes Gedächtnis. Da alle glauben, dass Charlotte nach Montpellier gefahren ist, sollte sie sich in Paris besser nicht blicken lassen.«

Celine ging wieder zur Arbeit und wartete darauf, dass ihre Mutter sich langsam von den Folgen der Haft erholte. Als sie eine Woche später nach Hause in die kleine Wohnung kam, war niemand zu Hause. Es vergingen drei Stunden voll Angst und Sorge, bis sie endlich den Schlüssel im Schloss hörte. Charlotte trug eine ausgebeulte Hose, eine schlecht sitzende Jacke und ein Kopftuch. Sie grinste triumphierend.

»Um Himmels willen, Mutter, ich war außer mir vor Sorge. Wo hast du gesteckt?«, fragte Celine, gleichzeitig ärgerlich und erleichtert. »Warum hast du diese schrecklichen Sachen an? Henri hat dir doch aus der Avenue Mozart jede Menge ordentlicher Kleider mitgebracht.«

»Das ist meine neue Verkleidung. So falle ich viel weniger auf. Außerdem habe ich mir ein Fahrrad besorgt, Celine. Seit meiner Kindheit bin ich nicht mehr Rad gefahren, und es macht mir einen Riesenspaß.«

Charlottes Augen leuchteten, ihr Gesicht war voller Tatendrang. Alle Spuren ihrer schrecklichen Erlebnisse, die Erschöpfung und die Trauer über den Verlust ihres Zuhauses waren wie weggebla-

sen. Celine betrachtete sie erstaunt und fragte sich, ob dies Anzeichen einer posttraumatischen Hysterie waren.
»Ich habe anfangen, als Dekodiererin zu arbeiten, mein Kind. Ständig kommen neue Nachrichten, und es gibt viel zu wenig Leute, die sie entschlüsseln. Ich habe den ganzen Tag damit verbracht zu lernen, wie es funktioniert. Noch ein paar Übungsstunden, und ich kann es.«
»Du bist bei der Gestapo bekannt, Mama. Das ist doch Wahnsinn.«
»Hast du nicht auch das Gefühl, dass das Krebsgeschwür sich mit jedem Tag weiter ausbreitet, bis es uns alle ersticken wird?« Charlottes Tonfall war heftig, und kalter Hass funkelte in ihren Augen.
»Natürlich fühle ich mich auch so. Aber du hast so viel durchgemacht. Es ist zu früh, um wieder damit anzufangen. Sie könnten dich töten, Mutter.«
»Wir alle müssen einmal sterben, Celine. Früher oder später erwischt es jeden von uns. Und bis es so weit ist, zählt, was für ein Leben man geführt hat. Ich fürchte mich nicht mehr vor dem Tod.«
Es war, als wäre sämtliche Angst von Charlotte abgefallen. In ihrem grenzenlosen Hass auf den Feind hatte sie den Beschluss gefasst, dass keine Grenze zu gefährlich war, um sie zu überschreiten. Und dass sich ihr nun eine weitere Möglichkeit bot, die Besatzer zu bekämpfen, hatte sie verwandelt und ihr ein neues Ziel und Hoffnung gegeben.
Während der langen Monate des Hungers und der Entbehrungen schien es, als würde es Frankreich nie gelingen, das Joch der deutschen Eroberung abzuschütteln. Häufig kam Henri zu Besuch, stets beladen mit Lebensmitteln, die man eigentlich nur auf dem Schwarzmarkt kaufen konnte. Hin und wieder sprach Celine ihn auf seine Einstellung zu den Besatzern und den Kriegsverlauf in Europa an, doch seine Antworten fielen stets vage und ausweichend aus. Obwohl sie ihm dankbar war, trübte dieses Thema ihr Verhältnis zu ihm und schuf eine Kluft zwischen ihnen, die sie nicht überbrücken konnte. Allerdings bestand kein Zweifel daran, dass er nur das Beste für die beiden Frauen wollte und ihnen

ein treuer Freund war. Schließlich hatte er Charlotte vor Gefängnis und Folter, ja sogar dem Tod gerettet. Mit der Zeit jedoch wurden seine Besuche seltener, und sie wussten nicht, ob es daran lag, dass er sie weiterhin der Mitarbeit in der Widerstandsbewegung verdächtigte. Sie vermissten ihn und seine Fähigkeit, sie zum Lachen zu bringen – und auch den Luxus, gelegentlich frisches Brot, Butter, Käse und eine Flasche guten Weines zu bekommen.

Erst einige Monate später erfuhr Charlotte, dass Richard in ein deutsches Gefangenenlager deportiert worden war.

»Ich weiß, mein Schatz. Mir ist aufgefallen, dass du Gefühle für Richard entwickelt hast, und das hat mich nicht überrascht.« Dennoch hätte Charlotte nicht mit der tiefen Trauer gerechnet, die sie im Blick ihrer Tochter sehen konnte. »Du hast ihm das Leben gerettet, und ihr habt gemeinsam viele Gefahren überstanden. Und schließlich besteht Hoffnung, dass er doch noch lebt und eines Tages zurückkehrt.«

»Glaubst du das wirklich?«

»Ich bete jede Nacht und jeden Tag dafür. Aber dann wird er wieder nach Irland gehen. So wird es sein.«

»Es ist mir egal, was dann geschieht. Ich bete nur, dass ich ihn wieder sehen werde.«

Im Laufe der Monate wurden die Nachrichten aus London dringender und zuversichtlicher. In Paris brodelte die Gerüchteküche, und es hieß, die Befreiung stünde unmittelbar bevor. Allerdings befürchtete man, dass die Deutschen die Stadt zerstören könnten, bevor sie kapitulierten. An einem milden Augustabend im Jahr 1944 klopfte Henri an die Tür. Sein Gesicht wirkte gealtert und müde, und seine Kleidung war zerrissen. Er sprach hastig und blickte dabei immer wieder auf die Straße hinunter.

»Ich muss Paris für eine Weile verlassen. Ich fürchte, das sind für die nächste Zeit die letzten Lebensmittel, die ich euch bringen kann. Es sind sehr angespannte und gefährliche Zeiten, und ich flehe euch an, auf der Hut zu sein.«

Er übergab ihnen ein Essenspaket, und kurz darauf sahen sie ihn,

den Hut tief in die Stirn gezogen, davoneilen. Besorgt wegen seiner Erregung, seines überstürzten Aufbruchs und seiner neuen Rolle als Flüchtling, setzten sie sich zusammen.
»Hoffentlich gelingt es ihm, sich in Sicherheit zu bringen.« Charlottes Blick war bedrückt.
»Mama, du musst dir im Klaren darüber sein, dass er vielleicht wegen seiner Verbindungen zu den Deutschen aus Paris flieht. Wenn die Alliierten Paris erreichen, werden sie ihn möglicherweise als Kollaborateur einstufen. Dann werden wir ihn in einem ganz anderen Licht betrachten müssen.«
»Celine, ich bin sicher, dass Henri ein Ehrenmann ist. Er wurde wegen seiner schlechten Augen nicht in die Armee aufgenommen und hat im Krieg nichts weiter getan als das, was nun einmal sein Beruf ist, nämlich seine Kunden mit Wein zu beliefern.«
»Aber was waren das für Kunden? Er hat während der Besatzung ein Vermögen verdient und nichts zur Verteidigung Frankreichs beigetragen. Und jetzt, da die Niederlage der Deutschen vor der Tür steht, macht er sich einfach aus dem Staub.«

Nach der Landung der Alliierten breiteten sich Hoffnung und Zuversicht aus. Konvoys voller erschöpfter und verwundeter deutscher Soldaten kehrten aus der Normandie zurück. Sie blieben nicht lange in der Stadt, und als sie abzogen, jubelten die Pariser in den Straßen. Doch auf die Erleichterung folgte eine noch größere Knappheit an Lebensmitteln und Dingen des täglichen Bedarfs. Die Stadt wurde von Aufständen erschüttert, und Celine war Tag und Nacht damit beschäftigt, die Männer und Frauen zu behandeln, die auf den Barrikaden verwundet worden waren, als sie versuchten, die letzten Deutschen aus Paris zu vertreiben. Charlotte arbeitete ununterbrochen daran, die Botschaften zu kodieren und zu entschlüsseln, die zwischen Paris, London und Algier ausgetauscht wurden. Sie schlief nur, wenn sie die Augen nicht mehr offen halten konnte und sich ein kurzes Nickerchen auf dem Sofa gönnen musste.
Als endlich die Nachricht eintraf, dass französische Panzer vor

dem Hôtel de Ville in Paris vorgefahren waren, standen Charlotte und Celine zusammen auf ihrem kleinen Balkon. Weinend hielten sie einander in den Armen und feierten die Freiheit. Nun konnte es wieder Freude und Hoffnung geben, und das Leben würde endlich weitergehen. Rings um sie herum johlten und schrien die Menschen. Sie hörten die ersten Töne der Marseillaise, anfangs noch ein wenig zittrig, dann immer lauter, bis sich tausende von Stimmen zu einem donnernden Chor erhoben, die Glocken von Paris zu läuten begannen und die ganze Stadt auf einmal hell erleuchtet war.
Doch nach diesem ausgelassenen Tag im August wurde die Begeisterung bald von der verzweifelten Jagd nach etwas Essbarem abgelöst. Wut und Zorn stauten sich auf und entluden sich gegen diejenigen, die die vergangenen vier Jahre mit den deutschen Besatzern zusammengearbeitet hatten. Wüste Säuberungsaktionen begannen. Als Celine am letzten Tag des Monats August – erschöpft nach einer langen Schicht und von der Nachmittagshitze – die Treppe in die kleine Wohnung hinaufstieg, saß ein junger Mann neben ihrer Mutter auf dem Sofa. Er stand auf, um sich vorzustellen.
»Guten Abend, Dr. de Savoie. Ich bin René Fabre und arbeite für Henri de Valnay. Er hat mich gebeten, Sie aufzusuchen.«
»Liebling, du wirst nicht glauben, was geschehen ist!«, fiel Charlotte ihm ins Wort. In ihren Augen standen Tränen. »Henri hat diesen jungen Mann geschickt, damit er uns hilft. Wir können in die Avenue Mozart zurückkehren, Celine. Wir dürfen wieder nach Hause!«
Eine Stunde später standen sie in der Vorhalle und betrachteten die traurigen Überreste ihres einst so schönen Heims. Man hatte Bilder und Spiegel von den Wänden genommen. In den leeren Räumen lagen keine Teppiche mehr, sodass ihre Schritte von den Wänden widerhallten. Die Wandvertäfelungen waren rissig, die Fensterscheiben zerbrochen. Die Deutschen hatten Charlottes wertvollste Möbel und Familienerbstücke mitgenommen. André war in den letzten grausamen Monaten der Besatzung

gestorben, doch Louise begrüßte sie mit Freudentränen in den Augen.
Zehn Tage nach ihrer Rückkehr läutete es an der Tür.
»Henri! Wir haben uns schon gefragt, was aus dir geworden ist. Du bist ja verletzt!« Celine streckte die Hand nach ihm aus.
Er hatte eine Platzwunde über dem rechten Auge, und die Hälfte seines Gesichts war von Blutergüssen übersät und geschwollen. Er wirkte müde, aber seine Freude war offensichtlich, als er sie an sich drückte und sie beglückt ansah. Sie erwiderte seine Umarmung, denn sie war über seine Rückkehr wirklich erleichtert.
»Es ist vorbei. Gott sei Dank, es ist vorbei, und euch beiden ist nichts geschehen«, stieß er mit erstickter Stimme hervor. »Die restlichen Wunden wird die Zeit heilen.«
»Ach, mein Lieber, wie können wir Ihnen nur für Ihre jahrelange Hilfe danken.« Charlotte war in die Vorhalle getreten und eilte auf ihn zu, um ihn in die Arme zu schließen. »Um Gottes willen, was ist denn mit Ihnen passiert?«
»Ich hatte eine kleine Auseinandersetzung, aber es ist nichts Ernstes. Schließlich ist noch nicht ganz Frankreich befreit. Hier in Paris war nur die erste Siegesfeier.«

Nach diesem Wiedersehen besuchte er sie häufig und war wie früher beladen mit Schätzen wie Butterpäckchen, Seife, Fleisch oder ein paar Eiern.
»Ich weiß nicht, was ich davon halten soll, Mama«, sagte Celine. »Ich habe Angst um ihn. So viele Leute werden der Kollaboration bezichtigt und sogar erschossen.«
»Er wird uns schon alles erklären, wenn der richtige Zeitpunkt gekommen ist.« Charlotte blickte ihre Tochter an. »Hat er dir erzählt, dass er schreckliche Kopfschmerzen und Sehstörungen hat? Woran, glaubst du, könnte das liegen?«
»Ich weiß nicht. Er ist bei seiner Rückkehr nach Paris verwundet worden. Vielleicht ist das der Grund. Ich werde ihn zu einem Spezialisten schicken.«

Doch in den nächsten Wochen musste Celine so viele Sonderschichten im Krankenhaus ableisten, dass sie Henri kaum zu Gesicht bekam und seine Beschwerden vergaß. Häufig blieb sie nach ihrem Dienst draußen auf dem Flur vor den Krankensälen, um die Frauen zu trösten, die sich damit abfinden mussten, dass ihre Söhne und Ehemänner verkrüppelt oder zuweilen grauenhaft entstellt aus dem Krieg zurückgekommen waren.
Eines kalten Novemberabends holte Henri Celine ab, um sie zum Essen auszuführen. Er hatte Geburtstag und deshalb ein Restaurant ausgesucht, in dem es trotz der Lebensmittelknappheit und der Rationierungen noch etwas Anständiges zu essen gab.
Als er sie zur Begrüßung an sich drückte, spürte er, wie sie sich unwillkürlich versteifte, und ließ sie sofort wieder los.
»Liegt es an Emile Vallon, dem Cousin, der gar kein Cousin ist? Ich finde, du solltest mir von ihm erzählen, Celine. Vielleicht können wir mit den Kontakten deiner Mutter zum Roten Kreuz und meinen eigenen Verbindungen herausfinden, was aus ihm geworden ist.«
Sie berichtete ihm alles, angefangen bei ihrer ersten Begegnung mit Richard Kirwan bis hin zu den schicksalhaften Ereignissen an jenem Abend, die zu seiner Verhaftung geführt hatten. Weinend schilderte sie ihm die letzten Minuten am Fluss, als man ihn weggeschleppt, und Charlottes Entsetzen, als man ihn ihr im Hauptquartier der Gestapo vorgeführt hatte. Allerdings verschwieg sie ihm, dass Richard eine Ehefrau in Irland hatte, denn sie brachte es nicht über sich, die Worte auszusprechen.
»Viele der Verhafteten wurden entweder erschossen oder in eines der schrecklichen Lager geschickt, von denen wir jetzt hören«, meinte er schließlich. »Und etliche haben das nicht überlebt. Aber wir werden alles Menschenmögliche versuchen, um ihn aufzuspüren. Und jetzt möchte ich mit dir zum Essen gehen. Hoffentlich hast du heute Abend nichts gegen Schwarzmarktchampagner einzuwenden.«
Im Restaurant hob Celine ihr Glas und wünschte ihm ein Jahr voller Zufriedenheit und Glück. »Auf die schönste Ärztin und bezau-

berndste Frau von Paris. Und auf unsere Zukunft«, erwiderte er und bemerkte ihr Zögern. »Beunruhigt es dich so sehr, auf eine gemeinsame Zukunft zu trinken, Celine?«

»Wir haben schon viel zusammen erlebt, und ich weiß nicht, was ohne dich aus Mama und mir geworden wäre.« Sie hörte sich einfach weiterreden, nur um ihn daran zu hindern, sein Anliegen vorzutragen. Sanft legte er ihr den Finger auf die Lippen.

»Etwas steht zwischen uns, und ich komme nicht dahinter, was es ist. Ist es Richard Kirwan? Oder geht es um etwas anderes, über das wir noch nicht gesprochen haben?«

»Ich habe dich sehr gern, Henri. Und ich bin dir unbeschreiblich dankbar.« Sie suchte nach den richtigen Worten, denn sie wusste, dass sie ihm Offenheit schuldete. Doch sie wollte ihn nicht kränken. »Aber der Krieg hat mir verdeutlicht, dass wir nicht dieselbe Grundeinstellung haben. Und das macht mir zu schaffen.«

»Was genau bedrückt dich, Celine?«

»Wir alle haben während des Krieges manchmal sehr schmerzliche Entscheidungen treffen müssen. Und jetzt, da es vorbei ist, frage ich mich, welche Haltung du zur deutschen Besatzung eingenommen hast.« Sie holte tief Luft. »Du hast in diesen Jahren ein angenehmes Leben geführt, mit deinem Weinhandel gut verdient und die Restaurants, die Deutschen und den Schwarzmarkt beliefert. Und das, während um dich herum Gewalt, Not und Leid herrschten. Mir war es immer rätselhaft, warum du nie das Bedürfnis hattest, etwas dagegen zu unternehmen.«

»Du willst also wissen, warum ich nicht zu den Waffen gegriffen und mich der Widerstandsbewegung angeschlossen habe? Warum ich mich nicht wie deine Mutter entschlossen habe, Flüchtlinge zu pflegen, Nachrichten zu überbringen und deutsche Züge zu sabotieren?«

»Ja, ich glaube, so ungefähr lautet meine Frage. Aber mir macht auch zu schaffen, dass du passiv warst und von der feindlichen Besatzung profitiert hast, ohne dich davon beschmutzt zu fühlen. Ich weiß nicht, wer du wirklich bist und an was du glaubst.«

Er verzog keine Miene und wandte auch nicht den Blick ab. Doch er zog seine Hand zurück. Mit finsterer Miene zündete er sich eine Zigarette an. »Du bist nicht sicher, ob man mich als Kollaborateur einstufen könnte. Das ist es doch, was dir zu schaffen macht, oder?«

Sie senkte den Kopf und wusste, dass sie ihre Freundschaft vermutlich für immer zerstört hatte.

»Es war schwierig, mit dem Wissen zu leben, dass du an mir zweifelst. Aber ich durfte über das, was ich tat, ebenso wenig sprechen wie du über deine Arbeit. Die Deutschen haben nicht nur das Land besetzt, sondern eine Atmosphäre geschaffen, in der Freunde einander nicht mehr vertrauen konnten. Aber ich hatte in den letzten drei Jahren eine Aufgabe.«

»Also hast du doch gegen die Deutschen gekämpft?« Erleichterung und Scham stiegen in ihr auf.

Sein Gesicht war so traurig, dass sie sich vorbeugte und seine Hand nahm, während er fortfuhr. »Ich hatte Kontakt zu hochrangigen deutschen Beamten. Wenn ein einflussreicher Angehöriger der Armee oder der SS Wein bestellte, erledigte ich die Auslieferung selbst und brachte zusätzlich noch ein paar Flaschen eines guten Bordeaux oder einen seltenen Armagnac mit. Bald forderte man mich auf, mich zu setzen, eine Zigarre zu rauchen oder einen Brandy zu kosten. Nach ein paar Gläsern Cognac sprachen sie über ihre Pläne, Ausrüstung nach Paris oder an die Front zu schaffen, und erörterten Truppenbewegungen oder Sonderaufgaben, mit denen man sie betraut hatte. Männer haben nun einmal die Neigung, einander beeindrucken zu wollen, wenn sie etwas getrunken haben. Und so erhielt ich oft nützliche Informationen, die ich weitergeben konnte. Ohne mich selbst in Gefahr zu bringen, wie ich hinzufügen möchte.«

Am liebsten hätte Celine ihn unterbrochen, ihn für ihr mangelndes Vertrauen um Verzeihung gebeten und ihm erzählt, dass ihre Mutter felsenfest an ihn glaubte. Doch er sprach schon weiter, offensichtlich froh, sich endlich alles von der Seele reden zu können. »Nach der Katastrophe von Dünkirchen half ich dabei, eine Fluchtroute für britische Soldaten und Piloten abzustecken, die dort festsaßen. Später war ich daran beteiligt, Spione und Leute aus dem Untergrund heimlich nach Vichy-Frankreich einzuschleusen.«

»Wie hast du das gemacht?«

»Ich bin mit der Familie Legrand befreundet, deren Weinberge zum Teil auf besetztem Gebiet und zum Teil in Vichy-Frankreich lagen. Ich fuhr dorthin, um an Weinproben teilzunehmen oder Bestellungen aufzugeben.«

Als er Celine anlächelte, merkte sie ihm an, dass er ihre Überraschung genoss. »Ich holte Menschen, die fliehen mussten, in Paris ab und brachte sie dorthin. Wenn sie Französisch sprachen, gab ich sie als meine Angestellten aus. Briten versteckte ich im Kofferraum meines Wagens oder behauptete, es handle sich um Landarbeiter. So hatten sie die Möglichkeit, die Grenze zu überqueren, die durch die Weinberge verlief. Die meisten haben es tatsächlich geschafft.«

»Ich weiß, wie gefährlich es war, Leute aus Paris herauszuschmuggeln. Dazu brauchte man Mut.«

»Meine Freunde waren viel mutiger als ich. Sie haben die Männer versteckt, Führer organisiert und Ausweispapiere gefälscht.«

Als sie ihn anblickte, erkannte sie seine Aufrichtigkeit, die ihr eigentlich schon früher hätte auffallen müssen. »Ich wünschte nur, ich hätte es gewusst.«

»Und ich habe oft gehofft, dass du von selbst dahinter kommst. Dann wären diese Jahre viel erträglicher gewesen. Doch letztlich war es das Beste, dass du nichts davon geahnt hast. Denn es bestand immer die Möglichkeit, dass ich erwischt werde.«

»Und wohin bist du kurz vor der Befreiung geflohen?«

»Der Rest des Landes war noch besetzt. Wir mussten zwei Agenten verstecken. Doch obwohl schon fast alles vorbei war, hat jemand der Miliz einen Tipp gegeben.« Lächelnd berührte er die Narbe auf seiner Stirn, dicht unterhalb des braunen Haarschopfes. »Wir versteckten uns in einer Scheune, als plötzlich die Deutschen erschienen und das Feuer eröffneten. Einer der Soldaten warf eine Granate in das Gebäude. Es gab einen schrecklichen Knall, und

Steine und Trümmer flogen überall herum. Ich war mehr als einen Tag bewusstlos. Doch wie du siehst, habe ich, im Gegensatz zu einigen meiner Freunde, überlebt.«
»Du bist ein wirklicher Held. Auch, was deine Hilfe für Mama und mich betrifft.«
»So viele Opfer, und etliche meiner Freunde sind tot oder verschollen. Ich weiß nicht, wie wir uns je davon erholen werden.« Henri drückte seine Zigarette aus und lächelte, doch ihm standen Tränen in den Augen. »Aber wir müssen versuchen, wieder ein normales Leben zu führen. Diejenigen von uns, die gekämpft haben, haben gemeinsame Erinnerungen, die uns näher zusammenrücken lassen und dafür sorgen werden, dass die meisten unserer Wunden heilen.«
Plötzlich fiel ihr wieder ein, dass sie ja einen Termin bei einem Facharzt für ihn vereinbart hatte. Wie hatte sie das nach allem, was er für sie getan hatte, vergessen können?
»Hast du immer noch Kopfschmerzen, Henri? Mir wäre es lieber, wenn du dich im Krankenhaus untersuchen lassen würdest.«
»Ach, so schlimm ist es sicher nicht. Schreib mir einfach den Namen des Arztes auf, und wenn es nötig ist, besorge ich mir selbst einen Termin.«
Wieder hob er sein Glas und lächelte schüchtern. »Du weißt, dass ich dich heute Abend eingeladen habe, weil ich dich bitten wollte, für immer bei mir zu bleiben und dein Leben mit mir zu teilen. Ich liebe dich so sehr.«
»Ich weiß nicht, was ich dir antworten soll, Henri. Wir sind ganz gewöhnliche Menschen, denen Dinge abverlangt wurden, die sie nie für möglich gehalten hätten. Ich habe miterlebt, wie Menschen vor meinen Augen getötet wurden. Und ich habe Dinge gesehen, die sich selbst eine Ärztin nicht vorstellen kann. Ich habe keine Ahnung, wie ich je wieder ins normale Leben zurückfinden soll. Vielleicht gelingt es mir ja nie.«
Rasch fiel er ihr ins Wort. »Gemeinsam werden wir es schaffen, all das hinter uns zu lassen. Und ich werde immer für dich sorgen, Celine.«

»Ich brauche Zeit, um die letzten drei Jahre zu verarbeiten. Kannst du noch ein wenig warten?«

Von diesem Abend an vertiefte sich ihre Freundschaft, und als die Wochen vergingen, fühlte Celine wieder die Sicherheit, von der sie gedacht hatte, sie sei für immer aus ihrem Leben verschwunden. Dennoch hinderte sie etwas daran, sich diesem Mann, der schon so viel riskiert hatte, um sie zu beschützen, zu versprechen. Denn wenn sie, erschöpft nach der Arbeit im Krankenhaus oder fröhlich nach einem Abend mit Henri und ihren Freunden, nach Hause zurückkehrte, verfolgte sie der Geist von Richard Kirwan bis in ihre unruhigen Träume.

Kapitel 42

Paris, 1945

In der Stadt wimmelte es von Flüchtlingen. Die mageren Finger um Bündel mit ihrer Habe gekrampft, strömten sie in die Stadt. Wer vor Kriegsausbruch geflohen war, hoffte, an seine Arbeitsstelle und in seine kleine Wohnung zurückkehren und so weiterleben zu können wie vor der Besatzung. Sprachlos vor Entsetzen beobachteten die Pariser Bürger die Heimkehr derer, die in die polnischen und deutschen Lager deportiert worden waren. Kriegsgefangene, die man nach dem Fall Frankreichs 1940 verschleppt hatte, trafen gemeinsam mit den gefangenen, gefolterten und verschleppten Mitgliedern der Widerstandsbewegung ein. Hinzu kamen noch die wenigen verbliebenen Angehörigen der jüdischen Gemeinde. Niemand war auf den Anblick der zum Skelett abgemagerten Gestalten vorbereitet, die aus den Zügen auf die Bahnsteige stolperten, wie benommen durch die Straßen irrten oder stumpf und mit leerem Blick bei Hilfsorganisationen und in Krankenhäusern Rat suchten, immer in der Hoffnung, verschollene Angehörige oder Heilung für ihre verwundeten Körper und Seelen zu finden.

Die Lebensmittelknappheit verschärfte sich, als immer mehr Flüchtlinge in der Stadt Unterschlupf suchten.

Im Krankenhaus arbeitete Celine bis zur völligen Erschöpfung, um die Leiden der Rückkehrer zu lindern. In jedem der ängst-

lichen, gequälten Gesichter sah sie Richard, und sie trauerte um ihn.
Die meisten der unzähligen Flüchtlinge wurden im Hotel Lutetia versorgt, und Charlotte verbrachte jeden Tag damit, Menschen, die Unsägliches durchgemacht hatten, ein wenig Beständigkeit und Trost zu geben.
»Deine Mutter und du werdet euch noch zu Tode schuften. Und dann nützt ihr niemandem mehr.« Henri betrachtete Celine, als sie ihm eines Abends in der Avenue Mozart die Tür öffnete. Er bemerkte die Schatten unter ihren Augen und das bleiche Gesicht und stellte fest, dass sie abgenommen hatte. Doch sie lachte ihn aus und hauchte ihm einen Kuss auf die Wange.
»Ich verspreche dir, heute Abend alles zu essen, was du mir vorsetzen lässt, früh zu Bett zu gehen und morgen mindestens den halben Tag lang zu schlafen.«
»Also, lass uns gehen. Wo ist Charlotte?«
»Sie ist oben. Louise macht ihr später etwas zu essen. Ich brauche noch ein paar Minuten zum Umziehen, aber es dauert nicht lang.«
Sie schenkte ihm etwas zu trinken ein und ließ ihn auf dem Sofa sitzen. Als sie durch die Halle ging, läutete es an der Tür. Auf der Schwelle stand im Dämmerlicht ein Mann. Sein Schädel war rasiert, und durch die Stoppel auf seinem Kopf konnte sie unzählige Narben erkennen. Die Kleider umschlotterten seine mageren, gebeugten Schultern. Als er den Kopf hob, sah sie seine wächserne, gelbliche Haut und starrte in rot geränderte, eingesunkene Augen. Er hob eine Hand mit verkrümmten Fingern, und als er lächelte, waren schwarze Zahnstümpfe zu sehen.
»Celine de Savoie. Ich suche …«
Wie gelähmt stand sie da, und ihr stockte der Atem. Ein Schreck durchfuhr sie, gefolgt von heller Freude und von Mitgefühl. Er betrachtete sie, und sie bemerkte, dass ihm Tränen über die eingefallenen Wangen liefen.
»Ich habe in all den Jahren, die ich fort war, nicht einmal geweint.« Seine Stimme klang gepresst und heiser. »Aber jetzt weine ich. Ich weine aus Freude darüber, dich zu sehen, Celine.«

Sie trat auf ihn zu, schloss seine bebende Gestalt in die Arme, drückte ihn fest an sich, streichelte ihn und berührte die geröteten Striemen auf seinem Kopf und seinen schwieligen Händen. Durch den dünnen Stoff seiner Jacke konnte sie seine hervorstehenden Knochen ertasten, und es kümmerte sie nicht, dass ihre Tränen ungehemmt auf sein entstelltes Gesicht fielen. Dann führte sie ihn langsam die Treppe hinauf und rief nach ihrer Mutter und Louise, damit sie ihr halfen.
Charlotte erschien oben auf der geschwungenen Treppe und starrte die schwankende Gestalt in der Vorhalle an, die von Celine und Louise gestützt werden musste. Zunächst konnte sie nicht fassen, wen sie vor sich hatte und was da unten vor ihren Augen geschah. Doch als sie erkannte, dass es wirklich Richard war, der da in der Halle stand, stürmte sie auf ihn zu und fiel ihm, überglücklich und voller Mitleid, in die Arme. Henri verharrte in der Tür zum Wohnzimmer und beobachtete – unbemerkt und vergessen –, wie die Frauen Richard nach oben brachten.
»Ich wusste nicht, wo ich sonst hinsollte.«
Celine saß neben ihm und lächelte den geschundenen Mann, den sie liebte, unter Tränen an. Charlotte gelang es zuerst, ihre aufgewühlten Gefühle wieder zu beruhigen, und sie ergriff das Wort.
»Oh, Richard, gedankt sei Gott. Unsere Gebete sind erhört worden, und das ist das Einzige, was zählt.«
Er sah sich in dem kahlen Raum um, der sein erstes Versteck gewesen war. »Die Deutschen haben offenbar alles mitgenommen.«
Charlotte nickte. »Doch das waren nur Gegenstände, Bilder, Porzellan und Glas. Ohne Ihren Mut hätte ich auch noch mein Leben verloren.«
Sie konnte nicht verhindern, dass sie wieder in Tränen ausbrach, als sie daran dachte, wie sie ihn zuletzt gesehen hatte – misshandelt, gequält und dennoch fest in seinem Entschluss, sie nicht zu verraten. Schließlich stand Celine auf, berührte Richard am Kopf und strich mit den Fingern über sein graues Gesicht.
»Ich glaube, du gehörst jetzt ins Bett, Richard. Ich sage Louise, sie

soll ein leichtes Abendessen für dich zurechtmachen. Danach kriegst du ein Schlafmittel und wirst lange und ungestört schlafen. Du bekommst mein Schlafzimmer. Im Gästezimmer stehen keine Möbel mehr.«
Celine ließ die Wanne ein, half ihm vorsichtig beim Ausziehen und stützte ihn, als er ins Wasser stieg. Beim Anblick seines ausgemergelten Körpers, des eingesunkenen Brustkorbs und seiner gebeugten Haltung musste sie ihr Entsetzen verbergen. Nachdem sie ihn überredet hatte, etwas zu essen, richtete sie ihm die stützenden Kissen, damit er es im Bett bequem hatte. Mit tränenüberströmtem Gesicht drehte er sich zu ihr um, und sie legte ihm die Hand auf die Stirn, als er die Augen schloss. Schon im nächsten Moment war er eingeschlafen, doch sie wagte nicht, ihn allein zu lassen. Also setzte sie sich in der Abenddämmerung auf einen Stuhl und hielt seine Hand, bis auch sie einschlief.
Der nächste Vormittag verging sehr langsam. Celine bestand darauf, Richard von Kopf bis Fuß zu untersuchen. »Jetzt nehme ich wieder die gleiche Rolle ein wie bei unserer ersten Begegnung, Richard.« Sie lächelte ihn an und suchte nach einem Aufleuchten in seinen stumpf dreinblickenden Augen. »Nachdem ich dich gründlich in Augenschein genommen habe, wissen wir, was wir tun müssen, um dich wieder auf die Beine zu bringen.«
Mit geschlossenen Augen lag er reglos auf dem Bett und ließ jeden geschundenen Körperteil von ihr untersuchen. Bleich vor Entsetzen verließ Celine den Raum und flüchtete sich in Charlottes Zimmer, um sich in den Armen ihrer Mutter auszuweinen.
»Du kannst dir nicht vorstellen, was sie mit ihm gemacht haben. Ich weiß noch nicht, ob er dauerhafte Sschäden zurückbehalten wird. Er hat eine schwere Kopfverletzung und ein paar kleinere Platzwunden auf der Kopfhaut. Außerdem hat er Rippenbrüche erlitten und einige tiefe Narben am Bein. An seinen Füßen sind Erfrierungen, weil er ohne richtiges Schuhwerk im Schnee stehen und laufen musste. Offenbar wurden ihm alle Finger gebrochen und anschließend nicht geschient. Er sagt, er sei fast an Typhus gestorben, und er müsste auch auf Tuberkulose unter-

sucht werden, obwohl ich zum Glück keine Symptome erkennen kann. Und darüber hinaus ist der Großteil seines Gebisses zerstört.«

»Was sind das nur für Menschen, die so etwas tun?«, flüsterte Charlotte kaum hörbar. »Haben wir eine solche Barbarei nicht schon vor Jahrhunderten abgeschafft? Wie kann etwas Derartiges in unserer Zeit geschehen?«

Schweigend saßen sie da, wie betäubt von der Erkenntnis, dass Richard unmenschliche und erniedrigende Grausamkeiten durchmachen musste, die ihre Vorstellungskraft überstiegen.

»Wir müssen behutsam mit ihm umgehen, Mutter. Er ist sehr empfindlich und steht noch unter Schock. Vermutlich wird er in der nächsten Zeit nicht sehr belastbar sein. Ganz sicher leidet er an Blutarmut und Unterernährung. Sein Verdauungsapparat muss sich wieder ganz langsam an richtige Nahrung gewöhnen. Eine zu reichhaltige Mahlzeit könnte dafür sorgen, dass er schwer erkrankt.«

»Also, das dürfte zurzeit wohl nicht das Problem sein.« Charlotte versuchte, der Situation etwas Scherzhaftes abzugewinnen.

Nach einem kärglichen Mittagessen wickelte Celine Richard in eine Decke und setzte sich mit ihm in den Garten. Die geringste körperliche Anstrengung ermüdete ihn, weshalb sie nur selten ein Wort miteinander wechselten. Er schien damit zufrieden zu sein, mit halb geschlossenen Augen reglos dazusitzen und zu schweigen.

»Ich finde, wir sollten versuchen, deine Familie in Irland zu benachrichtigen und ihnen sagen, dass du …«

Plötzlich fuhr er hoch, schüttelte heftig den Kopf und starrte sie voller Angst an. Seine Hände zitterten. Seine Beine drohten zu versagen, und Schweiß stand ihm auf der Stirn, während er vor Trauer und Entsetzen schluchzte.

»Nein! Ich kann sie nicht sehen. Helena darf mich nicht so erleben. Sie würde diesen grausigen Anblick nicht überstehen.« Er schlug die verkrüppelten Hände vors Gesicht. »Ich bin noch nicht bereit für sie. Ich kann ihnen nicht gegenübertreten, Celine.

Bitte, lieber Gott, nein!« Er sank auf seinen Stuhl zurück und schwankte vor und zurück.

»Schon gut, Richard, hab bitte keine Angst. Wenn es dir erst besser geht, können wir es uns ja immer noch überlegen.«

»Das musst du mir versprechen.«

»Ich verspreche es. Und jetzt möchte ich, dass du dich ausruhst. Komm mit nach oben, ich stecke dich für ein paar Stunden ins Bett.« Wieder begann er zu zittern. Sie löste sanft seine verkrampften Arme und streichelte seine Hände. »Alles wird gut. Wir werden jeden Tag einzeln angehen. Und ich sorge dafür, dass du wieder gesund wirst. Das verspreche ich dir.«

Am dritten Tag nach seiner Rückkehr fuhr sie in der Dunkelheit hoch. Eine Gänsehaut überlief sie, als sie die Schreie hörte. In ihrem Mädchenzimmer fand sie ihn auf der Bettkante sitzend vor. Die Laken waren schweißnass, und er bebte am ganzen Körper. Hustend und keuchend schnappte er nach Luft, gefangen in einem undurchdringlichen Nebel der Todesangst.

»Pssst … Alles ist gut, Richard. Es war nur ein Traum. Du warst in Gedanken wieder dort. Doch du bist in Sicherheit. Hier kann dir nichts passieren.«

Da es ihm unangenehm war, dass er sie geweckt, sein Bett und seinen Schlafanzug beschmutzt und ihr seine Angst gezeigt hatte, wich er ihrem Blick aus. Doch sie achtete nicht auf sein verlegenes Schweigen und machte sich wortlos daran, die Bettwäsche zu wechseln. Dann half sie ihm wieder ins Bett, setzte sich neben ihn und beobachtete, wie er sich gegen den Schlaf stemmte, aus Angst, ein Traum könnte ihn in die Hölle zurückversetzen, der er entronnen war.

Tagsüber gab er sich größte Mühe, vergnügt zu sein, und freute sich über das Wetter, den blauen Himmel und den Luxus, auf einem Stuhl sitzen und in einem sauberen Bett schlafen zu können. Sein Appetit nahm zu, und es war herzzerreißend, mit anzusehen, wie ihn die einfachsten Gerichte begeisterten. Alltäglichkeiten wie das Abschneiden einer Brotscheibe oder das Einschenken eines Glases Wasser beobachtete er gebannt. Nachdem Charlotte ihm in der Bibliothek einige Bücher besorgt hatte, saß er mit ihr im Wohnzimmer oder im Garten. Hin und wieder las er, aber zumeist blickte er nur nachdenklich ins Leere.

Eines Nachmittags beschloss Celine, einen kurzen Spaziergang mit ihm zu unternehmen. Richard schien sich darauf zu freuen, und sie half ihm glücklich und aufgeregt in die Jacke. Langsam gingen sie die Treppe hinab, wo Louise ihnen lächelnd die Tür aufhielt. Doch Richard blieb wie erstarrt auf der Schwelle stehen. Sein Gesicht wurde aschfahl, und er griff sich an die Kehle, zerrte an seinem Kragen und rang nach Atem.

»Schließen Sie die Tür, Louise«, sagte Celine, bemüht ruhig. »Monsieur Kirwan fühlt sich nicht wohl. Wahrscheinlich liegt es an der kalten Luft, die plötzlich von der Straße hereinkam. Wir verschieben den Spaziergang auf ein andermal.«

Celine führte ihn ins Wohnzimmer und nahm ihm Jacke und Hut ab. Sie sah, dass ihm Schweißperlen auf der Stirn standen und dass seine Hände zitterten. Seine Glieder gehorchten ihm nicht mehr, als er auf einen Stuhl sank, und er begann zu weinen wie ein Kind, das sich verirrt hatte.

»Ich kann nicht nach draußen. Ich bekomme Herzklopfen, und mir wird schrecklich übel. Ich glaube, ich werde verrückt, Celine. Ich kann mir selbst und den Trümmern meines eigenen Verstandes nicht entrinnen. Mein Gott, was soll ich bloß tun?«

Sie setzte sich, ihm zu Füßen, auf den Boden, streichelte seine Knie und schwieg, bis das Zittern allmählich aufhörte und er sich beruhigte.

»Richard, du leidest an einem in der Medizin gut bekannten Krankheitszustand, der dieses Herzrasen verursacht. Häufig sind Menschen davon betroffen, die etwas Schreckliches durchgemacht haben. Die Symptome werden vergehen. Mit der Zeit lassen die schrecklichen Gefühle nach, und selbst die Alpträume werden verschwinden. Wenn du Geduld hast und wenn wir jeden Tag zusammen daran arbeiten, wirst du bald wieder gehen können, wohin du willst. Vielleicht hilft es dir ja, über das zu sprechen, was dir zugestoßen ist.«

Aber er schüttelte mit Nachdruck den Kopf. »Nein, ein Mensch, der diesen Ort nicht gesehen hat, sollte nichts darüber wissen. Niemand soll sich mit dem belasten, was wir dort erlebt haben. Es ist nicht richtig, diese Bürde anderen aufzuladen. Ich kann nicht darüber reden. Mit niemandem.«

»Du lädst damit niemandem deine Last auf, Richard«, widersprach sie mit leiser, ruhiger Stimme. »Die menschliche Seele muss derartige Erfahrungen verarbeiten, um sich davon zu befreien. Ich weiß, dass Mutter angefangen hat, dir zu erzählen, was sie in den letzten drei Jahren erlebt hat.«

»Nein, es ist nicht dasselbe. Und du darfst nie wissen, worin es sich unterscheidet.« Er wurde wieder nervös, und seine Hände begannen zu zittern.

»Richard, du musst mir erlauben, den Schmerz mit dir zu teilen, genauso wie du mich deine verletzten Füße und Hände und deinen Kopf behandeln lässt. Ich bin deine Ärztin, und du musst dabei mein Partner sein, wenn du gesund werden willst. Wir müssen dich in deiner Gesamtheit heilen, und das werden wir auch schaffen. Mit der Zeit wird es uns gemeinsam gelingen.«

Doch er wandte sich von ihr ab und ging allein in sein Zimmer, um sich auszuruhen. Am folgenden Tag war er wieder guter Dinge, plauderte mit Charlotte über das Buch, das er gerade las, und verzehrte mit offensichtlichem Genuss sein Mittagessen. Als er am Abend nicht bei Tisch erschien, machte sich Celine auf die Suche nach ihm. Sie fand ihn in seinem Schlafzimmer; er kauerte in einer Zimmerecke, hielt sich mit beiden Händen die Ohren zu, wiegte sich hin und her und stieß ein seltsames schrilles Wimmern aus, um die alptraumhaften Geräusche in seinem Kopf zu übertönen. Sie nahm ihn liebevoll in die Arme, streichelte sein Haar und drückte ihn an sich, bis er sich beruhigt hatte.

An manchen Tagen glaubte Celine, dass sie überhaupt keine Fortschritte machten, und befürchtete schon, ihn ins Krankenhaus einweisen zu müssen. Allerdings wusste sie auch, dass sie ihm unermesslichen Schaden zufügen konnte, wenn sie sich anmerken ließ, dass sie sich überfordert fühlte. Außerdem hatte sie Angst, dass er den Aufenthalt in einer Klinik oder in einer Anstalt nicht würde ertragen können. Als die Tage zu Wochen wurden, suchte sie vergeblich nach Anzeichen der Besserung, aber sie hatte nicht den Eindruck, dass sich wirklich etwas verändert hatte.

Als er wieder einmal an Alpträumen litt, saß Celine auf der Kante des breiten Bettes und sah ihre Mutter an. Dann holte sie in der Dunkelheit tief Luft, drückte Charlottes Hand, griff nach ihrem Morgenmantel und stand auf. In Richards Zimmer bezog sie alles frisch, nahm ihn an der Hand und half ihm, sich wieder ins Bett zu legen. Anschließend machte sie das Licht aus, legte sich neben ihn und schmiegte sich an seine knochige Gestalt. Sie schlang sanft die Arme um ihn, wiegte ihn und redete leise auf ihn ein, bis sie an seinem regelmäßigen Atmen erkannte, dass er eingeschlafen war. Dann schloss sie die Augen, kuschelte sich enger an ihn und schlummerte ebenfalls ein.

Früh am Morgen wurde sie von Charlotte am Frühstückstisch erwartet.

»Warum bist du denn schon auf, Mama? Ich dachte, du müsstest erst heute Nachmittag zur Arbeit.«

»Celine, ich muss mit dir sprechen. Du hast ihn bereits geliebt, bevor er fortgebracht wurde. Und du willst ihn gesund machen. Aber du brauchst dabei Hilfe, du schaffst es nicht allein. Du kannst ihm nicht für den Rest deines Lebens sein Leid abnehmen und auch nicht seine Alpträume und seine Qualen.«

Doch Celine schüttelte den Kopf. Sie fand, dass ihre Mutter es sich zu leicht machte, und wollte nichts davon hören. Sie wusste, dass sie eine Möglichkeit finden musste, in die geschlossene Welt einzudringen, in der er sich mit seiner Trauer verschanzt hatte. Aber sie war nicht sicher, wie sie dabei vorgehen sollte, denn sie befürchtete, ihn dadurch zu zerstören. Sie küsste ihre Mutter und machte sich auf den Weg ins Krankenhaus. Sie war nicht bereit, sich auf ein Gespräch über Richard und seine brüchige, schützende Schale einzulassen.

Am Abend saßen sie gemeinsam am Esstisch. Richard war entspannt und lächelte, und seine Miene wirkte angeregt, als sie begannen, Karten zu spielen. Offenbar war er ganz auf die einfachen Aktivitäten der Gegenwart konzentriert, und einige der Schatten waren aus seinem Gesicht gewichen. Celine beobachtete ihn, voller Hoffnung, dass dies die ersten Schritte auf dem langen Weg zur Gesundung sein könnten. Sie war dankbar und fühlte sich mit einem Mal ruhig und zufrieden. Als das Telefon läutete, nahm Louise ab.

»Mademoiselle Celine, Monsieur de Valnay für Sie.«

Charlotte de Savoie fing ihren Blick auf, als sie vom Tisch aufstand und ins Wohnzimmer ans Telefon ging.

»Henri – ja, ich weiß. Louise hat mir gesagt, dass du letztens am Abend eine Nachricht hinterlassen hast. Ich muss mich bei dir entschuldigen, es tut mir wirklich Leid. Die letzten Tage waren sehr schwierig und anstrengend. Er war in einem Lager namens Buchenwald – inzwischen hören wir ja immer mehr darüber, was in diesen Lagern geschehen ist.« Sie hörte, wie er sie für den kommenden Abend zum Essen einlud. »Ich weiß nicht. Ich versuche, jeden Abend nach dem Krankenhaus mit ihm zu arbeiten. Allerdings habe ich bis jetzt keine großen Fortschritte gemacht. Es gab noch keinen Durchbruch. Er ist weiterhin an diesem schrecklichen Ort gefangen. Aber ich darf nicht lockerlassen, bis ich den richtigen Zugang zu ihm finde. Kann ich dich in etwa einer Woche anrufen? Und unser Benehmen letztens tut mir wirklich schrecklich Leid. Wir waren so aufgeregt …«

»Schon gut. Es war ein außergewöhnlicher Moment, und mir war klar, dass ich überflüssig war. Gib mir Bescheid, wenn du wieder Zeit für mich hast.«

Er legte auf, ohne sich von ihr zu verabschieden. Celine hielt den Hörer in der Hand und wurde von Schuldgefühlen ergriffen. Sie kehrte zum Esstisch zurück.

»Wie geht es Henri?« Trotz Charlottes beiläufigem Tonfall spürte Celine, dass sie sich Sorgen machte.
»Offenbar gut, und wie immer ist er sehr beschäftigt. Ich habe mit ihm verabredet, nächste oder übernächste Woche mit ihm essen zu gehen.«
»Hat er dir gesagt, ob er noch einmal bei deinem Kollegen, dem Augenarzt, war? Oder hat er etwas über die Ergebnisse der ersten Untersuchung erzählt?«
»Nein, er hat es überhaupt nicht erwähnt.« Celine spürte, dass sie errötete. Sie schalt sich, weil sie nicht nachgefragt hatte.
»Ist das der Mann, den wir getroffen haben, als ich zum ersten Mal bei euch untergeschlüpft bin?« Richard blickte auf und wirkte zum ersten Mal wirklich interessiert. »Hat Henri euch nicht geholfen, eine Wohnung zu finden, nachdem Charlotte aus dem Gefängnis entlassen worden war? Ich würde ihn gern wieder treffen. Er ist wirklich ein sehr anständiger Mensch, ja, eigentlich sogar ein Held, würde ich sagen.«
»Möchtest du wirklich andere Leute sehen?« Celine war erstaunt.
»Ja, ich glaube schon.« Seine Antwort kam zwar zögernd, aber er lächelte. »Ich glaube, eine Menschenmenge wäre mir noch zu viel, aber es wäre anregend, ein bisschen Ansprache zu haben.«

Die kleine Gesellschaft versammelte sich zu einer bescheidenen Mahlzeit, und obwohl nicht wie früher auf einem Erbservice gereicht wurde, war die Stimmung fröhlich und gelassen. Richard genoss die Gespräche und das Gefühl, dass allmählich wieder Normalität einkehrte. Als Celine am folgenden Tag vom Krankenhaus zurückkam, erwartete er sie im Wohnzimmer. Mantel und Schal lagen über der Stuhllehne.
»Ich dachte, wir könnten ein Stück spazieren gehen«, sagte er. »Ich würde es gern noch einmal versuchen, Celine. Kommst du mit?«
Ihre Müdigkeit verflog, als sie ihm in den Mantel half und ihn am Arm nahm. Er lächelte sie zwar an, doch die Unsicherheit stand ihm ins Gesicht geschrieben. Sie musste sich dicht zu ihm

vorbeugen, um ihn zu verstehen. »Wenn wir durch die Tür in die Kälte hinausgingen, wurden wir geschlagen. Man musste an ihnen vorbeirennen und den Prügeln ausweichen. Aber seit ich hier bin, stelle ich mich jeden Tag eine Weile an die Tür, mache sie auf und schaue auf die Straße hinaus, um mich darauf vorzubereiten, wieder hinauszugehen.«

Celine führte ihn durch die Vorhalle und spürte seine Angst, als sie die Vordertür öffnete. Er holte tief Luft und trat mit ihr auf die Straße. Sein Herz klopfte, so dass ihm der Atem stockte, und er nach Luft rang. Auf dem Gehweg sahen sie einander an. Dann schlang sie fest die Arme um ihn.

»Ein Sieg! Und von nun an machen wir ganz langsam weiter, einen Schritt nach dem anderen, so wie du es möchtest.«

Die Arme um sie gelegt, stand er da und drückte sie erleichtert an sich.

Der kurze Spaziergang war der Anfang des Weges in die Gesundung. Mit der Zeit begann er, ihr von seinen Erfahrungen zu erzählen. Sie merkte ihm an, dass er sich nur schwer mit dem Geschehenen abfinden konnte und nach einem Sinn suchte. »Seltsamerweise fühle ich mich hauptsächlich schuldig«, sagte er ihr eines Abends. »Ich habe ein schlechtes Gewissen, weil ich dir und Charlotte so viel aufbürde. Und ich hatte an diesem schrecklichen Ort Freunde, die alle gestorben sind. Ich frage mich, was ich tun soll, damit ihr Leiden nicht umsonst war.«

Es dauerte einige Wochen, bis er bereit war, einen Zahnarzt aufzusuchen, um mit der notwendigen Behandlung zu beginnen. Celine bemerkte, dass die gewaltige Angst, die ihn verfolgte, in der weißen, sterilen Praxis zurückkehrte, und sah ihn im Behandlungsstuhl zittern. Sie wagte nicht, wieder seine Familie zu erwähnen, denn sie befürchtete, er könnte sich erneut in sein Schneckenhaus flüchten, in dem er so viel Zeit verbracht hatte, um nicht den Verstand zu verlieren.

Als es Sommer wurde, schlug Celine vor, mit dem Zug aufs Land zu fahren und einen Picknickkorb mitzunehmen. Sie steckte auch eine kleine Kamera ein, und Richard fotografierte sie, als sie im Sonnenschein im Gras lag. Ihr Haar umgab ihr lachendes Gesicht wie ein goldener Fächer. Zunächst sträubte er sich, als sie die Kamera hob, um ihn zu knipsen, aber schließlich erklärte er sich einverstanden, denn es handelte sich immerhin um ihren ersten richtigen Ausflug. Anschließend öffnete er die Weinflasche, sie prosteten einander zu und verzehrten dann genüsslich das mitgebrachte Hühnchen.

Als sie unter den Bäumen saßen, begann Richard zögernd, von der Hölle zu erzählen, in der er dahinvegetiert hatte, von seinem Kampf ums Überleben und seinen Bemühungen, nicht den Verstand zu verlieren. Er schilderte sein anfängliches Erschrecken beim Anblick der wandelnden Skelette um sich herum und seine allmähliche Erkenntnis, dass er selbst eines von ihnen geworden war. Er sprach von den Schlägen, dem Hunger, dem üblen Gestank nach Durchfällen und den nagenden Ratten, die zwischen den verwesenden Körpern der Toten waren.

»Sie erhielten uns nur am Leben, damit wir in den Fabriken arbeiten konnten. Wenn jemand zu schwach wurde und nicht mehr von Nutzen war, wurde er getötet.«

Zögernd beschrieb er die stundenlangen Appelle bei Dunkelheit und Eiseskälte, die Hunde, die verhungernden Menschen an die Kehle sprangen und sie zerfleischten, die willkürlichen Erschießungen und das Verschwinden von Häftlingen. Nachts hatte er auf dem Stück Brot gelegen, das er sich für den Morgen aufgespart hatte, damit es ihm im Schlaf nicht gestohlen wurde.

»Sie haben uns alles genommen. Wir verhungerten, waren schmutzig und erniedrigt. Wir hatten keine Namen, nur Nummern. Aber wir kämpften mit der letzten Waffe, die uns geblieben war. Unserem Verstand. Wir waren fest dazu entschlossen, uns nicht auch noch die Denkfähigkeit rauben zu lassen.

Ich hätte nicht gelaubt, einmal darüber sprechen zu können, Celine. Ich habe nicht gedacht, dass es auf der Welt einen Menschen gibt, der den Mut hat, sich diese Dinge anzuhören, ohne sich erschüttert von mir abzuwenden. Du hast mir den Weg zurück ins Leben gezeigt.«

Im Zug saßen sie dicht nebeneinander. Ihre Finger berührten sich, und ihre Mienen waren träumerisch, in dem Wissen, was kommen würde. Langsam verzehrten sie ihr Abendessen, tranken ihren Wein und sahen einander lächelnd an. Dann gingen sie gemeinsam nach oben.

Im Schlafzimmer küsste er sie immer wieder, flüsterte ihr ins Ohr und liebkoste sie zärtlich. Celine streckte die Hände aus, streichelte sein Gesicht, schmiegte sich an ihn und half ihm, als seine verletzten Finger die kleinen Knöpfe hinten an ihrem Kleid öffneten. Zum ersten Mal spürte sie seine Hände auf ihren nackten Schultern. Unten läutete das Telefon, bis Henri de Valnay die Hoffnung aufgab, sie für den nächsten Abend zum Essen einladen zu können, und in seiner Wohnung den Hörer auflegte.

Von diesem Tag an spürte Richard, dass er gesund wurde, obwohl er das schon nicht mehr für möglich gehalten hatte. Zu seinem früheren Leben konnte er keine Verbindung herstellen. Die bloße Vorstellung erfüllte ihn mit einer unvernünftigen und lähmenden Angst, die er weder sich selbst noch Celine erklären konnte. Sie leitete ihn und war sein sicherer Zufluchtsort, und er konnte sich eine Zukunft ohne ihre Unterstützung und Liebe nicht vorstellen. Manchmal, in seinen Träumen, sah er, wie seine Frau angesichts seines verwüsteten Körpers und seines geschwächten Verstandes in Tränen ausbrach. Dann spürte er, wie seine Hände und Knie zu zittern begannen, sich wieder die abscheuliche Angst in ihm breit machte und wie er all seine Kraft aufbieten musste, um in die Welt der Avenue Mozart zurückzukehren. Celine beobachtete jeden seiner kleinen Schritte in Richtung Genesung. Jede Nacht lag sie bei ihm in der Dunkelheit, die ihn immer noch ängstigte, und vertrieb seine Furcht vor dem Schlaf und vor Alpträumen.

Voll Mitgefühl und Vorahnung sah Charlotte de Savoie zu, wie sich ihre Tochter in ein strahlendes Geschöpf voller Glück und

Liebe verwandelte. Richards Gesundheit besserte sich offensichtlich, und sie machte sich Sorgen um Celine. Was würde aus den beiden werden, wenn Richard bereit war, sich mit seiner Familie in Verbindung zu setzen und möglicherweise nach Irland zurückzukehren?

Eines Herbstmorgens saß Charlotte an ihrem Schreibtisch im Hotel Lutetia. Inzwischen drängten sich keine Menschenmengen mehr auf der Suche nach vermissten Angehörigen und Freunden rings um das Gebäude, obwohl die Nachforschungen drinnen im Haus weiterhin andauerten. Jeder Tag brachte neue Tragödien ans Licht, und Trauer malte sich in den Gesichtern derjenigen, denen sie zu helfen versuchte. Charlotte schrieb gerade einen Bericht, als sie eine ungewohnt klingende Stimme hörte. Der Mann sprach zwar Französisch, aber mit starkem ausländischem Akzent. Als sie aufblickte, sah sie einen blonden Hünen mit wettergegerbtem Gesicht, der gerade versuchte, einer Sekretärin am anderen Ende des Raumes sein Anliegen zu erläutern.
»Ich weiß, dass er kein französischer Staatsbürger ist«, sagte der Mann. »Doch in der irischen Botschaft hat man mir geraten, mich an Sie zu wenden. Vielleicht finden Sie ja in Ihren Unterlagen jemanden, der ihm begegnet ist, oder sonst eine Information …«
Charlotte stand auf und ging auf ihn zu. »Kann ich Ihnen helfen, Monsieur? Ich spreche Englisch, das macht es möglicherweise leichter.«
Er folgte ihr zu ihrem Schreibtisch und nahm, den Hut in der Hand, ihr gegenüber Platz. Sie sah einen leichten Hoffnungsschimmer in seinem gebräunten Gesicht. »Ich heiße Seamus O'Riordan, Madame«, begann er. »Ich bin in Frankreich, um herauszufinden, was aus meinem Schwager geworden ist, der 1942 hier verschwand. Sein Name ist Richard Kirwan.«

Kapitel 43
St. Joseph de Caune, 1970

Als Solange das alte Haus betrat, war alles still und friedlich. »Lorette! Ich bin ja so froh, wieder hier zu sein. Ist alles in Ordnung? Wo ist Papa? Hatten wir Besuch?«

»Ich weiß nicht, was du und Madame de Savoie da ausbrüten, Solange. Doch trotz deiner Warnungen aus Paris habe ich weder seltsame Anrufe erhalten, noch war unangemeldeter Besuch hier. Falls deine Großmutter irgendeinen schicken Büffetservice aus Paris für deine Hochzeit bestellt hat, hat der sich noch nicht gemeldet. Dein Papa sitzt in der Bibliothek. In letzter Zeit kriegen wir ihn kaum noch zu Gesicht. Er ist ständig in den Weinbergen oder verhandelt mit Fassherstellern, Bodengutachtern und allen möglichen anderen Leuten. Aber es ist gut für ihn, dass er so viel zu tun hat. Das wirst du selbst sehen.«

Als Solange in die Bibliothek trat, stand Charles Edouard auf. Sein Blick aus dunklen Augen war fragend. Sie umarmte ihren Vater und drückte ihn an sich, so fest sie konnte. Er war sonnengebräunt und guter Dinge.

»Wunderbar, dass du zu Hause bist, mein Schatz. Aber ich dachte, du wolltest noch ein oder zwei Tage in Paris bleiben.« Er lächelte erstaunt. »Du kannst doch unmöglich schon alles organisiert haben.«

»Wir haben beschlossen, die Sache zu verschieben, bis sich die

Lage ein wenig beruhigt hat.« Charles Edouards Blick machte sie verlegen. Sie ging auf ihn zu und er küsste sie auf beide Wangen.
»Schön, dass die Weinberge dich schon so bald wieder zurückgerufen haben«, meinte er gelassen. »Zum Glück ist es der Pracht unserer Hauptstadt offenbar nicht gelungen, dir den Kopf zu verdrehen.«
Zu ihrem Erstaunen ärgerte sie sich über seine Bemerkung. Sie war sicher, dass er sie verspottete.
»Ich habe dir so viel zu erzählen, Solange.« Henri griff nach ihrer Hand. »Wir haben den Großteil des Vormittags in den Weinbergen verbracht. Die neuen Lagertanks und die Fässer für den Weinkeller werden nächste Woche geliefert, und bis Ende des Monats wird alles eingebaut sein. Also noch rechtzeitig vor der Ernte. Bleiben Sie zum Essen, Charles Edouard?«
»Vielen Dank, aber Sie haben an Ihrem ersten Abend zu Hause sicherlich noch eine Menge mit Solange zu besprechen.« Charles Edouard leerte seinen Whiskey. »Ich komme irgendwann diese Woche auf Ihre Einladung zurück.«
Solange öffnete die Tür zum Flur, und sie standen gemeinsam an der Stelle, wo er sie geküsst hatte. Sie fragte sich, ob er sich wohl überhaupt noch daran erinnerte. Jetzt war er der Geschäftspartner ihres Vaters, und darauf war es ihm doch einzig und allein angekommen.
»Offenbar läuft alles wie geplant.«
»In der Landwirtschaft gibt es keine Sicherheit, aber wir haben in der letzten Woche viel geschafft. Außerdem übertrifft dein Vater all meine Erwartungen. Er hat viele gute Ratschläge und bringt eine Menge Erfahrung und ein unbeschreibliches Wissen mit. Ich habe großes Glück mit ihm.«
»Gut. Dann sehen wir dich sicher bald wieder.«
»Ja, und zwar morgen und vermutlich auch sonst jeden Tag.« Er sah sie fragend an. »Hoffentlich hast du deinen Kurzbesuch in Paris genossen. Du wirkst müde. Sogar ein bisschen angestrengt. Ist Guy wieder in Montpellier?«
»Ja, wahrscheinlich schon. Äh, nein, er ist noch in Paris. Er ist mit

seinem Kongress beschäftigt, und ich dachte, ich … Außerdem ist es nicht sehr höflich, einer Frau zu sagen, dass sie müde und angestrengt aussieht.« Sie wusste, dass sie aufgebracht klang.
Er legte ihr leicht die Hände auf die Schultern und musterte sie forschend. »Eigentlich geht es mich ja nichts an, aber wenn du Probleme hast, brauchst du vielleicht jemanden, der dir zuhört.«
»Du hast Recht: Es geht dich wirklich nichts an. Außerdem habe ich keine Probleme. Ich bin nur ein wenig müde. Und weil Guy die ganze Zeit über Sitzungen hatte, bin ich nach Hause gefahren.«
Er beugte sich vor, küsste sie sanft auf beide Wangen und hob dann mit den Fingern ihr Kinn an. »Wie du willst. Also, gute Nacht.«
Henri erwartete sie in der Bibliothek. »Erzähl mir, was dich so früh nach Hause geführt hat, mein Schatz. In letzter Zeit änderst du ständig deine Reisepläne.«
»Papa, ich weiß nicht, wie ich es dir sagen soll. Guy und ich haben unsere Verlobung gelöst.«
»Was? Wir haben sie doch gerade erst gefeiert!«
»Na ja, vielleicht ist es nicht endgültig, aber jedenfalls haben wir die Hochzeit verschoben. Es war Guys Entscheidung.« Sie brach in Tränen aus und schluchzte herzzerreißend. Henri war ratlos und suchte nach den richtigen Worten.
»Solange, was ist geschehen? Wann haben die Schwierigkeiten angefangen, und wo liegt die wirkliche Wurzel des Problems? Findest du nicht, dass es an der Zeit ist, mir reinen Wein einzuschenken?«
Aber sie konnte sich ihm nicht anvertrauen. Sie brachte es nicht über sich, ihm zu erklären, dass er nicht ihr Vater war und dass ihre Mutter sie beide betrogen hatte. Es war unmöglich, ihm ihre Begegnung mit den Kirwans in Paris zu schildern oder von ihrer Angst zu sprechen, Eleanor hätte in ihrer Abwesenheit herkommen können. Und es kam überhaupt nicht in Frage, dass sie ihm sagte, wie sehr sie Guy gekränkt und fälschlicherweise verurteilt hatte. Auch ihr Wissen, dass er selbst ein Held des französischen Widerstandes gewesen war, musste sie für sich behalten.

»Ich bin einfach noch nicht bereit für die Ehe. Und ich hatte Angst, du könntest verärgert und enttäuscht sein und mich für kindisch halten. Also bin ich ein paar Tage weggefahren, um mir alles durch den Kopf gehen zu lassen. Ich war nicht in Spanien, Papa, sondern bei Cedric in England, weil ich mit ihm sprechen wollte.«

Henri verspürte einen schmerzhaften Stich. Sie war nicht in der Lage gewesen, sich ihm anzuvertrauen. Er hatte als Vater versagt, da er als Blinder nicht in der Lage war, ihre Körpersprache zu deuten, und deshalb nichts von ihren tiefsten Ängsten ahnte.

»Liebling, natürlich nehme ich deine Bedenken ernst, aber die meisten Leute werden vor der Hochzeit ein bisschen nervös. Ich kann mir vorstellen, dass Guy nicht besonders erfreut ist, doch er wird sicher Geduld beweisen.«

»Ich weiß nicht, ob wir je wieder zusammenfinden werden. Ich dachte, dass ich ihn liebe. Er ist nett und ein guter Mensch, und ich habe ein schlechtes Gewissen, weil ich ihn verletzt habe. Aber er hat mir angemerkt, dass ich noch nicht bereit bin.«

Am Morgen wurde sie vom Gurren der Waldtauben, dem schrillen Zirpen der Zikaden und dem Plätschern des kühlen Wassers geweckt. Sie lief die Treppe hinunter und gesellte sich zu Henri in den Swimmingpool, den Celine unterhalb der Steinterrasse für ihn hatte anlegen lassen. Nachdem Solange dreißig Bahnen mit ihm geschwommen war, frühstückten sie zusammen auf der Terrasse.

»Möchtest du jetzt über Guy und über deine Großmutter sprechen?«

»Nein, Papa, lieber nicht. Ich brauche ein paar Tage, um meine Gedanken zu ordnen, und würde lieber wissen, was du in letzter Zeit hier zu Stande gebracht hast. Ich bin gespannt auf deine Fortschritte.«

Henri war gekränkt und verärgert, weil sie ihn so zurückgewiesen hatte. Aber er hielt es für zwecklos, sie zu drängen, und begann deshalb, ihr von den Veränderungen auf dem Weingut zu erzählen.

In den folgenden Wochen hatte Solange viel zu tun und beschäftigte sich eingehend mit dem neuen Projekt. Sie wartete auf ein Versöhnungszeichen von Guy, hörte aber nichts von ihm. Im restaurierten Weinkeller von Roucas Blancs wurden die ersten Edelstahltanks und neue Eichenfässer installiert. Nachdem die Maurer und Zimmerleute fertig waren, richtete Solange sich ein kleines, abgetrenntes Büro ein. Sie strich die Wände, hängte ein paar Kunstdrucke auf, und eines Morgens erschien sie mit einem Anhänger, auf dem ein großer Schreibtisch, einige Stühle, ein kleiner Tisch und ein bequemes Sofa standen.
»Wozu brauchst du die Möbel?« Charles Edouard ließ sich auf das Sofa fallen. »Beabsichtigst du, Teegesellschaften zu veranstalten?«
»Das ist für dich«, erwiderte sie lachend. »Bestimmt wirst du manchmal hier übernachten wollen, wenn du auf Ergebnisse der Verkostung, einen Anruf, einen wichtigen Gutachter oder Weinkenner aus Bordeaux oder auf sonst jemanden wartest.«
»Schon gut, schon gut. Ich verstehe. Da wir beide die einzigen wichtigen Leute hier sind, könnten wir es ja gleich ausprobieren.« Er bedachte sie mit einem absichtlich anzüglichen Grinsen.
»Was ausprobieren?«
»Das Sofa, Solange, das Sofa.«
»Das brauche ich nicht mehr, vielen Dank. Es stand jahrelang in meinem Kinderzimmer.« Sie lächelte ihn reizend an und fuhr davon. Doch das leichte Prickeln, das sie bei seinem scherzhaften Vorschlag verspürt hatte, störte sie doch ein wenig. Ob etwas mit ihr nicht stimmte? Schließlich hatte sie sich erst vor einem Monat von ihrem Verlobten getrennt, und es konnte einfach nicht richtig sein, wenn sie beim Anblick eines anderen Mannes – ja, was fühlte sie eigentlich? Da sie sich nicht weiter mit dieser Frage beschäftigen wollte, schob sie sie beiseite. Schließlich hätte jede Frau in ihrer Lage das Bedürfnis gehabt auszuprobieren, ob die Männer sie noch attraktiv fanden und sie begehrten.
Charles Edouard kam jeden Tag und aß häufig – manchmal in Gesellschaft seines Vaters – bei ihnen zu Abend. Sie plauderten

nicht nur über das Weingut, sondern auch über Musik, Reisen und Literatur. Als es im Juli brütend heiß wurde, packte Solange oft ein Picknick zusammen und fuhr mit Charles Edouard in die schattigen Wälder des Haut Languedoc, hoch über ihrem Weingut. Dort schwammen sie im Fluss, ließen sich auf den flachen Felsen trocknen und träumten von zukünftigen Spitzenweinen.

Als auch im August die Sonne weiter vom Himmel brannte, beobachteten sie den Himmel, hörten immer wieder den Wetterbericht und hofften auf weitere ein bis zwei Wochen Trockenheit. Allerdings hatten sie kein wirkliches Vertrauen in die offizielle Wettervorhersage, so dass jeder neue Tag ein Glücksspiel war. Die Trauben schmiegten sich unter den kühlenden Baldachin des Weinlaubes und nahmen den vollen, wilden Charakter des Bodens in sich auf. Solange und Charles Edouard beobachteten aufgeregt, wie sie reiften, auch wenn keiner von ihnen sich die Anspannung anmerken ließ. Da so viel von dieser wichtigen Phase abhing, wagten sie nicht, ihre Gefühle in Worte zu fassen. Und so warteten sie ab und versuchten so gut wie möglich, das Wetter zu deuten und nicht zu zuversichtlich zu sein.

»Heute ist der letzte Tag im August.« Henri leerte sein Weinglas und schob seinen Stuhl vom Tisch zurück. »Ich finde, wir sollten nicht länger warten und heute in einer Woche mit der Ernte beginnen. Die Trauben sind reif. Sind wir uns einig?«

Sie hatten zusammen auf der Terrasse gegessen. Der Duft nach Lavendel, Rosen und Jasmin und der Geruch von frisch gemähtem Gras lagen in der Luft. Charles Edouard saß seinem Geschäftspartner gegenüber und beobachtete Solange. Ihre Haut hatte die Farbe von dunklem Honig, und das Mondlicht betonte ihre Wangenknochen, ihren langen Hals und die Rundungen ihrer Brüste und ihrer nackten Arme.

»Ich muss Ihnen sagen, Henri, dass Ihre Tochter heute Abend wie eine Göttin aussieht. Ich glaube, ich sollte versuchen, Ihnen zu beschreiben, wie sie so im Mondlicht sitzt.« Eigentlich hatte er

einen scherzhaften Ton anschlagen wollen, aber er bemerkte, dass er zu gefühlvoll geworden war.
»Du willst mich nur in Verlegenheit bringen.« Errötend wandte sich Solange sich ab.
Henri spürte, dass die Stimmung sich gewandelt hatte, und war eigentlich nicht weiter überrascht von dem, was das verhieß. Unvermittelt erhob sich Charles Edouard und verabschiedete sich.
»Ich bringe dich zur Tür.« Solange spürte, dass ihr Puls raste, und hoffte, dass es außer ihr selbst niemand wahrnahm.
»Nein, Solange, bleib hier bei Henri. Ein so reizendes Bild darf man nicht stören. Gute Nacht.«
Später, oben in ihrem Zimmer, lag sie schlaflos im Bett. Die Luft war schwül und stickig geworden. Endlich fiel sie in einen unruhigen Schlaf, doch ein paar Stunden später wurde sie vom Knallen der Fensterläden geweckt. Der Himmel war pechschwarz. Und dann hörte sie den Regen; anfangs nieselte es leicht, dann ertönte ein stetiges Prasseln. So kurz vor der Ernte durfte es nicht regnen! Wenn die Trauben das Wasser in sich aufsaugten, würde der Alkoholgehalt sinken. Solange stand am Fenster und wartete darauf, dass der Schauer vorbeizog. Nach einer Weile kam Wind auf. Er rauschte durch die Platanen, ließ die Bambushaine am Flussufer rascheln und knirschen und zauste die Zypressen, sodass sich ihre Zweige im wütenden Sturm aufplusterten wie Federn. Der Fluss unter ihr war angeschwollen, und seine leise Melodie verwandelte sich in ein ohrenbetäubendes Dröhnen. Ein Blitz zuckte am Himmel, gefolgt von Donnergrollen. Solange zog den Morgenmantel an und ging nach unten in Henris Schlafzimmer.
»Ein Gewitter können wir jetzt überhaupt nicht gebrauchen.« Er stand am Fenster und starrte blicklos in die Nacht hinaus.
»Nein. Allerdings ist der Wind so stark, dass es wahrscheinlich rasch vorbeizieht. Wir können die Ernte ein paar Tage verschieben und hoffen, dass die Sonne ganze Arbeit leistet. Dafür ist noch Zeit, schließlich haben wir ja erst Ende August.«
Solange machte heiße Schokolade für sie beide. Als sie aus der Küche zurückkehrte, hatte der Regen nicht nachgelassen – doch

der Wind hatte sich gelegt. Wie erstarrt lauschten sie dem Unheil verkündenden Geräusch. Zunächst war es nur ein leises Pochen, doch es wurde binnen Sekunden lauter und schneller, so dass sie einander kaum noch verstehen konnten. Hagelkörner schlugen gegen Dach und Wände des alten Hauses und zerplatzten unter ihnen auf der Terrasse.
Henri stand am Fenster und malte sich aus, wie das schützende Laubwerk zerrissen wurde und wie kleine mörderische Eisperlen die Haut der Trauben durchschlugen, sie von den Stängeln holten und seine Träume zu einem schwärzlichen Brei zermalmten.
Das Telefon läutete, und Paul Ollivier meldete, Charles Edouard sei losgefahren, um festzustellen, wie stark es hagelte. Schweigend saßen sie da und warteten. Es dauerte fast zwei Stunden, bis sich das Unwetter verzog und fahle Morgendämmerung einsetzte.
Solange schlüpfte in ein altes Hemd und Shorts, stopfte ihr Haar unter einen Filzhut und griff nach einer wasserdichten Jacke. Der Regen war in ein Nieseln übergegangen. Nur der bleigraue Himmel wies noch auf das Gewitter hin – und die seltsam blendende weiße Masse auf dem Boden, die gleichzeitig wunderschönen und zerstörerischen Hagelkörner. An der Westgrenze traf Solange Joël und seinen Sohn, die stumm vor Erschöpfung und Enttäuschung dastanden.
»Wo ist er?«
»Drüben im letzten der neuen Weinberge in der Nähe des Kellers.«
Charles Edouards Umrisse hoben sich vom Dämmerlicht inmitten der Verheerung ab. Nachdem Solange ihn eine Weile beobachtet hatte, lief sie durch den zerstörten Weinberg. Die dampfige Luft raubte ihr den Atem, und die abgebrochenen Stümpfe der zerknickten Reben ritzten ihr die Beine auf. Als sie stolperte und auf den traurigen, zerschmetterten Überresten ihrer Weintrauben stürzte, verletzte sie sich den Arm. Solange rappelte sich auf, wischte Matsch und Blätter ab und rannte weiter, bis sie ihn erreicht hatte.
Als er sich umdrehte, stellte sie fest, dass sein Gesicht voll schlam-

miger Streifen war. Seine Kleider waren nass und zerrissen, und in seinem Gesicht malte sich eine so unermessliche, wilde Trauer, dass sie es nicht ertragen konnte, ihn anzusehen. Er breitete die Arme aus, und sie hielten einander schweigend und bedrückt fest. Dann nahm sie ihn bei der Hand und führte ihn zum Weinkeller. Sie legten sich zwischen die Eichenfässer, die das Ergebnis seines Traums hätten aufnehmen sollen, und liebten sich in einer verzweifelten Suche nach Trost. Danach schmiegten sie sich aneinander, und er schlang die Arme um sie. Seine Augen waren geschlossen, und sein Atem ging stoßweise. Als sie den Kopf hob, küsste er sie und schmeckte die Erde auf ihrer Haut und das Salz ihrer Tränen. Er öffnete ihr zerrissenes Hemd und presste das Gesicht an ihren Körper. Dann liebkoste er sie zum ersten Mal, fuhr mit den Händen ihre Kurven nach und streichelte ihren seidenweichen Bauch und die zarten Innenseiten ihrer Schenkel. Sie umarmte ihn, wiegte ihn hin und her und murmelte ihm Worte des Trostes ins Ohr. Als er wieder in sie eindrang, wusste sie nicht, ob sie wegen seiner zerstörten Träume weinte oder über ihre eigene Freude darüber, dass er sie begehrte und brauchte. Sie umklammerte ihn fest, damit er spürte, wie sehr sie mit ihm fühlte und seinen Schmerz lindern wollte.

Schließlich standen sie auf und suchten ihre verstreuten Kleider zusammen. Sanft half er ihr beim Anziehen, strich ihr das Haar glatt, wickelte ihre Jacke um sie und hielt immer wieder inne, um sie zu küssen und sie an sich zu drücken. Als sie fertig war, legte er ihr die Arme um die Taille. Sie öffneten die Tür des Weinkellers und traten hinaus in ihre zerstörte Welt.

Kapitel 44
St. Joseph de Caune, 1970

Der Regen dauerte noch zwei Tage, fiel aus einem bleigrauen Himmel und verwandelte die Weinberge in Morast. Solange stapfte mit Charles Edouard und Joël durch den Schlamm, um die von den Tod bringenden Hagelkörnern zerschmetterten Trauben zu inspizieren. Als sie sich am zweiten Vormittag zusammensetzten, um die Folgen der Katastrophe abzuschätzen, waren sie alle der Verzweiflung nah. Henris Reaktion auf das Unwetter machte Solange Sorgen, denn offenbar begriff er das Ausmaß der Tragödie nicht, die über sie hereingebrochen war. Wenn sie an Charles Edouard dachte, hatte sie das Gefühl, dass sie hilflos dahintrieb und immer weiter von ihrem ursprünglichen Kurs abkam. Allerdings versuchte er nicht mehr, sich ihr zu nähern, und vermied es sogar, mit ihr allein zu sein. Sie fragte sich, ob er sie nur benutzt hatte, um sich im Moment der tiefsten Enttäuschung zu trösten.

Paul Ollivier legte eine burschikose Fröhlichkeit an den Tag und bot ihnen an, die Überreste seiner zerstörten Ernte mit ihrer zusammenzuwerfen, damit der Verlust nicht so groß war. Der Geschäftsführer der Bank rief an. Er hatte zwar Verständnis für ihre Lage, gab sich aber sehr zurückhaltend. Am dritten Tag hörte der Regen auf, und gelegentlich fielen wieder Sonnenstrahlen auf die feuchten Hügel.

»Wir können nur beten, mein Kind, dass wir einen guten Nordwind bekommen, der alles trocknet.« Henri reckte das Gesicht der schwachen Sonne entgegen. »Dann verfaulen die übrig gebliebenen Trauben uns wenigstens nicht am Stängel.«
Doch der leichte Wind, der sich sanft und kaum merklich erhob, kam aus dem Süden, und sein warmer Atem brachte weitere Verheerung. Wieder meldete sich die Bank und beraumte für die nächste Woche eine offizielle Besprechung an. Henris Miene war angespannt und ängstlich. Charles Edouard kam zum Abendessen und verbreitete Entschlossenheit, Zuversicht und Tatkraft. Ein paar Stunden lang wiegten sie sich in dem Glauben, dass es eine Lösung gab und dass sie doch nicht ruiniert waren. Als der Abend zu Ende ging, erhob sich Charles Edouard von seinem Stuhl. Solange stand ebenfalls auf, das Herz schlug ihr bis zum Hals.
»Ich bringe Charles Edouard zur Tür, und dann gehe ich gleich zu Bett. Ich glaube, wenn ich heute nicht ein bisschen mehr Schlaf bekomme, klappe ich zusammen.« Sie legte für Henri eine Schallplatte auf, verließ den Raum und schloss die Tür zum Flur. Im Spiegel sah sie, dass Charles Edouard auf sie wartete. Als sie sich zu ihm umdrehte, zog er sie so heftig an sich, dass ihr der Atem stockte. Er küsste ihren Mund, ihre Wangen und ihre Kehle und schob ihr die schweren Haarsträhnen vom Hals zurück. Als er etwas murmelte, spürte sie seinen Atem im Ohr. Sie begann zu zittern und legte ihm die Arme um den Hals, um nicht zu stürzen. Dann führte sie seine Hände zu ihren Brüsten und knöpfte keuchend ihre Bluse auf. Er streichelte und liebkoste sie, und seine Berührungen wanderten langsam zu ihrem Bauch. Er stieß ein leises Stöhnen aus, und sie trat zurück, froh über die Wirkung, die sie auf ihn ausübte.
»Nicht jetzt, Solange. Nicht hier, solange es Henri so schlecht geht. Das können wir nicht machen.«
»Natürlich, du hast Recht. Gute Nacht, Charles Edouard.« Sie machte einen Schritt rückwärts, verunsichert und gedemütigt von seiner Zurückweisung, und sie verstand nicht, warum ihm Henris Bedürfnisse wichtiger waren als ihre.

»Sei bitte nicht böse. Ich sehne mich sehr nach dir.« Als er die Hand nach ihr ausstreckte, bemerkte er ihren Trotz und ihr gekünsteltes Lächeln, das offenbar eine Warnung darstellen sollte. Dennoch nahm er ihre Hände und legte sanft ihren Arm um seine Taille. »Gute Nacht. Wir sehen uns morgen.«

Später lag sie wach, und ihre Gedanken überschlugen sich. Warum konnte sie die Dinge nicht mehr kühl und logisch betrachten? Charles Edouard interessierte sich nur für die Weinberge. Das hatte sie schon am Abend seines ersten Besuchs bei Henri gewusst. Sie war eben einfach in einem Moment verfügbar gewesen, in dem er sie gebraucht hatte, um sich zu trösten. Er war zu sprunghaft, so ganz anders als Guy, auf dessen Beständigkeit immer Verlass gewesen war.

Die Ereignisse der vergangenen Monate belasteten sie. Sie wälzte sich im Bett herum und zerrte aufgewühlt und verzweifelt an Laken und Decke. Mit ihrem Erbe wäre es möglich, das ganze Unternehmen zu retten. Doch als sie an Richard Kirwan dachte, spürte sie, wie sich ihre Wut wieder regte. Selbst ihre Großmutter hielt seine letzte Geste für nicht nachvollziehbar. Warum hatte er das Geld nicht auf einem Nummernkonto für sie hinterlegt und die Verwaltung ihrer Großmutter übertragen, wenn er sein schlechtes Gewissen schon unbedingt hatte beruhigen wollen? Richard Kirwans Geld könnte nicht nur ihnen allen den Lebensunterhalt sichern, sondern es Papa und Charles Edouard ermöglichen, die Missernte zu verkraften und für das nächste Jahr weitere neue Reben anzupflanzen. Sie schleuderte die Decke weg, setzte sich ans Fenster und lauschte dem Fluss, der unter ihr toste und den Schlamm und das Geröll aus den verwüsteten Weinbergen davontrug.

»Ich muss mit jemandem sprechen«, sagte sie sich. »Aber ich kann nicht wieder Hals über Kopf nach Paris fahren oder Cedric noch einmal besuchen. Ich muss hier bleiben, bei Papa und den Weinbergen.«

Sie hatte keine Ahnung, wie sie ihr Erbe anonym überweisen sollte. Sich an den Filialleiter der hiesigen Bank oder an Henris

Anwalt im Dorf zu wenden kam nicht in Frage, denn sie wollte nicht, dass sie vom Geheimnis ihrer Mutter erfuhren. Ihre Aufregung wuchs, als sie wieder und wieder über das Problem nachdachte, und die Angst zog immer größere Kreise, bis ihr endlich, wie ein Blitz aus heiterem Himmel, die zündende Idee kam. Sie kehrte ins Bett zurück und schlief sofort ein, denn nun wusste sie, dass es eine Lösung gab.

Nach dem Frühstück führte sie ein Telefonat und vereinbarte einen Termin. Dann machte sie sich nervös auf den Weg, obwohl sie eigentlich erst am Nachmittag in Montpellier sein musste. In einem Café an der Place de Comédie nahm sie ein einsames Mittagessen ein und ließ sich Zeit, darüber nachzudenken, was sie sagen sollte. Ein paar Minuten zu früh traf sie schließlich in seinem Büro ein.

»Monsieur St. Jorre hat jetzt Zeit für Sie.«

Als Solange die Tür öffnete und eintrat, erhob sich Guy und ging ihr entgegen. Fast hatte sie seinen sportlichen, kräftigen Körper und die grünen Pünktchen in seinen haselnussbraunen Augen vergessen, ebenso wie die Sicherheit, die er ihr vermittelte.

»Ich wollte nicht anrufen oder mich sonst mit dir in Verbindung setzen, weil ich glaubte, dass du Zeit brauchst, und weil ich nicht wusste, wie lange ich dir aus dem Weg gehen soll. Ich dachte, du würdest mir vielleicht Bescheid geben, wenn du das Gefühl hättest … Naja, wie dem auch sei. Geht es dir gut?«

Solange bemerkte das leichte Zucken um seine Mundwinkel, das seine Gelassenheit Lügen strafte. Sie war erleichtert, voll Zuneigung und Dankbarkeit, und wusste, dass es richtig war, ihm ihr Dilemma anzuvertrauen. »Hast du von dem Hagel in St. Joseph de Caune gehört?«

»Ich habe gelesen, wie schwer es die Gegend getroffen hat. Seit drei Tagen denke ich an nichts anderes mehr und frage mich, ob ich Henri irgendwie helfen kann. Aber ich war nicht sicher, wie es zwischen ihm und Charles Edouard Ollivier weitergegangen ist und ob sie die Geschäftspartnerschaft überhaupt wahr gemacht haben.«

»Das haben sie. Sie haben eine Firma gegründet und in einen neuen Weinkeller und die Ausrüstung für den Verschnitt investiert. Außerdem hatten sie tausende neuer Reben bestellt, um sie nach der Ernte zu pflanzen. Vielleicht hat das Unwetter sie ruiniert.« Ihre Hände zitterten, und ihr Herz klopfte so heftig, dass ihr das Sprechen schwer fiel. »Ich habe viel Geld von Richard Kirwan geerbt, dem Mann, der mein Vater war. Und ich möchte es Papa und Charles Edouard geben. Ich will es in ihre Firma investieren, damit wir das Projekt retten können. Aber Papa darf nicht erfahren, woher das Geld kommt.« Sie versuchte zu lächeln. »Ich weiß nicht, ob du mir verziehen hast, Guy. Es war falsch von mir, dass ich dir die ganze schreckliche Geschichte nicht gleich nach deiner Rückkehr aus Guadaloupe erzählt habe. Es tut mir Leid.«
Er setzte sich neben sie. »Wir haben beide viele Fehler gemacht. Es hat mich gekränkt, dass du mir nicht vertrauen konntest. Aber ich hätte bei dir bleiben und dir in dieser Situation beistehen müssen.«
»Nein, darum geht es mir nicht. Ich bin nicht wegen unserer Verlobung oder unserer Beziehung hier. Überhaupt nicht.« Sie lehnte sich zurück, schloss die Augen und hörte, wie er nach Luft schnappte. »Sondern wegen meines Erbes, wegen Papa und wegen des Weingutes. Sicher verstehst du, dass ich Papa das Geld nicht einfach schenken kann. Ich glaube, er wusste nichts von Richard Kirwan. Deshalb musst du mir helfen, einen Weg zu finden, es stattdessen Charles Edouard zu geben. Er soll das Geld an Papas Stelle annehmen. Ich möchte, dass du dich darum kümmerst, damit er Papa glauben machen kann, er hätte einen weiteren Investor gefunden.«
»Soll das heißen, du hast noch nicht mit Charles Edouard Ollivier darüber gesprochen? Du willst ihm einfach das Geld aushändigen, in der Hoffnung, dass er klug damit umgeht?«
Obwohl sie seinen eisigen Unterton hörte, fuhr sie verzweifelt fort. »Natürlich habe ich Charles Edouard noch nichts davon gesagt! Dann hätte ich ihm doch verraten müssen, woher ich es habe und warum ich es Papa nicht selbst geben kann. Ich will die-

ses Thema nicht mit ihm erörtern. Außerdem würde er bestimmt kein Geld von mir annehmen. Er ist so stolz und lässt sich nur ungern helfen.« Ihre Stimme erstarb.
Aber Guy kannte sie zu gut, um ihren Tonfall nicht deuten zu können. »Solange, offenbar soll ich nicht nur Henri zuliebe dafür sorgen, dass der Mann dein Geld bekommt, sondern auch deshalb, weil du und dieser Charles Edouard etwas miteinander habt.«
Sie merkte ihm an, wie gekränkt und eifersüchtig er war. Doch Aufrichtigkeit – ganz gleich wie hässlich und grausam die Wahrheit auch sein mochte – war die einzige Möglichkeit, ihn dazu zu bringen, ihr zu helfen. »Ich weiß wirklich nicht mehr, was ich empfinde. Seit Eleanor Kirwans erstem Brief bin ich völlig durcheinander und ratlos und verstehe weder meine eigenen Gefühle noch die dieser Leute, die sich in mein Leben gedrängt haben. James Kirwan, der Bruder, hat versucht, meine Großmutter in Paris zu treffen. Doch sie will ihn nur empfangen, wenn ich dabei bin, und der Himmel weiß, dass ich diesen Menschen nie wieder zu Gesicht bekommen möchte. Ich bin zurückgekommen, weil ich Angst hatte, Eleanor Kirwan könnte hier nach mir suchen.«
Sie hatte Tränen in den Augen und war wütend auf sich, weil sie in seiner Gegenwart die Beherrschung verloren hatte. Sein Ärger explodierte, und sie sah, wie die Muskeln an seinem Hals vor Wut hervortraten.
»Wie kannst du es wagen, so etwas von mir zu verlangen! Hast du jemals einen Gedanken an meine Gefühle verschwendet? Daran, wie sehr ich in den letzten Wochen ohne dich gelitten habe? Du hast weder angerufen noch geschrieben oder dir gar die Mühe gemacht, mir zu erklären, was an dem besagten Abend vorgefallen ist. Begreifst du überhaupt, welche Hölle ich durchlebt habe? Oder ist das zu viel verlangt?«
Solange starrte ihn an. Ich kenne ihn nicht, dachte sie. Ich habe ihn nie gekannt. Und bis vor kurzem kannte ich auch mich selbst nicht.
»Zuerst läufst du einfach davon. Dann kriegst du Trotzanfälle und

ziehst dich zurück. Als Nächstes beschuldigst du mich einer riesigen Dummheit und Grausamkeit. Und bevor ich mich noch richtig von dem Schrecken erholt habe, fängst du schon an, den nächsten Mann genauso an der Nase herumzuführen.«
Wütend stolzierte er im Zimmer hin und her. Sie merkte ihm an, dass es ihn Mühe kostete, sich zu beherrschen und wieder zur Ruhe zu kommen. »Du wolltest meine Frau, meine Lebenspartnerin werden. Und dennoch hast du bei der ersten richtigen Krise in deinem Leben das Vertrauen zu mir verloren. Und das soll die Basis für eine Ehe sein?«
»Es tut mir Leid, es tut mir wirklich Leid, Guy. Ich habe mich so überrumpelt gefühlt. Kannst du dir nicht vorstellen, wie sehr ich es hasste, all diese Dinge herausfinden zu müssen? Ich will nichts über die Vergangenheit wissen, und dennoch lässt sie mich nicht los. Diese Affäre hat kein Recht, mein Leben zu beeinträchtigen.« Sie brach in Tränen aus. »Das habe ich dir doch in Paris zu erklären versucht. Am Morgen, als du zurückkamst. Nach unserer Begegnung mit den Kirwans.«
»Deine Reaktion war absolut kindisch und unvernünftig. Du bist nicht der einzige Mensch auf der Welt, der einem Geheimnis in der Vergangenheit seiner Eltern auf den Grund kommt. Ich bin um dich herumgeschlichen, wusste nicht, was dich bedrückt, und wollte dir helfen. Aber du hast mich keines Blickes gewürdigt. Wahrscheinlich hast du seit unserem Abschied in Paris keinen Gedanken mehr an mich verschwendet. Und jetzt verlangst du von mir, dass ich einen Weg finde, deinem neuen Liebhaber dein Vermögen zu übertragen.«
»Du verstehst das alles ganz falsch! Es geht um Papa. Du weißt, dass ich es nur für Papa tue!«
»Ich weiß überhaupt nichts, Solange. Nur, dass mir dein Verhalten absolut rätselhaft ist.«
»Hör auf, mir Vorträge zu halten. Du hast Recht. Ich habe mich danebenbenommen, und ich entschuldige mich dafür. Wie oft soll ich es denn noch wiederholen?«
Er zog sich einen Stuhl heran und setzte sich dicht neben sie. »Ich

helfe dir, einen Investmentfonds zu gründen, von dem du Geld in das Weingut schießen kannst. Allerdings nur unter der Bedingung, dass du noch heute nach St. Joseph zurückkehrst und Charles Edouard reinen Wein einschenkst. Du musst ihm erzählen, woher dieses Geld kommt, und auch von Celine de Valnay und Richard Kirwan. Ich werde dir helfen, weil ich dich liebe und nicht mit ansehen kann, wie du dich Hals über Kopf in eine verhängnisvolle Affäre mit einem arroganten, ehrgeizigen Mann stürzt, den du kaum kennst.«

»Ich lasse mir von dir keine Vorschriften machen, Guy.«

»So lauten meine Bedingungen, Solange. Natürlich kann ich dir auch einen anderen Anwalt empfehlen. Aber wenn du möchtest, dass ich es für dich und Henri tue, sind das meine Forderungen.«

Guy wartete ab, während sie mit gesenktem Kopf und starr vor Wut dasaß. Nach einer Weile nickte sie widerstrebend.

Ein Hochgefühl ergriff ihn, denn er wusste, dass Ollivier sich die Gelegenheit, ihre Erbschaft auszugeben, nicht entgehen lassen würde. Und dann würde sie endlich einsehen, dass er sich einzig und allein für das Weingut interessierte.

Kapitel 45

St. Joseph de Caune, 1970

In den nächsten beiden Tagen stellten Solange und Tante Jeanette neue Berechnungen an, und zwar mit ziemlich niederschmetterndem Ergebnis. Obwohl Solange klar war, dass sie nur Zeit schinden wollte, arbeitete sie weiter fieberhaft an dem Bericht, um einem Gespräch mit Charles Edouard aus dem Weg zu gehen. Als sie gerade eine Zahlenreihe überprüfte, läutete das Telefon.

»Hallo, Solange, ich bin es, Guy. Ich habe mich nur gefragt, wie weit ihr inzwischen gekommen seid. Und wie geht es Henri?«

Solange bekam ein schlechtes Gewissen. »Ich sitze im Augenblick am Geschäftsbericht für die Bank. Papa und Charles Edouard haben übermorgen dort einen Termin, und sie müssen auf alles vorbereitet sein. Deshalb war ich sehr beschäftigt.«

»Also hast du noch nicht mit Charles Edouard über deinen Plan gesprochen?« Eine lange, angespannte Pause entstand. Dann ergriff Guy wieder das Wort. »Ich habe die Angelegenheit mit deinen Anwälten in Paris erörtert und einen Weg gefunden, die Gelder anonym in Henris und Charles Edouards Firma einfließen zu lassen.«

»Und der Investor würde wirklich nicht genannt werden?«, fragte Solange mit gedämpfter Stimme, damit Tante Jeanette sie nicht hörte.

»Ja, aber vergiss nicht, dass wir eine Abmachung miteinander haben. Ich schlage vor, dass du jetzt deinen Teil erfüllst, damit wir die Papiere vervollständigen können. Dann würde ich gerne Henri einen Besuch abstatten. Und dich möchte ich ebenfalls sehen. Ich würde mich sehr freuen, wenn ich ein wenig Zeit mit dir verbringen könnte.«
Sie ging nicht auf seine letzte Bemerkung ein und erwiderte nur, sie werde ihn in den nächsten beiden Tagen wieder anrufen. Nachdem sie aufgelegt hatte, erschien Charles Edouard in der Tür. »Guten Tag«, meinte er vergnügt. »Ist euch überhaupt schon aufgefallen, dass die Sonne scheint? Ich glaube, jetzt können wir mit einer Woche schönem Wetter rechnen. Ich komme gerade von der Genossenschaft. Sie haben zugesagt, die alten Traubensorten von den Weinbergen in Roucas Blancs zuerst an die Reihe zu nehmen, also fangen wir morgen mit dem Pflücken an.«
»Was ist mit den neuen Weinbergen?« Solange sah ihn nicht an.
»Wir ernten sie Ende nächster Woche ab. So bekommen die Reben, die den Hagel überstanden haben, mehr Zeit, sich zu erholen. Wenn das Wetter so bleibt, kriegen sie noch ein wenig Sonne ab, und der Alkoholgehalt steigt wieder. Wir werden sehen. Komm mit raus, ich möchte dir den obersten Weinberg zeigen.«
Widerstrebend trat sie in den heißen Nachmittag hinaus. Sie fuhren zusammen auf den Hügel, der die Domaine St. Joseph überblickte. Die Sonne stand hoch in einem leuchtend blauen Himmel. Unter ihnen breiteten die Reben ihre Blätter aus und saugten gierig die Nachmittagshitze aus der feuchten Erde. Charles Edouard schaltete den Motor ab, und sie blieben schweigend sitzen. Solange war nervös, ärgerte sich über ihre eigene Schweigsamkeit und hatte Mühe, ihre Aufregung zu verbergen.
»Ich will mit dir schlafen.« Er strich ihr über die Wange, beugte sich zu ihr hinüber und küsste sie, um festzustellen, wie sie darüber dachte.
»Nein, ich muss mit dir reden. Es gibt nämlich einiges, das du noch nicht weißt, Charles Edouard. Ich möchte mit dir über die

Weinberge und über die Katastrophe sprechen. Und darüber, dass es in meinem Leben auch eine Katastrophe gibt. Ich möchte dir von Papa erzählen.«

Ihr Tonfall war gereizt. Er rückte zur Seite und versuchte, ihre Stimmung einzuschätzen.

»Solange, es ging letztens am Abend einfach nicht. Schließlich war dein Vater ganz in der Nähe und machte sich große Sorgen. Außerdem konnten wir nirgendwo richtig allein sein. Aber jetzt sind nur du hier und ich, hier in unseren Weinbergen.«

»Er ist nicht mein Vater.« Ihr lakonischer, gleichmütiger Tonfall ließ die Worte noch schockierender wirken.

»Was? Was sagst du da?«

»Henri de Valnay ist nicht mein Vater. Ich bin ein Fehler, ein Unfall, das Ergebnis einer Liaison zwischen meiner Mutter und einem Iren, den sie im Krieg kennen gelernt hat. Sie hatten eine Affäre, und dann wurde Mutter schwanger.«

»Ich weiß nicht, warum du mir das erzählst, Solange, aber du bist wunderschön. Du bist kein Fehler, sondern ein wohl überlegtes Wunder der Schöpfung.«

»Du hörst mir ja gar nicht zu. Ich muss dir etwas erklären. Der Mann, der mein Vater war, ist vor kurzem gestorben. Ich wusste bis dahin gar nichts von seiner Existenz, und Papa ahnt nicht, dass ich gar nicht sein Kind bin. Wenigstens gehe ich davon aus. Ich glaube nicht, dass Mutter es ihm je gebeichtet hat.«

Schweigend hörte er zu, während sie die ganze Geschichte atemlos erzählte. Als sie fertig war, öffnete er die Autotür, griff nach ihrer Hand und zog sie aus dem Wagen ins Licht der Abendsonne. »Ich kann verstehen, welcher Schock das für dich war und wie schwer es gewesen sein muss, das Geheimnis für dich zu behalten und dich Henri gegenüber ganz normal zu benehmen. Aber sieh dich doch mal um, Solange. Du hast all das bekommen. Du und Henri habt das Geschenk dieser wunderschönen Erde geerbt. Es spielt keine Rolle, wer wir sind oder wie wir hierher kamen. Wichtig ist nur, dass es uns bestimmt ist, hier zu bleiben, wir alle, und zwar zusammen.«

Er legte ihr den Arm um die Schulter und zog sie an sich. Das Gefühl, sie beschützen zu wollen, und die zärtlichen Regungen, die ihn überkamen, waren für ihn ungewohnt, als er dastand, ihr Haar streichelte und es ihr aus dem Gesicht strich. »Der Himmel weiß, wie wir es schaffen sollen, aber es wird uns gelingen, dieses Fleckchen Erde zu erhalten. Für uns selbst und für unsere Kinder und Kindeskinder. Ich bin sicher, dass wir einen Weg finden werden. Das Schicksal will es so. Und was Henri betrifft – du bist die Tochter, die er immer geliebt hat. Und du bist du selbst.«

»Warte, ich bin noch nicht fertig. Richard Kirwan hat mir Geld hinterlassen. Ich bin wohlhabend genug, um die Raten an die Bank zu bezahlen und die Geschäfte am Laufen zu halten. Ich könnte sogar eine Erweiterung der Anpflanzungen, also die nächste Pflanzphase, finanzieren. Und ich möchte meine Erbschaft in die Firma stecken, die du mit Papa gegründet hast.«

»Das wird Henri niemals zulassen.«

»Er weiß es doch nicht, verdammt! Hast du mir denn nicht richtig zugehört? Ich könnte dazu beitragen, euer Werk fortzusetzen.« Ihre Stimme war tonlos. »Ich kann es anonym tun. Er wird nie erfahren, woher das Geld stammt. Und das ist es doch, was wirklich wichtig für euch ist, oder? Das Geld zu haben, um weiterzumachen.«

»Ja, das ist natürlich wichtig. Aber wir werden es auch mit Hilfe der Bank schaffen. Ich glaube nicht, dass sie uns wegen eines einzigen Rückschlags gleich den Geldhahn zudrehen.« Er trat einen Schritt zurück, umklammerte aber noch immer fest ihre Hand. »Wir werden eine Lösung finden. Seit vier Tagen denke ich an nichts anderes mehr. Schließlich bin ich dafür verantwortlich, das Henri sein ganzes Vermögen in die Weinberge gesteckt hat. Und ich werde nicht zulassen, dass du dein Geld dafür ausgibst.«

»Und ich will nicht, dass Papa jahrelang in Sorge leben muss!«, fiel Solange ihm ungeduldig ins Wort. »Ich möchte, dass er Spaß an seinem neuen Projekt und gleichzeitig Sicherheit hat. Du denkst nur an dich und an deine Weinberge. Dir ist es egal, ob ihr eine Weile aus dem letzten Loch pfeift. Aber mir liegen mein Vater und sein Seelenfrieden am Herzen. Ich werde meine Erbschaft auf euer Firmenkonto überweisen. Und du wirst ihm sagen, du hättest einen stillen Teilhaber gefunden, der dir das Geld leiht, um die Firma weiterzuführen und zu expandieren.«

»Das ist doch lächerlich, und ich werde nichts dergleichen tun!« Er ließ ihre Hand los. »Du unterstellst mir, dass mich Henris Wohlbefinden nicht kümmert und dass ich die Weingüter einzig und allein aus Eigennutz am Leben erhalten will. Tja, da liegst du völlig falsch und du beleidigst mich. Du verstehst mich überhaupt nicht. Es kommt nicht in Frage, dass ich dein Geld annehme und deswegen auch noch lüge. Und damit basta.«

Sie trat zurück und steckte die Hände in die Taschen. Er sah ihre geballten Fäuste durch den Stoff; sie stemmte die Füße fest in den Boden, den sie beide so liebten. Als er sie wieder umarmen wollte, stieß sie ihn weg.

»Doch, du wirst es tun! Und zwar für Papa! Es wäre unbeschreiblich egoistisch von dir, dich zu weigern, einzig und allein aus Stolz und wegen deines idiotischen Unabhängigkeitsdrangs! Du wirst dich einverstanden erklären, damit er sich keine Sorgen wegen irgendwelcher Kreditverhandlungen machen muss. Und zwar jetzt auf der Stelle.«

Er versuchte es anders: »Henri wird mir die Geschichte mit dem namenlosen stillen Teilhaber niemals abkaufen. So etwas Unwahrscheinliches glaubt er mir nie.«

»Guy hat einen Weg gefunden, die Sache zu arrangieren. Das hat er mir heute Nachmittag gesagt …«

»Guy St. Jorre?« Ungläubig wirbelte Charles Edouard herum. »Guy St. Jorre hat seine Hände im Spiel? Henri hat mir gesagt, du hättest die Verlobung mit ihm gelöst.« Solange nahm diese Bemerkung schweigend auf. Hatte Papa es etwa weitererzählt? Sie hatten sich doch geeinigt, es für sich zu behalten. Und dennoch hatte er offenbar sein Versprechen gebrochen. »Guy hat die Geschichte von meiner Großmutter in Paris und von der Familie Kirwan erfahren.«

»Hast du dich deshalb von ihm getrennt? Wollte er dich wegen deiner Eltern nicht mehr heiraten?«
»Nein, natürlich nicht. Dazu ist er viel zu sehr Ehrenmann. Er war nur wütend, weil ich ihm nicht genug vertraut hatte, um es ihm selbst zu sagen.«
»Aber mir konntest du es sagen. Hattest du das Gefühl, mit mir besser darüber reden zu können?«
»Guy hat darauf bestanden. Es war Teil der Vereinbarung.« Noch ehe die Worte heraus waren, wusste sie, dass sie sie nie hätte aussprechen dürfen.
»Also bin ich nur eine Schachfigur in einer Abmachung zwischen dir und Guy St. Jorre, mit dem Ziel, deinem Vater zu helfen!« Er stieß ein lautes, abfälliges Lachen aus. »Das hat Guy aber schlau eingefädelt. Und wenn ich mich weigere, wirst du behaupten, dass Henri mir nicht wichtig genug ist und dass ich es nicht verdiene, sein Geschäftspartner zu sein. Ich hätte nie gedacht, dass ich so leicht austauschbar bin.«
»So ist es nicht.«
»Doch, genauso haben du und dein superkluger Anwalt es ausgeheckt. Was für ein Vollidiot ich doch war! Ein absoluter Trottel!«
Wie gern hätte sie seine Hand berührt, ihn liebkost, um ihn von dem Streit abzulenken, ihn auf den Boden gezogen und sich an ihn geschmiegt. Also hob sie den Kopf, hielt ihm ihre Lippen hin und legte ihm die Hände zögernd auf die Brust.
Er küsste sie so heftig, dass es wehtat, und zerrte sie grob an sich, dass ihr ein Schmerz durch den Rücken schoss. Sie versuchte, ihn zu besänftigen, damit er zärtlicher wurde, indem sie sein Gesicht streichelte, doch er ließ sie unvermittelt los und stieg wieder ins Auto. Schweigend fuhren sie zum Haus zurück. Als sie angekommen waren, drehte er sich mit finsterer, angespannter Miene zu ihr um. »Ich sehe, dass du fest entschlossen bist, den Plan, den Guy St. Jorre dir eingeredet hat, in die Tat umzusetzen. Und meine Rolle in diesem Spiel steht offenbar auch schon fest. Anscheinend interessiert es euch beide überhaupt nicht, wie es mir dabei geht. Und mein Ehrgefühl ist euch offenbar ebenfalls egal. Ver-

mutlich traut ihr mir so viel Moral gar nicht zu. Also, wann treffen wir deinen Freund, den Anwalt, um die Einzelheiten dieser Erpressung mit ihm zu erörtern?«
»Vielleicht nach der Besprechung mit der Bank oder am Vormittag danach. Jedenfalls am besten noch vor dem Wochenende.«
»Sag Henri, ich rufe ihn später an.« Wortlos fuhr Charles Edouard davon.

Die Sitzung bei der Bank verlief in freundlicher, jedoch angespannter Atmosphäre. Der Filialleiter war höflich und voller Anteilnahme, wollte sich aber nicht festlegen. Alle Kreditanträge landwirtschaftlicher Betriebe wurden inzwischen von der Bezirkszentrale der Bank bearbeitet, weshalb er die Entscheidung nicht selbst treffen könnte. Henri und Charles Edouard mussten Verständnis zeigen und nickten höflich und enttäuscht.
Das Mittagessen in Pierre Morte war keine sehr vergnügte Angelegenheit. Am Nachmittag zog Henri sich zurück, um sich auszuruhen. Seine bedrückte Miene strafte seine gezwungene Fröhlichkeit Lügen. Sobald er hinausgegangen war, wandte Solange sich an Charles Edouard. »Wir können morgen Vormittag nach Montpellier fahren. Guy hat alles vorbereitet.«
Später fragte sich Solange, wie sie die feindselige Stimmung während dieses Treffens nur überstanden hatte. Guy war freundlich, ließ aber keinen Raum für Zweifel oder Einwände. Charles Edouards Gereiztheit wuchs, da er den Eindruck hatte, dass seine Meinung gönnerhaft abgetan wurde. »Die ganze Sache ist unehrlich, und Lügen führen nur zu weiteren Lügen. Irgendwann stürzt das ganze Kartenhaus in sich zusammen und zerstört alles in seiner Umgebung. Wir bauen eine Partnerschaft auf Treibsand, ich bevorzuge festeren Boden unter den Füßen. Aber ich nehme an, das bedeutet einem gerissenen Anwalt wie Ihnen natürlich nichts.«
»Wie Sie sicher wissen, war es Solanges Entscheidung.« Guys Stimme klang stahlhart, und er sparte sich jegliche Höflichkeit. »So ersparen wir Henri eine Menge Sorgen. Ich finde, sie hat Recht, und in diesem Fall heiligt der Zweck die Mittel.«

»Anwälte haben eine wunderbare Art, die Wahrheit zu verbiegen, wenn sie ihnen nicht in den Kram passt. Offenbar ist meine Definition von Moral eine andere als die Ihre. Aber da ich nur ein einfacher Bauer bin, zählt meine Kritik vermutlich nicht.«
Die fruchtlose Diskussion dauerte noch eine halbe Stunde. Dann holte Guy die Überweisungsformulare und den Vertrag heraus, den er für Charles Edouard zur Unterschrift vorbereitet hatte.

Henri traute seinen Ohren nicht. »Warum, in Gottes Namen, sollte jemand ausgerechnet jetzt in die Weinberge investieren wollen? Können Sie mir denn nichts über diesen Investor erzählen?«
»Ich habe geschworen zu schweigen, Henri. Vielleicht will der Betreffende sich Steuern sparen. Aber wie dem auch sei: Sie sind doch mit den Bedingungen des Vertrags einverstanden?«
»Ja, natürlich bin ich das! Aber ich frage mich, wie Sie es geschafft haben, so günstige Konditionen herauszuhandeln. Der Mann muss doch gewusst haben, dass er uns gegenüber eigentlich im Vorteil ist.«
Charles Edouard lehnte die Einladung auf ein Glas Champagner und auch die zum Abendessen ab. Später am Abend saß Solange mit Henri in der Bibliothek.
»Ich grüble schon die ganze Zeit über Charles Edouards Rettungsaktion nach«, sagte Henri nachdenklich. »Bestimmt hat er seine Mutter überredet, ihm das Geld zu leihen. Sie ist sehr wohlhabend, aber selbst wenn sie bereit wäre, ihren Sohn zu unterstützen, würde sie Paul sicher nicht verraten wollen, dass sie Geld in sein Weingut investiert. Daher die Heimlichtuerei. Was meinst du, Solange?«
Solange fiel ein Stein vom Herzen, und als sie zu Bett ging, war sie so beruhigt und erleichtert, dass sie sofort einschlief.
Die Lese begann an einem Morgen, als die Sonne die Trauben sanft erwärmte, und der Tau auf den schwarz schimmernden Früchten schon verdunstet war. Solange hatte Joël die Aufsicht über die Pflücker unweit der Domaine de Valnay übertragen und sich zu Charles Edouard in die neuen Weinberge gesellt, wo

dieser die übrig gebliebenen Trauben von Hand erntete. Den ganzen Tag lang schritt er unermüdlich mit den Arbeitern durch die Reihen, pflückte und schnitt die Früchte ab und hob das schützende Blätterdach an, unter dem sich dicht am Stamm winzige Traubenbüschel verbargen. Bald arbeitete Solange im Rhythmus der anderen, beugte sich vor, richtete sich auf, schob das Laub beiseite und stimmte vergnügt in die Lieder aus Occitanie, Spanien und den verdorrten Hügeln Nordafrikas ein. Am Mittag teilte sie Brot, Käse, Oliven und Salami mit den Arbeitern, half Lorette, den Wein auszuschenken, und reichte die schweren Körbe voller Pfirsiche und Feigen aus ihrem Obstgarten herum.
Beim Abendessen setzte sich Henri zu den Pflückern, erörterte die Dauer der Gärungsphase mit Charles Edouard und Joël, lauschte Paul Olliviers Witzen und Anekdoten und erzählte Geschichten von Weinlesen längst vergangener Jahre. In den sternenklaren, milden Nächten wurde leise gesungen, und Solange war von der harten körperlichen Arbeit angenehm müde. Morgens stand sie voller Tatendrang früh auf und machte sich mit Freude an die immer gleichen täglichen Aufgaben. Abends sank sie froh und erleichtert in ihr gemütliches Bett.
Am letzten Tag der Weinlese schien eine dunstige, glühend heiße Sonne auf die Weinberge, und die Luft war zu stickig, um schnell zu arbeiten. Mittags nahm sich Solange Brot, Käse und Limonade und ließ die Erntearbeiter an ihrem Holztisch unter den Schatten spendenden Pinien zurück. Der lange, gerade Abschnitt des Flusses, der die Grenze zwischen ihrem Land und dem der Olliviers bildete, war schon immer einer ihrer Lieblingsplätze gewesen. Das Ufer lag hoch über dem schimmernden Wasser, und sie konnte hören, wie das Donnern lauter wurde, als sie näher an den Wasserfall herankam. Sie kletterte die Böschung hinunter, um die Füße ins schäumende Wasser zu halten. Als sie die eisige Strömung spürte, wurde sie von einem Hochgefühl ergriffen. Sie zog sich das Hemd über den Kopf, schlüpfte aus ihren Shorts und warf beides auf einen Baumstumpf, bevor sie, nach Luft schnappend wegen der Kälte, in das tiefe Becken unterhalb des Wasser-

falls sprang. Staub und Hitze des Weinberges wurden weggespült, und sie ließ sich eine Weile auf dem Rücken treiben.

»Du bist eine zauberhafte, wunderschöne Wassernymphe. Ich wusste schon immer, dass es dich in Wirklichkeit gar nicht gibt.«

Sie hatte ihn nicht gehört und auch nicht gespürt, dass jemand sie beobachtete, und sie spürte ein Zittern im Bauch. »Komm rein. Es ist wunderschön. Komm rein, wenn du kein Feigling bist, der Angst vor der Kälte hat.«

Er knöpfte sich gerade das Hemd auf, als sie Lorette heraneilen hörten.

»Solange! Wo bist du?« Sofort bemerkten sie den drängenden Tonfall. Lorette stürmte, gefolgt von Joël, auf sie zu.

»Du musst sofort nach Hause kommen! Joël ist mit dem Auto hier! Dein Vater ist krank. Gerade ist Dr. Michel aus dem Dorf eingetroffen. Ich glaube, dein armer Papa hatte einen Herzinfarkt!«

Mit einem Dröhnen in den Ohren taumelte Solange die Böschung hinauf, und sie hörte sich selbst schreien: »Nein! O Gott, nicht Papa. Bitte nimm mir meinen Papa nicht weg.«

Kapitel 46
Paris, 1945 – 1947

Celine hatte immer gewusst, dass dieser Tag einmal kommen würde, und sie hatte sich ausgemalt, wie Richard ihre Hand nehmen und ihr erklären würde, dass er nun fort müsse. Allerdings endete ihr Tagtraum stets in dem Moment, als sie sich aneinander klammerten und es nicht über sich brachten, sich zu trennen. Doch als sie am Ende eines schwülwarmen, anstrengenden Tages nach Hause kam, fand sie eine dringende Nachricht von ihrer Mutter vor. In Charlottes Büro saß sie dann dem hoch gewachsenen Iren gegenüber und hörte sich seine Geschichte an. Bis jetzt hatte sie sich stets eingeredet, dass sie stark genug war. Sie würde sich eines Tages damit abfinden, dass Richard nach Irland zu seiner Frau zurückkehren musste. Allerdings hatte sie nicht im Traum daran gedacht, dass sie dieses Leid, das doch niemanden etwas anging, mit einem wildfremden Menschen würde teilen müssen.

»Es war sehr schwer für ihn, Dr. O'Riordan.« Celine zwang sich zu einem professionellen Ton, als sie Richards Gesundheitszustand bei seiner Ankunft in Paris schilderte; seine körperlichen und seelischen Narben der grausamen Bedingungen, unter denen er fast drei Jahre lang gelebt hatte. Aber dieser Ire mit dem wettergegerbten Gesicht war selbst Arzt und würde die ganze Geschichte früh genug hören, die Verletzungen erkennen und ihre Folgen beurteilen können.

»Er erholt sich zusehends. Zurzeit braucht er hauptsächlich Liebe und Geduld.«
»Die Umstellung wird ihm sehr schwer fallen«, erwiderte Seamus. »Mir ist klar, dass er viel Hilfe nötig haben wird. Und vielleicht wäre es unter anderen Umständen wirklich besser, wenn er noch eine Weile hier bliebe. Aber er hat eine Familie, von der er noch gar nichts weiß, Dr. de Savoie. In seiner Abwesenheit hat Helena Zwillinge zur Welt gebracht. Und vielleicht wird er endgültig wieder gesund, wenn er spürt, wie viel er ihr und den Kindern bedeutet.« Seamus' Tonfall war ein wenig ratlos. »Ich bin nicht sicher, wie ich vorgehen soll«, fügte er hinzu. »Mein Erscheinen wird ein Schock für ihn sein, auf den er vorbereitet werden muss. Wahrscheinlich ist es das Beste, wenn Sie zuerst mit ihm reden, Dr. de Savoie. Sagen Sie ihm, dass ich hier bin.«
Sie beschlossen, dass Charlotte und Celine in die Avenue Mozart zurückkehren sollten, um Richard die Nachricht zu überbringen. Seamus würde ihm dann später am Abend einen Besuch abstatten. Wie benommen vor Trauer saß Celine da und lauschte ihrem Gespräch. Sie betete, dass es ihr gelingen möge, ihre Rolle mit Würde auszufüllen. Und als sie voller Trauer den Kopf hob, wurde Seamus klar, in welche Situation er hier hineingestolpert war. Mitfühlend blickte er die mutige Frau an, die seinem Schwager und Freund das Leben gerettet hatte, und er erkannte ihre Verzweiflung, ihre Liebe und ihren Abschiedsschmerz. Er dachte an seine andere Suche, die ihn hierher geführt hatte, und an die Endgültigkeit der schwarzen Buchstaben auf dem Blatt Papier, das ihm erst gestern gezeigt worden war. Leah Svenssen war auf dem Gewaltmarsch aus Bergen-Belsen gestorben und galt offiziell als tot.

An jenem letzten Abend standen Richard und Celine da, umarmten sich wortlos und klammerten sich, stumm vor Trauer, aneinander. Richard umfasste Celines Gesicht mit den Händen, küsste sie immer wieder und berührte jeden geliebten, vertrauten Teil von ihr. Er konnte die Tränen nicht unterdrücken.

»Ich schaffe das nicht, ich kann nicht zurück.« Seine Worte waren kaum zu verstehen. »Ich kann dich nicht verlassen. Hilf mir, mein Liebling, bitte hilf mir. Ich kann nicht ohne dich leben, und Helena wird das nicht verkraften. Es ist zu grausam und zu spät zurückzugehen. Alles hat sich verändert. Ich bin nicht mehr der Mann, den sie gekannt und geliebt hat.«

Schließlich löste sie sanft die Arme von seiner Taille und trat zurück. Ihr Gesicht war vom Weinen verquollen. »Versprich mir, dass du mich nie vergisst, Richard. Dass du mich immer lieben wirst, ganz gleich, wie weit wir auch voneinander entfernt sind.«

»Ich liebe dich. Ich werde dich immer lieben, ganz gleich, wo du auch sein magst. Du bist mein Leben. Du hast mir mein Leben wiedergegeben. Ich liebe dich, Celine.«

Immer noch schluchzend, öffnete sie die Tür, schob ihn sanft auf den Treppenabsatz hinaus und sah zu, wie er, den Koffer in der Hand, die Treppe in die kahle Vorhalle hinunterging, wo Charlotte und Seamus ihn erwarteten. Dann wandte sie sich ab und schloss die Schlafzimmertür. Sie fiel durch die entsetzliche Qual, Abschied von ihm nehmen zu müssen, in sich zusammen, und schlang die Arme um den Leib, um die Trauer zurückzudrängen. Dann schleppte sie sich zu dem Bett, das sie mit Richard Kirwan geteilt hatte, legte sich hin und versuchte, langsamer zu atmen und sich zu beruhigen. Nach einer Weile berührte sie mit den Händen vorsichtig ihren Bauch, eine tröstende Geste, um das Leid von dem Kind, das in ihr wuchs, fern zu halten.

Als sein Brief eintraf, saß sie allein in ihrem Zimmer und riss mit zitternden Händen den Umschlag auf. Richard war wohlbehalten in Dublin eingetroffen. Sein Wiedersehen mit Helena war schwer gewesen, doch sie hatte große Tapferkeit gezeigt. Als er und Seamus an jenem schicksalhaften Tag im Jahr 1942 Irland verlassen hatten, hatte er nichts von der Schwangerschaft seiner Frau geahnt. In seiner Abwesenheit hatte sie ihm Zwillinge geboren, einen Jungen und ein Mädchen, die inzwischen drei Jahre alt waren. Helena hatte darauf gewartet, dass er zu ihr und den Kindern zurückkehrte, und war oft völlig verzweifelt gewesen. Er sei nicht in der Lage, ihr alle Einzelheiten zu schildern, schrieb er, es sei einfach zu schwierig und schmerzhaft. Außerdem könne er nicht ausdrücken, wie sehr er Celine liebte und sich nach ihr sehne. In ihrer so grausam verworrenen Situation fiele ihm keine schnelle Lösung ein, um ihrer aller Leben glücklicher zu gestalten. Schließlich könne er nicht einfach fortgehen und seine Frau und seine Kinder im Stich lassen. In seiner Trauer und Seelenqual werde er von tagelanger düsterer Niedergeschlagenheit und Alpträumen geplagt, denen er nicht entrinnen könne. Seamus beabsichtige, mit ihm nach Connemara zu fahren, damit er sich ausruhen könne. Richard beteuerte, dass er sie liebe und dass er sie immer lieben und eines Tages zu ihr zurückkehren werde, ganz gleich, was es auch kosten möge.

Celine beschloss, ihm zu verschweigen, dass sie ein Kind von ihm erwartete. Er hatte schon genug durchgemacht und würde vielleicht mit der Hilfe seines Schwagers und seiner Frau wieder genesen. Sie wusste nicht, was sie tun sollte, wenn ihre Schwangerschaft erst einmal weiter vorangeschritten war, und lebte einfach in den Tag hinein. Ständig streichelte sie ihren Bauch und flüsterte Richards Kind Liebesworte zu.

Eines Abends gab sie Charlottes Drängen nach und nahm eine Einladung zum Essen von Freunden der Familie an. Das große Restaurant war überfüllt, so dass sie Henri de Valnay erst entdeckte, als sie aufstand, um auf die Toilette zu gehen. Er speiste in Gesellschaft einer dunkelhaarigen, zierlichen jungen Frau. Sie saß ihm gegenüber, trug ein Paillettenkleid und einen kleinen Federhut und hielt auf dem Tisch seine Hand. Er blickte auf, und als er Celine erkannte, schob er seinen Stuhl zurück und erhob sich leicht schwankend, um sie zu begrüßen. Sie bemerkte, dass er betrunken war.

»Celine, meine Liebe. Es ist lange her. Du bist offenbar so beschäftigt, dass du nicht einmal Zeit zum Telefonieren hast. Und das schon seit Monaten. Aber vielleicht kannst du ja einen Moment erübrigen, um Florence kennen zu lernen.« Seine Sprache

war verwaschen. Er taumelte ein wenig und setzte sich. Während er die Hand seiner Begleiterin weiterhin festhielt, sah er Celine an.
»Henri, es tut mir so Leid, dass ich mich nicht gemeldet habe.«
»Wie geht es dir? Und Charlotte? Ich muss euch irgendwann mal besuchen.« Als er nach seinem Glas griff, stieß er es um, so dass sich der rote Inhalt auf das weiße Tischtuch ergoss. Die junge Frau sprang auf, und ein Kellner eilte mit einer Serviette herbei. Celine war peinlich berührt von seinem seltsamen Benehmen und seinem offenbar angetrunkenen Zustand. Einige andere Gäste drehten sich bereits nach ihnen um. Deshalb gab sie ihm eine möglichst ausweichende Antwort, lächelte seiner Begleiterin höflich zu und ging davon.
Als sie einige Tage später aus der Kinderstation kam, begegnete sie Dr. Brossard, dem Augenarzt. »Das mit den Augen Ihres Freundes tut mir Leid«, sagte er. »Es ist wirklich sehr traurig.«
»Meines Freundes?«
»Henri de Valnay. Ein sehr sympathischer Mann und außerdem ein Held des Widerstands, wie ich gehört habe, obwohl er viel zu bescheiden ist, um es selbst zu erwähnen. Es ist eine Tragödie, wenn man sich damit abfinden muss, so jung das Augenlicht zu verlieren.«
»Ich habe ihn eine Weile nicht getroffen und wusste gar nichts davon. Das ist ja entsetzlich. Ist das Ihre endgültige Diagnose?«
»Wir haben sämtliche Untersuchungen durchgeführt, die hier machbar sind. Ich weiß nicht, wo ich ihn sonst hinschicken sollte und wo man vielleicht mehr für ihn tun könnte. Er hat sich irgendwann im letzten Jahr eine schwere Kopfverletzung zugezogen. Die Wunde selbst ist natürlich verheilt, aber sie wurde damals nicht richtig behandelt. Ein Auge ist bereits schwer geschädigt, und das zweite wird vermutlich folgen. Nächste Woche hat er wieder einen Termin bei mir.«
Celine verließ sofort das Krankenhaus und fuhr mit dem Taxi zu Henris Wohnung auf der Ile St. Louis. Die Nacht, in der sie sich nach Richards Verhaftung dorthin geflüchtet hatte, war ihr noch

deutlich im Gedächtnis. Als er die Tür öffnete, bemerkte sie, dass er getrunken hatte. Sein Atem roch stark nach Alkohol, und er stierte sie glasig und ohne zu lächeln an.
»Dr. Brossard hat mir von deinen Augen erzählt. Darf ich reinkommen?«
An Stelle einer Antwort machte er ihr Platz. In seiner Wohnung herrschte ein heilloses Durcheinander. Auf dem Boden lagen Bücher und Zeitschriften herum, und über sämtliche Stuhllehnen war Kleidung verteilt. In der Küche türmten sich klebrige Gläser und einige leere Flaschen im Spülbecken.
»Offenbar hast du kräftig gefeiert.«
»Ich trinke beim Lesen gern ein Gläschen.« Er lachte verbittert. »Ich muss nämlich lesen. Ich verschlinge jedes Buch, das ich in die Finger bekomme, denn ich habe es sehr eilig. Du weißt doch, wie gerne ich lese. Und die Zeit wird allmählich knapp. Wahrscheinlich bist du gekommen, um mir zu sagen, wie Leid ich dir tue, mich aufzumuntern und mir zu raten, mich zusammenzunehmen.«
Sie machte ihm Kaffee und setzte sich, nachdem sie eine zerknitterte Jacke und einen Zeitungsstapel beiseite geschoben hatte, aufs Sofa. Er ließ sich ihr gegenüber in einen Sessel sinken. »Na, wie sehe ich aus für einen Blinden? Und wie wird es aussehen, wenn ich mich mit einem weißen Stock am Flussufer entlangtaste? Würdest du stehen bleiben und mir über die Straße helfen, Celine, bevor mich noch irgendein Idiot überfährt?«
»Die Diagnose ist nicht endgültig. Vielleicht kann ein Spezialist im Ausland etwas für dich tun. Möglicherweise lässt sich noch etwas unternehmen.«
Er unterbrach sie wütend und tat ihren Einwand mit einer wegwerfenden Handbewegung ab. »Ach, verdammt noch mal. Ich werde blind. Ich bin fünfunddreißig Jahre, werde bald nutzlos sein und die nächsten dreißig Jahre untätig herumsitzen müssen. Wie geht es übrigens deinem Lieblingspatienten, deinem Freund? Hast du ihn auch schon mit solchen kleinen Ansprachen aufgemuntert?« Henri bemerkte, wie sie schmerzlich das Gesicht

verzog, als hätte er sie geschlagen, und spürte endlich einmal Bedauern, das sich nicht auf ihn selbst bezog.

»Richard ist fort. Er ist nach Irland zurückgekehrt, um wieder gesund zu werden. Zu seiner Frau und zu seinen Kindern.«

Er spürte, dass er nicht weiterfragen durfte. In Wahrheit war er so froh, sie zu sehen, dass er aus Angst, sie könnte ihn in seinem Elend und Selbstmitleid allein lassen, kaum wagte, etwas zu sagen.

»Es war sehr schwer für mich, Celine«, meinte er schließlich. »Ich habe mich nicht mit der Diagnose abfinden können, denn ich gehöre nicht zu den ausgeglichenen Menschen, die die Kraft haben, sich den Lebensmut zu bewahren und weiterzukämpfen. Zuerst war ich bedrückt, dann zornig. Und nun fühle ich mich einfach nur hoffnunglos und voller Hass.«

»Ich werde dir helfen, Henri. Wir werden alles Menschenmögliche tun. Und falls sich der Verlust deines Augenlichts nicht abwenden lässt, werden wir sämtliche Hilfsmittel besorgen, die es gibt, und ich werde dir helfen, sie zu benutzen, damit du auch weiterhin ein erfülltes, sinnvolles Leben führen kannst. Ich verspreche, dass ich für dich da sein werde, und zwar immer, wenn du mich brauchst.«

Als sie ihn überredete, zum Essen in die Avenue Mozart zu kommen, war er gerührt über Charlottes warmherzigen Empfang, ihr Verständnis und ihre Unterstützung. Er und Celine begannen wieder, ihre Abende zusammen zu verbringen, sich mit gemeinsamen Erinnerungen zu trösten, hin und wieder Bridge zu spielen und eines der neuen Restaurants zu besuchen, die in der Stadt ständig mehr wurden. Da sie ihm für seinen Schutz während der harten Kriegsjahre immer noch dankbar war und da er nun ihre Hilfe brauchte, kamen sie einander immer näher.

Als sie ihn eines Abends in seiner Wohnung besuchte, saß er allein und niedergeschlagen in der Dunkelheit.

»Ich glaube, ich kann nicht mehr Autofahren, Celine. Ich hätte nicht gedacht, dass sich mein Zustand so schnell verschlechtern

würde. Ich war überzeugt, ich hätte noch Monate oder vielleicht sogar noch ein paar Jahre, bevor es sich im Alltag bemerkbar macht.«
Sie setzte sich neben ihn und nahm seine Hand. Er umfasste ihre Finger und begann nach kurzem Zögern zu sprechen. »Ich liebe dich immer noch, Celine. Ich verstehe, dass du wegen der Trennung von Richard Kirwan trauerst, denn ich habe auch getrauert, als ich glaubte, dich verloren zu haben.« Er stand auf, bot ihr einen Whiskey an und schenkte sich selbst ein großes Glas ein. »Es wäre egoistisch von mir, jetzt um deine Hand anzuhalten. Aber, mein Gott, ich will dich heiraten.«
»Lieber, wundervoller Henri, es ist überhaupt nicht egoistisch. Du würdest sicher einen wunderbaren Ehemann abgeben. Aber ich bin nicht die Richtige für dich.« Sie hatte Mitgefühl mit ihm, und sie sträubte sich nicht, als er sie an sich zog und sie küsste.
»Heirate mich, Celine. Ich liebe dich schon so lange. Wenn du es schaffst, mit meiner Krankheit zu leben, wird es mir auch gelingen.«
»Es gibt einen Grund, warum ich dich nicht heiraten kann, Henri. Es handelt sich um das Wichtigste, was je in meinem Leben passiert ist. Ich will dir verraten, was es ist, damit du verstehst, warum ich dich nicht …«
Er legte ihr den Finger an die Lippen und drückte sie so fest dagegen, dass ihr der Mund wehtat. »Nein, Celine.«
»Du musst mich anhören …«
»Hör zu.« Sein Ton war eindringlich. »In viel zu kurzer Zeit haben sich viel zu viele Dinge verändert. Für uns beide. Ich will nicht wissen, was du mir sagen möchtest. Ich will die Worte nicht hören. Verstehst du?« Er rüttelte sie leicht und umfasste fest ihr Kinn. Seine Miene war angespannt, und er fixierte sie mit Blicken. »Du musst mir antworten, dass du meine Frau werden willst. Und von diesem Moment an werden wir beide ein neues Leben anfangen.«
Als sie den Kopf schütteln wollte, zog er sie wieder an sich und sagte ganz langsam und nachdrücklich, damit sie auch jedes Wort verstand: »Celine, ich nehme dich, wie du bist, ganz gleich, was

auch geschehen sein mag, so wie ich mich auch mit meiner Blindheit abfinden werde. Und ich werde dich immer lieben. Willst du mich heiraten? Mein Liebling, meine geliebte Celine, willst du meine Frau werden?«
Als sie langsam nickte, liefen ihr Tränen über die Wangen. Er legte die Arme um sie und schmiegte sein Gesicht an ihren weichen Körper, nach dem er sich schon so lange gesehnt hatte.

In der Avenue Mozart hatte Charlotte de Savoie zum ersten Mal im Leben das Gefühl, alt zu werden. Celine stand, voller Tatendrang und Lebensfreude, vor ihr, und ihr Tonfall war selbstbewusst.
»Ich weiß nicht, was ich dazu sagen soll, Kind. Henri ist ein bewundernswerter Mensch und liebt dich schon lange, wahrscheinlich schon, seit ihr euch das erste Mal begegnet seid. Aber es ist zu früh für dich, du hast den Abschied von Richard doch noch nicht verwunden. Außerdem befürchte ich, dass du dich Henri gegenüber nicht fair verhältst.«
»Wir werden glücklich sein, Mama. Wir haben so viel zusammen erlebt. Und wir werden gemeinsam ein schönes Leben führen, daran glauben wir beide ganz fest. Denkst du das nicht auch?«
»Celine, ich wäre keine gute Mutter und Freundin, wenn ich dir nicht sagen würde, dass ich diese Hochzeit überstürzt finde.« Charlotte sah ihre Tochter an. Vor ihrem geistigen Auge stand ein Abend vor wenigen Monaten. Richard hatte hier in diesem Zimmer gesessen, als draußen auf der Straße ein Auto eine Fehlzündung gehabt hatte. Als seine Beine zu zittern angefangen hatten, war Celine sofort auf ihn zugeeilt, hatte sich an ihn geschmiegt, ihre Hände fest und beruhigend auf seine Oberschenkel gelegt und ihn sanft beschwichtigt. Charlotte war aufgefallen, wie sehr er sich auf Celines Liebe und Kraft verließ. Und das war noch gar nicht so lange her.
»Was ist, wenn Richard eines Tages zurückkehrt, Celine? Er könnte kommen, um dich wieder zu sehen. Und was würde dann aus Henri werden, der inzwischen von dir abhängig geworden wäre?«

»Mutter, ich hatte eigentlich erwartet, dass du dich für mich freust und meiner Urteilsfähigkeit vertraust«, protestierte Celine ärgerlich. »Richard hat eine Frau, die ohne ihn nicht leben kann, und außerdem zwei Kinder. Er wäre damit überfordert, seine schrecklichen Erlebnisse zu verarbeiten und gleichzeitig die Schuldgefühle zu ertragen, weil er seine Familie verlassen hat. Darauf könnten wir keine glückliche Zukunft aufbauen. Du wärst die Erste, die das einwenden würde, wenn du erführest, dass Richard zurückkommt.«

»Das ist eine schreckliche Logik, Celine, so stimmig es auf den ersten Blick auch sein mag. Aber du hast ihn doch so geliebt. Gewiss liebst du ihn immer noch, da bin ich ganz sicher. Und ich finde es übereilt.«

»Ich bin schwanger, Mutter.«

Charlotte musste sich setzen. »Das Kind ist nicht von Henri.« Es war keine Frage. »Oh, mein Kind, so geht das aber nicht. Ich weiß nicht, was ich dazu sagen soll. Hast du es ihm erzählt? Hast du mit Henri …«

»Ich möchte nicht darüber sprechen. Henri und ich haben eine Entscheidung gefällt, und ich weiß, dass alles gut werden wird. Wir werden dieses Kind und auch unsere gemeinsamen Kinder zusammen aufziehen. Wir schaffen das schon, und von dir erwarte ich, dass du, nach allem, was geschehen ist, meinen Entschluss unterstützt.«

»Ach, Kind, bist du denn wirklich glücklich? Hofft ihr beide tatsächlich und allen Ernstes, auf diese Weise euer Glück zu finden?« Tränen standen Charlotte in den Augen.

»Wir werden füreinander sorgen, jetzt und in Zukunft.«

Celine trocknete mit ihrem Taschentuch Charlottes Tränen. Dann fielen sie einander in die Arme und hielten sich fest; gemeinsam würden sie die neue Welle unvorhergesehener Ereignisse überstehen, die über die Stadt und ihr Leben hereinbrach.

Der Hochzeitstag war hell und sonnig. Der wolkenlose blaue Winterhimmel bildete einen Baldachin, unter dem Charlotte de

Savoie den Hochzeitsempfang für ihre Tochter ausrichtete. Zum ersten Mal seit Jahren hallten wieder festliche Geräusche durch das Haus in der Avenue Mozart. Danach eröffnete Celine wie geplant eine Praxis als Allgemeinmedizinerin und behandelte nur an vier Tagen pro Woche Patienten, damit sie mehr Zeit zu Hause mit Henri verbringen konnte. Sie lebten in seiner Wohnung auf der Ile St. Louis und begannen, sich aneinander zu gewöhnen.

Als es so weit war, hatte Celine viele Stunden lang Wehen; es war eine schwierige Geburt. Anschließend lag sie da, durchgeschwitzt und unbeschreiblich müde von der unglaublichen Anstrengung, die dieses winzige Wesen ihr abverlangt hatte, und verstand endlich, was es bedeutete, ein Kind zu bekommen – die verzweifelte Kraft, die Schmerzen, der Stolz, der Kampf gegen die Erschöpfung und zu guter Letzt der Triumph. So vielen Frauen hatte sie in dieser Erfahrung beigestanden, doch nun schämte sie sich, weil sie so wenig davon – vom Schmerz und vom anschließenden Sieg – gewusst hatte. Sie schloss die Augen und schlief ein. Als sie erwachte, saß Henri neben ihr. Während er sich über sie beugte, um sie zu küssen, kam eine Schwester mit dem Wunder herein, das ihre Tochter war, und sie konnte die Vollkommenheit des kleinen Geschöpfes kaum fassen.

»Sie ist wunderschön«, sagte Henri, und sie erkannte Tränen in seinen Augen. »Sie ist winzig und wunderschön. Ich liebe sie. Ich liebe dich, Celine. Ich liebe euch beide so sehr.«

Kurz darauf traf Charlotte de Savoie ein, und die drei betrachteten hingerissen das Baby in seinem Bettchen. Reglos lag Celine im Krankenhausbett, während Freude und Trauer, Glück und Schuld in ihr kämpften. Sie sehnte sich so sehr nach Richard, dass sie schon befürchtete, als Ehefrau und Mutter zu versagen und dadurch den vernünftigen Entschluss zu gefährden, auf den sie ihre Zukunft bauen wollte.

Als Henris Augenlicht weiter nachließ, begann er wieder, viel zu trinken, und kehrte oft erst spätabends aus den kleinen Bars und Restaurants, die er unterwegs ansteuerte, in die Wohnung zurück. Eines Abends kam er überhaupt nicht nach Hause. Celine saß, vor Angst und Zorn fast verrückt, bis zum Morgengrauen wach. Als sie hörte, wie ein Taxi vorfuhr und wie er die Stufen hinaufstolperte, wusste sie plötzlich genau, was sie tun musste.

Henris Eltern waren nahe daran, sich zur Ruhe zu setzen, und freuten sich sehr über Celines Vorschlag, in den Süden zu ziehen und das Weingut zu übernehmen. Die Domaine de Valnay war zwar groß und gemütlich, aber altmodisch ausgestattet und musste dringend renoviert werden. Henri verbrachte die Wochentage mit seinem Vater in den Weinbergen und im Büro, während Celine zweimal pro Woche in der kleinen Praxis im Dorf arbeitete. Als Charlotte zu Besuch kam, war sie von den ländlichen Lebensumständen entsetzt. Sie bestand darauf, mit Celine nach Montpellier zu fahren und dort einen Polsterer, einen Möbelrestaurator, einen guten Installateur und einen Heizungsbauer aufzusuchen, damit das Haus noch vor dem Winter eine Zentralheizung bekam.

Als Solange zu krabbeln anfing, stellte Henri einen jungen Mann aus dem Dorf ein, der Joël hieß, und begann, ihn mit Hilfe seines Vaters als zukünftigen Geschäftsführer des Weingutes anzulernen. Allmählich kehrten geordnete Verhältnisse ein. Die sorgfältig gepflegte Liebe zwischen Henri und Celine entwickelte sich stetig, während die Tage und Nächte vergingen wie im Fluge. Am Ende des Jahres waren sie beide glücklich mit ihrem neuen Leben.

Als eines Nachmittags das Telefon in der Praxis läutete, hob Celine ab, während sie ihrem letzten Patienten zum Abschied zulächelte. Im nächsten Moment spürte sie, wie die so mühsam errichteten Fundamente ihres Lebens unter ihren Füßen zerbröckelten und nachgaben wie Treibsand.

Kapitel 47

Paris, 1947

Rückblickend betrachtet fand sie, dass das Läuten des Telefons außergewöhnlich schrill gewesen war, so dass sie eigentlich schon geahnt hatte, dass die Nachricht ihren Seelenfrieden zerstören würde, bevor sie den Hörer abnahm. Charlotte de Savoies Stimme klang angespannt und zitterte. »Ich weiß nicht, wie ich es dir sagen soll: Richard kommt nach Frankreich. Er trifft nächste Woche ein. Es hat eine lange Zeit gedauert, die Unterlagen aus dem Krieg zu durchforsten und herauszufinden, dass ein Ire unter französischem Namen so viel für unser Land getan hat. Man hat ihm das *Croix de Guerre* verliehen. Und zwar für seine Verdienste während des Krieges als ausländischer Staatsbürger, der Frankreich herausragende Dienste geleistet hat. Er möchte, dass wir beide dabei sind, wenn man ihm den Orden überreicht, denn er findet, dass er eigentlich uns gebührt. Außerdem will er dich unbedingt sehen.«

Celine wurde flau im Magen, und das vertraute kleine Behandlungszimmer begann sich um sie zu drehen. »Das geht nicht. Ich kann mich nicht mit ihm treffen. Ich schaffe das nicht.«

»Ich verstehe dich, Schatz. Mir ist klar, dass es ein furchtbarer Schock für dich ist. Aber ich musste ihm versprechen, dass ich dir Bescheid gebe. Er weiß, dass du Henri geheiratet hast und dass du nicht mehr in Paris lebst. Aber was den Rest betrifft – das wirst du selbst entscheiden müssen, und ich habe nicht vor, dich zu beeinflussen. Ganz gleich, wie du entscheiden wirst, es wird ganz sicher sehr wehtun.«

Als sie zwei Tage später in Henris Arbeitszimmer saß, schämte sie sich ihrer Worte. »Mutter hat heute angerufen, Henri«, begann sie, weil sie einfach nicht die Willenskraft hatte, ihm die Wahrheit zu sagen. »Sie klang außergewöhnlich bedrückt und ist wahrscheinlich einsam. Ich würde sie gern für ein paar Tage besuchen. Sie will unbedingt sehen, wie Solange gewachsen ist, und ich hätte Lust, ein paar Tage in Paris zu verbringen. Möchtest du vielleicht mitkommen?«

Doch das Herz klopfte ihr bis zum Halse, und ihr Gesicht war gerötet, denn natürlich wollte sie nicht, dass er sie nach Paris begleitete – und sie hatte ihn belogen. Auf der Zugfahrt nach Norden hielt sie Solange auf dem Schoß und flüsterte dem Baby Koseworte zu, während Schuldgefühle und Euphorie in ihr kämpften. Doch sie wusste, dass sie Richard Kirwan unbedingt sehen musste und dass nichts sie daran würde hindern können. Bei ihrer Ankunft in der Avenue Mozart erfuhr sie zu ihrer Erleichterung, dass Richard in einem Hotel übernachtete. Charlotte machte ihnen einen Drink und musterte ihre Tochter prüfend. Sie stellte fest, dass sie sich in eine zufriedene, fast ernsthafte Schönheit verwandelt hatte, und fragte sich, ob die Begegnung wohl großen Schaden anrichten würde.

»Ich habe Richard gestern getroffen, Celine. Er wirkt kräftiger und ist nicht mehr so schrecklich mager. Aber er macht einen sehr traurigen Eindruck. Er hat mich besucht, und wir haben den Nachmittag und Abend miteinander verbracht. Es ist etwas Außergewöhnliches geschehen, und wir haben lange darüber gesprochen. Erinnerst du dich noch an die Putzfrau, der ich geholfen habe, in die Schweiz auszureisen? Sie hieß Jeanne Revere. Sie war im Konzentrationslager gewesen und hatte das Gedächtnis verloren. Du hast sie behandelt, und ich habe ihr Papiere und eine Fahrkarte nach Genf besorgt.«

Celine nickte und dachte an die junge Frau mit den großen Augen.
»Vor etwa zwei Wochen erhielt ich einen Brief von ihr. Als ich ihn überflog und in meinem Gedächtnis kramte, wer sie wohl sein mochte, stach mir plötzlich Richards Name ins Auge.«
»Sie kannte Richard? Woher?«
»Offenbar waren sie und ihr Bruder Studienkollegen von Helena Kirwan. Ihr Name war Leah Nazarre. Sie ist Jüdin, wie wir dachten. Aber sie erinnerte sich nicht mehr an ihr Leben vor dem Krieg, weil sie dem Tod nur so knapp entronnen war. Leah und ihr Mann Stefan waren es, die Richard hier in Paris gesucht hatte.«
»Das kann nicht sein!«
»Aber Richard wurde gefangen genommen und landete schließlich bei uns. Leah wurde 1942 nach Auschwitz verschleppt. Als sie letztes Jahr in der Schweiz ankam, fand sie ihren Mann dort in einer Klinik vor. Er ist geistig und körperlich schwer behindert, und sie fragte mich in ihrem Brief um Rat. Sie will ihn selbst pflegen und war nicht sicher, ob das in Frankreich nicht besser möglich sei.«
»So einen Zufall kann es doch gar nicht geben. Es ist wie ein Wunder.« Celine traute ihren Ohren nicht. »Eine Wahrscheinlichkeit von eins zu einer Million. Was hat Richard dazu gesagt?«
»Er wird natürlich seine Pläne ändern. Anstatt sofort nach Irland zurückzukehren, fährt er am Wochenende in die Schweiz, um Leah und ihren Mann zu besuchen und zu sehen, wie er ihnen helfen kann.«

Die Zeremonie war ernst und würdevoll und trotz ihrer Kürze sehr anrührend. Sie standen dicht am Podium und sahen zu, wie Richard seinen Orden erhielt. Die roten und grünen Streifen des Bandes und die kleine Metallscheibe schimmerten hell in der Morgensonne. Dann stieg er die Stufen hinunter, ging auf sie zu, und seine Miene war voll Unsicherheit, als er Celine an den Händen nahm. Schweigend fuhren sie in die Avenue Mozart, wo

Charlotte de Savoie sie unter einem gemurmelten Vorwand, den die beiden gar nicht zur Kenntnis nahmen, allein ließ.
Sie standen einander gegenüber. Obwohl sie ihre Einsamkeit und Sehnsucht nicht erwähnten und ihre Leidenschaft zügelten, knisterte die Luft zwischen ihnen vor Anspannung. Endlich ergriff Richard mit belegter Stimme das Wort. »Geht es dir gut, Celine?«
Als sie ihm antworten wollte, versagte ihr die Stimme, und sie nickte nur.
»O Gott, Celine.« Er nahm sie in die Arme und sprach wieder und wieder ihren Namen aus, während er ihre Stirn, ihre Hände und ihre Augenlider küsste und ihre salzigen Tränen mit den Lippen wegwischte. Sie sah sich selbst wie aus der Ferne und beobachtete, wie ihre Beine ihr Gewicht nicht mehr trugen und sie gegen ihn sackte. Nachdem sie sich losgemacht hatte, führte er sie zum Sofa, wo sie sich setzten und mit zitternden Fingern ihre Gesichter betasteten und die Konturen wieder entdeckten, die sie liebten, kannten und nie vergessen hatten.
»Und wie geht es dir? Die Träume? Die Müdigkeit?«
Er nickte. »Es wird besser. Ich habe viel Zeit mit Seamus verbracht.«
»Und Helena?« Es klang wie ein Peitschenknall.
»Es fällt ihr nicht leicht. Sie gibt sich Mühe und ist sehr tapfer. Aber ich kann ihr nicht erklären, wie es dort war, ich bringe es nicht über mich, mit ihr über diese Dinge zu sprechen. Es gelingt mir einfach nicht, diese schreckliche Kluft zwischen uns zu überbrücken.« Seine Stimme erstarb.
Sie schwiegen eine Weile und sahen einander ins Gesicht. Dann holte er tief Luft und umfasste fest ihre Hand.
»Du hast eine Tochter.«
Er bemerkte, dass sie den Kopf senkte, und betrachtete ihre hellblonden Locken. Sein Herz klopfte heftig, als er stockend weitersprach. »Ist sie unser Kind?«
Sie hob den Kopf, und zum ersten Mal sah er sie lächeln, so dass ein Funkeln in ihre Augen trat. »Ja, mein Liebster. Sie ist unsere

Tochter. Sie ist wunderschön, und sie ist das Kind, das wir gezeugt haben.«
»Und Henri?«
»Er ist der gütigste und beste aller Ehemänner, und er liebt sie sehr.« Sie wischte sich die Tränen weg.
»Kann ich sie sehen?«
Celine stand auf, ging in die Vorhalle und bat Louise, Solange herunterzubringen. Charlotte erschien, das kleine Mädchen auf den Armen, oben auf der Treppe. Langsam kam sie herunter und auf Richard zu, der seine Tochter unten erwartete. Als er ihre Wange berührte, malte sich Ehrfurcht in seinem Gesicht. Er bewunderte ihre zarte Haut und betrachtete erstaunt das kleine runde Gesichtchen seines Kindes, das ihn ernst und neugierig ansah. Als er ihr seine zernarbte Hand hinhielt, schloss sie die Fingerchen um seinen Daumen und beobachtete ihn weiter eindringlich.
Tränen der Freude standen ihm in den Augen, als er sich zu Celine umwandte. »Können wir den Tag zusammen verbringen? Kommst du mit, Charlotte?«
Sie beschlossen, den kostbaren Tag mit einem Ausflug zum Stadtrand von Paris zu feiern. In den Anlagen von Marly le Roi, wo sich die Könige Frankreichs einst in ihren Mußestunden getummelt hatten, breiteten sie eine Picknickdecke im Gras aus und setzten Solange auf den weichen, grünen Rasen. Sie hielten sie übers Wasser, damit sie ihre Füßchen im See kühlen konnte, und lachten über ihre Begeisterung, als Schwäne an ihnen vorbeiglitten. Richard legte sich auf die Decke, beobachtete, wie Celine mit seiner Tochter spielte, und genoss den Anblick ihrer sanften Rundungen und ihre voller gewordenen Brüste, als sie sich bückte, um das Baby hochzuheben.
Charlotte betrachtete ihr zerbrechliches Glück und dachte an den Schmerz, der diesem jungen Menschen bevorstand. Als der Nachmittag sein unvermeidliches Ende fand, küsste sie die beiden zum Abschied, ging mit dem Baby nach Hause und ließ sie allein. Eine Weile schmiegten sie sich aneinander und hielten

sich fest. Dann packten sie wortlos die Überreste des Picknicks zusammen und fuhren in Richards Hotel.
Arme und Beine ineinander verschlungen, lagen sie auf dem Bett und flüsterten Liebesworte. Ihre Lippen berührten sich, und sie vergingen fast vor Sehnsucht und Glück. Seine Hände liebkosten und streichelten sie und fanden die Stellen, an denen sie berührt werden wollte. Langsam zog sie ihn aus und ließ die Finger über jede Narbe und jede vertraute Körperfalte gleiten. Sie bestellten ein leichtes Abendessen, kamen jedoch nicht dazu, es zu essen. Stattdessen liebten sie sich noch einmal. Dann lagen sie da, hielten sich fest an den Händen. Ihr Kopf ruhte an seiner Brust, und sie atmete seinen Duft ein, während sie sich an ihn schmiegte. Sie erzählten einander von ihrem Leben und von den Bedürfnissen ihrer Ehepartner. Er schilderte ihr Seamus' Hilfsbereitschaft und die Monate in Connemara, wo die raue, frische Luft und Helenas liebevolle Geduld ihm wieder ein wenig Seelenfrieden geschenkt hatten. Sie sprach von Henris Blindheit, dem Alltag im Süden, ihrer immer erfolgreicheren Arztpraxis im Dorf und darüber, wie glücklich sie über ihr geliebtes, wunderschönes Kind war. Eine Weile schliefen sie aneinander gekuschelt, bis Richard sie weckte, um sie noch einmal zu lieben, ihr zärtlich zuzuflüstern und sie zu liebkosen, bis die Morgendämmerung sich unerbittlich in ihre gestohlenen Stunden schlich. Celine lag neben ihm im fahlen Licht und schloss die Augen, als er ihr Liebesbotschaften aufs Gesicht, auf den Hals, die Brüste, den Bauch und die weichen, sich öffnenden Schenkel schrieb. Sie stützte sich auf den Ellenbogen und strich mit der Hand über sein Gesicht. Ihre Augen waren geschlossen, sie presste die Lippen fest zusammen und schluckte, bevor sie es schaffte, die Worte auszusprechen: »Wir dürfen einander nie wiedersehen, Richard. Du weißt, dass das nicht geht. Denn es wäre jedes Mal wieder so wie heute.«
»Das weiß ich, mein Liebling.« Tränen glitzerten in seinen Augen. »Ich liebe dich. Und daran wird nichts auf der Welt etwas ändern.«
Schließlich stand sie auf, badete und ließ sich von ihm anziehen. Dann blieb sie dicht vor ihm stehen. Unvermittelt drehte er sich

um, ging zu dem kleinen Schreibtisch am Fenster und nahm das Schächtelchen mit dem Orden.
»Das ist für dich, meine Liebste. Und für Charlotte. Mehr kann ich euch nicht geben, für das Leben und die Liebe, die ihr mir geschenkt habt. Du bist mein Leben, Celine. Das wirst du immer sein, und ich werde dich bis in alle Ewigkeit lieben.«
Er weinte hemmungslos. Sie wusste, dass sie sofort gehen musste und dass sie einander nie wieder sprechen oder berühren durften, denn sonst hätte ihre Kraft nicht gereicht, um das zu tun, was ihre Pflicht war. »Ich gehe jetzt, Richard, und wir werden uns bis an unser Lebensende an diesen gemeinsamen Tag, diese Nacht und die Zeit mit unserer Tochter erinnern.«

Als sie in die Avenue Mozart kam, war sie froh, dass Charlotte mit dem Baby einen Ausflug in den Bois de Boulogne unternommen hatte. Sie saß allein im Garten, hatte ständig sein Bild vor Augen und spürte, wie sein geliebter Körper sich immer mehr entfernte, bis sie glaubte, es würde ihr das Herz zerreißen. Und ihr Verstand sagte ihr, dass sie ihn nie wiedersehen würde.

Kapitel 48
Genf, 1970

Die Reste des Abendessens lagen auf dem Tablett. Daneben standen eine zweite Flasche Wein und eine Kanne mit frisch aufgebrühtem Kaffee. Stefan schlief in seinem provisorischen Bett, stöhnte hin und wieder oder zuckte unwillkürlich zusammen. Die Nacht umfing die beiden Frauen, so dass sie sich in einer Welt ohne Zeit befanden, als Eleanor dem Rest von Leahs Geschichte lauschte.

An einem Sommertag im Jahr 1946 war sie als Madame Jeanne Revere in Genf aus dem Zug gestiegen und anschließend mit dem Bus nach Thonon les Bains gefahren, wo sie sich unweit der Klinik eine kleine Pension gesucht hatte. Angst ergriff sie, als sie sich dem düsteren Gebäude näherte, das sich, ein Stück von der Straße zurückgesetzt, jenseits eines kiesbedeckten Hofes hinter hohen Mauern und Eisentoren erhob. Sie beschloss, sich als Freundin der Familie auszugeben, die zum ersten Mal hier war, und abzuwarten, was sich daraus entwickelte. Die Furcht, die ständig im Hintergrund ihres Bewusstseins lauerte, sagte ihr, dass es Dinge gab, an die sie sich besser nicht erinnern sollte. Es war, als kauere sie im Schatten eines Ungeheuers, dem sie sich stellen musste, obwohl sie wusste, dass es sie verschlingen würde.

Das Geräusch der Türglocke hallte im Gebäude wider. Ein Pförtner ließ sie ein und begleitete sie zu einem Empfangstisch in der

Vorhalle, hinter dem eine Nonne mit steif gestärktem weißem Schleier und Kragen und einer schwarzen Tracht aus Wollstoff saß. Leah versuchte, sich nicht anmerken zu lassen, wie unbehaglich sie sich unter dem prüfenden Blick der Nonne fühlte.

»Ich möchte Monsieur Stefan Svenssen besuchen«, sagte sie. »Seine Mutter, Gräfin Svenssen, meinte, ich solle doch nach ihm sehen.«

»Sind Sie eine Verwandte, Madame?« Die Nonne war höflich, aber misstrauisch.

Leah zögerte. Vielleicht würde man sie nicht zu ihm lassen, wenn sie nicht mit ihm verwandt war. »Wir haben einige Jahre zusammen in Frankreich und später, während des Krieges, in Paris verbracht. Seine Mutter schrieb mir und bat mich, ihn zu besuchen.« Sie betrachtete das ruhige Gesicht der Klosterfrau und fügte verlegen hinzu: »Wir standen uns sehr nah.«

Tränen stiegen ihr in die Augen, und sie runzelte die Stirn, um sie zurückzudrängen. Die Nonne ließ sich erweichen und lächelte. »Einen Moment bitte, Madame. Ich muss nachfragen. Ich weiß nicht, ob Monsieur Svenssen sich wohl genug fühlt, um Besuch zu empfangen. Bitte warten Sie hier.« Sie wies auf eine Reihe von Stühlen in der großen, kahlen Halle. »Welchen Namen soll ich nennen, Madame?«

Der Name auf ihren Papieren war bedeutungslos, und sie fühlte sich nicht berechtigt, ihren Ehenamen zu benutzen. »Ich heiße Leah Nazarre«, erwiderte sie deshalb leise, doch der Name hallte trotzdem in dem leeren Saal wider und dröhnte ihr in den Ohren wie der Schlag einer Trommel. Zum ersten Mal, seit sie ihn auf der Heiratsurkunde gelesen hatte, hatte sie ihn ausgesprochen, und nun wusste sie, dass sie wirklich so hieß. Ihr schwindelte.

»Bitte setzen Sie sich, Madame Nazarre.« Die Nonne betrachtete sie besorgt. »Ich komme gleich wieder.«

Leah saß reglos da und bemühte sich, ruhig zu wirken. Schließlich kehrte die Nonne mit der Oberschwester zurück, einer beleibten Frau in einer blau-weißen gestärkten Tracht. Nervös stand Leah auf.

»Madame Nazarre?« Die Oberschwester neigte fragend den Kopf zur Seite, und Leah nickte steif. »Es ist ein wenig ungewöhnlich, dass Stefan Svenssen Besuch erhält.«

Als Leah wieder zu einer Erklärung ansetzte, fiel die Oberschwester ihr ins Wort. »Es liegt nicht daran, dass Sie ihn nicht besuchen dürfen, Madame Nazarre, aber er regt sich immer auf, wenn jemand kommt. Und ich muss Sie warnen. Sein Äußeres könnte Sie erschrecken.« Ihr Lächeln war kurz, aber freundlich, als sie hilflos die Hände ausbreitete. »Tja, Sie werden es ja selbst sehen.«

Obwohl ein flaues Gefühl in Leah aufstieg, nickte sie nur und folgte der Oberschwester, die rasch den langen Flur entlangschritt und eine Steintreppe hinaufstieg. Die Krankenstation war hell und luftig und hatte eine hohe Decke. Am Ende des langen Raums befand sich eine verglaste Kammer, deren Tür auf den Flur hinausging.

»Ich glaube, ich sollte dabeibleiben, bis wir wissen, wie er reagiert.«

Der Mann lag in einem weißen Krankenhausbett mit hohen Gittern, die verhinderten, dass er hinausfiel, und schien eine Art Zwangsjacke zu tragen. Er war sehr groß und zitterte ununterbrochen. Gelegentlich zuckten seine Beine. Da sein Kopf zum vergitterten Fenster hingedreht war, konnte Leah nur sein Profil erkennen.

»Stefan?« Der Tonfall der Schwester war fröhlich. »Ich habe Ihnen Besuch mitgebracht. Eine alte Freundin.«

Als sie Leah bedeutete vorzutreten, näherte diese sich ängstlich dem Bett. Ihre Beine waren schwer wie Blei. Was sollte sie sagen?

»Stefan«, flüsterte sie.

Der gewaltige Schädel wandte sich um. Scharlachrote Narben bedeckten seine Haut, ein Auge hing herab, und einer seiner Mundwinkel war nach unten verzerrt. Er starrte sie ausdruckslos an. Mitleid und Erinnerung regten sich in ihr, und plötzlich sah sie sich selbst neben diesem Mann, nur dass er aufrecht stand und gesund war. Sie spielte Geige, und er tanzte lachend dazu im Zimmer herum. Sie klammerte sich an das eiserne Bettgestell, bis ihre

Knöchel sich weiß färbten. Dann hatte sie wieder Stefans Bild vor Augen, diesmal irgendwo hoch oben auf einem Hügel, zu Füßen einer Statue, die einen Engel darstellte. Er lag auf einer Steintreppe, sein Gesicht war bleich, und ein anderer Mann, dessen Züge im Nebel verborgen waren, stützte ihm den Kopf. Die Szene verschwamm, und dann sah sie sich mit Stefan durch Regen und Dunkelheit über glitschiges Pflaster rennen. Rings um sie herum drohte Gefahr, und sie mussten immer weiter und weiter laufen. Und plötzlich sah sie ihren Bruder Daniel, der in einer roten Lache auf der Straße lag. Sie hielt ihn fest, während Stefan etwas rief. Sie sank auf die Knie. Stefan schlug um sich und schrie. Was wollte er ihr sagen? Mühsam stand Leah auf, näherte sich dem Bett und versuchte, das Gitter hinunterzulassen. Die Krankenschwester rief nach Verstärkung, während sie Leah vom Bett wegzuzerren versuchte. Unvermittelt gab das Gitter nach und klappte krachend hinunter, so dass Leah sich über das Bett beugen und den verzweifelten Mann in die Arme nehmen konnte. Sie löste die Bänder, die seine Hände an die Brust fesselten, und er klammerte sich zuckend an sie. Sie bemerkte Tränen in seinen Augen, als er versuchte, das Wort auszusprechen.

»Leah«, stieß er immer wieder hervor.

Sie drückte ihn an sich, wiegte ihn und flüsterte leise: »Alles ist gut, Stefan. Alles ist gut, mein armer, lieber Freund. Jetzt bin ich da. Ich bin da.«

Ein Arzt erschien und blieb mit der Schwester und zwei Pflegern erstaunt schweigend auf der Schwelle stehen. Nach einer Weile schlief Stefan ein, schlummerte ruhig wie ein Kind und hatte immer noch die Arme fest um Leah geschlungen. Die Schwester sprach Leah leise an und bedachte sie mit einem mitfühlenden Blick.

»Madame Nazarre?«

Leah sah sie an. Und ihre Erschöpfung verhinderte, dass sie das abstritt, von dem sie inzwischen wusste, dass es die Wahrheit war.

»Nein, Schwester. Ich bin Madame Svenssen«, erwiderte sie. »Das hier ist mein Mann.«

Sie war kraftlos und wie benommen, als der Arzt sie in sein helles, gemütliches Büro begleitete, wo sie ihm, so gut sie konnte, ihre Situation erklärte. Nachdem sie fertig war, erwiderte der Arzt freundlich: »Madame Svenssen, Stefans Eltern leben inzwischen in Südamerika und werden vermutlich nicht mehr zurückkehren. Sie haben uns die nötigen finanziellen Mittel hinterlassen, damit wir ihn weiter versorgen können. Stefan hat bei seiner Verhaftung in Frankreich schwere Verletzungen an Kopf und Wirbelsäule erlitten. Seine Mutter sagte, es sei nicht leicht gewesen, ihn aus dem Gestapo-Hauptquartier herauszuholen. Offenbar hatten die Deutschen ihn im Verdacht, am Widerstand beteiligt zu sein.«
Er faltete die Hände. »Die Gräfin meinte, sie hätten keine großen Hoffnungen auf sein Überleben gehabt, als man ihn in Paris zu ihnen zurückbrachte. Er bekommt hier die bestmögliche Behandlung, aber es ist zweifelhaft, dass er je außerhalb eines Krankenhauses zurechtkommen wird.«
Er erklärte Leah, ihr Mann werde für den Rest seines Lebens an schweren Krankheitssymptomen leiden, und auch sein Geisteszustand werde sich vermutlich nicht mehr bessern. Die dramatische Episode von heute sei das erste Mal überhaupt gewesen, dass er positiv auf einen anderen Menschen reagiert habe. Offensichtlich betroffen wegen des Zustandes des Kranken und der traurigen Geschichte seiner Frau, hielt der Arzt inne. Ihre Zukunft, ob gemeinsam oder getrennt, sah nicht sehr rosig aus.
»Er muss Sie sehr geliebt haben, Madame.«
Leah wurde von Schuldgefühlen ergriffen, als ihr klar wurde, welchen Preis Stefan für seine Ritterlichkeit bezahlt hatte. Ein Teil von ihr wäre am liebsten vor diesem schrecklichen Ort und dem Mann in der oberen Etage geflohen. Sie wollte sich nicht mit ihm belasten, sondern nach Frankreich zurückkehren und versuchen, noch einmal von vorne anzufangen. Was konnte sie schließlich für ihn tun? Doch dann dachte sie an das klägliche Flehen in Stefans verwüstetem Gesicht, sie hörte sein schreckliches Schluchzen und spürte den beängstigend festen Griff seiner verkrüppelten Hände. Ihretwegen war es so weit mit ihm gekommen. Man hatte

ihn hier zurückgelassen, und sie durfte jetzt nicht einfach davonlaufen. Schließlich hatte er sonst niemanden, der sich um ihn kümmerte.
»Was kann ich für ihn tun?«
Der Arzt war freundlich, dachte aber praktisch. »Sie haben genauso viel Schreckliches durchgemacht wie Ihr Mann. Ich weiß, dass Sie ihm helfen wollen, aber Sie müssen zuerst an sich selbst denken und wieder zu Kräften kommen.«
Leah hatte den Kopf gesenkt. Ihre Miene war ernst, und der Arzt deutete das als Zeichen, dass sie seine Auffassung teilte.
»Es ist im Moment gar nicht daran zu denken, ihn aus dem Krankenhaus zu entlassen und Ihrer Obhut zu übergeben. Zuerst müsste sich etwas an Ihren Lebensumständen ändern. Die Schweiz ist ein sehr teures Land, und es ist nicht leicht, Arbeit und eine Wohnung zu finden. Sie wären damit überfordert.« Seine Worte waren zwar mitfühlend, duldeten jedoch keinen Widerspruch.
Leah lehnte sich zurück und schloss die Augen. Szenen aus der Vergangenheit schossen ihr in wirrem Durcheinander durch den Kopf. Der Arzt hatte Recht: Sie konnte Stefan nicht helfen, wenn sie nicht zuvor Arbeit und eine Wohnung fand. Aber wenigstens hatte sie einen Beruf gelernt. Sie wusste jetzt, dass sie Geige spielen und sich damit vielleicht ihren Lebensunterhalt verdienen konnte. Sie kehrte in ihre Pension zurück, setzte sich aufs Bett und zählte das Geld, das Gräfin Svenssen für sie hinterlegt hatte. Wenn sie sich eine Stelle als Kellnerin oder als Putzfrau suchte, um für ihre Unterkunft zu bezahlen, konnte sie mit dem restlichen Geld eine Geige kaufen. Wenn sie übte, würde sie vielleicht als Lehrerin arbeiten können. Ganz gewiss gab es in Genf ein Konservatorium.

In dem Haus in Le Coppet herrschte eine Weile Schweigen. Leah starrte aufs Wasser hinaus, und die Erinnerungen taten so weh, dass sie sie nicht in Worte fassen konnte. Eleanor saß reglos auf ihrem Stuhl und lauschte, wie der See gegen die steinerne Terrasse plätscherte. Sie hätte ihn einfach im Krankenhaus zurücklassen können, dachte sie. Sein Zustand und ihre eigene schwierige Lage wären eine ideale Begründung, eine nicht zu widerlegende Rechtfertigung gewesen zu gehen, ohne dass man ihr hätte Vorwürfe machen können. Eleanor wollte schon etwas sagen, als Leah ihren Bericht fortsetzte.

Jede Woche fuhr Leah mit dem Bus in die Klinik, saß bei Stefan, plauderte mit ihm, hielt seine Hand und versuchte, ihm eine Reaktion zu entlocken. Am Ende jedes Besuchs musste sie sich auf sein klägliches Jammern gefasst machen, wenn sie aufstand, das Zimmer verließ und ihr sein lautes Flehen bis auf den Flur hinaus folgte. Endlich gelang es ihr, eine Stelle als Teilzeitlehrerin am Konservatorium in Genf zu bekommen. Doch sie hatte noch immer keine Wohnung finden können, die groß genug war, um Stefan dort zu pflegen. Er wurde immer schwächer und verhielt sich reizbar, wenn sie nicht bei ihm war. Aber obwohl sich Leah von seiner vollständigen Abhängigkeit allmählich erstickt fühlte, glaubte sie, die Pflicht zu haben, ihn für das Leben zu entschädigen, das er ihretwegen verloren hatte.

Da es ihr einfach nicht gelang, eine Lösung für ihre Probleme zu finden, schrieb sie schließlich in ihrer Verzweiflung an Charlotte de Savoie. Vielleicht konnte diese freundliche Frau oder ihre Tochter, die Ärztin, ihr einen Rat geben. Und vielleicht gab es eine Möglichkeit, Stefan nach Paris zu bringen, wo sie eine lukrativere Stelle finden und ein Zuhause für ihn schaffen konnte. Und es konnte ja sein, dass Dr. de Savoie einen Spezialisten kannte, der in der Lage war, etwas für Stefan zu tun. Doch auf das Ergebnis des Briefes, den Leah aus Verzweiflung an einem einsamen Sommerabend schrieb, war sie wirklich nicht vorbereitet gewesen. Denn vier Wochen, nachdem sie ihn abgeschickt hatte, stand Richard Kirwan in der Tür ihrer Pension. Sein Gesicht wirkte älter, aber sein Lächeln löste – zum ersten Mal, seit der Krieg zu Ende war – unbändige Freude in ihr aus. Laut lachend und gleichzeitig weinend fielen sie sich in die Arme und konnten das Wunder kaum fassen, dass Charlotte de Savoie das Verbindungsglied zwischen ihnen gewesen war. Stundenlang saßen sie in Leahs schäbigem kleinen Zimmer, tranken Kaffee, redeten über die glücklichen Tage in Paris und schilderten einander das Grauen, das sie in den Lagern am eigenen Leibe erlebt oder beobachtet hatten. Richard erzählte ihr von Helena und den Zwillingen und von Seamus' Hilfsbereitschaft. Schließlich erzählte er auch von Celine, was sie ihm bedeutete und was sie für ihn getan hatte. Und zu guter Letzt sprach er über das Staunen und den Schmerz angesichts der Eröffnung, dass er Vater einer kleinen Tochter namens Solange war.

»Was hat er über Seamus gesagt?« Eleanor konnte sich die Frage nicht verkneifen.

»Er erzählte mir von der Rückkehr aus der Bretagne. Man habe ihn bewusstlos zum Boot getragen; Helena habe ihn dann zu Hause gepflegt. Nach Richards Verschwinden war sie vor Angst und Trauer fast außer sich gewesen. Sie erwartete Zwillinge, ihr Ehemann war vermutlich tot, und ihr Bruder war in tiefer Niedergeschlagenheit versunken, denn er hatte Schuldgefühle, weil er ohne Richard, Stefan und mich zurückgekommen war. Laut Richard war es nur Helena zu verdanken, dass Seamus nicht den Verstand verloren hat. Sie flehte ihn an, ihr zuliebe stark zu sein, und das hat ihm den Mut zum Weiterleben gegeben.«

Eleanor hörte die Einsamkeit aus Leahs Tonfall heraus und erkannte dasselbe Leid und dieselbe herzzerreißende Trauer, die ihr auch an Seamus aufgefallen war, als er ihr am Strand von Connemara von seiner Liebe erzählt hatte. Es erschien ihr so sinnlos, dass diese beiden unschuldigen und mutigen Menschen auf so grausame Weise getrennt worden waren.

»Er hat Sie geliebt, Leah, und zwar fast bis zur Selbstaufgabe. Und er liebt Sie immer noch und hat deshalb nie geheiratet. Warum haben Sie sich nicht von ihm helfen lassen? Das wäre sein größter Wunsch gewesen.«

Leah schlug die Hände vors Gesicht.

»Verstehen Sie das denn nicht, Eleanor? Ich hatte bereits einen Mann zerstört, indem ich ihm erlaubte, mich zu heiraten, um mich zu retten. Ich habe Stefan nie geliebt. Und das war das Schreckliche daran. Er ist durch seine Bemühungen, mir zu helfen, zu Grunde gegangen, obwohl ich ihn nie geliebt habe. Ich habe in meinem ganzen Leben nur einen einzigen Mann geliebt, und das war Seamus.«

»Warum dann also?«, protestierte Eleanor, aber Leah fiel ihr ins Wort.

»Wie hätte ich es ihm sagen können? Sie wissen doch selbst, wie er in diesem Fall reagiert hätte! Er wäre sofort hergekommen, um für mich und für Stefan zu sorgen. Er hätte versucht, uns nach Irland zu holen – so war er. Wie hätte ich das ertragen können? Ich wäre an meinen armen, kranken Mann gefesselt gewesen, während ich mich in Wirklichkeit nach einem anderen sehnte. Ich hätte Seamus nur gequält und sein Leben ebenso zerstört wie das von mir und Stefan.« Sie schwieg eine Weile. »Letztlich wurde mir die Entscheidung abgenommen. Ich bin mit Richard zu Stefan in die Klinik gegangen, denn ich dachte, es würde ihn aufmuntern zu wissen, dass Richard überlebt hat.« Sie erschauderte. »Stefan geriet außer sich, schrie und kreischte und hob schützend die Arme über den Kopf. Dann bekam er Krampfanfälle, die ihn fast umgebracht hätten. Man musste ihn tagelang mit Beruhigungsmitteln voll pumpen.«

»Wie konnte Vaters Besuch so eine Reaktion auslösen?«

Eleanor blickte auf den Mann, der hinter ihr auf dem Boden lag. Stefan schien fest zu schlafen.

»Nach dem Hinterhalt auf der Ile de Groix wurde Stefan festgenommen. Sie brachten ihn ins Gestapo-Hauptquartier in Paris«, erwiderte Leah. »Ich habe eine Weile gebraucht, die Teile zu einem Ganzen zusammenzufügen, doch die wirkliche Geschichte werde ich wohl nie erfahren. Ich muss vorsichtig sein, was ich ihn frage, um ihn nicht aufzuregen. Aber manchmal ist er bei klarem Verstand und kann zusammenhängend erzählen.« Sie schenkte sich Wein nach, rollte sich im Sessel zusammen und umfasste das Glas mit beiden Händen. »Graf Svenssen sympathisierte mit den Nazis und hatte Kontakte zu den Deutschen in Paris. Als er hörte, dass Stefan verhaftet worden war, traf er eine Abmachung mit ihnen. Sie ließen Stefan laufen, beschatteten ihn aber, so dass er sie unwissentlich zu der Widerstandsgruppe führte, die uns aus Frankreich hatte herausschmuggeln wollen. Es handelte sich um dieselbe Gruppe, die Richard versteckt hatte.«

Mit zitternder Stimme schilderte Leah Stefans Entsetzen, als ihm klar wurde, welche Folgen sein Verhalten gehabt hatte. »Er war ebenfalls verhört und schwer misshandelt worden. Aber durch die Erkenntnis, dass er seine Freunde unabsichtlich verraten hatte, verlor er endgültig den Verstand. Er wollte sich umbringen, indem er sich eine Treppe hinabstürzte, und dabei trug er seine schlimmsten Verletzungen davon.«

»Der arme, arme Stefan! Er war so tapfer und hat so viel geopfert. Für jemanden meiner Generation, der behütet aufgewachsen ist, ist es sehr schwer, das alles zu begreifen.«

»Stefan hat sich nie erholt«, sprach Leah weiter und legte Eleanor die Hand auf den Arm. »Er konnte sich die Rolle, die er bei der Verhaftung seiner Freunde gespielt hatte, nicht verzeihen. Und als an jenem Tag in der Klinik plötzlich Richard vor ihm stand, fühlte er sich, als wäre er geradewegs in die Hölle zurückgekehrt. Wir konnten ihn nicht davon überzeugen, dass Richard noch lebte und ihm an dem Geschehenen keine Schuld gab. Stefan hielt Ihren Vater für einen Geist, der gekommen war, um ihn zu quälen. Richard durfte sich ihm nicht mehr nähern.« Leah leerte ihr Glas. Ihre Sprache klang vor Erschöpfung ein wenig verwaschen.

»Da wurde mir klar, dass ich eine Begegnung zwischen Seamus und ihm verhindern musste. Es gab keine Zukunft für uns. Ich konnte Stefan nicht im Stich lassen und von Seamus nicht verlangen, dass er meinetwegen sein Leben aufgab. Es waren genug Opfer gebracht worden.«

Sie schloss die Augen. Eleanor fragte sich, wie Leah es bloß geschafft hatte, so ruhig und würdevoll ihre Geschichte zu erzählen.

»Von Richard weiß ich, dass Seamus mich nach dem Krieg gesucht hat und dass diese Frau behauptete, ich wäre auf dem Gewaltmarsch in ihren Armen gestorben. Welchen Sinn hätte es gehabt, Leah Nazarre wieder zum Leben zu erwecken? Ich verlangte von Richard, mir zu schwören, weder Seamus noch Helena zu sagen, dass er mich gefunden hatte. Mir ist klar, wie grausam das war. Aber sie hielten mich doch bereits für tot, und Helena hätte es nie geschafft, es Seamus zu verheimlichen, wenn Richard es ihr verraten hätte.«

»Also sind Sie einfach untergetaucht?«

»Ich bin sicher, dass es die richtige Entscheidung war. Damals hoffte ich, Seamus würde mich vergessen und bald eine andere Frau kennen lernen.«

»Aber er hat Sie nicht vergessen! Wir haben uns gewundert, warum er ledig geblieben ist, aber inzwischen weiß ich, dass er nie eine andere Frau lieben konnte. Davon bin ich überzeugt.«

»Ich hätte es nicht ertragen, dass er mich liebt und in meiner Nähe ist, während ich bei Stefan bleiben musste«, entgegnete Leah. »Und so hat Ihr Vater sich um uns gekümmert; er war voller Güte und ein außergewöhnlicher Mensch. Richard kaufte uns dieses Haus und traf mit der Klinik eine Abmachung, uns für den Gegenwert der monatlichen Pflegekosten Schwestern nach Hause zu schicken. Es ist mir nie gelungen, genug zu verdienen, um das zu bezahlen, was Stefan braucht. Ich erklärte mich erst einverstanden, Richards Hilfe anzunehmen, als er mir versprach, mein Geheimnis zu bewahren. Nicht meinetwegen, sondern Stefan zuliebe. Ich habe versucht, ihm das Leben so schön wie möglich zu machen, aber ohne Richard hätte ich es nie geschafft.«

Eleanor stand auf und stellte ihr Glas und ihren Teller vor sich auf das Tablett. Ihr fiel auf, dass sie fast zwei Flaschen Wein getrunken hatten.

»Leah«, sagte sie leise.

Aber Leah war eingeschlafen. Eleanor suchte nach einer Decke, um sie über sie zu breiten. Als sie sich umdrehte, erschauderte sie. Stefan hatte die Augen weit geöffnet und beobachtete jede ihrer Bewegungen. Wie lange war er schon wach? Als sie sah, dass er sich aufzurichten versuchte, lief sie zu ihm hinüber, kniete sich neben ihn und nahm eine seiner verkrüppelten Hände.

»Stefan«, flüsterte sie. »Stefan, alles ist in Ordnung. Leah schläft nur. Sie braucht Ruhe. Kann ich etwas für Sie tun? Ich bin Ihre Freundin und auch die von Leah. Ich bin hier, um Ihnen zu helfen.«

Als er ihre Hand fest umklammerte, musste sie die Angst unterdrücken.

»Lassen Sie sich von mir helfen, Stefan. Wenn Sie sich auf mich stützen, bringe ich Sie ins Bett, damit Sie weiterschlafen können.«

Sie fasste ihn unter den Achseln und zog ihn hoch, ohne zu wissen, was sie tun sollte, wenn er sich aufregen sollte. Doch er bedeutete ihr etwas mit seinen verkrümmten Fingern und hielt sie an die Lippen, bis ihr klar wurde, dass er leise sein wollte, um seine Frau nicht zu wecken. Er stützte sich schwer auf sie und taumelte dann mit grotesken Bewegungen auf sein Bett zu. Als er endlich lag, war seine Stirn schweißnass, und seine Arme zitterten. Aber er zwang sich zu einem Lächeln. Dann schloss er die Augen. Eleanor beobachtete, wie seine entstellten Züge friedlich wurden. Als sie glaubte, dass er eingeschlafen war, schlich sie aus dem Zimmer und ließ die Tür einen Spalt weit offen.

Stefan lag ihm Bett, und Bilder seiner Gefangenschaft im Gestapo-Hauptquartier in Paris standen ihm vor Augen. Bis jetzt hatte er diese Eindrücke aus der Hölle immer zu verdrängen versucht, aber nun ließ er sie zu. Die Nazis hatten ihn verspottet und ihm mit ihren Knüppeln die Finger zerschmettert. Doch er hatte die Schläge und Verhöre überstanden. Zweimal wurde er an eine Badewanne mit eiskaltem Wasser geführt und, die Hände auf dem Rücken gefesselt, daran festgekettet. Dann drückte man ihm Kopf und Schultern in die Wanne, bis er zu husten begann und sich seine Lungen bei dem Versuch, nach Luft zu schnappen, mit Wasser füllten. Als er das Bewusstsein verlor, ließ man ihn auf dem Boden liegen, in dem Wasser, das er erbrochen hatte. Aber er hatte geschwiegen. Bis zu dem schrecklichen Augenblick, als er sie zu seinen Freunden geführt hatte. Nun lag er allein in der Dunkelheit und spürte das Gewicht seines nutzlosen Körpers und die entsetzlichen Schmerzen der seit dem Sprung vergangenen Jahre. Warum war er damals nicht gestorben? Warum hatte man ihn nicht auf der Treppe sterben lassen? Stattdessen war er nun in diesem gelähmten Körper eingesperrt, für immer ein Gefangener dessen, was er getan hatte. Und Leah war seinetwegen zu einem Leben in der Hölle verurteilt. Als er so in dem stillen Zimmer lag, traten ihm Tränen in die Augen und rannen in einer schmalen Spur über sein Gesicht, während er auf den Anbruch eines weiteren endlosen Tages wartete.

Kapitel 49

Genf, 1970

In einen Lehnsessel geschmiegt, fiel Eleanor in einen unruhigen Schlaf. Einmal wurde sie von einem merkwürdigen Geräusch geweckt und fuhr erschrocken hoch. Zunächst wusste sie nicht, wo sie sich befand, aber dann bewegte sich Leah im Sessel gegenüber, und ihr fiel alles wieder ein. Als sie in die Dunkelheit lauschte, hörte sie nur den Wind über der schwarzen Wasserfläche des Sees heulen. Seufzend suchte sie sich in dem engen Sessel eine bequemere Position, rieb sich den schmerzenden Nacken und die steifen Glieder und nickte wieder ein.

Immer noch schläfrig bemerkte Eleanor, dass es schon dämmerte. Nieselregen hatte eingesetzt, und der See lag träge und bleigrau jenseits der Terrasse und des kleinen Rasens unter tief hängenden Wolken. Eleanor spürte ein Pochen im Kopf; ihr Mund war trocken, und sie hatte einen faden Geschmack auf der Zunge. Als sie sich im dämmrigen Zimmer umsah, erinnerte sie sich an das Geräusch, das sie während der Nacht geweckt hatte. Vielleicht war in dem heftiger werdenden Wind ein Ast abgeknickt. Doch sie hatte ein mulmiges Gefühl.

Sie warf einen Blick auf Stefans Tür und stellte fest, dass diese geschlossen war. Eleanor runzelte die Stirn. Sie hatte sie gestern Abend doch absichtlich einen Spalt weit offen stehen lassen, nachdem sie ihm ins Bett geholfen hatte. Sollte sie Leah wecken?

Nein, sie würde selbst nach Stefan sehen. Leise schlich sie in sein Zimmer.
Stefan war nicht in seinem Bett. Eilig ging Eleanor zur anderen Seite, da sie befürchtete, er könnte hinausgefallen sein, aber er lag auch nicht auf dem Boden. Die Decke war beiseite geschoben, doch keine Spur von Stefan. Eleanor schaute im Badezimmer nach. Es war ebenfalls leer. In heller Angst steuerte sie auf die Terrassentüren zu. Sie standen halb offen, und feuchtkalte Luft wehte in den Raum. Der Vorhang hing in einem seltsamen Winkel herab und war an einer Ecke von der Stange gerissen worden. Die Geranien draußen im Blumenkübel waren zerdrückt, als wäre jemand darauf gefallen. Stefan war doch nicht etwa bei Dunkelheit und Regen nach draußen gegangen? Ein schrecklicher Verdacht regte sich in ihr, und sie begann zu beten, während sie die Stufen zum Rasen hinunterlief. Ihr Entsetzen wurde zur grausigen Gewissheit, als sie das zertretene Gras und die feuchten Fußabdrücke bemerkte, die zum Seeufer führten. Ein schmaler Steg ragte in den See hinein.
Am Ufer sah Eleanor seinen Körper, das Gesicht nach unten, im Wasser liegen. Mit einem Schluchzen watete sie in den kalten See hinaus, ohne auf ihren nassen Rock oder den Nieselregen zu achten, der ihr das Haar durchweichte. Sie packte Stefan an den Armen und begann, wild daran zu zerren. Der gewaltige Körper ließ sich nur schwer bewegen, als sie ihn mühsam ans Ufer zog, und schließlich in die Hocke ging, um ihn auf den Steg unterhalb der Terrasse zu hieven.
Er lag noch mit den Beinen im Wasser. Sein bläulich aufgedunsenes Gesicht war verzerrt, aber seltsam friedlich, und seine Augen starrten blicklos zum Himmel. Eleanor versuchte, ihn wiederzubeleben, warf sich mit ihrem ganzen Gewicht auf ihn und presste – in dem vergeblichen Bemühen, Luft in seine Lungen zu pumpen – den Mund auf seine reglosen Lippen. Doch er hatte schon zu lange im Wasser gelegen, sie konnte ihm nicht mehr helfen.
Eleanor bemerkte nicht, dass Leah näher gekommen war, und

nahm ihre Gegenwart erst wahr, als sie von dem Ertrunkenen weggezogen wurde. Die dunklen Augen weit aufgerissen, packte Leah Stefan an den Schultern und zerrte ihn aus dem Schlamm und Morast. Dann kniete sie sich neben ihn, wischte ihm mit dem Saum ihres Rockes das Gesicht ab, strich ihm die Kleider glatt, begradigte ihm die Beine, liebkoste seine kalten Füße und legte sie sich nacheinander auf den Schoß, um sie sorgfältig an ihrem Kleid zu trocknen.

»Stefan, wir müssen dich trocken kriegen«, sagte sie. »Du hast ja deine Schuhe verloren, Schatz. Ohne Schuhe wirst du dir Erfrierungen holen.«

Ihre Bewegungen waren sorgsam, und sie sprach leise. Eleanor schien sie überhaupt nicht zur Kenntnis zu nehmen. Schließlich stand sie auf und ging hinein. Eleanor wusste nicht, ob sie ihr folgen sollte, denn es widerstrebte ihr, Stefan allein im Regen auf dem Steg liegen zu lassen. Seine Füße hoben sich weiß vom dunklen, nassen Stein ab. Von drinnen hörte sie eine Geige. Leah spielte einen schnellen, aufgepeitschen Marsch, wobei sie immer wieder dieselben Phrasen wiederholte. Inzwischen zitterte Eleanor am ganzen Körper. Sie wagte weder, sich zu rühren noch zu bleiben, wo sie war. Aber sie musste einen Arzt holen, der sich um Leah und um ihren bedauernswerten toten Mann kümmerte. Eleanor wandte sich von Stefans Leiche ab und lief ins Haus. Leah stand mit leerem Blick in der Ecke neben dem Klavier. Ihre Finger umfassten den Bogen, und sie hatte die Geige fest an die Wange gepresst. Kerzengerade stand sie da, nur der Arm mit dem Bogen und die Finger auf den Saiten bewegten sich.

Eleanor rannte durchs Wohnzimmer zum Telefon, das sich im Flur befand. Auf der Suche nach den Notrufnummern blätterte sie das Telefonbuch durch. Sie musste jetzt einen Krankenwagen rufen und die Polizei verständigen. Aber sie fühlte sich nicht in der Lage, dort anzurufen und den Beamten zu erklären, was in dieser Nacht geschehen war. Hinter ihr dauerte das schrille Geigenspiel an. Gareth und seine stoische Ruhe fielen ihr ein. Er würde wissen, was zu tun war. Es schien eine Ewigkeit zu dauern, bis er sich endlich mit schläfriger Stimme meldete. Doch schon im nächsten Moment war er hellwach und versprach ihr, sofort da zu sein. Eleanor lehnte sich an die Wand und zwang sich zur Ruhe. Leah spielte immer noch, aber die Melodie war nun langsamer und klagender. Eleanor ging die verschiedenen Notizbücher und Papiere auf dem Telefontischchen durch, bis sie ein kleines Adressbuch entdeckte, in dem sie den Namen und die Adresse eines hiesigen Arztes fand. Sie wählte die Nummer. Der Arzt verstand sofort, worum es ging, und sagte, er sei schon unterwegs. Außerdem würde er die Behörden und einen Krankenwagen alarmieren.

Eine Unendlichkeit verging, und jede Minute dieses alptraumhaften, grauen Morgens schien sich ewig dahinzuschleppen. Gareth traf als Erster ein. Eleanor warf sich ihm erleichtert in die Arme und zog ihn ins Haus. Kurz darauf erschien Dr. König, der alles in die Hand nahm und erklärte, er sei schon seit über zwanzig Jahren Stefans Arzt. Sie brauchten eine Weile, die völlig erschütterte Leah in ihr Zimmer zu bringen. Als der Arzt seine Tasche öffnete, fiel die Geige krachend zu Boden, und sie wich, die Hände schützend über den Kopf erhoben, vor ihm in eine Zimmerecke zurück. Doch schließlich gelang es Eleanor, sie mit sanfter Überredung in ihr Zimmer zu lotsen, wo Dr. König ihr ein Beruhigungsmittel verabreichte. Zu guter Letzt kamen die Polizei und ein Krankenwagen, der Stefans Leiche fortbrachte. Dr. König stellte den Totenschein aus, in dem er bestätigte, dass es sich um einen Unfall handelte.

Nachdem Polizei und Krankenwagen fort waren, setzte sich der Arzt mit Eleanor und Gareth ins Wohnzimmer, um zu reden. Er musterte Eleanors bleiches, eingefallenes Gesicht.

»Sie haben auch einen schweren Schock erlitten, Mademoiselle.«

»Mir geht es gut, Herr Doktor. Es kam nur so überraschend. Leah ist eine alte Freundin meines Vaters, die wir erst gestern kennen gelernt haben. Was geschieht jetzt mit ihr?«

Dr. König schüttelte den Kopf, und Anteilnahme zeigte sich auf seinem freundlichen Mondgesicht. »Sie hat in den letzten Jahren

viel durchgemacht. Der Zustand ihres Mannes hat sich in den vergangenen Monaten sehr verschlechtert, und ich glaube nicht, dass er noch lange gelebt hätte.«
»Aber was wird jetzt aus Leah?«, fragte Eleanor. »Mir wäre es gar nicht recht, wenn sie in ein Krankenhaus käme.«
»Es könnte in ein paar Stunden oder Tagen ausgestanden sein. Aber vielleicht ist es auch etwas Ernstes, das sich länger hinzieht.« Die Augen hinter der dicken Brille blicken mitfühlend. »Am besten wäre es, wenn sie in ihrer vertrauten Umgebung bleiben könnte, aber sie wird medizinische Hilfe brauchen, bis sie sich entweder wieder erholt oder bis klar wird, dass doch eine stationäre Behandlung nötig ist.«
Eleanor erhob sich.
»Soll das heißen, Dr. König, dass sie zu Hause bleiben könnte, bis es ihr besser geht, falls sich jemand um sie kümmert, den sie liebt und dem sie vertraut?«
»Wenn es sich bei ihrer Reaktion nur um einen kurzfristigen Schock handelt, ja. Dann wäre es wirklich das Beste. Vorausgesetzt natürlich, sie erhält die nötige Pflege.«
»Leah hat jemanden, der sie versorgen könnte: meinen Onkel Seamus O'Riordan. Sie standen sich vor vielen Jahren sehr nah und hätten wahrscheinlich geheiratet, wenn der Krieg sie nicht getrennt hätte. Außerdem ist Seamus Arzt. Glauben Sie, es würde ihr helfen, wenn er bereit wäre, nach Genf zu kommen?«
»Das ist eine sehr heikle Situation, Eleanor«, wandte Gareth stirnrunzelnd ein. »Schließlich kennen wir Leah nicht sehr gut. Wir können nicht sagen, was in ihr vorgeht. Natürlich klingt dein Vorschlag zu schön, um wahr zu sein, aber sie haben sich seit fast dreißig Jahren nicht gesehen.«
»Seamus hat mir erst vor einer Woche von Leah erzählt, und davon, dass er sie immer geliebt hat. Und ich habe gerade den ganzen Abend mit ihr verbracht. Sie selbst sagte letzte Nacht, sie hätte nie jemanden außer ihm geliebt.«
Gareth nahm Eleanors Hand. »Vielleicht möchte sie ja, dass Seamus sich so an sie erinnert, wie sie früher einmal gewesen ist. Es

wäre tragisch, wenn der Traum von ihr, den er jetzt schon so lange träumt, so unsanft zerstört würde.«

»Oh, Gareth, ich bin überzeugt, dass Vater mich mit der Übergabe des Briefes beauftragt hat, weil er wusste, wie sehr sie einander brauchen. Bestimmt hat er gehofft, dass sie einander wiederfinden würden. Natürlich ist es riskant, aber die Liebe kann alle Wunden heilen.« Sie wandte sich an Dr. König. »Was halten Sie davon, Herr Doktor? Sind Sie einverstanden, dass ich meinen Onkel anrufe?«

Dr. König hielt inne, nahm die Brille ab, polierte sie, setzte sie wieder auf und blinzelte leicht, offenbar in der Hoffnung, die Lage dadurch klarer beurteilen zu können. Dann nickte er zögernd. Eleanor griff zum Hörer und rief die Vermittlung an.

Seamus wurde vom beharrlichen Klingeln des Telefons im Erdgeschoss geweckt. Er hatte das Gefühl, gerade erst ins Bett gegangen zu sein. James und Elizabeth waren am Vorabend aus Paris zurückgekehrt und hatten zu ihrem Erstaunen erfahren, dass ihre Schwester sich in Genf aufhielt. Seamus hatte Helena von Connemara nach Dublin zu ihren Kindern gefahren und ihnen allen das wenige erzählt, was er von Eleanors Mission wusste. Nachdem James ihre Begegnung mit Solange geschildert und berichtet hatte, dass ihr Vater Träger des Ehrenkreuzes war, starrte Helena schweigend ins Kaminfeuer. Dann drehte sie sich zu ihren Kindern um. »Ihr sollt wissen, dass ich einige schreckliche Dinge getan habe, die ich inzwischen zutiefst bereue«, begann sie. »Aber ihr dürft nicht vergessen, dass ich euch alle sehr liebe.«

»Mutter …« James konnte ihren schmerzlichen Tonfall kaum ertragen.

»Als euer Vater starb, habe ich mich in meine eigene Welt zurückgezogen.« Offenbar hatte Helena ihn gar nicht gehört. »An euch habe ich überhaupt nicht gedacht, und das war ungerecht von mir. Genau genommen, sogar grausam. Und sicher nicht das, was euer Vater gewollt hätte.«

»Es war doch nur natürlich«, wandte Lizzie ein. »So hätten die meisten Menschen reagiert.«

»Nein«, widersprach Helena. »Es war egoistisch von mir. Ich wollte nicht ohne ihn weiterleben, und eure Bedürfnisse habe ich überhaupt nicht zur Kenntnis genommen. Das tut mir Leid. Aber am meisten muss ich mich wohl bei Eleanor entschuldigen. Sie hat versucht zu verhindern, dass ich in Selbstmitleid und Trauer versinke, und ich habe ihr wehgetan. Ich wünschte, sie wäre jetzt hier.«

»Bitte, Mutter, lass das«, sagte James mit ruhiger Stimme. »Mittlerweile ist uns allen klar, dass die Situation nicht so einfach ist.«

»Ich bin sehr müde und gehe jetzt ins Bett.« Helena stand auf. »Wenn Eleanor aus Genf zurück ist, werde ich mich mit euch allen zusammensetzen und euch einige Dinge erzählen, die ihr wissen solltet. Doch erst, wenn sie dabei sein kann. Es geht uns alle etwas an.« Nachdem sie ihre Kinder geküsst und ihrem Bruder die Wange getätschelt hatte, verließ sie den Raum.

Seamus war noch einige Stunden lang unten geblieben. Er hatte mit James und Elizabeth gesprochen und ihnen die erste Fahrt nach Frankreich und die Umstände geschildert, die zur Verhaftung ihres Vaters geführt hatten. Doch schließlich hatte er darauf bestanden, ebenfalls schlafen zu gehen.

Als das Telefon läutete, schreckte er hoch und sah auf die Uhr. Im ersten Moment glaubte er, er sei zu Hause in Connemara und habe Bereitschaftsdienst. Dann hörte er, wie James abhob, verstand aber nicht, was gesprochen wurde. Nach einer Weile eilten Schritte die Treppe hinauf, und es klopfte an seiner Tür.

»Seamus«, rief James. »Es ist Eleanor. Ich glaube, da stimmt etwas nicht.«

Seamus schlüpfte in seinen Morgenmantel und lief nach unten.

»Eleanor?« Er hörte ihr Keuchen am anderen Ende der Leitung. »Ganz langsam, hol zweimal tief Luft, bevor du zu reden anfängst, meine Kleine. Beruhig dich erst mal.«

Eleanor sah Gareth an, der ihr aufmunternd zulächelte. Doch sie wusste nicht, wie sie ihr Anliegen in Worte fassen sollte.

Im Arbeitszimmer in Killiney sah James, wie sein Onkel ins Taumeln geriet, und half ihm, sich zu setzen. Seamus' Gesicht war vor

Schreck aschfahl. Helena kam herein und eilte durch den Raum auf ihren Bruder zu, der sich wie ein kleiner Junge an sie klammerte.

»Leah ist dort? Richard hat das getan? Und Stefan ist tot?« Er wiederholte seine Fragen. »Ich kann es nicht glauben. Ich begreife es einfach nicht. Um Himmels willen, Eleanor, sag das noch einmal.«

Helena hatte die Arme um ihn geschlungen und presste ihr Gesicht gegen den Hörer, um Eleanor zu verstehen. Seamus lehnte sich an ihre zierliche Gestalt und hörte seiner Nichte zu. Seine Augen waren geschlossen, und Tränen liefen ihm die Wangen hinab. »Natürlich komme ich. Ich nehme das erstmögliche Flugzeug. Bestimmt hat der Arzt Recht, dass sie in ihrer gewohnten Umgebung am besten aufgehoben ist. Ich fahre sofort los. Irgendwann heute bin ich bei euch.«

Er hatte nicht die Zeit, Helena die Einzelheiten zu erläutern oder James zu erklären, was geschehen war. Elizabeth, die von dem Tumult geweckt worden war, kam nach unten in die Küche und betrachtete fassungslos die Szene, die sich vor ihr abspielte: Ihr sonst so stoischer Onkel weinte an der Schulter ihrer Mutter. Elizabeth war erschüttert. Helena machte Kaffee und Toast für Seamus, während James auf seine Anweisung hin den Flughafen anrief, um einen Flug zu buchen. Währenddessen saß Elizabeth unbeachtet da und traute ihren Augen nicht.

Schließlich stand Seamus, den kleinen Koffer, den Helena ihm gepackt hatte, in der Hand, an der Tür. James ließ draußen den Motor aufheulen. Elizabeth verharrte, immer noch verwirrt, neben ihrer Mutter auf der Eingangstreppe, als das Auto davonbrauste.

»Lizzie«, sagte Helena mit strahlendem Gesicht. »Komm mit rein. Ich möchte dir eine Liebesgeschichte erzählen.«

Kapitel 50
Genf, 1970

Die Reise schien ewig zu dauern. Immer wieder ging Seamus im Geist das durch, was Eleanor ihm erzählt hatte, und stellte zu seinem Entsetzen fest, dass er in seinem Schreck vergessen hatte, die wichtigsten Fragen zu stellen. Hin- und hergerissen zwischen Hoffnung, Angst und Ungeduld, saß er da, starrte hinaus auf die Wolken und wünschte sich, das Flugzeug möge schneller fliegen. Gareth holte ihn am Flughafen ab. Während sie sich in raschem Tempo am Seeufer entlang von der Stadt entfernten, schilderte er ihm, was in den letzten beiden Tagen vorgefallen war. An der Tür von Leahs Haus blieb Seamus wie gelähmt auf der Treppe stehen, bis er Gareths Hand am Ellenbogen spürte, die ihn in den Flur schob. Er erinnerte sich daran, wie Richard ihn vor all den Jahren an jenem letzten schrecklichen Tag in der bretonischen Hütte gestützt hatte. Damals hatte Leah mit platinblondem Haar vor ihm gestanden und ihm eröffnet, dass sie verheiratet war. Eleanors Umarmung war fest, liebevoll und voller Zuversicht.

»Seamus, das ist Dr. König. Ich habe ihn gebeten, zu kommen und mit dir zu sprechen. Leah schläft. Sie ist immer noch verwirrt, aber ich glaube, sie erkennt mich.«

Als Seamus seine Nichte betrachtete, wurde ihm klar, welcher wahnwitzige romantische Traum sie bewogen hatte, ihn anzurufen. Die Erinnerung an seine Unfähigkeit von damals, die Frau zu retten, die er liebte, regte sich wieder, um ihn zu quälen. Am liebsten hätte er kehrt gemacht. »Ich schaffe das nicht. Ich bin damit überfordert. Es ist zu spät«, hätte er beinahe gesagt – um dann einfach davonzugehen.

Eleanor merkte ihm an, dass er in seinem Entschluss wankte. »Du darfst nicht so denken, Seamus. Das darfst du nicht«, flüsterte sie und legte ihm die Hände auf die Schultern. »Du bist ein wundervoller Mensch und gibst anderen so viel. Sie wird wieder gesund werden, und das wird sie nur dir zu verdanken haben.« Sie schüttelte ihn kräftig und lächelte erleichtert, als sie feststellte, dass er all seine Kraft zusammennahm und die Schultern straffte.

»Bete für mich, Eleanor«, sagte er.

Dann ging er ins Wohnzimmer, gab Dr. König die Hand und erörterte mit ihm Leahs Zustand. Der Schweizer Arzt war von dem ruhigen, weisen, hoch gewachsenen Mann mit der sanften Stimme beeindruckt. Er schilderte Leahs Krankengeschichte, ihre Phasen der Erschöpfung, ihr Durchhaltevermögen und ihre Entschlossenheit, Stefan, ohne Rücksicht auf ihre eigenen Bedürfnisse, das Leben erträglicher zu machen. Schließlich drehte sich Seamus zu seiner Nichte um. »Ich gehe jetzt zu ihr. Bringst du mich hin?«

Eleanor öffnete die Tür von Leahs Schlafzimmer. Leah hatte die Augen geschlossen, ihre Wimpern waren lang und dicht. Ihr Haar hob sich pechschwarz vom Kopfkissen ab, und ihr eingefallenes Gesicht war von Leid geprägt. Aber sie war noch immer wunderschön. Das Bild des neunzehnjährigen Mädchens verschwamm und verschmolz mit dem Gesicht der schlafenden Frau, als ob die Jahre dazwischen nie stattgefunden hätten. Seamus erkannte sie und wusste, dass sie noch dieselbe war. Er konnte sie wieder in die Wirklichkeit zurückholen, und er würde dieser Aufgabe den Rest seines Lebens widmen. Demütig kniete Seamus neben ihrem Bett nieder und dankte Gott dafür, dass er sie wiedergefunden hatte. Er hatte eine zweite Chance erhalten, ihr zu helfen und sie zu lieben, wie er es sich schon vor so vielen Jahren gewünscht hatte.

Eleanor stand da und beobachtete ihn. Zunächst fragte sie sich, ob sie bleiben sollte, für den Fall, dass Leah aufwachte und sich beim Anblick eines Fremden fürchtete. Doch nachdem sie die beiden eine Weile angesehen hatte, wurde ihr klar, dass ihre Anwesenheit überflüssig war. Leise ging sie hinaus und schloss die Tür.

Seamus zog sich einen Sessel heran, nahm neben dem Bett Platz, musterte die Schlafende und durchlebte all die Jahre der Trennung noch einmal. Hatte er sie wirklich wieder gefunden, diese Frau, die die Liebe seines Lebens war? Sie hatten nur wenige kurze Wochen zusammen verbracht. Und dennoch war die Liebe, die zwischen ihnen entstanden war, echt und dauerhaft. Schon wenige Stunden nach ihrer ersten Begegnung hatte Seamus ihr sein Herz geschenkt. Selbst damals hatte er gewusst, dass es einige Hürden zu überwinden galt: Religion, Sprache, Kultur und ihre Jugend. Aber er war überzeugt, dass sie diesen Widrigkeiten trotzen konnten, wenn man ihnen nur die Zeit dazu ließ – das allerdings war ein Luxus, den man ihnen nie zugestanden hatte.

Seamus hatte in Roundstone eine Praxis eröffnet, seinen Patienten viele Stunden gewidmet und all seine Freizeit mit Richard, Helena und den Kindern verbracht. Sie wurden sein Rettungsanker, sein Lebenszweck, und er vermied alle anderen zwischenmenschlichen Bindungen. Im Laufe der Jahre hatte der akute Schmerz zwar nachgelassen, doch Seamus' Gefühle verliehen ihm eine Ausstrahlung, die seine Mitmenschen auf Abstand hielt. Als er langsam älter wurde, hatte er ein paar Liebschaften gehabt und etwa zehn Jahre später eine Beziehung mit Ciara Davitt begonnen. Helena war erfreut und erleichtert gewesen, als das Verhältnis enger wurde, und schließlich hatte Seamus seine Zweifel beiseite geschoben und beschlossen, Ciara zu heiraten.

Eines Abends besuchte er mit ihr ein Konzert in Galway, und er plante, ihr danach beim Essen einen Heiratsantrag zu machen. Doch nachdem die letzten Akkorde der Beethoven-Symphonie verklungen waren, erhob sich das Publikum und forderte eine Zugabe. Seamus erstarrte, als die ersten Noten der Romanze von

Wieniawski den Konzertsaal erfüllten. Die eindrucksvolle Komposition weckte lange begrabene Erinnerungen in ihm; sie stiegen in ihm auf wie Rauchfahnen, die ein Feuer ankündigen. Seamus schnappte nach Luft. Die Musik versetzte ihn binnen Sekunden zurück in das Wohnzimmer der Nazarres an jenem letzten Abend in Paris. Er schloss die Augen. Tränen liefen ihm die Wangen hinab, als er derselben Melodie lauschte, die Leah damals für ihn gespielt hatte. Ihr Gesicht hatte im Kerzenschein geleuchtet, ihre langen Finger hatten sich auf die Saiten der Geige gesenkt, und ihr Arm hatte leicht gezittert, als sie den Bogen hob. Er sah ihre Augen vor sich, die sich quer durch den Raum auf ihn richteten und vor Liebe überflossen. In dem kleinen Konzertsaal in Galway berührte die Musik seine Seele und riss die Barrieren nieder, die er gegen die Vergangenheit aufgebaut hatte. Während die letzten Akkorde die Luft um das andächtig lauschende Publikum zum Vibrieren brachten, sprang er auf und stürmte aus dem Theater. Ciara eilte ihm erschrocken nach.

Er fühlte sich schuldig, weil er sie gekränkt und zurückgewiesen hatte, und schwor sich deshalb, nie wieder einem anderen Menschen solchen Schmerz zuzufügen. Von diesem Augenblick an war ihm klar, dass er nicht daran denken durfte, sein Leben mit jemandem zu teilen.

Seine Freunde hielten ihn für einen eingefleischten Junggesellen, der lieber Abwechslung bei einer Vielzahl charmanter Frauen suchte. Doch in Wirklichkeit hatte sich Leahs Bild so tief in sein Innerstes eingegraben, dass niemand sie ersetzen konnte.

Nun saß Seamus im Halbdunkel neben Leahs Bett und versuchte zu begreifen, dass sie all die Jahre am Leben gewesen war, wenn auch als Gefangene, die einen lebenden Leichnam gepflegt hatte. Wie würde sie ihn heute sehen? Als Mann, der nicht dieselben Gräuel hatte durchmachen müssen wie sie? Vielleicht würde sie ihn als Fremden betrachten, der nicht in der Lage ist, ihre Vergangenheit zu verstehen und nachzuvollziehen, so dass sie keinerlei Berührungspunkte mehr miteinander hatten. Möglicherweise empfand sie die Leidenschaft nicht mehr, die sie

früher mit ihm geteilt hatte. Und was war sein Leben dann noch wert?
Die Stunden verstrichen langsam. Seamus machte das Licht aus, weil er befürchtete, es könnte sie stören, und saß reglos neben ihr in der Dunkelheit, ohne sie zu berühren. Sie bewegte sich kaum. Einige Male beugte er sich vor, um sich zu vergewissern, dass sie noch atmete. Schließlich drehte sie sich im Schlaf um, so dass ihre Hand über die Bettkante rutschte. Er griff danach und legte sie sanft an ihren Platz zurück, unter ihre Wange. Da schlossen sich ihre Finger um seine, und die restliche Nacht über spürte er ihren warmen Atem an seiner Handfläche.
Am frühen Morgen erwachte sie, doch wegen der starken Medikamente dauerte es eine Weile, bis der Nebel der Benommenheit verflog. Im fahlen Morgenlicht sah sie den hochgewachsenen Mann neben sich und erschrak. Angst strömte ihr durch die Adern wie geschmolzenes Blei, so dass sie sich weder rühren noch schreien konnte. Und im ersten Augenblick war sie sicher, wieder in Auschwitz zu sein, wo sie neue Qualen erwarteten. Aber gleichzeitig empfand sie auch ein unerklärliches Gefühl der Ruhe.
»Ich muss still liegen bleiben«, sagte sie sich. »Ich darf mir nicht anmerken lassen, dass ich mich fürchte oder dass ich überhaupt am Leben bin. Wenn ich mich nicht bewege, wird er mich für tot halten.«
Doch die dunkle Silhouette erschien ihr vertraut. Undeutlich nahm sie wahr, dass jemand ihre Hand hielt. Leah zwang sich, aus dem Traum aufzuwachen, in dem Wärme, saubere Laken, ein Kopfkissen, eine Matratze, der Geruch nach Möbelpolitur und Blumen und vor allem das tröstende Gefühl vorkamen, das diese kräftige Hand ausstrahlte. Seamus, der ein wenig eingenickt war, bemerkte, dass sie sich bewegte. Er rührte sich nicht, denn er wusste, dass er ihren zerbrechlichen Seelenfrieden unwiederbringlich zerstören konnte, wenn er sie jetzt erschreckte. Ihre Finger zuckten ängstlich und drückten seine Hand. Wie gerne hätte er sie in die Arme genommen, um sie zu trösten, aber er wagte nicht, sich zu bewegen. Leah öffnete weit die Augen. Das Zimmer

schien sich nicht verändert zu haben. Ja, es war noch das gleiche. Sie war in ihrem Zimmer und lag in ihrem Bett. Sie drehte den Kopf, um den Mann, der im Sessel saß und ihre Hand hielt, zum ersten Mal richtig anzusehen. Im bleichen Licht erkannte sie blaue Augen, ein faltiges Gesicht und den Teint eines Menschen, der viel Zeit im Freien verbrachte. Es war das Gesicht eines Mannes, der sich täglich Sonne und Wind aussetzte und der auf dem Meer zu Hause war.

»Leah.« Die Stimme war ganz leise, eigentlich kaum mehr als ein zartes Flüstern. Sie war ein Hauch, der über einen gewaltigen Ozean trieb, das Echo, von dem sie in der Vergangenheit so häufig geträumt hatte. Leah schloss die Augen.

»Wenn ich sie wieder aufmache, ist er fort. Es ist wieder nur ein Traum. Ich träume nur.« Unbeschreibliche Trauer stieg in ihr auf. Vielleicht war er ja tot. Tot wie der arme Stefan, der, die Füße weiß und nackt, im Wasser gelegen hatte. Stefan war tot, und deshalb träumte sie. Alles war vorbei. Sie hatte jetzt nichts mehr, keinen Menschen, um den sie sich kümmern konnte. Die ersten Schluchzer stiegen rau in ihrer Kehle auf und erschütterten ihren ganzen Körper. Dann drückte sie jemand an sich, und starke Arme hielten sie fest. Sie hörte, dass eine Stimme zu ihr sprach.

»Ganz ruhig, Leah. Ich bin da. Ich bin gekommen, um für dich zu sorgen. Niemand wird dir jemals wieder wehtun. Halt dich einfach an mir fest. Halt dich fest. Alles ist gut, mein Liebes. Alles ist gut.«

Sie wusste nicht, wann sie seinen Namen das erste Mal aussprach. So lange hatte sie nicht einmal gewagt, ihn zu denken. Sie klammerte sich an ihn, ließ sich von ihm hin und her wiegen und flüsterte immer wieder seinen Namen. So lange, bis sie sicher war, dass sie nicht träumte. Er war Wirklichkeit. Er war gekommen.

Kapitel 51
St. Joseph de Caune, 1970

Im Krankenhaus in Montpellier liefen der Kardiologe und die Schwestern geschäftig hin und her. Ihre professionelle Fröhlichkeit weckte in Solange eine Mischung aus Zuversicht und Hilflosigkeit. Henri erhielt zwar die beste Pflege, doch da das Krankenhaus für ihn eine fremde Umgebung war, wurde seine Blindheit für ihn zum Gefängnis und verurteilte ihn dazu, reglos in seinem weißen Eisenbett zu liegen. Der Facharzt ging mit Solange in sein Sprechzimmer und legte den Arm um die verängstigte junge Frau.

»Ich halte es für das Beste, ihn so bald wie möglich zu entlassen, damit er in seinem vertrauten Umfeld langsam wieder zu Kräften kommt. Hier bei uns wird er nur immer niedergeschlagener und unruhiger. Er braucht zwar viel Schlaf, aber er muss auch anfangen, sich ein wenig zu bewegen.«

»Wird er wieder ganz gesund werden, Dr. Laurent? Wird er sich wieder erholen?«

»Sein Herz ist schwer geschädigt worden, und ich fürchte, dass er nicht mehr völlig gesund wird. Wir müssen Geduld haben. Er braucht viel Ruhe, und wir müssen ihn sorgfältig beobachten. Ich würde Sie belügen, wenn ich behaupten würde, dass er schon über den Berg ist.«

»Soll das heißen, er könnte einen zweiten Herzinfarkt erleiden?«

»Ja, das ist durchaus möglich.«
Sobald Henri wohlbehalten in seinem Krankenhausbett lag, hatte Solange ihre Großmutter angerufen und ihr mit zitternder Stimme die Lage geschildert. Charlotte war tief bestürzt.
»Ich komme morgen zu euch, mein Kind. Das schaffst du nicht allein. Ich werde dir Gesellschaft leisten und Tante Jeanette ein bisschen ärgern. Das bringt deinen Papa sicher zum Lachen, wenn es ihm wieder besser geht.«
An diesem ersten schrecklichen Nachmittag war Charles Edouard hinter dem Krankenwagen her nach Montpellier gefahren. Im Wartezimmer suchte er einen bequemen Sessel für Solange, holte ihr Kaffee und später etwas zu essen. Seitdem erschien er täglich und brachte ihr Speisen und Getränke, um die fade Krankenhauskost zu ergänzen, und außerdem Bücher und Zeitschriften, die ihr die lange Wartezeit verkürzen sollten.
Charlotte gab sich besonders hochherrschaftlich, als Charles Edouard ihr vorgestellt wurde; sie nahm ihn sofort ins Verhör und wollte alles über seine Familie, seine Herkunft und seine Ausbildung wissen.
»Ausgesprochen intelligent und sehr fleißig und ehrgeizig. Viel zu ehrgeizig, wenn ich ehrlich bin, es grenzt schon fast an Besessenheit«, meinte sie später zu Solange. »Außerdem attraktiv, wenn man den düsteren, leidenschaftlichen Typ mag. Doch er hat trotz alledem einen schalkhaften Humor, was verhindert, dass er ein Langweiler ist. Ich kann noch nicht sagen, ob ihn das zu einem sympathischen Menschen macht. Aber er hat Charakter und ein Ziel vor Augen, und er scheint Henri wirklich zu achten und gern zu haben. In den nächsten Tagen werde ich ihn bestimmt noch öfter zu Gesicht bekommen.«
Ihre Vermutung erwies sich als richtig. Da die Weinlese zu Ende war, hatte Charles Edouard mehr Zeit, um Henri im Krankenhaus zu besuchen und ihn über den komplizierten Prozess der Weinherstellung, dem ihre Ernte gerade unterworfen wurde, auf dem Laufenden zu halten. Jeden Abend erwartete Henri ungeduldig Charles Edouards Eintreffen und lauschte aufmerksam, wenn

der junge Mann die Verkostungen des Tages schilderte und beschrieb, wie sich ihre Trauben allmählich in einen guten Wein verwandelten. Da Henri nicht mehr in Lebensgefahr schwebte, konnte Charles Edouard sich auch Solange widmen.

»Kommst du morgen Abend zum Weinfest, Solange?« Sein Tonfall war so niedergeschlagen, dass Henri auflachte, und zwar mit einer Lautstärke, die sie alle zusammenfahren ließ.

»Mein Gott, mach seinem Leid doch endlich ein Ende, verdammt.« Henri duldete keinen Widerspruch. »Du musst mich vertreten, Solange, und ich habe es satt, dass du Tag und Nacht hier herumsitzt. Du und Charlotte müsst beide zu dem Fest gehen. Ich fühle mich schon viel, viel wohler, und ihr könnt mich ruhig der liebevollen Pflege der jungen Schwester mit der sanften Stimme überlassen. Ich denke, ich werde schon zurechtkommen.«

Das Weinfest fand an einem goldenen und leuchtend blauen Septemberabend statt. Das Licht schien die Ängste zu vertreiben, die Solange in den letzten Wochen geplagt hatten. Die Vorbereitungen dauerten nun schon zwei Tage, und in Madame Pruniers Küche standen unzählige Töpfe, in denen Lammragout brodelte, und außerdem gewaltige Pfannen mit köstlich duftendem Gemüseeintopf. Draußen auf der Terrasse waren lange Holztische aufgebaut und mit gestärkten Tischtüchern und Blumen geschmückt worden. Kerzen wurden angezündet, und bunte Lichterketten hingen in den Bäumen.

Solange stand neben Charles Edouard und betrachtete den hellen, spätsommerlichen Garten. Sie trat einen Schritt zurück und erinnerte sich daran, wie sie vor nur wenigen Monaten schon einmal neben ihm gestanden hatte. Damals hatte Henri ihre Verlobung mit Guy bekannt gegeben. Nun war ihr Verlobter fort, und offenbar hatte ein anderer Mann ihr Herz erobert. Wie hatte sie eine solche Zuneigung für einen Mann empfinden und sich dennoch so rasch in den nächsten verlieben können? War ihre Mutter ebenso zwischen ihrem irischen Geliebten und ihrem Ehemann hin- und hergerissen gewesen? Sieben Monate waren seit Eleanor Kirwans erstem Brief vergangen, und dennoch hatte Solange das Gefühl, dass in ihrem Leben noch immer kein Gleichgewicht herrschte. Die Ankunft von Joël und den ersten Arbeitern riss sie aus ihren niedergeschlagenen Grübeleien. Kurz darauf trafen auch ihre Großmutter und Paul Ollivier ein. Charles Edouard verschwand, um sich unter die Traubenpflücker zu mischen. Die Musiker begannen zu spielen, und Lorette servierte ein Tablett mit Gläsern voll goldenem Muscadet.

Nach dem Essen ging Solange hinein, um im Krankenhaus anzurufen und sich nach Henri zu erkundigen. Als sie zurückkehrte und sich neben ihre Großmutter setzte, sah sie Charles Edouard inmitten seiner Arbeiter. Er tanzte wild zu der immer schneller werdenden Musik, strahlte übers ganze Gesicht und hatte den Kopf in den Nacken gelegt, als er herumwirbelte und Luftsprünge machte. Plötzlich spürte sie einen kleinen Schubs, und als sie sich umdrehte, sah sie, dass Charlotte schmunzelte und die Augenbrauen hochzog. Im nächsten Moment stand sie zwischen den Tanzenden. Charles Edouard streckte die Hand aus und zog sie an sich. Sie fühlte, wie die Musik sie durchdrang, und stellte fest, dass sie sich schneller und schneller drehten, im völligen Gleichtakt, so als wären ihre Körper in einer wilden Welle der Bewegung zusammengeschweißt. Schließlich blieben sie taumelnd und glücklich lachend stehen. Und dann küsste er sie vor den Augen aller Anwesenden auf die Lippen, während sie noch nach Atem rang.

Im nächsten Moment begann der Tanz von neuem, und diesmal beteiligte sich auch Charlotte und wurde im Kreis der jungen Männer von einem zum anderen weitergereicht. Es war drei Uhr morgens, als die letzten Lieder verklangen und selbst die ausdauerndsten Tänzer sich geschlagen geben mussten. Charles Edouard und Paul fuhren mit den Erntearbeitern davon, während Solange in der kühlen Nachtluft neben ihrer Großmutter auf einen Stuhl sank.

»So ein wunderbares Fest hatten wir noch nie. Ach, wie hätte es mich gefreut, wenn Papa hier gewesen wäre. Es hätte ihm sehr gut gefallen.«

»Ja, ganz sicher«, erwiderte Charlotte. »Und ich fand es schön, dass du auch einen amüsanten Abend hattest. Jetzt erzähl mir von Charles Edouard Ollivier. Da bist du aber an einen sehr wilden, leidenschaftlichen jungen Mann geraten, mein Kind. Was hast du mit ihm vor? Er ist offensichtlich bis über beide Ohren verliebt in dich.«

»Ich weiß nicht. Ich versuche, nicht daran zu denken.«

»Ist er dein Geliebter?«

Verblüfft über diese unverblümte Frage, brauchte Solange eine Weile, bis sie antworten konnte. »Am Tag des Unwetters bin ich ihn suchen gegangen. Die Hagelkörner hatten alles zerschmettert, worauf er und Papa gehofft hatten. Also wollte ich ihn trösten. Und dann ... haben wir uns geliebt.« Charlotte sagte nichts dazu, und Solange sprach stockend weiter. »Aber wir hatten später einen Streit. Ich wollte ihm mein Erbe geben, damit er es in die Firme stecken kann, die er und Papa gemeinsam gegründet haben. Guy hatte ich gebeten, alles so zu arrangieren, dass Papa nicht erfährt, woher das Geld stammt. Aber Guy hat mich schwören lassen, dass ich Charles Edouard die ganze Sache erzähle.«

Sie hörte, wie ihre Großmutter einen leisen Schrei ausstieß. »Du hattest also nicht vor, Charles Edouard zu sagen, woher du das Geld hast? Oh, Solange, mein Schatz, hast du denn aus deiner Erfahrung mit dem armen Guy gar nichts gelernt? Und wie mag der sich wohl gefühlt haben, als du ihn um diesen Gefallen gebeten hast?«

»Ich habe mir das alles nicht richtig überlegt. Ich wollte nur, dass das Geld auf das Konto des Weingutes kommt, denn ich habe Papa angemerkt, welche Sorgen er sich machte.«

»Aber, Kind, die Bank hätte ihn gewiss nicht über Nacht fallen gelassen.«

»Ich war noch nie in einer solchen Situation und habe eben die Nerven verloren.« Solange wusste, wie albern ihre Worte rückblickend betrachtet klangen. »Charles Edouard war wütend, weil ich ihm nicht vertraut habe und weil er die ganze Sache nur dank

Guy erfahren hat. Also habe ich ihn nach diesem Gespräch nicht wieder gesehen. Und dann ist Papa krank geworden.«

»Mein Kind, derartige Geheimnisse kann man auf Dauer nicht bewahren, denn sie nagen an den Fundamenten des Vertrauens, so wie der Hausschwamm ein Gebäude zerstört. Wenn du Charles Edouard liebst, musst du in der Lage sein, ihm zu vertrauen, ansonsten hat eure Beziehung keine Zukunft.«

»Er ist so emotional und aufbrausend, wie ein Vulkan. Ich finde interessant, was er sagt, und ich liebe sein Aussehen und seinen Geruch.« Solange lachte. Es machte sie verlegen, zum ersten Mal über ihre Gefühle zu sprechen. »Aber ich habe auch Angst.«

Wortlos saß Charlotte da, als warte sie auf die nächste Strophe einer unvollendeten Ballade. Nachdem Solange nun einmal zu erzählen angefangen hatte, konnte sie sich nicht mehr zurückhalten. Es war so erleichternd, die Worte auszusprechen, die sie so lange in ihrer Seele verschlossen hatte.

»Nach all dem, was passiert ist, verstehe ich die Welt nicht mehr. Ehe ich von Richard Kirwans Existenz erfuhr, wusste ich, wer ich war und woher ich kam, und hatte meine Zukunft genau geplant. Alles war so einfach, klar und berechenbar wie die Weinberge und die vier Jahreszeiten. Jetzt habe ich ein schlechtes Gewissen und kenne mich nicht mehr aus. Und außerdem ist da noch Guy. Er ist gütig und liebevoll, und ich dachte, dass ich ihn heiraten würde. Wie also konnte ich aus heiterem Himmel Gefühle für Charles Edouard entwickeln? Vielleicht mache ich gerade nur eine Phase der geistigen Verwirrung durch, die ich irgendwann überstanden habe. Sozusagen eine Folge des Schocks, den ich erlitten habe.«

»Das glaubst du doch nicht im Ernst.«

»Ich weiß nicht mehr, was ich glauben soll. Ich könnte mit Guy zusammenleben, da bin ich ganz sicher. Er ist nett und zuverlässig und humorvoll und klug. Und ich habe ihm nicht wehtun wollen. Inzwischen jedoch denke ich, dass wir nicht dieselben Vorstellungen vom Leben haben.«

»Mein Kind, wenn du dich für den Rest deines Lebens für einen

Mann entscheidest, darfst du dich nicht fragen, ob du mit ihm zusammenleben könntest, sondern ob du es aushalten würdest, ohne ihn zu leben. Wenn du dir das ehrlich beantwortest, wirst du nie einen Grund zur Reue haben.«

»War es bei dir und Großvater auch so?«

»Ja, das war es. Ich wusste, dass ich ohne ihn nicht hätte leben können. Da war ich ganz sicher.«

»Aber was war mit Mama? Warum hat sie Papa geheiratet und ist hierher gezogen, obwohl sie Richard Kirwan liebte?«

»Deine Mutter hat nicht zugelassen, dass ihr Leben von Trauer über verpasste Gelegenheiten überschattet wurde. Stattdessen hat sie dafür gesorgt, dass ihre, Henris und deine Tage immer voller Glück und Zufriedenheit waren, und sie hat ihr Leben in vollen Zügen genossen.«

Ein wenig steif stand Charlotte von ihrem Stuhl auf und hielt Solange die Hand hin. »Eine alte Dame wie ich gehört längst ins Bett. Außerdem wird es kühl. Erforsche deine Seele, Solange, und hab keine Angst. Denn die Antworten auf deine Fragen erwarten dich.«

Zwei Tage später kam Henri aus dem Krankenhaus nach Hause. Er war aufgeregt wie ein kleines Kind, das sich auf die lange herbeigesehnten Ferien freut, doch schon die kurze Autofahrt hatte ihn erschöpft.

»Ach, es ist so schön, wieder auf dem Land zu sein! Gedankt sei Gott für den wundervollen Duft und die frische Luft. Ich eigne mich nicht dafür, im Krankenhaus zu liegen, und ich glaube, ich möchte nie wieder eins von innen sehen, ganz gleich, wie schlecht es mir auch gehen mag. Wenn ich schon sterbe, dann bitte hier, mein Kind, an dem Ort, wo ich glücklich bin und mich wohl fühle.«

Solange umarmte ihn fest und bemerkte, wie stark er in dieser kurzen Zeit abgenommen hatte. Außerdem hörte sie seinen keuchenden Atem, als er ihre Umarmung erwiderte.

»Du wirst nicht sterben, und zurück ins Krankenhaus musst du auch nicht. Und jetzt legst du dich am besten hin, denn heute Abend kommt Charles Edouard, um dich zu besuchen, und er bleibt zum Essen.«

Es wurde ein ruhiger, gemütlicher Abend. Charlotte schilderte ihren ersten Besuch in diesem Haus vor vierundzwanzig Jahren und brachte sie alle mit ihren übertrieben schauerlichen Beschreibungen der veralteten sanitären Anlagen und der unzähligen kriechenden und summenden Kreaturen, die ihr Schlafzimmer bevölkert hatten, zum Lachen. Anschließend erörterten sie die Weinernte in der Region und ihre Pläne für das kommende Jahr.

»Ich würde gern ein bisschen in den Weinbergen spazieren gehen«, sagte Henri zu Charles Edouard.

»Vielleicht können wir morgen am späten Nachmittag mit Joël einige der neuen Anpflanzungen besuchen. Sie könnten mir dann erklären, welche Trauben Sie genau anbauen wollen. Außerdem wäre ich gern beim Verkosten dabei.«

Doch am folgenden Nachmittag musste der Ausflug verschoben werden, da Guy St. Jorre eintraf. Henris Miene erhellte sich, als er den jungen Mann begrüßte. Charlotte hakte ihn unter, als sie zur sonnenbeschienen Terrasse gingen, um sich zu Henri zu gesellen. Guy wirkte fröhlich und ließ sich seine Gefühle für Solange nicht anmerken, obwohl er seit seinem letzten Besuch bei Henri im Krankenhaus nichts mehr von ihr gehört hatte. Nun betrachtete sie ihn, als sehe sie ihn zum ersten Mal, während er über etwas lachte, was Charlotte gesagt hatte. In seinen Augen tanzten grüne Flecken, und seine Körperhaltung war entspannt und lässig. Er war so attraktiv und beständig, und es war so leicht, ihn zu lieben und zu mögen. Aber als sie ihn beobachtete, fielen ihr die Worte ihrer Großmutter ein, und sie wusste, dass sie sehr gut ohne ihn leben konnte. Als er aufstand und sich verabschiedete, begleitete sie ihn zur Tür.

»Tja, Solange, dein Plan hat wie erwartet geklappt. Und Henri hat mir erzählt, dass er Charles Edouards Mutter für die anonyme Investorin hält. Darauf wäre keiner von uns gekommen, ganz gleich, wie wir uns auch den Kopf zerbrochen hätten. Ich bin so erleichtert, dass er wieder zu Hause ist und dass es ihm besser geht.« Er musterte sie eindringlich. »Du weißt, wo du mich erreichen kannst, wenn du mich brauchst.«

»Es wäre so leicht, dich in dem Glauben zu lassen, dass ich mich verändern und dass alles wieder so werden könnte, wie es früher war. Das wäre mir selbst auch am liebsten. Aber es geht nicht, Guy.«

Ihr Mitgefühl und ihre Zuneigung zu ihm waren so groß, dass sie sich, ohne nachzudenken, auf die Zehenspitzen stellte und ihm einen zarten Kuss gab. Das alte Gefühl flammte plötzlich wieder auf, als ihre Lippen die seinen berührten, doch sie ahnte traurig, dass die Flamme gleich wieder sterben würde. Als er zu seinem Auto ging, drehte er sich nicht um und winkte ihr auch nicht zum Abschied. Stattdessen stieg er einfach ein, schloss die Tür und fuhr davon – und verschwand damit auch aus ihrem Herzen.

Kapitel 52

Genf, 1970

Seit Seamus' Ankunft waren vier Tage vergangen und Leahs Zustand besserte sich stetig. Er sorgte dafür, dass sie genug Ruhe bekam und sich nicht aufregen musste, und half Eleanor beim Kochen. Am Abend las er Leah vor, legte die Musik auf, die sie sich wünschte, und brühte sich unzählige Tassen Tee auf. Nachts schlief er auf dem Sofa und schreckte bei dem kleinsten Geräusch seiner Patientin hoch. Dann schlich er leise an ihr Bett und wartete neben ihr, bis sie wieder eingenickt war. Da Leah gerade schlief, saß Seamus auf der Terrasse in der Sonne und unterhielt sich mit Eleanor und Gareth.

»Wie geht es jetzt weiter, Seamus?«, erkundigte sich Eleanor.

»Ich möchte sie gerne mit nach Hause nehmen, aber bis jetzt habe ich nicht gewagt, das Thema anzuschneiden. Außerdem werde ich Jim bitten müssen, sich eine Weile um meine Praxis zu kümmern. Wenn er es nicht einrichten kann, muss ich einen anderen Arzt finden, der mich vertritt.«

»Was ist, wenn Leah sich nie in der Lage fühlen wird, dieses Haus aufzugeben?« Gareth sah Seamus ernst an. »Was wirst du dann tun?«

»Dann werde ich mir etwas einfallen lassen, um immer in ihrer Nähe sein zu können«, erwiderte Seamus, ohne zu zögern. »Vielleicht muss ich meinen Beruf an den Nagel hängen. Ich habe versprochen, bei ihr zu bleiben, und dieses Versprechen werde ich halten.«

»O Seamus, das musst du dir noch einmal überlegen! Du müsstest auf Connemara und auf alles, was du liebst, verzichten. Hast du darüber nachgedacht, was dich dieser Schritt kosten wird?« Eleanor konnte ihre Besorgnis nicht verhehlen.

»Ich habe Leah nach all diesen schrecklichen Jahren wiedergefunden und weiß, dass sie noch lebt. Nichts, was ich besitze, wäre mir auch nur einen Pfifferling wert, wenn ich es nicht mit ihr teilen könnte.« Er sah Eleanor ihre Zweifel an. »Das ist nicht nur romantisches Geschwätz, mein Kind, sondern etwas, das ich weiß seit dem Moment, als ich ihr zum ersten Mal begegnet bin.«

»Doch sie hat so sehr gelitten und schwere Wunden zurückbehalten. Natürlich ist sie noch eine schöne Frau und außerdem ein außergewöhnlicher Mensch, voller Mut und Würde. Aber bist du dir wirklich sicher? Wie kannst du es nach so vielen Jahren nur so genau wissen?«

»Mein Kind, man kann die Liebe auf ganz verschiedene Arten erleben. Für mich war es möglich, all die Jahre lang nur eine einzige Frau und keine andere zu lieben. Und ich glaube, wir können, trotz allem, was geschehen ist, zusammen ein Leben voller Liebe führen. Es ist vielleicht nicht dieselbe Liebe, die uns vergönnt gewesen wäre, wenn wir von Anfang an hätten zusammenbleiben können. Das ist mir klar. Aber wir sind sehr dankbar, dass wir überhaupt noch eine zweite Chance bekommen.«

Seamus beugte sich vor und küsste seine Nichte auf die Wange. Dann erhob er sich, ging zum See und schlenderte am Ufer entlang. Gareth stand neben Eleanor und fragte sich, ob sie wohl je diese Art von Liebe für ihn empfinden würde. Er sehnte sich danach, sie zu berühren und ihr noch einmal zu sagen, was er für sie empfand. Aber er befürchtete, sie könne ihn zurückweisen, so dass ein alltäglicher Umgang zwischen ihnen nicht mehr möglich sein würde.

»Ich muss vorsichtig sein und ihr Zeit lassen«, sagte er sich. »Ich muss einfach Geduld haben und versuchen, so gut ich es vermag, um sie zu werben. Doch wird sie mich je auf diese Weise lieben?«

Eleanor drehte sich zu ihm um und sah ihn eindringlich an. »Ja, das werde ich«, meinte sie.

»Was wirst du?«

Eleanor blickte ihrem Onkel nach, der sich immer weiter entfernte, und wandte sich dann wieder Gareth zu. Dann schlang sie ihm die Arme um den Hals. »Ja, ich werde dich auf diese Weise lieben, wenn du es mir erlaubst.«

Ihre Lippen näherten sich seinen. Als er ihren Atem spürte und ihren süßen Duft roch, schwindelte ihm. »Kannst du etwa meine Gedanken lesen?«, fragte er und blickte in ihre blauen Augen.

»Nur, wenn du dasselbe denkst wie ich«, erwiderte sie. »Wir können einander so lieben, glaubst du nicht? Denn ich liebe dich, Gareth Duggan, und ich begreife nicht, warum ich das jetzt erst merke. Ich will, dass du mich liebst, mich ganz fest hältst und mich niemals wieder loslässt.«

Gareth legte die Arme um sie und küsste sie. »Willst du meine Frau werden? Heirate mich, du wunderschönes, reizendes, liebes Geschöpf. Lass mich dich lieben, mit meinem Körper, meinem Geist und meiner Seele.«

Sie schmiegte sich in seine starken Arme und lächelte zu ihm empor.

»Meinst du, wir könnten ganz, ganz schnell heiraten? Denn da ich dich jetzt gefunden habe, möchte ich nie wieder von dir getrennt sein.« Dann fügte sie plötzlich hinzu: »Was ist mit deinen Kindern? Ach, herrje, was werden die bloß dazu sagen?«

Er lachte. »Mein liebes Mädchen«, erwiderte er, ohne zu zögern. »Du weißt doch, wie gern sie dich haben. Und sie werden ziemlich beeindruckt sein, dass ihr vertrottelter alter Vater es geschafft hat, eine solche Schönheit abzuschleppen.«

Während er sprach, betrachtete Eleanor eindringlich sein vertrautes Gesicht – die Lachfältchen rings um seine Augen, die markante Nase, die vollen Lippen, sein Haar, das sich über der hohen

Stirn sträubte und sich nicht bändigen ließ, und die kleinen Sorgenfalten, die sich in seine Züge eingegraben hatten.
»Warum ist mir bis jetzt entgangen, was für ein unverschämt attraktiver Mann du bist!« Lachend bedeckte sie sein Gesicht mit Küssen und streichelte es.
Er murmelte ihren Namen und genoss das Wunder, ihr nah sein zu können, während sie, leicht schwankend und aneinander geschmiegt, dastanden. Als Seamus sich umdrehte, bemerkte er die beiden, freute sich und betete darum, dass Leah und ihm dasselbe Glück vergönnt sein möge.
»O Gott, ich muss ja morgen weg!«, rief Gareth bestürzt aus. »Wann kannst du zurückkommen, Eleanor, mein Schatz? Wie lange muss ich ohne dich leben?«
Sie schüttelte den Kopf und hielt ihm den Mund zu, damit er die Worte nicht aussprechen konnte. Sie wollte nicht an morgen denken, sonden nur den Augenblick genießen.
Sanft schob er ihre Hand weg. »Der Kirwan-Verlag wird den Bach runtergehen, wenn sich nicht einer von uns bald an die Arbeit macht!« Er war immer noch atemlos und musste ein Lachen unterdrücken.
»Ach, verdammt, warum musste ich mich bloß in einen verantwortungslosen Mann verlieben?« Sie hauchte ihm einen Kuss auf die Lippen, um ihn die Wirklichkeit vergessen zu lassen, damit das Glück und die Euphorie ihrer Entdeckung noch eine Weile andauerten. Dann jedoch lief sie lachend ins Haus und rief ihm zu: »Bestimmt wacht Leah bald von ihrem Mittagsschläfchen auf. Ich mache Tee. Und wenn Seamus nichts dagegen hat, könntest du deine Verlobte ja heute Abend zum Essen ausführen.«

Nachdem Gareth am nächsten Morgen abgereist war, setzte Eleanor sich auf die Terrasse und schrieb an Solange de Valnay. In den letzten Tagen hatte sie immer häufiger an ihre Halbschwester gedacht und den Entschluss gefasst, dass Solange wissen soll, was für tapfere, selbstlose Menschen ihr Vater und ihre Mutter gewesen waren. Sie hatten anderen so viel gegeben und dafür unbeschreibliche Opfer gebracht. Also griff sie zum Stift und schrieb alles nieder, was sie inzwischen hatte in Erfahrung bringen können.

Am Tag von Stefans Beerdigung schien die Sonne von einem wolkenlosen Himmel. Stefan wurde auf einem kleinen Friedhof am Seeufer beigesetzt. Einige von Leahs Kollegen aus dem Konservatorium waren gekommen, außerdem Dr. König, seine Frau, Stefans Krankenschwestern und einige Mitarbeiter der Klinik. Die Mitglieder von Leahs Streichquartett spielten einen letzten Abschiedsgruß, und das Grab war ein Blumenmeer inmitten eines grünen Rasens. Leah hatte zwar an Gräfin Svenssen geschrieben, allerdings keine Antwort erhalten. Als Eleanor sich von dem frischen Grab entfernte, wurde ihr klar, dass sie jetzt nach Dublin zurückkehren musste.
Ihr Onkel war überglücklich gewesen, als sie und Gareth ihm alles erzählt hatten, und er war sicher, dass sie füreinander bestimmt waren. Eleanor wurde klar, dass er selbst entscheiden musste, was aus seiner Zukunft – mit oder ohne Leah – werden sollte. Die beiden brauchten sie nicht mehr, und sie sehnte sich so danach, nach Hause zu fahren. Sie wollte Gareths Gesicht berühren, ihm übers Haar streicheln und seine starken Arme um sich spüren.
Am Morgen nach der Beerdigung verabschiedete sie sich. Als sie die Stufen hinauf zum Taxi ging, rief Leah ihren Namen und lief ihr nach, um sie zu umarmen.
»Ich weiß nicht, wie ich dir danken soll, Eleanor. Du bist wirklich die Tochter deines Vaters. Hier, nimm das, ich möchte, dass du sie bekommst.« Sie reichte Eleanor ein Bündel mit einem Band zusammengebundener Briefe. »Das sind Richards Briefe an mich. Ich will sie dir geben, damit du sie Helena zeigst. Dann wird sie alles verstehen. Sie muss es erfahren. Und sei gut zu dem Mann, den du liebst«, fügte sie hinzu. »Verheimliche ihm nichts. Er liebt dich. Und es ist ein Geschenk von unschätzbarem Wert, auf diese Weise lieben zu können.«

Die Briefe an sich gedrückt, stieg Eleanor ins Taxi und nahm sich vor, sie erst gemeinsam mit ihrer Mutter zu lesen. Als sie sich umdrehte, um Leah zuzuwinken, sah sie ihre zierliche Gestalt die Stufen hinunter zu dem kleinen Haus am See gehen, wo Seamus sie erwartete.

Kapitel 53
Dublin, 1970

Gareth erwartete sie am Flughafen von Dublin. Eleanor lachte vor Aufgerung und warf sich ihm in die Arme. Er drückte sie an sich, küsste sie und sah sie dann an.

»Warum schaust du so?« Sie grinste.

»Ich kann es nicht fassen, dass du es dir doch nicht anders überlegt hast.«

»Niemals«, flüsterte sie. »Mich wirst du nie wieder los.«

Auf der Fahrt nach Killiney drehte sie sich um und legte ihm die Hand auf den Arm. »Könnten wir zuerst zum Friedhof fahren? Ich möchte dort etwas erledigen.«

»Natürlich.« Als er sie besorgt ansah, konnte er ihrer Miene nichts entnehmen.

Am Grab kniete Eleanor nieder; ihre Lippen bewegten sich lautlos. Gareth dachte an den Abend, an dem er sie, hier draußen am Rand der Klippe, gefunden hatte. Als er nun ihren gesenkten Kopf betrachtete, schwor er sich, dass sie sich nie wieder allein solchen Situationen würde stellen müssen – jedenfalls nicht, solange er lebte und für sie sorgen könnte.

Eleanor nahm ein Stück Papier aus der Tasche und strich es glatt. »Gareth, du hast mir einmal gesagt, dass ich ihm vor seinem Tod hätte schreiben sollen«, meinte sie, ohne aufzublicken. »Weißt du noch?«

Er erinnerte sich nur zu gut daran, wie sie, überwältigt von Trauer, auf den Stufen gekauert hatte, weil sie das Leid ihres Vaters nicht lindern konnte.

»Damals habe ich es nicht getan«, fuhr sie fort. »Obwohl es das Beste gewesen wäre. Vielleicht hätte er mir dann alles erklären können. Es wäre ihm sicher leichter gefallen.«

Eleanor wandte sich ab und musste an Richards letzte Tage denken. Sie sah sich selbst, wie sie ihm mit einem Löffel etwas zu trinken eingeflößt hatte, und auch seine aufgesprungenen Lippen. Sie hatte ihm all die alten Lieder vorgesungen, die sie immer unterwegs im Auto oder in Seamus' Haus in Connemara vor dem Kaminfeuer geträllert hatten.

Als er starb, waren sie alle bei ihm gewesen. Helena saß neben ihm, strich ihm das strähnige Haar aus der Stirn und flüsterte tröstende Worte. Lizzie umklammerte verzweifelt weinend seine andere Hand, die auf der Bettdecke lag. James stand neben dem Bett und legte Helena die Hand auf die Schulter. Eleanor spürte genau, welcher schreckliche Kampf in ihrem Vater tobte. Und sie wünschte sich, er möge endlich loslassen und wegdämmern. Kein Mensch sollte so leiden müssen. Dann öffneten sich seine Augen für einen kurzen Moment. Ein friedlicher Ausdruck glitt über sein Gesicht, und er lächelte. Seine Finger schlossen sich noch einmal um Helenas Hand, und sie beugte sich vor, um seine letzten Worte zu hören. Dann war er tot.

Eleanor strich über die Erde, legte das Blatt Papier darauf und bedeckte es, so dass Blumen ihre letzte Nachricht an ihren Vater umgaben. Ein stiller Friede umfing sie. Richard war ihnen ganz nah. Eleanor blickte zu Gareth empor.

»Jetzt weiß er es, oder?«

»Natürlich, mein Liebling.«

Gareth beugte sich vor, nahm ihre Hände und wischte sanft die Erdkrumen weg. Dann stand sie auf, lehnte den Kopf an seine Schulter, und sie gingen davon.

Als Helena den Wagen vorfahren hörte, kam sie aus ihrem Atelier. Beim Anblick des Farbschmierers auf ihrer Nase spürte Eleanor Erleichterung. Ihre Mutter sah erholt aus. Die schreckliche Anspannung und der Schmerz schienen sich gelegt zu haben.

»Jetzt brauchen wir Kaffee«, sagte sie.

Sie folgten ihr ins Haus. Mit einem Ausruf des Erstaunens blieb Eleanor an der Tür zum Wohnzimmer stehen. An der Wand hinter dem Sofa hing ein neues Bild. Die riesige Leinwand, von Helena mit dem ihr eigenen Talent gestaltet, zeigte Licht und Wasser und stellte die geschwungene Gurteen Bay mit den Twelve Bens im Hintergrund dar, und zwar aus der Vogelperspektive. Das Gemälde strahlte etwas Schwereloses aus, als flöge der Betrachter selbst auf Schwingen über die Landschaft. Als Eleanor genauer hinsah, bemerkte sie im Wasser Schriftzeichen, die mit den Wellen verschmolzen. Auf den Felsen lagen zwei Seehunde, und daneben stand eine menschliche Gestalt. Eleanor erkannte sich selbst, eingehüllt in wundersames Licht, und ihr Gesicht besaß eine Schönheit, die sie nie an sich selbst wahrgenommen hatte. Ihre Stimme stockte.

Helena trat hinter sie und sagte leise: »Es ist für dich. Das ist es, was ich sehe, wenn ich dich betrachte, Eleanor. Ich kann das nicht sehr gut ausdrücken, aber ich dachte, du würdest es verstehen, wenn ich es male. Ich konnte schon immer besser mit dem Pinsel umgehen als mit Worten.«

Eleanor umarmte ihre zierliche Mutter und wirbelte sie überschwänglich herum. »Es ist so schön, dass du das für mich gemalt hast, Mutter. Und jetzt muss ich dir etwas Unglaubliches und Wunderbares erzählen.«

Helenas Miene erhellte sich. »Zum Glück hast du endlich den ersten Schritt gemacht, Gareth. Ich hatte die Hoffnung schon fast aufgegeben.«

Eleanor starrte sie entgeistert an. »Woher weißt du es? Ach, Gareth, du hattest mir doch versprochen, nichts zu sagen.«

»Ich schwöre, ich habe kein Sterbenswörtchen verraten. Deine

Mutter ist eine Hexe«, protestierte Gareth lachend. »Sie kann hellsehen.«
Er zog Eleanor an sich und legte, glücklich über das Wiedersehen, den Arm um sie. »Danke für den Kaffee, Helena. Ich muss wieder an die Arbeit. Meinen Schatz überlasse ich deiner Obhut.«
»Komm heute Abend zum Essen, Gareth. James wird dich sprechen wollen, bevor er mit eurer Verbindung einverstanden ist«, neckte Helena lächelnd.
Nachdem Helena und Eleanor eine Weile das Bild betrachtet hatten, gingen sie in die Küche. Die Kaffeemaschine blubberte und zischte, und der Duft nach frischem Kaffee lag in der Luft. Es war so schön, wieder zu Hause zu sein. Als sie vor ihren Tassen saßen, holte Eleanor die Briefe heraus, die Leah ihr gegeben hatte.
»Mutter, es gibt so viel zu besprechen. Aber zuerst möchte ich dir etwas zeigen. Leah wollte, dass du sie liest«, begann sie. »Sie hat sie mir für uns alle mitgegeben, aber insbesondere für dich.«
Helena nahm die Briefe entgegen und schnürte langsam das Band auf. Die Briefe waren alt, manche bereits im Jahr 1948 verfasst, geschrieben in Richards spitz zulaufender Handschrift auf vergilbtem Papier. Wegen seiner Handverletzungen hatte er den Stift in einem merkwürdigen Winkel gehalten. Mutter und Tochter rückten eng zusammen und begannen, das Vermächtnis seiner Liebe zu lesen. Es waren die manchmal amüsanten, manchmal traurigen und manchmal lustigen Briefe eines Mannes, der wusste, dass die Empfängerin keine Familie hatte, und der deshalb die Ereignisse in seiner schilderte, damit Leah sich zugehörig fühlte. Sie lachten über die Zwischenfälle, die Richard beschrieb, und erinnerten sich an Ereignisse in Eleanors Kindheit, an Katastrophen, Triumphe und Fehlschläge. Es bestand kein Zweifel, dass er seine Frau sehr geliebt und bewundert und alles daran gesetzt hatte, ihr blühendes Talent zu unterstützen. Seine Anspielungen auf die Vergangenheit und die Jahre der Gefangenschaft waren frei von Selbstmitleid, auch wenn eine tiefe Trauer zwischen den Zeilen mitschwang. Schließlich schrieb

er an einen Menschen, der diese Dinge am eigenen Leibe erlebt hatte.
Sein letzter Brief schilderte seine Reise zur Ordensverleihung nach Paris, seine erste und einzige Begegnung mit seiner Tochter Solange und seinen endgültigen Abschied von Celine. Eleanor wurde klar, dass er ihn kurz nachdem er von Celines Tod erfahren hatte und nachdem bei ihm selbst eine tödliche Krankheit diagnostiziert worden war, geschrieben haben musste.

Ich kann nicht fassen, dass sie für immer von uns gegangen ist, und jeder unserer heimlichen Momente steht mir noch deutlich vor Augen. Wahrscheinlich hätte es nie dazu kommen dürfen, aber ich denke, das Schicksal hatte seine Hand im Spiel. So war mir noch ein kurzer Tag mit meiner kleinen Tochter und mit Celine vergönnt, den ich für den Rest meines Lebens in mir bewahrt habe. Auch wenn es vielleicht falsch war, war ich immer unglaublich dankbar dafür.
Als ich den Brief erhielt, in dem stand, dass ich einen Orden bekommen sollte, wollte ich Helena alles beichten. Ich konnte es nicht mehr ertragen, mit diesem Geheimnis zu leben. Aber irgendwie fielen mir die richtigen Worte nicht ein. Also sagte ich ihr, ich müsse wegen einer universitären Angelegenheit nach Paris, und bat sie, mich zu begleiten. Ich dachte, dort würde sich schon eine Gelegenheit ergeben, ihr alles zu erklären. Helena schmiedete eifrig Pläne. Seit Anfang des Krieges waren wir nicht mehr in Paris gewesen, und sie wollte all die Orte wieder besuchen, die wir damals so gut kannten. Je mehr sie darüber redete, desto schwerer wurde es für mich.
Und dann erlitt meine Mutter einen Schlaganfall. Ich beschloss, jemanden zu bitten, die Auszeichnung an meiner Stelle entgegenzunehmen, denn ich hatte bereits darauf bestanden, dass ich keine Presse wollte. Also sagte ich zu Helena, ich könne auch zu einem anderen Zeitpunkt nach Paris fahren. Aber eigentlich war ich erleichtert, weil ich ihr nun nicht die Wahrheit sagen musste. Vielleicht würde sich ein anderer Moment ja besser eignen. Ich war schwach und ein Feigling. Doch Helena bestand darauf, dass ich wie geplant nach Paris

fuhr, und versprach, sich um meine Mutter zu kümmern. Wir könnten schließlich auch ein andermal hinreisen.
Ich schämte mich schrecklich und war gleichzeitig überglücklich, da das bedeutete, dass ich an Charlotte schreiben und sie bitten konnte, ein Treffen mit Celine zu arrangieren. Stell dir meine Freude vor, als ich meine kleine Tochter Solange kennen lernte, die so gesund, so hübsch und so fröhlich war. Das Wissen, dass wir gemeinsam etwas so Vollkommenes hatten, das wir trotz der Trennung immer miteinander teilen konnten, machte mir den Schmerz bei diesem letzten Abschied ein klein wenig leichter.
An jenem Tag sehnte ich mich verzweifelt danach, Celine mitzunehmen. Ich hatte selbst in all den Jahren im Lager keinen Schmerz erlebt, der so gnadenlos und so voller Verzweiflung war. Ich war am Boden zerstört, und selbst heute kann ich dir nicht erklären, was ich für sie empfand. Sie hat mir mein Leben zurückgegeben, und ich habe einen Teil davon bei ihr zurückgelassen. Und dennoch liebe ich meine Frau. Ich liebe Helena und meine anderen Kinder so sehr. Bevor ich nach Hause zurückkehrte, gab ich den Orden Celine. Sie und Charlotte hatten ihn viel mehr verdient als ich. Ich habe die beiden nie wieder gesehen, weder Celine noch meine Tochter. Und ich habe meiner wunderschönen und großzügigen Frau nie gebeichtet, dass ich, der elendeste Feigling von allen, unverdientermaßen eine Tapferkeitsmedaille erhalten habe, die ich bei der wahren Heldin zurückließ, deren Geschichte ich niemandem erzählen durfte.
Doch es ist nicht richtig, Leah, es ist einfach nicht richtig. Die Wahrheit ist immer der beste Weg, so schwer es auch sein mag, den ersten Schritt zu machen. Ich habe niemandem einen Gefallen getan, weder Celine und der kleinen Solange noch Helena, James, Eleanor und Elizabeth. Und nun habe ich keine Ahnung, wie ich den Schaden wieder gutmachen soll. Ich weiß nur, dass Celine tot ist. Sie war mein geistiger Rettungsanker und das Licht, das mich geleitet hat. Und ich habe meiner Familie nie eingestanden, wie viel Liebe ich ihr und meinem Kind schuldig bin. Stattdessen habe ich mir ein Grab des Schweigens geschaufelt, das mit jedem verstrichenen Moment tiefer wurde.

Lass nicht zu, dass es für dich genauso endet, Leah. Ich habe dir etwas versprochen, genau wie Celine und ich einander etwas versprochen haben. Aber dieses Versprechen bringt mich genauso langsam und gnadenlos um wie der Krebs, der mir die Knochen zerfrisst. Verzeih mir die finsteren Gedanken, beste Freundin, aber ich liebe dich, als wärst du meine Schwester, und Seamus betrachte ich als meinen engsten Freund. Du solltest ihm die Wahrheit sagen, Leah. Und zwar bevor du, so wie ich, feststellen musst, dass es endgültig zu spät ist.
Dein dich liebender Freund

Richard

Helena und Eleanor starrten auf den Brief. Es handelte sich um denselben, den Eleanor Leah in der Schweiz übergeben hatte: Richards letzte Zeilen an eine geschätzte Freundin und Vertraute. James war hereingekommen, stand in der Tür und beobachtete sie. Nachdem er seiner Schwester zugelächelt hatte, nahm sie ihrer Mutter die Briefe aus der Hand und reichte sie ihm. James setzte sich schweigend und begann zu lesen. Eine lange Zeit herrschte Stille. Als Helena endlich das Wort ergriff, war ihre Stimme kaum zu hören.
»Er hat mich geliebt.«
James rückte näher an sie heran. »Natürlich hat er das. Das konnte doch jeder sehen.«
»Du verstehst wohl überhaupt nichts.« Helenas Tonfall wurde plötzlich scharf. Sie suchte einen Brief heraus und gab ihn James. »Das ist der einzige von allen Briefen, in dem er sie erwähnt, und zwar erst, nachdem sie schon tot ist.«
James griff nach dem Brief und las ihn zum zweiten Mal. Als er fertig war, blickte er seiner Mutter in die Augen und sagte sanft: »Ja, er hat sie geliebt. Aber das hat nichts an seiner Liebe zu dir geändert. Du warst ihm mehr wert als alles Glück, das er anderswo hätte finden können.« Noch einmal studierte er die letzten Zeilen. »Und hier erklärt er auch, warum er es getan hat?«
»Was getan?«, fragte Eleanor.

»Dieses wahnwitzige Testament zu verfassen«, entgegnete James. »Es hat mich von Anfang an gewundert. Er hat doch wissen müssen, welches Leid er damit verursacht und wie er uns allen damit wehtut. Und Solange ebenfalls. Selbst jetzt frage ich mich, warum er sich entschieden hat, sein Vermächtnis in eine so seltsame Form zu kleiden.«

»Das hat er nicht«, sagte Helena.

James hob den Kopf. »Was soll das heißen?«

»Er hat sich nicht dazu entschieden.« Helena verschränkte die Hände ineinander und musterte ihre Kinder lange.

»Ich war es«, fügte sie schließlich hinzu.

Eleanor starrte ihre Mutter entgeistert an.

»Er hatte Recht«, sprach Helena weiter. »Es ist besser, bei der Wahrheit zu bleiben. Das sagte er zu mir, in jener Nacht, als er mir die ganze Geschichte seiner Beziehung zu Celine, von Solange und von allem, was vorgefallen war, erzählte. Nur was aus Leah geworden ist, hat er mir verschwiegen.« Sie stieß ein abfälliges Geräusch aus, das genauso gut ein Seufzen oder ein Lachen sein konnte. »Er wusste, dass er nicht mehr lange zu leben hatte. Er hatte nicht viel Zeit und meinte, er habe mir Celines Existenz verschwiegen, weil er mir nicht habe wehtun wollen. Über die Ereignisse während des Krieges habe er nicht sprechen können, denn es sei zu schmerzlich und zu entsetzlich gewesen.«

Mit den Fingerknöcheln drängte sie die Tränen zurück, und ihre Stimme wurde barsch und zornig. »Ich jedoch habe ihn so verstanden, dass mit dem Schmerz nur der Abschiedsschmerz gemeint war. Ich dachte, er hätte unsere Ehe mit Füßen getreten, da er mir Liebe vorgeheuchelt hatte, während er sich die ganze Zeit über nach einer anderen Frau sehnte. Denn an der Art und Weise, wie er mit mir über ihren Tod sprach, erkannte ich, dass er sie wirklich geliebt hatte.« Helena schenkte sich noch eine Tasse Kaffee ein. »Als ich ins Arbeitszimmer kam, saß er mit einem Brief eines ihrer Freunde in England da, in dem stand, dass sie gestorben war. Ihre Mutter hatte auch geschrieben. Er weinte. Und plötzlich war mein Leben nur noch ein Trümmerhaufen, ein

Nichts, weil er mir nicht zugetraut hatte, die Hintergründe der Ereignisse zu begreifen. Jetzt, Jahre später, eröffnete er mir, dass er die ganze Zeit über eine andere Frau geliebt hatte. Er hatte sogar ein Kind von ihr und weinte über ihren Tod.«

Eine entsetzliche Niedergeschlagenheit malte sich in Helenas Gesicht.

»Was hast du dann gemacht?«, erkundigte sich James.

»Gemacht?« Helena lachte schluchzend.« Das, was ich immer gemacht habe. Wenn er traurig war, habe ich ihn getröstet. Ich habe ihn in die Arme genommen und gesagt, die Vergangenheit sei vorbei und vergessen. Aber das war sie ganz und gar nicht. Nicht für mich. Diese Frau war tot, und ich musste mit seiner Erinnerung an sie wetteifern. Und mit der Tocher, die sie ihm geboren hatte.«

Sie griff nach Leahs Briefen. »So habe ich die Wahrheit an jenem Tag jedenfalls gedeutet«, fuhr sie fort. »Aber er hatte Recht: Ich habe es wirklich nicht verstanden.« Sie berührte Richards letzten Brief an Leah und sagte leise: »Und zwar bis heute nicht. Doch an jenem Abend antwortete ich ihm, es sei seine Pflicht, seine Tochter in Frankreich anzuerkennen und es der ganzen Familie mitzuteilen.« Wieder seufzte sie. »Natürlich war mir nicht klar, dass Seamus bereits Bescheid wusste. Richard konnte sich nicht entscheiden, was er tun sollte. Er war so krank und hilflos, und mir war klar, welcher Kampf in ihm tobte. Ich jedoch war so wütend und überzeugt davon, dass er mir etwas Schreckliches angetan hatte. Und deshalb bestand ich darauf, dass er einen zusätzlichen Passus in sein Testament einfügte und seine Tochter anerkannte. Ich versprach ihm, alles zu erklären und für die Vollstreckung des Testaments zu sorgen.«

»Du hättest es uns also vor der Testamentseröffnung sagen sollen?« James konnte sein Erstaunen nicht verbergen.

»Er vertraute mir. Warum auch nicht?« Helena stützte den Kopf in die Hände. »Schließlich habe ich ihn in all unseren gemeinsamen Jahren nie im Stich gelassen. Und dennoch hat er mich schon wenige Wochen nach seiner Abreise nach Frankreich betrogen. So wollte ich es wenigstens verstehen, als er mir von Celine erzählte. Ich hatte das Gefühl, dass er mich weggestoßen und den Rest unseres Lebens in eine Lüge verwandelt hatte.«

»Du hast den Passus hinzugefügt?« Eleanor traute ihren Ohren nicht.

»Ja.« Helena ballte die Fäuste. »Ich ließ ihn schreiben. Und ja, ich habe dafür gesorgt, dass er es in Anwesenheit von Zeugen unterzeichnete. Immer wieder fragte er mich, ob er nicht an ihre Großmutter schreiben sollte, damit diese sich darum kümmerte, dass alles diskret abläuft und die Privatsphäre seiner Tochter gewahrt blieb. Aber ich konnte nur daran denken, dass er mich, was die Reise nach Frankreich anging, belogen, diese Frau wiedergesehen und sein Kind kennen gelernt hatte.«

»Hat er den zusätzlichen Passus überhaupt verstanden, den er unterschrieben hat?« Eleanor war bleich vor Entsetzen.

»Ja, natürlich hat er das; er hat unterschrieben. Und zwar weil ich ihm versprochen habe, euch vor der Testamentseröffnung alles zu erklären. Ich habe beteuert, dass es besser ist, wenn ich es euch erzähle. Ich war außer mir vor Schmerz, denn schließlich hatte ich gerade erfahren, dass ich ihn verlieren würde – und kurz danach fand ich heraus, dass er mir eigentlich nie richtig gehört hatte. Je mehr er von seiner Sorge um die Gefühle seiner Tochter in Frankreich und die seiner Kinder hier in Irland sprach, desto größer wurde mein Wunsch, ihn dazu zu zwingen, seinen Fehler zuzugeben.«

»Ohne Rücksicht auf die Folgen?« Eleanor konnte ihren Schrecken nicht verbergen.

»Ich war völlig aufgewühlt und wollte mich rächen. Vor lauter Wut und Liebe zu ihm konnte ich nicht mehr klar denken. Aber während jener letzten Tage wurde mir klar, dass ich euch nicht gestehen konnte, wozu ich ihn gebracht hatte – nämlich das Leben des armen Mädchens und ihrer Angehörigen zu zerstören. Ich wünschte, Seamus wäre hier gewesen. Und ich betete dafür, dass er bald kommen und alles in Ordnung bringen würde. Doch er war nicht da, und wir konnten uns nicht mit ihm in Verbindung setzen.«

»Herrgott!« James konnte seiner Mutter nicht in die Augen sehen.
»Selbst in seinem letzten Augenblick war Richard nicht bei mir.«
»Aber Mutter«, widersprach James. »Ich habe doch gehört, wie er deinen Namen geflüstert hat. Er hat dich voller Liebe angesehen, und er hat ›Helena‹ gesagt.«
»Nein, James«, protestierte Helena mit zitternder Stimme. »Er hat mich nicht angesehen. Und ›Helena‹ hat er auch nicht gesagt, sondern ›Celine‹. Sonst erinnere ich mich kaum noch an diesen Tag oder die Tage, die darauf folgten. Auch nicht an die Beerdigung.« Sie betrachtete ihren Sohn und ihre Tochter. Ihr Gesicht war fahl und eingefallen. »An jenem letzten Tag hatte ich fest vor, euch alles zu erzählen und dann dafür zu sorgen, dass Solanges Erbe an ihre Großmutter überwiesen wird, damit Madame de Savoie es für das Wohl von Richards Kind einsetzen kann, wie sie es für richtig hält.«
James nahm Eleanors Hand, während Helena ihren Bericht beendete.
»Doch am Ende war ich sicher, dass es Celine war, die er kurz vor seinem Tod gesehen hat.« Sie stützte die Ellbogen auf den Tisch und schlug die Hände vors Gesicht. »Ich wollte mich an nichts mehr erinnern und nichts mehr fühlen, nie wieder.«
»Und was wird jetzt?«, fragte Eleanor schließlich.
Helena richtete sich auf und straffte die Schultern. »Jetzt werde ich malen. Und alles wieder aufbauen. Schluss mit den Täuschungsmanövern und Lügen. Und ich muss mich um Seamus und Leah kümmern. Seamus hat viel zu lange allein gelebt. Ich werde hinfahren und das Haus für die beiden vorbereiten. Denn ich bin sicher, dass sie herkommen wird.«
»Mutter, was bist du für ein außergewöhnlicher Mensch!«, rief James. Seine Gedanken überschlugen sich immer noch.
»Merkst du das erst jetzt? Was ist denn eigentlich hier los?« Elizabeth war hereingekommen. Nachdem sie Mantel und Tasche auf einen Sessel geworfen hatte, sah sie Eleanor, stürzte auf ihre Schwester zu und umarmte sie in einer wortlosen Bitte um

Verzeihung. Eine Autotür fiel ins Schloss. Eleanor sah auf die Uhr.

»Das ist sicher Gareth«, sagte sie und sprang auf. Helena blickte zu James, und er grinste ihr zu.

»James, Lizzie«, begann Eleanor, während Gareth hinter ihr in der Tür erschien. »Gareth und ich haben euch etwas mitzuteilen.«

Kapitel 54
Genf, 1970

In dem Wohnzimmer mit Blick auf den See zog Leah die Jacke aus und ließ sich aufs Sofa fallen. Als sie Seamus anlächelte, schimmerten ihre dunklen Augen, und ein freudiges Strahlen zeigte sich auf ihrem Gesicht. »Das Essen war wundervoll, und du hast bei der Wahl des Weins ausgezeichneten Geschmack bewiesen. Außerdem ist dein Französisch fast fließend. Es war ein wunderschöner, entspannender, angenehmer Abend.«

Sein Herz jauchzte, und er fasste neue Hoffnung. Durfte er ihr jetzt gestehen, wie sehr er sie liebte? Durfte er sie in die Arme nehmen, sie küssen und an sich drücken?

»Wir müssen miteinander reden, Seamus.« Als er eine leicht abwehrende Geste machte, nahm sie sanft seine Hand. »Du musst zurück zu deiner Arbeit. Du musst nach Hause zurückkehren.«

Seamus fuhr sich mit den Fingern durchs blonde Haar und versuchte, seine plötzliche Aufregung zu verbergen.

»Das kannst du unbesorgt tun. Mir geht es wieder gut. Ich komme schon zurecht.«

Seamus nickte, benommen vor Enttäuschung und Angst.

»Du brauchst nicht mehr bei mir zu bleiben. Ich muss lernen, mich allein durchzuschlagen.« Sie sprach immer schneller, um ihn nicht zu Wort kommen zu lassen. »Bitte mach es mir nicht noch schwerer. Es ist tut sowieso schon weh genug. Ich bin nicht

das Mädchen, in das du dich damals verliebt hast. Das war vor dreißig Jahren. Inzwischen habe ich zu viel gesehen und erlebt.«
»Ich wage mir nicht einmal auszumalen, was dir Schreckliches widerfahren ist.« Er nahm ihre Hände und strich sanft über die eintätowierte Nummer auf ihrem nackten Arm. »Aber du bist deshalb kein anderer Mensch geworden. Eines Tages wirst du vielleicht mit mir darüber sprechen können, und ich werde mir alles anhören, was du mir zu sagen hast, ganz gleich, wie schrecklich es auch sein mag. Ich werde bei dir sein und dir helfen.«
Leah starrte ihn an und wusste, dass sie nun alles sagen musste, damit er ging, bevor sein Traum ihn zerstörte. »Im Lager zwangen sie uns, Märsche zu spielen, während tausende zitternd im Schnee standen, vor Erschöpfung umfielen und zu Tode geprügelt oder von Hunden zerrissen wurden, wenn sie am Boden lagen. Es machte den Wachen besondere Freude, uns dabei zusehen zu lassen.« Ihr Tonfall war gleichmütig, als ginge das alles sie gar nichts an. »Eines Tages befahl mir ein Offizier, zu ihm nach Hause zu kommen. Ich musste abends mit meiner Geige zu ihm gehen und ihm vorspielen. Dafür bekam ich etwas zu essen und durfte ein oder zwei Stunden lang im Warmen verbringen. Und manchmal konnte ich mich auch waschen und so endlich den ganzen Dreck loswerden. Er wollte, dass ich in seinem Haus und vor seinen Gästen sauber aussah. Eines Abends nahm er mir die Geige weg.«
Seamus blickte ihr in die Augen, hielt fest ihre Hand und unternahm keine Anstalten, sie daran zu hindern, die Geschichte zu Ende zu erzählen, zu der sie sich nun endlich durchgerungen hatte.
»Er zwang mich, schreckliche, demütigende Dinge zu tun. Für ein Stück Brot, eine kalte Kartoffel, ein paar Minuten in einem richtigen Badezimmer mit Wasser und Seife. Ich hasste ihn, aber ich durfte mich nicht weigern.«
Wieder hielt sie inne. Seamus umfasste weiter ihre Hand und wartete darauf, dass sie fortfuhr.
»Ich hatte Glück«, sprach sie schließlich weiter. »Er wurde an die

russische Front versetzt, und ich sah ihn nie wieder. Doch ich fühlte mich jahrelang schmutzig, benutzt und besudelt, obwohl ich mir sagte, dass ich keine andere Wahl gehabt hatte. Im Innersten meines Herzens war ich einfach überzeugt, dass ich mich für eine Kruste Brot und ein wenig Wärme verkauft hatte, weil ich zu große Angst vor dem Tod gehabt hatte und zu feige gewesen war, mich zu wehren.«

Eine lange Pause entstand, und Seamus wagte nicht, etwas zu sagen. Stattdessen streichelte er ihren Arm, hob ihre Hände an die Lippen und küsste sie. Nach einer Weile ergriff sie wieder das Wort. »Als ich eine Zeit lang am Konservatorium gewesen war, trat ich einem Kammerorchester bei. Der zweite Geiger war sehr begabt, ein talentierter und fähiger Musiker und außerdem ein sehr netter Mann. Er verliebte sich in mich, und wir hatten ein Verhältnis. Ich habe ihn benutzt, Seamus, weil ich feststellen wollte, ob ich es schaffen würde, mich wieder von einem Mann berühren zu lassen. Ich wollte wissen, ob ich noch eine normale Frau war.«

Unvermittelt stand sie auf, ging zur Terrassentür und blickte über den See hinaus. »Unsere Beziehung dauerte zwei Jahre. Er verlangte von mir, dass ich Stefan wieder ins Krankenhaus steckte und mit ihm fortging. Aber wenn ich zu meinem Mann nach Hause kam, der sich an mich klammerte und meinen Namen murmelte, erinnerte ich mich an den Tag, an dem ich ihn in der Klinik gefunden hatte. Und da wusste ich, dass ich ihm das niemals würde antun können. Irgendwann sagte ich dem armen Geiger, dass ich ihn nicht liebte, ihn niemals geliebt hätte und überhaupt nie wieder irgendjemanden lieben könnte.«

»Leah, all die Dinge, die uns in unserem Leben zugestoßen sind, waren nur Schritte auf einem Weg, der uns wieder zusammengeführt hat. Selbst die schmerzlichsten Erfahrungen können uns lehren, einander jetzt und heute zu lieben und zu unterstützen.«

»Ich könnte dein Mitleid nicht ertragen, Seamus«, sagte sie. »Es würde uns beide zerstören.«

Er ging quer durchs Zimmer auf sie zu und packte sie fest an den Schultern. »Ich bin nicht aus Mitleid hergekommen. Ich bin gekommen, weil du ein Teil von mir bist und mir mein Leben lang gefehlt hast. Ich liebe dich, Leah, und ohne dich bin ich unvollkommen.«

Sie riss sich von ihm los und krümmte sich in einem Sessel zusammen, voller Angst, was sie empfinden könnte, wenn sie ihn zu nah an sich heranließ. Sie berichtete ihm von allen Ängsten und Grausamkeiten, denen sie unterworfen worden war. Sie schilderte ihre Bemühungen, die Demütigungen zu verarbeiten, die man ihr zugefügt hatte, und auch ihre Versuche, sich nicht die Menschenwürde nehmen zu lassen. Sie erzählte von den Tagen, an denen ihr Körper voller Läuse gewesen war, und von dem dunklen, eiskalten Morgen, an dem man sie in die Hölle hinausgetrieben hatte. Und sie sprach von ihren Kameradinnen, die eine nach der anderen in einem grausigen Alptraum ums Leben gekommen waren. Zu guter Letzt schilderte sie, wie sie sich, bar jeder Hoffnung, in den Schnee gelegt und auf den Tod gewartet hatte.

Schweigend saß Seamus da, während sie ihre grausigen Erlebnisse hervorstieß. Er hörte sich jede schreckliche Einzelheit an, bis sie schließlich verstummte. Dann kniete er sich neben sie.

»Leid, wie du es erfahren hast, habe ich nie kennen gelernt, Leah«, sagte er schließlich. »Ich habe es nur von Richard gehört, und der war zum Glück von Menschen umgeben, die ihn liebten und für ihn sorgten, als er aus dem Konzentrationslager zurückkam. Ich verneige mich demütig vor deiner außergewöhnlichen Kraft, die es dir ermöglicht hat, das alles zu überstehen.« Seine Worte waren voller Liebe und Zuversicht. »Ich habe nie so gelitten wie du, aber ich habe die Hoffnung nie aufgegeben. Ich habe um ein Wunder gebetet, das dich zu mir zurückbringen wird. Und jetzt ist dieses Wunder geschehen.«

Als sie ihm die Hände auf den Scheitel legte, war es fast wie ein Segen. Er strich ihr mit dem Handrücken über die Wange, wie er es vor so vielen Jahren getan hatte, als er sie zum ersten Mal an-

gefleht hatte, ihn zu begleiten. Und nun hielt er Ausschau nach einem Zeichen, dass sie ihm gestatten könnte, für sie zu sorgen.
»Komm mit mir nach Connemara, Leah! Ich will dich lieben und mich um dich kümmern. Ich will dir beweisen, dass es für uns immer noch möglich ist, gemeinsam das Glück zu finden.«
Lange blickte sie ihn an. Sein Tonfall war so verzweifelt. Seufzend schloss sie die Augen.
»Bitte, Seamus. Ich kann jetzt nicht denken. Ich bin so müde.«
»Tut mir Leid. Das war egoistisch von mir.« Wütend auf sich selbst, stand er auf.
»Ich glaube, ich gehe jetzt ins Bett. Gute Nacht.«
Als er in den kühlen Morgenstunden aufwachte, sah er sie in ihrer Schlafzimmertür stehen. Er erhob sich vom Sofa und berührte sie sanft an der Schulter. »Du bist ja ganz durchgefroren. Ich bringe dich wieder ins Bett, damit dir warm wird.«
Ohne Widerstand ließ sie sich von ihm ins Bett helfen und zudecken. Dann setzte er sich neben sie, rieb ihr die kalten Hände und streichelte ihr Haar.
»Seamus, bitte halt mich fest. Mir ist so kalt. Ich habe schlecht geträumt. Ich fände es schön, wenn du mich einfach festhältst.«
Inzwischen war sie wach, und ihre weit aufgerissenen Augen blickten verzweifelt. Vorsichtig kletterte er neben sie ins Bett, zog sie an sich, wärmte sie mit seinem Körper und sprach mit ihr wie mit einem Kind. »Bleib still liegen, dann ist dir gleich wieder warm.«
Sie hörte auf zu zittern, und ihr Atem wurde langsam und regelmäßig. Die Arme um die Schlafende geschlossen, lag er da und spürte ihre Nähe mit jeder Faser seines Körpers. Als sie sich bewegte, zuckte sie kurz zusammen und schmiegte sich dann in seine Umarmung. Er wich ein wenig erschrocken zurück, um sie zu betrachten, und sah, dass sie lächelte. Im nächsten Moment schlang sie die Arme um ihn. Dann näherten sich ihre Lippen. Ihre Finger griffen in sein Haar, und sie zog seinen Kopf zu sich heran. Voller Freude und Erstaunen berührte er sie und stellte fest, dass sie bei seiner Liebkosung die Augen schloss. Langsam und vorsichtig, als wäre sie aus Porzellan, begann er sie zu strei-

cheln, küsste sie zärtlich und murmelte all die Koseworte, die er in seinen Träumen für sie aufgespart hatte. Sie zog ihn fester zu sich hinunter, flüsterte ihm ins Ohr und presste sich fest an ihn. Sie wurde immer leidenschaftlicher und bäumte sich unter ihm auf, bis sie sich im Höhepunkt vereinten. Dann lag sie reglos in seinen Armen, und er erkannte an ihrem Gesicht, dass sie ihn immer noch liebte.

Als er aufwachte, schien die Sonne. Er streckte wohlig die Hand nach ihr aus, aber sie war verschwunden. Seamus setzte sich auf und sah durch das offene Fenster, dass sie am Steg stand, wo Stefans Leiche gefunden worden war. Er ging zu ihr hinaus und berührte ihr knochiges Genick. Aber sie drehte sich nicht um.

»Soll ich Frühstück machen?«, fragte er lächelnd. »Im Frühstückmachen bin ich ziemlich gut.«

Sie schüttelte den Kopf und wich vor ihm zurück. Erstaunt ließ er die Hand sinken, wartete und war unsicher, wie er sich verhalten sollte. Schließlich ging er hinein, duschte, rasierte sich und zog sich an. Anschließend kochte er in der Küche Kaffee. Das ist ganz normal, sagte er sich. Das legt sich schon wieder, wenn ich ihr Zeit gebe. Er spürte ihre Gegenwart, ohne sich umzudrehen. Sie stand in der Tür und beobachtete ihn. Seamus schenkte zwei Tassen Kaffee ein und bot ihr eine an. Nach einer Weile ergriff sie endlich das Wort.

»Es hat sich nichts verändert, Seamus. Ich kann nicht mit dir kommen. Das Mädchen, in das du dich verliebt hast, gibt es nicht mehr. Und ich glaube, ich kann die Verantwortung für das Lebensglück eines anderen Menschen nicht mehr übernehmen. Vor allem nicht, wenn dieser Mensch so wertvoll ist wie du.«

»Liebst du mich denn nicht, Leah?«

»Ich kann dich nicht lieben«, erwiderte sie. »Und ich kann es nicht zulassen, dass du mich liebst. Ich weiß nicht mehr, was Liebe ist. Ich weiß nur noch, wie man überlebt, und das ist nicht genug, nicht genug für dich.« Mit geschlossenen Augen stand sie da und konnte nicht einmal mehr weinen. »Kehr zurück nach Irland, Seamus. Zu deiner Arbeit und zu deinen Freunden und deiner

Familie. Ich muss allein sein. Hab keine Angst, ich könnte eine Dummheit machen und mich umbringen. Ich bin eine Überlebende, mehr ist nicht von mir übrig geblieben. Und ich will nicht, dass du in meiner Nähe bist – ich kann es nicht ertragen.« Sie lächelte ihm verkniffen zu und drehte sich dann zur Wand.
Während des bleiernen Schweigens, das nun folgte, ging Seamus hinaus. Leah rührte sich nicht von der Stelle. Vor seiner Rückkehr nach Irland schrieb er ihr einen Brief und lehnte ihn an den Spiegel im Flur.

Leah,
du bist die Liebe meines Lebens. Ohne dich hat nichts einen Sinn.
Du weißt, wo du mich findest.

Am selben Nachmittag kehrte er nach Irland zurück. Er hatte seine Ankunft niemandem angekündigt. Erst nach zwei Wochen fühlte er sich in der Lage, seine Schwester anzurufen, und als sie seinen verzweifelten Tonfall hörte, fuhr sie auf der Stelle nach Connemara.
Eine Weile hoffte er noch, dass Leah sich melden würde, doch die Wochen vergingen ohne ein Lebenszeichen von ihr. Als Eleanor und Gareth nach Roundstone kamen, war Seamus froh über ihr junges Glück. Gleichzeitig versuchte er zu verbergen, wie schrecklich elend er sich fühlte. Er ging mit Helena zum Reiten, segelte mit seinen Brüdern und versuchte, seine Tage sinnvoll zu füllen, um die Leere nicht spüren zu müssen. Der Herbst brachte starke Regenfälle und ein Grippevirus, so dass sich die Patienten die Klinke in die Hand gaben. Seamus arbeitete Tag und Nacht und war immer in Rufbereitschaft. Er fuhr hinaus zu den abgelegensten Gehöften, um alten Menschen Hausbesuche abzustatten, und verbrachte Stunden damit, Medikamente und gute Ratschläge zu verteilen, schreiende Kinder zu trösten und besorgte Mütter zu beruhigen. Nachdem er an einem regnerischen Freitag seinen letzten Patienten zur Tür begleitet hatte, kehrte er in seine Praxis zurück, um auf Helena zu warten.

Er begann, den Sterilisator zu füllen, schloss den Medikamentenschrank ab und beendete seine Berichte. Als er hörte, wie sich die Praxistür öffnete, rief er: »Ich bin gleich fertig, Helena. Komm rein.« Gerade stapelte er die letzten Krankenakten, als sich die Tür des kleinen Behandlungszimmers öffnete. »Hoffentlich bist du nicht allzu nass geworden. Es schüttet entsetzlich.«
»Helena hat mir gesagt, dass ich dich hier finde.« Steif stand sie in der Tür. Das Wasser lief ihr von Gesicht und Haaren und tropfte von Mantel und Schal. Sie hob die Hand und hielt mitten in der Bewegung inne.
»Leah.«
»Als ich dich gebeten habe zu gehen«, stieß sie mühsam hervor, und er bemerkte, dass ihre Hände zu Fäusten geballt waren, »habe ich dir sehr wehgetan, Seamus. Aber gleichzeitig auch mir selbst. Ich wollte mich selbst bestrafen.«
Er wagte nicht, sich ihr zu nähern oder etwas zu sagen.
»Du musst Geduld mit mir haben«, flüsterte sie.
»Ich habe dir einen Brief hinterlassen, Leah. Und was darin steht, meine ich ernst.«
»Ja.«
»Ich gebe dir so viel Zeit, wie du brauchst.«
Sie trat auf ihn zu, musterte sein Gesicht und suchte nach einem Anzeichen dafür, dass er zögerte. Dann streckte sie die Hand aus. »Ich möchte, dass du mich jetzt mit zu dir nimmst, Seamus. Ich würde gern dein Zuhause sehen.«

Kapitel 55
St. Joseph de Caune, 1970

Solange, was hältst du davon, mit mir zusammen nach Roucas Blancs zu fahren, um zu sehen, wie sich die Gärung macht? Außerdem würde ich gerne die neuen Weinberge besichtigen. Beim gestrigen Abendessen ist mir klar geworden, dass ich endlich wieder auf dem Laufenden sein möchte.«

Eigentlich hätte Solange am liebsten abgelehnt, da sie befürchtete, ihr Vater könnte sich bei diesem Ausflug überanstrengen. Andererseits jedoch hatte Dr. Laurent gesagt, dass es für Papa das Beste sei, so normal wie möglich weiterzuleben. Die Vorstellung, das Haus zu verlassen, begeisterte ihn derart, dass sie es nicht übers Herz brachte, ihm seinen Wunsch abzuschlagen. Also ging sie ihre Großmutter suchen, die sich ihnen erfreut anschloss. Sie fuhren an den frisch gepflügten Feldern vorbei, deren weiche Furchen die neuen Pflanzen erwarteten.

Während Charles Edouard und Joël mit Henri einen kurzen Spaziergang unternahmen, setzten Solange und Charlotte sich in den Schatten eines Feigenbaums und blickten ihnen nach. Die drei kehrten früher zurück als erwartet, und ihre Schritte waren zögernd und langsam. Solange bemerkte sofort, dass Henri erschöpft und ein wenig atemlos war.

»Sollten wir nicht besser nach Hause fahren, Papa? Du könntest ja morgen zum Verkosten wiederkommen.«

Aber Henri war fest entschlossen, den Lagerraum zu besuchen, die Tanks zu berühren, die Temperatur zu fühlen und den Wein zu probieren. Als sie nach Hause kamen, war sein Gesicht fahl und schweißnass. Er lehnte das Mittagessen ab, und Solange half ihm oben ins Bett. Nachdem sie es ihm im Schlafzimmer gemütlich gemacht hatte, tupfte sie ihm mit einem feuchten Handtuch Stirn und Hände ab und ging dann nach unten, um Dr. Laurent anzurufen.

Als sie ins Schlafzimmer zurückkehrte, lag er mit geschlossenen Augen da und atmete hektisch und flach.

»Solange?« Seine Stimme klang so schwach, dass sie die Hände vor den Mund schlug, um einen Schreckensschrei zu unterdrücken.

»Ja, Papa, ich bin hier.«

»Liest du mir etwas vor, Liebling? Ich bin sehr müde und schlafe bestimmt dabei ein. Aber es würde mich trotzdem freuen.«

Tränen brannten ihr in den Augen, und sie musste sich kurz ans Fenster stellen, um sich wieder zu fangen, bevor sie zu lesen anfangen konnte. Sie wollte nicht, dass er den Kloß in ihrer Kehle bemerkte. Dann rückte sie sich einen Stuhl ans Bett und blätterte zu der richtigen Seite um, während er die Hand nach ihr ausstreckte.

Wenig später schien er eingeschlafen zu sein, und sein Atem klang wieder ruhiger. Solange stürzte aus dem Schlafzimmer, machte sich auf die Suche nach ihrer Großmutter und fiel Charlotte in die Arme. »Er ist so schwach. Rufst du noch einmal Dr. Laurent an? Ich gehe wieder nach oben und passe auf.«

Sie kehrte ins Schlafzimmer zurück. Kurz darauf kam Charlotte herein und setzte sich leise in den großen Ohrensessel am Fenster. Henri schlief weiter. Er atmete regelmäßig, und seine Züge waren blass, wirkten aber entspannt. Reglos saß Solange da und war dankbar für die Anwesenheit ihrer Großmutter. Als Dr. Laurent eintraf, brachte Lorette ihn nach oben. Ihr Gesicht war vor Schreck kreidebleich.

»Er scheint sich einigermaßen stabilisiert zu haben. Ich gebe ihm jetzt eine Spritze, damit er fest und ruhig schlafen kann. Eigentlich gehört er ja ins Krankenhaus, aber ich weiß, dass er es dort nicht aushält. Außerdem könnte ihm die Fahrt dorthin in seinem jetzigen Zustand eher schaden als nützen. Morgen Vormittag komme ich wieder, aber Sie können mich natürlich jederzeit anrufen. Gönnen Sie sich etwas Ruhe.«

Sie nahmen das Abendessen zusammen im Esszimmer ein, aber sie hatten beide keinen richtigen Appetit. Anschließend setzten sie sich in die Bibliothek.

»Ich finde es schrecklich, dass es ihm so schlecht geht, ausgerechnet jetzt, da sich alles so wunderbar entwickelt. Es ist so ungerecht, und er hat das nicht verdient. Seit Mamas Tod ist er für mich wie ein Fels in der Brandung gewesen. Er hatte immer Geduld mit mir, und ich konnte mich stets auf ihn verlassen. Es war, als könnte ihn nichts aus der Ruhe bringen.« Solange sprach eigentlich mit sich selbst. »Und obwohl ich jetzt weiß, wie alles geschehen ist und wie Mama Richard Kirwan kennen gelernt hat, scheint es trotzdem so unfair Papa gegenüber gewesen zu sein. Er hat sich nie etwas zu Schulden kommen lassen.«

»Solange, nachdem du nun so viel über diese drei Menschen erfahren hast, ist es unglaublich, dass du so oberflächlich über sie urteilst. Offen gestanden, solltest du dir überhaupt kein Urteil anmaßen.« Charlotte machte keinen Hehl aus ihrer Wut und Enttäuschung. »Ein Leben ohne Schuld gibt es nämlich nicht.«

»Aber was hat Papa denn getan? Richard Kirwan hat dieses ganze Durcheinander doch verursacht. Seinetwegen haben sie hierher ziehen müssen. Sie hat Papa geheiratet und ist in den Süden übergesiedelt, weil sie als unverheiratete Mutter nicht in Paris bleiben konnte, ohne Schande über die Familie zu bringen. War das nicht der wirkliche Grund?« Solanges Tonfall war bitter.

Charlotte schwieg eine Weile, und als sie Solange ansah, war ihr Blick kühl und ihre Miene streng. Vielleicht war der Zeitpunkt nicht der richtige, aber sie wusste, dass sie ihrer Enkelin nun den Rest der Geschichte erzählen musste, und zwar ohne etwas wegzulassen oder zu beschönigen. Langsam und ausführlich schilderte sie die Umstände, unter denen Henri und Celine ins Languedoc gezogen waren. Sie verschwieg nicht, dass sie selbst an Celines Vorhaben gezweifelt und ihre Beweggründe nicht gutgeheißen hatte. Obwohl sie wusste, dass es Solange kränken und ihr unglaubwürdig erscheinen würde, musste sie ihr eröffnen, dass Henri kurz davor gewesen war, zum Alkoholiker zu werden. Inzwischen war ihre Enkelin schließlich alt genug, um alles über die verworrene Vergangenheit ihrer Eltern zu erfahren.

»Sie ist Papa zuliebe hergekommen? Weil er zu trinken angefangen hat?« Solange traute ihren Ohren nicht.

»Weißt du, Solange, ich habe diese drei Menschen sehr gemocht – und damit meine ich, wirklich alle drei. Deine Mutter war meine geliebte Tochter. Und Henri war unser Freund und Beschützer, lange bevor er deine Mutter heiratete. Was Richard Kirwan angeht, war er ein außergewöhnlich mutiger und tapferer Mann. Ich habe ihm ebenso mein Leben zu verdanken wie er das seine deiner Mutter. Und ich liebte und bewunderte ihn bis an das Ende seiner Tage.«

Solange begriff immer noch nicht, wie Richard Kirwan zwei Frauen gleichzeitig ehrlich und aufrichtig hatte lieben können. Ihre Großmutter sprach weiter, legte sich ihre Worte sorgfältig zurecht und hielt dabei die Hand ihrer Enkelin.

»Ich hatte den Eindruck«, sagte sie, »dass Richard es stets für seine Pflicht hielt, sich Helena gegenüber als starker Beschützer zu zeigen, der immer wusste, was zu tun war. Er hat diese Rolle gern übernommen, doch bei Celine fühlte er sich glücklich. Ihr durfte er sich von seiner schwachen Seite zeigen und mit ihr über Erfahrungen sprechen, die so schrecklich waren, dass er sie sonst niemandem anvertrauen konnte. Celine hatte die Verletzungen an seiner Seele und seinem Körper gesehen und fürchtete sich nicht davor. Sie hat die körperlichen und geistigen Leiden mit ihm durchlebt und seine qualvolle und langsame Genesung begleitet. Er wusste, dass sie ihn in seiner Gesamtheit akzeptierte. Außer ihr hat nie jemand seine grausigen Geheimnisse erfahren. Und ihre Kraft hat ihn genauso angezogen wie Helenas Schwäche.«

»Aber hätte er nicht gesund werden können, ohne gleich dafür zu sorgen, dass Mama sich in ihn verliebt?«
»Er hatte es nicht nötig, deine Mutter zu verführen, Solange«, erwiderte Charlotte mit Nachdruck. »Es war eine einzigartige, wunderschöne, selbstlose Liebe, die sie füreinander empfanden – eine Liebe, die niemals gestorben ist.«
»Jetzt fühle ich mich klein und dumm, Großmutter.«
»Richard hat mich viele Jahre lang regelmäßig besucht. Er fühlte sich dafür verantwortlich, dass ich mein Familienerbe und meine Möbel an die Deutschen verloren habe. Jahrelang schickte er mir Geschenke für mein Haus, um die verlorenen Einrichtungsgegenstände zu ersetzen. Eines Tages wird all das dir gehören, mein Kind, ebenso wie das Haus in der Avenue Mozart. Er hat es mir vor Jahren abgekauft und auf dich überschrieben, mir jedoch ein Wohnrecht auf Lebenszeit zugesichert. Nein, sag jetzt nichts, mein Kind. Denn dein Vater – dein leiblicher Vater – war ein herausragender Mann. Ich kann nur hoffen, dass du das eines Tages verstehen und anerkennen wirst, so wie deine Mutter und ich es getan haben.«
Oben erklang ein Geräusch. Solange sprang auf, stürmte aus dem Zimmer und eilte die Treppe hinauf, wobei sie zwei Stufen auf einmal nahm. Henri war aufgewacht und versuchte mühsam, sich im Bett aufzurichten.
»Was ist, Papa? Was kann ich für dich tun?« Sie stand neben dem Bett, hörte seinen keuchenden Atem und bemerkte, dass er all seine Kräfte zusammennahm, um ihr etwas zu sagen.
»Du warst immer mein liebes kleines Mächen, Solange, und ich war immer dein Papa, der dich sehr gern hat. Ich war dein Vater, dein Papa. Und ich habe dich geliebt. Das war doch richtig so, oder?«
»Ja, Papa, das war richtig. Und es ist richtig, liebster Papa. Es gibt noch so viel, was wir zusammen unternehmen können.«
Als Henri eine Weile reglos dalag, beugte sich Solange erschrocken vor und bemerkte, dass sich hinter den geschlossenen Augenlidern nichts bewegte. Charlotte war leise hereingekommen

und neben dem Bett stehen geblieben. Sie nahm Henris Hand, und dieser wandte lächelnd den Kopf zu ihr um.
»Ach, die gute Charlotte. Was für eine wunderschöne Freundschaft haben wir gehabt, und wie viele große Abenteuer haben wir gemeinsam erlebt. Wie viele Tage der Liebe und des Glücks. Ich möchte keinen davon missen.«
»Ich auch nicht, Henri. Keinen einzigen.« Charlotte küsste ihn auf die Stirn.
Seine Augen waren noch immer geschlossen. Solange strich die Kissen glatt und rückte ihn vorsichtig in eine bequemere Lage. Plötzlich schlug er die Augen auf und lächelte.
»Solange, du bist eine wunderschöne junge Frau geworden. Es war mir gar nicht klar, was für eine Schönheit du bist.« Er schwieg, und als sie sich zu ihm hinunterbeugte, um ihn zu küssen, stieß er einen Seufzer aus. Eine schreckliche Erkenntnis überwältigte sie.
»Nein, Papa, nein. Verlass mich nicht. Es ist viel zu früh. Ich brauche dich, Papa. Es ist zu früh.«
Trotz des Lächelns auf Henri de Valnays Gesicht wusste sie, dass ihr geliebter Papa fort war und dass sie nie wieder mit ihm zusammen würde lachen können. Leise schluchzend saß sie neben ihm. Charlotte stand auf und legte Solange die Hände auf die Schultern. Und dann weinte auch sie um ihren geliebten Schwiegersohn und mutigen, treuen Freund.

In den folgenden Tagen erledigte Solange wie benommen die Vorbereitungen für die Beerdigung. Sie rief Cedric Swann an, um ihm die schreckliche Nachricht zu übermitteln, und wusste, dass er im Geiste bei ihr war und ihren Schmerz teilte, obwohl seine Gesundheit ihm das Reisen nicht mehr gestattete. Offenbar war das gesamte Languedoc gekommen, als sie, stumpf vor Trauer, hinter Henris Sarg herging, und lauschte, wie für seine ewige Ruhe und für seinen Frieden gebetet wurde. Auf dem Friedhof sah sie zu, wie der Sarg in der Erde versank, und hörte ein Weinen, das vielleicht sogar ihr eigenes war. Dann fiel der erste Klumpen seiner geliebten Erde auf den hölzernen Sarg. Die Zypressen

rings um sie herum hoben sich schwarz und einsam von einem endlosen Himmel ab.
Anschließend war das Haus voller Leute, die Solange sanft am Arm fassten und Worte des Trostes murmelten. Wie aus weiter Ferne sah sie Guy, der sie in die Arme nahm, und sie spürte, wie sein ganzer Körper von Schmerz und Mitgefühl erschüttert wurde. In den wenigen Augenblicken, die er sie in den Armen hielt, empfand sie ein heftiges Bedauern und Zuneigung für ihn und trauerte um alles, was sie einmal miteinander geteilt hatten. Er blickte sie lange an. Als er ihren Namen aussprach, klang es wie eine Frage. Doch Solange berührte sein Gesicht mit den Fingern und schüttelte dann langsam den Kopf, und ihr Herz war schwer vor Trauer, als er kehrtmachte und davonging.
Nun wusste sie, was das Wort »niemals« wirklich bedeutete. Der Tod hatte es ihr gezeigt, denn nun würde sie Papa niemals wiedersehen. Charlotte leistete ihr noch eine Woche Gesellschaft und versuchte, sie zu überreden, mit ihr nach Paris zu kommen, anstatt allein im Haus zu bleiben. Aber Solange lehnte ab. Eines Morgens – inzwischen waren viele gleichförmige Tage vergangen – wurde sie von einem Sonnenstrahl geweckt, der ihr Schlafzimmer in einen goldenen Schein tauchte. Das grelle Licht ließ sie blinzeln, und sie stand auf, um die Fensterläden zu schließen. Als Lorette mit einem Frühstückstablett hereinkam, sah Solange den Brief. Sie drehte ihn einige Male hin und her und erinnerte sich an das Durcheinander, das ein Brief in derselben Handschrift einmal ausgelöst hatte. Am liebsten hätte sie ihn zerrissen, um sich nicht mit dem Inhalt auseinander setzen zu müssen. Doch dann siegte die Neugier über die Abwehrhaltung. Sie öffnete den Umschlag und setzte sich ans Fenster, um den Brief zu lesen. Nachdem sie ihn einige Male studiert hatte, verstaute sie ihn sorgfältig im Schreibtisch und ging nach unten.
Eine Stunde später war sie, mit Henris Schlüsseln bewaffnet, immer noch in der Bibliothek und zog die Schubladen auf, in denen er seine persönlichen Papiere aufbewahrt hatte. Es waren drei Schubladen voller Urkunden, Berichte, Briefe und Fotos, die

sie gründlich durchsah. Schließlich entdeckte sie die Unterlagen, die seine Gesundheit betrafen, und las langsam die Berichte, die verschiedene Spezialisten in Paris und London im Laufe der Jahre erstellt hatten. Die letzte Diagnose war knapp fünfzehn Jahren alt; der Arzt bestätigte darin zu seinem Bedauern die Endgültigkeit seiner Prognose und teilte Henri schonungslos und in klaren Worten mit, dass er bald blind sein würde. Unter den vielen Briefen fand Solange einen kleinen braunen Umschlag, der den Namen eines Labors trug. Er war an Henris Arzt in Montpellier adressiert und mit der Aufschrift »persönlich und vertraulich« versehen. Das Papier war vergilbt vom Alter, der Text kurz und präzise. Er teilte Monsieur Henry de Valnay das Ergebnis der an ihm durchgeführten Untersuchung mit, das lautete, dass er nie mit seiner Frau ein Kind würde zeugen können.
Solange erstarrte. Also hatte er es gewusst. Er hatte immer gewusst, dass sie nicht seine leibliche Tochter war – und dennoch hatte dieser wundervolle Mensch sie von ganzem Herzen und mit ganzer Seele vorbehaltlos geliebt.
Am folgenden Nachmittag saß sie am Schreibtisch in der Bibliothek und machte sich an die Aufgabe, die hunderte von Kondolenzschreiben zu beantworten, die sie erhalten hatte. Da hörte sie, wie Lorette die Tür zum Flur öffnete.
Charles Edouard kam in die Bibliothek, blieb stehen und blickte auf sie hinunter. Als er ihr die Hand hinhielt, nahm sie sie und stand auf. Sie spürte ihre Liebe zu ihm auflodern und schmiegte sich in seine Arme, hob die Hand und strich mit den Fingern über seine Lippen.
»Kann ich etwas tun, damit es erträglicher für dich wird?«, fragte er. »Kann ich dir sagen, wie sehr ich dich liebe und wie sehr ich mich nach dir sehne? Darf ich dich in diesem schrecklichen Moment fragen, ob du mich heiraten und Kinder mit mir haben willst, die in den Weinbergen aufwachsen werden und Henris ganzer Stolz gewesen wären? Willst du meine Frau werden, Solange?«
Anstatt ihm zu antworten, drehte sie sich zum Fenster um. Nach

einer Weile erwiderte sie, ohne ihn anzusehen: »Ich gehe für eine Weile weg von hier, Charles Edouard. Weit weg.«
»Zu deiner Großmutter nach Paris?«
Als sie sich zu ihm umwandte und ihn ansah, stellte er fest, dass sie lächelte.
»Nein, ich will nicht nach Paris. Aber ich werde mit meiner Großmutter wegfahren. Wir unternehmen eine Reise, es ist wohl eine Art Pilgerfahrt, und sie ist die Einzige, die mir dabei zur Seite stehen kann. Ich fahre nach Irland, Charles Edouard, und sie hat sich einverstanden erklärt, mich zu begleiten.«
»Und dann?«
»Und dann, nach einiger Zeit, wenn die Trauer nicht mehr so stark und so allgegenwärtig ist, werden wir gemeinsam die neuen Weinberge bepflanzen. Für dich, für mich und für Papa. Und für unsere Kinder.«

Epilog
Le Monde, Paris, 30. September 1970

SCHÜSSE AUF WOHLTÄTIGKEITSEMPFANG
GÄSTE WERDEN ZEUGEN EINES
DRAMATISCHEN
PROMINENTEN-MORDES

Buenos Aires,
Argentinien

Gestern Abend wurde der schwedische Industrielle Graf Carl Svenssen bei einer Wohltätigkeitsgala in prominenter Runde erschossen. Gräfin Aneka Svenssen, eine der wohlhabendsten und einflussreichsten Gastgeberinnen der Stadt, war mehr als fünfzig Jahre lang mit dem Grafen verheiratet. Laut Augenzeugenberichten sprang die Gräfin plötzlich auf, zog einen kleinen Revolver aus ihrem Abendtäschchen und schoss ihrem Ehemann zweimal in die Brust. Dann drehte sich Gräfin Svenssen zu den versammelten Gästen um und sagte: »Das war für meinen Sohn.«
Der Graf wurde nach Eintreffen im städtischen Krankenhaus von Buenos Aires für tot erklärt. Gräfin Svenssen wurde

verhaftet und steht nun im Gefängnis von Buenos Aires unter Beobachtung, weil Selbstmordgefahr besteht. Graf und Gräfin Svenssen lebten zwischen 1937 und 1944 in Paris, bevor sie nach Argentinien übersiedelten.

Marc Levy

Wo bist du?

Roman

Aus dem Französischen von Bettina Runge
und Elaine Hagedorn

Er liebt sie – doch sie sucht ihre Erfüllung in einem fernen Land. Sie liebt ihn auch – doch seine Liebe kann ihr nicht genügen. Die Geschichte zweier Menschen, deren Beziehung ihr ganzes Leben beeinflusst – und die doch nie zusammen leben können.

Philip und Susan könnten ein glückliches junges Paar sein. Doch Susan ist ein unruhiger Geist, den es hinaus in die Welt zieht. In Honduras will sie den Menschen, vor allem den Kindern, helfen, wirkt nach Wirbelstürmen und Erdbeben am Wiederaufbau zerstörter Dörfer mit.

Mit ganzem Herzen geht sie in dieser Aufgabe auf – und Philip rückt in ihrem Leben unmerklich an die zweite Stelle. Schließlich will er nicht mehr auf die Geliebte seiner Jugend warten und heriatet eine Andere.

Doch Susan verschwindet nie ganz aus seinem Leben, und eines Tages steht ihre kleine Tochter vor seiner Tür …

Droemer

MAEVE BINCHY

Cathys Traum

Roman

Aus dem Englischen von
Gabriela Schönberger

Cathy Scarlet hat nur einen Traum: Sie möchte zusammen mit ihrem Geschäftspartner Tom den erfolgreichsten Catering Service in Dublin aufziehen. Doch bis dahin ist es ein langer Weg, und die beiden ehrgeizigen jungen Leute müssen immer neue Hindernisse überwinden, um ihr hochgestecktes Ziel zu erreichen und um zu erkennen: Sie verbindet mehr als nur die gemeinsame Arbeit!

»Wer Maeve Binchys Bücher kennt, weiß,
es droht erhöhte Suchtgefahr«
Frau im Spiegel

Claire Calman

… ich dich auch!

Roman

Aus dem Englischen von

Leonie von Reppert-Bismarck

Wenn man mit 250 km/h gegen eine Wand rast, tut das weh. Sehr weh. Und genau so fühlt sich Bella, als sie ihren Freund durch einen tragischen Unfall verliert. Von einem Moment auf den anderen verändert sich ihr ganzes Leben – und Bella will nur noch eines: Vergessen können. Ruhe finden. So kommt es, dass die junge Frau ihren Karrierejob aufgibt und sich schließlich in der tiefsten Provinz wiederfindet, in einem kleinen Haus mit Garten. Was sie dort sicher nicht braucht, ist ein netter Gärtner, der ihr Herz erobern möchte.

Doch genau das tut er.

»Eine Anleitung zum Glücklichsein!«

Westdeutsche Zeitung

Knaur